安徽古籍叢書

黄山書社

方嵞山詩集 上

〔清〕方文／撰

胡金望 張則桐／校點

圖書在版編目(CIP)數據

方盦山詩集/(清)方文撰;胡金望,張則桐校點. －合肥:黄山書社,2009.2

(安徽古籍叢書第二十九輯/安徽古籍叢書編審委員會編纂)

ISBN 978－7－5461－0873－5

Ⅰ.①方…　Ⅱ.①方…②胡…③張…　Ⅲ.①古典詩歌－作品集－中國－清代　Ⅳ.①I222.749

中國版本圖書館 CIP 數據核字(2009)第 219451 號

本書出版得到 國家古籍整理出版專項經費 安徽省古籍整理出版辦公室 資助

方盦山詩集

(清)方　文 撰　胡金望　張則桐 校點

*

責任編輯　李　媛

責任校對　李　媛　封面設計　馬　芳

黄山書社出版發行　中國科技大學印刷廠印刷

開本 880×1230　1/32　印張 32.375　插頁 4　字數 600 千字

2010 年 3 月第 1 版　2010 年 3 月第 1 次印刷

ISBN 978－7－5461－0873－5

定價　96.00 圓(全二册)

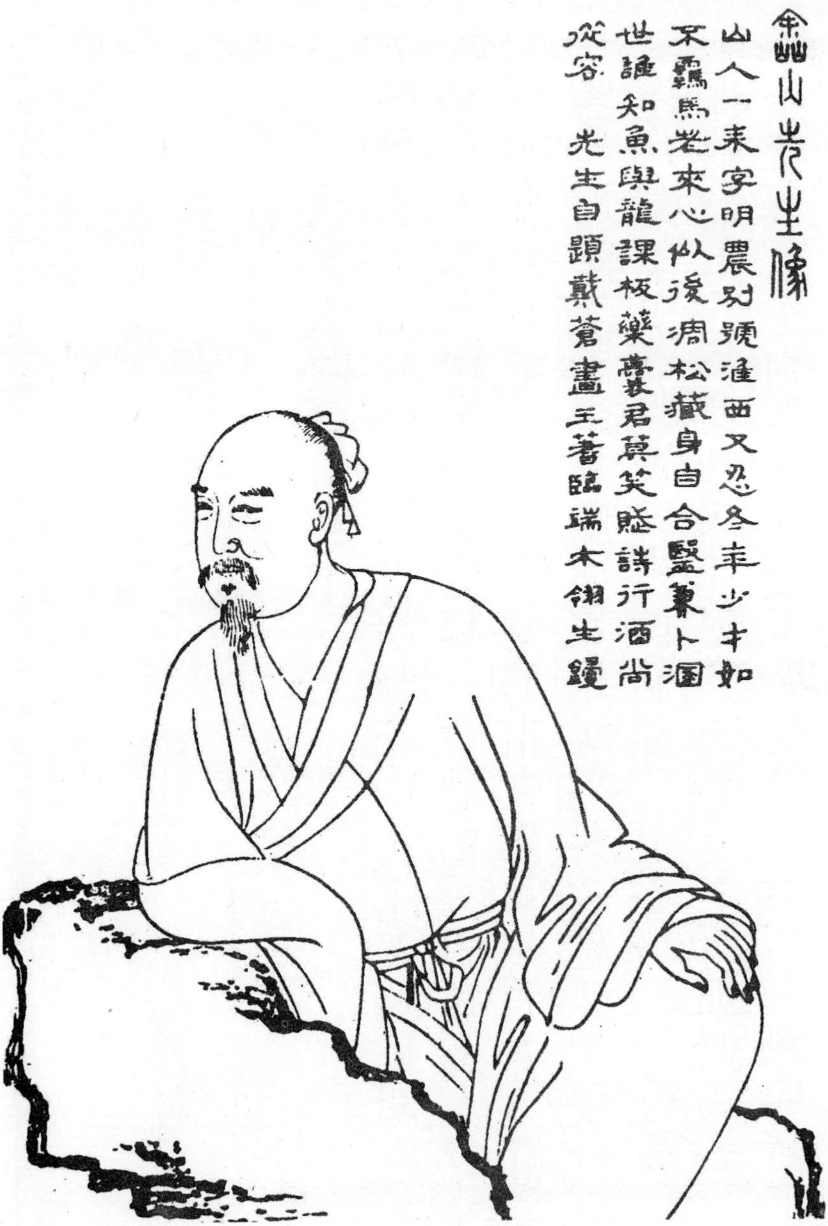
嵞山先生像
山人一來字明農別號塗西又忍冬年少才如
不羈馬老來心似後凋松藏身自合醫兼卜溷
世誰知魚與龍課板藥囊君莫笑賦詩行酒尚
從容 先生自題 戴蒼畫 王著臨 端木翊生鐫

方文像

嵞山集卷之一 集自丙子訖丁酉是冬北上諸詩載北游草後俱編入續集

皖桐方　文爾止著

黄州王澤弘昊廬定　　壻繡水王　槩安節較

五言古體

秋夜飲顧與治齋中 丙子

英英天上雲，皎皎雲間月。清暉在山川，流光及城闕。南皋有芳逕，秋蘭應未歇。各攜一尊酒，相與坐林樾。主賢賓亦嘉，高言隨風發。白露變爲霜，夜久濕羅襪。不惜霜露冷，所患餅罍竭。哀鴻從東來，神思共飛越。嗟予懷昔遊，逸氣凌溟渤。歲月曾幾何，劉蘇已奄忽。劉同人蘇武子 弊篋保遺篇，荒丘掩枯骨。感此淚霑臆，憂來不能抑。朝爲美少年，暮已垂白髮。懽樂須及時，沽酒市肴核。仰視明河

《嵞山集》（古懷堂本）卷首書影

安徽古籍叢書編印緣起

我國歷史悠久，典籍豐富。我省地處南北之交，學術尤擅其盛。數千年來，哲學、史學、文學、藝術、語言、科技，作者輩出，著述如林，或自名一家，或蔚然成派，多爲中華民族文化之菁華，有裨於社會主義文化之建設。允宜及時整理，以廣流傳。

粤自明清，以至近世，南北郡邑已有涇川叢書、龍眠叢書、貴池先哲遺書、南陵先哲遺書諸刻。一九三一年，復有安徽叢書之編刊，所收皆皖人著作，分期影印。出至第六期，以抗戰軍興而中止。盛業未竟，論者惜之。

今者，中央倡導整理古籍，我省領導對此尤爲關心。省古籍整理出版規劃委員會幾經商討，決定編纂安徽古籍叢書。編纂宗旨是在歷史唯物主義指導下，批判繼承，古爲今用，弘揚民族優秀傳統文化，爲建設中國特色社會主義服務。最其體例，約有數端：

一、所收皆爲歷代皖人著作，時間一般以辛亥革命之前爲限，内容以文、史、哲爲主，分類成輯。尤其注意稿本、稀見本之搜輯與傳布。

二、整理方式包括輯、校、標點和注釋、今譯。校勘，力求採用善本爲底本，校以他書，或加補輯、編次。標點，採用新式標點。注釋，務求精確，但不作煩瑣考證。整理中，盡量吸收國内外研究的新成果。

三、先秦、兩漢著作及語言、文字之類，皆用繁體字，其餘則酌用簡體字。版皆竪排，以期一律。

四、凡熱心於本叢書編印及捐貲助刊者，得於書内題名。

安徽古籍叢書編審委員會

方盦山詩集目次

卷二　五言古體

卷三　七言古體

卷四　五言今體

卷五　五言今體

卷六　七言今體

卷七　七言今體

卷八　七言今體

卷九 七言今體

卷十　排律

五言排律

七言排律

卷十一　五言絶句

卷十二　七言絶句

𥫗山續集前編　四游草　自丁酉至辛丑

北游草　丁酉戊戌

五言古體

七言古體

五言今體

七言今體

五言絶句

七言絶句

徐杭遊草 己亥

五言古體

七言古體

五言今體

七言今體

五言排律

七言絶句

魯游草　庚子

五言古體

七言古體

七言今體

西江遊草　辛丑

五言古體

七言古體

七言今體

五言排律

五言絶句

七言絶句

盦山續集後編　自壬寅至己酉

卷一　五言古體

卷二　七言古體

卷三　五言今體

卷四　七言今體

卷五　排律　絶句

五言排律

五言絶句

七言絶句

詩文輯補

附録

整理説明

方盒山詩集二十一卷（盒山集十二卷，續集前編即四游草四卷，後編五卷），明末清初方文撰。

方文（一六一二～一六六九），字爾止，一名一耒，字明農，號盒山，別號淮西山人、忍冬子等，桐城（今屬安徽）人。在明代，桐城方氏是以仕宦、治學享譽海内的書香門第、科舉世家。方文七世祖方法是方孝孺的學生，因不滿永樂帝誅滅乃師十族而自沈安慶境内的長江，從而奠定了方氏家族忠孝育人、治家報國的傳統。祖父方學漸是開桐城講學之風的先行者，伯父方大鎮、父親方大鉉、從兄方孔炤係萬曆進士，從子方以智係崇禎進士。方文父親中進士較遲，又早卒，死時，文僅七歲，與從子方以智的年齡相若（比以智還小一歲），叔侄同學達十四年之久。方文在明亡時（一六四四）已三十三歲，雖未中舉作官，但詩名頗著，與陳子龍等雲間五子、邢昉、顧與治、紀映鍾、吳偉業、余懷等多有交往和詩歌唱和。入清後，又生活了二十五年，於康熙己酉年（一六六九）去世，終年五十八歲。後半生他懷着深厚的遺民情結，以布衣的身份，靠游食、賣卜、行醫爲生，廣泛交游朝野名流，創作了大量詩歌。從其留下的詩作看[一]，收入作者自明崇禎丙子（一六三六）至清康熙己酉（一六六九）二十五至五十八歲的詩近三千首。題材有交游、紀游、感時、懷古、詠物等，内容十分豐富。詩體有五言古、七言古、五言律、七言律、五言排律、七言排律、五言絶、七言絶等，足見他是一位詩備衆體的傑出詩人。在明末流派紛起，作家如林的詩壇上，方文以尊崇陶淵明、杜甫、白居易詩歌創作傳統爲標幟，終生以詩存史，以詩寫心，自成一家，人稱『盦山體』〔二〕，真實地展現了明清之際的時代風雲、詩壇面貌和創作心態，豐富了古代詩歌寶庫，具有相當的認識和研究價值。但是，多年來，學術界尤其是文學史和詩歌史研究者對這位詩人及其作品關注還不够，有的也多是從以詩證史的角度進行研究，如謝正光先生在其清初詩文與士人交遊考一書中，有一篇讀方文盦山集——清初桐城方氏行實小議，對方文遺民生涯考證頗詳。值得稱道的是，著名學者嚴迪昌先生所著的清詩史從遺民詩界的視角，列專節對方文及其詩歌作了介紹和分析，爲認識和研究這位富有創作成就的詩人起了導夫先路的作用。但是，方文的人生道路曲折複雜，交游廣泛，詩歌創作數量可觀，内容豐富。如何全面深入地把握和評價其詩歌創作特色與成就以及在當時詩壇的地位和影響，是擺在明清詩歌研究者面前不容忽視的課題。這裏，僅就方文的遺民情結和詩歌創作風格及本書的整理情况作一簡要論述。

一

明清之際，社會政治發生劇變，滿清政權取代朱明王朝，對於漢民族傳統士大夫階層來説，這是一個不僅亡國而且是亡天下的時代（顧炎武語）。就詩壇而言，當時出現了一大批深切眷戀故國，對新朝或反抗、或不滿、或無奈的遺民詩人，創作了數量衆多、慷慨悲涼的動人詩篇，堪稱那個時代風雲變幻的詩史和遺民羣體的心史。他們大多生於明末，死於清初，親身經歷了鼎革之變的心靈巨痛，又因各人生活道路和心路歷程不同，故而化爲詩篇時，均富有藝術創作個性和特色。其中，方文的創作成就最爲鮮明突出。

通讀方文詩作，我們不禁被其字裏行間透射出來的强烈遺民情結所感染和打動。如上所述，方文出身於明朝科舉世家，其家族的命脉與明王朝的興衰緊密地聯繫在一起。儘管方文本人未在明朝中科舉（這一點他感到十分遺憾，如詩中寫道『自歎一生才命蹇，曾逢明聖不登科』），但他畢竟在明朝生活了三十三年，無論是傳統文化還是家族文化，都會對他如何立身處世産生重要影響，更何況在明亡前，他已經在詩壇嶄露頭角，頗有名氣，與復社、幾社文人以及上層官員多有詩歌交往。所以入清以後，一種懷念故國、與新朝格格不入甚至希望它儘快覆滅的感情訴諸筆端，噴射而出。如集中以三月十九日作爲題的詩篇就有六次，且看最早乙酉年（一六四五）所寫的一首：

三月十九日作 時在京口，與邢昉、史玄、潘陸、錢邦寅、范景仁登北固山拜哭。

烈風吹黄沙，白日黯無光。江水聲震蕩，草木零芬芳。莫春景物佳，何爲倏悲涼。痛哉今日月，我後罹厥殃。天人有同心，終古猶晝傷。一從神京没，河北非我疆。龍種陷荆棘，未審存與亡。羣盗匿函谷，頃復奔湖湘。王師豈不多，疇能奮戎行。小臣本微細，憤懣結中腸。陟彼西山顛，涕泗瞻北荒。奄忽歲已周，哀情若新喪。寄言百君子，舊恩安可忘。兹辰易文繡，縞冠白衣裳。北向一稽首，臣庶義所當。曷忍處華屋，對酒鳴笙簧。

再看他臨終前己酉年（一六六九）寫的一首：

三月十九日作

野老難忘故國恩，年年慟哭向江門。南徐郭外三停櫂，北固山頭獨愴魂。乙酉、丙午、己酉三年，三月俱在京口。流水滔滔何日返，遺民落落幾人存。錢生未死重相見，雙袖龍鍾盡血痕。是日遇錢馭少，故云。

三月十九日是明崇禎皇帝在北京煤山上弔自殺的日子，從此宣告了明王朝的覆滅。這是讓每一個具有遺民情結的漢族文人悲慟欲絕的日子，方文在這方面以詩歌的形式，表現出特別地沈痛而富有個性特點。僅從上引兩首詩中即可見一斑。第一首作者一方面爲『一從神京没，河北非我疆。龍種陷荆棘，未審存與亡』而痛心擔憂，一方面表達『小臣本微細，憤懣結中腸』，『寄言百君子，舊恩安可忘』的衷懷，希望有朝一日收復神京，中興明王朝。第二首寫於作者臨終之年，但作者依然表達『野老難忘故國恩，年年慟哭向江門』的强烈遺民情懷。此時清王朝政權已逐漸鞏固，作者也已到晚年，不免流露幾分『流水滔滔何日返，遺民落落幾人存』的無奈與遺憾。在這兩首寫作時間相距達二十幾年的詩作中，作者那種『年年今日强登高，獨向南峰北向號』，『縱使海枯還石爛，不教此恨化寒煙』的故國之思有增無減。其中，最值得我們注意的是，方文入清後以賣卜、行醫、游食爲生，其家學有研究易經的傳統，所以在其詩歌創作中，常常以災異和劫數爲創作題材，期望變天，詛咒清王朝早日覆滅。如六月：

六月重衾更着緜，陰寒渾似莫秋天。我生半百何曾見？記是康熙丙午年。

丙午爲康熙五年（一六六六），也是作者詩中唯一提到的清朝紀年，用意是通過記載六月穿棉衣的反常現象，預兆清王朝儘快滅亡。據傳説，丙午、丁未年爲『紅羊赤馬』，又叫『紅羊劫』，將出現國難。方文對此深信不疑，他曾爲自己見到一本丙丁龜鑑而專門記敘作詩：

題丙丁龜鑑 有序。

宋三衢柴望作丙丁龜鑑，謂丙午、丁未，天之厄運也。自周末至宋末，歷歷有徵。今年丙午，欲考其書不可得，偶於京口書肆中得之，以示談長益，談作歌，予亦題此。

少小見此書，三十年于茲。上言丙丁歲，天運有大災。屈指期尚遠，我心忽略之。不謂瞬息間，歲運倏已來。開春與人言，世俗咸驚疑。此書藏者少，遍覓不得窺。頃從京口市，典籍棄如遺。忽睹此書名，亟收曷敢遲。持歸示談叟，展讀共嗟咨。斯言倘不謬，三復能無悲。

由此可見，作爲明遺民詩人的方文，明王朝的滅亡是他心中永遠抹不去的隱痛。作爲一介布衣，他無力回天，只好借用帶有迷信色彩的想像，企圖實現自己的願望。所以在他的筆下，大水歎、慧星紀異等有關災害和奇異天象的詩篇不少，如紀災：

戊申六月多災異，太白光芒與日爭。是年夏，太白晝見者四十日。地動似舟行巨浪，六月十七夜，地大震，民舍多傾。雨翻如瀑下層城。二十六夜，地又動，大風雨，平地水深三尺。水波乍湧蛟龍怒，牆屋皆頹雞犬驚。憂亂惟思入林壑，山中何處有柴荊。

戊申是康熙七年（一六六八），正是朱元璋建立明王朝三百周年，在方文眼裏，應是復明的最佳年份，因而這年正月初四（明太祖登基日），他恭謁孝陵，作有感懷六百字，詩中寫到『野人算天運，甲子凡五易。

曆數僅三百，尚短二十四。每逢履端日，仰天必長喟。矧兹戊申年，安能免悲涕』。還回憶了三十年前，從兄方孔炤帶着兒子方以智和自己拜謁孝陵的情景，字裏行間充滿着對明王朝無限眷念之情。所以這年六月發生的大地震，方文心裏竊喜，認爲是變天的預兆。雖是紀災詩作，但在方文筆下，卻體現着强烈的遺民政治思想傾向。然而天運似乎並不按其意願運轉。次年，方文便帶着無盡的遺憾和哀傷，客死蕪湖，死時還富有迷信和傳奇色彩。同里潘江盒山續集跋語謂：『盒山先生以己酉之秋殁于蕪陰，客有爲乩卜之術者，先生降焉曰：「吾淮西山人方某也。」叩以冥府事，不答，題詩曰：「平生詩酒是生涯，老死江干不憶家。自入黄泉無所見，冥官猶戴舊烏紗。」題罷，擲筆而逝。一時江南北傳誦，以爲詞致閑適，襟懷瀟灑，非先生必不能爲此詩。予爲吟歎累日，援筆和之：「浪遊蹤跡總天涯，客死江湖即我家。知爾心憎武靈服，喜從冥府見烏紗。」』潘江不愧是方文的同鄉和知音，『知爾心憎武靈服，喜從冥府見烏紗』的詩句，道出了方文至死不悔的遺民情結。

事實上，方文自號盒山，將詩集命名爲盒山集，已深含不忘故國之意。『盒山在懷遠縣城外，周世宗望之，謂濠州有王者氣。』〔三〕後來，果然朱元璋起家濠州，定鼎大明。方文自號盒山，即不忘明朝也。在方文詩集中，無論是感時懷古、悼亡紀事，還是紀遊贈答，處處充滿着遺民情懷，堪稱他一生創作的詩魂。據清詩紀事明遺民卷統計，明遺民詩人多達四百四十人。遺民情結是他們詩歌創作的共同特徵。但是，由於各人家庭教養出身和生活經歷不同，各人的遺民情結轉化爲詩篇時必然會各具特色。方文遺民詩創作既不同於顧炎武，也不同於錢澄之、屈大均等人，而有着自己的鮮明個性。從家族文化角度看，他對從兄方拱乾父子出仕清朝甚爲不滿，對從子方授違背父親意願不參加清朝科考反而積極從事抗清活動，深表同情和支持，并寫有大量詩篇。從社會身份看，方文雖是一介布衣，長期生活在社會底層，但在詩歌上與明朝遺老和清初官僚卻有着廣泛聯繫和交游，創作題材十分豐富，感時懷古詩作多從忠孝大節着眼，抒發情懷，交游紀游詩作多緊扣人物時地，升華境界，有時對生活中某一細小現象，也能心眼獨具，攬入筆底。如：

孝陵棉　金陵市上有賣木棉者，大書「孝陵衛棉」四字於門，予見而悲之，因成一絶。

眼中久不見此字，但見此山空歎嗟。舊日王侯多第宅，只今誰似賣棉家。

只有對明王朝時刻眷念的詩人才會有如此的發現和感慨。可見，方文雖身份卑微，四處游食，但思想上卻是漢民族士大夫傳統文化占主導，從而構成了他的特殊人生和創作特徵。這一點，他的自題小像詩刻畫得最爲準確：

山人一耒字明農，别號淮西又忍冬。年少才如不羈馬，老來心似後凋松。藏身自合醫兼卜，溷世誰知魚與龍。課板藥囊君莫笑，賦詩行酒尚從容。

真可謂醫卜爲生且藏身，遺民情結鑄詩魂。

二

作爲明代遺民和布衣詩人，方文以詩歌創作爲第二生命，將自己一生的所見、所聞、所感全部融入到詩歌創作之中，這不僅構成了鮮明的創作特色和風格，同時也使其詩歌成爲那個時代的詩史和史詩，尤其值得我們關注。

方文詩歌創作的最大特色是人如其詩，詩如其人，真氣淋灕，感人至深，『風格即人』用在他的身上最爲貼切。就性格而言，方文快人快語，血性十足。卓爾堪明遺民詩説他『性不能容物，常以氣淩人。有以詩投者，必曲爲改削』。朱書方盦山先生傳謂：『文年少有才名，思振其家聲，與諸名士貴池吴應箕輩及復社、幾社諸君子相厚善。……爲人猥狹又任放，好嫚駡。刻意爲詩，輒嫉憤舉世，世無當其意者，以故多齟齬。』又説他早年詩友陳名夏降清爲大學士，一次請假回家，『乞盦山定其詩，執禮甚恭。盦山反復讀之曰：「甚善，但須改三字即必傳無疑耳。」陳以爲隱也，曰：「寧止是，顧三字者何也？」盦山厲聲曰：「但須改『陳名夏』三字！」時坐客滿舉，錯愕不能出聲，陳亦厲聲曰：「爾謂我不能殺爾耶！」適代巡來謁，陳拂衣去。客咸咎盦山。盦山笑曰：「吾自辦頭來耳。公等何憂？」頃之，陳復入，執盦山手，涕流被面曰：「子責我良是，獨不能諒我乎？」竟相好如初。』由此看出方文重名節、有骨氣。這種性格和氣質在他詩歌中隨處可見，如客有教予謹言者口占謝之：

野老生來不媚人，況逢世變益嶙峋。詩中憤懣妻常戒，酒後顛狂客每嗔。自分餘年隨運盡，卻無奇禍賴家貧。從今卜築深山裏，朝夕漁樵一任真。

『任真』，應該説是方文爲人、作詩、處事的顯著特徵。如他見友人吴濤之父吴汝琦死歸德之難，徐州志不敢立傳，非常氣憤，便感而題詩，將此事記述下來。又有一次，『廣陵一貴家讌客，伶人呈劇目，首坐者點萬年歡。予(方文)大呼曰：「不可。豈有使祖宗立於堂下，而我輩坐觀者乎！」主人重違客意，予即奮袖而起曰：「吾寧先去，留此一錢於天地間。」王貽上(士禎)拊几曰：「壯哉！遺民也。」遂改他劇。』就此，方文寫了兩首七絶，其一云：

雖然遊戲事非真，優孟衣冠亦感人。卻訝先朝曾扮此，當筵未見有人嗔。

可以想見，像方文這樣是非分明，極其認真之人，在現實生活中是很難見容於世俗社會的。但一旦發而爲詩，就是血性之詩，真氣之詩，必然自成一家，彌足珍視。如他的長篇五言古述哀，將一場意想不到的家難和對母親的深切懷念與内疚之情，表現得十分真摯感人，梁公狄、宋玉叔、孫豹人讀後紛紛題詩。孫詩：『世間風木自堪悲，孝子如何遘禍奇。讀到酸心無可似，陳情表與蓼莪詩。』其他如崔李行、四令君詩、歲暮哭友、水崖哭明圃子留等大量懷友悼亡之作，或敘友情、或思親人，均寫得情真意切。即使是一些感時紀事之作，也寫得充沛淋灕，發人深思。且看作於丁酉年的負版行：

數年不到三山街，今春偶到多感懷。不知是何大書册，路傍堆積如蘆柴。行人紛紛來買此，不論何書只秤紙。官價每斤錢七十，多買少買隨人耳。借問此是何版圖，答云出自玄武湖。天下户口田畝籍，十年一造貢皇都。玄武湖心絶炊爨，永無火患及鼠患。洪永至今三百年，收藏不知幾千萬。一從世變陵谷新，此圖廢閣空埃塵。有司上言請變價，聽民自取輸官銀。官召吏人估其直，十四萬金可立得。富民争買入私家，零賣與人取微息。有一老翁立路傍，俯首見之神暗傷。曾爲州掾寫此册，一字錯誤憂彷徨。豈知今日廢無用，口不敢言心自痛。也買一冊負之歸，看是何年何地貢。其中户口久凋殘，田畝荒蕪不忍看。若逢魯國驅車叟，憑軾而趨鼻更酸。

作者以詩史之筆，記敘了當時將明初建造的黄冊和魚鱗冊（户口和田畝）作爲廢紙變賣的事實，并特地凸現了一位老翁對此黯然神傷的情景，滄桑巨變，筆底展現，非有血性之人，決難如此。

在詩集中，我們看到，方文幾乎無時不詩、無地不詩，無論是交游、紀游還是有所聞見，只要有感便化爲詩篇，甚至每年除夕、元旦、生日都大多有詩。正如他在舟中漫興中云：『平生癖好惟三種，左馬文章老杜詩。』因此可以説，他的人生就是一首苦悶的詩。反過來，他的詩也是其人生和時事的寫照。如他北游京都時，一氣寫下都下竹枝詞二十首，其四：『十謁朱門九不逢，所期杯酒話情悰。無端宴會俱裁革，四字紅單密密封。』（四字者，『來日候光』也。）將清初官場行賄受賄相互勾結的腐敗之風揭露無遺。再如他一生窮愁困頓，有時衣食無着，於是寫有窮冬六詠（無酒、無米、無油、無鹽、無炭、無薪），甚至還變賣犀杯、蜜珀墜、水晶章、碧玉環等物件維持生活，并倣譚友夏詩中六賣詩，寫成四賣詩。即便如此，他的氣節和風骨錚錚依然，這從他的一些詠物詩中可以反觀出來。如夏蟲四詠（蜂、蟬、螢、蛾）就寫得十分新穎别致，極有詩心。其中蛾這樣寫道：

撲燈緣底事，只爲愛明光。蹈死雖不惜，捐軀實可傷。人臣皆若此，吾國豈云亡。欲覓護生草，時時爲爾防。

『飛蛾撲火，自取滅亡。』一般都作爲愚蠢的代名詞。而方文在這裏卻闡發出爲愛明光蹈死不辭的獻身精神，并由此而産生『人臣皆若此，吾國豈云亡』的眷念故國情懷，這不能不説是一種人格和氣節所致，正所謂『卜肆尚能言孝悌，醫方猶可立君臣』（元日書懷）。兹再録兩首七律，以見其血性爲詩的風格。一爲丙戌年（一六四六）所作的舟中有感：

舊京宫闕已成塵，寶馬雕鞍日日新。萬劫不燒唯富貴，五倫最假是君臣。詩書無恙種先絶，仁義何知利獨親。三百年來空養士，野人痛哭大江濱。

一爲丁亥（一六四七）所作的初度書懷：

投子峰西一野人，蹉跎三十五年春。雲霄空負平生志，溝壑還留未死身。彭澤有詩傳甲子，湘潭無考問庚寅。傷心國破家何在，俛仰之間跡已陳。

方文正是在『野夫無力正乾坤，春來春去總斷魂』的境況中，寄性命於詩歌，書寫着一個極富創作個性的遺民詩人的人生。

在明清之際數量衆多的遺民詩人中，方文是以創作實績『自成一家』的詩人。『往日刻畫杜工部，近日沈酣白樂天。』他在明亡前學杜，多蒼老之作，成爲遺民後，專學白居易，明白如話，長於敘事，形成獨特風格。因此，也成爲詩界某些人物譏笑的口實。王士禎漁洋詩話云：『方嵞山文，桐城人，居金陵。少多才華，晚學白樂天，好作俚淺之語，爲世口實。以己壬子生，命畫師作四壬子圖，中爲陶淵明，次杜子美，次白樂天，皆高坐，而己傴僂於前，呈其詩卷。余爲題罷，語座客曰：「陶坦率，白令老嫗可解，皆不足慮；所慮杜陵老子，文峻網密，恐嵞山不免喫藤條耳。」一座絶倒。』從這則詩壇逸話中，可以看出當時詩壇主流詩學觀念對方文詩歌俚率平易風格的輕視和偏見。即使像王士禎這樣與方文私交甚密的詩壇新秀，也帶有這種觀念。

這本不足怪。從創作主體來看，每個作者由於受所處時代、生活經歷，尤其是創作題材等因素所決定，必然要選擇最佳表現方式，如果取得了成就，就自然形成獨特的風格。從審美主體來看，由於各人的文學觀念（包括詩學觀念）和欣賞口味不一樣，所以各人的感受和評價也不同。對方文詩歌風格褒貶不一也正在於此。科學的態度和方法應從作家創作實踐和成就出發，進行評判，而不應以鑒賞者的眼光爲依據。對待方文的詩歌創作成就及其風格評價也應如此。

方文的詩學觀念和創作道路表明，他對詩歌這種文體如何反映生活，表達情感有着自己的見解和實踐功夫。寫於辛卯年（一六五一）的初度書懷之三云：

昔聞杜陵叟，降生乃壬子。厥後香山翁，生年亦復爾。相去六十載，英名千古峙。我生幸同庚，性情復相似。酷嗜二公詩，詩成差可擬。杜猶弃拾遺，白直躋卿士。我老窮且賤，曷由繼芳趾。

可見他是自覺地以杜甫和白居易爲楷模進行詩歌創作的。但他所學的首先是杜白的『性情』和創作傳統，而不僅僅是詩歌形式和語言，所以在詩學、詩才、詩情諸方面都體現出深厚功底和創作個性。『虞翻天下士，知己無一人。斯言初似激，久乃識其真。我生好結交，交亦半海内。豈無文章伯，實少同心輩。同心亦有之，才藻或不如。才藻即英發，未必多讀書。吾欲求完人，僅見一孫八。』（訪孫豹人不遇因題其壁）從其交友選擇『同心、才藻、讀書』三者俱備的標準即可看出方文的人品與詩品。正由於此，各種詩體在他筆下，均能根據題材特點，表現得靈活自如，嫻熟老到。一般説來，五言古、七言古等歌行體多用於敘事，題材較大，頗爲莊重，五七言律絶多用於詠物抒懷，而五七言排律則多用於游戲諧謔。兹選幾首，以見一斑：

題友人墨竹

無實無花是此君，高人鍾愛意何殷。衹緣苦節天生直，風韻蕭疏更不羣。

夜半

一夜無眠數首成，山妻勸我少經營。試聽窗外芭蕉雨，不是平聲便仄聲。

寄懷無可道人

當年流寓石城陰，正學荒祠日日尋。誰料金川門又啟，可憐高座寺重臨。閉關人似猿棲穴，煉性詩如鶴叫林。聞説潤州鉦鼓動，且將釵釧試禪心。

戲贈左子直納妾詩 用十二藥名。

今夜天仙子，當歸白玉堂。銀屏列雲母，錦幔綴流黄。重叠合歡被，絪緼沈水香。華燈照粉面，明月弄珠光。竹葉杯中酒，松花額上妝。含嬌尚紅蕊，結實定青箱。馬齒休嫌老，蜂窠一任狂。天門魂蕩蕩，地苄水汪汪。似鳳連翹足，非猿續斷腸。只愁萱草嫩，無計避淫羊。苄音『户』，即地黄。

上引第一首題畫詩，將竹子的勁節和風韻非常傳神地表現出來。第二首以夜半爲題，將自己詩興、窗外雨聲與作詩平聲仄聲聯繫起來，天然妙合，足見詩心過人。第三首寫給已出家的從子方以智，詩中回顧了當年叔侄二人在南京拜謁方孝孺祠堂的情景和志向，概括了方以智被迫出家的淒清生活，最後兩句以隱語方式似乎有通報抗清形勢和期望方以智還俗的意味，含蓄而富有深情。第四首用二十種藥名構思而成的五言排律，爲同鄉左子直（左光斗次子）納妾而作，游戲諧謔意味甚濃，足見以行醫賣卜爲生的作者的博學與詩才，雖然題材意義不大，但讀後不禁令人會心暢笑，拍案叫絶。

方文的詩風就是這樣明白曉暢，而又耐人尋味。孫枝蔚謂其『看似尋常最奇崛，成如容易卻艱難』〔四〕。陳維崧謂其『字字精工費剪裁，篇篇陶冶極悲哀』〔五〕。李楷謂其『樸老真至』〔六〕，紀映鍾謂其『堅老純熟，衝口而道，如父老話桑麻，不離平實，卻自精微』〔七〕。李明睿贊其『妙於序事，……蓋天下之景多同而情各異，情或同而事各異。爾止妙於序事，故其詩千態萬狀，無一字相同，良有以也』〔八〕。應該說，這些從不同角度和體會作出的評價，是基本符合其詩風實際的，同時也説明方文的詩歌在當時詩壇有着良好的聲譽和影響，這從當時二十多位詩壇名流（林古度、李楷、紀映鍾、施閏章、周亮工等）爲其詩集作序題跋的現象也可得到明證。但是，隨着清廷政治趨向鞏固和穩定，詩風走向也隨之變化。詩壇新秀後爲詩壇領袖的王士禛倡導『神韻説』，對方文詩風頗有微詞。朱彝尊則認爲『爾止間作可笑詩句，頗爲時論揶揄。然如嘉穀登場，或舂或揉，秕糠終少於粒米』〔九〕，肯定中有所保留，顯得平允一些。這種將詩歌審美標準『定於一尊』的做法，顯然偏頗。個人詩風的形成與變化，與其説是社會政治環境的原因，倒不如説與作家的社會地位、生活經歷和創作題材的關係更爲直接。試想，一生靠遊歷和行醫賣卜生活，又以詩歌爲生命所寄，所見所聞所感無不可以入詩的方文，選擇學習白居易，以平易俚俗的語言反映社會各方面的生活，表達真情實感是再合適不過的了。還是他自己道得明白：『布衣自有布衣語，不與簪紳朝士同。』寫于臨終前兩年的吴興贈嚴修人進士一詩，更鮮明地表達了他極具個性的詩學觀：『詩文妙處惟一真，真之至者能通神。俗眼塵昏那解此，但詩藻繢爲鮮新。老夫攻詩四十載，堅持此説終不改。世人疑信何足憑，千秋自有賞音在。』多麽自信，多麽豪邁！可見，自成一家，詩中有人、有事、有情，不重語言典雅，只求表現明白流暢，這就是方文的詩歌風格。詩歌創作，『寫什麽』往往決定着『怎麽寫』，而怎麽寫就體現着一種風格。由此可見，方文的詩歌風格正是明清之際時代風雲與作家特殊生活、經歷、感受相互作用的藝術顯現，它對於認識當時社會和研究明清詩風演變，尤其是敘事詩的發展，具有獨特的價值和意義。

三

方文是一位創作力十分健富的詩人。潘江龍眠風雅謂其『所著嵞山集五十卷，武林吴百朋欲爲鏤行之，而不果』。李明睿徐杭遊草序云：『爾止自弱冠即以詩名世將三十年，其生平所作，不下五六千首。』由此可見，方文嵞山集有五十卷之富，詩歌數量達六千首之多。據李聖華方文年譜附録一方文著作考云，方文在其有生之年隨抄隨刻的詩集就有敬亭草（明崇禎手抄本，佚）、武林草（明崇禎十六年刻本，佚）、嵞山集三十卷（清順治九年抄本，佚）、嵞山集三十卷（清順治十二年抄本，佚）、四游草（清順治末、康熙初刻本，佚）、丙午詩三卷（清康熙抄本，佚）等。此外，還有學術研究及文學批評著作易稿（明崇禎抄本，佚）、字學蒙求（清康熙抄本，佚）、詩文條貫十八卷（清康熙抄本，佚）、訊雅（明崇禎刻本，佚）、批杜詩（清抄本，佚）、杜詩舉隅（抄刻未詳，佚）、百韻詩注一卷（清刻本，存佚未詳）等。今存詩二十一卷（盦山集十二卷，續集前編即四游草四卷，後編五卷），係方文女壻王概爲使岳父詩作傳世，經篩選整理後，『質衣減食，竭蹶從事』（王概跋盦山續集後），於康熙二十八年（一六八九）刊刻，此時離方文去世已二十一年。潘江跋盦山續集後云，王子安節以盦山續集見貽，即效『盦山體』賦以志感：

吏部上書燒佛骨，拾遺廷諍卻沈香。當時風義成冰玉，殁後詩文賴表章。每惜盦山無嗣子，誰知天壤有王郎。捐資更欲刊前集，李漢焉能獨擅場。

對王概的行爲極力贊賞，認爲王概如同韓愈的女壻李漢一樣，在岳父殁後，竭盡全力刊刻其詩文集，使之流傳千古，以表達緬懷和紀念之情。同時可見，方文詩集在刊刻過程中，由於資金不足，先刻續集，再刻前集，歷時三年完成。是爲古懷堂本。該本單頁十二行，行二十一字；白口，無尾，四周單邊；版心標書名、卷次、頁碼。書中詩序、詩注皆雙行小字。鐫刻精良，字體清秀，堪爲善本，此後再無新的刻本。

此本分爲三集，前集盦山集係明崇禎丙子至清順治丙申年詩，續集前編即四游草係清順治丁酉至清康熙壬寅春詩，續集後編係清康熙壬寅至己酉年詩。每集均先按五言古、七言古、五言律、七言律、五言絶、七言絶等詩體分類，再按寫作時間順序編排，甚爲清晰。在校點整理過程中，我們發現書中多處因政治違礙字眼而出現的空圍。如盦山集卷二田間雜詠第四首中『吁嗟漢祚衰，□沙蔽人寰』，空圍疑爲『胡』字，卷七即事中『草莽自能標漢幟，衣冠不肯拜□□』，空圍疑爲『單于』二字等等。這些直接體現當時險惡政治文化特徵的地方，我們均保持原貌，不作徑改，以便讀者判斷思考。由於該書内容與清廷政治頗多違礙，因而在清乾隆年間多次遭到安徽巡撫、浙江巡撫、江蘇巡撫和軍機處奏繳禁毀〔一〇〕，以致流傳不廣。一九七九年，上海古籍出版社曾以該本作爲清人别集叢刊之一影印出版，現收入續修四庫全書第一四〇〇册。

這次整理，即以康熙二十八年（一六八九）古懷堂刻本爲底本進行標點，并加標專名號。同時搜集作者佚作、生平事迹及其有關詩歌創作等研究資料置於書後。全書編排順序仍依底本，僅將集中他人序跋題詞集在一起作爲附録，目的在於爲廣大古典文學研究者和古典詩歌愛好者提供一個普及可讀的整理本。需要説明的是，在校點整理本書時，已見李聖華先生的方文年譜出版，其附録中的方文著述輯佚等有關資料爲我們整理該書提供了方便，省去了不少翻檢之勞。在此基礎上，我們還輯得方文蘇武子遺稿序、方文評湯來賀内省齋文集祭羅以聲醫士文一則（李媛提供）、方文評程康莊自課堂詩集雨花臺詩一則（王漢民提供）。值此機會，特表謝忱。由於方文創作豐富，交游廣泛，其詩文肯定還有不少散見在當時各家詩文集中，今後如有發現當爲補輯。此外，安徽省古籍整理出版辦公室諸偉奇先生一直關心和支持本書的出版，在提高整理質量方面提出了很多有益的建議，彭君華主任最後對本書做了精心審定，責編李媛女士在編輯過程中更是付出了大量勞動，在此一并表示衷心感謝。

方盦山詩集校點整理係筆者與漳州師範學院中文系張則桐博士共同承擔的全國高校古委會項目，後又列入安徽省古籍整理出版規劃。值此出版之際，特向上述部門和單位一并表示謝意。限於水平，本書在校點整理和資料搜集諸方面難免有不足之處，誠望得到廣大專家學者和讀者惠教指正。

胡金望

二〇一〇年三月於漳州師範學院白鷺園

注

〔一〕方文詩現存盦山集十二卷，盦山續集四游草四卷，再續集五卷。有清康熙二十八年（一六八九）刻本。一九七九年，上海古籍出版社以該本作爲清人別集叢刊之一影印刊行。

〔二〕清潘江跋盦山續集後云：『王子安節以盦山續集見貽，即效「盦山體」賦以志感。』盦山續集前編徐杭遊草卷末，清康熙刊本。

〔三〕參見清朱書方盦山先生傳，盦山續集後編，清康熙刊本。

〔四〕清孫枝蔚題盦山先生續集乙巳丙午詩，盦山續集後編，清康熙刊本。

〔五〕清陳維崧題盦山先生續集乙巳丙午詩，盦山續集後編，清康熙刊本。

〔六〕清李楷盦山集序，盦山集，清康熙刊本。

〔七〕清紀映鍾題方盦山徐杭遊草，盦山續集前編徐杭遊草，清康熙刊本。

〔八〕清李明睿徐杭遊草序，盦山續集前編徐杭遊草，清康熙刊本。

〔九〕清朱彝尊明詩綜卷八十一引静志居詩話，中華書局二〇〇七年影印本。

〔一〇〕參見雷夢辰清代各省禁書匯考，姚覲光輯清代禁毀書目四種。

嶔山集

龕山集　卷一

集自丙子訖丁酉，是冬北上，諸詩載北游草，後俱編入續集。

五言古體

秋夜飲顧與治齋中 丙子。

英英天上雲，皎皎雲間月。清暉在山川，流光及城闕。南皋有芳徑，秋蘭應未歇。各攜一尊酒，相與坐林樾。主賢賓亦嘉，高言隨風發。白露變爲霜，夜久濕羅襪。不惜霜露泠，所患缾罍竭。哀鴻從東來，神思共飛越。嗟予懷昔遊，逸氣淩溟渤。歲月曾幾何，劉蘇已奄忽。劉同人、蘇武子。弊篋保遺篇，荒丘掩枯骨。感此淚霑臆，憂來不能抏。朝爲美少年，暮已垂白髮。歡樂須及時，沽酒市肴核。仰視明河低，恒星曙將没。織女不成章，牽牛不服軛。萬象均虛名，何爲自跪跪。願與同心人，西山采薇蕨。

李臨淮玄素招集松筠閣 丁丑。

大壑生秋雲，流陰被芳甸。之子蓄奇懷，中宵肆良讌。升階秉華燭，四座萃羣彦。旨酒一以湑，嘉魚一以薦。琴箏非昔響，商羽因時變。蓮閣有餘址，貝葉存遺卷。緬懷古哲人，芳薇幸未遠。起步梧竹間，微飈泠然善。玄素先公有貝葉齋、青蓮閣諸集行世。

石橋懷與治

昔年居南村，卜鄰近君子。春秋多晏閑，朝暮承音旨。三日不相見，形神罔依止。風人詠采葛，誰能別離此。今年居北門，相去八九里。君子抱沖素，往來艱步履。我行遭寇亂，憂患在遷徙。經旬甫一過，言笑無片晷。都門復戒嚴，黄昏斷行李。所以夏徂秋，勺酒未嘗釃。衡門石橋畔，屋瓦蔓瓜藟。橋上見明月，橋下聞流水。南村路何許，睽孤情尚爾。況乃隔中州，伊人渺江汜。回首念昔游，感歎不能已。願爲雙鴻鵠，比翼淩風起。

雲間五子詩 戊寅。删李雯一首。

陳卧子子龍

大雅隕霜露，周行蔽蓁蕪。浩浩穹壤間，誰秉達士模。東海産羣彦，踸踔才不殊。陳子特英勇，揚鑣奮前驅。惠心燭千仞，雄風扇八區。仰視秋雁翔，俛掇春華敷。左顧金瑯玕，右盻貂襜褕。琢詞淩謝鮑，吐略師孫吳。所願樹弘業，豈爲榮一軀。盛年構仁主，布武游天衢。從政白雲曹，銜恩日南隅。鶗鴂未及鳴，蘐草欻已枯。匍匐返中阿，聲詩播上都。名與五賢齊，千載信不渝。卧子觀政刑部，作五賢詩，謂王李七子。五子皆官刑部也。

彭燕又賓

時俗何工巧，改錯背繩墨。文區既波詭，辭府亦雲慝。彭子懷古歡，眷言崇令德。馳情抗三代，弘覽包九域。倡言發新聲，標義遵往式。衆星光離離，共指勾陳側。長樂既軒翥，時夏彝仲授長樂令。惠州亦遐陟。陳卧子授惠州李。傷彼寒泉井，過時人不食。行路或咨嗟，達士乃恬默。南方有奇鳥，丹丘斂羽翼。朝飲澧水泉，暮食梧桐實。應運翔中天，將以輝王國。

當其未遇時，凡鳥豈能測。

徐闇公孚遠

闇公青雲器，蟄伏東海濱。神理何淵浩，標持亦嶙峋。博覽崇漢魏，纖辭鄙梁陳。作賦擬三都，著論侔過秦。所務在秋實，不獨春華新。俯仰千載間，王綱頽復振。禄食逾千億，誰是英雄人？君懷經世略，自比管樂倫。挾策不見收，壯志猶未申。垂竿泖澱水，長與鸞鶴親。六翮豈終鎩，行矣淩秋旻。

朱宗遠灝

曉日游湖山，輕煙動微吹。黄浦湛清華，機山藹蒼翠。須臾雷雨作，天水相虧蔽。上疑虎豹鳴，下見蛟龍戲。山川富變化，鍾靈詎一致。雲間數君子，文質頗相似。宗遠何獨奇，流韻迥孤異。杼柚象天工，五采互交織。厥文信奇險，厥人廼温懿。辭榮慕王霸，干禄笑毛義。家園蒔蕖荷，石户封薜荔。有時拂絹素，忘言寫高寄。彷佛龍眠圖，不數輞川記。内美何紛吾，令余發長喟。

單質生見訪僧舍并惠三忠集答此

高樹引秋蟬，空梁逝春燕。昨宵微雨集，重陰滿僧院。之子一來過，羃人共談讌。秀采本淪漪，腴詞復菁蒨。內秉金石姿，匪直情婉孌。稽古式芳躅，懷忠耿遐眷。下上漢宋書，獨愴武侯傳。煩寃痛鵬舉，轗軻欽履善。流覽未及終，風徽宛可見。汨余有同心，參差淚如霰。三忠蓋諸葛武侯、岳鄂王、文信公也。鵬舉，鄂王字；履善，信公字。

留别楊愛生兄弟

新秋游雲間，載啟楊子闈。時尊人龍友爲華亭廣文。楊子邈何之，白下仍未歸。琴書雖寂寞，舍館含清暉。仲子出迎客，芬馨襲人衣。徜徉梧竹下，魚鳥皆忘機。伯子從吴來，停橈即開扉。金罍貯名酒，玉軫揚高輝。一杯彈一曲，所願無乖違。如何舍兹去，刷羽西南飛。江南雜秋樹，遠望帆影微。相送徒悠悠，相思乃依依。安得費長房，以解長渴饑。

送萬茂先應徵北上

之子遊白門，僦居近長干。卧病罕酬酢，户外秋陰寒。我來自吴會，芳草露已溥。一揖未及終，沃若平生歡。同心指松柏，高言洽芝蘭。惠我瑶華篇，佐以青琅玕。感兹意纏緜，盛之雙玉盤。所恨舊京廣，敝廬偏西安。予居西安門。道里何阻修，來往徒步難。揚鞭日一過，話言傾肺肝。薄暮催歸去，中宵起浩歎。雞籠山崒嵂，秦淮水瀰漫。商飈降園囿，柔條坐催殘。燕鴻相背飛，各自振羽翰。我行歸故鄉，扁舟發江湍。君行應明詔，驅車渡桑乾。執手莫能别，含情多悲酸。仰視天宇空，客星光桓桓。聖人勞寤寐，張羅五雲端。莘野釋耕耒，磻溪揮釣竿。之子起南州，善類鮮不歡。陳君既叱馭，時士業已授晉州。劉子亦彈冠。伯宗亦將戒途。沈生三上書，至言道不刊。執政雖未收，高風激頽瀾。眉生三疏劾時相，忌者不令封入。我觀今日勢，危殆如累丸。寇盜盈中州，戎馬驕三韓。旱澇復頻仍，民力業已殫。子成萬言策，炯炯一心丹。須臾奏承明，崇班入鵷鸞。罩罩歌嘉魚，坎坎詠伐檀。錫爾一命榮，慎勿卑小官。丈夫志功名，尺寸亦可觀。何爲守章句，盛年棲考槃。行矣促蒲輪，前途願加餐。

病中柬錢吉士己卯。

夙齡抱微尚，思君良有年。吴門罕觴詠，白下曠舟旋。山川修且阻，中懷鬱不宣。三復蒹葭詩，怊悵誰爲傳。

伯宗游虎丘，尺書因風發。君復游嘉禾，雙魚冷秋月。思情日已深，音問日已闕。三年不相見，微衷詎能竭。憶昔城南寺，道體方違和。杜門謝車馬，不敢頻相過。今兹來長干，我病且奈何。撫枕長歎息，仰天發浩歌。

送王幼公之毗陵

商飈振林薄，脱葉盈江湄。衆草既衰歇，鶗雞復鳴悲。東家娶新婦，西家守空帷。物候本不殊，苦樂各異宜。憶昔故鄉日，與君讀書時。共秉珪璋器，各挺龍鳳姿。同堂屬高文，連牀和新詩。疑義每交質，歡情兩不疑。有時涉江湖，筆研長相隨。雨花秋月冷，九子春雲垂。蹉跎十四年，出處何曾離。今年齊射策，言論争瑰奇。爾獨奮六翮，高舉翔雲逵。夙好二三子，翻蜚亦參差。我命何坎坷，鎩羽歸山陂。席門掩窮巷，殘花綻疏籬。飲酒不成醉，仰天長嗟咨。達人慕功名，富貴安爾爲？所恨歲月逝，懷抱不得施。今爾揚輕舟，毗陵省其師。不忘攜手好，殷勤就我辭。何以贈君言，古道永相持。君家喪亂後，寄食樅水涯。上有白髮親，下有無母兒。行矣勿久淹，繁華是歸期。

獨酌柬戴敬夫

秋陰三五日，積雨迷荒苔。我既不得出，故人亦不來。午餘少明霽，悵望登高臺。楊柳亦已萎，梧桐亦已摧。雲天杳漫漫，漸聞鴻雁哀。感此蕭瑟情，懷抱爲誰開？呼兒貰村酒，頹然進一杯。痛惜少年時，去者不復迴。海宇近多故，君相求異材。天地本無私，何獨窮我哉。

容城答鄭魯若兼寄沈眉生 庚辰。

春陰亘宵旦，雨霰盈荒城。旅次寡良仇，中懷闕歡情。出門邁之子，攬衣道平生。煦氣轉林柯，好鳥時復鳴。
清谿昔遊燕，歲星今歲度。駑馬既偃蹇，美人亦遲暮。修名恐不立，壯顔未能駐。顧盼二三子，比翼翔天路。
夙興憩蘭若，惠我金石辭。英義揚古華，密情麗繁枝。撫賤足永歎，告勞益深悲。獻歲征途間，役役何所爲。
卓爾敬亭友，盛年樂高蹈。軒服脱若遺，丘園從厥好。風規本遐舉，學積更淵浩。何以寄相思，因君寫懷抱。

送姜如農明府擢儀部

門有車馬客，駕言還帝鄉。逸翮順天風，逍遥東北翔。昔爲真州宰，墨綬垂芬芳。報政逾十年，令聞昭四方。羣公極推轂，玄幣争相將。側耳聲雝雝，高鳴梧桐岡。如何循階序，始拜春官郎。聞者或歎息，行道亦慨慷。達人廼沖恬，謙讓猶未遑。此意亦何深，此器安可量。容臺備禮樂，萬古生輝光。我有姊氏吴，苦節凜冰霜。幽居四十載，郡邑多褒揚。直指采其風，將以告明堂。聖朝重廉節，闡幽無遐荒。所賴大君子，惻然沛天章。匪直爲匹婦，實乃扶頽綱。恩波潤金石，没齒無相忘。

秋浦感懷呈劉伯宗 辛巳。

桐山麗江北，江南即池陽。相去不百里，一葦輕可航。憶我昔遊此，覆額髮始長。雖抱固陋質，才思殊清揚。執鞭事君子，日月分餘光。器我以瑚璉，贈我以珠璫。自許天路近，逸足當騰驤。奈何命不尤，膂力忽已剛。蹉跎至三十，尚困諸生場。形容就枯槁，意氣亦頽唐。況乃逢世亂，流離客他鄉。蝘蜓笑蛟龍，斥鴳欺鳳凰。俛首對少年，惻惻心暗傷。君子懷古義，繾綣情弗忘。中夜聞我至，叩門訊行裝。佇立風露下，屏營訴穹蒼。佳會卜良辰，衆嫮升高堂。華筵具珍膳，桂酒泛金觴。吴姬兼楚女，臨軒奏笙簧。始歌猶艷曲，曲終發清商。悲聲四野起，寒風薄衣裳。秉燭歸館舍，悵然著斯章。

留别吴尚乾

君自湘東來，我向淮西去。停舟立柴門，垂楊亂春絮。我自淮西歸，君復向江北。駐馬入空齋，楓林變秋色。孟冬江北還，我又歸桐山。相思日以篤，相見何其艱。當代論交情，如君能有幾？安能久别離，蹀躞溝頭水。丈夫本貧賤，況值凶荒年。謀食走四方，同病交相憐。今朝始傾蓋，驚歎顔色改。白門且暫休，勿遽歸東海。況乃春氣至，梅花遍江南。雙擁大小婦，醉卧烏龍潭。

題韓孟小母氏卷

我友韓伯子，天懷本淵懿。事親以孝聞，宗黨稱其義。一日縞衣冠，向予發長喟。爲言母氏賢，士女德皆備。可以式宗國，匪獨表中饋。厥考君孺公，少有鴻鵠志。讀書諳兵法，多勇復多智。慨慷思奮身，提戈出邊地。欲繫單□頸，或答中行背。勳名著竹帛，通侯取如寄。可憐數不偶，蹉跎老將至。困頓丘壑中，霜刃不得試。母氏結同心，黽勉襄所事。授書教令嗣，蔚爲圭璋器。禄養方有期，一朝先見棄。飲恨終昊天，徽音略可記。椎牛勿復言，懷橘將安遺。感此傷中情，潺湲涕霑袂。

禊日與蔡芹溪同舟作 壬午。

穀旦屬元巳，春雲澹天宇。揚舲自石頭，須臾達牛渚。好風雖云樂，未若同心侶。提壺向江市，年荒乏清醑。歸來掩衾卧，切切共私語。中宵四鄰静，北風灑微雨。借問敬亭山，相去復幾許。良朋咸在兹，先期命雞黍。山川尚靈異，交情貴爾汝。苟能偕所歡，焉知困羈旅。

梅朗三招同劉長倩龔孟章集天逸閣

故人有高閣，乃在宛水東。逶迤三重階，四眺環菁葱。厥名曰天逸，弗與人情同。借問誰構此，前賢禹金公。一室抱遐尚，萬里揚清風。文孫紹丕業，束髮居其中。讀書三十乘，篇翰靡不通。摛藻發春華，流光奮秋鴻。制作日以富，譽望日以隆。有客南都來，執契求良工。握手道古歡，嘉言愜深衷。置酒此高閣，羣花發幽叢。微醺立池上，仰視天宇空。烈士丁盛年，焉能守困窮。努力樹修名，千載要所終。

王抑之招集齋中有贈

東風扇繁囿，羣芳粲朱紫。豈無桃李花，所佩在蘭芷。宛陵富英彦，我愛王叔子。秀質本天人，孤標特清峙。觀書式前哲，高文藴遥指。神交歷三歲，把臂自今始。草堂招我入，酌酒多且旨。翠幘出朱顔，清謳發皓齒。中宵風雨集，痛飲弗能止。振衣起長歎，慷慨寧在此。世路既波靡，文區亦雲詭。多君懷古歡，出門遘知己。我雖長賤貧，未敢忝素履。勉勉崇令德，相期麗青史。

湯君謨讀書敬亭寄此

美人抱幽質，索居敬亭隈。瑶琴向雲展，錦字臨花裁。十日不一出，巖户封蒼苔。前夕與我約，月明登兹臺。蟾兔忽已缺，軒車猶未來。相思盼雲鳥，悵望心悠哉。紈扇動涼颸，絺衣生浮埃。何時就清盥，一洗煩襟開。

送劉孔安北上

萊蕪甑中塵，栗里花下辭。古道諒匪遥，高風在今兹。劉公挺奇節，矯矯松柏姿。出宰兩巖邑，弘譽東西馳。傲吏忽解綬，家無百金貲。妻子不能飽，脱粟手自治。散步衡宇下，逍遥詠新詩。大雲起幽壑，徵車來何遲。主聖相且賢，玄纁降茅茨。貞士本懷恩，微官詎能辭。天路翔羽儀，華動及良時。

送三兄仁植先生應召北上

東方天未明，仰首盼辰極。燭燭三能光，左右勾陳側。行人夜中飯，宵征自努力。豈不憚遠途，將以匡王國。昔擁湘南節，勳伐垂峴山。讒人交間之，天路罹百艱。荃始察中情，錫以雙玉環。歷陛噉弘謨，穆穆開睿顔。朝發瓜步渚，暮宿維揚城。舍舟命車馬，遥遥抗前旌。公孤虚左席，焉能緩王程。可憐人異雁，不及同飛鳴。衆芳競春華，寒菊晚始秀。受氣本不殊，華滋有先後。良人苟搴采，雖晚亦何咎。但恐隨秋草，寂寞委園囿。

送侯赤社北歸 赤社家商丘。是年寇陷，避地于越。

有鳥東南飛，千里以遨遊。因風止江介，毛羽何修修。顧念平生巢，摧頽委荒丘。三日不得食，能無稻粱謀。延頸望八方，鳴凰居上頭。行行與之會，逸響聞中州。我欲從此鳥，惜哉非匹儔。徬徨岐路側，日暮生煩憂。

吴静腑招同黎美周侯赤社康小范邵思遠胡豹生諸子燕集 時令嗣舉于鄉。

玄鶴在九皋，弗與雞鶩羣。有子相和之，厥聲天下聞。毛羽焕草澤，逸翮升層雲。後先雖不齊，顯晦終詎分。憶昔上君堂，江華歲方早。别去十二年，相逢顔色槁。門巷許重過，森森秀瑶草。榮名何足侈，介福以爲寶。

嚴子餐招同王宇安暨令嗣茂遠朱岷左吴岱觀夜集有懷亡友子岸

凛凛歲云暮，北風凄以陰。萬物各有歸，而我獨滯淫。美人懷古處，嘉招入中林。舉觴命親串，有酒當酌斟。同堂皆素歡，良會匪自今。遐矚寫幽抱，高言流好音。君家令兄弟，川岳齊高深。梁木早見摧，惻焉傷我心。思欲追遺響，託之于瑶琴。琴與人俱亡，涕下誰能禁。

贈張長仁職方 癸未。長仁選明詩。

君產南海濱，我家在東吴。山川阻修敻，望望天一隅。何期飄蕩間，所願與會俱。片言當心曲，金石良不渝。采風志明盛，雅音來八區。顧我本弱質，焉能窺哲符。石亦可爲錯，媸亦可爲姝。永懷知己恩，恧然中自虞。

贈姚有僕進士

矗彼秦望山，乃在東海邊。山勢鬱且奇，文木托其巔。上枝拂垂雲，下根入重泉。本爲明堂用，一室寧足賢。匠石貢其材，直至君相前。巍巍巨麗觀，可支大厦顛。古人懷所思，欣慕爲執鞭。汩予幸同時，馳情麗雲天。願君察識此，中道勿棄捐。何以致殷勤，布兹文木篇。

宿何軥亦齋頭兼贈令嗣以燕

君家南山下，門外江水清。南山動微和，江水湛虛明。我來就君宿，不厭雞黍情。登樓恣遐眺，梅柳抽羣英。五子皆鳳雛，長者六翮成。臨流鑒毛羽，文采列星晶。延頸望天風，將飛遊上京。亦有翛翛翼，顧盼失平生。

贈顧匠先兄弟

矯矯雙黄鵠，萬里翔雲逵。當其戲沙渚，雞鶩亦見欺。顧生年二十，盼睞多光儀。束髮受三禮，文辭何瑰奇。令弟亦懷瑜，出入肩相隨。偶然度湖水，羣梟肆猖披。毛羽雖見摧，昭質焉能虧。爲我語顧生，富貴各有期。努力及明時，高門益華榱。丈夫志四海，閭井安爾爲。

無題

夾巷何逶迤，層樓亦嵯峨。樓上有好女，自名爲女蘿。女蘿本柔條，托根松柏柯。其性喜纏緜，斯意良足多。有客江上來，停車此經過。目挑復心與，徘徊立城阿。要我入曲房，臨軒寫雙蛾。中厨辨珍膳，一飲朱顏酡。問客何時歸，陽春待微和。悵然惜分手，歡聲變悲歌。感此未别情，别後將如何。

宋遺民詠 甲申。有序。

程篁墩先生作宋遺民録於萬曆初年，是時海内全盛，人争趨朝。而先生即興懷遺民，亦奇矣。崇禎甲申之變，從古所無。士生其時者悲痛欲絶，甘心隱遯，不復萌仕進之念，因取宋遺民而詠之。第先生所録僅十一人，以予所聞則有趙子固、吴子昭、劉會孟、黄東發，其他尚不止此。姑就所知十五人各繫一章，亦可以知予志之所在矣。

唐玉潛珏 會稽人。

宋祖受周禪，仁厚世相承。國亡非失德，運去良可矜。胡天降酷罰，妖髡掘諸陵。玉柙委荆棘，珠襦棄溝塍。唐生一寒士，感此痛不勝。傾家結少年，忠憤人人能。夜竊其骨歸，石函抵金縢。葬之蘭亭山，種樹表升恒。義聲日漸著，遂爲神祖憑。假手袁治中，家道勃焉興。買田與娶婦，胤繁壽亦增。斯人何所求，天道庶有徵。

張毅父千載 廬陵人。

毅父山澤臞，文公同邑友。當公貴顯時，屢辟辭弗受。及其被拘縶，扁舟過江口。慨然請偕行，捍衛如兩手。僦舍近囚所，時時進脯糗。三年如一日，勞瘁不言久。先期製木櫝，臨難函公首。已又收公骸，肩荷向南走。歸葬父母邦，此心始無負。友道今淩夷，盛事垂不朽。

王鼎翁炎午 廬陵人。

文公忠宋心，皜皜如白日。鼎翁者誰子，猶未信其實。彼非不信公，愛之惟恐失。創爲生祭文，辭義何凜凓。冀公一見之，奮迅就斧鑕。公實未嘗見，任運閉幽室。百鍊終不柔，三年願始畢。生死豈由人，祭者覺無術。梅邊人自豪，雄文亦罕匹。尚有吾汶藁，恨未見全帙。

謝皋羽翺 建寧人。

皋羽故素封，破家爲勤王。曾參文相軍，合力奮戎行。皇天不我祐，文執謝竄亡。流離閩越間，久乃至浦陽。浦陽方韶卿，言潔而行芳。皋羽依之居，倡和多篇章。玄冬至嚴瀨，上有西臺荒。設位臺東隅，慟哭裂中腸。擊石爲楚歌，竹石俱損傷。作記多隱語，祇欲名山藏。豈知晞髮集，日月争光芒。

方韶卿鳳 浦江人。

浦江有著姓，實爲玄英孫。高風被婺睦，復有韶卿存。在宋本未仕，切切懷宋恩。隱居仙華山，讀書蒼松根。交游有吴謝，節義相與敦。謝死無所歸，痛如親弟昆。葬之乃祖側，歲時薦蘋蘩。行年八十二，此志不少諼。存雅故有集，遺詩數千言。惜予未及睹，他年訪其門。

吴子善思齊 永康人。

贊府雖小官，忼直忤時貴。性復好施予，其家日窮匱。飢餓常經旬，絶無仕進意。晚乃得聾疾，甘爲人所棄。結交惟方鳳，謝翱亦同志。三人遊山澤，歌哭有奇致。仙華古石巖，隱隱見題字。及觀俟命録，壽夭果不二。

鄭所南思肖 連江人。

憶翁客吴門，年齒未衰暮。祇因傷故墟，終身遂不娶。有田施諸僧，梵刹悉吾寓。坐且不嚮北，北人焉肯晤。寄興或寫蘭，恥作泉石具。吐詞惟痛快，忌諱所不顧。當時文網密，肝膽向誰訴。其書曰心史，鎔鐵以爲錮。沈之枯井中，三百年始露。出世曾幾時，朔風又如故。顯者忌其言，高人益欽慕。金石有銷沈，此書終不蠹。

梁隆吉棟 鄂州人。

梁公宋進士，隱居大茅峰。感時好吟詠，秀拔如貞松。曾作茅峰詩，中有雙飛龍。醉題僧屏扆，宵小妒弗容。指其誹謗罪，將以血釁鐘。捕逮至燕獄，穴屏而相從。縲絏凡數年，幸脱歸爲農。晚歲寓金陵，嬉游信孤筇。詩律益悲壯，逾爲人所宗。死葬石城南，至今仰高蹤。

龔聖予開 山陽人。

文陸二先生，忠烈震華夏。當時賣國人，尚有訾之者。龔生奮直筆，作傳告天下。序事最分明，況復文詞雅。往來吴越間，傷心舊宗社。其詩淒以悲，繪事亦瀟灑。同時有龔璛，其名與君亞。人比漢兩龔，尤珍聖予馬。

汪大有元量 錢塘人。

大有一琴士，曾被宋主知。三宫既北遷，侍衛同驅馳。丞相在獄日，抱琴一訪之。文山感其義，爲題水雲詩。幸不死沙漠，惆悵南歸時。尚餘舊宫人，相送出城來。援琴一再鼓，胡馬皆嗚悲。所以謝皋羽，譜作江南詞。

林景曦德暘 温州人。

拾骨玉潛事，或傳爲霽山。當時有同心，未必遽相關。辱身爲丐者，持筐故陵間。遇物即掇取，俗人豈防閑。猶恐蹤跡露，鑄金賂諸奸。遂得高孝骨，昏夜負之還。蘭亭種冬青，其事凡兩見。夢中詩四首，亦載唐君傳。莫知誰作者，大抵皆奇彦。我觀白石集，風雅窮正變。其中贈唐作，冬青在所羡。前詩似景曦，特爲玉潛撰。

趙子固孟堅 吳人。

子固與子昂，俱爲趙氏孤。才智亦相若，品格何其殊。厥兄隱水國，從不履闉闍。縣令往見之，飛棹入菰蒲。可望不可即，展矣朱鳳雛。令弟吳興來，拒之鍵門樞。阿嫂啟後户，一揖坐須臾。開口問苕溪，勿使溪水洿。子昂慚而退，呼童洗坐隅。惟恐有腥穢，辱我青氍毹。嗟彼承旨者，失身亦何愚。

吳子昭雯 吳人。

子昭生元初，宋亡二十載。秉性不肯仕，甘心蹈東海。是時草莽間，尚有遺黎在。君從問往事，記述若有待。錢塘宋故都，每歲遊者再。徘徊舊宫闕，欷歔發長慨。尤喜詩與歌，聲出似天籟。時人罕得聞，所狎樵牧輩。天運苟不回，老死復何悔。

劉會孟辰翁 廬陵人。

須溪以諸生，廷對忤似道。羣薦不入官，丘園從所好。讀書深山中，詩史靡不較。酷嗜九種書，丹鉛得其要。當時富貴人，落落罕同調。惟有文與江，二相通懷抱。厥子曰尚友，文筆亦奇奧。父子擅作述，砥礪在忠孝。宋史逸其名，何以闡高蹈。

黄東發震鄞人。

幼讀諸儒書，黄氏有日抄。經史頗淹貫，事理能并包。傷哉孔孟徒，生於宋元交。釋褐爲循吏，掛冠隱山坳。紀年曰咸淳，弗以至正淆。同時吴許輩，其器豈斗筲。儒術各有得，禄位誰能拋。辟如楊子雲，終難解客嘲。

石臼湖訪邢孟貞

鼎湖雷電合，龍馭奄上賓。率土皆怨痛，況乃忠孝臣。之子秉至性，聞變號蒼旻。胡天降百殃，覆用亡其親。君親理則一，孺慕情尤真。我來唁君喪，直至湖水濱。生芻聊以薦，薤露不敢陳。上壽逾七十，有子賢且仁。牖下獲考終，曷爲苦悲辛。大孝不毁性，所願珍爾身。

邢韓並巨室，累世湖上居。聚族各千百，比屋成村墟。風俗既淳美，山川亦蕭疏。永無兵寇患，尚有唐宋廬。我昔與君約，隱兹結樵漁。矧今逢世亂，出門行趦趄。徙宅傍故人，嘉木蔭有餘。僦田種禾豆，乞圃蒔瓜蔬。可以長子孫，還能教詩書。晨夕樂相過，知君無棄予。

送馮躋仲歸慈谿

世亂如洪波，濟川在舟楫。苟非風雲會，敬身勿輕涉。譬如窈窕女，蠶桑本素業。寧爲貧人妻，勿作富人妾。爲妾易捐棄，中情常恇怯。不如待六禮，糟糠永相協。感此實幽貞，無爲傷井渫。

潤州訪楊龍友兵憲 乙酉。

南都富佳麗，東風扇和柔。萬物各有適，吾生獨懷憂。撫牀不能寐，振衣起行游。行游欲何之，美人在芳洲。浩浩長江水，三山峙中流。持節整王師，恩威播遐陬。夙昔渥君澤，頂踵亦已周。所愧細微質，弘施詎能酬。太湖有笠澤，蒹葭廣以修。其中隱君子，招我爲匹儔。野性本麋鹿，樂此將歸休。揚舲入京口，徘徊一停舟。丈夫感知己，干禄道所羞。勿謂隨陽鳥，區區稻粱謀。

三月十九日作 時在京口，與邢昉、史玄、潘陸、錢邦寅、范景仁登北固山拜哭。

烈風吹黄沙，白日黯無光。江水聲震蕩，草木零芬芳。莫春景物佳，何爲倏悲涼。痛哉今日月，我後罹厥殃。天人有同心，終古猶盡傷。一從神京没，河北非我疆。龍種陷荆棘，未審存與亡。羣盗匿函谷，頃復奔湖湘。王師豈不多，疇能奮戎行。小臣本微細，憤懣結中腸。陟彼西山顛，涕泗瞻北荒。奄忽歲已周，哀情若新喪。寄言百君子，舊恩安可忘。兹辰易文繡，縞冠白衣裳。北向一稽首，臣庶義所當。曷忍處華屋，對酒鳴笙簧。

從吴錦雯讀宋玉叔詩喜而有寄

有客新亭來，示我白紈扇。其上放歌行，高文一何絢。借問誰作者，江南罕兹彦。山東宋叔子，稽古破萬卷。英聲震金石，雄風走雷電。厥昆並人傑，義旗舉鄉縣。孤軍克羣盗，一身經百戰。斯世求異才，伊人尚微賤。惆悵掩尊酒，何時共歡讌。

丹陽道中懷古

范公古豪賢，曾涉丹陽路。停舟一登岸，偶與石生遇。爲言身困窮，衣食罕所措。二親在淺土，欲葬乃無具。執手聞斯言，惻然動情愫。有麥五百斛，可以爲君賻。孑身還東雒，趨庭道其故。父子復同心，輕施諒不悞。斯人悵已矣，千秋耿遐慕。

贈趙止安先生 丙戌。

毗陵昔多賢，近代有其二。一爲孫文介，一爲張清惠。高風扇區宇，頽波激標季。我生雖同時，幼小不及事。今年過仁里，二公皆已逝。九原不可作，臨河發長喟。繼起有趙子，禔躬亦純粹。遵路步前哲，嘉修果無愧。釋褐將十載，蕭然類寒士。僦居城東隅，疏林面荒寺。葵藿常弗飽，焉能免憔悴。有客上君堂，心言不遐棄。共秉松柏姿，各懷金石義。舉世雖沈冥，斯人無改易。黽勉崇令德，白首應不替。他時弔古者，張孫同傳記。

白下移居 丁亥。

城南有荒寺，云是古瓦官。傑閣雖淩夷，香林未凋殘。我性本孤癖，憩此中心歡。山僧敬愛客，假寓良非難。一室容偃卧，三時恣盤桓。讀書有真樂，不畏飢與寒。鄰人售餘屋，移家此偷安。風雲苟未會，且作龍蛇蟠。鄰園有嘉樹，密葉何青青。厥名女貞實，移植吾中庭。春夏既滋茂，秋冬亦不零。結實貫冰霜，纍纍若繁星。采之薀清酒，可以延頹齡。人生同方池竹籬外，我欲種芙蕖。家人不好潔，往往畜雞豬。白水徒溷濁，芳園少糞除。今夕爲我室，明旦他人居。曷不歸湖山，徜逆旅，天地亦蘧廬。室家何足道，且還玩詩書。今夕爲我室，明旦他人居。曷不歸湖山，徜徉任樵漁。

久不得子留消息 戊子。

仲夏湖上別，相期晤秋初。豈知去海東，滯淫一載餘。嘉會既已艱，好音亦復疏。引領望雲樹，安能免欷歔。嗟爾有頑父，所志在簪裾。千秋萬歲名，棄之如敝苴。用此爾失歡，不得歸里閭。自昔與我約，南山可結廬。秉耒學躬耕，願爲桀與沮。獨少買山錢，此意竟趦趄。游魚懷舊淵，飛鳥戀故墟。終當諧所願，白首共菑畬。

麻城贈枯木大師四十八韻

富貴人所欲，今人亦何偏。自少至於老，無時無糾纏。聲色好美麗，飲食求甘鮮。宮室喜丹雘，車馬争肥堅。獲什必覬伯，獲伯必覬千。獲千必覬萬，百萬猶欿然。所以終其身，困憊無息肩。名節亦可毁，軀命亦可捐。廉耻道盡喪，所嗜惟戔戔。末俗有通病，盧扁難以痊。達人非猶龍，烏能拔重泉。吁嗟槁大師，所謂真豪賢。師本貴公子，家世甲湘川。弱冠富文采，風流復翩翩。才名馳海内，震動三十年。注官執金吾，出入禁掖前。夷然不屑顧，逸氣淩蒼玄。平生好遊俠，賓客嘗滿筵。擒詞進吴越，擊劍來幽燕。一贈輒千金，一飲動萬錢。有時涉江湖，桂楫沙棠船。有時歸里舍，寶馬珊瑚鞭。良疇被原野，廣厦通市廛。歌舞充後房，諸姬鬬芳妍。及時共娱樂，寧復知憂悁。一朝遘世變，陵谷倏以遷。師乃抱大痛，祝髮逃諸禪。他人逃禪者，尚不屏世緣。師於一切累，曠然無拘牽。有子纔五齡，秀惠誕自天。厥母年始笄，嬌弱尤可憐。繼室亦蘭茂，嗣君復珠圓。師悉不介意，棄之如浮煙。有田八百頃，百頃遺乃傳。其餘散宗族，以半爲佛田。世間慳吝者，視此奚天淵。師晤懺悔理，自陳昔多愆。從此習苦作，不令體柔便。一笠一蒲團，行脚荒江邊。晝則倚樹立，夜則枕石眠。肘見知衲破，踵決知菲穿。飢時向孤村，持鉢乞粥饘。嘑爾色不忤，呵之貌益虔。我問師名字，師默不肯宣。浮雲翔野鶴，高樹鳴秋蟬。吾從出家後，名字遂忘焉。傍有識之者，此是梅惠連。

小孤山詩

我祖斷事公，諱法，字伯通。建文朝舉于鄉，授四川按察司斷事。靖難兵取南京，天下藩臬官皆有賀表。公不肯與名，被逮。至望江，紿守者曰：『此吾父母邦也。幸寬我械，容治酒北向而拜，以盡人子之思。』守者許之。于是衣冠立船首拜。拜畢，躍入江而死。妣鄭孺人會赦歸，苦節四十年，懷其爪髮葬于東龍暝山。今戊子七月，八世孫文自楚歸，過望江，欲獻憑弔，求我祖所沈之處不可得。因見小孤危峰崒嵂，莫可攀躋，忠義之魂當萃于此，故作小孤山詩。

高皇造區夏，大寶遺冢嗣。成祖本燕王，智勇奪神器。四海義不服，争欲殉所事。方黄及齊練，皎皎著天地。我祖山澤民，嗣君舉鄉試。厥師即正學，風節夙相勵。不敢卑小官，攜家走荒裔。于職何重輕，矢心必無二。是時盛誅戮，忠臣無噍類。我祖不動心，恬然就拘繫。舟行至望江，左徒入夢寐。乞拜先人壠，少展游子意。衣冠立船首，拜罷發長喟。舉身躍洪波，竟逐彭咸逝。有司憐其忠，妻子幸免議。狼狽歸故山，爪髮同坎瘞。厥後二百載，子孫亦昌熾。嗟哉遜國時，風尚惟名義。真人本同出，門内相吞噬。臣僕非二姓，九死猶未悔。何況□□分，禮樂悉淪棄。我祖設在今，悲憤復何似。浩浩長江水，小孤山獨異。巉巖如其人，靈爽此高寄。後死者誰子，祖風得無愧。

寄酬李溉林明府

南方有佳人，卜居在秋壑。白日長苦飢，上山採薇藿。當其年少時，顏色桃花若。鄰里争相求，不肯苟然諾。欲擇千古士，始遂百年約。以此竟蹉跎，歲月忽已索。況遭兵火亂，家室盜所掠。流離山谷間，依人習耕作。誓以處子終，不復通媒妁。使君東方來，光輝燦城郭。遣使與之言，願得充帷幕。爲我謝使君，此意諒不薄。顧我非盛年，容華久凋落。君即不我棄，寧無自愧怍。日暮下山路，西風吹敗籜。不及雙飛燕，銜泥巢君閣。

石臼湖贈邢孟貞兄弟 己丑。

春郊偶一出，十日猶未還。曖曖湖上村，漠漠湖中山。臨水百餘家，一姓居其間。其間隱君子，與我情相關。茅堂治雞黍，各言良晤艱。願爲平原飲，此興殊不慳。試觀名利客，汲汲多愁顏。誰能脱塵務，如我數人閑。

邢孟貞復去白門予送之郊外賦此

人生如枯蓬，飄飖隨風沙。朝猶同一隅，夕乃在天涯。臨别不忍發，握手長吁嗟。君鬢已成雪，我髮亦將華。俱非少壯年，安得久無家。仰視浮雲陰，白日忽西斜。徘徊岐路間，飛飛羡歸鴉。

贈林殿颺

我來姑孰城，側身寄蕭寺。密竹當窗牖，霜風動寒吹。有客在比鄰，閉門人罕至。中夜激高歌，商聲滿天地。借問歌者誰？四明林給事。給事先朝彥，峥嶸公輔器。世變遭坎坷，零落東海裔。我雖面未覿，十載有神契。知爾懷舊恩，蹇蹇王臣義。嘗以金石心，發爲琅玕字。梁姜及陳宮，四子乃同志。哀吟互相答，古歡庶無愧。今我一讀之，泫然輒垂淚。自非至性人，曷敢輕相示。君復爲我言，龍駒早奄逝。卜夏情最傷，喪明猶不置。我亦抱斯痛，聞言心如剸。乾坤既傾覆，賢者合憔悴。君臣父子間，慘烈胡獨備。天道不可知，令人發長喟。

詠史 庚寅。

季主楚大夫，義不臣漢皇。側身長安市，賣卜以自藏。宋賈同車來，列坐弟子傍。俛首聽其言，驚顧不及詳。翻爲長者笑，忸怩面無光。務華而絕根，他日終自傷。

百錢即有餘，千駟何足道。優游下簾時，觀易窮窔奧。嗟彼揚子雲，美新亦何耗。吉凶前民用，鮮不詑靈異。君言實無心，聊以示趨避。當時何鄧流，豈不盛權勢。高人目爲鬼，今古同一喟。正言摧史稱郭景純，嗜酒復多欲。匪不愛其生，求死恐不速。王敦謀逆初，焚香召君卜。正言摧折之，引頸受刑戮。雖云數當盡，堅韌不可曲。至今游仙詩，令人仰芳躅。悲哉謝侍郎，生於宋元交。慷慨欲致命，有母難以抛。明夷垂其翼，乃在六二爻。何以畢餘生，賣卜建陽橋。惜不隱名姓，還爲人所要。天運可轉移，我心終不搖。

寄懷明圃子留

仲夏聞爾病，病勢亦孔亟。使我心徬徨，累日哽不食。每逢故鄉人，輒問爾消息。人言未分明，我心轉回惑。江生是爾親，見我淳水北。開口問所思，爲言有起色。客懷久不懌，聽此喜欲狂。買酒酌江生，一飲遂百觴。世事如春華，隨風各飃颺。爾獨抱至性，古柏纏秋霜。又復攻騷雅，寒梅吐孤芳。宇内實罕匹，豈止桐一鄉。平生慕明農，自號爲明圃。農圃本同心，風期在千古。所恨遭亂離，不得聚鄉土。窮困既已嗟，況乃疾病苦。願爾厚自愛，明德永相輔。此意知者誰，惟我斷事祖。

重至太湖訪李明府漑林先生

有客江上來，貽我尺素書。借問貽者誰，書中復何如。李侯邦家彦，二十專城居。惠風扇丘園，甘澤潤里閭。垂念至遠人，言簡意有餘。憶昔鄉舉日，招我載後車。自愧羽毛短，不足當吹嘘。雖未入網羅，懷恩敢忘諸。山川日以遠，音問日以疏。感君情纏緜，芳訊頻及予。何以報相思，駕言歸故廬。况逢嶽降辰，乃在陽月初。既提罌中酒，復採園中蔬。祝君壽無疆，千載垂令譽。

初度書懷 辛卯。

子輿悦聖道，四十不動心。不動與不惑，所得誰淺深。吾幼讀其書，即以道自任。進修苦不力，仍與世浮湛。年齒日已邁，憂患日已侵。無聞先自愧，後輩寧見欽。往者不可諫，猶可及來今。

昔聞杜陵叟，降生乃壬子。厥後香山翁，生年亦復爾。相去六十載，英名千古峙。我生幸同庚，性情復相似。酷嗜二公詩，詩成差可擬。杜猶拜拾遺，白直躋卿士。我老窮且賤，曷由繼芳趾。

日月一何速，四時更推遷。人情競趨時，嫵媚者爲賢。我性本迂拙，世味復澹然。心傷舊人老，不愛新人妍。所以甘寂寞，深山鉏石田。奈何命淹蹇，力田不逢年。年年旱澇并，飢餓南山顛。

少小負奇氣，有力猛如虎。偪側不得施，中年盡消阻。入室嘗畏人，出門焉敢怒。衆口肆詆訶，吾噤不敢吐。天地既瘖瘂，賢人合傴僂。運去力難争，殺身亦何取。鳳鳥復來儀，軒軒自霞舉。

精衛銜木石，將以填東海。力微願不薄，終見桑田改。愚公徙北山，子孫期有待。山靈畏其誠，一夜移千磊。匹夫有至性，可以貫真宰。况乃忠孝人，九死猶未悔。世眼多懵懵，此理誰復解。

平生好結交，獨與貧士宜。豈無富貴人，恐非夙所期。枳橘不同根，地氣浸淫之。習俗移本性，變化安可知。當時貧賤友，古道争相持。及其行富貴，素質鮮不虧。始終不虧者，惟有松柏姿。

憶昔居白門，雅游不知數。朝登鳳皇臺，暮宿桃葉渡。是時天下平，四方羣賢聚。文酒無虛日，青雲樂相附。一從黑風來，吹折鍾陵樹。髦士遯於荒，望斷江東路。回首問南京，傷心涕如雨。人情望有子，莫不願其才。我既有才子，中路委塵埃。聞者猶痛惜，骨肉能不哀。因思古賢豪，功業何崔嵬。千秋萬世後，子孫安在哉。有子麾不去，無子招不來。有無任自然，肝腸勿崩摧。我生何不幸，際兹喪亂辰。逢世既寡術，避世復無因。置身隱見間，所愧箕潁民。層霄容逸翮，積水藏修鱗。明朝入山去，結廬在河濱。耳目絶塵垢，煙霞自冬春。飲酒還賦詩，可以全吾真。

四令君詩

予少狷介，耻干謁人，即躬耕亦足自給，故州郡之門絶未履焉。崇禎壬午，江南北大荒，斗米千錢。是歲，家人始乏食，有友梁平叔令宣城，不得已一往謁之。君謝客甚嚴，顧獨厚予，三月贈金五百有奇。自是家人無飢餒憂矣。乙酉之變，予避兵吴江一載，衣食垂盡，不得已索負於常州判某。某不爲禮，困益甚。適新令張環生來，有稱予姓名者，君欣然要入其署，厚餉之。未幾，宵小進蜚語，予辭去，而君意尚欿然也。戊子冬，病困白下，計無所出，友人邢孟貞言其邑令崔正誼數問予，盍往謁之。不得已，附孟貞舟至高淳，已除夕矣。崔聞予至，趨駕見枉，握手殷殷，道十五年相慕之意。明年，爲予治裝甚厚，會淳人製屏障爲君壽，君屬予文，而不借顯者名，直書『淮西山人方文』。嗚呼！此道豈于今人中求哉！先是予遊楚，過太湖，湖令李溉林一見如舊歡，自是書問不絶。庚寅冬，予重至湖，湖當兵火凋殘之後，頗不能爲膏秣地，然爲予招集生徒廿餘人北面受業，修脡不薄。由是得徙家卜居於湖，終歲無干人羞者，君之力也。後宵小亦進蜚語，君不爲動。嗟乎！環生而外復有環生矣。顧念予性本狷介，抑又誕放，與世多齟齬不合，而四君皆能諒我于禮法之外，一異也。梁猶故交，張、崔、李未謀面，乃能知我，于易代之後，又救我于極困之時，二異也。梁遷諫省，張轉銓曹，崔李名位將來未可量，其遇我厚，皆在作令時，三異也。辛卯初秋，風雨經旬，獨卧茅齋，撫今追昔，不勝知己之感，因作四令君詩，以識予懷。

梁宣城平叔 應奇，四川嘉定人，庚辰進士。

梁公西川彦，作令古宣城。政教甫期月，厥民騰頌聲。愛之如慈母，畏之若神明。訟庭何峻絶，賓客莫敢縈。獨予鼓枻來，辱君倒屣迎。下問頗不耻，時時枉柴荆。交貴白璧賤，誼重黄金輕。是時南國荒，江北復阻兵。妻子免溝壑，實荷君生成。明年入諫省，奉使閩粤行。既不逢左衽，仍聞立勳名。相見知何期，馳思難爲情。

張武進環生 國樞，北直景州人，庚辰進士。

張侯在先朝，蔚然公輔器。中年丁世變，欲隱志不遂。彊起授一官，見人嘗有愧。毗陵下車時，我適游其治。君聞我在兹，汲汲願把臂。布衣入官舍，放言罔所忌。豈但能優容，私語潸下淚。贈金累十鎰，深衷猶未匱。小人懷嫉妒，欻爾蒙詬誶。于義不可留，君聞乃大恚。後見吾鄉人，諄諄問不置。感此高厚情，彷佛昨日事。

崔高淳正誼 掄奇，河南夏邑人，丁亥進士。

崔侯經國才，屈節爲小縣。錢穀不足理，湖山恣嘉宴。嘗與邢翁游，垂問及愚賤。神交十五年，安得一會面。除夕至河干，逡巡未敢見。黄昏君枉駕，旅次驚深眷。百金製一屏，其文屬予撰。祇愛野夫名，公卿非所羨。此意真古人，俗眼靡不眩。四月予告歸，臨别猶戀戀。明年復相期，解橐情未倦。無以報君恩，願效梁間燕。

李太湖溉林 世洽，北直東鹿人，丁亥進士。

李侯年弱冠，妙譽升南宫。筮仕得荒邑，乃在深山中。有城無居民，但見荆棘叢。君來勤撫字，漸集哀哀鴻。我初涉其境，片言愜深衷。形蹤雖寡親，音書往來通。踰年重過此，絃誦聲不同。君詔諸俊彦，執契求良工。予學本婞淺，謬爲人所崇。聚徒城南隅，厥社名琴風。誓將攜妻子，結茅隱司空。永隨田間老，詠歌澤無窮。

寄陳襄雲

冬夜不能寐，所思在灊嶽。灊嶽有高人，含章隱幽壑。夙昔雅相慕，兵戈阻城郭。雖未覿君顏，神交非冥漠。有客自灊來，誦詩君所作。中有見懷篇，古義何沈著。一從乾坤破，忠孝人落落。即挺猿鶴姿，亦飲羊馬酪。君獨抱畸尚，窮困我相若。所惜未謀面，平生欣有託。雪後梅花開，旋當具芒屩。訪君萬山中，言踐雞黍約。新詩更唱和，藏酒共斟酌。願結爲弟昆，西峰長采藥。

籬落

平生客游多，在家經理少。編籬不知法，持錢雇鄰老。入山斬楊木，已又伐葦篠。楊木樹爲樁，葦篠爲之繚。周防期慎密，勿使過禽鳥。畫地成小園，旋當媷腐草。明年種瓜豆，藿食亦可飽。愧彼山中人，還山胡不早。

盦山集 卷二

五言古體

廬山詩 壬辰。三十六首

壬辰冬，予客南康。出北門三里，望見一阜，自廬山來，盤紆道左。雖不甚高深，而秀色可掬，曰玉京山，地名上京。陶靖節曾居其麓，詩云：『疇昔家上京，六載始還歸。』太白詩云：『遥見仙人彩雲裏，手把芙蓉朝玉京。』即此處也。

世傳陶徵君，起家柴桑里。柴桑匪江州，實始隸星子。當其年少時，家貧易遷徙。玉京介湖山，高人合棲此。故宅今有無，芳風扇蘭芷。右玉京山

又二里，有真武廟，即顔家山。顔魯公貶吉州别駕時，嘗游廬山，愛其風土，遂買宅於此。孫顔翊少孤，有志操，率子弟三十餘人受經白鹿洞。今祀洞學先賢祠。

魯公遷吉州，雅好登廬山。徘徊不忍去，卜居此林間。生齒日繁聚，故里遂不還。厥孫繩乃武，高風杳難攀。至今南康郭，山水俱姓顏。右顏家山

又十里至白鹿洞。唐李渤與其兄涉讀書洞中，馴一白鹿自娱，故名。南唐昇元中，詔建廬山國學于此。宋朱子知南康軍，即故址建書院，聚徒講學，天下宗之。先朝胡居仁、章潢輩以布衣來主洞事，其教大行。今洞學、洞田遺制未泯，而講學者微矣。

周朱二大儒，皆爲此州守。文公益興學，風聲樹江右。陸子金陵來，歡然執其手。微言入無間，盛事垂不朽。五嶽雖巍峨，誰如此淵藪。右白鹿洞

又十里，爲五老峰。懸崖削壁，排空插漢，如五老人駢肩而立，真巨觀也。唐李白、楊衡、符載、元集虚皆隱其麓。白詩云：『廬山東南五老峰，青天削出金芙蓉。九江秀色可攬結，吾將此地巢雲松。』

廬山千萬峰，五老爲之最。聳肩立雲表，峨然有冠蓋。昔賢方與匡，修真入煙靄。遺跡雖莫考，豈出此峰外。後人紛結蘿，一一有深會。右五老峰

五老峰下有白鶴觀。唐道士劉混成所居也。蘇子瞻嘗獨游至此，觀中人皆閤户晝寢，但聞棋聲于古松流水之間。今觀殊荒寂，而古松猶存。

子瞻居黄州，性不耐寂寞。時時過江來，廬山訪丘壑。高情契五老，閑步至白鶴。聞棋即欣然，何必苦思索。予亦不解棋，亦不惡人著。右白鶴觀

又有尋真觀，唐女道士蔡尋真所居也。尋真，蔡侍郎某女，與李林甫之女騰空爲友，入山修煉，皆仙去。詔以蔡所居爲尋真觀，李所居爲昭德觀。太白詩云：『羨君相門女，學道愛神仙。素手掬青靄，羅衣曳紫煙。一往屏風疊，乘鸞著玉鞭。』今尋真觀廢爲田，惟柱礎存耳。昭德觀在卓嶺之東，今亦廢。

李相非端人，乃生騰空女。日與蔡尋真，相期學翀舉。當時松柏壇，今化爲禾黍。我來訪遺蹤，荒煙漫平楚。五老雲壑間，髣髴有仙侣。右尋真觀

尋真觀東一里有相辭澗，即尋真、騰空送别之處也，故名。今譌爲相思澗。元集虚嘗隱于此。白樂天過訪之，詩云：『溪雲漠漠樹重重，水檻山窗次第逢。晚葉尚開紅躑躅，秋房初結白芙蓉。聲來枕上千年鶴，影落杯中五老峰。更愧慇懃留客宿，魚鮮

飯細酒香濃。』

昭德在澗東，尋真在澗西。二女時相過，到此惜分攜。及其飛昇後，元生結幽棲。江州亦時來，嘯詠臨青溪。斯人久不作，古澗煙榛迷。右相辭澗

相辭澗北三里爲麻姑崖，又二里爲玉川門，兩崖對峙，如鐵壁萬仞。中間巨石無數，穿石而上，又三里爲三叠泉。其水自五老峰左脅流出，凡三級，如玉龍蜿蜒下垂，雪翻霆擊。唐宋以前，無知者。即朱子在鹿洞時亦未及睹。既去，始聞之，託黄商伯繪圖以寄，摩挲愛玩，謂之新泉。然路甚險峻，非好奇者亦罕至焉。

瀑布山中多，黄巖爲獨絶。誰知五老背，陰崖復三折。昔人鮮得睹，但聞樵者説。我今攜山僧，直造彼巖穴。恨不隨朱公，題詩詠冰雪。右三叠泉

由麻姑崖左折上嶺十里，爲屏風叠，一曰九叠雲屏，即五老之背，俯瞰三叠泉反出其下。又四里爲萬松坪，有小徑可上五老峰頂。南望彭蠡，如指掌。北則乾綱嶺蔽之，不能望九江。太白云：『予行天下，所游覽山川甚富，俊偉詭特，鮮有能過此者，真天下之壯觀也。』

山下望五峰，芙蓉在天半。今上五峰頂，置身已霄漢。所恨朔風急，陰雲復瀰漫。望遠若不真，山川影相亂。來歲巢雲屏，晴空恣遐玩。右九疊雲屏

萬松坪五里至含鄱口。含鄱者，謂登此嶺而鄱湖盡見也。又五里，爲九奇峰。九奇者，連山嵯峨，其峰有九。其二峰尖秀如蒼玉筍，是爲上霄峰。昔秦始皇、漢武帝、司馬子長皆登其巔。

九峰信已奇，上霄尤詭特。壯哉秦漢主，不惜攀躋力。吾聞太史公，二十遊南國。亦登此山椒，延頸眺八極。嗟彼山下人，終身莫能陟。右上霄峰

上霄之南有漢王峰，大小殊壯。漢武帝南巡時嘗登此，故名。今謞爲『漢陽』，非也。大漢王峰爲廬山最高處，雖五老、上霄、紫霄皆不及焉。山頂有方湖、石井，其中魚鱉螺蚌之屬，莫知所自來。

帝王古不乏，漢武爲世雄。封禪去海岱，巡狩來江東。鑾輿升碧巘，翠蓋翔遥空。方湖感靈異，神魚産其中。或疑此山頂，下與江湖通。右漢王峰

漢王峰下有康王谷，昔楚康王爲秦將王翦所逐，匿此谷中得免，故名。今人謂之烏龍潭。潭左右崖嶄峭，有水如簾布崖而下者三十餘派，曰谷簾泉。唐陸羽茶經品此爲天下第一。

楚子僭稱王，漢陽食諸姬。卒爲秦所滅，逋竄身幾危。至今谷名康，轉令識者悲。有泉掛蒼崖，歷亂銀河垂。臨流試一酌，陸生不吾欺。右康王谷

上霄之北有天池山，其下天池寺。洪武中年所敕建也。昔周顛仙數見明太祖，言禎符事，及征僞漢，與大軍俱西至湖口，辭去入廬山，杳然絶蹤矣。後明太祖病，有赤脚僧來送藥，云天眼尊者、周顛仙人所遣。服之，立愈。問顛仙何在，曰在竹林寺。竹林既不可見，而其地與天池近，因飾天池寺以崇祀之。御製碑文并賜銅鐘、象鼓各一。

高皇建人極，不樂聞詭秘。惟有周顛仙，時時與之戲。水火莫能殺，去來隨厥意。竹林既窈冥，天池表神異。煌煌鐘鼓靈，千祀永不墜。右天池寺

天池之北有昇仙臺，上刻御製周顛仙人傳，覆以亭。其東爲佛手巖，有盤石突出，下臨絶壑，潭色沈沈正黑。僧云：『此竹林寺也。』有影無形，神聖所居，風雨中往往聞鐘

梵聲。昔天眼尊者與周顛仙命赤脚僧送藥，即此處也。

竹林在何處，有影復無形。蒼崖百丈餘，下視青冥冥。聖僧於此居，顛仙亦時經。軫念人主疾，饋藥至明廷。何以酬酢之，睿藻炳日星。右竹林寺

天池之西，文殊寺之南，有石門澗。後漢地理志所謂廬山西南雙闕是也。二石峙立，其狀如門，飛泉奔瀉，爲山北衆水之宗。每夏霖秋潦，轉石發樹，聲動數十里。謝靈運、鮑照俱有登石門詩。

廬山有雙闕，漢書亦云然。兩崖勢千仞，中匯爲長川。夏秋水泛溢，遠近聲喧闐。不聞樵人語，但見銀河懸。勝情推謝鮑，遺詠何翩翩。右石門澗

山北諸勝已悉其概，復由含鄱下嶺二十里至棲賢寺。寺創自六朝，號名刹。唐李渤讀書其中。當時甚盛，今頗凋零。尚有玉淵、金井、棲賢橋皆古跡焉。陳舜俞詩云：『辟蛇行者曾開路，拭眼高僧尚有墳。龍帶雨歸三峽水，鳥銜花出五峰雲。』拭眼，即赤眼也。

昔賢李賓客，兄弟擅時譽平聲。癖性嗜山水，此寺嘗讀書。厥後馴白鹿，還歸洞中居。玉淵

及金井，泉壑長自如。後賢豈不多，潭上誰結廬？右棲賢寺

棲賢橋之西有水曰西澗。宋劉凝之隱于此，自號西澗居士。歐陽公賦廬山高以贈之。李龍眠爲之繪圖作歌。今南康城内有水玉澗，乃其故居。城外有西澗祠，乃其墓也。

劉公挺直節，掛冠隱山麓。嘗與寶峰僧，往來騎黄犢。當時歐黄輩，平生罕推轂。交口贊公賢，私心必誠服。祇今澗雖荒，尚想人如玉。右西澗

西澗之西有峰曰五乳，其下爲五乳寺。近代憨山師所建也。五乳之上有卧龍潭，朱子愛其幽勝，作卧龍庵以居，而繪武侯像于其中，自作記記之。今卧龍庵廢，惟五乳存耳。

文公興鹿洞，又復求龍潭。愛其巖壑幽，端居結茅庵。因名思武侯，繪像比瞿曇。歲久跡泯滅，此地空澄嵐。借問五乳僧，卧龍誰復探。右五乳寺

五乳寺之西南有萬杉寺，故慶雲庵也。宋景德中，僧大超受知仁宗，因其手植萬

杉，故名。此寺石刻甚富，僧苦于摹搨，悉踣而瘞之。惟宋仁宗『國泰清淨』四大字、『槐京包』篆『龍虎慶嵐』四大字尚存。前人種萬杉，今無一杉存。邦國且滄桑，梵刹寧復論。唯有金石字，百代永弗諼。山僧又瘞之，何處求雲根。寥寥遺墨在，剥落苔蘚痕。右萬杉寺

萬杉寺之西爲開先寺。南唐中主李璟幼從其父李昪徙豫章〔一〕，讀書鶴鳴峰下，有野夫獻地，買之萬金爲書堂。後即位，遂舍爲寺。以野夫獻地爲已得國之祥，故曰。今寺中有青玉峽，泉壑極佳。又有讀書臺、洗墨池、聰明泉，黄山谷手書七佛偈碑、王陽明手書平宸濠碑、米元章手書『青玉峽』三字，其餘名墨不可勝數。

唐主性遐異，萬金買民宅。既貴施爲寺，養僧累千百。雖遭兵燹患，今制未改昔。來遊多名賢，往往留遺跡。吾獨愛文成，紀勳在崇石。右開先寺

開先寺後五里爲黄巖，巖下二石洞，有屋數間，曰空生閣。懸崖瀑布如千尺白練。夏秋水漲，陰風掣斷，飄入半空尤奇。南面有文殊臺，登臺可以觀瀑。臺後有雙劍峰、一指峰、香爐峰，俱秀。太白詩云：『日照香爐生紫煙，遥看瀑布掛長川。飛流直下三

千尺，疑是銀河落九天。』徐凝詩云：『虛空落泉千仞直，雷奔入江不暫息。今古長如匹練垂，一條界破青山色。』子瞻詩云：『帝遣銀河一派垂，古來惟有謫仙詞。飛流濺沫知多少，不與徐凝洗惡詩。』

三叠泉雖佳，鐵壁獰可畏。不如黄石巖，諸峰秀爲貴。飛泉宛白龍，奔走有雲氣。豈但洗塵濁，亦足醒龍聵。我來何匆匆，徘徊復歔欷。右黄巖

開先寺之西爲簡寂觀。宋道士陸修静所居也。修静，吴興人，隱于廬山。屢徵赴闕，不就。後尸解去。謚簡寂先生。尚有禮斗石、搗藥臼、布袋巖在焉。今觀殊荒甚，惟門前古松十數株，猶是晉宋時物。

陸子謝榮名，修真在絶巘。嘗與陶徵士，東林訪惠遠。三笑愜同心，歸來日已晚。青天騎白鶴，一去不復返。貞松千歲姿，寒雲自舒卷。右簡寂觀

簡寂觀之西即歸宗寺。晉王羲之罷江州日，買宅於此。有佛馱耶舍尊者自西域來，羲之愛其風範，遂舍宅爲寺以居之。今墨池、鵝池尚存。元末寺燬於兵，盡成瓦礫。萬曆間，達觀師偶過此，見一古松爲鄉人所伐將斷，師惻然，以麥二斛買之，自取

泥石傅其斧痕，且囑曰：『此松活，吾當復興此寺。』後三年，重過此，則松愈茂，斧痕皆合。遂命其徒果清結茅居之。四方檀信助金數萬，贖田構舍，頓還舊觀。今廬山諸寺以歸宗爲冠。雖由人力，亦其地脉有以致之也。

歸宗昉自晉，唐宋道益弘。中間逢世難，殘破無一僧。達公偶然過，耶舍乃中興。雖因願力鉅，良以地氣凝。試看復生松，豈非鬼神憑。右歸宗寺

歸宗寺後最高者曰紫霄峰。昔大禹治水時，曾登此峰以觀彭蠡，因刻百餘字于石室中。石室極深險，人罕得至。有好事者縋而下，摹其字出，惟『洪荒漾予乃攆』六字可識，今并不知石室所在。

夏后勤疏鑿，遊歷遍九州。及至敷淺原，登山眺横流。刻石古洞中，雅意垂千秋。代久字磨滅，洞亦莫可求。自非好古者，孰肯恣冥搜。右紫霄峰

有水抱紫霄而下者，曰鸞溪。元豐間，真浄文老住歸宗。是時，濂溪先生亦解官居廬山。黄山谷以書勸先生與之遊。故先生數至歸宗，與文老談甚洽，因結青松社以擬白蓮，名其寺左之水曰鸞溪，以擬虎溪。

元公倡道學，實爲諸儒先。初不近二氏，恐其淆聖賢。及與文老遊，始悔從前偏。風流慕陶遠，結社齊白蓮。至今鸞溪水，日夜猶潺湲。右鸞溪

歸宗寺後有玉簾泉，雖不及黄巖、三疊之奇，然黄巖、三疊只可遠觀，不得近視。此則坐立巖下，仰面看瀑，煙霧空濛，久之衣冠盡濕。山僧新造一樓于溪上，可以恣休息焉。

此泉久湮没，後代人始知。遠望始匹練，近觀如細絲。所以名玉簾，谷簾寧勝兹。六月且陰寒，况乃冰雪時。小樓暖可居，他日求一枝。右玉簾泉

玉簾泉之西爲金輪峰，昔耶舍尊者在西域，夢登一峰如金輪，及至此山，如夢所見，故名。因攜佛舍利一顆葬于此，上造鐵塔鎮之。山僧云：晴朗之夜，每見舍利放光。

耶舍罽賓人，妙齡甫十九。南遊至匡嶽，王公爲屈首。施宅紫霄峰，金輪矗其右。彷彿夢中山，合爲世尊有。舍利小如珠，靈光燦星斗。右金輪峰

金輪峰之下有杏林，昔董奉隱廬山，爲人治病不受錢，令種杏一株，數年成林。杏熟

易穀，儲以救荒。有多取者，虎輒逐之，即此處也。今杏樹俱無，惟杏壇庵在耳。

董子本神仙，施藥不受直。人樹杏一株，山中樹如織。責令虎收穀，出納誰敢忒。凶歲以救荒，村民飽其德。祇今杏雖凋，言者猶歎息。右杏林

杏林之南爲黃龍山，山下有栗里。昔江州刺史王弘欲識淵明不能致，乃命淵明故人龐通之賫酒於廬山半道栗里要之。即此是也。栗里之西有柴桑橋，即淵明故居。

陶令居柴桑，足不履公府。刺史亦名流，欽慕焉得睹。委曲命所親，相要到茅宇。俄頃弘自至，共醉亦無迕。栗里宛如昨，高風渺千古。右栗里

又有醉石在虎爪崖下，相傳淵明山遊，曾醉卧於此，故名。顔魯公詩云：『張良思報韓，龔勝耻事新。徂擊不肯就，舍生悲縉紳。嗚呼陶淵明，奕葉爲晉臣。自以公輔後，每懷宗國屯。題詩庚子歲，自謂羲皇人。手持山海經，頭戴漉酒巾。興逐孤雲外，心隨還鳥泯。』朱子跋云：『此詩雖不得其全篇，然讀之者亦可以識二公之心矣。』

長沙晉公輔，厥孫肯仕宋。託酒以自晦，私衷有深痛。片石亦何取，曾經宿鸞鳳。紛紛來遊者，平原爲之誦。二公本同心，詩亦相伯仲。右醉石

由柴桑橋三里至隘口，則又轉而之山北矣。隘口七里至面陽山。山下有淵明墓，代久湮没。李空同先生來，始封識之，并復其田地歸陶氏。後九江守馬公紀來，疏請建祠，曰靖節書院，著令典，德化縣春秋祭之。

先生自祭文，葬野不封樹。豈知千載後，巍然祠與墓。當時晉宋交，公卿莫知數。生既等浮雲，死即同朝露。世眼多瞶瞶，誰能測其故。右靖節書院

靖節書院三里至圓通寺，亦南唐李後主所建也〔二〕。其制與開先、歸宗等。覺浪師嘗講經於此，未久即去，命其徒卓菴主之，後亦去。蓋寺僧氣味不相合也。昔歐陽公過此，與禪僧居訥談達旦，贈以詩。訥爲作夜話亭以識之。又蘇老泉嘗攜二子寓此寺，人亦作一翁二季亭，今并廢。

歐公闢浮屠，晚乃好緇衣。偶與訥公語，中宵坐林扉。三蘇本夙慧，筆舌多禪機。曾居此寺中，寺僧知者稀。所以浪丈人，一去不復歸。右圓通寺

圓通寺三十里至東林寺，晉慧遠禪師所居也。其右西林寺，乃遠公弟慧永所居。

劉遺民、周續之輩結白蓮社於此，謂之十八高賢，而淵明修静不與焉。今虎溪、三笑亭猶存，梵刹荒凉，不及圓通多矣。

二慧皆聖僧，東西結林殊。遠意務廣博，永性矜高孤。所以十八賢，獨與遠公俱。宗風既零落，梵宇亦荒蕪。異代有淵明，過此徒悲吁。右東林寺

東林寺之北有大林寺，十八高賢中曇詵所建也。白樂天嘗獨遊此，序云：『大林窮遠，人跡罕到，環寺多清流、蒼石、短松、瘦竹，山高地深，節候絶晚於時。孟夏如正二月天，梨桃始華，澗草猶短，人物風候與平地村落不同，因成一絶句：人間四月芳菲盡，山寺桃花始盛開。嘗恨春歸無覓處，不知轉入此中來。』

山北多奇勝，石門信悠哉。豈知石門東，大林復崔嵬。高寒節候晚，四月桃始開。徑僻罕人蹤，司馬城中來。題詩在蘭若，讀者嘗徘徊。右大林寺

大林寺之東即香爐峰，白樂天草堂記云：匡廬奇秀，甲天下山，山北有香爐峰、遺愛寺，介峰寺間，其境絶幽，又甲廬山。某見而樂之，若遠行客過故鄉，戀戀不忍去。因面峰腋寺，作爲草堂。則今紫雲庵後是其故址。開先寺、香爐峰下亦有草堂遺址，當

是後人附會爲之，恐即太白書堂誤爲白公耳。江州名宦多，吾愛白司馬。築室香爐峰，盡室處其下。當時有官守，豈能越郊野。黄巖遠且巉，知是後人假。東林訪遺蹤，將以告來者。右香爐峰

香爐峰東北二十里有濂溪祠，本濂溪書堂。周元公知南康軍，日嘗過潯陽，愛蓮花峰山水之勝，遂築書堂其下，而取故里濂溪之名名之，期以他日不仕，歸老於此，其後果定居焉。先是，其母鄭太君葬丹徒縣，爲水所齧，徙葬江州栗樹嶺。先生没，亦葬其側。今書堂與墓皆在數里之内。邵公寶疏請立祠，著令典，又於道州取先生裔孫某來守祠墓。過祠三里即湓城矣。春陵與湓城，迢遥隔江湖。祇因愛廬嶽，遂家此山隅。高風被二郡，百代永不渝。我來山南遊，雅欲求一區。不知異代後，亦有書堂無。右濂溪祠

廬山蓋介在南康、九江之間，繇南康上者，則先白鹿、棲賢；由九江上者，則先東林、天池，無所謂内外遠近也。然山形南面北背，游者先面而後背，理亦宜然。且南康有落星渚、宫亭湖之類，九江有庾公樓、琵琶亭之類，皆古人遺跡，而詩中不録者，誠以其地邊江湖，去山稍遠，故不及也。予遊山時在季冬，風雪江寒，頗難尋訪，不無罣漏之譏。來歲讀書白鹿洞中，從容遊覽，并搜前人詩文

雜著，嗇爲一書曰廬山志，後之君子庶知所考焉。

夢崔正誼李漑林二明府見訪談笑竟夜醒而有作 癸巳。

我生貧賤交，强半委秋草。眼前富貴人，率非我所好。何緣遇崔李，一見遂傾倒。仕隱雖殊途，握手傷懷抱。前年石臼湖，去年司空山。兩公爲地主，朝夕相往還。脱略禮法外，縱情詩酒間。知我窶且貧，厚貺無吝顔。别崔乃三歲，别李復一載。音問雖已疏，心期未曾改。今夕是何夕，春山卧煙靄。雙雙入我夢，喜見神明宰。笑言宛如昨，達旦猶未窮。知君念我意，與我思君同。三月楊柳花，飄飛各西東。何時重會合，轉似夢魂中。

暑夜行

夜熱不能寐，起行步南軒。一庭松月小，三徑槐陰繁。出門何所適，乃至川上原。童子追及之，勸我還入門。山中有猛虎，時時踰人垣。既啖東家犬，又咋西家豚。農夫相告誡，夜不行空村。我笑謂童子，勿聽農夫言。古者修真士，巖居卧雲根。日與猿鹿狎，時見虎豹奔。何曾遇侵害，翻得試心魂。我雖未聞道，骯髒立乾坤。鬼神且弗疑，鳥獸何足論。徘徊林樹間，仰首延朝暾。

喜雨

長夏久不雨，田家憂旱乾。日夜轉桔槔，陂池澤已殫。早禾雖得刈，僅乃供朝餐。私廪尚不實，公税何以完。豈知去暑日，甘霖沛雲端。一夕遂霑濡，百頃皆浩漫。晚稻屈指收，農夫舉手歡。天心本仁愛，惠我亦何難。

秋夜聞松聲

茅堂隘且卑，喜在長松下。開户納涼風，可以恣休夏。夏熱猶可居，況乃清秋夜。夜半風雨作，松聲似泉瀉。彷彿廬山時，開先共僧話。

瞰椒堂詩 爲左四子厚作。

我昔登兹堂，總角六齡耳。先君官司農，少保尚御史。老友結重姻，拜謁攜小子。小子幼誦詩，秋興如流水。抗聲吟席上，少保驚且喜。一首飲一杯，八杯竟醉矣。踰年我遂孤，少保去京市。九載别始還，我已隸博士。學文雖未成，愛我筆清泚。時時立堂下，訓誨非一指。未幾瑺禍作，果見泰山圮。合族田俱賣，此堂幸未毁。舊廬分仲季，閥閲嗣前美。休那姚先生，口不妄臧否。錫名曰噉椒，厥義何碕礒。復爲文記之，秀折妙無比。我好游四方，數年未歸里。今秋風雨涼，入城聊訪爾。爾復命我文，豈有加於彼。俯仰今夕間，又不能自已。吾鄉風俗偷，所志在青紫。科名争相炫，利禄互相侈。譬如井中蛙，窺天不盈咫。君家兄與弟，少保遺芳軌。況乃直指公，典型猶在邇。讀書務沈静，脉脉求神理。胸懷尚灑落，慎勿習貪鄙。節義良可珍，富貴何足齒。嗟彼槿花紅，朝榮夕已死。豈若青松勁，千歲勤仰止。不信視乃翁，巍祠建城裏。我忝少保壻，風節頗自矢。雖非乘龍客，亦不溷羊豕。所恨當明時，因启未曾仕。那知堅忍性，得力反在此。偶來噉椒堂，把酒笑相視。吐詞樸無華，信筆揮此紙。

宋儒李文定祠 李燔字敬子，號弘齋，謚文定。

艾人相與言，輒稱李夫子。借問夫子誰，弘齋李燔是。昔遊晦翁門，心學冠多士。繼起主白鹿，從者如歸市。以故里中人，崇祀北山趾。俎豆五百年，焚燒自今始。空餘舊臺基，其上牧羊豕。碑碣卧草間，文章半泥滓。聞公裔頗繁，食粟踰千指。胡不念先澤，荒殘一至此。吁嗟世運衰，人莫重青史。大賢且慭遺，我輩何足齒。

炭婦港

世傳許旌陽，顯化在江楚。能以大神力，拔濟民生苦。當其未昇時，往來鄱陽渚。弟子十二人，人人是仙侶。相隨良有年，未知果孰愈。一日過修江，雨雪困羈旅。笑指壁間炭，化爲十二女。顔色妒桃花，衣袂隨風舉。夜就諸生室，私心實難拒。詰朝驚相視，面目黑如釜。中惟吴猛生，體不沾纖縷。以此得傳道，高名並千古。厥後李龍眠，小官寄兹土。睠焉懷往蹟，時時造南浦。猶餘炭婦港，去城三里許。仙蹤久寂寥，仰首空延佇。邑人慕其風，謂足繩乃武。因有李仙亭，結構傍山塢。我來復訪之，亭壞莫可睹。所見皆村甿，深衷向誰語。

大孤塘阻雪

鄱湖雨雪繁，半月猶不晴。皇皇西歸客，淹泊南康城。南康守若令，與我有平生。登岸一訪之，倒屣歡相迎。壺漿留我飲，書籍要我評。推食既不倦，分俸亦不輕。暫釋羈旅愁，無奈鄉思縈。今朝雪少霽，登舟促其行。行甫及孤山，狂飈復砰訇。回檣趨野岸，積雪三尺盈。卧困籧篨中，唧唧聞歎聲。舟人相與説，大姑最神明。曷往一祈禱，焚香致虔誠。不望南風起，但願北風平。雙槳溯江流，三朝抵柴荆。入門謂婦子，明歲當躬耕。嚴寒勿再出，再出非人情。

田居雜詠 甲午。

山人號明農，明農義有二。一爲我朝氓，一爲野老志。奈何抱微尚，從未親厥事。祗因凶荒年，薄田都棄置。人家重與鬮，欲贖莫由致。今春彭蠡歸，故交有所遺。内外咸相勸，始定贖田議。合浦珠復還，泗水鼎不墜。盡室處其中，平生願甫遂。以後曰明農，名實庶無愧。

嫡母蕭安人，故是名閥子。若翁諸伯叔，累世家於此。厥名蕭家園，周環四五里。其田雖瘠薄，風土自淳美。先君以館甥，善價易諸彼。身後遺藐孤，粗足供簠簋。豈知兵寇亂，抛荒不復理。賤鬻良可悲，徬徨非得已。今年三倍贖，雖貴亦可喜。瘠土何足珍，先業幸不毁。

昔有陳元龍，豪氣淩九州。求田問舍人，嫉之如寇讎。我亦負奇氣，渺視鄉里儔。侈志營四海，豈肯潛一丘。不幸逢世變，懷璧無所投。發憤去京邑，湖山恣遨遊。雖有詠歌樂，未免饑寒憂。何如息塵鞅，還歸舊田疇。田家力作苦，衣食得自由。天運苟不回，已矣吾將休。

南陽諸葛君，避世隆中山。當其躬耕時，樵牧同一班。幸而遇明主，伊呂伯仲間。苟非風雲會，泯没隨草菅。我夙慕斯人，敻絶不可攀。惟有方寸心，竊比無厚顔。吁嗟漢祚衰，□沙蔽人寰。鋒鏑且不畏，犁鉏敢辭艱。静觀日月理，晝夜長循環。炎漢興有期，吾寧老柴關。

年年江海遊，未曾郊野居。豈不愛郊野，無田復無廬。今兹田百畝，既失還歸余。茅屋八九間，老農所拮据。我來借一枝，農云幸有餘。桃李蔭前門，松竹環後墟。柯條雖未繁，仲夏亦扶疏。再擬構三楹，可以長讀書。池塘蓄鵝鴨，籬落哺雞豬。此日尚不遑，須待收穫初。

顔子一瓢飲，原憲百結衣。所樂在聖道，都忘寒與饑。我質本淺薄，安敢望前徽。兢兢持名節，於義不苟違。往歲每艱食，出門干人非。今幸有菽粟，豈復求甘肥。試觀溧陽生，爵禄非不巍。一朝黨禍作，千里輿尸歸。身死何足惜，名敗良可欷。感彼田家叟，終身無禍機。是年，陳名夏遇害。

太湖詠竹題章明卿壁

我昔游熙城，借居章子屋。屋雖不甚廣，門徑頗幽曲。二婦室相連，芭蕉映窗緑。偶見南郊外，一竿新紫竹。呼兒斸其根，根淺斷復續。持歸手自種，於彼芭蕉傍。幹無一指大，梢有三尺長。汲泉頻灌之，惟恐生意傷。秋來風雨作，枝葉何蒼蒼。芭蕉到冬萎，竹獨傲嚴霜。明年予歸去，三歲重遊此。行及舊蓬門，先問竹生死。竹母大如前，兒孫四圍起。抽梢已過牆，密陰能暗几。章子引予看，謂予竹知己。竹見予似喜，我見竹轉悲。昔居此室中，小婦曾産兒。數月兒復夭，藁葬西山陲。此竹乃生孫，我男尚無期。感此長歎息，章子色不怡。

秋夜吟

田居惟一室，四壁皆土功。冬温夏陰涼，寢處宜其中。秋天夜悄悄，但聞壁間蟲。蟲聲非一響，亦似吟能工。居人不能寐，聽之感微衷。促婦起披衣，門外乘涼風。況有榆柳月，照見禾黍叢。願言事躬耕，所恨年不豐。良夜無酒飲，坐惜清景空。還歸土室卧，竟夕蟲聲同。

姑溪懷古十詠 乙未。

温嶠然犀浦

温公本天人，無乃太好奇。幽明理自隔，何苦獨見窺。職此命不延，靈爽當在茲。我來燃犀亭，把酒一酹之。

桓温白紵山

孟嘉沈下僚，目中無宣武。吹帽事尋常，簡脱意千古。有丘在城隅，攜妓歌白紵。其山雖以名，其人不足數。

宋公淩歊臺

宋公移晉祚，雅欲崇節儉。何爲姑溪北，煒然起宮殿。避暑誠有之，未必恣荒宴。許渾詩近誣，今人莫爲辨。

謝脁青山

玄暉有道人，不獨是詞伯。朝辭宣城郡，暮返青山宅。曷不歸故里，浮生總如客。嗟彼行路者，役役何所迫。

謝尚賞詠亭

牛渚月明夜，忽聞詠史篇。呼之問姓名，執手情歡然。後代撫軍者，勿輕估客船。秋水蒹葭中，往往有遺賢。

丁令威靈墟

遼東有仙子，流寓黄山陽。舉身化白鶴，千載還故鄉。城郭少人民，冢墓多牛羊。獨立華表上，惻焉心暗傷。

李白捉月亭

世傳李供奉，捉月沈江波。胡爲復有墓，於彼青山阿。當是永王時，畏禍脱網羅。斯人竟流落，命也將如何。

郭祥正隱居

聖俞工詩賦，平生寡所親。一見郭功父，歎爲青蓮身。聞有醉吟庵，乃在姑水濱。世遠人莫識，懷古空傷神。

虞允文祠

金兵四十萬，風雨來江北。虞公一書生，挫之有餘力。文陸豈不忠，那能戰則克。垂淚拜荒祠，斯人今安得。

常遇春戰處

太祖初渡江，直指姑孰城。元兵守江岸，險絕莫敢攖。一躍上采石，勇哉常開平。開平久不作，豺虎縱復横。

施粥行贈曹二梁父

田家望有秋，所患非一端。去年既水溢，今歲復旱乾。膏雨久不降，川澤潤亦殫。五月禾苗焦，隴畝何以安。婦子相抱泣，累日無朝餐。乞食盈道傍，欲行步蹣跚。仲子偶出門，見之中心酸。歸來視倉廩，尚有百斛寬。慨然命浮屠，炊粥救衰殘。每食三千人，人與粥一盤。老幼鮮不飽，性命得苟完。粟里嘗叩門，淮陰亦持竿。古來賢達士，尚不免饑寒。矧此蚩蚩氓，窮餓良可歎。他人習鄙吝，坐擁金琅玕。誰能捐斗粟，俾爾羣黎歡。有客泊姑水，臨流浩漫漫。泚筆揮此詩，將以激頽瀾。

懷羅天成西江不至

昔我去于湖，君游南州遠。今我來于湖，南州猶未返。于湖多所知，愛我似君鮮。三年不相見，懷抱何由展。我家本寒儉，漂萍莫能免。君猶粗自給，何爲亦蓬轉。乃知磊落人，今古多偃蹇。麟鳳匪不奇，俗眼竟誰辨。昨日寄我書，其言悲以婉。相期天中節，歸晤當不舛。葵榴花正開，曉夜露方泫。此際果逢人，曷敢辭沈湎。

送薪行答胡公嶠

淮西本山人，種山亦已久。樵蘇不用錢，草木惟自取。侵晨持斧出，刈薪向林藪。童子負荷歸，狼籍委園囿。一遭兵火亂，山木悉無有。拔宅浮江湖，賣文以糊口。世人罕知者，玉瓚同瓦缶。經旬纔舉火，饑餓良可醜。胡公南州宰，期月遂解綬。訪我飯籮山，又復攜尊酒。見我焚蒿萊，欣然惠榆柳。此物豈足多，感君用意厚。維時天亢烈，禾苗半枯朽。薪米俱騰貴，誰能給升斗。寄語關大夫，可似胡公否。

七夕立秋飲杜杜若寓中限秋字

有客自涇渭，駕言江北遊。吾鄉亦何幸，得以炎暑留。解鞍歇荒祠，祠接城西樓。登高發長嘯，鸞鳳聲悠悠。聞者悦其音，縞紵争相投。君子不苟合，獨與吾黨求。晨夕一披衣，風雅成獻酬。今夕是何夕，天漢雙星流。況於露井桐，一葉零新秋。客行感時序，悵然懷故丘。貰酒命同袍，浩歌以忘憂。林端片月出，空際微雲浮。延頸受涼風，行見暑氣收。自言三五後，澄江掉扁舟。嘉會不可長，離別令人愁。惟應及兹月，夜夜共綢繆。

偕王以介入山訪元尊宿 丙申。

大師厭塵囂，屏跡深山裏。況當休夏時，門外無一軌。忽聞空谷音，亦覺跫然喜。借問客爲誰，方子與王子。王子金閨彥，秉性慕禪理。與師有神契，妙悟融乳水。導我入香林，芬馨被蘭芷。層崖五月寒，涼飈四隅起。日夕遂忘歸，經房乃棲止。茅茨新結構，亭亭在山屺。中有二竹牀，枕簟陳於此。午夜魂夢清，不復知城市。駐此可延年，告歸亦何駛。嗟我根器薄，所役惟書史。晚歲遘奇禍，痛恨入骨髓。誓將斷情緣，從師問生死。

金陵訪王元倬先生並題其南陔詩

南中高士多，元倬爲第一。盛年罷公車，養志不離膝。人争慕旃裘，君獨守蓬蓽。菽水有餘閑，專心事詩律。既登風雅堂，復入比興室。所痛惟君親，其他不足述。我亦詩家流，哀吟冀相質。君適去吴門，惆悵若有失。羣言彙南陔，李生出其帙。讀之再三歎，落木聲蕭瑟。逾月君始歸，我復揚舲疾。倉皇一過晤，懷抱安得悉。是時霜雪繁，朔風何凜栗。寶此松柏姿，以待初陽日。

訪孫豹人不遇因題其壁

虞翻天下士，知己無一人。斯言初似激，久乃識其真。我生好結交，交亦半海内。豈無文章伯，實少同心輩。同心亦有之，才藻或不如。才藻即英發，未必多讀書。吾欲求完人，僅見一孫八。秉節既堅貞，摛詞復淵洽。前年游我里，傾蓋如故知。臭味自相合，不異鍼與磁。招我來蕪城，江關好流寓。今春遘家難，益思傍君住。豈知我舟到，君復游武林。門巷頗幽邃，木葉空蕭森。整冠上君堂，三子出見客。委曲問而翁，音書久睽隔。鄧生武林返，言共君羈棲。雅游不得意，尚困西湖西。何不遄歸來，家園聊卒歲。雖乏沽酒錢，鸘裘猶未敝。況聞予在此，晨夕相與游。知己有真樂，屢空何足憂。

露筋祠

揚舲明月湖，有祠在岸北。舟子汝且停，吾欲禮前德。娟娟一弱女，乃爲丈夫式。嗟彼行路人，胡不自努力。我亦處子身，四十猶未適。雖不就人宿，未免就人食。以此十餘年，偷生延一息。仰視露筋者，私心悦無極。

題張虞山理琴圖

昔有汪水雲，抱琴訪燕獄。文山序其詩，皋羽譜作曲。詩存琴不傳，遺響諒難續。虞山者誰子，異代承芳躅。詩以寫哀怨，琴以慰幽獨。端坐古石間，神情澹而穆。憂來時一彈，悲風振陵谷。水雲不可見，見君吾亦足。

述哀 丁酉。

我母年七旬，老健世莫敵。齒無一箇毀，髮無數莖白。耳目轉聰明，内外都不隔。子婦私相慶，壽考當至百。去年三月初，奇禍來頃刻。大婦中風死，外家構成隙。小婦横被戕，胎墮復腦拆。凶人斬我後，田園又見奪。以此傷母心，形容頓枯瘠。髮如腐草黄，面似樹皮黑。終朝但昏睡，不飲亦不食。兒心憂徬徨，莫敢離闔闕。延醫視何病，皆云憯痛亟。藥餌扶至秋，稍稍有起色。移居向樅川，村舍蹔休息。母忽召見語，故鄉居不得。汝往江淮間，處處有安宅。任意擇一枝，繼室延一脉。俟汝有定棲，迎我我當發。早則今冬來，遲不妨春月。汝勿憂我老，尚有幾年活。兒泣不能對，中腸痛如割。往歲兒好遊，舉家同作客。母老只思歸，苦勸兒耕穫。兒歸遵母命，贖田種稻麥。豈知爲厲階，即在此阡陌。宵小覬覦久，欲攘卻無策。一旦卻乘危，得以勢相挾。奪田猶自可，殺人何太惡。殺人而奪田，世無此狼賊。故鄉不可居，誠如我母說。時維十月交，空林戰霜葉。兒辭母出門，母手爲縫裌。丁寧戒僮僕，寒濤勿輕涉。鼓櫂指淮揚，舊友頗不乏。見予各興歎，酒脯時時饁。商量居室事，機緣尚未合。蹉跎歲將暮，山陽過殘臘。除夕風雪中，孤燈暗禪榻。思親兼悼亡，悲歌淚盈睫。開春多噩夢，神志每皇惑。便欲促裝歸，其奈資斧竭。俄驚家人到，奔走勢勃勃。傳言去年終，阿太已奄忽。乍聞魂魄飛，一慟肝腸劃。嗚呼滄浪天，忍降此酷罰。我罪果深重，胡不自殄滅。災異起房帷，侵尋及耄耋。遥想屬纊時，光景甚淒切。兩婦先期亡，獨子又遠別。雖有二孫女，孤幼無知識。薄棺貸親串，含襝仰婢妾。貧家患難後，粗布亦鮮缺。況值窮冬時，江關阻朔雪。楚州千里遠，音信何由達。浹旬書始到，旅次聊袒括。殷憂比長淮，漭泱不可掇。淮人聞我訃，唁者踵相接。旃林爲母位，枉弔皆賢哲。醵金以致祭，牲醴充庭列。誄文既款懇，挽詩並愁絶。重以賻禭資，腆厚踰常格。感此錫類仁，臨岐更悲咽。歸路出隋堤，揚帆經建業。采石與蕪陰，高人夙所愜。憐予奔喪回，賻誄亦稠疊。但恨石尤風，江行苦不捷。寒食方抵舍，柴門氣蕭瑟。我號入中堂，二女亦號出。撫棺哭聲亂，麻衣滴成血。斯時方寸心，痛如攢萬戟。拜罷不能起，二女前扶掖。鄰里爲酸辛，天地亦慘戚。問誰張虐燄，使我至此極。追念先司徒，五十始釋褐。衰白嗣猶艱，望之若饑渴。歷聘得吾母，懿行在拙訥。果兆熊羆祥，謬許爲英物。小子生不辰，七齡司徒没。母年未及壯，守貞志不屈。以母而兼父，教養咸有術。兒長粗能文，母日望簪紱。一從滄海變，偕隱甘巖窟。性浄不茹葷，長齋惟誦佛。雖無鐘釜養，庶盡菽水職。春暉不肯待，風木嗟何及。人生必有死，七十非夭折。所痛桑榆年，轉見家蕩析。無孫已闇傷，無婦又增恤。婦死亦多有，斯人受冤抑。事姑十二年，孝謹無纖失。況懷五月孕，預喜孫枝茁。匪因霜露隕，乃遇豺虎咥。倉皇莫能救，悲憤遂成疾。雖以天年終，實爲讎所殺。雖死茅檐下，直似委溝洫。誓不共戴天，豈止不共國。顧慚微賤軀，欲報苦無力。曉夜號蒼穹，鬼神又冥默。鮮民不如死，偷生復何益。茅堂隘且卑，風雨撼四壁。母柩難久停，須還就原隰。大葬年未利，今且治攢室。蓮池水澄泓，衆峰何崒嵂。信美此山阿，況依先祖側。於禮合廬墓，兒則未敢必。身是刀俎餘，尚恐嬰鋒鏑。行當辟讎去，不論天南北。方技知卜醫，可以代耕織。餘生苟不死，報恩應有日。至辛莫如椒，至苦莫如蘖。我今走四方，椒蘖甘如蜜。準擬明秋還，送母歸窀穸。願母神靈安，九原勿崩迫。鬱鬱蓮華山，青松高百尺。上有慈烏巢，夜半啼聲急。聞之愴人懷，殊愧彼羽翼。身雖去母傍，夢仍遶母膝。欲記夢中言，昏瞀難具述。此恨抱終天，哀吟何時畢。

題李三石畫册

李生往我寓，手持三石圖。言是宋人本，近屬盛老摹。問君曷取此，取其與字符。又問石安在，乃在今南都。年久石湮没，不知落誰家。我笑謂李生，君欲見此無。逶迤鳳凰臺，臺之西南隅。昔爲徐王園，今歸吾鄉吴。三石儼然存，更有白松俱。我嘗見此石，石上字非誣。生聞驚且喜，要我同步趨。吴園不甚遠，入門路稍迂。直至松石下，俯仰增歎吁。此圖即此石，向者何其愚。孟夏風日佳，君當攜一壺。來就此石傍，痛飲復狂呼。人石比堅貞，異代永不渝。家，音「姑」。

嘉樹行爲閻牛叟賦

我愛飲牛叟，頻過嘉樹軒。嘉樹是何樹，銀杏枝葉繁。昔者參議公，手植城中園。園爲兵所奪，因移湖上村。壘石以爲山，編竹以爲垣。豈真愛此樹，所重先澤存。不知去年冬，何物傷其根。枝葉漸黄落，枯焦似人燔。或謂宜斬伐，主人不忍言。雖萎亦手澤，遺愛安可諼。遷延至秋初，生意忽爾蕃。主人不勝喜，召客來丘樊。置酒此樹下，歡劇時一捫。矚兹草木理，因悟天地恩。盛極有時剥，剥極復還元。世運苟如此，吾衰何足論。

將去彭城留別魏少尹竟甫

君昔令修江，我曾一相訪。是時天苦寒，雪片大如掌。短褐尚不完，敢作狐貉想。荷君脱裘贈，高義傳吾黨。明年其官遷，淮徐幸接壤。恐爲馮婦笑，勿復來瞻仰。今夏泊隋堤，邂逅遇官舫。握手道舊歡，襟期益散朗。問我欲北征，彭城路非枉。相期雲龍山，把酒一吟賞。以此七月初，黄河溯雙槳。豈知我舟到，君車又他往。知有公事累，旬日絆塵網。獨憐羈旅人，孤懷太蒼莽。朝看河水奔，暮聽河水響。枕上愁心煩，鏡中白髮長。我命合迍邅，萬事成虚罔。行當掛席去，機會不可强。

馴鶴亭詩

自有彭城來，即有雲龍山。如何宋以前，名不著人間。直至張山人，作亭曰放鶴。蘇子記以文，其名始磅礴。乃知山川秀，必待文人傳。設不遇文人，草木空雲煙。吾友魏少尹，疇昔擅風雅。治河來此州，登臨更瀟灑。築亭官舍中，亦以馴鶴名。仕隱雖殊途，飲啄同一情。仕者義取馴，隱者義取放。其人總清遠，於物等閑曠。顧昔隱者亭，太守爲屬詞。今也少尹亭，復徵隱者詩。以我似孤鶴，馴放如君意。君誠蘇子瞻，我愧張天驥。

友人吴燾之父諱汝琦死歸德之難徐州志不敢立傳予感而題此

吴公彭城彦，筮仕爲司李。睢陽古名郡，服官數月耳。是時神京陷，中原蕩如洗。復聞左賢王，萬馬度河水。將士迎風靡，夜半城門啟。直指淩公駧，與公誓一死。寧甘蹈白刃，不肯屈其體。學使蔡公鳳，同日刑於市。臨刑頸無血，白氣從中起。觀者咸嗟歎，具棺葬以禮。其子收遺骸，安穩還故里。忠節昭日月，江淮傳盛美。胡爲修志者，隱諱不敢紀。世人好婞阿，湮没寧止此。吾憤題此詩，將以裨野史。

子房山

子房韓公子，所痛在韓滅。助漢以誅秦，初非好功業。其志惟復讎，讎復志已悦。飄然從赤松，皎如松上雪。聞其少年時，吹簫此丘垤。因以公名山，廟祀永不絶。我來拜祠下，彷佛見風烈。亦有區區心，人前詎能説。

四女寺

朝發甲馬營，晚泊四女寺。不知四女誰，上岸閲碑記。漢有姓傅翁，田園故多利。所欠惟一子，四女並聰慧。俱不願適人，願終孝養志。親亡即焚修，出家居此寺。中庭植古槐，枝葉表蒼翠。竟以處子終，白首乃仙逝。相傳至今日，此寺遂不廢。吁嗟天地間，所重惟節義。豈無偉男子，鮮能畢所事。四女良獨難，可以風士類。

校記

〔一〕璟　原作「煜」。　昇　原作「璟」。明桑喬廬山紀事卷四開先寺條云：「鶴鳴峰下有開先寺。舊志：開先寺者，昉自李中主景，後廢。黄庭堅開先禪院修造記：中主年十五，先主秉吴國柄，鎮金陵，留中主與宋齊丘參廣陵政事。中主年少好文，無經世意，慕物外之名，問舍五老峰下，有野夫獻地，爲己有國之祥，故名開先。中主遷洪都，蓋嘗彌節，故榻與畫像存焉。太平興國二年，賜名開先華藏。中主讀書臺在寺後。世以爲李後主既誤，以爲梁昭明者尤誤。」清毛德琦廬山志從廬山紀事。今據改。

〔二〕後　原作「中」。明桑喬廬山紀事卷四圓通寺條云：「圓通山南有圓通寺。山疏：圓通寺者，本潯陽人侯氏之居也。南唐李後主取以爲功德院，名曰崇勝寺。命僧德緣居之。……宋太祖詔賜德緣號道濟禪師，賜寺名曰圓通崇勝禪寺。」清毛德琦廬山志從廬山紀事。今據改。

盦山集　卷三

七言古體

啟一子建作連理圖贈予賦此答之 戊寅。

於戲！我祖明善真大賢，白沙舊有桑麻田。迎兄伯氏居其間，至性篤摯情纏綿。茅屋春回讀書處，誕生二木庭階前。左楓右杞本異質，一朝合抱相勾連。君子謂是孝德之所致，小人謂是富貴福澤之幾焉。我祖倡學既名世，又賴吾父伯父叔父相後先。簪笏浮榮等閑事，所貴吾家孝友之德永不愆。嗟我九孫紹丕業，牙籤錦字羅青氈。羣從又將三十人，風流文藻何翩翩。子建乃爲羣從長，靈心惠識通淵玄。賦詩雅似阮嗣宗，綴文不愧班孟堅。有時伸紙拂絹素，下筆輒作名山川。今年與我重過白沙嶺，棲息連枝亭之偏。仰思二木發祥日，到今七十有九年。其下根株輪囷各十圍，其上枝柯糾曲摩蒼天。秋霜楓葉飽丹赤，杞條積翠還葱芊。我謂子建汝作圖，子建不答神悄然。歸來神悟三五日，須臾滿腹生雲煙。

既作連理圖，復作連理篇。大巧奪天工，中聲動危絃。懸之七弟高堂中，清風謖謖披四筵。客來罔不歎奇絶，君家復有唐鄭虔。我欲留之遺吾後，俾知祖德之隆盛，將與連理樹並傳。於戲！我祖明善真大賢，我曹子孫其勉旃。

寄懷齊方壺

去年楊柳花飛白，與君同作江南客。雞籠山距冶山長，花下一樽猶間隔。今年楊柳花白飛，我在江南君已歸。千里家山魂夢遠，三江雨雪信音稀。敝裘仍返龍眠曲，曲澗滄浪濯纓足。賦就光摇合浦珠，詩成泣抱荆山玉。山中結伴有左生，圖書文史何縱横。左生量弱不能飲，誰將斗酒爲君傾。有客東來自江滸，道君念予情最苦。楊雄識字惟桓譚，太白知心僅杜甫。可憐半載喪二親，弟兄析箸家酷貧。妻子嗷嗷守空屋，一介不肯干求人。嗟乎！君才夭矯如驚鴻，奈何委頓荒山中。眼前碌碌少知己，我輩數人西復東。昨宵夢見君顏色，神情憔悴面黧黑。别後相思思殺人，夢裏欲留留不得。我當八月歸故山，直到龍眠款柴關。預將十千沽美酒，與君痛飲十日不得閑，庶幾登高一嘯開心顔。

寄懷湯季雲 己卯。

我思美人在城曲，古寺遥深寄芳躅。舍後千章榆柳青，門前一帶菰蒲緑。美人此際愛閑居，花水重陰照讀書。疏簾静捲三山雨，冰簟香分四夢餘。兀坐馳情渺滄海，毫光墨氣紛殊采。荆國才華豈足多，禮部風流今未改。尊公若士爲禮部郎。思君朝夕誰共游，咫尺之間有吴劉。陳子精舍亦未遠，奇文疑義相與求。吴次尾、劉伯宗、陳定生寓俱近。蹇予抱病江村暮，鼓枕胡牀盼雲樹。幾欲攀條遺所思，長河水斷橋頭路。明朝雨霽暝色開，且呼小艇城中來。古寺遥深恣幽討，更尋羣彦登高臺。

題張方伯忠節卷

□□三犯居庸關，今年直薄龜蒙山。濟南名郡古侯國，一朝摧破如等閑。是時方伯張公立城上，戰守無兵復無餉。矢將一死殉孤城，頸血雖流氣猶壯。其配淑人乃吾姊，高樓晏坐聞夫死。盛服明妝出後園，顧盼從容赴湖水。公有二姬矢報公，存没雖異忠貞同。一抱巨石沈水際，一擁殘雪藏溝中。公死十日賊兵去，有婦零丁出沙洳。城中積骸高如山，尚尋三屍歸一處。逢人號泣訴煩憂，人聞公名亦淚流。給錢買棺買布縷，聊與小斂還故丘。有子若女罹虎口，殺戮饑寒復何有？不知棄捐大路傍，母子重逢信非偶。嗟乎！我公之死如秋霜，三婦從之亦慨慷。此婦不死非不剛，借問此婦亦隨秋草萎，誰與收公之骨撫公兒。公有舅氏齊重客，七十八齡老詞伯。彩筆如椽紀其事，一門風尚何赫赫，予亦題詩附篇末。

送蕭賡九北歸 庚辰。

庚辰元日華陽路，曉風吹散闕門霧。有客江城共行役，野店壺觴序情愫。昔爾新從北地來，是時南國羣賢聚。交游惟我最敦好，往還文酒無朝暮。自爾一去燕山遥，五載秋光等閑度。相期南北各奮飛，金門蚤獻長楊賦。我之從子爾之兄，眼看白日翔天步。偏我與爾好奇服，四海茫茫罕知遇。冬晴懷友復南來，往日緇衣今已素。長干一見喜且悲，儒冠端被虚名誤。回念舊游淚雙落，劉于蘇王皆物故。雖有存者亦凋零，耿耿離腸向誰訴？此際江南春正芳，奈何又指桑乾渡。男兒富貴不可期，百年壽非金石固。祇須飲酒樂朋侣，那堪騎馬犯霜露。蕭郎蕭郎聽我言，移家且向南中住！

寄懷魯孺發天門

君不見姑孰之郡天門山，長江浩浩流其間。東西二石迥相望，層崖斬絶難躋攀。東峰月出西村暮，江草芊眠隱江樹。數家籬落半漁樵，中有美人託芳步。美人昔住鍾山陽，韶音令旨聞四方。手抱瑶琴理清曲，華林日夕羣鴻翔。可憐世亂遭遷次，幾度上書不得志。江湖常有廟廊憂，逢人好談天下事。白門楊柳秋復春，客思蕭條多苦辛。一朝束裝載妻子，乘潮直至烏江濱。故里凋殘不可返，停舟且息天門阪。白沙翠竹藹西村，此去江南亦未遠。嗟乎！子敬大略王佐才，豈能鬱鬱棲江隈。天門雖勝苦離索，勸君石城還復來。無爲輒作江南哀，斯言非獨我如此，次尾伯宗亦云爾。

禊日牛渚 辛巳。

去年禊日在真州，與客沽酒臨江樓。今年禊日在牛渚，客亦送酒停行舟。年年此際恨離別，江草江花相對愁。丈夫不入承明廬，何爲汗漫游滄洲。滄洲汗漫已可惜，依人寄食彌足羞。幸有主人賢且豪，寸心相許無疑憂。淮南二月春水碧，單衣匹馬從之游。君不見鴻鵠一舉自千里，安能久與燕雀儔。

喜馮歎然歸自白門 壬午。

去冬我自秋浦來，君舟恰向宛水開。今春君到白門裏，我復揚舲之宛水。可憐鴻雁各東西，羽翼差池長不齊。渚上寒雲空漠漠，堤邊芳草又萋萋。白門數有音書至，書中每道心中事。宛陵年少多豪賢，更説諸君名姓字。才思贍藻稱聖期，懷抱磊落推杓司。風神延祖最沖澹，意氣維伯何恢奇。寄言命我交四子，豈知交好先在此。芳樽晴步響山雲，蘭橈雨泛雙溪水。日日思君君不歸，林陰已滿羣花飛。旅次忽聞故人至，科頭握手無裳衣。别後離情那可説，移觴過我月初白。庭生抑之與景山，邂逅同爲不速客。相逢痛飲酒如泉，況迎翠袖高樓邊。主人已醉客且去，閉門欲擁妖姬眠。

贈徐善生

古人書法各精妙，我獨酷嗜顔魯公。上淩魏晉下唐宋，皎如日月行太空。蘇米諸家法非一，何人不自此中出。縱能闌入公門牆，終未升堂與入室。我學顔書非不專，但恨落筆心茫然。昭代亦少爲此法，於今始見徐東田。東田宛陵貴公子，弱冠學書即學此。文采風流五十年，窮神知化猶未止。顔公遺跡皆小書，廟碑塔碑隨卷舒。君用其法作大字，長至數尺或丈餘。聞君用筆如用鐵，累黍不差果奇絶。有時摹柳復摹歐，錯亂古人迥無别。東田抱道含天真，功名遲暮家赤貧。閉門卻掃寡游侣，不肯酬酢尋常人。以是書法備衆妙，四海聲名仍未噪。性情亦不求人知，白髮雙谿守耕釣。我來訪君君病起，倒衣相對欲狂喜。呼兒剪蔬留我飯，言笑緜緜富清理。我爲君歌秋水章，君爲我書雅南堂。顔公生氣凜可見，草廬萬古生輝光。

贈黄穆生 癸未。

今之杭州古臨安，山川冷落風景寒。官斯土者皆不易，郡邑以下難復難。我友黄子跅跎才，奈何屈節爲此官。吁嗟黄子爲此官，令人氣短興慨歎。猶喜相逢雙憲使，吹嘘逸翮生羽翰。聖朝用人破資格，安知不冠惠文冠。黄子勞苦宜努力，好移花樹栽江干。知君橐底俸錢薄，可能沽酒飲所歡。

送錢而介歸檇李

余年二十游嘉禾，禾中好友良獨多。其間最愛錢伯子，稱詩命酒頻相過。可憐一别十三載，雨散風流竟安在。蹇予屈蠖歸南都，君亦蟠龍卧東海。東海南都千里餘，山川寥廓音問疏。離情耿耿向誰訴，開篋見君前日書。今春理檝錢塘歸，重到嘉禾訪君扉。君復揚舲游白下，湖橋悵望江雲飛。及歸南湖春已暮，人言君在桃葉渡。冒雨相尋古寺中，握手歡然道情愫。故人握手雖足歡，歡情未了興慨歎。天上歲星過一紀，人間恨事盈千端。男兒立名苦不早，意氣就衰顏色槁。牀頭破甕有老春，且復與君共潦倒。吁嗟蒼天必欲窮我身，何爲突兀生斯人。但使斯人身不死，安能扼抑長賤貧！錢子錢子且歸去，饑寒困苦何足慮。會當簪筆承明廬，立馬相逢杏花處。

送陳旻昭御史徵兵廣西

崇禎癸未秋會試，進士四百百名士。我友二陳俱巍科，一爲旻昭一百史。百史賜第承德郎，旻昭注官乃職方。文學侍從讓爾汝，職方治兵臣所當。方今盜賊亂中土，郡縣殘破無安堵。不聞官軍禦强敵，獨使殷憂累明主。臣少曾游粤西東，親見瑶人特驍雄。朝廷結之以恩義，皆能殺賊成大功。以此上書與執政，執政持書達天聽。至尊側席求賢良，讀罷肅然起恭敬。一朝召對觀德殿，太子東面上南面。小臣再拜陳奇謨，左右何人不稱善。上語太子此異人，庶官碌碌無比倫。忠勤智勇復弘辨，孟軻所謂社稷臣。賜金賜服冠獬豸，秉節徵兵向炎海。雕題黑齒雖蠻族，沐浴皇恩三百載。使臣宣布天子言，諸瑶感奮趨中原。先期滅張後滅李，羣凶授首何足論。我聞本朝書生能用兵，前有襄毅後文成。君今用兵亦在廣，欲與二老齊功名。功名富貴非所好，平生學力在聞道。晚年特達受殊恩，不剪羣凶何以報。君不記貧賤時，二陳二方號相知。三人皆貴我獨賤，鉛刀不割空自嗤。願君早奏昇平略，漁海樵山任所之。

惠泉歌 甲申。

惠山之泉天下聞，惠泉釀酒良清芬。平生雅嗜惠泉酒，恨未一看惠山雲。比年來往東吴路，舟人不肯少亭駐。引領雲山興欲飛，一水迢迢阻官渡。今夏冒暑無錫過，役夫疲困南風多。道傍密陰且休息，因之理策登山阿。千章夏木亂崗嶺，中有方亭覆二井。一井泉甘一井苦，甘者行汲苦照影。山水性情何瑰奇，咫尺之間分淳漓。世人不識山水理，但聞惠泉便云美。予家乃在龍瞑山，中有清泉日潺潺。其味與此正相似，從不著名於人間。乃知山水亦有幸不幸，所居衝僻是其命。陸羽品泉亦偶爾，如謂真有第一第二吾不信。

武林偕沈葵菴少府飲倪玉純宅

宛溪之水東北流，敬亭高齋居上頭。兩人先後薄游此，多情少府何綢繆！别來失職歸鄉里，自傷貧賤負知己。三年苦憶敬亭雲，一朝巧遘西湖水。入門勞問便加餐，菱芡梨栗香滿盤。爲君之故累百爵，自到武林無此歡。可憐酒罷天色暮，又隨少府丹陽路。回首西陵欲斷腸，茫茫秋雨迷秋樹。

偕蔡芹溪至宛兼贈令弟玉立

前年寒食楊柳青，有客同舟歸敬亭。今年長至雪霜白，歸舟又附敬亭客。茅堂破壁風蕭疏，苦死必欲留客居。黄雞白酒恣啖飲，下牀上牀尊不虚。方今日月失其位，風塵兵甲滿天地。虎豹當關欲噬人，季女何能不憔悴！君家兄弟皆賢豪，大者孔融次孔褒。褒愛其兄促之去，且與張儉齊遁逃。

萬歲樓同潘江如作 乙酉。

潤州城中萬歲樓，其下橋亦名千秋。古人登此必觴詠，意態往往淩滄洲。後之作者何太惡，改其名曰月華閣。我問萬歲人不知，非君自引路幾錯。樓門又扃久不開，客至但登樓後臺。左盼江水右城郭，臨風徙倚空徘徊。因憶昔遊宛陵市，此與高齋類相似。高齋亦改叠嶂樓，世間咄咄多怪事。君何不把如椽筆，重書萬歲樓三字。

汾湖贈祖仲美

汾湖之水白如練，左爲吴江右嘉善。孤村僻遠無兵戈，夏木秋苗滿芳甸。我因避亂來此里，停舟悵望少知己。柴門有客歡相迎，問其姓名祖仲美。仲美風概昔所聞，嵚崎磊落意不羣。吾友二錢止厥室，割雞餉黍何殷勤。舍後若兄有餘屋，慨然灑掃留我宿。中庭桂樹吐奇香，往往提壺坐修竹。史稱張翰東吴人，罷官卜居此湖濱。蓴羹鱸膾菰米飯，至今秋氣長鮮新。我欲移家安此土，荒村幸不聞鼙鼓。其如□□□何，所謂苛政猛如虎。吁嗟世事良悠悠，烈風腥穢無時休。君家士雅今何在，灑酒吴江空自流。

贈別周穎侯 丙戌。

吴中大姓陽羨周，其門冠蓋如雲浮。文章雖多性情少，獨有一人曰穎侯。穎侯二十舉高第，上書執政忤時忌。罷謫榆關春復秋，稍轉一官東海澨。言芳行潔師古人，白玉不肯污纖塵。閩南州郡罕廉吏，自古未有如君貧。甲申之變天地裂，遐荒聞之慟幾絶。新詩百首惟紀哀，奉表南歸淚流血。臣心本不愛微官，每念先皇心痛酸。況當戎馬交馳際，矢事吾親終考槃。一朝華夏皆□□，小臣氣激欲自盡。子舍先書絶命詞，毀髪偷生吾不忍。傷哉二老垂白年，乃祖八十尤皤然。抱持號泣互相守，解縛不得從所天。君親一理那可棄，且活餘生供粗糲。永棲隴畝爲頑民，偶對人言還自愧。予雖未仕金馬門，父祖十世承國恩。幾欲捐軀勵微節，亦以親故遂苟存。君不見陶公集中書甲子，鄭公井底傳心史。千秋萬代睹幽貞，豈必首陽同餓死。猶喜今時文網疏，觸犯忌諱寬誅鋤。與君把酒毗陵市，狂歌痛飲仍自如。如我兩人性情不易得，奈何同心而離居。

喜遇從子子留即送之寧波

人言汝向南闈來，我聞驚絶還疑猜。至性如汝且不保，世人寧復可信哉！汝到南中非所志，或言予亦來應試。汝聞驚絶還疑猜，世間那得有此事。頃之作客武林城，道上相逢攜手行。各言前日信疑狀，秋陽皎潔浮雲輕。問汝何之甬東去，外舅張公官少府。汝之外舅我故人，爲我寄聲道辛苦。四明山水天下殊，神君守此美且都。汝今遊覽得勝概，顧我落魄岐路隅。憑將尺書致少府，愛人愛其屋上烏，不知肯作居停無？

吴門行

一年一度過吴閶，腰下百金千金裝。今年行李獨蕭索，布衣白袷秋風涼。鄰舟新到惠泉酒，青錢一緡沽一斗。顧我囊空無百錢，仰視秋天悶搔首。可憐書劍老風塵，客路棲棲多苦辛。明朝況是重陽節，風雨飄摇愁殺人。

疽　歎

去年一疽生右肩，皮膚赤腫厚且堅。良醫施鍼入二寸，流血數升毒始宣。今年一疽生右乳，潰久不合其肉努。亦有良醫施毒藥，爛腐生新陷重補。二疽但屬厥陰經，肝火鬱抑氣血停。內淫發於懷抱間，坐卧行立各不寧。嗟乎！蒼天扼我何太酷，半世饑寒與憂辱。人間好事一星無，貧病二字更相屬。吾生貧病曷足悲，傷心四海大運移。牢騷憤懣結胸臆，兩年疽發身幾危。

樅川苦雨柬李仲山孫子穀 丁亥。

春寒二月冰未泮，苦雨淒風徹宵旦。一川流水勢吞江，兩岸行人泥没骭。有客卧病江上村，十日不出長揜門。小樓上漏復下濕，匡牀獨坐愁思繁。特喜閭人伴幽獨，强將蝦菜供饘粥。不須取酒典鷫裘，自解牽蘿補茅屋。遥聞二龍雲卷舒，我欲移家此隱居。春來湖畔泥滓滑，欲行不行空踟躕。此間朋好何落落，鄙夫俗士懶酬酢。屈指貧交三五人，經旬阻雨亦遼廓。君不見少陵老人萬古才，長安旅次生青苔。當時惆悵車馬客，今雨不來舊雨來。吁嗟此老尚如此，何足道哉吾與子。明朝雨霽天色開，共步江頭看新水。

潤州訪錢馭少

前年五月離潤州，與君避亂吴江秋。水鄉聚首二百日，艱辛歷盡還歸休。去年五月毗陵路，君自潤州來我寓。牀頭有酒傾數升，散髮狂歌天色暮。今年又是五月初，舟過潤州訪君廬。美人庶幾無疾病，竹窗藤几閑抄書。見我入門驚且喜，素心相對如秋水。潘子東歸鄒子存，故舊重逢非偶爾。獨憐羽翼爾伯兄，江天寥廓無鴻聲。或傳從軍入楚澤，又聞替死如韓成。遠道傳聞音不一，大要存亡事難必。有時滄海人西歸，除是扶桑日東出。

江上短歌

三年潤州六往還，慚愧未一登焦山。亦如十載住南國，未到攝山真汗顔。今年六月江上歸，兩山在望中心違。我欲停舟少延佇，東風迅發帆如飛。

阿狗行 戊子。

有奴阿狗辭主人，主人不語潸酸辛。念汝事我三十載，性雖椎魯還真醇。平生衣食在園圃，歲種瓜蔬繞環堵。有時從我江海行，會佐榜人弄篙櫓。曾將資斧數百金，付汝扃鑰試汝心。久之秋毫不敢動，自此財貨遂相任。汝年已壯尚無妻，爲汝娶妻曰青溪。妻性懶惰復多病，不任驅使嘗勃谿。今年烽火連數月，危城坐困薪米闕。主人尚不免饑餓，阿狗豈敢愛膚髮。我有兄嫂聞汝賢，久欲借汝爲耕田。頃即持錢八十緡，買汝夫婦歸欣然。阿狗此時意悽惻，拜辭主人淚霑臆。不言犬馬有微勞，深慚未報帷蓋德。阿狗阿狗知汝忠，汝與今世人不同。今人叛逆爲亂賊，汝則盡瘁能匪躬。他時有錢仍可贖，往來只在吾門中。

五月初九日作

弘光改元今日月，北兵渡江薄天闕。京營一騎降書飛，宫車夜半皋門發。予時流寓潤州城，小艇倉皇走吴越。水鄉避亂閲秋冬，艱辛終不保毛髮。歸來故國復三載，眼看神州皆陷没。每逢此日心暗傷，愁坐書空惟咄咄。子房既不逞博浪，仲連亦未蹈溟渤。所求半畝學躬耕，無處深山有巢窟。浮湛末世良可羞，風塵奔走空皮骨。祇應三徑掩蓬蒿，敢望孤峰采薇蕨。

七夕歸思

出門時與家人期，七夕吾將歸東籬。豈知令節彈指過，徘徊客舍中心悲。客舍徘徊悲尚可，驚心三月連烽火。山城欲留留不得，江路欲行行不果。此夜西風助峭寒，星河耿耿在檐端。誰家少婦高樓望，一縷雙針乞巧盤。今人乞巧巧已極，吾生守拙拙亦力。巧拙互觀更相笑，惟有離情共悽惻。何年送老入深山，男解牽牛女能織。

富池晚泊

富池江口甘公祠，神鵶千百巢樹枝。客來必迎去必送，拋與祭肉飛啄之。相傳此鵶來已久，族類蕃衍神所祐。江頭估客欲停船，望見神鵶若親舊。邇來烽火亂江雲，甘公祠宇半燒焚。唯有神鵶驚不去，烏烏啞啞聲相聞。間者兵兒萌殺機，鵶必先覺摩天飛。以此彈射不能損，橫江送客終無違。我來富池拜祠下，仰視羣鵶鳴古瓦。斷碑零落荒草間，欲考其詳罕知者。祠傍有樹曰棕櫚，根幹輪囷枝扶疏。山僧指點數百載，石上猶存坡老書。我愛神鵶性靈異，復愛棕櫚影蒼翠。樹下徘徊夕陽沈，況有前賢詩可記。獨怪坡詠棕櫚時，曷不一及神鵶事？

雷江口

鮑照書中大雷岸，李白詩中長風沙。本是古人佳勝處，今人相喚名遂差。長風沙爲烏沙夾，大雷岸爲雷江口。不考其實謁傳謁，古人佳勝復何有。此地面江即樅陽，唯我過此心傍徨。若非鮑照與李白，山川那得生輝光。

齊介人書至云宋玉叔客吴門念予甚切感而有作

山東才子宋玉叔，滄溟以後無其人。曾游江南訪諸彦，江南諸彦皆逡巡。一朝京口與我遇，紵衣縞帶歡如故。把酒同登萬歲樓，行吟共倚三山樹。亡何白日塵沙黄，與子避地蓴鱸鄉。本期煙櫂窮水國，可憐病骨支匡牀。久之風雨復飄散，君冒兵戈歸海畔。雙魚寂寂冷春江，三星耿耿望秋漢。明年六翮翔九州，乘興復作江南遊。逢人輒問明農子，聞我饑寒嗟未休。齊生書來道君意，令予俛仰發長喟。乾坤納納幾人存，出處雖殊心不易。初冬擬棹吴門來，君舟此際開未開。虎丘霜月甚可惜，安得與子大醉生公臺。

答邢孟貞江上見懷

八月我自黄州歸，不知君上彭郎磯。楚江遼闊坐相失，令人轉恨檣烏飛。十月重來舊京室，聞君返櫂已旬日。亟呼奴子馳相聞，莫似長江又相失。君持一卷楚游詩，云過樅陽多所思。勸我歸耕嘗苦口，往往答以東坡辭。我謝江神非得已，有田不歸如江水。且將醫卜混屠沽，稍可買山即歸矣。石臼湖邊數口家，門前禾黍復桑麻。主人底事亦久客，三年不見東籬花。

廣陵同姚仙期鄧孝威飲吴園次臘梅花下

百花之長山中梅，謂其能犯霜雪開。梅花開時春已動，臘月梅蕊方含胎。不如臘梅更孤絶，窮冬乃能傲霜雪。根幹雖無古松勁，芬馨頗似秋蘭烈。我友吴子蕪城東，獨賞此花樹庭中。門徑不許俗人到，氣味自有賢妻同。虎丘姚師衣破衲，廣陵鄧生披短褐。爾汝俱稱物外交，要我同行意軒豁。入門呼酒復呼茶，蕭然環堵類山家。他人富貴足悲歎，我曹貧賤還驕奢。君不見臘梅花〔二〕

與治五十

君年三十七，我年二十三。臼杵始定交，聲詩播江南。君年今五十，我亦三十七。世運有革除，交情永無失。交情久遠良足多，功名未免歎蹉跎。風沙倏起箭滿眼，相期采藥西山阿。西山草木鍾神秀，何事苦吟人太瘦？試看山中猿鶴羣，瘦骨孱孱反多壽。勸君加餐君勿疑，四十五十未爲衰。南陽若有漢司隸，扶杖旁觀尚可期。

石臼行贈崔正誼明府

君不見石臼湖，湖村一幅桃源圖。荻花到處有漁父，竹實時能來鳳雛。江南山水多靈秀，幽窅終當推石臼。我昔逃名隱此間，欲結茅堂未成就。無端浪跡逐江雲，湖中消息嘗相聞。昔年擬傍韓公子，今日欣逢崔令君。令君文苑稱作者，雖領簿書亦風雅。尋常尚想登龍門，況受一廛棲宇下。寒雲漠漠雪霏霏，久客江城取道歸。爲愛湖村聊卒歲，琴堂何幸瞻容輝。令君雙眼如秋水，自別陽鱎與魴鯉。莫疑勾漏乞丹砂，匪向臨邛彈綠綺。石臼湖邊草樹香，春來依舊結茅堂。門前鳧雁應無數，或有王喬履一行。

贈湯幼嘗之子令仔 己丑。

湯生有子名令仔，神氣駿爽超羣兒。我昔游其師塾中，見此童蒙獨稱奇。今年令仔方毀齒，童蒙亦覺感知己。往往見我情最親，繞膝殷勤問書理。而翁孝友學道人，聲光未泄萃汝身。眼看駟馬復車蓋，屈指而翁纔五旬。

哭從子直之

吾兒死不見其死，不見吾兒見猶子。猶子病時我在旁，其形枯瘠不忍視。聞説吾兒病篤時，其形枯瘠亦如此。傷哉天乎何不仁，一門喪我兩才士。二子才調各不同，一者豪放一謙沖。所性雖殊雅相善，翹然鶴立雞羣中。奈何俱嬰不起疾，爾年三十兒十七。爾曾富貴兒長貧，爾既有子兒無室。吾兄昨日爲我悲，我今爲兄涕交頤。明朝江口又相送，死别離兼生别離。

贈孟六玗明府

小孤山北江城微，兵荒廿載人民稀。近來卻有神明宰，白叟黄童得所歸。神明者誰出鄒魯，大賢遺訓垂千古。夙昔文章號巨公，今兹德化推慈母。丙戌之歲秋闈開，我公應聘江東來。午夜焚香告天地，務求磊落嶔崎才。偶獲一卷稠人裏，氣韻澄泓似秋水。急呼武進張環生，此是桐城方爾止。環生張令我故人，乍看遂謂爾止真。兩公擊節相歎賞，交薦主者魁其倫。明朝折卷非所望，兩公咨嗟復相向。絶代佳人在幽谷，十年不字空惆悵。公誠知我我未知，逾年環生始言之。野人性癖固不仕，知己恩深能勿思。可憐世事同飛電，聞聲相思不相見。頃來姑孰謁高僧，佛座蓮花映君面。彼此初未通姓名，滿堂賓客獨目成。近前一語忽大笑，針芥之合良非輕。須臾執手相慰勞，文章有神交有道。我本麋鹿合山林，君即夔龍且泥淖。浪師義學天下無，親拈五色摩尼珠。與君日日來聽此，勝著峨冠馬上趨。

宛陵雨中訪蔡四芹溪 庚寅。

疊嶂樓頭雲出門，雙溪渡口雨翻盆。似有蛟龍鬬不止，平地水深三尺渾。淮西山人宛陵客，終朝獨坐愁心煩。與其獨坐愁心煩，何如赤脚著短褌。冒雨衝泥過橋去，草堂未掩天黄昏。知爾貧厨無所有，新麥作醴剛一尊。即焚枯魚酌麥醴，中郎風味千古存。今宵共醉且爲樂，明日陰晴誰復論。蔡邕與劉表書云：「焚枯魚、酌麥醴，欣然樂在其中。」

塔塘與甯山同宿胡允右宅醉後作

我思故人溯江去，故人思我沿江來。江渚相逢忽大笑，即與攜手同舟迴。塔影塘邊有知己，明江東去復九里。不嫌索酒叩柴門，況對寒花映溪水。今宵爛醉君莫辭，明朝我去天一涯。歸來只恐君亦返，赭山重聚知何時？君家九子芙蓉下，抱琴獨嘯無知者。何生遠出劉公亡，泠泠哀吟向誰寫。劉伯宗、何痦明，甯之同邑師友也。

羅溪訪詹錫卿有贈 辛卯。

詹生累世山中居，少年豪氣壓里閭。讀書不下數萬言，飲酒乃至一石餘。是時天下承平久，樂事何多在林藪。一朝羣盗入巉嵒，苟全性命戕兩手。兩手雖戕尚能持，終日作字細如絲。青氊舊物那忍棄，秋林闢館教羣兒。我來訪君萬山裹，幽溪彷彿花源水。門前粳稻露華濃，籬邊橙桂香風起。置酒芳園覆緑陰，東鄰二子皆同心。張旭如、章明卿。況有伶人奏絲竹，遂令山水紛清音。夜闌勸客飲一石，主人竟不飲涓滴。長齋事佛有深意，神情無乃太枯寂。君爲我飲，我爲君歌。當年樂事今如何？一從鞞鼓亂天下，道途人少豺狼多。幾家招飲有叢桂，幾人睇笑山之阿，如何不飲空蹉跎！

城西行

孺子五月瘞城西，半年不到草已迷。殘冬出郭一相視，朔風震蕩愁雲低。山高墳小恐易失，紙錢倒掛枯棠梨。日暮歸來慘不樂，且呼二女相提攜。二女平居聞哭慣，嬉笑亦復學人啼。若母惡其聲不祥，持竿喝止中心悽。

風雷行贈雪田上人 壬辰。

雪公新自皖口還，休夏直入飯籮山。山中一夜大雷雨，天崩地裂非等閑。園有古樹高千尺，須臾吹倒壓我壁。孤僧倚壁正酣卧，砰訇奚止萬斤石。此時梵刹皆攲傾，雪公閉目神不驚。天明雨止掘始出，怳如入定聞磬聲。我來問公頹樹下，相對神情愈閑暇。擊火烹泉不停手，重拈石上三生話。遥指青峰天柱西，故人許我田數畦。欲結茅庵寄瓢笠，烈風雷雨焉能迷。

張道人園居歌

今年暑熱何太酷，五月中旬似三伏。江邊垂柳葉欲焦，路上行人汗如浴。我自姑郡來蕪關，主人館舍惟一間。繩牀獨宿已逼側，況復枕畔添雙鬟。倉皇躡屩入山去，石上松陰可箕踞。僧房一一寓皆滿，欲覓幽棲向何處。飯籮山下張道人，曾於僻地開荆榛。蓋茅屋，四山迴合皆松筠。我問道人借一席，道人欣然迎我入。東頭正空兩三楹，君來可以恣休息。明朝抱枕到中林，北窗高卧松陰森。但見涼飇透絺綌，豈有暑氣來相侵。道人性復知愛客，每日烹茶供肴核。此間安樂勿思歸，且待秋涼再區畫。

顧與治白下書來卻寄

四年不復到舊京，舊京老友嘗寄聲。頗聞君受買田累，幾至破家殞其生。前歲寄書到京口，勸君盍拋此田否。君言急切拋與誰，譬如重病須緩醫。我切爲君憂此事，病重醫微恐難治。百里空勞牛馬塵，三載遂無鴻雁字。昨日京口寄我書，上言此累已寬舒。今秋可收穀千石，除卻完公尚有餘。七月將歸舊京矣，要我重來白門裏。老友相尋豈不歡，無奈歸心在皖水。江畔梅花冬復春，相期命駕訪情人。若使避兵白下好，還思徙宅爲比鄰。

喜得姚休那先生書

先生高卧秋山雲，幾欲來訪慚垢氛。昨日遠寄一書札，其中意念何殷勤。勸我休買孺子妾，孺子妾不如文君。寧馨阿堵兩難事，斯言妙絶今始聞。先生書云：『君買妾爲宗祐計，正當求管夷吾、馮瀛王一輩人，責效于已試者較易耳。若趙家姊妹恐非人種，蓋美人之于寧馨，猶文人之于阿堵，皆世間極難得之物。老夫竊爲私憂過計也。』

廬山訪從子密之同宿九夜臨別作歌

與爾同學十四年，自丙寅至己卯。寒冬夜夜抵足眠。當時文章各自負，豈知窮達分天淵。爾仕明時露光彩，時危斂曜游東海。同心那得復同牀，分攜又十有四載。自己卯至壬辰。眼看二十八年過，少壯幾時奈老何。爾於五倫事皆畢，我無一成空蹉跎。今冬訪爾廬山下，重與抵足八九夜。夢中頻上紫霄峰，醒來真是白蓮社。

金竹坪雨雪行

城中微霰不終夕，山中大雪已盈尺。城中雪消半月餘，山中松樹雪猶積。祇緣此地高且寒，千巖萬壑埋雲端。老僧告我四時雨，一月曾無幾日乾。

三叠泉歌

玉川門內看三叠，飛泉噴薄由層巒。九雲屏前看三叠，急流奔瀉在深湍。乃知世間本一物，隨人上下殊所觀。我今更躡五峰頂，從此眼界何如寬。

龍竹歌

癸巳。吴城令公廟有二枯竹，圍大尺五，宛如龍形，鱗鬐俱備，但無首耳。昔有人于鄱湖中網得一株，詫其神異，送入廟中祀之。越數年，復有一株浮至廟門，似欲上岸者。舟人取視，與前竹無異，長大亦相等，并祀于廟，果神物也。癸巳三月十一日，予過此，見而愛之，因作歌。

昔聞竹化龍，今見龍化竹。羣龍見尾不見首，竹亦無首尾相屬。長梢夭矯勢入雲，密節糾互成龍文。是龍是竹渾不辨，一雌一雄如有分。我夙好奇訪其處，摩挲驚喜復驚懼。古廟喧闐難久留，會須風雨雙飛去。

左蠡行

小艇迎風發星渚，未到揚瀾日過午。榜人貪涉不肯停，黄昏必抵都昌浦。俄驚狂飈自西來，水聲騰沸山崩摧。更兼雷雨助其勢，榜人面色如死灰。急曳半帆回左蠡，暝黑奔馳二十里。依稀見岸不得近，沙淺曾無盈尺水。終宵漂泊蘆葦邊，風波震盪誰敢眠。世間平地皆好住，何事江湖年復年。

賣馬行爲祝一之賦

蘭溪祝子令建昌，簿書錢穀非所長。性情獨嗜詩與酒，湖山花月恣徜徉。一朝拂意掛冠去，興味蕭然仍寒素。衹緣脚疾行不良，買得一馬當徒步。蠡城客久囊橐垂，食指繁衆長苦饑。藜羹不飽況芻秣，争欲賣馬供朝炊。主人見馬意淒楚，嗟爾玄黄瘦如許。馬不能言對以臆，我與主人命同苦。世間富貴唯科名，但入仕途金滿籯。主亦登科宰百里，半肩行李何其輕。昔時廉吏人所羡，今時廉吏人所賤。早知官罷厨絶煙，何不居官少通變。主人悵惋復徘徊，叱奴牽出城東來。我棄一官如敝屣，區區款段何有哉。君不見漢家驃騎千萬匹，無端闌入閼氏室。

山中休夏

野性好游四時同，惟有盛夏思山中。所苦衣冠見熱客，不如袒裼迎涼風。今年西歸自廬岳，蓮花灣頭且歇脚。柴門枕簟恣高眠，雖無飽飯粥亦樂。

秋日漫興

四時平分秋最佳，孟秋景物尤堪誇。千樹欲落不落葉，數枝將開未開花。秋山著雨浄如洗，秋水平湖浩無涯。菰蒲菱芡聚淺渚，鳧鴨鷗鷺争晴沙。山田到處收粳稻，村舍逢人話桑麻。魚舟魚賤不須買，酒坊酒熟頻教賒。溪山如此足娱老，我獨何爲欲辭家。衹緣性情好江海，八月又泛銀河查。

漳湖歌贈范小范

漳湖垂釣者誰子，磊落嶔崎天下士。不堪牛馬走風塵，且伴鳧鷗弄秋水。水邊築室曰緯蕭，朝爲漁人暮爲樵。煙簑雨笠自千古，鞅鞨裲襠何所驕。君不見漳湖之西大雷岸，荻花楓葉荒江畔。鮑照於此寄妹書，遂令僻地聲光燦。回望漳湖多白雲，向來泯没今始聞。他年漢使求遺老，舟過雷江先問君。

皖口行

六日凝寒雨不絶，中間爲霰又爲雪。天宇沈昏飛鳥無，江波洶涌行人輟。我來買舟向匡廬，榜人勸我姑徐徐。揚舲須待雨雪止，六日不敢開篷篨。淅淅寒風透窗牖，重重布被蒙身首。泥塗薪米尚艱難，那得餘錢復沽酒。從來雪天容易晴，連陰不晴愁緒縈。但令卒歲有衣褐，何苦嚴寒江上行。

雷江口

停舟皖口七日多，淒淒無奈雨雪何。行人躁急耐不得，揚帆破雪淩風波。雪花飄空朔風吼，江邊行者一無有。獨我孤舟冒險艱，須臾已到雷江口。雷江津吏把手搖，長年三老慎勿驕。此番安穩乃徼幸，世間幸不可屢徼。

建昌魏明府招飲署齋即席作歌

三月訪君到修水，君去章門百餘里。荒城破寺難久留，停車一夕即歸矣。端陽星渚忽相逢，舉杯慰勞情更濃。自言雲居山秀絶，不讓五老香爐峰。我聞此言興勃勃，重游須待新秋月。秋田穫少費經營，蹉跎冬仲舟始發。蠡湖雨雪何瀧瀧，浹旬才得抵修江。故人一見驚且喜，旋出金盤倒玉缸。殷勤勸我加餐食，相看俱有風塵色。只道天寒爲客苦，豈知爲官更苦極。前日填撫過城東，拜跪迎送雨雪中。肢體凍僵陷大澤，衣裳盡濕誰敢烘。今朝偷得片時暇，把酒論詩竹窗下。無端吏復催升堂，鞭扑誅求至中夜。嗟乎！方今守令靡不艱，觀君風概猶蕭閑。登臨豈礙民社事，與我雪晴共上雲居山。

徐園看臘梅花

菊花開罷花事窮，千林萬木摇悲風。臘月老梅底心性，繁英爛熳霜雪中。可憐地僻罕人識，孤僧引客尋幽叢。手折一枝歸旅舍，寒香冷艷將無同。

雲居訪晦山大師贈三十韻

甲申三月天地崩，先皇龍馭奄上升。普天率土皆怨痛，我曹悲憤情尤增。婁東名士王元達，號泣求死苦未能。敕斷家務辭祖廟，毅然削髮爲孤僧。江南山水游已遍，乃至廬峰最高層。九叠雲屏居二載，千巖萬壑靡不登。書法雄俊李北海，詩情淹潤王右丞。義學淵邃吾不知，大要能參第一乘。匡廬之西雲居山，體勢蜿蜒高嶙嶒。其上古有真如寺，復有明月湖光澄。唐宋以來三十代，代代耆宿相師承。元末始有兵燹患，本朝慶曆年復弘。神廟御書十四字，植黄荆樹猶活，親造碧溪橋尚稱。金粟如來及三藏，須自聖母信且徵。近日鐘鼓雖寂寥，草木之氣猶鬱奎章巍焕神所憑。何幸晦公來駐錫，皆云此寺當中興。我夙與師相慕久，都昌片札傳也曾。歲寒那敢畏蒸。霜雪，穿雲躡磴惟枯藤。招提一見歡若舊，雨窗話到三更鐙。談禪談詩已快絶，重論往事悲不勝。欲補青天無采石，欲繫白日無長繩。與其羈絆塵網中，腥濁臭穢良可憎。何如埋照向幽谷，身心皎潔冰壺冰。莫愁震旦遂長夜，天運剥復還相仍。處則蹲伏類獅象，出則變化齊鵾鵬。來朝别師下山去，回望山頂雲煙凝。他年倘晤在京闕，紫氣重瞻十二陵。

崔李行 甲午。

杜詩云：『晚定崔李交，會心真罕儔。每過得酒傾，二宅可淹留。』謂崔封、李戢也。白詩云：『平生相見即眉開，静念無如李與崔。各是天涯爲刺史，如何不覓九江來。』謂李公垂、崔晦叔也。夫杜白當時交游何限，乃惓惓致意于崔李二君。噫，亦異矣。予生平不乏交游，稱知己者則崔高淳正誼、李太湖溉林。嘗兩至高淳，三至太湖。二公待予之厚，始終無間，因有感於子美、樂天二詩而詠歎之，似先獲我心者，爰作短歌以紀其事。

有唐詩人累千百，我獨師承杜與白。杜白同時人幾何，維崔與李情獨多。古今風雅有神契，況復俱生壬子歲。何緣崔李亦同時，氣味相合長相思。長相思不長相聚，會吟錦水香山句。

送八弟爾孚游武昌兼寄徐莘叟

吾弟昔適楚，往來蘄黄州。漢江去幾許，未上黄鶴樓。黄鶴樓空不如昔，鸚鵡洲頭芳草碧。行人過此暗傷魂，況爾風騷嗜成癖。野店山橋驅蹇驢，言訪故人徐秘書。秘書高義夙相洽，楚江吟眺今何如。醴酒雖然稱上客，飄零琴劍終非策。無情白髮暗催顔，有用黄金莫輕擲。歸贖城南數畝田，妻耕子耨終殘年。

戲答友人借書

古人借書餉一瓻，及其還書亦如之。世間好書難得讀，以酒酬之尚未足。今人字義明昧間，有書不借借不還。借書還書癡何有，不借不還良可醜。語云：『借書一瓻，還書一瓻。』瓻，酒器也，今人誤作『癡』，故云。

老姑行爲姚姊夫人七十壽

吾家先世有老姑，髫年未嫁亡其夫。竟以處子終漆室，壽介八旬貞不渝。三百年間風未墜，姚吴二姊能相繼。二姊十七守貞同，次第皆登七十歲。清芬才調更絶人，詩文秀潔無纖塵。書法直追王子敬，繪事不讓李公麟。曾集宫閨詩一帙，部分邪正意凜慄。大書石碣表荒山，預築佳城待同穴。凡稱婦職仰夫子，吾姊所杖不在此。空閨寂寂老朱顏，苦節煌煌照青史。方今節義何浸淫，松柏衰頽蕭艾深。世人雖不好松柏，果見虬龍誰不欽？譬如吾家老姑去已久，閭巷高名並山斗。中間簪紱豈不多，悉與草木同腐朽。吾姊操行復巑岏，三老姑名應不刊。浮榮奕葉等閑事，唯有斯人良獨難。吁，唯有斯人良獨難。

雙松歌爲楊嘉樹尊人壽

楊生手持一幅雙松圖，言歸壽其二親六十俱。問誰作者釋無可，此意便與今人殊。今人所好惟富貴，乞言鮮不争華蔚。楊生轉好出世人，當是若翁平日家訓有獨異。若翁高士本南州，逃名亦似韓伯休。偶因貿藥至桐子，綣戀遂家此山陬。暮年始誕二雛鳳，長離五色能驚衆。欲飛不飛鳴不鳴，會看東海晨曦動。楊生此意人罕知，蓬門菽水聊棲遲。三公五鼎有時盡，千霜不改青松枝。所以既索竹關上人畫，又索淮西山人詩。

山谷寺短歌　乙未。

昔有二老天監間，一錫一鶴争此山。我嘗疑其争似罔，到此方悟非等閑。卓錫一峰高似筭，更有浮屠在山頂。四山環抱僅餘門，門外吴塘弄澄影。其東便是白鶴泉，左慈丹竈遥相連。形勝雅不遜卓錫，舒州仙觀名千年。我來三月重三日，僧房道院俱蕭瑟。惟有流泉似昔時，潺潺仍自溪中出。

彰法山經橋公故居

古人我愛孫伯符，弱冠義兵起東吴。同年遂有周公瑾，奮其智勇成雄圖。分則君臣義兄弟，併與橋家作嬌壻。二女才華誠絶人，何處能尋此伉儷。可憐伉儷不同老，孫郎早世周郎夭。海邊精衛恨茫茫，枝上啼鵑聲悄悄。我今彰法山下過，路人猶指舊山阿。雄圖艷質俱銷歇，惟有荒臺永不磨。

四月四日龍河阻雨

四月一日至四日，田家於此候陰晴。一二三日晴則稔，今年三日俱晴明。四日宜雨雨果大，今秋農事端有成。吾鄉苦遭三歲旱，見説豐稔先怡情。但教場圃有餘粒，客路棲遲無歎聲。宋孔毅父談苑載古謠云：『一日雨，百草枯；二日雨，傍山居；三日雨，騎木驢；四日雨，農有餘。』騎木驢者，謂踏車也。

泣象行

有象有象西南來，言從楚塞之燕臺。縣官郊迎十里外，閭巷晝閉城門開。居人看象家家出，道傍暗數十三匹。高如屋脊色如灰，形勢威猛良可怵。中有一象獨淚流，驅之不行屢回頭。諸象亦似慘不樂，强行數步還復休。借問此象何由得，象奴欲語先悽惻。此獸不與凡獸同，曾受本朝大官職。一自兩都陵谷遷，□統卻在西南天。羣象當關争禦敵，戎馬不敢窺黔滇。頃者將軍貴公子，輕身挑戰陷重壘。將軍舐犢不勝情，車輦金銀來贖取。北兵摇手不受金，會須巨象始稱心。將軍痛子不得已，遂驅此象來江潯。豈知人情故叵測，既獲其象子復賊。將軍憤極大舉兵，電閃雷轟在頃刻。北兵大敗不可支，水深河廣争渡之。人馬溺死凡數萬，僅餘此象先驅馳。象本不願從逆節，無奈爲人所羈紲。象奴雖賤南方人，屈膝北人憤所切。燕山楚水路漫漫，晝行夜卧同辛酸。其中老象心更苦，雙眼常流淚不乾。我聽斯言發長喟，世間物各有忠義。雀猶報德魚感恩，魁然巨物何足異。君不見供奉猴，跳擲欲上朱温頭。又不見舞牀馬，怒視禄山不肯下。爾象有力逾千鈞，何不發狂奮迅奔絶塵？任渠萬馬追莫及，何爲低頭垂鼻空含辛？

白門三子行贈陳翼仲張介人鄭元白

昔余授易治山園，一時英俊從者繁。其中五子最傑出，臭味相洽無間言。忽逢世變各分散，重來白下傷余魂。蔡盛溘焉化朝露，惟陳張鄭三子存。三子匪獨擅文苑，更能猛力窮詞源。才名藉藉震京邑，皆云此出淮西門。老我因之增氣色，緘口不言道已尊。試問別來何所得，争出其製相討論。或如蘭苕翡翠立，或如碧海鯨魚翻。風塵豈合淹此物，眼見六翮當高騫。陳生更念客衣冷，脱裘贈我霜天温。今人君父誼且薄，誰能不忘師友恩。感此長吁飲一斗，懷抱淒絶吟聲吞。酒闌歌罷出門去，悄悄月明秋樹根。

書汪五河母行狀後

汪生向我聲烏烏，爲言有母鬻阿孤。十六年間勤且瘁，捋荼畜租良不易。兒幸成立能文詞，黽勉禄養自有時。豈知風水不相待，菽水正歡先見背。此身難報罔極恩，敢乞名言表墓門。嗟乎！今人所志在薰灼，倫理之間鮮不薄。汪生至性痛所親，他年豈負君友人。

訪林青仲不值留此兼悼令兄儲乙

瓦官閣西曾結鄰，與君兄弟情最親。一聞笳鼓我歸去，蔣山回首長酸辛。八年重渡秦淮水，舊交落落晨星矣。猶向城隅訪二林，雁行中斷忽千里。君又讀書銅井山，含悽作字付雙鬟。只恐君來我欲別，人生會合何其艱。

揚州遇鄧孝威有作 丙申。

八年前作廣陵游，一時聚集皆名流。君齡未壯便隱逸，賦詩贈我深相投。亡何風雨各飄散，我去山中君海畔。忽聞驅馬入京師，定知采筆干霄漢。聲名籍甚公卿間，掇取科第如等閑。雖曰從軍不肯嫁，木蘭仍以處子還。適我避雠來水國，舊友凋零空歎息。豈料君從北地歸，古寺同棲正歡劇。日夜相過不厭頻，狂吟豪飲任天真。殘冬且莫輕離別，直待關中孫豹人。

梁仲木招同鄧孝威飲瓊華觀醉後作歌兼懷令弟公狄

梁公五十鬚皓白，其鬚雖白心則赤。少年出入戎馬場，雄文欲勒燕然石。蹉跎壯歲不得志，南游且作諸侯客。忽逢世變神愈傷，秋水蒹葭渾浪跡。君家兄弟本燕人，墳墓田園在京國。其性乃如鷓鴣鳥，飛必向南不向北。以此流落江淮間，縱酒沈冥人不識。與余相慕二十年，今朝忽喜見顔色。瓊花觀中促沽酒，霜天痛飲歡無極。況有鄧生同氣人，話到京師淚沾臆。侵晨便欲秦郵去，十日仍來邗水側。令弟藏身射陽湖，潛螭不見更奇特。我欲從之煙水迷，非君共艇求安得。

王雷臣侍御招同沈仲連李叔則梁公狄夜集黍酒宋甆喜而作歌

淮酒何物浪得名，其味重濁少輕清。五加皮甜苦蒿苦，除此薄劣不足評。王公燕市文章伯，持斧江南遂卜宅。生憎淮酒不沾脣，秬黍攜來自醖藉。酒成沖澹復辛香，飲之不異醍醐漿。千鍾百榼渾未惜，時時召客來高堂。我謁王公霜氣肅，適有三賢先在屋。薄言取酒禦風寒，涓滴纔濡春滿腹。況乃宋甆形製奇，古色斑剥如鼎彝。衆手傳觀互相賞，循環斟酌誰敢辭。如此杯罌如此酒，今宵爛醉良非偶。主人愛客不嫌頻，尚許雪天傾數斗。

淮瀆敕 是日，范麋生主社，賦此。

淮瀆淮瀆故有神，今古廟立淮之濱。通江導河入於瀣，祀同五岳康我禋。定陵四十有八載，天下雍熙俗未改。曾頒道藏賜名山，特遣中官蒞淮海。手捧龍文敕一通，煌煌天語在其中。延齡不借長生藥，致治惟敦黄老風。道書千卷藏於此，上有漆函函睿旨。春秋又復四十年，臣民曷敢輕開視。今冬有客淮南游，經過瀆廟聊彝猶。仰首神明問童子，宛見敕書居上頭。再拜焚香復盥手，取敕開看咨嗟久。朱文寶篆尚鮮明，黄絹金泥絶塵垢。我黨俱是山澤癯，每逢舊物淚沾襦。鍾山松柏且凋落，此敕不動神所扶。是日恰逢陽長日，把臂同歸范生室。主人進酒客賦詩，賦詩無如淮瀆敕。

韓侯兒　是日，陳階六、丘季貞主社，賦此。

韓侯之族世所悲，韓侯有兒人莫知。我今痛飲淮陰市，請爲君歌韓侯兒。侯昔鍾室銜冤日，小兒三歲誰能匿。有客毅然竊負逃，密以情探蕭相國。相國聞之驚且憂，爲言隴不可留。作書授客使入海，南粤趙佗堪與謀。趙佗夙與蕭韓善，養兒成人延一綫。去韓之半改姓韋，子孫漸繁滿鄉縣。因之世世爲土官，魏晉以後休隱瞞。蕭相前書趙王册，刻諸金石永不刊。韓襄毅公曾有説，乍聞此事歎奇絶。其客姓名雖不傳，自與程嬰比風烈！釣臺之下淮水奔，我來泊舟先愴魂。千古英雄有本色，死生貴賤何足論。要知吕亡漢亦滅，韓侯血食至今存。

題宋射陵蔬枰卷

於陵仲子辭三公，爲人灌園淄水東。灌園何關盛德事，千載以下欽高風。鹽城宋子居瀰口，平生自負釣鰲手。江瀰横流那得施，且作田間抱甕叟。其畦歷落如楸枰，露葵霜薤長滋榮。君因種蔬悟棋理，眼前黑白誰輸贏。獨惜世無張德遠，何人記憶蘇雲卿。

蓮池種竹歌 丁酉。

二月之晦前三日，奉吾母柩歸攢室。室在山阿湖水邊，舊種青松高且密。祇緣東北隅少虧，秋冬恐受朔風吹。欲補以松長不及，皆云種竹深相宜。鄰村況有湘妃竹，紫點黄斑麗青玉。冒雨移來十數竿，千枝萬葉仍相續。雨晴日出影蕭蕭，又恐風吹根動摇。植木爲闌結繩縛，提甕汲水時時澆。我母有靈竹皆活，其葉微乾根不撥。根邊帶笋未經鋤，今歲還期笋當發。明年竹母生孫枝，我母之孫尚無期。兒今避讎出門去，分付園丁好護持。既不許兒童折，又不許牛羊嚙。竹身多少淚痕斑，盡是孤兒眼中血。

負版行

數年不到三山街，今春偶到多感懷。不知是何大書册，路傍堆積如蘆柴。行人紛紛來買此，不論何書只秤紙。官價每斤錢七十，多買少買隨人耳。借問此是何版圖，答云出自玄武湖。天下户口田畝籍，十年一造貢皇都。玄武湖心絶炊爨，永無火患及鼠患。洪永至今三百年，收藏不知幾千萬。一從世變陵谷新，此圖廢閣空埃塵。有司上言請變價，聽民自取輸官銀。官召吏人估其直，十四萬金可立得。富民争買入私家，零賣與人取微息。有一老翁立路傍，俯首見之神暗傷。曾爲州掾寫此册，一字錯誤憂徬徨。豈知今日廢無用，口不敢言心自痛。也買一册負之歸，看是何年何地貢。其中户口久凋殘，田畝荒蕪不忍看。若逢魯國驅車叟，憑軾而趨鼻更酸。

二客行贈萬遐客瞿客

徐州不見萬年少，山川冷落無光輝。繼起者誰有二客，阿咸阿戎其庶幾。大客魁岸如岳立，小客温潤亦如璧。河邊舊宅已三世，架上藏書仍十尺。我與年少爲故人，車過腹痛鼻酸辛。先見小客意頗慰，後見大客情愈親。招我夜集餅花谷，香醪一甕冬所蓄。歡腸不覺醉爛熳，清音況復勝絲竹。我爲君飲，君爲我歌，昏夜焉能再渡河。書堂吟榻且借宿，來朝此地還婆娑。彭城酒伴諒不乏，未若萬家兄弟旨且多。

中秋夜吴中黄招同諸子賞月作吴郎行

我游彭城暑未殘，與君一見如舊歡。草堂每到必霑醉，還訂中秋月共看。是日恰逢天氣爽，晚來風月愈清朗。主人移席當星漢，羣公列坐皆吾黨。毛生遠來自京峴，徐翁父子吴門彦。萬家兄弟俱豪賢，張段風流和小阮。更有紅裙李墨仙，言詞辨惠態嫣然。痛飲千鍾不辭醉，嬌歌一曲尤可憐。杯斝交馳疾若飛，夜深涼露濕人衣。三更已盡興未盡，踏月聯鑣送我歸。我寓戲馬臺東奎山西，吴郎此地有幽棲。胸中淵藪世莫測，門外名儁時相攜。入門驚見龔開畫，美人與客皆稽首。君問此畫不忍説，且復開尊玩明月。美人醉倒喚不醒，蟾墜雞鳴客始發。因憶子瞻居徐州，中秋見月懷子由。城東大河口，牀頭尚有一罌酒。舒鄭頓趙四好友，一時離散中心愁。争如我輩今日情，良朋令節樂事并。他年應記作佳話，爲君先賦吴郎行。

道上遇陳伯璣有感而作

白門雨雪歲將暮，我尚羈遲未歸去。君胡復自于湖來，道上相逢太匆遽。爲言旅況不如前，賣書賣墨過殘年。書是平生手所閲，墨亦手造精且堅。割愛與人非得已，俗人見之猶不喜。仍攜書墨返于湖，我輩奇窮一至此。送君登舟君勿悲，聞有艷妾生佳兒。設令我有艷妾生佳兒，賣書賣墨甘如飴。

校　記

〔一〕原文『梅花』以下均闕。

龕山集 卷四

五言今體

白下重訪李臨淮玄素 丁丑。

六代餘風雅，山阿尚有人。選言皆大吕，闢館似平津。古道已昭世，新聲更入神。西安吾卜宅，長與作比鄰。

送萬道吉歸涇

雞鳴山下路，日日爲君過。澗户生秋草，絺衣掛女蘿。憂時心共苦，失職恨偏多。反覆天人策，其如枘鑿何。道吉廷試策直言時事，執政擯之。江鄉多寇盜，避亂欲何之。乞食游吴市，招魂註楚詞。方君歸里日，正我憶家時。別後同王粲，登樓無限思。時王雨若亦寓雞鳴。

送潘鱗長還吴門

吴門多勝概，攬勝孰如君。川有雙珠媚，蘭從九畹分。鱗長，楚人，游吴納姬，生二子甚慧。風流知不墜，詩禮欲先聞。江介秋帆穩，來看鍾阜雲。

贈孟元白兼懷戴敬夫

秋水思君處，芙蓉三放花。名輕空有恨，世亂總無家。避地占牛渚，還山御鹿車。相逢河畔草，且止話桑麻。元白卜隱横山，將攜妻子而去。

劉伯宗應徵北上賦此送之

九子雲深處，三江龍卧時。神明千象緯，旌節下茅茨。塞北飈何急，淮南轍已遲。送君秋水上，白露有華滋。

霜威凝四野，蕭艾滿中阿。自有芳蘭在，其如萎絶何。漢廷須痛哭，燕市勿悲歌。千仞桃花水，漁郎許再過。先是眉生疏彈武陵相公，不得上。

雲間訪邢孟貞 往曾寄書龍友處，未到。

道逢楊德祖，江草寄微情。獨鶴歸何暮，雙魚全未烹。輕帆隨月上，苦思向潮生。欲抱成連瑟，從君海嶠行。

陳臥子招同周勒卣徐闇公李存我單質生飲集水閣

高林避殘暑，孤閣峙遥空。橘柚荒山外，蒹葭細雨中。投竿拾海月，把酒戲江鴻。嘉會尋常事，今宵更不同。

朱宗遠瑟園話别

開秋三五日，日日到君家。雨氣迷山路，荷香接稻花。樓空驚去燕，林暝惜歸鴉。且盡杯中物，驪歌静勿譁。

七夕舟中夢劉同人蘇武子

愁思因時積，秋來倍轗軻。美人委霜草，往事逐江波。挂樹久無劍，招魂空有歌。今宵雙入夢，泉下意如何。

月下訪何大心小飲期白孟新仲調不至

柴門秋水次，兀坐學垂綸。皎皎見明月，娟娟思美人。披衣聊一往，把臂即相親。散步池塘畔，芳風起白蘋。更尋麋鹿友，二仲在河干。看月復何去，令人少所歡。青簾魚饌美，白露葛衣寒。市上判沈醉，歸仍理釣竿。

喜錢季水余澹心夜過小飲

良朋隨月至，秉燭剪園蔬。斗酒勿爲薄，孤情聊不虚。苔荒吟蟋蟀，風疾響栟櫚。三徑無人掃，蓬心待爾鋤。

秋雨柬齊介人

晚秋長寂寞，況復雨蕭蕭。一水人何遠，千峰葉盡凋。瓜陰猶覆屋，溪澗不通潮。霽色動林杪，期君過石橋。

聞范質公大司馬免官感賦 丁卯。

浮雲秋蔽日，芳藹半凋殘。鳳隱廖將去，芝焚蕙自歎。時黃石齋先生被謫，公争之，亦罷。民猶存直道，臣豈受微官。仰首辭雙闕，江天接羽翰。

耆舊多黄土，唯公尚巨卿。孔林懸碩果，周甸起長城。握髪朝延士，鳴鐃夜守營。欃槍猶未落，孤恨抱平生。

昔引父兄義，旋成物外知。冥鴻嘗不近，神駿每相期。顛倒劉蕡策，悲涼庾信詩。人情愛工巧，吾道廢何疑。

題鄒滿字節霞閣

古坂開城曲，秋暄半爲君。柳塘掛山雨，蘿閣吐溪雲。墨妙兒能悟，厨香客亦分。我來坐終日，雞犬不曾聞。

好静罕容接，貧交有酒徒。過橋晴訪顧，與治居相近。掃徑夏留吴。次尾是年寓其家。啜菽親長健，擎茶女易呼。憑高一望遠，白露滿青蕪。

歸里偕鄧簡之吴子遠山行得巢字

天風吹野鶴，戢羽向荒郊。蓬海無靈族，霜林有故巢。逃名安閉户，于耜欲誅茆。不厭頻來往，當年爾汝交。雲日漾晴色，提壺出近郊。芰荷香短褐，橘柚佐行庖。白業聞僧梵，玄亭解客嘲。故人應好我，許借一枝巢。

答汪大年京師見懷

雪滿荆軻市，雲停孫楚樓。相思各千里，小别已三秋。酒熟鱸魚美，江空烏鵲愁。何年羣盗息，重返故山丘。

泊紫沙洲

朔風阻前路，晚泊向孤汀。月吐江村白，煙消漁火青。牀頭霜氣冷，柁尾浪聲停。借問舟中客，何人寐不醒。

夜泊牛渚

江水冬全緩，南風晚更微。我行懷李白，每泊傍祠磯。荒店月初上，老翁漁未歸。客來争貰酒，燈火亂蘆扉。

小飲不成醉，緼袍聊復温。開窗玩江月，積氣隱天門。風止岸邊樹，沙明山下村。東船與西舫，終夜悄無言。

喜吴駿公司成南雍 庚辰。

清秋遊璧沼，東望正徘徊。片月海邊至，三峰天上來。鼓鐘揚聖澤，丹漆麗羣材。更渡前溪水，人人詠有臺。

四方嚴斥堠，南國静江波。甘露分金掌，祥風扇玉珂。稱詩毛鄭出，作樂雅南多。紫燕無奇羽，翩翩入罻羅。

送魯孺發移家天門

四海選容膝，三山且卜居。逃名巾不墊，流水帶長紆。菰米秋充飯，藤花晚覆閭。垂綸佐甘旨，時或有嘉魚。江皋誰共語，宿莽恣孤騫。閑步向荒路，懷人看遠天。家貧多蓄酒，客過每停船。預識千年後，兹山爲爾傳。

爲孫克咸三十初度兼送其移居

我友多才子，君兼任俠名。抽毫勤賦物，聚米喜談兵。壯節忽已至，雄圖猶未成。佩刀閑挂壁，風雨欲悲鳴。故鄉不可住，同寓石城偏。秋水雙橋月，春雲萬井煙。何當遷草舍，知爲拾花鈿。欲訪丹砂術，還尋葛稚川。時克咸狎葛姬，欲娶之。

送徐闇公歸雲間兼寄李舒章

京國罕儔侶，那堪君又歸。清商發皎月，白雪弄靈暉。溪淺流澌下，江空樹影微。明年芳草緑，重與雁南飛。

得邢孟貞書卻寄

南方學風雅，之子得菁華。上谷無熊館，中林有兔罝。依人長作客，取道便還家。不及江門語，寒泉空落霞。

旱澇今年並，雖農莫救貧。稻粱秋後缺，參术病中親。稚子兩三歲，高堂七十春。加餐須努力，憂懼恐傷神。

中秋

白露滋蘭畹，羣香静者聞。天陰蟾兔没，江闊雁鴻分。壯節隨流水，幽光隱大雲。故園歸未得，長愧北山文。

九日

拔宅遷南國，今年已七年。黄花澮溪水，白日冷厨煙。負米知秋儉，忘憂覺母賢。故人多釋褐，閑殺舊青氊。

寄懷從子密之

半年書八寄，重與訴煩寃。主德真難報，臣情未敢言。春將回黍谷，人尚隔桃源。時中丞兄在獄。江驛勞歸夢，何時聚故園。

送蔡湘渚之吴門

欲訪要離墓，雖冬願不違。曉霜舟出浦，晴日水明衣。入市魚應賤，充庖蛤正肥。錫山新酒好，多載幾瓶歸。

除夕

少小同門友，行藏各有天。杏林紛試馬，茅屋静鳴絃。秉燭送窮鬼，持衣還酒錢。教兒莫貪睡，明日是明年。

穀日飲從子奕于宅吴子遠亦載酒至 辛巳。

古巷春雲白，居人晝掩門。乍暄蟲出樹，近夜鳥嘶村。客語亂琴響，林花香屐痕。扁舟歸海岸，重與合芳尊。

天門訪魯孺發不值

春江尋魯肅，芳草閉柴門。忽見女衣經，始知君鼓盆。悼亡空有詠，謀食向何村。寂寞歸江岸，停舟無片言。

舟次裕溪

士有不得志，依人成遠遊。江煙春漠漠，溪月晚悠悠。羽檄飛金勒，商歌託蒯緱。青冥盼鴻鵠，豈爲稻粱謀。

肥水春望

維舟行斷岸，忽聽子規聲。春雨猶未降，田家何以畊。林中村婦出，湖上水車鳴。百里炊煙絶，臨風傷我情。

舟次繁昌待孫克咸

江行愁寂寞，幸與爾爲羣。曉霧暗相失，秋飈路各分。青山留古縣，白鳥下寒雲。斜日蒹葭外，漁歌處處聞。

銅陵遇姚若侯

新亭期早發，恨爾别情牽。挂席因風便，停橈在我前。窮鄉沽酒薄，密坐論文偏。月色中天好，秋宵不忍眠。

江上望九華山

雨氣開青嶂，雲端見九峰。可憐江上月，長掛嶺頭松。乞食僧初去，焚香路不封。山靈如有約，他日倘相從。

池口晚眺

落日秋江静，何山不可憐。青冥度歸鳥，平楚起寒煙。客路荒城外，僧居古驛邊。勞人尋舊館，回首十餘年。

夜泊阮家塔訪族人某不遇

浮屠臨午見，及浦已黃昏。夜雨尋宗老，年荒不啟門。問鄰田犬吠，求火樹鴉喧。歸路逢微雨，愁心對爾煩。

從子奕于初度

不信才如汝，中年尚轗軻。巖松秋始勁，籬菊晚應多。紫陌青絲騎，黃門白玉珂。嘉期終未遠，且勿歎流波。

盧妃傳古巷，新結草亭孤。奕于新買宅于盧妃巷。細雨生池藻，涼雲覆井梧。山中龍作友，花下鳳將雛。此事天人樂，浮名何用沽。

秋日還龍暝山

出郭見山色，我心先爽然。寒花媚幽谷，霜樹艷晴川。石表丘中墓，蟲傷隴畔田。巖扉讀書處，一別動三年。

始信兵猶火，樵蘇斷往來。麥田多不種，茆屋半成灰。雨氣千峰暗，泉聲萬壑哀。山僧尚無恙，驚喜故人回。

秋浦喜遇田長康兼懷令兄孫若

六月江城破，驚心悄百憂。是年宿松爲寇陷。相逢幸無恙，痛飲復何求。鄰盜秋仍逼，山田晚不收。懷人還北望，□馬犯幽州。孫若治兵曹。

夜偕孫克咸過劉伯宗齋頭言別

理楫歸南浦，依依別故人。草堂明燭冷，霜水試茶新。許國身猶賤，陳詩家不貧。年華似流水，無處問迷津。

喜從子密之京師歸

三十始登第，於君年亦遲。我生何坎壈，此日尚茅茨。抱甕行瓜圃，披裘理釣絲。牀頭有周易，重語歲寒時。

送爾雪中去，今歸雪又繁。一官辭畫省，三載戀金門。抗疏明親志，投荒荷主恩。時三兄謫寧波。江天多瑞藹，早晚賦梁園。密之將授王相。

送左三山先生巡按浙江

海國神明宰，無人似我公。棠陰山象外，琴響水聲中。緩步歸天仗，昌言悦聖衷。平明騎馬出，誰不避花驄。侍御爲閩令，以召對稱旨得授。四岳分巡狩，東方屬使君。漢廷容傲吏，禹穴訪遺文。霜簡先秋烈，林烏静夜聞。中丞餘業在，連理益清芬。

贈張甥晢如冠 壬午。

冶山春授易，諸彦共登壇。獨爾最年少，于今始及冠。謀篇多麗藻，吐氣若幽蘭。清酒三升後，高言客并歡。猶記爾先子，名成二十餘。鳳毛原有種，騄耳豈無輿。報國完臣節，傳家實父書。翱翔天尺五，勿似舅樵漁。

送三兄仁植先生謫寧波

東海多奇勝，山川首會稽。遠峰青未了，細草緑初齊。禹穴憑誰訪，蘭亭許再題。莫愁天路遠，早晚下金雞。

柔櫓春潮外，狂風艇不前。江門聊信宿，吾道本屯邅。病起求方藥，途窮乏酒錢。荒雞聞野岸，同枕舊青氈。

送梅朗三授經白岳

白岳雲深處，君行此讀書。諸生迎祭酒，我輩惜離居。稠嶺穿花路，輕裝束筍輿。宛溪春水接，慎勿老雙魚。

揭來春尚早，俛仰送春歸。年齒各已壯，功名何太微。出門江雨歇，揮手岸花飛。明月新秋好，遲君燕子磯。

送高若木游涇

文脊山前路，巾車客並遊。若木、朗三同日發。那堪鴻鵠志，皆爲稻粱謀。澗户花争發，橋門水亂流。木樨香未遠，期爾帝城秋。

送蔡大美之金陵

橋以別辭名，宛北門外有別辭橋。東風柳盡生。如何爲客者，翻送主人行。孤月浪中白，三江草際清。登艫嘗北望，小婦最關情。大美納長干姬。

禾塘訪麻孟璿村居

青郊宜信宿，況止故人家。爲飯嘗新麥，餘香蓄暮花。僕夫歸渡口，林藹拂檐牙。何物消清晝，昭亭穀雨茶。

麻無易招同張梅卿麻孟璿諸子飲

主人貧好客，粲掃柳塘西。飯熟初炊黍，盤香又割雞。逃名談稼事，録別想詩題。薄暮柴門立，蛙聲滿夏畦。

詹中如招同葛元士徐川生令弟借一飲

多君貧買宅，脩脯百金餘。亭古全依竹，園寬儘種蔬。況鄰徐稚閣，爲展葛洪書。更有連枝會，清言亦起予。

梅朗三白岳歸過訪留宿

客裹送君去，君歸我未歸。爲傳江上信，重啟竹間扉。嘉月命蔬酌，涼風吹葛衣。石牀聊共枕，莫使素心違。

懷三兄仁植先生浙東未歸

拂衣從遠戍，高枕卧滄溟。東壁兒雖貴，南陵母未寧。島雲翔蜃氣，江雨帶龍腥。急難人何在，低頭愧鶺鴒。

留别彭燕又

後我一旬至，先君十日歸。獨憐谿水駛，相顧橐金微。白雪上青鬢，緇塵改素衣。何如圓泖外，飽食鱖魚肥。

送田孫若憲副之浙東

舊京花月夜，錦瑟醉倡樓。彈指十年别，馳情萬樹秋。山中豺虎窟，天上鳳麟洲。相去何寥廓，淒然感昔遊。

禄養能將母，那堪與弟違。寢仍同大被，飯必侍重闈。令弟長康同之官。江静月初出，菰香蟹亦肥。饌餘憑遠眺，秋水亂漁磯。

聞知釋褐後，勤不異横經。苦思躭風雅，新詩樹典型。澮雲浮水白，遠岫入船青。寂寞江天裏，何人識使星。

新亭延佇久，夜雨渡龍關。載酒一相送，停橈未忍還。路隨津樹渺，官侶海鷗閑。莫問天人策，虚名可汗顔。

送姚若侯計偕

墟里饒英彦，姚生絶等夷。握椒吾最賞，嗜棗爾何奇。野雀争羅網，雲鴻振羽儀。糾匡端有屬，曹許不須疑。先是里人作社，擯若侯，予獨稱之。

西陵松柏下，送爾去江湘。執手悵前路，離情空夕陽。初若侯游楚，予送之秋浦。雙魚勞遠訊，六翮喜高翔。縱有車徒別，丹雞詠不忘。

聖主憂時亂，臨軒訪直臣。徵車多倚馬，獻策少批鱗。此事足千古，如君復幾人。明堂生氣色，吾道未全貧。

美人爲傲吏，冰譽滿金華。陽月恰餘莢，省親猶及瓜。春暉娱綵服，秋水泛枯槎。預指相逢處，孤山樹樹花。尊甫戊生令蘭谿，若侯往省于官，予亦將遊武林。

贈白孟新仲調移居

吾道歸淵思，皆傳陋巷居。古今貧不遠，兄弟樂何如。白日難干禄，清秋且著書。高門容駟馬，還有一年餘。

舊居元不吉，此屋久宜遷。輸直亦廉甚，掃門何肅然。畜雞供老母，畫粥度荒年。故友皆貧窶，誰能送酒錢。

泊燕子磯送客

石燕年年在，何年燕始飛。潮聲寒入寺，雨氣夜侵衣。坐久燈花謝，愁多酒力微。明朝江口別，誰與上巖磯。

重過西湖

少年初適越，卜舍傍西泠。門外車如水，花前客是星。僧猶居石屋，詩尚寫松屏。此歲曾生女，如今十二齡。

錢塘江樓偕何湘來邢懋生飲

昨日西陵燕，蘭橈水鏡中。不如江閣峻，直視海門空。候冷虛潮信，臺荒閑射工。幾時重眺此，雪浪捲天風。

湖上喜遇黎美周 癸未。

藝林多蔓草，雅道久浮沈。誰謂永嘉末，猶聞正始音。千山歸匠理，片月吐禪心。共在天津上，靈槎不用尋。

關六鈐招同馮千秋何輈亦飲女蘿館

秉燭赴君約，相逢狹道間。美人即芳草，阿閣似深山。運甓家非遠，搊箏客倦還。問年纔十五，花事詎能嫻。

錢亢子招同徐蘭生關六鈐陸麗京吴錦雯汪魏美丁飛濤夜集

年年勞夢想，今始上君堂。獨立三峰秀，羣言九畹香。室雲通海氣，沼月動江光。況有杯中物，誰能廢古狂。

彈棋觀聖手，默坐亦清嘉。弱柳煙中樹，殘梅雨後花。渚鴻春有序，檐鵲曙將譁。歸客多惆悵，揚舲問水涯。

送胡豹生游白門

獻歲欲爲客，非君無此情。寒梅衣上落，細草馬頭生。京邑求龍友，江沙逐雁程。薄遊予亦倦，歸櫂及春晴。

夜集沈佩彝水閣因偕過吳錦雯

客寺愁蕭寂，移琴就爾彈。方塘浮古閣，微雨助春寒。坏蟄雷初動，荒雞夜未闌。鄰軒有嘉酌，不惜盡餘歡。

留別吳錦雯

寒食雨如絲，西陵客去時。祇緣歸意切，未及與君辭。古道江雲厚，愁心浦月遲。青門有垂柳，煩爾寄相思。

宿句容

茅店將歸客，思鄉夢不成。候雞窺樹色，飼馬辨人聲。微雨路邊滑，殘星天外明。江城嚴啟閉，況復未休兵。

寄懷邢孟貞

我行嚴子瀨，君上謝公樓。其跡若相避，有書空自修。過江增戰壘，蹈海起鄉愁。處處兵戈滿，何人遂雅遊。

令子名黄耳，今年幾尺長。但培書種大，勿恤研田荒。壽母餘仙藥，療貧乏禁方。年年謀館粲，聞此亦心傷。

馬倩若陽江書來卻寄

驛使傳梅信，開械出嶺雲。故人疏不忘，廉俸遠能分。澗水疑琴響，林花似錦雯。芳塵俱在眼，且勿歎離羣。

宦游東海最，況復邇端溪。紫石真爲寶，黄流莫與齊。晴書鸜鵒潤，雨酌鷓鴣低。忽有江南思，新詩手拔題。

律身唯祖訓，冰譽滿炎荒。倩若祖蓼初公先朝爲名御史。訟閣朝朝冷，民檐樹樹香。覩天雙舃舞，下食六龍驤。仲子吾猶子，寒門亦飲光。倩若有六子，仲吾壻也。

瓦官新卜築，茅宇坐蕭條。欲訪故人去，其如客路遥。冬晴庾嶺月，春漲浙江潮。此興終難沮，窮愁待爾消。

蔡魯子攜尊見訪

抱病眠僧閣，交游萬事慵。何人遺藥裹，唯爾破苔封。況載毗陵酒，還聞于闐鍾。新居燈市裏，暇日始過從。

楊龍友招同邢孟貞戴敬夫飲

僻圃餘修竹，枯槎綻早梅。含霜君自傲，索酒我何猜。嘯起彈龍劍，貧棲傍鳳臺。倦歸籬下路，那更向天台。

舟次三山

泊泊歲將暮，言歸尚未能。鄉園翻是客，興味果如僧。峰霽晚天雪，沙明夜舫燈。好風求半日，便許到金陵。

偕陳翼仲入山

一春唯卧病，二月始看山。尋寺不知遠，對僧相與閑。幽泉鳴澗户，密竹護杉關。羨爾垂竿叟，溪頭日往還。

金車山訪玉林禪師

林公躭義學，通敏世無雙。舊闢古香刹，新開大法幢。松門慵迓客，竹澗許分窗。日午齋鐘起，塵心此頓降。

西湖贈妓

秋暑轉煩酷，湖陰納晚涼。路逢毛女降，身似藕花香。姓字知狂客，衾裯借竹房。最憐雙玉手，微笑解明璫。

昵枕不成寐，中宵坐夜分。水光穿牖白，人語隔橋聞。解渴思山雨，登樓望海雲。曉天呼一葉，同上鄂王墳。

石臼湖訪邢孟貞

貧交將一紀，今始到君家。飯煮新舂穀，泉烹自焙茶。卜鄰求板屋，安隱寄漁查。況有田堪典，雙驅黄犢車。

喜潘鱗長至自楚

爾去沅湘路，江東信杳然。三星望秋漢，一雁下霜天。兵火身無恙，饑寒骨愈堅。牀頭唯宋史，獨斷已成編。鱗長作宋史獨斷。狂瀾翻大陸，萬壑莽生哀。濟世惟舟楫，嗟君尚草萊。浮名霜後葉，信史劫餘灰。欲紀先朝事，臨風一慟哉。

壽姊氏姚夫人六十

閣以清芬著，嘉名先子題。姊有清芬閣集，先司徒所命也。松筠元有節，霜雪詎能迷。自撰良人謚，無慚柳下妻。峨峨千歲碣，預表魯砇西。姊年十九守志，謚其夫曰『良隱子』，而樹石于魯砇山，以待同穴。結髮施鞶帨，纔期失所天。一兒芳草露，萬事古林煙。簪笏夫家貴，河山嫂氏賢。姊夫二弟皆成進士，而事其嫂如母。空房周甲子，青鬢已皤然。宦游隨介弟，賦亦擬東征。曠覽山川秀，高歌金石聲。憂時過漆室，諫草似緹縈。詩史分邪正，班姑無此情。姊選古今宮闈詩，分邪正二集，風人美之。

獻歲夔龍奏，三貞共一堂。君恩方浩蕩，國事已倉皇。設爾爲男子，捐軀必慨慷。疾風摇落後，彌見菊花黄。是年，中丞兄有一門三節疏，奉旨。旨下部，覆以國事變，中止。

偕朱長孺登鳳臺兼懷吴日生

三歲依鄰寺，閑房秋讓君。鐘聲猶未遠，樹色許平分。攜手步霜月，憑肩看沼雲。荒臺無鳳鳥，惆悵數鴉羣。

夢想東湖勝，蒹葭秋水多。雙魚頻有字，三徑不曾過。野性風騷合，晴冬草木和。幾年纔到此，判醉北山阿。

吴日生見訪瓦官有贈

孤生無嗜欲，微好在聲詩。詠爾東湖什，興予北面思。前年遺尺素，此日惠前綏。古詩：「良人懷古歡，枉駕惠前綏。」莫道論交晚，悠悠皓首期。

湖上有良匹，高吟世所宗。史玄真老驥，趙渙亦雕龍。並探靈威洞，先聽長樂鐘。朱生才不忝，揚辔躡芳蹤。史弱翁、趙少文、朱長孺皆吴江人，日生好友也。

埋照瓦官閣，登臨只古臺。可憐梧竹冷，重睹鳳凰來。僧供有粗飯，家貧無舊醅。鄰翁賒已許，賒到即銜杯。冠蓋京華滿，何人問薜蘿。交游半雲雨，文字總風波。閉户知音少，哀時隕涕多。客居如寂寞，十日九相過。

宛陵哭梅朗三兼示令弟季升

自天亡我友，不忍過雙橋。臨浦腹先痛，看山骨已銷。況登秋水閣，朗三讀書處。似聽海門潮。魂魄應棲此，何人賦大招。

層樓吟眺處，愛弟必相依。夢裏池塘在，琴邊鴻雁非。朝廷多密網，閭巷亦危機。莫不變名姓，吳門歌采薇。梅福變名姓，隱吳門。

孤子五齡半，豐標迥出塵。瑶華霜便殺，琪樹種還新。所慮饑寒苦，其惟叔父仁。懸鶉舊僮僕，相見輒悲辛。

昔曾憂黨錮，今果見誅鋤。身後名猶忌，碑中字不除。冉顏寧有此，蹻跖復何如？天道真難問，歸來且著書。

黄池訪梅杓司張共之

響山居自好，君尚徙潢池。杓司舊居響山。況乃風塵際，兼之離亂時。一廛謀水國，三匝借鄰枝。夜雨聞龍鬬，前湖想路斯。張路斯令宣城，化爲龍。今有路斯湖在黄池。

柬鄭元白 元白讀書周處臺。

孝侯千古士，遺跡在山坳。帝里名猶烈，芳林爾作巢。稱詩求六義，玩易夢三爻。黑水春溪漲，何人再斬蛟。

寒食道中 乙酉。

柴車春出郭，路遶蔣山西。雲樹瞻新闕，梅花憶故溪。靈谷梅塢在道傍。村甿喧社鼓，蠶女踏香泥。笑指前坡客，勞勞逐馬蹄。

清明道中

令節多惆悵，兹辰倍可憐。家家門插柳，樹樹紙爲錢。蕩子輕千里，荒丘別一年。歲時誰拜掃，回首一潸然。

贈鄔沂公

一廛雖在市，采藥萬山行。道似韓康貴，詩如謝朓清。沂公工詩而隱于醫。食貧常好客，沈醉亦尊生。莫怪鄰家女，無端説姓名。

贈萬年少 年少，彭城人，家于吴門。

淮西戈未息，居卜五湖東。挾瑟吴娃媚，臨書魏傳工。年少善鍾繇小楷。正勞霜水思，相遇酒旗風。痛飲殘花下，春衣片片紅。河橋歸槳動，欲别又淹留。汀鷺銜煙直，林鶯坐雨愁。簫聲稀古市，劍影冷高丘。我到求吴女，煩君爲蹇修。

甘露寺訪范小范

雅游窮勝概，小寄亦名山。春樹島千里，夜牀僧一關。古樓傳米芾，新什和王灣。寺爲米元章故宅，王灣早春詩即此。郭外經過少，吾徒日往還。

戴公園社集歸偕潘江如夜話

花下耽名飲，宵歸恃所偕。出林穿廢圃，看月到荒齋。細雨且深坐，危時多感懷。生涯何太拙，日與世情乖。

徐微仲博士招集戴公園并送其令永定

新羅宜避亂，況乃專城居。地僻民如鹿，官清水見魚。夢歸猶帶甲，刑措止繙書。何不永遺愛，棠陰遂結廬。

三月晦日送春江上并送史弱翁萬年少歸吴門

中宵聽子規，春去客心悲。看曆無三十，今朝是盡期。出門尋我友，散屧到江湄。容鬢總憔悴，東風任意吹。

芳菲九十日，一日不曾歡。縱酒腸猶結，看花淚亦彈。終年行道路，何術免饑寒。懷抱真愁絶，吟詩强自寬。

喜宋玉叔吴錦雯來京口

悔作江東客，西歸又未能。沐猴看傲吏，丹徒令。雲鳥憶良朋。二妙一時至，千峰四月登。明朝整游策，先訪鶴林僧。

哭何齁亦

可怪殘春候，連宵夢見君。只疑書信到，豈料死生分。地下無秋水，人間空暮雲。西陵腸斷處，山鬼嘯孤墳。

昨夏湖南寺，攜尊送我歸。月隨杯在手，露似淚沾衣。此別情何慘，君亡覺有機。前身應是鶴，重向海東飛。

梅墩雜詠

戰伐滿天地，何方可避兵。一枝唯大澤，萬水即長城。有舍容羈旅，無人曉姓名。敢言身似鶴，未及一毛輕。

震澤多良友，招尋日不虚。衣冠仍漢代，雞犬是秦餘。對酒增新感，看雲憶舊閭。家人三十口，間道少來書。澄湖清見底，荇藻各悠閑。鑑此空明水，嗟予憔悴顔。舊京雙鳳闕，荒冢二龍山。先府君葬處。夜夜歸吾夢，天涯何日還。懶性鄙章句，偏於漁釣親。三旬一把卷，十日九垂綸。無復資生策，聊爲賣卜人。得錢且沽酒，判醉勿愁貧。好雨應農節，平湖水接天。歸人阻前浦，落日附鄰船。萬頃芙蓉國，孤村桑柘煙。吾廬容易辨，破屋短牆邊。伏枕不能寐，一宵三四興。天人理莫測，夷夏坐相淩。哀往既霑臆，憂來還撫膺。鳴雞破幽闇，會見日東升。白髮因愁長，一愁白一絲。昨宵心上事，侵曉鏡中窺。髮白有窮日，愁多無盡時。不如投古剎，髡作老毗尼。

東湖訪吴日生 先是日生在史相幕，奉使歸吴，而史相遇難。

我心嘗慽慽，之子去江淮。歸使有天幸，談兵非厲階。五湖仍嘯詠，八表總風霾。夜半聞雞者，誰能不軫懷。

西濛訪徐掌文

咫尺湖邊路，青林白板扉。小樓收野色，輕舸繫漁磯。茗椀露華舉，詩筒霞采飛。思君頻過此，昏黑澹忘歸。

接待亭訪潘江如

美人官渡外，日日想過從。衡宇無十里，煙波隔數重。買舠吾自盪，脱粟爾先舂。笑語淹長晝，歸時寺已鐘。

泖西贈孫扶雲

幽居臨大泖，吴越水平分。密蔭萬竿竹，閑房幾片雲。修禪遵殺戒，飯客采香芹。歎息市朝變，此中如不聞。

答史弱翁見惠生豚

史君湖海士，牧豕似公孫。慈愛不忍殺，屠沽相與言。倚鄰酬賤直，伴酒市荒村。惠我生肩美，懸厨待爾燔。

喜潘江如錢馭少見訪

一雨百川漲，南溪昨夜深。閑門銷積暑，高柳下重陰。瓜熟呼兒摘，茶香共客斟。連牀聊信宿，四海幾同心。

七夕

天上佳期有，人間好會無。思歸腸九結，望遠眼雙枯。新月如舟小，微雲似客孤。哀情訴河漢，牛女亦悲吁。

贈施玉謀博士 以吴江廣文去官。

卜居予最僻，君亦到荒村。左右有茅屋，往來同竹門。秋花延廢圃，波月引清尊。賴此破愁寂，都忘非故園。薄宦一朝去，俸錢能幾何。身微家累重，病起旅愁多。遠望驚烽火，高飛謝網羅。采薇知有詠，莫負首陽阿。

贈錢馭少 先是馭少卜居梅墩不果，去汾湖矣。至是，予亦還汾湖。

梅墩謀共隱，村小恨無廬。誰料汾湖曲，仍成比屋居。風塵催戰鼓，郡邑走降書。愁殺蕭蕭髮，人前不敢梳。

伯子知幾早，逃名震澤西。孤帆秋欲往，萬馬路長迷。有髮應全祝，爲僧何寺棲。盤渦浴鷗鷺，羡爾羽毛齊。

毗陵答楊逢玉送米

霜風吹破寺，流落借僧居。晝出樽常滿，宵歸盎每虚。感君多古義，愛客損山儲。不及首陽士，糠粃亦愧予。

舟次贈從子子留

我祖昔沈淵，家風八代傳。先斷事公殉建文之難。餘生寧毁節，至性且逃禪。靺鞨人争喜，章縫爾自憐。同心有癡叔，期不愧前賢。

細草春江岸，停舟見汝過。抱頭先痛哭，開篋有狂歌。年少饑寒迫，時危憂患多。故山偕隱好，定卜小龍阿。

贈張環生明府

有客滄江卧，懷歸歸未能。鳴榔辭震澤，卜舍就毗陵。慈母天堪倚，仁風樂可憑。一廛棲水曲，門巷掛魚罾。

趙止安招同馬倩若周穎侯小集

委巷通場圃，高人此隱居。宦歸船載鶴，家食釜生魚。佛閣病長卧，親喪滿不除。鄰軒何足寄，特喜傍君廬。

荆溪道中偕周穎侯

爾郡無丘壑，幽奇具在兹。良人舟可附，逸興暑休辭。湖上數諸勝，客中游幾時。到城先展謁，賢祖孝侯祠。周孝侯，宜興人，有祠在。穎侯其後也。

重過潤州上方寺

出郭尋香刹，林僧乃舊交。竹房容借榻，蔬食不驚庖。田野客稀到，衣冠暑盡拋。東偏餘隙地，吾意欲誅茆。

祝髮已爲僧，披緇愧未能。親恩那可斷，家累實堪憎。浪跡隨方住，虚名戒友稱。何時脱塵網，長伴佛前鐙。

白門晤邢孟貞顧與治

孤生兄弟鮮，二仲即天親。白首崇明德，青山偕隱淪。懷中三歲字，花下再生身。東海求知己，寥寥復幾人。

世事付流水，客蹤隨所浮。懷人還舊國，舉酒屬新秋。勳業凋明鏡，行藏愧白鷗。非君念羈旅，誰與問窮愁。

訪林青仲兄弟暨從子子唯

早春江上别，猶是舊皇都。彈指市朝變，歸人淚眼枯。側身望天地，流血滿江湖。何意荒丘壑本繇性，漁樵豈爲名。祇應隨臺畔，還存竹與梧。

易世一相見，悲涼無限情。秋林仍月色，暮角似邊聲。不是繁蔓草，霜雪了吾生。

宿陳翼仲齋頭

石城尋舊侶，落落似晨星。行道畏人識，藏詩誦爾聽。山醪乘夜醉，階草望秋零。不是繁霜後，誰知竹柏青。

答吕霖生吏部

南澗閲芳草，忽聞鶗鴂鳴。過時既不採，晚節復何成。漫説楚三户，聊爲魯兩生。薄材甘自棄，空負贈刀情。吕勸予應舉，故云。

鳳臺秋夜

一雨退殘暑，竹房秋氣多。陰蟲鳴露草，暈月隱庭柯。范叔寒如此，莊生夢若何。無衣愁卒歲，江上整漁簑。

潤州早發

纔停京口櫂，又挂武林帆。白露水千里，青箱書一函。吴江空范蠡，漢臘老陳咸。予意懷農隱，深秋返舊嵒。

寄懷吴錦雯

别離曾幾日，舉目異山河。東海魯連少，南朝江總多。人情都可見，君意欲如何。秋水鹽橋路，相尋話薜蘿。鹽橋，錦雯所居之地。

中秋日抵武陵

十載中秋節，曾無一在家。客行如水鳥，飲啄趁晴沙。望斷月中桂，愁生鏡裏華。歸期諒不遠，婦子莫興嗟。

舟過蕪湖寄懷沈崑銅

君嬰鈎黨禍，拔宅去章江。善類悉亡命，宵人果喪邦。沈爲馬阮所忌，避難入楚。及歸，而南都陷矣。

歸舟愁朔氣，剪燭憶西窗。魂斷三秋水，曾無尺鯉雙。傷時淚客路經江縣，蕭蕭風雨多。故人家不遠，停櫂擬相過。四海倏披髮，中原誰枕戈。傷時淚承睫，見爾定滂沱。

荻港遇戴式其

城居雖比屋，同載更相親。細語窮通理，交憐憂患身。天低鴻有字，江暝樹如人。野泊依漁榜，蒼茫少四鄰。

大龍山重訪劉未沫丈兼懷白靖識師

風雪湖東路，來過及早春。一杯雞黍約，四座鹿門人。芳草倏云暮，高山失所親。籬英雖共把，凝睇轉傷神。

昔似商城老，幽棲在石塘。秋林餘碩果，春酒湛空觴。溪冷琴聲輟，臺孤劍影荒。行人復聞笛，疑是舊山陽。

宿義津橋不及訪姚休那先生寄此

山橋冬過馬，延佇想高人。溪徑闇將息，僕夫擔在身。陟岡投野店，攤草困征塵。只尺南村路，依依有夢親。不染腥羶俗，超然海鶴姿。忘形雖爾汝，學道乃吾師。僕僕遠歸客，匆匆年盡時。早春仍過此，期一醉東籬。

柬周穎侯相約同往錢塘

客路武林西，煙塵望轉迷。逢君知間道，結伴走苕溪。將雨夏雲變，親人湖鳥低。扁舟共來往，應不負招攜。聞説雙峰下，曾牽五色絲。待年今已長，卜吉豈云遲。香閣盼歸櫂，啼鶯攪夢思。蘭陵趣駕者，判醉合歡時。

嵞山集　卷五

五言今體

訪吴錦雯不遇留此

東游悲失路，尋舊悉凋殘。爾復向鄰郡，人誰懷古歡。板扉深巷掩，霉雨暮天寒。尺一授童女，歸時抆淚看。

自昔耽風雅，新詩聞更多。譏彈唯我最，離索奈君何。歸賣南徐卜，閑披北固簑。相思如問訊，羣從許來過。

潤州訪王望如廣文

昭質如冰雪，微官塵豈緇。青氊虔共冷，痛飲籍爲師。暑不罷經席，吟多立泮池。琅玕須示我，風雅事粗知。

欲買蕪陰櫂，因君且未還。謀生何處好，細語輒相關。北固江流穩，南飏野艇閑。倘能爲地主，載酒上焦山。

甘露寺訪潘江如

君歸自海昌，不忍渡錢塘。吴榜變僧服，□兵占祖堂。入山知意苦，多病爲神傷。珍此未虧質，他時還有望。

片石傳三國，英雄此論兵。江山留霸業，我輩愧虚名。每到舊游處，無端新恨生。況聞漢昭烈，懷古倍傷情。北固山有狠石，昔劉玄德、孫仲謀坐此商破曹處。

譚友夏集中有六賣詩予素愛之今客潤州亦有四賣雖所賣不同其詩情一也

賣犀杯 杯似積葉，而有蟲跡其上。

十杯先賣九，留一旅相隨。本欲長斟酌，何圖又别離。宵燈蟲似泣，秋雨葉知悲。割愛非吾忍，村醪合用甆。

賣蜜珀墜

小婦有佳玩，爲予扇底懸。出門猶好語，作客勿輕捐。江國阻歸櫂，晨炊乏米錢。授人非得已，臨別意淒然。

賣水晶章

毗陵春作客，惠我乃門人。方鈕作亭古，寒光似水真。欲鐫無妙手，在匣有輕塵。善價歸文士，知爲衆所珍。

賣碧玉環

斑駁質疑漢，環中製必唐。投雙自薛子，分一贈倪郎。每用飾巾幘，亡何易酒漿。有錢仍可贖，藏物豈知藏。

贈祖心師

預知今日事，削髮八年前。宛似瞿曇相，何妨文字禪。杯浮江路永，衲挂帝城偏。顧二樓居好，蹉跎歲幾遷。底事欲歸去，翻成無妄災。粵吟寧懼死，□婦解憐才。自昔書皆廢，從今口莫開。人間刑與辱，師視等浮埃。

七夕牛渚

開平騰躍處，每過必停舟。況值此佳節，悵然生旅愁。古今亡國恨，日夜大江流。不見欃槍落，何心問女牛。

重過東壩訪湯仲昭兄弟時仍三白下未歸

吾友樓居接，春來幾夜眠。共傾盈甕酒，復贈買舟錢。歸櫂重過此，離情倍黯然。秋鴻飛不定，翹首暮雲天。

石臼訪韓元長

漢有韓元長，高風在潁川。古今人不遠，姓字亦同然。芳渚結漁屋，柴門臨水田。十年勞夢想，今始到湖邊。

邢翁吾至友，往往誦君詩。芬烈椒蘭氣，蒼寒栝柏姿。懷人秋雨夜，驅馬夕陽時。遥見良書閣，高深儼在兹。

春湖名石臼，風景似花源。久欲從兹隱，無如家累繁。衣冠見君子，耕稼長兒孫。信有潛龍德，滄桑誰復論。

有甥賢似舅，才藻更非常。珠樹秋先折，瑶琴我獨傷。遺書猶在匣，至寶豈終藏。金石千年事，幽靈仰渭陽。梅朗三，韓甥也，其遺集可傳，予欲元長梓行之。

寄懷邢孟貞

欲訪故人宅，知君猶未歸。秋原行處好，村火望中微。舞勺兒初長，登場穀正肥。設令予有此，必不轉蓬飛。

秋夜懷湯仍三

寺從鐘後寂，月向樹稍明。此際思君意，無人知我誠。夏雲陽羡路，秋雨瓦官行。每記當時别，低回不舍情。

初度 戊子。

幼小悔能文，精華衆體分。行年將不惑，學道尚無聞。況遠夔龍治，終歸鹿豕羣。餘生甘守拙，筆研總堪焚。江海客程遠，田園生事微。春初每一出，歲暮始言歸。四壁依人立，片帆争鳥飛。何時脱塵網，躬稼老林扉。

初晴

久雨初晴候，人情分外歡。階除宜急掃，泥濘未全乾。芒屩曬幾緉，布衣堆一竿。北山青在望，此去路非難。

潛山道中

早春行不果，此日冒炎蒸。策蹇愁荒道，聞雞戒夙興。薄雲山雨過，密葉露華凝。百里人煙少，蔬盤就野僧。

望天柱山

漢武東巡狩，乘輿到此迴。孤峰當衡嶽，萬古憶雄才。竹箭地中立，芙蓉天上開。何時近山麓，行路獨徘徊。

太湖贈李溉林明府

城荒聞亦久，不謂遂如斯。古巷全封棘，官齋半覆茨。澤鴻聲未定，邊馬檄交馳。出宰非人傑，誰能耐此時。
之子金閨彦，飛騰正妙年。因思習民社，不敢擇林泉。時論或嗟若，高懷殊晏然。琴堂無一事，終日枕書眠。

寄懷子建李明府署中

世亂强爲客，家貧長傍人。鵷雛稱外傳，明府公子出其門。馬隊作比鄰。館與厩連。畫理静能悟，詩情老更新。時應與仙吏，披豁見天真。
聞說英山道，羣峰萬仞高。攀躋吾不免，炎赫亦何勞。躬稼實無策，浮萍隨所遭。秋風偏憶汝，搖落楚江皋。

贈戴其懷

芭蕉山色秀，戴居芭蕉阪。雲氣接司空。結宇兵戈後，潛身草木中。枯棋尋野老，高詠激松風。他日圖相訪，花源路不窮。

金井塔宿沈瞻球宅

出郭二十里，溪山已百重。浮圖青嶺見，小市白雲封。知近幽人屋，頻要過客蹤。雞蔬分母饌，亦不愧茅容。

山城經亂久，此日未休兵。百戰家猶在，三遷母不驚。春畊田自稔，夜酌月微明。預訪前坡路，崎嶇笑兩生。予與從弟德延入楚。

寶筏禪堂贈大愚越塵二上人

山城問槁師，孺子悉能知。家是去年出，寺從前代施。古林兵盡剪，淨業爾猶持。汩汩風塵客，今宵借一枝。

槁師何處去，托鉢向岐亭。露電觀身世，雲山豁性靈。以公爲弟子，其類必芬馨。明日攜予往，松關想不扃。

喜晤劉藏夫

不覺幾年别，蒹葭遂八霜。别時吾有詠，今日爾猶藏。亦作佳山水，長懸舊草堂。音容俱在眼，相思豈能忘。

驅車入楚界，高士訪梅劉。破衲惟行脚，空山仍避讎。間關求一見，俛仰共生愁。心事渾難語，西風淚暗流。

劉藏夫山中送酒米至卻寄

君本采薇士，兼之憂患身。稻粱難自給，擔石乃貽人。水碓聲聲雪，山瓢點點春。泥香吾不啟，遲爾共沾脣。

雨夜宿徐子九明府署中

荒城如古塞，冷署若秋山。對雨暫留客，銜杯小破顔。吏人催又去，戰守那能閑。夜夜岑樓立，方知爲令艱。

立秋

今宵且勿睡，端坐聽秋聲。雨久無三伏，燈殘欲四更。高林何葉落，薄砌幾蛩鳴。撫枕多愁思，詩成夢不成。

促織有二種一形小色黔音細藏草石間即蟋蟀也一形大色青音急立瓜蔓上俗謂紡績娘亦其類也秋宵客館二蟲争鳴感而有作

體殊聲亦異，幽怨感人同。石砌蒼苔下，藤花白露中。倚闌人不寐，頻首聽無窮。始覺風騷者，沾沾詠此蟲。

富池口

漠漠楚江遠，淒淒秋日斜。維舟争舊港，迎客喜神鴉。無市不殘破，見人多歎嗟。棕櫚餘古木，小坐啜僧茶。

東　流

此遊何孟浪，行李竟蕭然。自負囊中物，新詩百二篇。市荒猶有酒，魚賤亦無錢。不及垂竿者，微酡立水邊。

歸舍舉子

萬事不如意，廿年纔一雛。楚江秋轉櫂，越女早懸弧。世變争桐乳，吾衰耻曼胡。錫名曰易耨，相顧老田夫。

夜　坐

兒女啼聲寂，孤燈坐夜分。攤書來静理，炙酒取微醺。衾力先霜薄，妻愁似葉紛。饑寒多誶語，塞耳不教聞。

未至楊樹灣十里而暮

馬知投店晚，雖憊撒霜蹄。山路晴偏滑，人家近轉迷。風聲吹燒急，雪意壓雲低。村小猶聞犬，柴門閉已齊。

白下喜遇何寤明

亂後不相見，逢人問所思。過江遊甚好，贖妓事何奇。風雪八程路，香奩廿首詩。同艙終不苟，方信是男兒。寤明遊揚州，有士人妻陷身爲妓。寤明訴于官，捐金贖之，自送至池陽還其夫，同舟半月，言笑不苟。

茅堂九子下，同氣有劉生。憂亂阻良晤，寄書含遠情。詩嘗要客和，交不似人輕。江縣兵猶滿，何時遂偶耕。寤明刻其與劉伯宗往來書及同人和韻。

廣陵贈姚仙期

乾坤初辮髮，我亦作頭陀。恨未抛妻子，憂嘗在網羅。山川君獨秀，瓢笠矢靡它。乞食仍遊市，將無達者訶。

韓聖秋招同紀伯紫杜于皇丁菡生集烏龍潭

力疾赴君約，應知此會難。相逢皆至友，不飲亦成歡。瓶供梅千蕊，窗移竹數竿。衆芳搖落盡，獨耐雪霜寒。

元宵同邢氏諸子觀燈月下 己丑。

漫説湖村小，春遊亦有情。星燈原上聚，社鼓月中鳴。女伴尋檐立，田夫逐隊行。那能不隨俗，閑眺至三更。

田　家

出郊聊散步，芳草艷晴川。有客提春酒，相要坐水邊。林陰何沃若，雨氣忽蒼然。咫尺迷歸路，田家且醉眠。

草堂何所有，農器滿其中。酒出新篘白，燈懸破壁紅。留賓疑稚子，掃榻累衰翁。最是檐間雨，涓涓聽不窮。

湯仍三宅即事

野寺日將没，香臺月又新。歸鴉巢熟樹，守犬吠生人。客訪如來理，僧談過去因。亂螢飛草際，誰解是前身。

浴罷坐林中，開襟受夕風。張燈驚宿鳥，滅燭救飛蟲。野哭聞鄰婦，方言報小童。夜深微雨過，點點在梧桐。

一帶溪流闊，千章巨木多。引雛鵝試水，交尾鴨沈波。小艇裝新麥，低田蒔早禾。晚涼行樹下，時聽牧童歌。

家人至蕪陰傳兒子嘔血之症催歸江上

荒城居不可，此日況多兵。游子懶歸去，江鄉寄此生。忽聞兒病篤，頓使客心驚。縱欲拋家累，能無父子情。

兒年十有六，癖好在文辭。求仕亦何急，嘔心猶未知。家貧常困苦，性褊只憂思。以此成癆瘵，高人笑汝癡。

五葠黄耆貴，不病亦須求。況汝生來弱，非茲誰可瘳。有人來上黨，其價比南鏐。敢謂予裝薄，匆匆買入舟。

偕槁木師至沈崑銅莊四首

芳村臨古渡，聞爾此逃名。朝夕欲相訪，湖山笑獨行。高人今結侶，小艇況來迎。並坐寒潮穩，西風一葉輕。

幽溪生暝色，帶月到君廬。夜閤燭先秉，秋田酒自儲。隔籬童女唱，滿壁故人書。四海皆兵甲，孤村獨晏如。

世態争榮禄，吾徒甘寂寥。入山尋舊友，抆淚説先朝。累日應須宿，浮雲任所飄。何時脱塵網，長傍爾漁樵。

君懷經世略，意豈在漁罾。道大防時忌，名高避客稱。閤雖藏衆媍，吟實伴孤燈。莫漫愁長夜，東方日漸升。

呈覺浪大師四首

江城遊不樂，獨喜見吾師。古刹霜寒夜，幽窗梵語時。羣書人所誦，密意有誰知。卻怪憧憧者，機鋒鍼與磁。

漫言原道論，作者定匡廬。萬象皆同幻，孤根必有初。明夷昭大易，洪範蔽尚書。不是蒙兹難，高蹤恐闕如。

謝山棲未穩，飛錫去江灘。怪石虎猶踞，荒陵龍不蟠。陰霾時且晦，化雨事原難。自有開宗日，天人合静觀。

王生誇絶弈，吾亦詡高吟。信是千秋惑，師惟一語箴。屋梁終障礙，天宇任侵尋。義學侔山海，涓埃昉自今。時王以介同寓，自矜其弈爲國手。予以詩當之，而浪師皆掃去，其説甚妙。

送紀伯紫歸舊京

寺客皆行矣，惟存爾及予。酒杯堪綣戀，江路且躊躇。爾復隨師去，吾何能久居。西風吹短褐，愁絶挂帆初。

日夕杖人側，居然是兩僧。有吟先獻草，無語不終燈。聞别忽如失，訊歸難以應。年年空托鉢，深覺愧師承。

初度日宋玉叔計部載酒見訪因偕蕭尺木羅天成登范羅山限春光二字 庚寅。

甲子渾忘卻，君猶記我辰。軒車來旅舍，壺榼徙江濱。去日忙如水，衰年愁殺人。那能同草木，枯絶又逢春。

古阜宜登陟，晴江盡一望。微雲分片白，弱柳弄絲黄。野酌邀山友，高吟遜省郎。無才甘自棄，不敢恨年光。

吴震生舉子 吴，臨川人，其父母皆七十。

弄璋無不喜，況爾是中年。酒介雙親壽，湯醵衆友錢。小宗分季子，古學在臨川。預數成名日，高堂髮尚玄。

送王玉門從軍大梁

君豈兜鍪士，將無深意存。驅車臨廣武，立馬問夷門。赤紱威原假，青氈道自尊。王舊爲楚廣文。平生懷亢烈，勿忘主人恩。

喜左又錞見訪即送其歸里

學易元同舍，研幾爾獨能。至今持苦節，不敢負師承。雨雪家人餓，衣冠達者憎。時危明且晦，未可太觚稜。

獻歲吴門去，歸來春已殘。懷人尋卜肆，附艇泊江干。四海同心少，三年會面難。亡何臨水別，握手淚汍瀾。

明江訪胡允右有贈

吾愛此江名，煙簑甚有情。故人能卜宅，好客喜班荆。出網鰣争薦，封缸蟻待傾。爲歡須信宿，相對到殘更。

劉遠公三十初度

君才不早達，三十亦蹉跎。先德傳青史，劉爲是菴相公之孫。扁舟寄白波。劉有江上扁舟圖。春江魚饌美，家塾鶴聲和。自有千秋業，浮榮何足多。

送王白虹歸餘杭兼寄嚴子餐兄弟

大滌山中路，盤紆可避秦。且尋猿鶴伴，莫逐馬牛塵。寄語問卭友，觀書懷古民。披裘與賣卜，俱是姓嚴人。

雨夜宿宋玉叔署齋分韻明日將之宛陵

江闊雨冥冥，孤查傍驛亭。旅愁難自遣，檐響且同聽。樹老先秋白，燈寒入夜青。非君念疇昔，誰與慰飄零。

官輕如社燕，南北任孤飛。賤子復何似，窮途那得歸。稻粱謀不免，鴻鵠志多違。只恐君行後，無人知我饑。宋有「官同社燕秋南北」之句，故云。

天逸閣懷亡友朗三用蔡四韻

峨閣居然在，幽園尚未荒。斯人既已没，春草爲誰芳。蛛網先愁結，烏啼引恨長。晚來風送雨，六月助悲涼。

古　劍

秦人攜古劍，云自華陰來。不試模糊血，空生繡澀苔。星河秋氣迴，風雨夜吟哀。何日逢明主，邊塵爲爾開。

嚮山訪梅杓司及令弟崑白次日談長益至各賦二首

孤村南畝外，九載始重過。世亂艱雞黍，門荒空雀羅。埋名同腐草，託意在高柯。竹柏天然翠，冰霜奈爾何。

仲子白驢瘦，溪行迎所思。果隨明月到，欲上響山遲。出酒當秋漢，開襟受晚颸。幾年無此會，痛飲復何辭。

飲梅周文秋莊

每憶君攜酒，酣歌叠嶂樓。同人三下世，孟濬、朗三、景山也。落葉九經秋。事與浮雲變，心隨明月流。響山雖自若，無復舊時遊。

山中一夜雨，秋氣已蒼然。古柏陰當户，香秔穫在田。客來蓬徑少，吾愛竹林偏。有酒頻斟酌，何論聖與賢。

鏡中初見白髮

今日窺明鏡，蕭騷鬢有絲。休言人未老，翻覺爾生遲。蒲質凋原易，梅英白更奇。不知潘省騎，三十二何悲。

太湖山中訪馬瓶生兄弟

環山築堅壘，云是古青城。羣盜戒無犯，君家賢有名。冬晴來遠客，夜雨搗香秔。細酌牀頭酒，何人肯不醒。若翁頭未白，有子丈夫三。畊鑿交相勖，詩書還共探。西山增季塾，北面啟予慚。倘遂橫經約，良朋快盍簪。

送陳仲育博士之山陽任

時危官不易，獨有廣文閒。況與家園近，休嗟鬢髮班。過江偕令子，邊海閱奇山。回首司空嶺，依依魂夢間。初降巾車日，荒城盡草萊。誅茅成小築，伐木聚羣材。此地青氈剩，吾徒絳帳開。中庭蕉與橘，一一記君栽。

早春別蕪陰諸子 辛卯。

卜居剛一載，煙櫂又西還。良友雪中別，離情江上山。干戈猶未定，書劍那能閑。恰似浣花叟，飄零梓閬間。

春日齋居雜詠

驅策來山邑，人師愧不能。推賢承茂宰，問字悉良朋。近水借衡宇，遠村遺斗升。因緣隨處有，蹤跡類孤僧。

諸生富才藻，下問復謙沖。學道能經國，論文本在躬。嘗思革除際，並話亂離中。往往皆流涕，猶疑河間翁。（宋臣家鉉翁入元不仕，授經河間，與諸生言至革除之際，輒流涕蔽面。）

寄跡無生産，詩書是力田。室雖花縣裏，人似杏壇邊。樹影催春課，雷聲起晝眠。鄰翁强解事，又笑腹便便。

鑿壁開南牖，西齋避夕陽。更添檐數尺，欲取夏微涼。奥濕菌生户，椽低茅覆牀。自堪容偃仰，何用慕高堂。

窮巷罕人跡，柴扉晝不扃。微雲生遠岫，驟雨集空庭。山色鏡中見，溪聲枕上聽。鬢毛黄且短，羞殺柳條青。

上巳同徐掌人先生戴其懷馬嘉甫吕性之東溪散步

一春長閉户，今日出郊初。花事雖然少，芳辰不可虚。美人沙上浣，高士竹間漁。只恐愁心劇，難將水祓除。

贈李德純丈

高人形似鶴，恰喜鬢如霜。不賣壺中藥，惟傳肘後方。結茅棲委巷，種玉吐奇香。自有天倫樂，浮榮何所望。

苦熱

晝永宜高卧，炎威卧不寧。汲泉尋舊井，散屧待初冥。將雨蟻行路，似雷蚊聚庭。南窗風乍起，今夜勿愁醒。

夜坐

袒裼坐庭中，寥寥天宇空。疏星明沼水，暗露濕花叢。漸老世情澹，愈貧詩律工。吟聲何太苦，不異草根蟲。

立秋後一日雨

玄雲生大壑，殷殷有輕雷。火到三庚伏，秋隨一雨來。高林團秀色，荒徑洗浮埃。休夏惟禁酒，從兹可漸開。

七夕雨將訪阮睿卿山居不果

稻田方喜雨，只是阻尋山。期爾中林待，疑予出郭還。不知牛女會，長在水雲間。明日褰裳往，何妨涉險艱。

野菊花

陶公籬下物，豈是有心栽。野菊天然秀，寒花秋自開。澹香全勝橘，幽韻欲争梅。可歎無知者，霜根混草萊。

喜八弟爾孚見訪即送其楚游

客子似霜葉，飄零隨朔風。幾年千里外，今夜一尊同。山冷雪將下，更殘話未終。離情差可慰，馬首又匆匆。

窮冬六詠

歲云暮矣，草舍淒然，目覽心傷，爰有斯作。安知後世無終窶如方生者屬而和之乎？

無酒

生來嵇阮性，麯糵助天機。在客罕遺秫，無錢頻典衣。沈冥心自苦，蕩滌意多違。獨有良朋約，時時酩酊歸。

無米

山田荒落久，筆硯代耕鉏。豈有肥甘慕，先無擔石儲。曉霜舂細麥，夜雪剪寒蔬。我自貧而樂，家人未讀書。

無油

坐不惜膏火，愁隨更漏長。殘冬瓶忽罄，累夜室無光。粥罷眠須早，茶多寐又妨。起來看月色，形影獨淒涼。

無鹽

鹽貴亦何甚，數銖須百錢。祇應甘澹泊，無以制腥羶。乍見空中雪，世説：『撒鹽空中差可擬。』虛疑井上煙。杜詩：『遠煙鹽井上。』老梅貪結子，調鼎在何年？

無炭

此物江鄉貴，山中亦易求。空囊何所恃，一簍不曾收。幸有負暄樂，應無執熱羞。冬晴猶自可，風雪令人愁。

無薪

豎子元供爨，秋來病欲盲。依人斬蒿艾，無處拾柴荆。釜粒炊難熟，畦蔬噉每生。連朝煙火斷，便覺羽毛輕。

采薺 壬辰。

早春無所事，攜女上山城。到處逢沙薺，收來作俎羹。味甘占歲稔，方古療人盲。夏月還須采，林居可護生。釋家取薺莖作挑燈枝，以辟蚊蛾，謂之『護生草』。

蕪陰送錢既白遊太湖

我方來爾邑，爾復去吾鄉。交錯如鴻燕，拼飛爲稻粱。湖村求食易，山閣卜鄰芳。歸日恐猶待，家書取數行。

寒食江亭

客裏春將暮，沙邊路獨尋。休看人上冢，空羡鳥歸林。木葉隨愁長，江流與恨深。紛紛舟楫者，誰抱濟川心。

清明日飲竇計部署中觀劇有感

宋玉爲郎日，官齋任往還。别來頻節序，旅泊又江關。楊柳弄春色，風塵損客顔。使君猶夙昔，高義許重攀。久不見袍笏，優伶尚漢官。酒多情易感，曲罷漏將殘。令節驚相問，中心黯自酸。一生開口笑，祇是傍人歡。

三月二日林玉樹招同余誕北先生俞玄中陳伯璣曹梁父夜集坐有二妓皆吴女也

士女江東俗，先期即秉蕳。花前作吴語，眉際有春山。四坐頻更燭，層城欲上關。雙雙歛紅袖，問客恐須還。

張與瞻招飲未赴寄此

東皋新柳色，頻約我來看。江雨雖然霽，泥塗尚未乾。出城愁著屐，待月想憑闌。應訝愆期者，芳林飲不歡。

重至姑孰訪王希文

君昔來江岸，分甘餉我親。參差未一晤，離索遂三春。信自遊人得，家因好客貧。山中相念久，聞此愈含辛。

園林風雨夜，驚喜故人來。握手詩先出，張燈甕即開。乾坤方戰伐，觴詠且徘徊。莫漫求榮禄，蜉蝣安在哉。

月下同張兆蘇王崑生飲希文園

有客攜壺榼，言過我寓樓。卻嫌茅宇隘，仍借竹林幽。月皎夜如晝，庭陰夏亦秋。旅懷多不懌，權作醉鄉遊。

蕪江曉發

歸心亦已久，苦熱入舟難。直待秋飈起，應知暑氣殘。輕裝辭旅舍，小艇遡江灘。豈謂南熏阻，檣烏又屈盤。

江月

漁舟停葦岸，蟾影透篷窗。歸客不能寐，愁城詎肯降。開襟臨曠野，鼓枻詠澄江。四睇俱煙靄，宵鐘何處撞。

泊池口弔吴次尾劉伯宗

江城蕭寂甚，每過必含辛。中有兩亡友，俱爲千古人。死能標大節，隱亦絶纖塵。後起者誰子，池陽空復春。

彭澤懷古

古人無忌諱，同郡即爲官。江路纔百里，山城僅一丸。折腰非所願，解組亦何難。最是東籬菊，冰霜耐苦寒。

廬山訪無可道人 即從子密之。

自爾去東海，神州遂陸沈。詩書種漫滅，廉耻道浸淫。獨秉雪霜操，能堅檜柏心。誰言好奇服，但不愧朝簪。

聞説蒼梧陷，孤臣被縶維。血甘塗斧鑕，信反格蠻夷。妻子散仍聚，雲山歸轉羈。三秋纔解脱，一葉下彭蠡。

我夢匡廬好，馳情二十年。經過曾有詠，登眺卻無緣。聞爾歸棲此，令人興勃然。輕舠來遠渚，曷敢憚霜天！

束髮同師友，心期在匪躬。跡雖分顯晦，道不限窮通。遇變方徵學，逃禪豈慕空。明朝尋栗里，相與酹陶公。

山行八詠

簡寂觀

簡寂聞名久，歸宗特地來。雲迷禮斗石，草没煉丹臺。道院無遊者，仙風誰繼哉。門前松樹古，猶是晉人栽。

玉簾泉

古寺雖云麗，微嫌宦者風。我趨山澗外，人語水煙中。絶壁分青靄，飛泉宛白虹。老僧差不俗，結構在巖東。

杏　林

吾亦知醫術，平生慕董君。藥非同市價，杏以當耔耘。山下虎收穀，溪邊龍出雲。芳林伐已久，到此仰餘芬。

栗里

南村居不遠，頻上輔山遊。栗里是中道，籃輿此暫休。當時成雅聚，今日等浮漚。豈獨無陶令，王弘何處求。

東古山

此峰廬嶽外，乃在落星灣。郡志名東古，村人號比山。行船勞指顧，過客罕躋攀。若到開先寺，居然几席間。

落星石

層巒游已遍，歸路及沙汀。望見湖中石，知爲天上星。僧房元茂密，佛閣近凋零。欲語專城者，重來構一亭。

紫陽堤

文公知郡日，教養亦多方。更念風帆險，先營石壘防。榜人紛不息，惠澤永難忘。異代唯田守，高名並紫陽。

天寧寺

山剎疑千百，城中此寺孤。客來聊假寓，兵過即荒蕪。游覽興偏勃，羈棲歲忽徂。匡廬收拾盡，不敢恨窮途。

立春日郊行 癸巳。

客裏才除歲，愁邊又立春。人情誰念舊，時序屢從新。緩步出山郭，微風動水濱。老農冠帶古，一一是遺民。

清明日泊吴城

孤洲臨大澤，厎事曰吴城。水國千檣聚，人家百貨盈。腐儒憂所適，佳節惡其名。欲析河橋柳，春風處處生。

旅況

旅況何蕭瑟，三春黯似秋。花開同葉落，鶯語甚猿愁。芳草長依寺，斜陽獨倚樓。東風日夜起，偏不送歸舟。

獨坐

獨坐當深夜，愁懷屬暮春。山中高卧者，天下苦吟人。花落感時變，林香悟佛因。聰明無不會，只是拙謀身。

都昌懷古七詠

陶桓公侃　鄱陽人。都昌，其里也。朱子爲之立廟，又爲文，辨其八翼升天之誣。公始爲樅陽令，今亦有祠。

清談能誤國，砥柱在陶公。運甓匡王室，投樗奮武功。小人誣所夢，哲士信其忠。我里分遺愛，千秋廟祀同。

蘇真君躭 柳州人。與許遜、吴猛爲友，修道于都昌山中，果仙去。劍池、橘井尚在邑。

蘇君曾奉母，修煉此中居。一日乘白鶴，如雲翔紫虚。劍池今豢鴨，橘井亦生魚。多少都人士，仙蹤誰問諸。

謝康樂靈運 永嘉人。嘗游鄱湖，于都昌石壁構精舍。詩云『昏旦變氣候，山水含清暉』，載文選中。李白游石壁亦有詩。

康樂有游癖，湖山跡最多。扁舟來石壁，精舍立巖阿。昏旦詩尤妙，登臨興孰過。謫仙重到此，懷古亦高歌。

石季倫崇 洛陽人。爲南昌尉，于匯東起園，倣金谷之制。今都昌縣治即園故址。

洛陽歸不得，彭蠡且游觀。園復標金谷，花皆種牡丹。荒城猶剩蹟，異代每興歎。若肯終棲此，應無赤族患。

劉武穆錡 都昌人。其父以勳封秦州而生公。順昌之戰，與韓岳齊名。公猶奉其祖母歸葬于都昌。

名將推劉岳，威神震四夷。殊方猶有廟，故里反無祠。夢想順昌捷，依稀元祐時。中華復左袵，感此淚雙垂。

江古心萬里 都昌人。南宋時爲左相，忤賈似道歸饒州，築止水亭以居。元兵至，公投水死。其弟萬頃、子鎬錡俱殉難。

南渡鬬舟楫，芝山隱獨先。構亭名止水，矢志必沈淵。令弟忠尤烈，全家死並傳。湖干訪故里，延首意淒然。

陳雲住澔 都昌人。元初不仕，著禮記集説，學者稱爲經歸先生，有祠祀之。其孫入明多顯者。

宋室云亡日，西江多隱淪。春秋義已晦，禮樂註重新。祭享從先哲，衣冠啟後人。儒風誰繼者，惆悵蠡湖濱。

南康重晤魏竟甫明府有贈

春風司李署，邂逅一逢君。握手意相洽，揚鞭路各分。新詩何警策，下問復殷勤。遂有山城約，來看製錦文。

修江曾買櫂，正是暮春天。客至主先出，旅貧誰復延。尺書遺小吏，飛絮促歸船。豈料端陽節，重逢星渚邊。

忠節推高邑，詩歌逼盛唐。珠璣今在篋，梨棗欲重光。魏有趙儕鶴先生全集，欲梓之。況以鳴琴暇，同升肆雅堂。哀時老詞客，此事亦堪商。

苦吟吾自歎，君意獨憐才。把酒情如舊，看山眼共開。雲居元有約，秋盡始能來。喚渡亭前月，相攜醉幾回。建昌有雲居山、喚渡亭。

路灌溝喜遇談長益話舊

聞爾京師去，真成汗漫游。既非營利禄，何苦向旃裘。好句西山得，奇書北地收。不知多少淚，霑灑舊陵丘。

殘冬歸自北，盛夏復南征。飲啄依朋友，湖山本性情。風江船偶值，村店酒徐傾。明發又千里，煙波浩以盈。

夏蟲四詠

蜂

山家貪釀蜜，處處有蜂窠。只道利堪取，誰知義足多。君臣名不二，生死志靡他。借問乘軒者，從王事若何。

蟬

胚胎是何物，情性不相同。纔出糞邊蛻，旋登樹杪風。苦吟疑有怨，絶食似終窮。莫訝鄰家叟，生兒孝且忠。

螢

形質本纖細，中心耿自明。不嫌腐草化，能助讀書聲。亦似寒微子，猶知向背情。鵂梟何太惡，白日眼全盲。

蛾

撲燈緣底事，只爲愛明光。蹈死雖不惜，捐軀實可傷。人臣皆若此，吾國豈云亡。欲覓護生草，時時爲爾防。

微雨

晝長心力倦，午睡頗宜人。忽聽檐間雨，偏驚夢裏身。稻苗纔潤濕，竹葉已鮮新。卻恨須臾止，炎風又起塵。

八月

人人望有秋，粳稻不須求。八月便艱食，三冬何限愁。空庭聞雀噪，寒水見魚浮。轉訝夔州客，東屯也薄收。

玉龍峽

家山抛已久，間歲始歸來。古木凋傷盡，荒田漸次開。瀑飛千丈雪，谷響萬年雷。何日結茅屋，松�依舊栽。先君鍾愛此，別號所由稱。本欲弟兄共，無如寇盜仍。亂山歸一主，廢業想重興。峽田舊爲四分，今歲予獨并之。繼述吾何敢，爲農或可憑。

贈内金鴛

小婦未三十，如將四十人。不應顔色老，衹是別離頻。望遠易憔悴，忍饑還苦辛。爲誰生白髮，憐汝甚青春。

抵建昌

四野同雲色，淒淒欲雪天。林荒鸛鵠噪，波冷鷺鷥拳。入郭先尋寺，依沙且繫船。馳書聞茂宰，有客到城邊。

錦山僧舍

寒夜苦無酒，貧僧每餉茶。漫言身是客，不信寺非家。漏下鐘聲動，風來幢影斜。明朝何事喜，燈蕊預開花。

舟中書懷

因亂廢農業，年年事遠征。長江無陸路，孤客任舟行。老欲歸何處，游難畢此生。山田春有屋，勉强學躬耕。

小孤洑

小孤經數過，此洑未停舟。豈料殘年逼，還爲兩日留。登樓謁神女，遇客話鄉愁。旬日風兼雪，何緣不少休。

大雷岸

三年三泊此，俱避惡風濤。長夏水痕溢，嚴冬冰力牢。問村無白粲，送臘況香醪。路灌人煙密，牽絲勿憚勞。

人日飲孫子穀齋頭 甲午。

楓葉去猶赤，柳條歸已青。山阿尋舊友，舍右起新亭。佳節況人日，當筵俱客星。見懷詩句好，誦與老夫聽。

送史趾祥歸宜興兼寄陳定生周穎侯

江上懷君久，相逢未有期。入門先一拜，忍淚復雙垂。國破家亡日，風飄雨散時。何緣得把臂，雖喜不勝悲。

昔奮投金瀨，今藏善卷山。不知誰玉曆，自分老柴關。學稼仍艱食，求人每汗顏。荒城來幾日，拂意又空還。

平生所師友，多在孝侯臺。亂後魚書闕，山中羯鼓催。素心知不易，碧血更堪哀。君去叮嚀語，須留有用才。時蔣种之死于難。

題汪延年山樓

貧居雖不廣，有閣據高岑。詩思當山秀，禪功向壁深。汪能詩又好佛，前有衆峰，後有石壁。引兒攀樹果，留客坐花陰。炎夏猶堪戀，涼秋更可尋。

贈毛卓人學博

毗陵有才子，大雅壓羣英。詩似劉公幹，文如陸士衡。蛾眉衆女妒，雞肋一官輕。不是愁思結，南蘭豈易成。毛有南蘭集。古熙元僻野，兵火復凋殘。黌序通材少，師儒化雨難。一從君鼓吹，三歲長琅玕。處處花兼實，春風爛熳看。兩人相慕久，江上未相逢。傾蓋當炎夏，持杯抵雪峰。居停尤密邇，昏旦輒過從。交質平生業，譏彈莫壓重。虞山汲古閣，梨棗燦春雲。欲送詩於彼，誰能好似君。偶因懷抱合，遂許俸錢分。勿謂斯言罔，丹崖翠壑聞。毛札云：『弟雖貧，猶能以二百金付家子晉處，爲先生成不朽之業。』故云。

李明府祈雨有應鐫詩于壁屬予和之

潛龍蟠水窟，仙令禱山阿。一縷夏雲起，千畦時雨過。誠能答神貺，旱不損嘉禾。況有詩題石，仁風扇薜蘿。

潛山重訪陳襄雲

山齋曾信宿，小別動三年。斯世罕同志，如君又各天。愁懷雖抑鬱，病體已安全。尤喜川光媚，雙珠入掌圓。誰將吾近什，轉誦與君聽。檃括成高詠，頻繁寄遠汀。歸途聊一訪，驅策那能停。九月偕予季，重來叩嶽靈。

孫豹人布袍成有贈

不著武靈服，如今十一年。逃名惟有釋，製衲卻無錢。大雪來山邑，殘繪作水田。祇愁飛動意，渾不似安禪。斯人衣壞色，朱紫合誰新。莫展擎天手，聊爲持鉢人。朝陽知不遠，補衲意非真。簪紱登黄閣，方無負此身。

皖上宿小范寓樓

年年恨離索，今夜得同牀。江上半規月，城隅萬瓦霜。酒醒愁不寐，心苦話偏長。欲作聞雞舞，相憐鬢髮蒼。

早春移行 乙未。

是竹吾皆喜，況於慈孝名。葉雖經歲換，笋必傍根生。高本從鄰乞，佳期待雨行。草堂春意少，佇望爾敷榮。

八弟爾孚見過小飲次日予游灊山

明日之鄰縣，先期送我行。語多天易晚，世亂別非輕。沽酒出深巷，攤書對短檠。老年兄弟少，獨爾最關情。

周將軍廟 在灊山治東南五里。

我愛周公瑾，飛揚正妙齡。山川留古廟，風雨見英靈。僧種竹盈院，客摹碑到庭。因思小喬嫁，此地亦曾經。

春日訪汪公彝村居不值因過劉芳遠小飲回遇公彝並梨園子弟邀至其舍張宴竟夕賦此贈之

訪君南郭外，君適去城西。餒就鄰家食，歸逢暮雨迷。芳村伶欲散，狂客路相攜。秉燭重開宴，歌終雞已啼。

山房新結構，西北有高樓。合借今宵宿，還期明日留。羣兒争下食，一醉解忘憂。不厭頻來往，風騷恣唱酬。

三月晦日立夏

芍藥送春去，櫻桃迎夏來。恰當三月晦，那惜一尊開。生事客中度，年華鏡裏催。侵晨鄉思動，歸騎勿徘徊。

從黄俞邰借宋遺民録感舊

有宋遺民録，求之二十年。世人多不見，此事竟誰傳。唯爾書能秘，繇余借可憐。乾坤正漭泱，梨棗合重鐫。

海鶴先生在，髫時數問奇。卅年才子出，萬卷舊書隨。家學既淵藪，神明亦鼎彝。吾將著野史，安得傍冬帷。

曉發板橋

茅店火猶明，征途策蹇行。輕霜浮細麥，殘月挂枯檉。銅井高崗見，慈湖野渡平。遥知今夜酒，定與故人傾。

孔千一招同巫川南夜飲留宿各有贈

梅甯吾良友，杓司、山同。與君情亦親。嘗言牛渚士，頗憶龍眠人。高閣來寒夜，深杯送老春。不須歸旅寺，吟榻稱吟身。巫子年方壯，于思乃二毛。憂時心自苦，把酒興偏豪。江縣罕知己，風期在我曹。蛾眉亭下路，來往莫辭勞。

雨夜又飲千一宅

江樓寒已甚，況復雨蕭蕭。盡日僧同坐，將昏爾見招。擁書惟有醉，過渡亦非遥。半榻容吾慣，應無慮此宵。

雪夜泊天門

鄰國浪傳兵，舟師冒險行。風能如客意，雪不礙江程。兩岸雲峰失，孤洲漁火明。相呼勿貪涉，戌鼓已初更。

廿六日抵樅川飲子穀家

已入故鄉境，猶差百里程。急趨良友舍，忽見旅人驚。出酒禦風色，問遊傷世情。明朝天不雨，策衛向山城。

廣陵答宋澄嵐先生見贈 丙申。

移寓興嚴寺，聞君先在兹。舊諳金石性，今睹雪霜姿。把酒占星夜，宋精于星命。焚香聽雨時。追陪良足樂，況復惠新詩。

名家交不少，更與鞏昌歡。時玉叔備兵鞏昌。滿眼皆春樹，高人獨歲寒。還山何處隱，卜宅此方安。予亦無枝鳥，頻來問考槃。

喜龔孝升都憲至

此地昔爲别，江關雨雪霏。良宵聚羣彦，高詠送予歸。彈指八年過，懷人尺素稀。江關重握手，雨雪又霑衣。

三能音「台」今不少，誰比使星明。每涉江淮路，偏多黍稷情。憂來詩更妙，客至酒長傾。亦欲遊吳越，相隨船尾行。

題閻牛叟眷西堂

堂以眷西名，寧惟念所生。榛苓長入夢，禾黍最傷情。釜破魚誰溉，岐荒鳳不鳴。世人那解語，漫指太原城。

夜同叔則季貞飲彦遠僧舍限韻

池上風蕭瑟，來尋爾寓齋。瓜蔬隨意設，詩酒稱人懷。飛帛書尤妙，牽絲恨未諧。祗應離别後，日日念長淮。

正月六日范麋生家試燈予與沈仲連留宿丁酉。

邀我過除夕，淒涼未出城。酒先人日飲，鐙比客星明。簾外雪初霽，階前草漸生。獨予愁夜永，撫枕聽雞鳴。

十六夜同徐雲吉胡彦遠宿徐梁瑞家

酒是錫山白，燈猶火樹紅。不辭今夜醉，況與故人同。圓皎月當户，疏香梅有風。芳時何忍別，應卧此齋中。

五日謁卞忠貞祠

卞公没已久，祠墓尚巍峨。一死人無異，千秋道不磨。都城崇伏臘，祭賽擁笙歌。我拜當重五，何煩弔汨羅。

王元倬招同周苦蟲顧寧人黄帥先甯山同吴素夫李三石雨中小集

到門無熱客，列坐盡遺民。遠屐能穿雨，虚堂果絶塵。令争搜古字，酒只勸愁人。欲別還留戀，因之宿比鄰。是夕，予與山同宿三石宅。

偕閔無作孔千一甯山同登雨花臺

十年不眺此，一眺轉傷魂。正學祠偏圮，鍾山樹盡髡。牛車填輦道，馬卒擁城門。眼底都非昔，無言聲暗吞。

夜泊東昌

微月照菰蒲，沙邊雁夕呼。榜人貪利涉，暝色問征途。衛水流何急，聊城勢不孤。紛紛來往者，猶有魯連無。

螽山集　卷六

七言今體

送蘇虞明金吾還朝 丙子。

吴江送客夜歸燕，霜滿離亭月滿船。碧甕且傾千日酒，雕弧曾控百蠻煙。蘇以兩廣總兵陞錦衣。枕戈亦負劉琨志，挾策空過賈誼年。予時二十五歲。北闕幾時蒙召對，看君劍履聖人前。朝儀：召對，錦衣侍上前。

遲魯孺發和州不至

羣燕辭歸羣雁來，羈棲只在鳳凰臺。砧聲夜合千門月，芳樹晴飛九辨哀。江上故人期不至，山中書問日相催。登艫明發天門去，何處蒹葭可溯洄。

還山飲左子厚宅

歲暮江湖有客星，故園蒲柳各飄零。人從白雁歸南國，月照青霜過北庭。城上鳴鐃傳朔氣，尊前鼓瑟怨湘靈。知君招隱龍眠曲，借問谿頭幾樹青。

喜張材官山中禦賊

江縣年年動鼓鼙，寒霜獨坐戍樓西。驕人翻向勞人泣，故鬼時將新鬼啼。月下驚烏棲不定，山中妖火路全迷。怪君昨夜龍眠出，寶劍紅腥戰馬嘶。

答張恢生見懷丁丑。

黃雲蔽日亂鴉飛，斗絕孤城百道圍。四野幾家餘井竈，三春無夕解裳衣。只言京口樓船至，豈料江南尺素稀。寄語故人勞遠念，風塵滿目欲何依。

范太濛先生招集鳴鳩亭

狂生挾策不得志，年年鼓櫂遊江淮。浮雲相去日千里，良友各在天一涯。可憐明月會今夕，欲展清商愴中懷。梧桐竹實亦儀鳳，何須阿閣三重階。

送王化卿先生歸金谿

秋陽忽散白門煙，歷歷江峰青可憐。久客似諳潮水性，新鴻不悞蓼花天。四方多難懷安土，千里長征惜暮年。好是龍谿歸隱處，香林月色照漁船。

喜范子明至

石城風雨送歸船，回首江城又一年。勞我相思明月夜，遲君不到暮雲天。鄉園寇盜何時息，朋好琴尊此地偏。別後亂離猶未定，秋懷莫負菊花前。

白門買宅梅惠連書來卻寄 戊寅。

小卜西安門外居，澗雲溪水薄吾廬。秋前雨過宜栽竹，月下潮生好捕魚。招隱每尋高士傳，離羣不斷故人書。遥知蘭澤多芳草，爲寄留彝與揭車。

送吴次尾授徒梁谿

藕花蘆葉蔽江村，青翰舟飛過白門。夜雨嗜嗜元不晦，春谿灼灼更何言。閑中詎覺毗陵遠，亂後方知講院尊。此去談經秋水上，端文忠憲道猶存。顧端文、高忠憲皆無錫人。

酬吴尚乾惠茶葛

溪上蓬門扃不開，月明常見美人來。平分秋露黄山摘，更解春衣白苧裁。衰鳳未應棲枳棘，卧龍何自起風雷。且沽孫楚樓中酒，痛飲還登周處臺。

旅懷

正是厨荒午未炊，況兼兒女病支離。琴聲豈向愁中輟，蓍策翻從揲後疑。世路杳然迷出處，文章端不合時宜。勞人久厭江南苦，江北無家何所之。

移尊過萬茂先兼悼蘇武子

石城西畔冷秋煙，御史祠堂客晝眠。茂先時寓陳公祠。華髮蕭疏將蹈海，朱顏憔悴爲憂天。雨餘載酒窺三徑，霜際飛鴻拂五絃。欲問故人身後事，傷心墓草已芊緜。

王升如過飲小齋有懷孟元白嶺南

石橋秋雨漲秋溪，咫尺菰蘆路不迷。老我門庭長寂寞，多君文酒日招攜。小山愛植劉安桂，曠野愁聞祖逖雞。有客天南更惆悵，檳榔樹下鷓鴣啼。

送三兄仁植先生開府武昌

羣盗縱横莽未休，年年鄂渚戰雲愁。人龍且向東山卧，士馬誰分北極憂。江漢衹今方秉節，沅湘何事復悲秋。羊公峴首碑無恙，更勒殊勳在上頭。

吾家十世主恩深，父祖嘗懸報國心。閑秩豈能酬浩蕩，危疆從此閱崎嶔。雲沙萬騎迎强敵，露布千章懷好音。定有神姿闞帝夢，還移漢水作商霖。

送金天樞侍御還朝 己卯。

薊門春盡客初還，羣盗縱横江漢間。是年薄京師，二月始退。穀城賊復至。一自錦貂紛出塞，幾行驄馬半投山。更從雲雨翔天路，曾有風雷格聖顏。往，先生召對忤旨，將杖之，忽大雷雨，乃止。衮職近來無闕補，趁朝封事未應閑。

驛樹晴連江草新，畿南名士擁車輪。遥聞禁苑呼祈父，早見徵書起諫臣。雙闕有懷瞻不到，五湖雖遠夢長親。漢廷倘問淩雲賦，爲説相如是里人。

從子密之移居

阿閣重開古巷西，盈盈花水足幽棲。文魚晚度橋邊月，紫燕晴分陌上泥。載酒客隨江雨至，定情詩壓墨牀低。蔣山秀色時相望，爲許秋深縱馬蹄。

偕吴次尾陳定生梅朗三泛舟秦淮因過侯朝宗

莫愁湖上蔣山青，向夕移舟傍葦汀。水閣名花香暗度，倡樓豪客酒初醒。海天未捲蚩尤氣，耆舊争歸貫索星。此際賈生惟痛哭，不堪紅袖倚新亭。

病中寄鄧東之

三秋未見菊花黄，小閣垂帷耿自傷。藥裹但隨庭草積，學徒應共石田荒。過時不嫁羞貧女，送客將歸憶故鄉。静閱人情半雲雨，期君古道莫相忘。

送從子密之計偕

家園十載學同師，遠近人稱連理枝。荼蓼秋蟲誰最苦，蒲梢天馬爾先馳。況當冀北看花日，政是荆南露布時。三世國恩何以報，早傳新策到茅茨。

送謝孺玉計偕

美人千里贈琅玕，欲報曾無雙玉盤。夏口月明烏鵲散，湘陰潮闊鯉魚寒。晚過桃渡追朋侶，春到芸臺刷羽翰。自古長沙有芳躅，莫教虚負進賢冠。孺玉，長沙人。

甘泉山展墓

兆宅新開未一年，林間蒿草已淒然。西風空有椎牛恨，北闕曾無射雉緣。松柏易生知地暖，樵蘇弗擾賴鄰賢。何時卜築從兹隱，負銛躬耕隴上田。

白鷺洲訪蔡魯子 庚辰。

倚檝橋門問古川，雙飛白鷺晚沙前。密林横閣有人語，清簟焚香足晝眠。渡口斜陽芳草色，枝頭啼鳥暮雲天。中宵頗悟無生理，一枕何論大小年。

送沈石友歸普安

新亭小別已情傷，況復君行指夜郎。宇下秋聲聞蟋蟀，舟前月色昑菰蔣。南雲忽斷七千里，北雁初飛三兩行。漸入盤江風雨夜，青谿詩話莫相忘。

送葛震甫歸洞庭

張翰風流五十年，今年七十始歸田。山中古屋無人掃，白下新詩到處傳。預指靈巖黃橘熟，重過用里紫芝鮮。白門有客能相送，秋雨秋雲載滿船。

送劉藏夫歸麻城

藏夫藏夫古劉生，避讎脱走遊舊京。酒酣每道十年事，腸斷不殊三峽聲。筆底奇書皆鳥跡，腰間寶劍是龍精。欲採芙蓉遥贈汝，瀟湘南望水盈盈。

送朱子葆歸嘉興

孤飛越鳥戀南枝，白草黃花客去遲。小閣共眠秋雨夜，危檣獨掛曉霜時。狂歌一曲愁先結，痛飲千鍾醉莫辭。門外江風復江水，解維何處寄相思。

寄懷三兄仁植先生

蕭瑟黃門北寺秋，朔風吹雨入邊愁。豈無小吏侵安國，幸有尚書受夏侯。郢上昔曾歌六月，劍南今已失三州。早知占夢多靈異，悔不焚香禮比丘。時閣部奏：誦華嚴經可以滅蝗。

送白安石先生司理滇南

嘉遯湖山久息機，三鱣今始集巖扉。曉趨玉殿瞻宸極，夕捧銀章出鎖闈。吏治由來經術重，昆明不似漢宮微。主恩近遠皆高厚，莫歎天南少雁飛。

春雨真州一繫船，橫江修禊酒樓邊。禊日與師飲儀真江上。黃沙北去三韓月，芳草南遊六詔煙。水驛輕裝偕今子，星軺絕域訪遺賢。預知奏課歸朝日，政是華堂百壽年。時太公九十七歲。

送杜于皇北上廷試

靈修端不異重華，四岳無人枉歎嗟。此日新恩盈草澤，如君艷質豈匏瓜。舊交强半拖青綬，政府誰當壞白麻。駐輦臨軒應有問，莫教痛哭了長沙。

懷蔡四攝山兼問朗三越遊消息

古寺談經春復秋，閑身無恙日優游。池邊松雨白成路，枕上竹風青滿樓。稚子掃門霜葉下，老僧汲水澗華浮。不知良友向東去，湖海茫茫天際愁。

送王升如歸滇

霜華如雪冷江蘼，聞道王郎欲解維。萬里還鄉因嫁妹，孤舟扶母更攜兒。路穿鬼國無魚素，客送新亭有酒旗。痛飲莫辭今夜醉，風帆明日是天涯。

送梁平叔令宣城 辛巳。

東風拂面柳條青，仙令翺翔往敬亭。馬笠偶然逢舊雨，牛刀聊爾試新硎。城邊花發郊原種，閣上琴攜父老聽。此日遺賢有梅沈，朗三、眉生。莫教寥廓少微星。

姜如須班荆社初集賦此

劍閣風煙日夜俱，楚江春水下連吴。何年細柳散金甲，此夕絲繩提玉壺。有客東來富文藻，側身西望多憂虞。兵荒不愁不銷歇，隆中管樂無時無。

留别宋子建徐闇公

春雨方舟海上來，簫聲長近鳳凰臺。勞人又指淮西去，旅雁應須塞北迴。佩草芬香遺所思，琴歌激烈有餘哀。亂離滿眼傷懷抱，朋酒何時得好開。

送馬倩若令陽江

君家柱後惠文冠，鐵面霜威草木寒。倩若祖蓼初公曾爲御史，劾權相。此日青鳧聊試宰，他年驄馬再登壇。端谿石貢唐書辨，合浦珠歸越女歡。老我傳經依幕府，淮南春水正漫漫。時在淮西署中。

書事

相國臨戎賜尚方，九重親翰灑天章。豈知禦寇仍爲寇，又破襄陽與雒陽。白骨成堆周故府，青衣行酒漢諸王。江南羽檄紛馳至，寡婦停機欲斷腸。

許石疏園喜晤李秀升秦虞桓王燕友諸子

文園夏木晚陰陰，接葉初聞黄鳥音。花下醇風公瑾器，池邊新水伯牙心。紵衣縞帶輕相贈，玉盌金罍淺自斟。我欲西歸仍信宿，兵荒滿眼客愁深。

左子正歸自京師

待詔公車試省門，歸來兒娶又生孫。娉修不改先臣節，世禄長沾聖主恩。匹馬秋山穿故國，羣狐夜火亂荒村。高牙大纛千人指，底事臺垣無片言。

吴子遠三十初度

別館山城東復東，此心原有數人同。問年一歲予差長，下筆千言爾獨工。北走高名翔海岱，南游奇氣塞雲夢。新開草閣臨池水，枕簟涼生荷芰風。

酬何芝岳相公

片帆春雨向巢湖，載酒江亭興不孤。錦字亦傳黄閣老，明璫長繫緑羅襦。千秋物色尊知己，四海兵荒賤腐儒。卻望淮南煙樹森，殘經空守愧生徒。

旱疫交加蟥又生，天災人禍一時并。輟畊夜走田園廢，析骨朝炊父子輕。雖有六軍環幕府，曾無一步出江城。故鄉塗炭思霖雨，寸管春回草木榮。

奉酬范質公司馬

東風柔櫓别江沙，送我安期棗似瓜。身賤那能酬水鏡，年荒無以報瓊華。左思作賦誰相識，王粲從軍祇自嗟。欲毁琴書事農畝，亂離何處有桑麻。

寄懷從兄孩未先生

時危須仗濟川才，歎息伊人廢草萊。谿上且尋鷗作侣，閨中不使鴆爲媒。芳菲盡脱知松節，禾黍無收飯芋魁。身在江湖憂未已，相逢笑口幾時開。

樅川遇洪慧生

陽鳥孤飛寄遠音，雙魚報爾竟浮沈。故山不見春雲散，往路相思秋水深。四海文章空寂歷，十年懷抱莽蕭森。江頭野店重攜手，蔓草離離傷我心。

姜先生六十雙壽 如農、如須尊人也。

瑶草琪花春滿庭，江天歷歷少微星。人從東海雙騎鶴，家在南都獨采苓。堂下錦衣分進酒，燈前白首好談經。非熊若是磻谿老，此日垂竿竹尚青。

蕭先生六十 伯闇、賡九尊人。

華簪曾佐大長秋，先生嘗爲鴻臚寺丞。六十懸車未白頭。薊北關山懸寤寐，江南花鳥恣遨遊。生申及甫皆無敵，對酒當歌不用愁。韋杜去天元尺五，期頤仍返帝王州。蕭，京師名族，今寓南中。

余先生六十 澮心尊人。

瑶島移來自八閩，卻依京國寄閑身。書藏萬卷兒能讀，酒泛千鍾家不貧。竹杖每臨溪上月，桃花遥結海邊春。行看車蓋歸衡宇，紫綬銀章白髮新。

徐聖開社集北樓以中間小謝又清發爲韻予得中字 壬午。

小謝高齋古郡中，騎鯨人去夕陽空。春江客到雙谿雨，夏屋凉生五夜風。合沓青山浮酒盌，差池紫燕掠房櫳。亭前況有桃花水，桃葉桃根相並紅。時攜二伎。

沈眉生招集西澗

麻姑山下爾逃名，每到城西不入城。高館樹深疏馬跡，短牆花發暗鶯聲。銜杯卻憶十年事，秉燭重論萬古情。惆悵白門歸棹晚，明朝秋浦又孤征。

錢九章招同麻孟璿沈景山園集

亭午繁陰照讀書，柴扉忽到故人車。窗臨桂樹巢泥燕，塘滿楊花長絮魚。湖海那堪歸浪跡，山城吾欲買精廬。沈郎況有婚姻約，他日從君此卜居。

喜彭燕又至自雲間兼訂午日之游

宛溪春水敬亭雲，何處提壺不憶君。羽蓋忽從天上落，商歌翻向月中聞。紅垂檐樹櫻初熟，緑滿汀煙草尚薰。明發横江招正則，筳篿重與問靈氛。

雨夜偕葛元士宿徐川生山房

澗户陰森暝竹煙，匡牀時有故人眠。況逢雷雨喧谿上，似引江風到枕邊。草閣三間愁隱燭，絺衣六月想裝緜。荒雞不改蕭蕭節，祖逖劉琨事偶然。

乾明寺雜詠

野寺荒涼三五間，避人于此暫休閑。身因小病晝猶卧，門爲長貧夜不關。谿上汲水老僧去，松下負薪童子還。衆鳥孤雲宛如昨，相看不厭敬亭山。

孫直公見懷卻寄

美人贈我篋中詩，不數邯鄲幼婦辭。出岫夏雲成五色，傍檐晴柳挂千絲。江城隔水歸來晚，風雨裁書欲報遲。花下一尊謀盡醉，明朝岐路各相思。

贈吴孟虎鴻臚 吴爲宋丞相潛之後，世居宣城西門。

狀元宰相宋時賢，賜地爲家五百年。坊占城中無別姓，山環宅後有腴田。藏書萬卷盈阿閣，進酒千鍾對綺筵。眼底兒孫三四代，如何班鬢未皤然。

寄懷從子密之

帝城雙闕五雲邊，報爾承恩侍講筵。紫閣圖書翻寶軸，清江簫鼓進樓船。時迎家人入都。命如妾薄空憐我，家似僧貧不怨天。卻喜寒籬舊栽菊，花花葉葉尚依然。

送齊介人計偕

故里山川百戰餘，昔年朋好盡離居。移家忽有數年別，開篋見君前日書。天水未收西極馬，秋風纔化北溟魚。子雲筆札君卿舌，誰似相如奏子虛。

晚過孫克咸齋中

貧巷無人晝掩扉，病餘行藥過橋磯。路花香送誰家酒，谿雨寒生薄暮衣。百尺樓中龍穩卧，重陽節後蟹争肥。愛君剪燭西窗語，宅近東籬亦懶歸。

得梅朗三凶問因寄麻孟璿沈景山

幾欲裁詩寄所歡，秋風蕭瑟恨無端。只言缾罄爲罍耻，豈料芝焚使蕙歎。流水高山交不淺，素車白馬見何難。一行書札千行淚，想到君前尚未乾。

寄張恢生明府

故人雙鯉自河汾，寄我三年隴右文。廉俸可沽京市酒，寒氊終卧冶山雲。民家樹色書中見，官舍琴聲輦下聞。早晚登車持繡斧，好將封事報明君。

留别鄭超宗并送其計偕

蕭蕭風雨泊邗關，夾岸青泥斷往還。憐我送兄于此别，知君嫁女未能閑。驅車即指雲中路，立馬回看江上山。滿眼饑荒人似鶴，定知收入畫圖間。

宿姜開先衍園

彌節邗溝霜水清，離人歸路阻重城。樓前且繫青驄馬，月下還吹白玉笙。瑶草瓊花何處覓，兔葵燕麥不勝情。儵然一醉唯高枕，鄰婦休疑阮步兵。

送劉生北征

東平劉生古俠雄，爾今復走東平東。馬穿孤店晚煙白，雞破羣山寒日紅。草莽上書非得已，王侯傳食焉終窮。且臨碣石觀滄海，莫躭錦瑟倡樓中。

陸夢明夢文招同周焕文徐維鳴夜集

三輔傳烽直入關，南人争自北塗還。書生空抱林中膝，陽月猶看湖上山。桂酒宵斟聊不淺，蘭舟明發未應閑。臨軒正訪平邊策，知有奇謀悦聖顔。

菩提寺除夕偕潘孟陽

江城寒水聚歸船，春酒家家對綺筵。書劍獨依僧舍裏，茶瓜分坐佛燈前。今宵勸爾聽寒雨，明日逢人説去年。輾轉鄉心愁不寐，鄰雞又報五更天。

留别陸夢文 癸未。

西子湖花秋正芳，段橋曾與爾翱翔。青天鴻雁各千里，白露蒹葭已十霜。阿閣相逢重對酒，榜人無賴復鳴榔。春江細柳垂垂發，逝水何如别恨長。

吴岱觀招予移居武林賦此

故里兵荒未可歸，飄零十載寓南畿。山厨雖覺樵蘇便，水驛翻嫌車馬稀。視爾寧親家宛在，令予卜宅興遄飛。況容鄰女分華燭，避世牆東願不違。

送繆湘芷水部北上 繆以蜀令得遷。

美人爲政自清嘉，江縣新栽萬樹花。地是錦官官是錦，心如巴水水如巴。堯天有宿歸郎署，虞部無錢付酒家。聞道西川曾破敵，定知秉節静龍沙。

送徐州來讀書焦山

北固山前江雨微，輕鷗柔櫓一行飛。風雷未合魚龍卧，梧竹雖存鳳鳥飢。古寺攤書看日出，夕陽沽酒聽僧歸。將秋予亦浮東海，端在蘆中叩爾扉。

送丁仲融任高州兼寄馬倩若陽江

江畔逢君月滿樓，輕裝欲附嶺南舟。卻憐妻子艱薇蕨，又報兵戈阻溯游。竹影蕭然眠瓦閣，梅花清絶夢羅浮。美人官況如秋水，那得琅玕慰四愁。

送蕭賡九北歸

南浦疏楊不忍攀，九年三次送君還。麻衣色似江鷗白，血淚流成竹杖斑。蕿术那能扶病骨，雞豚聊以駐慈顔。黄河水漲行須早，莫待秋風路阻艱。

從子子唯園中作

文園西敞鳳臺隅，夏木陰森幾百株。勿使衡門延俗客，每將疑義問潛夫。雨中蓮葉魚相戲，月下槐陰鶴自呼。不有王家癡叔在，何人來衍伏羲圖。

闌干小閣似空舲，閣外新開一草亭。檜接桐華飛細雨，窗窺榴實麗繁星。興來洗硯窺鸜鵒，飯罷鋤松掇茯苓。慰我窮愁詩四首，江天吟罷數峰青。

七夕前一日飲皮以立約次日過沈巨源

卜居爲傍瓦官幽，況有芳鄰皮日休。窮巷不聞車馬跡，荒臺猶冀鳳凰遊。斜陽載酒僧歸寺，半夜裁詩月轉樓。更許明朝尋沈約，隱囊相倚看牽牛。

偕左子直飲鮑曼殊齋因過吴次暹許石疏

左思門與鮑照鄰，日日相過不厭頻。圖史滿牀知病起，茶瓜留客見情真。晚風晞髮尋吴質，夜火論詩就許詢。回首江鄉豺虎遍，眼中俱是未歸人。

吴次暹瓶桂自開而舉子同人觴之

秋山叢桂本相宜，斷梗生花事亦奇。太乙想傳天馬信，長庚先産石麟兒。樽傾萸酒皆仙客，盤捧蘭湯是浴期。況有故人新射策，敝冠重整復奚疑。是日聞姚若侯捷至。

九日攜兒登高

細雨幽窗長緑苔，今朝始見一花開。村中那有故人約，門外亦無佳客來。物感驚心難閉户，兒童扶杖且登臺。不堪囊底長羞澀，頻向鄰翁乞舊醅。

盛林玉閣中喜遇李三石

李郎年少擅詩能，數載相思見未曾。石上偶然窺宛委，花前纔與結胡繩。秋暄鄰閣堪移酒，夜火蔬盤似飯僧。如此歡情猶不醉，明朝雲水隔千層。翼日，予將西行。

初冬歸里與七弟同舟

有發江門細雨濛，隔江山色有無中。榜人似鯉能乘霧，岸葦如豚亦拜風。逆旅不禁鄉思苦，病顔聊借酒杯紅。六年枕被三年冷，此夕寒氊賴爾同。

泊蕪湖

蕪陰衰柳掛斜暉，亂後人家萬事非。官税紛紜商賈斷，戈船絡繹市廛稀。片雲起似青山立，巨浪高如白雪飛。何物老蟂能作祟，年年祠宇占江磯。

泊魯港

金錢百萬佐軍需，國計多艱尚未敷。總爲中原無郡縣，獨令輸輓在江湖。竹郎木客憂垂橐，楚尾吴頭患剥膚。近日鄱陽闌判卒，早傳烽火到南都。

泊紫沙洲

江畔孤洲曰紫沙，昔時煙靄百餘家。一從豺虎來池口，遂使雞豚盡水涯。落日窮檐沽薄酒，寒宵危埂繫枯查。醉餘一覺纔安枕，又聽軍聲四面譁。

聞陳百史及第陳昱昭授御史兼懷姚若侯

憶昔貧交有二陳，十年臭味頗相親。南宫一舉夔龍上，西府初冠獬豸新。忽捧惠書勞黽勉，百史時有書來。頓教伏櫪起邅迍。姚生年少才尤美，應許同官侍從臣。

懷吴日生

松陵吴子霸文場，最妙風詩逼盛唐。舍北經過唯史趙，弱翁、少文。湖東唱和有邢楊。孟貞、龍友。曾將白璧投知己，卻少明珠作報章。先是日生寄予書，未及答。此日大官分筆札，上林諸樹盡含香。

樅川偕七弟歸

荒江無馬復無輿，何以乘之下澤車。兄弟並肩車上坐，雲山滿眼望中舒。村童野婦休相笑，大纛高牙恐不如。但使普天銷戰伐，便應伏軛老樵漁。

歸里喜遇劉未沬丈

歲晏歸來入里門，相逢先賀此身存。病中詩草青山秀，鏡裏容華白雪繁。亂世飢寒俱不免，荒城文酒復誰論。今宵且秉西窗燭，莫聽岑樓鼓角喧。

同王以介弟爾從登眺城上

兀坐窮檐多苦辛，閑行睥睨又傷神。孤城未破亦奇事，四野蕭然無一人。江海最憐王粲賦，池塘空想惠連春。當年同守山樓者，姚馬翩翩已出塵。往賊圍城日，予同倩若、若侯守一棚，今並捷。

鳳凰橋宿龍靖卿家

不到南山已四冬，山靈非復舊時容。千株松樹蟲蝕盡，一統神碑草亂封。寒雨正愁今夜宿，前谿恰與故人逢。年荒處處艱禾黍，怪爾貧家酒味濃。

樅川對雪有懷

江上朔風三日陰，江邊夜雪三尺深。農家東作有豐兆，客子西歸無好音。鳧雁雙雙掠沙渚，牛羊一一號山林。登艫暗想人如玉，賦得蘭摧傷我心。舟中作蘭摧賦。

贈劉叔及 甲申。

劉生任俠古來聞，況爾超然意不羣。子舍最傷霜露隕，人琴又借雁鴻分。其兄實林公新没。西歸欲表墓門石，南國先徵御史文。我亦孤兒逢世亂，荒齋讀罷淚如雲。

寄懷倪臣北初度

傲骨崚嶒逸氣飛，行年四十尚漁磯。荒江避寇家仍近，愛妾生兒願不違。兵火寄書常恐失，神京卜宅且相依。美人勿用傷遲暮，皓齒青蛾寧久微。

湖上戲作迴文詩

班竹生陰緑滿園，倦游人此避炎喧。閑亭野草深眠鹿，古澗荒林亂下猿。山雨入舟移外浦，水雲隨客過前村。潺潺況引東溪瀑，關在僧廊長閉門。空尊酒市無衣典，語笑同人三客來。中殿佛經翻處寂，上樓秋賦作時哀。風生老柏虬枝勁，露滴青梧鳳影迴。紅日挂山千户閉，緑陰遮壁四窗開。

呈張揆伯中丞

舊京天闕比東周，瀍霍山川控上游。不是丈人持使節，保無妖火犯江流。帳前芳草春調馬，郭外荒田夜飯牛。聞説聖朝多蘿卜，嘉名早已覆金甌。長蛇封豕竄咸京，江左何人怒請纓。獨對明光三抗疏，願歸巴僰一徵兵。張四疏請督兵入蜀。登車已作英雄氣，卧轍難忘父老情。自有鼎鐘標偉伐，幕中賓客亦知名。時鄧東之居幕府。

贈鄧東之

六御南飛江甸春，孝陵煙樹一時新。吾徒壯歲不得志，爾祖元侯長笑人。且抱琴書依勁柏，不妨名姓比勞薪。勉旃尺寸垂竹帛，齷齪制科安足陳。

過天門懷魯孺發戴敬夫

東西博望俯晴江，天門古稱博望山。中有高人侶亦雙。魯肅雄才猶未試，戴淵奇氣詎能降。寒風蕭颯吹霜葉，細雨簾纖透紙窗。倚檝中流頻悵望，歸時尋汝破封缸。封缸，酒名。

除夕詠懷

除夕年年不忍除，今年除夕痛何如。先皇玉曆五更盡，文祖金城九月虚。三月北京陷，至是九月矣。江左重瞻新氣象，牆東無改舊門閭。藏書遍寫崇禎字，每歲開函淚滿裾。西山藁葬即陵園，此夜何人哭寢門。降志但知誇衛律，渡江誰復慕劉琨。乘軒急乞新朝寵，對酒都忘故主恩。獨有野夫籬落外，長號不敢暗聲吞。屈首儒冠二十霜，少年才氣亦飛揚。明時不仕命真薄，壯節無成心轉傷。帝里棲遲文網密，故園歸去石田荒。制科將罷人人賤，囊筆何顔赴選場。春水人家石臼湖，桃花亦似武陵圖。逃名擬向此中住，拔宅將行又不徂。挽鹿實無偕隱婦，飯牛空有辟兵符。名山應笑向平子，婚嫁留連非丈夫。

丹陽訪關明府乙酉。

太湖煙水老蒹葭，我欲逃名此卜家。不用臨邛張緑綺，且從勾漏乞丹砂。軍城駐馬江雲澹，鈴閣邀賓海月斜。他日漁舟何處覓，靈威洞口亦桃花。

贈楊總戎

介馬東馳京峴山，朱旗北斗閃江關。艅艎更出沙村外，鵜鶘争歸指顧間。幕府雙開鯨浪伏，兵機獨對鯉庭閑。時尊公龍友亦鎮京口，新拜中丞之命。登樓況復聞清嘯，夜半厮兒掩淚還。

喜吴錦雯至

攬雲樓下我重過，念爾無如貧病何。昨歲過武林，錦雯病不見客。霜水月明嘉會少，湖風人去感懷多。不忘加飯書中字，卻喜班荆江上莎。北固南泠饒勝賞，相逢且莫唱驪歌。

寄懷史弱翁

春水漫漫鶯脰湖，美人高詠在菰蒲。河行有註三邊没，弱翁著漕屯諸書甚核，今悉委之兵燹矣。農政雖精十畝無。招隱曾堅華下約，謀生猶愧府中趨。何時賈得漁家女，捕蟹撈蝦興不孤。

潘江如招同邢孟貞史弱翁徐掌文集徐旻若宅有作

萋萋芳草潤州春，破屋燒殘只爾貧。何事典衣嘗召客，卻無容膝轉移鄰。開尊且就林花下，結伴將歸湖水濱。他日著書名籍改，吴江二十八都人。

劉子約招同吴錦雯史補公諸子讌集

惆悵春游鐵甕城，貧交但覺爾多情。馬從楊柳華邊駐，酒向櫻桃樹裏行。張樂吴姬宵漏永，傳烽楚塞旅魂驚。丹陽郭外空流水，俗吏何知石曼卿。用麥舟事。

送吴錦雯沈冠東宋玉叔東行

作客春城尠所歡，窮途幸與爾游盤。朝朝錦字花間約，夜夜明珠掌上看。倏報楚師轟漢口，又傳戎馬逼江干。即偕沈宋東歸去，别路垂楊五月寒。

又送宋玉叔

杜宇聲聲春可憐，逢君芳草緑楊邊。雙楠客舍情歡甚，一説舟行意惘然。滿地兵戈何處隱，衰時辭賦幾人傳。金罍且盡盧家女，腸斷箜篌十五絃。

別張叔平

千秋橋上遇張華，贈我圖書亦五車。滿眼兵戈空灑淚，側身天地總浮家。漫言江甸依軍府，且去湖壞理釣査。願爾船樓來震澤，漁人高枕卧煙霞。

九日與錢馭少泛舟

客子每逢佳節恨，重陽寒食淚沾衣。今年寒食出門去，此日重陽猶未歸。往路青山烽火暗，故園黄鞠信音稀。江湖滿地網羅密，白鳥一雙何處飛。

汾湖訪宋玉仲玉叔

潤州城外上方鐘，茗盌蔬盤日日供。春與宋同寓京口上方寺。鐵騎忽來風雨散，吳門遥望水雲封。渡江祖逖無舟楫，避世梁鴻且賃舂。曠野何期重握手，蕭條非復舊時容。

秋　夜

對酒當歌且勿歌，酒闌歌罷復如何？不須中夜睡全覺，將到五更愁轉多。林月乍昏風慘慄，鄉心寸折淚滂沱。曉來延首望宗國，目斷龜山無斧柯。

夜　雨

暗風吹雨打窗時，掃葉燒茶夜卧遲。門外斷蓬驚守犬，冢邊枯柳叫寒鴟。隔牆歎息聞鄰婦，當燭沈吟想舊詩。哀怨似予予更苦，十年懷抱有誰知。

送錢馭少歸京口兼懷令兄開少及潘江如

靺鞨侏儒不忍看，與君祝髮向蒲團。殊方無奈妻孥累，間道先歸雨雪寒。京峴月明僧寺古，洞庭潮落木聲乾。何如二仲蹈東海，萬里冥鴻惜羽翰。

送何元長歸興化

南徐樓上話飄蓬，便指吴江東復東。澤國果然爲至友，亂離無處不相同。豈知萊子斑衣綻，況復安仁蕙帳空。時元長喪父又喪妻。抆淚卻還江北路，蕭蕭秋雨暗丹楓。

水月庵同盛伯含宿兼呈退谷師伯含亦爲釋。

鶯花送爾别江南，别後兵戈不忍談。湖上相逢如夢寐，風前一笑兩瞿曇。冬歸便約同舟穩，客睡應知共枕酣。況有遠公持半偈，此心霜月下寒潭。

飲田家

粳稻離離香滿村，主人收穫到家園。霜田剩長茨菰葉，露圃初肥薯蕷根。社日客來輕酒饌，水鄉兵過少雞豚。白魚紫蟹紅蝦美，判醉何辭老瓦盆。

亂後過姑蘇驛

初夏曾經此地過，雲中環珮見湘娥。艫鄉一去煙波淼，鶴市重來瓦礫多。郡邑何人猶漢語，漁樵幾處不悲歌。月明雙雁翔寥廓，羨爾能飛脱網羅。

訪齊介人寓齋

之子微官吴疁城，河山一變腐儒輕。介人爲嘉定博士，以亂去官。天親幸保圖書失，故友相逢涕泗横。客舍有衣還質酒，江鄉無稼可歸耕。餘生且賣韓康藥，莫向人前説姓名。

楊逢玉招同令兄冰如夜坐

高林對酒正霜天，游子將歸意可憐。夢裏西山銜木石，眼中東海變桑田。飛揚跋扈吾何敢，歷落嵚崎爾尚然。不信君家投閣老，當時曾撰美新篇。

劉旋九招集韋園觀家伎

金戈鐵甲渡江來，紅粉青娥化作灰。香閣尚餘天上樂，華樽仍向月中開。湘妃垂手穿修竹，嬴女吹簫弄落梅。有客迷離疑是夢，不知曾賦子山哀。

毗陵與何次德同舟至吴門

將歸笠澤買吴舠，畫舫青簾過驛橋。之子恰爲滄海使，故人輕附木蘭橈。金壘判飲看霜月，布被同眠聽夜潮。往路卻愁明日别，真娘墓上草蕭蕭。

陳翼仲書來卻寄

南中書問久浮沈，冬至纔傳爾寸音。蓴菜鱸魚思尚緩，銅駝金谷怨何深。楚臣未遂吹簫志，越婦難忘采葛心。江畔歸舟期小立，新亭一慟詎能禁。

寄酬李三石

美人江上寄雙魚，秋水浮沈不見書。故土那能忘白下，新詩真可敵黄初。煙霞秀骨長懷汝，松柏微心亦鑒予。安得湖山偕隱好，子孫相約老樵漁。

祀竈夜泊魯港

六日殘年即早春，江風猶阻未歸人。瓣香無處迎先祖，寸草何時報老親。舉國已非前代曆，同舟俱是再生身。遥憐今夕茅檐下，屈指天涯各愴神。

江上望小青山懷倪臣北

大小雙青江上峰，聞君於此寄高蹤。書生曷敢言姱節，經濟無如學老農。東海難浮歸蕩子，南村欲訪恨窮冬。明年婚嫁事粗畢，布衲芒鞵任所從。

除夕至白鹿莊訪三兄仁植先生

維舟江岸悵斜暉，百里無由見母幃。在客久忘新節序，入山重訪舊漁磯。家亡國破身何有，弟勸兄酬事已非。吾祖豈知王氏臘，辛盤仍薦北山薇。

石塘訪白安石師

長蛇封豕渡江來，荆棘銅駝事可哀。傲吏久歸滄海上，清風高枕石塘隈。音書比歲誰能達，懷抱今朝且暫開。欲紀新詩惟甲子，門前柳亦向南栽。

人日歸里飲從子奕于家 丙戌。

春溪歸槳自勾吴，閭里相逢酒易呼。滿地豺狼人日少，連天烽火客星孤。耕耘共指龍眠坂，漁釣還思鶯脰湖。南北山川隨所隱，莫將蘿薜傲菰蒲。

訪姚若侯山中不值留此

鴻燕差池羽不齊，三年纔訪石塘西。雲封薜户人何適，雪壓梅坡路轉迷。菰水自應娱野築，湖山豈復夢金閨。知君秉性甘薇蕨，暇日相思還杖藜。

偕鄧東之潘蜀藻訪雪上人

萬壑千峰一寺無，貧居破屋在城租。瞿曇聲裏市朝變，牛馬糞邊花葉敷。攜竹叩門春尚早，煎茶留客日將晡。言歸不省今何代，只似匡山送别圖。

贈馬瑨永公

煙櫂茫茫去海東，春城花信六番紅。兵戈阻絶歸何晚，閭巷荒涼路始通。敢以羊車迎衛玠，且將椎布配梁鴻。人間自有吹簫侶，底事乘鸞向碧空。

與從子子建感舊

故園兵火十三秋，爾戀高堂不遠游。縱耻缾罍無旨蓄，卻憐書畫有滄洲。少年同學惟青眼，易世相逢已白頭。我祖沈淵家訓在，徜徉林壑復何求。

留別馬倩若兼訂毗陵之游

漁海樵山過此生，向平兒女未忘情。歸鴻正是桃夭候，賣犬聊爲蓬藁行。諸夏豈能銷戰鼓，遺黎何事守荒城。蘭陵美酒期君醉，莫誤春風聽早鶯。

盦山集　卷七

七言今體

京口訪鄔沂公感舊 丙戌。

昨歲論交江上村，鶯花不離戴公園。月明芳草王孫醉，風起黄沙天地昏。一去湖山甘采藥，重來京國暗銷魂。獨憐肘後方書在，我欲從君隱市門。

贈秦臣溥兼懷潘江如

每從潘七問交游，輒語秦三第一流。栝柏信非蒲柳質，江湖常有廟廊憂。去年恨别因兵火，此日歡逢在酒樓。東海茫茫消息斷，騷人何處哭靈脩。

寄懷余澹心

西華橋畔昔爲鄰，一日花間醉幾巡。别去鳳臺三歲客，忘歸蝦菜五湖人。蘭芳過雨誰同臭，竹箭經霜始見筠。回首蔣山雲物變，青袍無數淚痕新。

舟次虎丘何元長父子來晤因造酒家

白公堤下一停橈，獨步山塘意寂寥。江客入城期自至，妖姬壓酒坐相要。重登古寺僧猶識，少憩秋林葉未凋。野日荒荒吴市冷，何人乞食解吹簫。

舟中有感

舊京宫闕已成塵，寶馬雕鞍日日新。萬劫不燒唯富貴，五倫最假是君臣。詩書無恙種先絶，仁義何知利獨親。三百年來空養士，野人痛哭大江濱。

武林喜晤吴錦雯

菩提秋寺解裝初，即遣長鬚叩爾居。聞説故人家尚在，天涯懷抱樂何如。形容憔悴殘燈下，妻子問關百戰餘。烽火隔江經歲別，可憐纔返舊蓬廬。

夜集沈冠東齋頭

潤州高館送君歸，秉燭聯詩夜雨微。明日鯨鯢江上渡，三秋鴻雁客中稀。側身天地幾人在，舉目河山萬事非。憔悴休文尚無恙，蒹葭霜水各依依。

贈龔孝緒

千里來尋西子湖，主人狂病不堪呼。逢君古寺歡無極，把酒秋林興未孤。仰視浮雲憐去雁，難歸江國歎飛烏。新詩示我多悽惻，豈似人間豺與貙。

贈嵇仲舉

君家中散抱瑶琴，古調微茫直至今。之子風流標勝概，無言山水助清音。西陵作客同蕭寺，東海觀潮合素心。病起不堪風露冷，竹房歸卧聽秋砧。

過陳玄倩陸鯤庭舊居有感

兩賢相尼自當時，此日精靈共所之。但使天人無愧怍，何論意見有參差。沈淵志決真移孝，玄倩性至孝，至是拜辭其父而沈于江。嫉惡名成不負師。鯤庭之師王昭平先一日死，鯤庭聞之遂自縊。回首昔年觴詠處，秋飈淒緊岳公祠。

贈沈冠東納姬 姬姓潘，故有『河陽』句。

華堂雖未敢齊眉，琴瑟無人敵體宜。風雨自應求絡秀，庭除不肯雜鮮卑。傳家知是河陽宰，生子當爲中令兒。只恐秋來腰太瘦，狂風細柳不勝吹。

潤州將歸與鄖沂公秦臣溥錢馭少別宿陳尊己樓頭

晨風倦羽欲歸巢，最是難忘爾汝交。寂寞城中尋舊館，徘徊林下致行庖。四山風雨不能去，一夜琴尊誰忍抛。明發片帆天際遠，知君延首立江郊。

卜居樅川

殊方避亂十載餘，扁舟今始歸故墟。城中闤陵不可往，江上鄙僂聊以居。親爲負販雜商賈，耻事科目焚詩書。所求甘毳養老母，牧豕畜雞還捕魚。

松山曉行

沙村聞雁復聞雞，起視茅檐月向西。主人接淅炊未熟，客子治任裝已齊。門外草枯霜似雪，湖中冰合路無泥。微生自許勞筋骨，安步何妨逐馬蹄。

至日廟祭後飲從弟聲之宅

霜落山城葉盡凋，吾家祠樹未蕭條。可憐緜蕞行周禮，安忍衣冠改漢朝。天地難逢陽長日，壺觴莫負月明宵。歸人只在牆東住，春草池塘夢不遥。

初度書懷丁亥。

投子峰西一野人，蹉跎三十五年春。雲霄空負平生志，溝壑還留未死身。彭澤有詩傳甲

子，湘潭無考問庚寅。傷心國破家何在，俛仰之間迹已陳。但使兵戈長遠

流落江湖歲晚回，卜居預指射蛟臺。談天鄒衍口須閉，賣藥韓康肆欲開。

絶，何妨商賈數追陪。獨憐江上鯨波惡，萬古還思漢武才。

贈從弟井公新婚 潘蜀藻女弟也。

十年書劍歷陽城，擇對梁鴻意不輕。秋水蒹葭還舊國，春風琴瑟譜新聲。占熊定有甥如

舅，繡虎難當妹似兄。詠雪堂前宜努力，莫教天壤笑王生。

三月十九日作

年年今日强登高，獨立南峰北嚮號。漫野玄雲天色晦，美人黄土我心勞。虚疑楊柳牽愁

緒，不忍滄浪鑑鬢毛。前輩有誰同此恨，雪菴和尚讀離騷。

即　事

先王四履總沈淪，湘浦仍留社稷臣。力似魯陽戈轉日，精如鄒衍笛生春。昔年江左何污

濁，今日湖南獨苦辛。一覆邦家一興覆，兩人俱是貴州人。

宣城麻沈貴池吴，炳炳靈靈烈丈夫。草莽自能標漢幟，衣冠不肯拜□□。臨刑灝氣吞秋日，絶命英詞播海隅。多少崇蘭化蕭艾，幽香畢竟在吾徒。

雲間風義夙標稱，死難今唯夏李能。陳子見人嘗愧怍，彭咸遺則果師承。雄文自此垂終古，駿節將來表中興。卻笑同袍二三子，靦然無耻負良朋。

樅川夜雨

春江一夜雨淋鈴，水閣陰寒酒易醒。滿架圖書妨潤濕，半龕燈火尚青熒。長貧已覺離塵網，多病還思誦道經。翔舉不須婚嫁畢，囊中五岳有真形。

與小范集任克家齋頭

之子湖山結考槃，紅塵飛不到漁竿。偶因懷友入城郭，恰喜見予增慨歎。索酒共眠任昉宅，解衣誰念范雎寒。開函盡是傷心語，且就燈前淚眼看。

山中訪從叔夢名

山田兵燹久無廬，有妹湖莊且借居。學易半生仍註易，貯書滿腹不藏書。閑過鄰叟占豐儉，卧看春雲任卷舒。松下柴扉驚客到，焉知雞犬是秦餘。

贈孫子穀

屋倚青峰面白沙，主人年少有才華。五言七字詩俱好，百榼千鍾量亦嘉。草閣留賓歡信宿，霜林步月影横斜。蹇予脚疾愁歸路，直遣籃輿送到家。

寄從子明圃

橋山龍去普天悲，怪爾家庭論獨奇。不信陳咸爲孝子，只言張埴是佳兒。茅檐困辱終成疾，蓬海翱翔莫更遲。江上小舟相待久，宵征須趁月明時。

聞楊龍友孫克咸同日死難詩以哭之

姑蘇城外轉旌麾，士馬蕭蕭我獨隨。自愧江東行不果，祇因堂北養無兒。周邦再造威重震，漢鼎難扶死自期。況有參軍同志節，臨刑慷慨復何悲！

桐鄉雖小盛簪纓，風俗年來頗好名。卻怪兩京齊改步，曾無一士肯捐生！孫郎好武懷忠略，閩海勤王苦戰争。埋骨天涯魂不返，故山千古有餘榮。

過吴江有懷舊遊

葭菼蒼蒼水國居，前年曾寄此爲漁。談兵義烈歸吴沈，日生、君晦。對酒風騷傍史徐。弱翁、掌文。縱死光芒争日月，苟全妻子困蓬廬。重過此路腸堪斷，開篋猶存所惠書。

五日抵武林

昨歲中秋到武林，江關風雨客驚心。那堪今日逢重午，又阻窮途問六壬。生計蕭條全仗卜，故人寥落少分金。且將白水酬佳節，菖葉榴花無處尋。

與張季昭同寓贈此

君醫我卜各垂簾，一樹雙棲意甚恬。家有玉函知是景，客來銀漢愧非嚴。葠苓任與高人乞，蓍策難將大運占。日暮河橋芳草合，儘容攜手到青簾。

偕蔣穆之登金山懷龍友先生

曾上江樓閲水師，鐃歌鼓吹譜新詞。邊塵一起飛黄葉，岸柳重攀變緑枝。帆席高低遊子恨，山川興廢老僧知。海天極目斜陽外，暗向西風泣所思。

張季昭妻妾死節詩以旌之

代馬蕭蕭鳴過江，江東無地不傾降。芳洲窈窕人從一，秋水澄泓死必雙。血刃豈污巖下碣，香魂長繞佛前幢。空山獨夜知君恨，况復林風吹雨窗。

潘江如歸舊居夜集有作

君去吴江此屋空，客兵三載占其中。牛溲馬渤庭長積，鳳舉鴻軒道已窮。天遣主人還故宅，是年，兵調入閩，故得還舊居。堂名先子遡遺風。堂中棹楔皆尊甫木公先生所書。往來仍是當年侣，笑指燈前琥珀紅。

賣卜潤州鄔沂公談長益潘江如錢馭少玉汝秦臣溥李木仙各有詩見贈賦此答之

江市聊爲貿卜行，敢言蹤跡類君平。所求升斗供饘粥，不向侏儒説姓名。四海同人惟道合，一生得意是詩成。何當日暮垂簾後，共奏商歌金石聲。

贈薛古詁廬墓詩

吴江西北有吴山，君去華亭居此間。墓以近廬嘗得掃，門因賣藥不須關。樹萱無地能偕隱，采蕨爲生即大還。三伏入城緣底事，麻衣多少淚痕斑。

潘江如錢馭少陳昇公張則之共集皆山樓送予歸是日大雨予與江如借宿

送客偏多雨與風，兩年皆卧此樓中。高林暑氣先秋失，絶澗泉聲無路通。歸櫂每停京峴北，連牀猶記泖湖東。深山共隱知何日，江草江花愧轉蓬。

高淳晤黄敘百得楊龍友李卓如死難消息

春城授館昔同時，最覺黔人敬所師。江閣吟成楊子賞，雨窗讀罷李生知。風流一旦歸何處，名節千秋喜自持。回首舊游人盡失，湖村見爾不勝悲。

歸　思

離家一百五十日，行路二千三百程。丈夫飄蕩非得已，居人悵望難爲情。來時寒食緑楊雨，歸日重陽黄菊晴。應知入門小婦笑，久游裝橐何其輕。

留別湯仍三

故人茅屋在胥河，一歲之間兩度過。架有圖書饒勝賞，酒雖蝦菜亦狂歌。自傷貧賤辭家久，細數年華作客多。勸我農桑歸去好，秋風無奈别離何。

八月晦日自淳湖歸

預指歸期八月中，月終猶在此湖東。草間霜氣未曾白，溪上蓼花先自紅。客睡夢親兼夢子，江行愁雨復愁風。薄游那似當年好，較昨來時少不同。

九日銅陵阻雨

客裏幾迴逢九日，舟中四次遇重陽。年年風雨愁相似，歷歷湖山夢不忘。前去吴江天慘慄，昨歸京口路淒涼。今朝又泊銅官縣，三處煙波一斷腸！

重陽後五日歸里

十年爲客負黃花，漂泊今秋始到家。遊似石田無刈穫，貧唯詩卷足驕奢。含飴幸有孀親健，弭盗難堪五女加。最是多情鄰舍酒，夙逋未了又新賖。

八弟爾孚居喪結廬予爲顔曰明發軒並系以詩

怪爾樓居對縣門，轉疑丘壑不聞喧。身經喪亂留書帙，手綻麻衣積淚痕。庭接半軒延客坐，香添一瓣報親恩。荒園幸敞看霜月，未到烏啼已斷魂。

除夕

野夫無力正乾坤，春去春來總斷魂。如此風光何足惜，任他流轉不須論。壯心磨折頻看劍，生事蕭條長掩門。卻憶盛年誇守歲，林鴉櫪馬共爭喧。

元旦書淵明集後 戊子。

栗里棲遲又一年，風光不似義熙前。東籬寒盡菊歸酒，南畝春回秫下田。榮木停雲舒嘯傲，門生兒子解憂悁。白頭猶爲飢驅出，乞食何傷采蕨賢。

壽姚休那先生

休那居士本天人，小謫人間甫七旬。妙解西方三揭諦，乍看東海一揚塵。田磽不飽青精飯，髮秃還飄烏角巾。自古花源無晉魏，焉知石趙與苻秦。

壽劉未沬先生

君年强仕我生初，不覺同時廿載餘。詩裏鍼磁吟最合，花前杯斝勸無虚。家林鳳羽隨春長，源水雞聲與世疏。安得兩京還漢時，也教晁錯受尚書。

小寒食山行

一百五日忽已盡，春陽九十能幾何。山中勝事足幽討，谿上落花先逝波。舊業有田封宿莽，空湍惟鷺浴盤渦。樵人相見嗤予拙，曷不誅茅還結蘿。

清明

今日何日陰復晴，慘然不樂聞其名。草木亦恐歲時變，人事況逢年代更。懶向鄰家乞新火，忍從濁水浣長纓。蕭騷最是雙蓬鬢，見插楊枝百感生。

三月十九日作

鼎湖龍去再生天，荆棘銅駝已四年。太液有池誰飲馬，上陽無樹不啼鵑。真人構造千秋業，宵小嬉游一擲錢。縱使海枯還石爛，不教此恨化寒煙。

海會寺阻雨

幽溪屈曲似龍眠，更似龍眠廿載前。源水窮時雲抱寺，煙巒危處木參天。馬停澗户疑無路，榻借僧扉覺有緣。多少兵荒那剩此，故山回首益淒然。

麻城訪槁木大師

普天披髮奈渠何，我黨逃名佛國多。誰似江黄大君子，居然瓢笠古頭陀。探環兒挺千霜秀，負郭田登萬頃禾。一切盡拋渾不染，世間豪傑幾能過。

憶昔琴書淮水邊，孫吴孟戴日舟旋。克咸、次尾、元白、敬夫。那堪蘭玉三秋折，況復滄桑一劫遷。東海高蹤錢子蹈，開少。西山微尚顧生堅。與治。舊游存歿俱零落，爾我相逢涕泫然。

陸放翁集有身後人傳千首詩之句予樂而賦之

世間萬事有乘除，美食難兼熊掌魚。但使名高擅風雅，何妨身賤老耕耝。花前且盡一杯酒，盎裏曾無半石儲。千首詩傳吾願足，家人窮餓豈愁予。

戲贈梅希亮

坡公傳内方山子，正在岐亭丘壑中。當日狻猊成古佛，内典有獅子吼佛。至今閨閣有遺風。傷哉妾命如君薄，愁殺桃花似粉紅。何不扁舟隨范蠡，徜徉蝦菜五湖東。

酬鄒師可見投之作

沅芷湘蘭昔所聞，十年今始覯羣芬。風流儒雅皆名士，俶儻魁奇誰似君。炎景況能飛白雪，布衣元不羨青雲。一言贈我真知己，方子詩如陳子文。鄒謂予詩似陳大士，時有天機湊泊之妙。

秋夜不寐憶吴江舊事悵然有懷

當年樂事在吴淞，孤艇能穿水萬重。判把酒杯傾竹葉，也將人面比芙蓉。烹鮮每就漁家屋，斬叛頻看烈士鋒。多少豪華長在夢，小窗細雨聽秋蛩。

送王涓來應試北上寄陳吏部

北風吹雨浣征塵，爾去燕關秋氣新。折柳正當傾蓋日，看花猶及上陽春。輕肥未敢援同學，醫卜長將老逸民。京雒故人如借問，勿言江漢有垂綸。

午　睡

自笑客身如轉蓬，東西南北任飄風。江山到處可爲樂，詩酒助人殊不窮。壯志久灰兵燹後，虚名猶攬夢魂中。平生最慕邯鄲枕，卻恨無緣遇吕翁。

客麻城六十日不及上劉同人墓深以爲歉

故人荒隴在城西，我欲求之榛草迷。爲訪六兒俱遯跡，每逢羣從必含悽。同人有六子，皆避亂山中不得晤。孫謀、萃之、光鉍，則其從子也。多慚未挂秋林劍，猶記相呼夜雨雞。欲把一尊遥酹汝，五華山下白雲低。五華山乃其葬處。

岐亭曉發別槁師藏夫希亮

我去岐亭煙水寒，三人送我到河干。攜衾夜就舟中宿，藏夫、希亮。卓錫朝從渡口看。槁師。握手後期知遠近，離情此日最辛酸。長年不解相思苦，便欲揚舲下急湍。

舟中漫興

湖海茫茫任所之，家人生産不曾治。千金在手一時盡，萬事到頭誰得知。自笑疏狂終莫改，人呼孟浪亦何辭。平生癖好惟三種，左馬文章老杜詩。

樅陽

沿江村郭盡蕭條，獨詫樅陽頗自饒。入市魚鹽來估客，連檣米穀聚河橋。地偏雖覺豺狼遠，俗薄還虞燕雀驕。久客乍歸聊慰藉，不妨沽酒月明宵。

歸里

去年東歸九日後，今年西歸九日前。性情最是遊不厭，富貴何如詩可傳。每到故園翻似客，若論生計總由天。疾妻愚子懷鄉土，恨不能從范蠡船。

聞姚休那先生病予寄之詩與金先生得詩而亡金報以一詩久之金復在又寄一詩並長書屬望予予答此

莊生齊物自逍遥，天上浮雲信所飄。何事友朋情獨戀，更兼文字習難消。纖纖豈解珠歸浦，種種皆同鹿覆蕉。呼我尉陀吾不敢，他年只恐負任囂。

冬晴戲爲俳體

夢在江湖身在家，醒來晴日射窗紗。病中忌飽惟餐粥，老至妨眠勿飲茶。炭以驟寒争長價，酒因多債怯還賒。晴軒炙背融融暖，安得麻姑手一爬。

客有自白門歸者云陳翼仲望予甚因以寄之

我寓南京方九載，爾無三日不相過。滄桑以後輕離索，筆硯之間廢揣摩。學不忘師知古道，聲能及遠慰山阿。明朝許泛青溪雪，臘酒今年釀幾多。

廣陵懷古

隋堤楊柳幾千條，劫火曾經十五燒。故國樓臺俱泯滅，美人香粉未全銷。欲求梅閣疑何遜，不賦蕪城怯鮑照。卻訝羣兒屠戮後，風流猶自説前朝。

與程穆倩感舊

萬歲樓前司馬臺，楊龍友先生以職方監軍潤州。與君觴詠日悠哉。驚沙一起秋風亂，故里重尋晚角哀。湖海相逢猶歷落，肝腸不語自崩摧。南徐以後無知己，薄俗誰憐樗散才。

與黄石公感舊

朱雀橋邊金粉香，風流猶記少年場。雲泥相去幾千里，蒲柳曾經十五霜。西子有情應共載，步兵不飲也須狂。秦淮爾寓知非遠，索笑還來梅蕊傍。

贈王尊素

姚生壁上見君詩，絶似中唐杜牧之。古道微茫羞世態，美人風格軫予思。販繒店裏尋孤鶴，尊素寓絲市。賣酒樓頭揀一枝。殘菊早梅要勝賞，相看俱有雪霜姿。

贈吴園次

秋水邗溝夢幾年，今朝纔訪古梅前。乍穿鶴徑如山谷，即解鷫裘當酒錢。城破尚能偕婦隱，家貧端不受人憐。何須更覓乘鸞侶，花下吹簫本自仙。

贈趙友沂

長沙芳草未黄昏，才子曾沾漢主恩。爲訪庭闈聊改服，卻過京輔自傷魂。賦詩能取風騷意，好客頻開雨雪尊。天下友朋膠漆在，不知何日奏雲門。

與紀伯紫約還白下

龍江歸槳約同行，愁雨愁風復畏兵。有客張筵送孫楚，惟君佳句似陰鏗。一從世變無名士，萬古魂銷是舊京。明日登艫照邗水，鬚眉當不負平生。

偕姚仙期王尊素紀伯紫趙友沂鄧孝威吴園次劉玉少龔半千李秀升集龔孝升寓齋爲别限韻

四海無家何處歸，輕裝亦逐片帆飛。月明江上空懷古，雪滿人間未授衣。戎馬再來芳草歇，河橋一别素心違。蔣山西望夕陽没，松柏凋零麋鹿稀。

蔣子卿寓石城外詩以訊之

歲暮聞君客廣陵，歸來垂槖冷如冰。非關古道難偕俗，自是今人惱見僧。犯雪不妨持破笠，拈香猶許續明燈。城南寺寺多兵馬，獨上浮屠第幾層。

遲從兄坦菴廣陵不至有寄

歸楫邗關許附行，無端風雨暗江城。泥邊雙鯉遺蕭寺，雪後孤鴻返舊京。東閣早梅知有興，南塘衰草亦多情。甓湖酒美攜應滿，索醉還來共蔣生。

訪張文峙王穆如有感

帝城東畔草堂偏，芳沼今爲敕勒川。嘗怪疏狂能免禍，不知蕭寂已逃禪。卜居桃葉鄰秋水，貪看梅花破曉煙。乍喜故人來又去，蔣山回首意淒然。

除夕 時在高淳陳汝颺宅。

歲暮曰歸歸未能，石湖風雪且擔簦。衹緣春酒故人約，不意虛名茂宰稱。遂有高軒迎上客，依然破衲貌山僧。城東古寺聊棲止，今夜惟應伴佛燈。吟邊意氣屠蘇暖，鏡裏容華蠟炬消。愛爾湖村堪共隱，何年徙宅傍漁樵。故人門巷未云遥，念我羈棲太寂寥。要過草堂分此歲，況疑風景似先朝。

世外浮蹤水上槎，隨方著處便爲家。年來不幸遭離亂，老去何心戀歲華。君父恩情皆未報，妻孥窮餓豈須嗟。一肩行李長蕭瑟，辜負干將與莫邪。

龍眠山下雪霏霏，衡宇荒涼生事微。一母二妻嘗卧病，兩男四女各啼飢。思歸隴畔耕無力，慣客天涯信亦稀。此夜燈前遥憶我，相看誰不淚沾衣。

元旦試筆 己丑。

誰道春王又履端，四年曆日不曾看。臘傳先子惟知漢，書受高人未報韓。避地且容江海傲，憂時寧計室家安。河邊淑氣微微動，漸有光風轉蕙蘭。

人日同陳汝颺吴弗如訪邢孟貞村居

不到淳湖又幾秋，湖村風景尚優游。兵雖小掠家無恙，兒漸能文老不愁。生計況添三十畝，客心嘗繫一孤舟。春來酒似梅花白，人日逢人可勿留。

雨後赴韓元長之招途中有作

高人家在石湖干，我欲從之春雨寒。折簡相迎輿亦至，微曦纔出路全乾。即依村柳行危岸，又逐漁舟上淺灘。遥指層樓今夜月，先判一醉五辛盤。

二月廿一日爲母氏壽辰懷歸有作

高堂六十又三年，三十三年别所天。争道有兒能富貴，豈知垂老更顛連。家貧啜菽應難得，世亂浮萍不易還。痛負吾親尤負母，何時歸種北山田。

送春日偕東茹吉羅天成許銓臣看牡丹分賦

一春花事不曾看，今日看花春又殘。卻喜紅英猶未落，况聞黄鳥且爲歡。煩愁祇覺少年老，離亂應知好會難。信有天香亦傾國，金罍在手莫辭乾。

湯仍三作茅屋成詩以訊之

君家書閣儘高閑，新築茅齋復幾間。荒徑乍開宜種竹，短牆不補爲看山。干時懶向都門去，索醉嘗從鄰叟還。要我重來今不果，秋舠纔許叩柴關。

午日書懷示湯仍三

作客殘冬復早春，青春朱夏又相因。愁懷最是天中節，浪跡渾如陌上塵。只以饔飧頻累友，何曾甘旨遠貽親。看君兒女喧堂北，愧殺飄飄江海人。

漫説遊蹤在五湖，近來何地不窮途。一年節序又過半，往日風流今已無。文字浮名花共落，美人薄命草同枯。秦淮亦有傷心事，不獨沈淵楚大夫。

壽胡印度先生

子胥湖上白蘋秋，杯酒相逢即唱酬。嘗想丰儀如在眼，不知七十已平頭。花坪似與花源近，花坪，胡所居也。瑶草寧須瑶島求。一點禪燈長自照，古來惟有佛無憂。

雨夜宿崔明府署中言別

官閑無訟況農時，獨卧南軒受晚颸。湖上有人將遠別，雨中相迓莫深辭。今宵且就陳君榻，明日誰親陶令巵。燭冷香銷猶不寐，紅蕖翠篠總含思。

蕪陰訪蕭尺木有贈

山川悠邈歎離居，嘗見君詩畫與書。四海相知惟草木，千秋不朽在樵漁。偶停江上故人櫂，爲訪城東處士廬。握手匆匆言不盡，愁看煙水晚來疏。

與羅繡銘感舊有作

年年江左問羅含，比部英聲震海南。去似春雲迎杲日，來如秋水下寒潭。授徒聊以供饘粥，養志何須竭旨甘。容鬢雖凋丰骨在，故人相見始無慚。

送五兄爾唯令粵東

孤帆渺渺向天涯，山水情多路不遐。去日桐溪霜在葉，到時梅嶺雪將華。閑身似鶴長隨子，公事將鳧豈顧家。卻笑少游生計拙，荒村獨馭短轅車。

蕪湖訪宋玉叔計部感舊四首

丁卯橋邊芳草平，櫻桃時節共君行。吟聲互答如黄鳥，别緒纏緜在紫荆。其時玉伯、玉仲皆在京口。復有佳期來笠澤，不堪多難去蓬瀛。又同玉叔避兵吴江，而玉叔以亂故先歸萊陽。乾坤納納同心少，何日能忘此際情。

比年人自薊門還，皆道吾兄問弟顔。敢望功名附霄漢，獨憐窮餓老湖山。使星何意乘軺近，舊雨相過鎖印閑。卻笑成都賣卜者，也能詞賦動江關。

南方佳麗數于湖，使者臨關昔甚都。一自狂瀾翻大陸，遂令郎署屬危途。江蘺欲采賨盈室，野雀羣飛鳳在笯。莫是才華天所忌，故教足不過門樞。

宋玉才爲萬古師，風流儒雅爾兼之。高懷歷落人誰識，古道微茫我略知。預擬登臨同嘯詠，何期山水有監司。論心只好來僧舍，不似南徐痛飲時。

送陳伯璣歸南州兼懷徐巨源陳士業

勸君勿歸君欲歸，九江日落行人稀。城當破後難尋宅，田正荒時豈救饑。把釣尚能供菽水，乘軒未必勝柴扉。蒹葭白露章門外，野鶴雲鴻何處飛。

喜槁木師至

聞君春到石頭城，將妾和兒贈友生。此事太奇終有悔，天恩難斷可無情。既歸白業家何定，欲返黄州路未平。江上故人多古義，東郊應與結茅成。

訪沈崑銅村居

雨湖雙槳動晴雲，遥憶南田有隱君。叔度高懷慕麟士，(晉人云：沈麟士，今之黄叔度也。)蕭公佐命耻休文。天寒且作魚龍卧，地僻應同鹿豕羣。他日一枝須借我，無邊風月與平分。

詠木芙蓉

木芙蓉傲水芙蓉，爾不經秋我耐冬。籬菊共憐霜氣冷，井桃難喻露華濃。託根長近幽人屋，開户頻來少女蹤。最是柔纖雙玉手，朝朝攀取佛前供。

劉遠公有扁舟江上圖命予題之

年來江海正横流，何處輕舠任爾浮。小泊歐陽湖上雨，長懷徐孺宅邊秋。天空倚櫂吟霜葉，客至投竿問酒樓。我亦無家同放浪，平分汀鷺與沙鷗。

蕭尺木建醮于庭有道士召白鶴至迴翔久之予與繡銘皆有賦

絳幘玄裳復縞衣，羽蟲猶有漢官威。乍疑王子山頭見，又似徐卿月下歸。欲傍鵷鸞終遠翥，耻同鳧鴨且長饑。莫論遼海千年事，只恐須臾代已非。

晚泊浮橋贈曹梁父

十八年前過此橋，我方勝冠爾垂髫。朱顔倏共河山改，白髮先隨草木凋。養母且偕封股婦，梁甫内人曾封股愈其母疾。采薪應作爛柯樵。朦朧煙月重過此，回首江城恨不消。

贈袁長卿郡伯

白雲青靄謝家山，吾欲逃名隱此間。聞説風流賢太守，也能詩酒意相關。官齋無事惟觴詠，漁釣何妨數往還。前輩猶傳許丁卯，淩歊送客不曾閑。許渾爲姑孰令，有淩歊臺送韋秀才詩。

王希文招同林殿颺姚戊生于止園紀伯紫張與瞻夜集有贈

去年此日客邗關，二子乘舟江上還。渺渺煙波忽分手，霏霏雨雪又開顔。名園幽靄寺相接，良友追隨酒不閑。嘗笑姑溪非爾在，何人粧點謝公山。

贈倪叔遠丈

先大夫未第時，曾游姑孰，與倪阿馨先生交最善，有贈答詩載遺集。曹元甫光禄嘗爲予言矣。四十年後，予遊姑孰，與叔遠交亦善，然不知即阿馨弟，叔遠亦不知予即先大夫子也。一日酒間偶問及之，悲喜横集。

自是孤生苦竹根，未聞庭訓見遺言。當年又記曹卿語，此地交惟倪叟敦。只道幽期成往事，豈知重醉在君門。離筵霜冷三更月，淚滴深杯帶血痕。

唐祖命移居

唐，宛人，居姑孰，其子髯生亦才士也。

南望姑溪北宛川，兩堪棲托兩無緣。君家獨據湖山勝，時論同歸大小賢。雪酒對人消永夜，草窗留我過殘年。卑枝莫漫愁衰鳳，三匝烏飛更可憐！

自姑孰返吴江别王希文

淩歊臺上惜離羣，古木蕭蕭挂夕曛。聚散友朋如落葉，去來蹤跡總浮雲。買山恐被高僧笑，賣卜能教天女聞。别後欿然唯一事，不曾親拜二公墳。

蔡芹溪見訪有哭亡兒詩賦此答之

雙溪一水櫂非難，底事睽違六載寬。舊友半凋渾涕淚，新詩相慰越悲酸。早知顔路兒終夭，不及商瞿晚較歡。當日痛君今痛我，百端交集又千端。

祀竈日宿宋玉叔官舍有感

歲盡應無客不歸，我何爲者尚僧扉。知君舊習羈人苦，入署頻牽游子衣。行酒賦詩聊慰藉，登高望遠莫欷歔。桃花春水浮家宅，好向江頭覓釣磯。銀燭金尊照眼紅，今宵且宿署齋中。身如落葉飄何定，命似危途動即窮。幸有故人分厚禄，羞將短髮對春風。回思君在吴江日，憔悴支離我亦同。

元旦書懷 庚寅。

普天何處寄吾身，且向蕪江暫隱淪。卜肆尚能言孝弟，醫方猶可立君臣。春山采藥休辭遠，晚市垂簾不慮貧。元日感懷惟自詠，難尋屈子問庚寅。

人日飲孫無逸齋頭有贈

門巷逶迤一草堂，早春留客看晴光。酒如竹葉寒偏翠，人似梅花老更香。畫譜千層藏島嶼，詩瓢幾字挾風霜。太初以後山人少，丰格如君亦雁行。

送王翰明遊白下

有客懷歸歸未能，殊方猶喜得良朋。開春復鼓中江櫂，同舍難分此夜燈。青草雨迷吳廢苑，白楊風慘漢荒陵。雞籠山上空明月，知爾魂銷不忍登。

自題采藥圖用談長益韻

山人采藥向中陵，獨撫松杉慨不勝。浸酒欲收貞一子，編籬皆用忍冬藤。苗分薇蕨春煙冷，米聚菰蔣秋水澄。卻訝靈均好奇服，製荷衣又索胡繩。

寄懷梁公狄

聞説燕山舊酒徒，七年垂釣射陽湖。欲填東海疑精衛，不背南雲想鷓鴣。公子報韓風冥漠，仙人辭漢淚霑濡。同心尚有姜林輩，大澤高吟調不孤。

送吴無奇還毗陵

細雨輕煙楊柳枝，魯明江上送君時。十朝九見猶嫌闊，一别三秋那不思！貧覺家山歸甚苦，老懷勳業樹非遲。傷魂最是新亭路，悵望鍾陵幾首詩。

寒食

幾年寒食不到舍，有兒上冢祭先人。今年兒亦歸黄土，此日憑誰薦白蘋。花前强酒暗垂淚，江上看雲多損神。枯木朽株生意絶，逢春只當未逢春。

上巳日社集梅杓司山房同社者獨濯師談長益蔡芹溪梅季升幼龍高夢姑及予共八人

嚮山西舍藥平闌，曾及東風此地看。今日又當寒食節，主人非復舊時歡。衰顔短髮愁相對，痛飲狂歌强自寬。莫漫移尊向流水，也知修禊是無端。

梅季升招飲天逸閣因弔亡友朗三孟璿景山

八年前作宛溪遊，日與騷人醉此樓。過眼三良成異物，傷魂孤閣似荒丘。歲逢寒食猶修禊，客到貧家復典裘。追念平生腸欲結，杜康何以解吾憂。

沈景山墓上作 在宣城西南之梅溪。

梅花千樹宛溪莊，要我來時我未遑。誰料死生今異路，每懷風雨昔同床。亂離空負婚姻約，泉石猶争日月光。乍捧雙珠今痛絕，况聞鄰笛是山陽。

麻孟璿墓上 在宣城東三十里。

一束生芻遲五年，今朝匍匐慟君前。人須死難名方定，詩到臨刑妙始傳。孟璿遇害有『怒存千丈髮，笑砍百年頭』之句。幽隧有時回白日，窮廬何物抵黃泉。多慚佇立松門者，鋒鏑餘生亦苟延。

喜王玉門見訪因偕吴無奇陳遐伯王賦西錢既白夜集寓齋限韻

黄昏卜肆已垂簾，尚有高人就我占。乍睹風姿疑趙壹，重聞詞賦類江淹。袖中奇石天爲篆，樓上深杯月在檐。次第來過俱密友，縱論心事亦何嫌。

送程少月游揚州兼懷姚仙期王尊素吴園次諸子

于湖春草刻初成，從此詩壇合有名。載酒正來杯渡寺，看花復作廣陵行。櫻桃籠裏珊瑚色，芍藥欄邊杜宇聲。逢我故人應見問，爲言卜肆老君平。

喜吴錦雯來自越

春江知爾欲揚舲，日日登樓數驛亭。楊柳低垂人始至，風波吁駭事初經。看雲豈獨郎爲宿，照水應知客是星。若話游蹤愁轉劇，茫茫大海兩浮萍。

妙年能不赴春闈，此意如今識者稀。無論君親恩可忘，只言師友訓難違。愁中白髮三千丈，雨後霜皮四十圍。懷我新詩情自苦，夜深讀罷淚沾衣。

卜　居

卜居久已定于湖，只少城西宅一區。借廡不妨偕醜婦，應門猶幸有癡奴。窗間山色青兼赭，架上詩篇白與蘇。濁酒徐傾聊自慰，古來多少混屠沽。

與吴錦雯羅天成送春

年年客裏换春衣，何事春歸客未歸。半日春光殊可惜，暫時游覽莫相違。花知我出猶含態，鳥見君來不忍飛。聽鳥看花一杯酒，明朝難得此芳菲。

蕭尺木有詩見訊答之

明江卜宅意如何，只爲情人此地多。刷羽且憑鷗作侶，銜泥不見燕成窠。迎家就客風猶阻，冒雨尋芳春又過。安得一枝長傍爾，短牆朝夕共煙蘿。

天逸閣社集懷古分得韓昌黎（韓幼從寡嫂鄭氏就食宣城凡七年，學成以去。）

三齡失怙仰賢昆，那更兄亡嫂獨存。乞食自輕千里道，受書聊寄一家村。當時糠籺兒童賤，杜詩：「糠籺對童孺。」此日松杉祠廟尊。我亦孤惸逢世難，頻過宛水暗傷魂。

予去宛後家人乏食蕭尺木羅天成胡允右張與瞻各餉米一石歸日賦此謝之

秋林旬日雨凄其，缾罄難教小婦炊。晚臼忽舂雲子白，杜詩：「飯抄雲子白。」故人先送救公饑。江南謂早稻曰「救公饑」。釜鍾高義今應少，管鮑貧交更有誰？燈火客窗兒女笑，老親差不怨仳離。

十年戎馬故園荒，百畝曾無儋石糧。盡室畏途同劍閣，叩門乞食類柴桑。壺餐每荷青山友，飲啄猶瞻白日光。比夜留侯頻入夢，忘詢辟穀是何方。

聞蕭伯闇賡九將至姑孰相見有期爰賦此詩

憶昔作客石城陰，與君兄弟交最深。一自乾坤有及覆，七年魚鳥空浮沈。兄蹈東海信高士，弟官西秦豈本心。何緣會合牛渚水，預買香醪喜不禁。

中秋日張東圖見枉小飲有作

西堂吹雨長苔痕，病久從無客到門。遠屐不殊空谷響，閑杯如共古人言。相將延頸蟾蜍魄，何以充庖萊菔根。一種人間歡喜夜，獨教愁悴卧荒園。

寄懷邢孟貞石臼

西郊小别正殘春，别後遥憐爾降辰。世亂幾人周甲子，年華又喜遇庚寅。孟貞前庚寅生，至是六十一矣。山中風雅含元氣，湖上煙波絶四鄰。莫對園葵傷老大，白頭猶見日重輪。

倦游歸種石湖田，數畝那能抵一廛。自注糟牀芬最洌，載過京市美争傳。倘逢嵇阮寧論直，只恐荆高有負錢。似我平生多酒債，輸君酒債在人邊。

雨中柬東茹吉博士

橋東日日擬相過，無奈秋霖泥滓何。地褊菊英親酒少，官寒苔蘚上階多。一生朋舊情誰篤，二子詩篇義不磨。東屏間有眭嵩年、葛蒼公詩。猶記早春風雨夜，梅花檐下共悲歌。

贈于息菴先生

宦海浮湛十九年，歸來環堵尚蕭然。談經復聚鄰家子，舉火惟收月俸錢。垂老豈能忘戰伐，長齋不忍近腥羶。江城此日驕羅綺，也有霜柯萬仞巔。片帆煙雨過淳西，平野孤庵且暫棲。聞説蒹葭人在水，請看桃李自成蹊。燕支山下牛羊鬬，石臼湖邊猿鳥啼。極目王孫東海岸，不堪春草又萋萋。

李士雅江上見訪談粤中事甚詳感而有作

離人歸自蒼梧北，顧我茅齋牛渚西。曾見六龍翔島日，又聞八駿蹶霜蹄。出師尚恃劉兼魯，止一、孺發。殉難無過陳與黎。秋濤、美周。怪爾艱辛還故國，不爭鵬舉慕雞棲。

太湖訪戴其懷 先是戴以茯苓見寄，不果。

遯世惟親本草經，自憐衰疾仰蔓苓。故人許向松根斸，使者攜來山路停。隔歲音書勞遠思，荒城風雨又同聽。冬暄荷鍤隨君往，不必封題鳥獸形。

贈馬嘉甫

荒榛蒙密路欹斜，道是當年王謝家。故壘那能巢玉燕，明珠猶自握靈蛇。不嬰塵網門蕭寂，獨坐書窗意静嘉。投我詩文并風雅，山城誰似爾才華。

鍂山集　卷八

七言今體

人日飲汪瑞卿宅兼别賓公枚臣 辛卯。

攜家避地似梁鴻，感爾能爲皋伯通。時有雙魚餉貧旅，還將斗酒醉春風。明朝欲别浮雲外，今夜同眠綺閣中。最是主人情可戀，江花江草思無窮。

四十初度

聖代文章本自多，蹇余名宦獨蹉跎。衹應丘壑老麋鹿，况復郊原遍駱駝。易世幾人留節概，危言到處有風波。怪來兒輩輕相謔，四十無聞可奈何。

寄懷徐子九明府

花城羣盜正縱横，有客經過路未平。日枉高軒光旅舍，更分廉俸潤歸程。别來兩載彈琴治，聞説千家賣劍耕。我寓司空青嶺接，可傳書札到柴荆。

兔兒夭王言如王詒白夏廣生見過有作

三君旅舍近吾廬，底事經旬闕起居。藥裹堆牀緣舐犢，酒瓶覆地不燔魚。自憐薄命同秋草，獨坐荒園誦道書。松下柴扉聞剥啄，幾番寬慰重歔欷。

夏日即事

山郭傳經生事微，蕭齋長閉客來稀。雨中籬倒羊羣入，露下草深螢亂飛。野老不堪聞仕籍，學徒强半赴秋闈。晨昏獨向瓜棚立，一任涼風吹葛衣。

熱

我生畏熱不畏寒，臘月易過暑月難。預防疾病戒飲食，少見賓客藏衣冠。道途奔波幸可免，房舍逼窄那能安。明年卜居山谷裏，茂林修竹恣盤桓。

客有教予謹言者口占謝之

野老生來不媚人，況逢世變益嶙峋。詩中憤懣妻常戒，酒後顛狂客每嗔。自分餘年隨運盡，卻無奇禍賴家貧。從今卜築深山裏，朝夕漁樵一任真。

中秋後一日訪章明卿羅溪山中

捫葛攀蘿路屈盤，似聞雞犬在雲端。山家一院田三頃，秋樹千章竹萬竿。冀缺妻能偕大隱，陳遵客亦有奇歡。怪來不肯居城市，何物浮名易考槃。

諸生入秋闈八人念之有寄

氈裘毳幕等蜉蝣，俗眼相看詎肯休。王猛也曾投策去，許衡且爲治生謀。雖無冠佩光辰極，亦有輿臺炫里閭。卻笑先生似衰柳，斷煙疏雨不勝愁。

夜坐贈内

秋夜張燈掩竹扉，左邊開卷右縫衣。空階不斷瀟瀟雨，鄰舍時聞軋軋機。性癖如予吟自苦，家貧賴爾敬無違。雖然環堵安閑甚，始悔從前游不歸。

寄懷劉旭采博士

風花煙柳郡江春，與子相逢即故人。永夜爲歡先判醉，來朝欲别各含辛。盛名豈可忘昭代，薄禄惟應奉老親。猶記高言對時宰，野夫白首尚書紳。劉對冢宰某論『素患難行乎患難』句，以爲蘇武、洪皓始足當之，妙絶古今。

熙城漫興

彊仕之年便陸沈，祇緣書癖與詩淫。世間何物奪吾好，異代有人知此心。霜落秋山添苦思，月明寒渚縱高吟。妻孥莫恨無生産，千首詩傳抵萬金。

題煙波獨釣圖

一自兩京淪没後，斯人漂泊在江湖。臨流高詠有時有，觸景暗傷無處無。世難且從公望隱，運回應笑子陵愚。衣冠倘見劉司隸，豈肯甘心老釣徒。

喜馬倩若至夜話

連理堂中共明月，别來二十四回圓。他鄉見月時相憶，今夜銜杯月在天。久客漸思歸老處，長貧未積買山錢。何年始遂南湖約，春雨秋霜一釣船。

冬日即事

窮檐蕭寂傍城根，數日風寒懶出門。自洗甆缸收臘水，頻移竹榻就朝暾。脣乾把酒無餘瀝，硯凍裁書僅一痕。莫道山中樗櫟賤，家人薪炭不曾温。

雪夜訪阮睿卿齋頭小飲（阮方讀禮斷酒。）

朔風淒緊撼茅檐，念爾廬居尚寢苫。暝色叩門應未睡，枯腸索酒亦何嫌。罏殘宿火堪煨芋，雪響空林似撒鹽。常怪蒸豚非禮法，如今勺水不曾霑。

訪宋君尺山居不果並寄阮質夫

陽烏山下有高蹤，路出花香復幾重。花香坂，地名。曾約早春來信宿，卻慚游子未從容。詩情每憶宋之問，酒況兼懷阮嗣宗。欲卜芳鄰誰勝此，他時買宅傍雲峰。

爲園

作客從來是借居，居停既久亦吾廬。伐茅加屋何妨厚，買竹編籬勿任疏。虛室豈須憂盜賊，爲園儘可種瓜蔬。方春便覺土膏美，頻與山妻好自鉏。

壽程丈

聞説程君隱市廛，雞羣白鶴自超然。愛吟好句來江上，不遣愁容到酒邊。范蠡千金如瓶戲，尚平五嶽即神仙。逍遥游復能齊物，身在南華第幾篇。

賦得鍾山梅下僧 壬辰。

孝陵栝柏千年樹，虎倒龍顛無一存。只有寒梅藏絶谷，尚餘破衲守孤根。月明華影聞鐘梵，雨漬苔衣見淚痕。不許閑人嗅香葉，春來芳草憶王孫。

送曾庭聞游漢中

秦川自古興王地，楚蜀咽喉在漢中。龍戰且收西極馬，鵬搏應待北溟風。將軍名以先朝重，才子文於露布雄。酒後有時還縱獵，詩人争與賦彤弓。

寄懷潘江如

千里菰蒲共一江，白鷗何事不成雙。君歸海上藏煙艇，我去山中閉雪窗。秋水無緣逢石臼，晨星似欲轉天杠。年來蘭畹凋零盡，尚有梅花幾樹樁。

雨中同唐祖命吴震生過張元鯍小飲 次日，祖命還姑孰。

江上羈孤正寂寥，無端風雨又蕭蕭。欲尋溪友愁山屐，誰念詩人送酒瓢。日暮逢君來古寺，春陰扶我過危橋。明朝況有將歸客，先向青門折柳條。

訪劉賓仲先生寓園

華亭宗伯久不作，赭山老人今尚存。自有法書垂異代，卻無精舍借鄰園。詩中白傅夜猶讀，欄外絳桃春正繁。與我忘年交恨晚，佳期日日到柴門。

贈湯玄翼

紛紛詞客何須數，獨爾揮毫逼古人。七字短詩寒徹骨，八分小篆瘦通神。他年備美堪垂世，此日遺榮更絕塵。屈指乾坤吾道合，相思莫厭往來頻。

贈張必簡

炎風朔雪走江濱，日日周旋失意人。孔壁藏書寧畏禍，孫衣質酒不辭貧。欺霜自號冬青子，飲水能娱髮白親。莫對寒窗愁永夜，來朝暘谷見重輪。

贈唐嗣履授徒陽明書院

本朝理學王新建，處處山川各有祠。鼓篋便須來此地，通經方不愧人師。長懷吉贛勤王日，又想汀漳破賊時。伯仲顔曾復伊吕，世儒誰敢笑良知。

懷范小范滁州不至

君泊江關正歲除，匆匆登岸訪吾廬。開春雨雪各歸里，隔縣湖山未寄書。彩筆暫雖依毳幕，青泥終不染芙蕖。相思只待滁陽返，謀入花源共捕魚。

王復西以所居書室僦人感而有作

王郎年少喜藏書，一室縹緗擁萬餘。我暇輒來終日坐，君貧何至與人居。荒臺不惜移衰鳳，寶篋惟愁失蠹魚。知己重過三歎息，衹今天地亦蘧廬。

答梅崑白見懷並寄令兄杓司

響山村舍吾昔游，君家兄弟東西頭。林中痛飲至一月，江上小别逾三秋。裁詩相寄見深意，命駕不來生遠愁。安得暮春重過汝，碧桃紅葉再淹留。

贈楊泗水丈

皓首紅顔八十翁，嬉游只與少年同。看花每出江村外，玩月頻來野寺中。酒好留人先自醉，詩多信口不求工。漁郎莫話尋源事，對爾居然黄綺風。

寄懷蔡四芹溪

三春許我到歐湖，日夕江亭望眼枯。柳絮亂飛人不見，榆錢迸落酒誰沽。别來生計空倉雀，老去光陰過隙駒。借問芹溪同學者，風流還似昔年無？

唐髯孫招同施孝章飲因出萬年少所寫令祖司理公像感而有贈

姑溪卜宅城南最，白紵青山皆在門。日見漁舟行葦岸，時聞樵唱出花村。傳家富有詩千首，好客貧惟酒一尊。重把先賢遺像展，君才方不愧髯孫。

五日至程少月宅

曾家塘上野人居，妻子無多屋有餘。前甚荒涼難寓客，昨纔修葺似遲予。雙鬢任見何須避，一竈同炊儘自如。況是離情兼令節，菖蒲浸酒話徐徐。

贈俞玄中

家破那能歸海上，時危聊復隱江邊。嵚崎賈誼虛三策，寂寞韓康守一廛。竹版教兒新註易，花枝供佛舊逃禪。如何藥裹多薑桂，欲療人間滿腹羶。

夜同少月過許銓臣小飲

雨歇空庭何所思，故人授業在荒祠。褰裳涉水路非遠，乘月叩門僧自知。以菓當茶休汲井，將燈照壁細看詩。牀頭況有桑椹酒，淺酌深譚醉不辭。

喜明圃至即送其東行謁浪大師

昨夜山中夢義烏，今朝游子到于湖。先時，予夢一僧見訪，問之，曰：『駱賓王也。』殊不可解。逃名也似棲靈鷲，避世寧終老苾蒭。鏡裏雪霜頭早白，望中日月眼雙枯。雖然持鉢非求食，自有摩尼五色珠。

明農明圃本同心，只合幽棲共一林。流水那堪分去住，誦詩誰與測高深。江邊石路纔相訪，天界松陰又獨尋。若見浪師應喜極，四年延佇到如今。

飯籮山休夏

一丘一壑能消暑，何必千峰與萬峰。吟坐最宜窗北嚮，醉眠嘗至日西舂。槐花打瓦聲疑雨，松樹參雲勢似龍。睡起獨行籬落外，徜徉吾自縱天慵。

送史赤豹游姑孰

君是先朝侍從臣，朅來江左作閑人。十年懷抱無由展，一月追陪分外親。長把酒杯消酷暑，也同詞客和陽春。中宵且莫論心事，回首燕臺淚滿巾。

鶴兒山下久徘徊，直到新秋櫂始開。夜雨忽收殘暑去，江風先送早涼來。謝山遊屐君當發，皖水歸帆我亦催。別後相逢復何日，臨岐執手重興哀。

七月初三日大雨

沿江赤地千餘里，瞥見峰頭一縷青。颯颯龍鱗疑飽墨，颼颼馬鬣似傾瓶。可憐農舍三旬望，且喜僧寮半日聽。雨後微涼秋水闊，歸人不久即揚舲。

七夕同少月既白漢侯飲朗公房即事

老僧不飲留人飲，只爲詩情與衆同。蔬菓況當星月下，園林俱在水煙中。敢言玄度尋支遁，且説離騷繼國風。予爲諸子坐講楚詞。吟罷自然成五色，天孫雲錦未爲工。

七夕後一日宿羅天成寓齋留別

天上雙星方會合，人間好友欲分離。今宵不盡杯中酒，明日空勞去後思。風雨留人須借榻，湖山何處再論詩。自傷不及華堂燕，秋去春來尚有期。

留別蕭尺木沈崑銅湯玄翼張東圖諸子

魯明江上每停舟，來及春風去及秋。緣有數人同苦節，渾無一事只閑游。詩篇妍雅交相勖，家計蕭條且勿愁。東海南湖消息好，豈應垂釣老滄洲。

錢既白爲予書盦山集成賦此謝之

故人書法師顔柳，龍卧蕪江道已高。憐我詩篇多苦思，不辭炎暑爲揮毫。松風竹月長相對，暮往晨來恐太勞。他日鐵函藏鄭史，也須名姓著同袍。

自蕪陰還太湖舟中作

江渚飄零過半載，今朝始得返雲巖。浮屠煙外標寒寺，屬玉波中亂遠帆。照水忽驚新白髮，見人無改舊青衫。空囊莫問金多少，但有盦山集一函。

歸泊皖口

春日遲遲此繫船，行吟江畔獨淒然。可憐蘭秀蘅芳地，又是波生木落天。變海豈消亡國恨，登埤空憶昔人賢。張公文錦、崔公鋭也。不知民社今誰主，腸斷孤城一水邊。

中秋飲夏汝明廣文署齋兼别阮睿卿戴其懷章明卿馬嘉甫章仲衍何九亭畢暉吉諸子 是夜月食。

山城卜宅又回車，只爲年荒乏所儲。草不芳時怨鶗鴂，月當圓夜恨蟾蜍。故人欲别難爲别，鄰邑雖疏尚未疏。雁叫秋空聲響接，相思莫斷數行書。

江上聞雁

賓鴻本是朔方鳥，尚想南方歲一遊。何事人情偏向北，冥心邊塞不知秋。風高迴出蓬婆塞，露冷先歸杜若洲。持節久無蘇典屬，帛書誰寄隴西頭。

訪任克家山中

湖上垂竿曾有約，六年今始過君家。青松密處山樓隱，紅蓼開時石徑斜。暮雨霏微須止宿，秋田荒落各興嗟。殘禾雖刈不成穫，澮澮風吹蕎麥花。

革除以後無風雅，作者寥寥知者稀。愛爾深沈嫻古法，謂予吟詠合天機。燈前細閲愁應破，酒罷狂歌興欲飛。安得移居傍龍嶺，相思晨夕一披衣。

訪劉超宗不值留此寄懷

自恨游蹤去五湖，故人捐館鬭生芻。江城遇爾先除服，山澗招予未遂圖。正擬白鷗來共狎，豈知黄犢又分驅。梅花開日重相訪，臘酒多藏莫待沽。

九日

年年九日在他鄉，今歲歸來興未央。怕見浮榮入城市，卻依先隴住湖莊。山中不識金銀氣，衣上猶聞桂菊香。自買村醪破愁寂，何如邊地酪爲漿。

松山湖中

溪淺難容一櫂行，沙間徒步覺沙平。魚隨水落梁空在，雁逐人飛字不成。遠樹斑爛秋色迥，澄潭皎潔夕陽明。今宵只得舟中睡，愁聽西風觱篥聲。

潘蜀藻招同陳二如夜集有贈

吾鄉詩學自紛紜，古義深求在兩君。註就杜陵真一絶，二如註杜詩甚精。吟成白傅渾無分。蜀藻學長慶體最肖。爲歡預訂花間月，欲别先愁江上雲。問我何年歸里住，三人歌笑日相聞。

送周思皇歸麻城兼寄槁大師劉藏夫孫謀子潯毛公實梅希亮暨令兄遠害

君自蒼梧臨桂還，捐軀爲友歷間關。恢奇不減孫賓石，哀怨猶疑庾子山。思皇自粤西送密之至廬山即去。匡阜一瓢欣有託，楚天雙翼杳難攀。龍蛇此日新酣戰，世外英姿且暫閑。

孫魯山司馬招飲談匡廬之游甚快

門巷蕭蕭少客過，月明期我到煙蘿。花前謾説前朝事，酒畔惟聞擊箸歌。雲谷昔曾標戰壘，孫舊爲宣大總督，即古雲中、上谷也。旃裘今豈勝漁簑。無端忽報徵書至，洗耳其如巢父何。時有薦孫者，孫不應。

春水揚舲彭蠡湖，詩篇高秀比香鑪。孫今春有廬山草。荒墳曾拜淵明否，古寺還尋惠遠無？瘴海有人歸破衲，謂密之。霜天我亦訪名區。倘逢題壁應相和，回首龍眠調不孤。

江　月

霜艇初維寒氣肅，冰輪湧出更高寒。一天雲散了無翳，千里江流静不瀾。把酒獨斟誰共語，抱衾欲睡豈能安。舟人畏冷牢遮席，嗔我頻頻向外看。

初至南康柬徐伯羽太守

彭蠡湖邊孫楚歸，道君相念語依依。孫魯山司馬自南康回，述太守念予殊切。雲霄得路人非少，泉石關情世所稀。正想開先看瀑布，況聞猶子寄林扉。霜江一艇來過此，乞與輿人上翠微。

徐太守招同胡司李薛星子黄山人夜集

湖城微月復微霜，秉燭來過刺史堂。自有羣公消暇日，也教二隱發清狂。石因星化曾名縣，山以人傳亦姓匡。聞説重修白鹿洞，洞中蘿薜亦含香。

重過玉京山至五老峰下

前朝出郭太匆匆，多少林巒勝未窮。此日霜晴天皎潔，小春氣暖路和融。玉京山下陶徵士，玄武祠傍顔魯公。聞説當年俱卜宅，至今過此仰遺風。

白鹿洞謁文廟 廟中聖賢塑像儼如王者，又有吴道子所畫孔子刻于石。

廬山奇不在仙佛，徽國文公有講堂。歷代規模猶赫赫，千年林樹自蒼蒼。孔顔何事皆端冕，鄒魯從來是素王。畫手更看吴道子，果然絶妙動宮牆。

萬松坪阻雪贈雁上人 上人，吾皖阮氏。

五老峰陰寒氣重，山僧長夏亦衣棉。況當凛凛冰霜月，又是淒淒雨雪天。脱粟有情須暫住，燔柴無數始成眠。何期鄰衲爲同里，就火烹茶話昔年。

含鄱嶺至太乙峰

侵晨獨出含鄱口，千里鄱湖一嶺函。但使短藤窮碧巘，何妨細雨濕青衫。林中慘澹高低寺，霧裏微茫來去帆。不是探奇索隱者，誰能踏雪上巉岩。

宿棲賢寺

冒雨尋山事亦奇，玉淵金井晚猶窺。山僧供客惟粗飯，佛殿安單有敝帷。爇火那知薪炭費，擁衾不憚雪風吹。五更窗外啼聲切，想是林猿夜失兒。

開先寺贈曹源禪丈

芒鞵踏破嶽千層，只見雲山不見僧。惟到開先青玉峽，始逢嘗住佛圖澄。茆檐雨挂西峰瀑，茶竈香消北澗冰。明歲重來共兒子，從師朝夕問三乘。

黄巖贈山子禪丈

匡廬峰壑知多少，最是黄巖絶好看。千尺飛泉垂澗底，三間古洞出林端。幽棲合有高僧住，妙義能令游子歡。他日結茅誰勝此，東頭猶剩一瓢寬。

開先寺阻雨同曹上人夜坐

本爲黄巖瀑布來，黄巖看罷即須迴。天知我意師相洽，故遣山靈霧不開。日與烹茶燒敗葉，夜猶煨芋撥寒灰。三更卻話因緣事，銷盡禪窗幾寸煤。

贈麋上人 開先知客。

山中緇錫能詩少，反謂詩爲文字禪。試問人天誰解脱，不如風雅且鑽研。原公首座超羣輩，愛我孤吟和一篇。雨後相攜看瀑去，晚來石屋共衾瞑。

寄懷宋未有吴敬躋二孝廉

未到南康先憶君，昨來端擬一相聞。豈知積雪迷山路，又説高蹤遠世氛。亂後家園俱已破，愁中筆硯未曾焚。雖然避俗難辭我，我亦西山麋鹿羣。

贈黄伯圓山人

黄生丹青稱妙手，又能水墨寫人真。一圖已盡廬山色，數筆即傳野老神。伯圓爲予作廬山圖，又爲予寫小影。如何歲晏不歸去，只爲才高難救貧。會當與子掣塵網，去作紫霄峰頂人。

李明府爲家子建構一茅亭于署中命賦

官舍三年始有齋，短牆依舊覆茅柴。琴書雅尚人誰及，冰蘗高風爾亦偕。窗外晴雲來遠岫，燈前夜雨響空階。雖然陶令爲知己，歲暮那能不感懷。

元日星渚 癸巳。

元日家家香在門，野夫於此暗傷魂。但聞鳥雀多新語，不見江流復舊痕。閑逐東風行北郭，轉從西澗望南村。玉京山下林泉美，人説淵明尚有孫。

匡君千百好峰巒，昨歲來遊取次看。日日攀躋忘卻倦，霏霏雨雪不知寒。春江欲去仍回首，郡伯相留且授餐。白鹿有緣開講席，今年長倚石闌干。

贈星子薛明府

紫霄峰下星爲縣，東古山前石是星。鸞翮豈應棲棘里，牛刀聊爾試霜硎。新年澤與陽春布，大雅詩從静夜聽。慚愧江關老詞客，可堪白鹿妄談經。

贈祝一之

君是湖山騷雅人，豈堪屈首溷風塵。一官雖改柴桑節，三黜仍安柳下貧。逆旅病來誰餉藥，故園歸去好垂綸。世間臭腐唯榮禄，不及詩篇字字新。

胡石林司理夜集郡齋談詩甚快有贈

春陰漠漠去江門，十日來歸湖上村。未入荒城逢暮雨，即過鄰閣倒山尊。天懷秀發元風雅，詩體精微更討論。佳句輒稱蘇令尹，知君六義有根源。胡學詩于蘇弘祖，故云。

少年曾夢入匡廬，南望雲峰十載餘。吏隱得爲山下郡，官閑不異寺中居。高吟雅好陶徵士，絶學重興朱秘書。愧我無能分講席，明朝理檝賦歸與。

贈王斌爲宋未有

當年卜築石城阿，三徑曾聞二仲過。東海未歸門巷冷，西江相望水雲多。情人偶遇分風浦，心事全憑叩角歌。好向黄龍尋隱逸，宋居黄龍山。片帆明發恨如何。

都昌南樓柬彭明府

南樓迴出大湖邊，更有南山當縣前。一覽便知形勝好，千家争説令君賢。草鋪芳甸非無錦，鳧浴晴沙並是仙。慚愧主人留客意，懷歸那得久留連。

曬書

山家晝永日晴和，好撿藏書曬碧莎。舊作文章偏愛惜，少年心力盡銷磨。鴻軒鳳翥還如此，鼠嚙蟲封奈若何。自歎一生才命蹇，曾逢明聖不登科。

夜半

夜半愁聞杜宇聲，起來閑步月華明。空山學道無人識，破寺吟詩有鬼驚。天地豈應吾獨困，文章難與命争衡。年年擬作田園計，底事年年計未成。

再贈宋未有孝廉

與子神交十五載，曾題鳳字到寒門。維舟星渚元相訪，匿影匡山何處村。破戒入城因友難，宋不入郡十年矣，兹以查天求就逮，特來送之。感時流涕向予言。匆匆那得論心曲，堅約秋來薜荔園。

臨別星渚望廬山瀑布

鶴鳴龜背兩高峰，一道飛泉似白龍。曾挾老僧披石蘚，便思小築卧雲松。有田方遂山中約，無食難安物外蹤。他日攜家終隱此，楊衡李白合相從。

歸樅川

霜風凜凜出門去，仲夏炎蒸始入門。千首詩篇傳嶽麓，半年妻女餓江村。雖然竹有干霄節，争奈萍無著土根。若得龍眠田二頃，便應躬稼老丘園。

鰣魚

家在江東春水邊，楊花落後此魚鮮。白于笠澤銀絲鱠，肥似襄陽縮項鯿。梅雨買來風味別，荻牙蒸就色香全。臨餐忽有傷心處，不薦園陵已十年。

水崖哭明圃子留 十首

聖代遺民本不多，頻年鋒鏑又銷磨。衰宗尚剩農兼圃，至性同歸笠與簑。只道陽春迴律管，豈知長夜閉煙蘿。瑶華且受霜風折，冉冉孤根奈若何！

少小能文氣似蘭，里人誰不信彈冠。祇因喪亂身當廢，縱使沈埋性所安。故國有懷唯涕淚，新詩無字不悲酸。漫勞鐵匣藏枯井，此日流傳血已丹。

神寒骨瘦映梅花，對爾長憂壽不遐。也説艱難過三九，果然歲序在龍蛇。同堂羣從争榮膴，絶島游魂獨怨嗟。蹻跖引年顔冉夭，茫茫天道屬誰家。

里門裘馬日紛紛，鸑鶴寧同雞鶩羣。如以衣冠坐塗炭，不徒富貴等浮雲。家人愚闇還相勸，異類腥臊孰忍聞。十世國恩蒙者衆，獨將破衲報明君。

前歲東遊入四明，三秋卧病海邊城。十歌痛絶判長逝，一息纖微喜再生。子留丁亥游象山，病幾死，有夜悲歌十章。復往象山真有數，欲朝龍舸竟無成。高人自古蹈東海，此日天南是帝京。

憶昔相攜吴楚遊，日同匕箸夜同裯。奇歡東壩千鍾酒，苦恨西湖一葉舟。共把愁心對陵闕，獨將佳句播滄洲。河山猶未歸堯禹，痛爾飄零先白頭。子留有「河山若不歸堯禹，從此飄零到白頭」之句。

去年五月過鳩兹，訪我西山酷暑時。僧舍且淹三夕話，佛燈盡讀十年詩。離顔便覺不同昔，分手那知是永辭！此後江關來往泊，逢人一問淚痕滋。水崖卜築四山青，竹屋茅扉儘自扃。何事頻游東海郡，所悲不見北辰星。早知溘死先葵露，只合巢居餌茯苓。父母俱存兄弟好，天倫樂或可延齡。鮑家山下壘香臺，佛閣經房次第開。曾約我來瞻舊梵，子留結庵曰『舊梵』。豈知君去長新苔。遺書尚有兒堪讀，真宰應無運不回。只恐恩光被泉壤，可憐白骨已塵埃。乾坤豈獨我同心，復與吾兒氣誼深。千字挽歌何太苦，天沖子没，子留作挽歌，凡千言。九重泉路亦相尋。仙官入夢言非妄，子留嘗夢天沖爲仙官。玉樹埋沙恨莫禁。有子有詩猶可慰，天沖慧業永銷沈。

與錢幼光入山同哭子留因有贈

高人客死海雲邊，扶柩歸來已半年。老我聞之心痛絶，逢君話及淚潸然。生芻便約同舟往，苦節應推避地賢。幼光乙酉即入閩。雖在人間亦長夜，那能白日照重泉。

旱

山田十畝本無多，縱使年豐收幾何。所願人家有餘粒，隨方得酒即高歌。夏雷殷殷空聞壑，曉露微微略潤禾。卻憶春江風雨夜，小舠霑濕蓋重簑。

五兄爾唯自粵東歸寄此

故園松竹未荒蕪，底事從軍瘴海隅。要領得全猶慶幸，資裝雖薄勿嗟吁。蚤知披髮無仙吏，悔不橫經作腐儒。微禄豈應妻子飽，也教昆弟潤斯須。

聞兄臨去嶺南時，名士爭裁送別詩。最喜胡生才絶艷，尚憐小弟寄相思。胡豹生孝廉，予故人也，送兄有詩文。宦游終不如歸隱，世運方今似弈棋。種秫田收多釀酒，秋涼遲我過東籬。

立秋日從子子克歸自饒州

爾去鄱湖雨雪中，歸時一葉下梧桐。兒生半歲爺纔見，橐有多金用已空。獨買瓷罌遺酒友，更誇剞劂助文雄。草堂疏豁依先壠，昏旦相過話不窮。

孫子穀招同子克夜集分韻

游子初歸湖上船，故交相見語纏緜。洗塵正值新秋夜，把醆同看欲雨天。微尚雖然分出處，英詞皆可潤山川。秦人何必求源水，胡亥亡秦只幾年。

枕上喜雨兼柬子穀

幾月不聞檐霤聲，今宵點點最分明。秋花欲死根猶活，晚稻得收人再生。癡女徙牀愁屋漏，老夫戴笠候雞鳴。來朝何處堪延賞，過嶺還尋孫子荆。

寄懷李溉林明府

一年書問未曾通，長有慈顔入夢中。老困愈知懷舊德，妻孥亦解頌仁風。山田又旱難安土，詩卷雖多不救窮。廬岳千峰自奇絶，主人那得似司空。

孫振公招同戴山民道及諸子夜集談詩因懷其叔克咸職方

南國風騷永社興，孫郎年少骨嶙嶒。孤軍雖陷名猶烈，羣從多才堂更升。出酒聽予談往事，陳詩知爾擅修能。引商刻羽還深入，歷下瑯琊未可憑。

王定爾招飲論詩有贈

四十乞休何太早，鳳凰池上客尤難。衹緣書史性成癖，漸覺功名興亦闌。好我苦吟頻有約，出君新著儘教彈。案頭多少唐人集，只論其詩不論官。

馬倩若舉第五孫柬此予外甥也。

君年長我一歲耳，六子五孫何太多。可憐車笠既殊絶，又被箕裘偏折磨。羊祜蔡邕終異姓，孟郊賈島合悲歌。也知天意因詩罰，争奈窮工益巧何。

左子兼招同蜀藻登北山作

一秋風雨不曾晴，邀我看山期屢更。昨夜新霜鋪屋瓦，今朝爽氣出岑城。尋僧共坐沙灘竹，下酒争餐籬落英。不是含風咀雅者，誰人白日解閑行。

喜曾止山見訪 止山，庭聞之弟也。自粤還，已爲僧矣。

赤鑄山前送爾兄，看雲憶弟不勝情。南浮粤海應歸佛，西去秦關且用兵。烽火一年無遠信，蒲團九月到荒城。中宵細雨愁方劇，況聽霜風白雁聲。

送馬倩若北征

黄雞紫蟹正肥時，日日看山醉不辭。争奈徵車新令甲，卻教驅馬舊京師。量移合與家園近，强起惟應老友知。也信梅花寒徹骨，贈行空有一篇詩。

和陳二如同婦歎

昨夜聞君同婦歎，歸來誦與老妻聽。詩何其苦真相似，命一般窮更有刑。況是貧家猶積累，居然華胄轉飄零。斯言近理如何答，枕上齁齁睡已冥。

贈孫赤玉

少保祠堂絃誦聲，吾兒與子冠諸生。典衣饋藥情何篤，剪紙招魂義不輕。貌類蔡邕嘗有感，恨同卜夏豈能平。他時簪筆圖書府，可記天沖亡友名。

竇將軍祠和江向若韻

將軍本是西川卒，凜凜猶知忠義存。不肯委蛇徇盜賊，也能骯髒立乾坤。大呼城下詞何壯，遺廟山阿衆所尊。借問京華冠蓋者，幾人追念舊朝恩？

九月十六日載酒城東送曾止山還匡廬左子直游歸德同送者陳子垣張濬之陳二如馬孔璋左子厚也

明月不堪千里共，一時遂有兩人分。鄱陽正及梁園雪，惠遠終歸廬岳雲。馬首朔風侵短褐，杖頭秋色挂斜曛。我來故國那能久，亦欲相隨鸞鶴羣。

西山晚眺遇左三山先生因至其家小飲即事有作

端居無事出城遊，步履輕于沙上鷗。心緒亦同霜葉赤，淚痕長共石泉流。乍逢農隱情偏洽，要去書堂飲不休。話到三更神轉王，焉知七十四春秋。

湖海茫茫未有家，且將詩酒作生涯。吟邊不覺狂奴態，静處微聞長者嗟。又欲匡山尋瀑布，誰同寒閣問梅花。三冬望爾歸來早，故里論心人莫遐。

李仲山五十

李生生日少人知，獨立柴門自詠詩。俯仰百年過已半，經營十畝尚無資。且將筆墨傳終古，何用車裘炫一時。珍重江關老詞客，謝榛名並濟南馳。

送李仲山游六安兼寄張徐諸子

楓葉蘆花正暮秋，蹇驢何事蓼城游。故人有約情難負，舍弟同行路不愁。舍弟爾孚也。去日詩題分野店，到時書法遍山樓。此中文酒多豪士，斷不令君典敝裘。

贈小孤山僧

小孤山下六回過，未及登山捫薜蘿。轉恨風帆何迅疾，亦愁石路太嵯峨。沿江乞食僧來遠，絶壁垂藤鳥聚多。煙水蒼時渾似髻，合題高閣曰青螺。僧求閣名于予，故云。

雪後順風至南康

十日凝寒雨不收，江邊行客坐生愁。霜天夜吐初弦月，風渚晴開上瀨舟。大小孤山勞指顧，東西林寺憶交游。時曾止山寓東林寺。憑闌貪看廬峰雪，五老真形是白頭。

建昌訪魏竟甫明府

郡齋相見即相親，旅舍重逢是故人。招我雅游情甚切，誦君佳句意何新。修江春水曾迴櫂，星渚寒潮復問津。忠毅遺編知所愛，攜來披豁共天真。忠毅，儕鶴趙公也，予有其全集，今贈魏，魏欲重梓。

君才合掌鳳皇池，百里山城豈足治。喚渡亭前視公事，壽樟影裏播聲詩。恩膏已覺羣黎遍，惠澤還教野老私。莫笑西川杜工部，也從人乞草堂資。

龕山集　卷九

七言今體

望雲居山寄懷晦公 癸巳。

三春日擬上雲居，雖到殘冬願不虛。豈爲澄湖鑑明月，直從開士訪真如。雲居頂有明月湖、真如寺。沍寒那得憑芒屩，雪霽還須覓笋輿。頑鈍愧非蘇玉局，敢勞佛印再燒豬。佛印舊居此山，子瞻嘗過之。

題陶上人琴竹軒

摵摵霜風響竹林，山僧喚作自鳴琴。嚴寒不改長春色，疏節能留太古音。金磬戛時聽轉細，木魚停處韻偏深。翻嫌栗里翁多事，斜抱無絃卻有心。

錦山嶺月夜 嶺在建昌城内。

從來看月喜霜天，碧漢無雲更可憐。破寺祇宜孤客寓，高岡惟見一城煙。奈何深夜猶貪立，如此清光不忍眠。忽見茶爐餘活火，老僧重與汲山泉。

李仙亭 李龍眠尉建昌，有李仙亭在炭婦港，今不知處。

龍眠高士李公麟，曾作玆鄉薄宦人。聞有石亭名尚在，重來邑子意偏親。邑子，漢書疏廣傳謂同邑子也。千尋輪囷壽樟樹，一水縈迴炭婦津。借問村甿都不識，荒園弔古獨傷神。

冬青吟

山房一樹冬青子，至後纍纍燦若星。欲取爲丸兼浸酒，不徒黑髮可延齡。喧呼鳥雀饑先食，懶慢兒童摘已零。我見輒懷唐處士，曾將多少種蘭亭。

送廬山僧

修渚送僧還嶽西，黄巖深處有招提。門當布水四時雪，路出盤峰百丈梯。簡寂觀中甜苦筍，歸宗寺裏淡鹹虀。由來此物稱佳品，他日江城少許攜。簡寂觀有苦竹，其笋甜。歸宗寺造鹹虀，其味淡。王十朋詩『參禪得味鹹虀淡，學道忘憂苦笋甜』，即謂此也。

上雲居山

雲居去地三千丈，縹緲真爲雲所居。卻訝峰頭多畎澮，宛然天半一村墟。旃檀況有神宗筆，貝葉曾分御府書。僧老不知陵谷變，向人猶説舊皇輿。

雪夜訪熊約生給諫留宿有贈

楊柳津邊雨雪繁，纔過數里即黄昏。停舟一訪高人宅，秉燭重開永夜尊。知有同心懸魏闕，不妨酣戰説吴門。紙窗拂曙猶難別，扶杖衝泥送出村。

天寧寺

鄱湖風雪浪千堆，愁殺歸舟不敢開。古寺有緣重借榻，老僧相對每銜杯。風吹破壁遮仍透，雪打空牀掃復來。怪得五更衾獨冷，圖書俱是白皚皚。

柬廬山諸衲

自是廬山僧後身，俗緣未斷入紅塵。尚疑性體不曾汨，但見雲峰似故人。昨歲冒霜游已遍，今冬阻雪意難申。封書寄與諸蘭若，會卜巖居作比鄰。

祀竈夜阻風彭澤

出門小婦叮嚀語，準望歸期臘月初。豈謂年終猶在客，祇應風阻不關予。今朝祀竈愁偏劇，古縣維舟恨莫攄。只待南風吹半日，蒲帆一曳到村閭。

小孤洑冒雪至磨盤洲

昨夜北風聲怒號，朝來雨雪似鵝毛。雪繁豈礙還鄉路，風息休辭盪槳勞。未過芳洲逢惡浪，復從深港避洪濤。今年除夕到家否，卧聽江鴻心鬱陶。

除夕前一日泊大雷岸

延望家無百里程，穹蒼何苦妒人行。微風細雪猶堪去，怒浪奔濤誰敢争。判坐寒江過節序，儘沽薄酒亂鄉情。持杯先祭鮑明遠，古岸因君始著名。

除夕泊路灌溝

除夕常時在客邊，不曾棲泊釣魚船。殘冬歸自西江路，彌月無風朔雪天。漸近故園猶阻隔，雖云逆旅尚安全。貧家母婦深相念，輾轉憂疑更可憐。

人日哭從子子留

子留以癸巳人日卒于象山。甲午。

歸客逢春須縱酒，酒酣何事忽沾巾。魯連蹈海去不返，阮籍窮途誰與親。豈少才華在桑梓，那能節操比松筠。本期霜雪翻朝露，人日年年愁殺人。

寄懷無可道人

當年流寓石城陰，正學荒祠日日尋。誰料金川門又啟，可憐高座寺重臨。閉關人似猿棲穴，煉性詩如鶴叫林。聞說潤州鉦鼓動，且將釵釧試禪心。

答婦問

無食無兒衆所憂，問君底事獨休休？二句是問，以下是答。樹根花蒂罕人識，鳥啄魚吞各自由。今古似惟詩不朽，朝昏長得酒何愁。況予窺測天人理，未必黔婁與鄧攸。

八弟爾孚自蓼城歸予與諸子夜集其宅因得觀許妓詩甚佳感而有作

久客還家無不歡，阿連底事獨辛酸。青樓錦瑟三冬醉，野店荒燈二月寒。泣露芙蓉詩婉變，出籠鸚鵡計艱難。尊前俱是飄零者，對此誰能不慨歎。

左子兼買山而隱寄此訊之

聞爾龍眠新卜築，佳名夏霧自堪稱。百年便作草堂許，六月當要山友登。已辦青錢沽美酒，預期赤脚踏層冰。西峰況有香爐秀，不羡匡廬雲卧僧。

閱汪君酬先生詩集于羽年齋頭有作

少年曾侍先生側，雖誦其詩妙未知。漸老自憐于律細，重吟始覺是吾師。典型令子能相肖，品鷺風人誰敢辭。卻恨盦山生較晚，不教酬唱萬天時。

馬壻永公入學有贈

今日制科原不重，少年舍此復何之。風塵亦有文章價，名姓先於郡國馳。勸學弟兄皆益友，貽謀父祖是明師。眼前釋褐何匆遽，須待垂紳正笏時。

姚若侯暑中見訪并有所餽賦此答之

石田今歲又饑凶，蝸舍炎囂午未舂。忽有軒車來委巷，祇疑晴雪落長松。兼金正及貧時貺，老友應諳物外蹤。爭似昔年淮水畔，草堂一日一過從。

平生酷好在聲詩，每向人言人少知。獨爾性情偏與合，似吾吟詠恰相宜。一從楊僕紛垂組，那得匡衡復解頤。涼夜肯判花下酒，重論頗覺勝當時。

重訪李太湖

一廛曾借龍崖側，高樹重陰得所依。豈謂年荒居不久，可憐秋雨送將歸。吟身雖逐枯蓬轉，鄉夢時親明月輝。卻笑玉環無處覓，又同羣雀傍檐飛。

七年三次來相訪，匪獨人嗤亦自嫌。曾有因緣時節在，客爲知己感恩兼。琴書況是千秋業，茶笋能無數日淹。若復綈袍情未倦，恐君傷惠我傷廉。

送宗兄聖羽遊宿松兼寄田孫若長康

貧交似爾今無幾，疏闊那堪十五年。鏡裏容雖不如昔，袖中詩卻好於前。義兼風雅徵天性，家傍湖山絶世緣。子耨妻耕何不可，區區猶戀廣文氊。田本不多年又旱，春來飢困豈能支。司空且貸監河粟，令尹偏逢雩祭時。累夜懷人在滋水，明朝驅馬向洿池。乾坤革後音書闕，客路因君寄所思。

李明府龍崖禱雨余亦同泛

聞説龍崖龍有湫，羅先生後少人遊。羅近溪曾爲湖令，禱雨于此。百年又見神月宰，長夏偏爲禾黍憂。勤向山林求雨澤，攜來賓從亦風流。石苔斑剥傳遺跡，更結雩亭在上頭。

訪章明卿山中

前歲中秋叩爾關，高林微雨卧看山。萍蹤忽去數千里，茅舍新開八九間。煖老自憐燕玉美，遺榮争羡鹿門閑。明年有興還相訪，竹下鵁雛五色斑。明卿新納妾。

送夏汝明學博遷江寧兼寄顧與治紀伯紫余澹心諸子

南都雖改舊皇居，人物山川宛自如。官是廣文兼仕隱，門當淮水足禽魚。金相玉琢閑中句，鐵畫銀鈎醉後書。猶有遺賢在林壑，花時不惜訪蓬廬。

仲秋入龍眠山偶遇高除一偕往即別賦此送之

長夏頻招予入山，炎熇步履不勝艱。節過白露暑纔退，人出青門身便閑。自識幽棲雲樹裏，況逢舊友道途間。今宵對榻眠應好，何事匆匆曳杖還。

夜宿子直蜀厂感舊有作

昔余披髮始成童，負笈從師在此中。彈指光陰三十載，側身天地一孤蓬。後生榮貴春華似，故老衰貧秋葉同。只合商量偕隱計，我居巖北爾巖東。

壽五兄凝齋六十

秋田驅策向城闉，特爲吾兄皇覽辰。八首已傳花下句，一杯須就甕頭春。兒孫羅立何妨老，山水逍遥不厭貧。始悔從前過嶺誤，折腰翻拜少年人。

九日偕左三山先生又錞諸子登北山作

自是老懷長濩落，不堪秋氣又蕭森。花晨亦逐登高伴，海日偏傷望遠心。浪説漳河千馬渡，遥知粤嶠五雲深。舉杯但祝明年健，天闕重瞻舊羽林。

月夜過從兄臣梅小飲因出宣爐宫壺諸器感而有作

聞君秋水櫂歌還，月白霜寒夜叩關。酒是鄰家賒取易，器從京國買來艱。宣宗御鼎金猶燦，高廟宫壺錦尚斑。對此令人腸欲絶，那堪重問舊河山。

石仲昭明府枉駕草堂

柴門霜葉正紛紛，來往無非鹿豕羣。躬稼自應隨野老，式廬曷敢望邦君。誰將名姓通玄宰，先有旌麾下白雲。鄰舍東西相顧語，卅年此事不曾聞。

三原孫豹人投詩三章賦此答之

冬晴正曝寒檐日，巷僻俄驚重客車。昔有詩名凌鮑謝，今知風節似嚴徐。傷心秦隴不歸去，作客淮揚遂卜居。何事少年甘委棄，三綱一綫在樵漁。

關中舊友推韓李，聖秋、叔則。今見孫郎更過之。采筆俱能干象緯，素心獨不受磷緇。普天長夜何時旦，東海重輪自有期。卻笑世人多夢夢，椒蘭猶改況江蘺。

送張瀋之計偕

總角期君應早達，年過三十亦何遲。箕裘聊以承先業，簪紱那能比舊時。精衛莫迷填海性，梅花偏重向陽枝。君家兄弟勳名在，方伯中丞定似誰。

喜李仲山肥水歸

爾去淮西天正寒，重裘猶怯況衣單。關門一夜雪三尺，雲樹千層路百盤。尚擬使君分斗粟，豈知歲暮促歸鞍。空囊檢點殊羞澀，贏得新詩廿首看。

送陳子垣游上谷兼寄從子奕于司理乙未。

除夕纔歸梁苑車，早春又跨薊門驢。間關總爲謀衣食，雨雪何曾畏簡書。主是賤貧交不薄，文因山水助非虛。尊前若問淮西老，苦竹寒梅未改初。

讀戴敬夫河邨集

我友河邨没數年，時時夢見似生前。祇愁遺稿亂兵失，稍喜承家二子賢。聞道祝生歸有句，知爲張老刻成編。春宵借去寒窗讀，月落雞鳴尚未眠。祝詩：「秋風吹客到家遲，竹樹陰濃勝舊時。若是門前車馬鬧，如何讀得敬夫詩。」

重訪陳襄雲山居

海内如君交不多，一年能得幾相過。過從便欲淹旬日，懷抱惟應託詠歌。況有藏書供老眼，也將快論起沈疴。雖然禁酒休辭醉，別後相思悔若何。

柬鄭恪菴明府

雲峰天柱接龍眠，久欲攀躋未有緣。游策喜從今日始，山民争道令君賢。荒臺漢畤猶千古，雅詠潛陽已十篇。鄭有潛陽十景詩。若許老農相倡和，東風不負杏花天。

陳襄雲雨中送米走筆答之

故人留我六朝昏，倒庋傾筐總不論。纔入荒城尋旅舍，又舂白粲餉衡門。虚疑風雨愁難寐，轉覺陰寒静少喧。只待雲晴山路暖，相攜南岳訪真源。

贈潘含仲廣文

先生風格自高寒，豈肯低頭就此官。想爲荒鄉有名岳，欲資微禄可閑看。茅齋雖小談經足，茶缶無多餉客難。指點羣峰挂檐隙，春晴期我上巑岏。

壽朱山人 山人工醫術而有文學，子三。

天柱峰南草樹青，田居多少少微星。幽棲偶到逢君壽，春酒方開要我停。自有丹砂爲大藥，不須黄菊制頽齡。階庭手種三松子，筭取他年斸茯苓。

清明日偕潘含仲先生踏青至陳襄雲家陳兼布余善長各邀一日因拉含仲之山谷寺

客裏佳晨難獨坐，與君閑步出城阿。芳郊不覺杖藜遠，老友何妨索酒過。從此鄰家傳食遍，祇因村落種花多。明朝更欲遊山谷，借得雙驢西渡河。

禊日同潘含仲陳襄雲金去的飲石牛洞

子瞻魯直行吟後，山寺蕭條六百年。我輩登臨非偶爾，春風觴詠豈徒然。班荆先就烏牛石，策杖還尋白鶴泉。君有史才修邑乘，去的方修潛山志。兹游雖小亦堪傳。

山谷寺回又至去的家借宿并贈其兄簡在

石澗春游興未終，騎驢晚復到牆東。尚餘家醖一罌白，況有山茶四樹紅。訪舊之川名最著，前尚寶金公，諱燕，號之川，去的之從祖也。論詩子美意偏工。多君兄弟能留客，轉望來朝雨與風。

又偕含仲襄雲去的訪汪紫照山居

懷人三十里非遥，況是春晴早見招。出郭詩朋齊馬首，近村煙柳拂河橋。門前鴨緑方池水，田際鵝黄嫩穀苗。架有藏書尊有酒，何妨夜夜復朝朝。

訪陳爾靖山居因遊石壁寺

山路經行非一迴，知君門對野塘開。恐煩雞黍未輕入，直待鶯花今始來。古寺荒涼餘石壁，春溪委曲上香臺。可憐樹蕙滋蘭地，空老淩雲聳壑才。

滕王閣詩

帝子風流何處尋，章江門外閣森森。朱簾畫棟有興廢，南浦西山無古今。是客欲登樓縱飲，唯予獨掩袂傷心。當年芳草如雲錦，此日神州共陸沈。

暮春感懷

柳堤才見麴塵新，又見秧田似麴塵。枝上黄鸝並求友，梁間紫燕亦窺人。渚花汀草香偏艷，園筍山茶味各珍。是物逢春皆有異，如何春盡不逢春。

石公子挽詞　有盜入明府之室，公子持戈刺之，盜斃，公子亦遇害。

爲親禦寇休辭死，設爾從王定作忠。闗塞迢迢魂莫返，重生應似顧非熊。

薄游天柱與司空，采藥千巖萬壑中。正喜神君沛靈雨，俄驚孝子化長虹。

席間一聾者一博雅隱君子一村俗夫或欲予作一聾詩各肖其人用事不

複請韻得聰字

山人古學號淹通，明察秋毫只欠聰。嘉遯全師鶡冠子，鶡冠子聾，謂其妻曰：『吾得免爲許由洗耳足矣。』苦吟亦類浣花翁。少陵有『右臂偏枯左耳聾』之句。杜微有守何妨仕，杜微稱聾不仕，宰相曰：『君但以德輔時，不累君軍事。』乃拜諫議大夫。黄霸無緣孰任公。黄霸爲潁川守，有聾丞，督郵欲逐之，霸曰：『許丞廉吏，尚能拜起迎送，重聽何傷？』鞞鼓厭聞甘自廢，卻疑玉局是佯聾。蘇子瞻答秦少游詩有『令君疑我特佯聾』之句。

龜雖乏耳眼兼聰，牛即無聞角自通。物理志：『龜以目聽，牛以角聽。』指畫也能齊一物，人與聾者語，多以指畫字。家翁亦可傲三公。社壇餘酒年年飲，本草：『社酒治聾。』故李濤有『社翁今日没心情，爲寄治聾酒一瓶』之句。磁石和繇日日充。繇裏磁石塞耳，可治聾。到底心聾醫不得，列子：「心不涉學，謂之心聾。」猿啼雀噪總成空。杜詩『猿啼秋淚缺，雀噪晚愁空』，蓋言聾也。

同宗兄聖羽夜坐感舊

龍崖相過正朱明，旅夜論詩有歎聲。別去風塵剛一載，坐來星月又三更。莫嗟身世同飄泊，每念交遊半死生。所愧貧家無禮數，黄雞白酒待秋成。

喜孫子穀再入城因偕仲山子直訂龍眠之遊

君到春城我未還，龍眠誰與共看山。探奇獨上雲峰頂，知己長懷岳寺間。柳絮飛纔歸草舍，榴花開又款柴關。相逢不許輕離別，結伴重過境主灣。境主廟，子直讀書處。

滕王閣再題 乙未。

閬州亭子洪州閣，聞説滕王歌舞曾。嫩蕊濃花詩宛在，落霞孤鶩句尤稱。滕王，唐高祖子元嬰也，在閬州有亭，老杜有滕王亭子詩。巴山路遠人難到，章水臺荒客易登。況是層樓新結構，眼前詞賦更誰能。

寄懷孫豹人

霜江挂席南風正，筭爾歸于祀竈前。在路想因尋舊雨，到家聞已入新年。閨中愁殺餔縻婦，杖底横攛買酒錢。總爲龍眠詩二卷，逢人吟賞定終篇。

翡翠蘭苕今不少，鯨魚碧海似君無。荒鄉忽枉高人駕，下筆争傳明月珠。況秉幽貞能出世，爲求同氣最親吾。黄公祠裏晴兼雪，痛飲狂歌日夜俱。

七弟爾從初度招同陳爾靖小飲

去年初度客秦淮，鴻雁分飛莫汝偕。今日還家補春酒，況逢良友到高齋。海棠繁蕊先秋綻，叢桂清陰向夕佳。弟勸兄酬殊可樂，勿因貧窶重傷懷。

兒時失怙最零丁，爾甫三齡我六齡。稍喜成人悟詩禮，可憐不嫁惜娉婷。野麋情性甘巖穴，子鶴聲聞入杳冥。濁世浮榮何足道，勉脩姱節慰先靈。

送杜杜若遊廣陵

不是送君江上别，誰能冒暑出樅川。新秋共泛澄湖月，累日還棲野寺煙。轉借病創須藥餌，預愁分手故留連。射蛟臺上堪懷古，況有詞人孫李賢。孫子穀、李仲山。

懷袖已盈三歲字，兹遊又積百篇詩。裁箋作卷書非易，倩友揮毫熱不辭。歸去關中誇盛事，憑將吴下質新知。揚州亦有孫兼李，是爾鄉人我所思。孫豹人、李叔則。

寄懷從子子唯 前中丞孩未先生第三子也。

鳳凰臺畔昔爲鄰，昏旦相過不厭頻。一自園陵非舊主，也將池館屬他人。劉安山在還堪隱，梅福風微誰與親。即使浮沈忽輕仕，先公昭代大名臣。

送宗兄聖羽博士訓江都

仕宦今無一可爲，商量只有廣文宜。身閑不廢經書業，禄薄長稱弟子師。況是江關多秀彦，獨將詩律樹風規。問予何日來相訪，恐在黄花紫蟹時。

九日董學博子九見訪因同登西山

一官小寄盛唐山，官罷身貧竟不還。妻子也隨煙水上，生涯只在畫圖間。每因乞食遊鄰縣，預擬論詩叩竹關。只尺城南峰壑秀，莫孤佳節共追攀。

江上寄元白禪師

逢僧便問元尊宿，在我青泉山寺中。所愧鄉人猶未到，有何家累不能空。三秋準擬來聽法，一帆去聲無端又挂風。寄語東林持律者，明年沽酒待陶公。

高座寺

昔年曾寓長干里，白社青林頗自宜。今日重來高座寺，碧雲黄葉總堪悲。荒村猶記熟行路，壞壁仍存醉寫詩。眼底僧雛俱老大，如何客鬢不成絲。

訪星卿君渥二高士

舊主園陵馴象西，寒塘衰柳不勝悽。多君兄弟結茅屋，合室生涯仰菜畦。都市爲僧人盡識，君渥。城門戒入路全迷。星卿。相過只有同心者，聲似秋鴻夜夜啼。

重晤張恢生少府

君去汾陽十五年，一官三黜命顛連。素交俱老恐難見，白首仍歸信有緣。家轉貧於未選日，兒猶酷似乃公賢。濁醪且醉休多感，腸斷鍾陵古澗邊。

飲李三石兄弟宅留宿有贈

一室同居四弟昆，自相師友古風存。秋窗留客盤餐費，夜雨連牀枕被温。欲問孝陵先下淚，莫詢貧舍最傷魂。君年少我十餘歲，我尚無兒君抱孫。

贈范民部正 時爲邢孟貞刻遺集。

石臼湖邊遺一老，含風咀雅絶人羣。生前每恨無知己，死後何圖有使君。直以椒蘭同素質，不辭梨棗附青雲。南中佳政人争紀，此事先教第一聞。

王望如招飲談詩即席賦此

潤州官舍姑溪寓，幾夜論詩情最歡。字句鍾譚今不少，沈酣杜白古來難。知君淵雅曾窺奥，好我狂吟每授餐。仕隱雖分本同氣，綈袍猶念故人寒。

去金陵前一日飲紀伯紫齋頭有贈

重來白下渾無事，只爲貧交會面疏。武定橋南尋顧紀，盧妃巷北訪錢余。唯君未見心常恨，臨發相過願始舒。露薤霜橙不辭醉，姑溪小別六年餘。

姑溪哭王希文

青山舊友各爲羣，魂夢相關獨有君。卻訝三年書問斷，豈知一旦死生分。園亭贖去棲旁舍，妻子寒來泣暮雲。我欲到門先腹痛，淒淒風葉不堪聞。

贈張洞陽

牛渚磯邊逢鍊師，蕭蕭落木歲寒時。衣冠盡作煙霞氣，容鬢真成霜雪姿。有興畫蘭兼畫菊，無糧餐柏復餐芝。開春欲訪龍眠路，孫老同舟正未遲。

飲從兄搢公民部

尺書傳自廣陵秋，我去廬山恨未酬。猿鶴豈無干禄意，江關只恐厭人稠。猶分遠俸知垂念，欲話離情待乞休。此日鳳臺重對酒，碧梧青竹舊同遊。

慧山夜坐同元尊宿王著作 丙申。

谿上泉聲暮雨過，庭中樹色夜涼多。三人露坐成∴字，百歲塵緣一刹那。不設籓籬防猛虎，卻吹燈燭救飛蛾。餘生欲學無生理，知見其如老鈍何。

元尊宿賞予三人露坐成∴字之句復成此詩

急雨喧林暑氣蠲，香臺露坐不成眠。觀身那解人天法，味道先參文字禪。三點爲∴猶有界，一心是卍總無邊。聞師四十了生死，撒手懸崖二十年。

偕金去的汪紫照諸子訪徐亮工山居

菖蒲時節山茶館，與爾連牀意頗親。便欲芳村來取醉，卻嫌溪水漲經旬。雨餘詞客相攜往，酒罷愁懷難具陳。見説南中收俠骨，司空義烈更無倫。

訪徐次歐山居即事有感

聞君四十猶艱嗣，歲晚連生三鳳雛。薄宦何曾貪腐鼠，高岡從此種青梧。客因雨霽來相訪，酒是冬藏勿用沽。勸我一杯愁轉劇，不知老得似君無。

揚州飲陳公獻兼贈王平格陳寓董江都祠。

我泊江關霜冷時，入城先謁董公祠。徘徊庭下瞻遺像，邂逅樓頭有舊知。古貌修髯渾似鶴，呼兒貰酒復烹雌。況逢高士來相訪，竟日淹留醉不辭。

與李叔則先生感舊

宛溪孤艇犯風波，與子同衾嘯且歌。忽動歸心去淮海，時勞遠問及巖阿。霜江弭檝歡相見，騷雅知音苦不多。各有詩篇三十卷，頻來交質意如何？

流寓揚州近十年，杜門不喜見時賢。酒因小病全拋卻，詩到窮工反自然。好我晤言疑有癖，從君學道恨無緣。避讎亦欲謀居此，安得牆東受一廛。

梵伊上人結茆西湖索贈

蕪城公自有精廬，底事雷峰又卜居？選勝應歸越山水，憑高忍見宋丘墟。窗臨木末詩逾秀，路接湖干友不疏。他日攀蘿來問訊，肯將煨笋當燒豬。

送孫無言歸新安

君歸故里尋常事，作底名人俱贈詩。祇爲交游遍南國，遂將風雅當東菑。疏狂不識金銀氣，離亂猶存冰雪姿。我夢黄山身未到，寒江送客寄相思。

露筋祠

邵伯湖堤三十三，蘆花深處有荒庵。當年祇是貧家女，異代居然彌勒龕。弔古不妨前路冥，停舟且共老尼談。明朝漸入淮陰市，漂母祠中又一探。

題范眉生小像

未見其形先見影，意中彷佛有斯人。年無三十鬚麋古，詩比尋常格調新。幽草軒能藏衆嫭，如淮酒日醉遺民。來朝出郭期君面，只恐良工畫不真。

贈宋份臣

宋，鹽城人，陳孔璋、陸丞相皆里人也。

韓信城邊方作客，劉伶臺下忽逢君。自言老圃蔬爲業，但覺深山鹿可羣。蹈海曾編德祐史，愈風不草建安文。斯人斯世難多得，晨夕相過莫厭勤。

贈程婁東

程久寓杭州，因陸麗京知予頗悉。

君寓錢唐十二秋，陸家兄弟最綢繆。湖山深處梅花暖，淮瀨歸時杜宇愁。習鑿齒應多置酒，婁師德且漫登舟。風江自有波恬日，重與揚舲吴越游。程微跛，故有習婁二句。

題丘季貞西軒

美人家在洞庭西，我欲從之煙水迷。但使苞蓈存痦歎，不須薇蕨費攀躋。岐山日落鳳凰去，隴口林深鸜鵒啼。余亦懷恩謝皋羽，荒臺獨上重含悽。

賀范眉生納姬

君年二十鄙科名，風雅場中自在行。正是梅花能絶俗，不妨桃葉又鍾情。山非倩畫天然秀，川以懷珠分外明。主社再逢陽長日，客來先抱小麋生。是年至日，范主社，賦淮瀆敕。

靳茶坡生日奉訪留宿因贈

神宗三十又三年，君始懸弧淮水邊。簪紱自應登紫閣，星霜豈合老青氈。無言桃李蹊偏盛，有節松筠晚愈堅。且閉柴門書甲子，風光不似義熙前。

南國詩人淮上多，其中祭酒是茶坡。寒如冰凋千年石，瘦似霜林百尺柯。城隔那能長共醉，雪晴時或一相過。卻嫌伉儷老猶篤，黑夜衝泥定渡河。

贈李繡波明府

歲晏驅車向北溟，楚州卻爲酒人停。但聞道路歌仙令，未敢章縫謁訟庭。蕭寺忽承芳訊及，冰絃亦許寓公聽。鶯花南國春無數，誰似長淮柳色青。

稽淑子胡天彷同日送酒詩以酬之

淮南冠蓋新如綺，耆舊猶存兩孝廉。白首湖山甘自廢，緇塵巾舄不曾沾。全軀亂世中庸好，學道儒門疏懶兼。一作添。因念旅人同氣味，時分酒脯佐虀鹽。

除夕前二日柬胡彥遠程穆倩

歲暮淮陰客尚羈，三人相見各興悲。我無家室合如此，君近鄉園何所爲。西子湖邊金谷妾，彥遠。瓊花臺畔石麟兒。穆倩。等閑拋卻不歸去，旅館寒燈一枕欹。

送胡彥遠歸杭州并壽其尊公丁酉。

淮柳方黄淮草青，送君歸路指南屏。到家知有天倫樂，邊海争看處士星。能以詩書當弓冶，不須簪紱耀門庭。西泠松柏同心樹，久識盤根長茯苓。

題靳茶坡讀書圖

石几攤書眼不觀，眼中詩思浩漫漫。苦吟鬚任千莖白，絶妙詞無一字寬。辟世自應知者少，傳神亦覺畫工難。安能買宅牆東住，長與先生共歲寒。

喜徐雲吉至

君來枚里過殘年，與我相逢淚泫然。家破尚能娛白首，徐有八十父。時危安敢問蒼天。姓名雖共河山改，詩句仍從屠釣傳。卻笑秦人閉源水，不如徐福是真仙。雲吉改姓秦，字同五。

答張伯玉虞山送別之作

送我南歸各贈言，君詩悽惻更傷魂。兒多亦解無兒苦，伯玉三子，虞山六子。母死方知有母恩。苫塊那能棲故土，茅茨長想傍芳村。片時分手千行淚，滴在麻衣盡血痕。

淮干別杜湘草徐梁瑞

游子將歸意轉哀，感君折柳出城來。一天風雪愁無際，十里河橋送不回。停櫂且沽村店酒，揚帆卻恨榜人催。丁寧後會知何處，白草黃雲郭隗臺。湘草亦欲北上。

寶應訪梁公狄

放生池上雪華侵，日與圍爐坐夜深。囑我歸時當艤櫂，尋君隱處一開襟。奔喪不忍違前約，力疾猶期話此心。時公狄病目。細雨寒燈正愁絶，麻衣句苦更沈吟。公狄送予有『雨雪麻衣痛此行』之句。

石塔寺訪介立師并謝其賻

高座論詩如昨日，驚心二十八年過。聞公説法名偏大，老我無家禍更多。淮水停舟聊繾綣，香林忍淚復滂沱。囊無一物堪供養，反損兼金愧若何。

大龍灣訪劉超宗 其父白林先生是予老友。

一自秋山梁木摧，八年未到草堂來。也知樹蕙滋蘭地，又長淩雲聳壑材。芳徑重過須止宿，濁醪相對各興哀。雨窗話久不成寐，銷盡春燈幾寸煤。

蕪陰訪沈崑銅飲其山閣 限「題」、「詩」二字。

舊館重開江縣西，新增阿閣與雲齊。路穿石徑層層上，檐接藤花朵朵低。春酒釀成留客醉，古苔摩處待人題。逃名何必求巖穴，只此真堪處士棲。

卻怪年來受禍奇，故人相見各興悲。君當九死一生後，我正千愁萬恨時。磊塊欲澆難止酒，家園雖破未拋詩。坐中忽誦虞山句，此道應推此老知。錢牧齋先生有寄沈詩甚佳，沈誦之。

飲楊泗水丈

自古難逢七十人，君今八十更精神。年來酷好盦山句，別去長懷憂患身。江口維舟聊一訪，牀頭沽酒不辭貧。期予三月重過此，正是先生岳降辰。

喜杜于皇見訪因過袁令昭小飲

城北城西路未長，虛疑牛女限河梁。經時疏闊因霉雨，此日過從趁早涼。萬里束裝知我恨，五詩題畫斷人腸。欲攻愁壘須憑酒，索醉袁翁也不妨。

哭李六出林

文定諸孫我所親，六郎孝友過於人。祇疑貌是山林相，不信年無四十春。夾巷驅車先抱腹，對牀聞雨更傷神。嗟予骨肉偏多難，見爾遺孤淚滿巾。

重至揚州過孫無言值于一豹人小飲兼懷公狄

江關纔泊訪君齋，不惜青泥污我鞵。舊和詩篇猶在壁，新抽蘭箭忽盈階。雨涼便就花間醉，憂劇難將地下埋。二子明朝應有約，獨憐逋客老天涯。

題朱方伯鐵橋志 名身脩，揚州人。

黔陽萬里通朝貢，一水盤江渡不能。險絶争容銅作柱，先生始以鐵爲絙。瀾滄舊制傳諸葛，古惟諸葛武侯瀾滄江作鐵橋。桂竹新猷自廣陵。度索尋橦何足道，見漢書西域志。巨川舟楫至今稱。

同豹人聖羽飲朱卓月總戎宅

吾友李孫風雅士，每於客坐誦君詩。沈雄自負幽燕氣，秀脱仍標河朔姿。解組十年多勝侶，鮮民一見即深知。恍然亭上香兼茗，竟日淹留醉不辭。恍然，亭名。

答俞允定見訪

池陽九子九芙蓉，君在芙蓉第幾峰。爲省親闈來古郡，且依官舍寄游蹤。林中絃誦無三伏，紙上煙雲有萬重。訪我揚州木蘭院，午時閑話到昏鐘。

贈貢鹿田學博

千古腐儒同一酸，先生風雅獨殊觀。吟成香澤有餘態，客至壺觴必盡歡。況出奇謀參幕府，也分薄俸及漁竿。蕭蕭春雨那堪别，六月重來問講壇。

送許松牖令粤東

蠻方此日正兵戈，君去蒼梧意若何。猶喜長江無險阻，不妨沿路且婆娑。舟中秋色青山好，水上吟聲白雪多。到日彈琴有餘暇，也將書札寄煙蘿。

過杜生之小飲

瓦官一别十三年，家計蕭條不似前。飲量尚能盈斗酒，生涯只有賃房錢。卻嫌冠帶爲鄰里，日與漁樵共醉眠。況是故人情更篤，等閑相見即陶然。

題范眉生煙艇圖

無復威儀似漢官，不如裸體學垂竿。小舟斜倚緑楊樹，遠岫正當紅蓼灘。興至且沽村酒醉，醒來還把道書看。憑他世上風波惡，一枕月明魂夢安。

題趙天醉荷鉏圖

家園經亂已無餘，那得閑田任爾鉏。衹有一區隨筆硯，即逢凶歲也菑畬。輟耕隴畔由人笑，采藥山中雅自如。若是南陽高卧者，此時風雨正茅廬。

皂　河

未至皂河八九里，北風暴作天冥冥。奔濤怒流不敢上，荒洲野岸誰能停。與客抱衾投古剎，從僧乞席卧中庭。須臾雨止雲亦散，仰視秋空無數星。

徐州秋夜

北征底事滯黄河，只爲燕齊此路過。況有故人情婉孌，卻教游子意蹉跎。城邊淅淅秋風起，門外蕭蕭夜雨多。一醉僅能延一覺，三更酒醒奈愁何。

寄懷陳簡菴處士

昔承書問自梁園，期我淮西一晤言。今到雲龍程不遠，欲驅風馬病愁翻。若能枉駕來羈旅，合與連牀恣討論。十載神交相望久，莫孤秋月冷彭門。

黄茅岡與陳善長萬遐客吴中黄段聚五張楚村徐石林吴用九萬瞿客諸子爲别

雲龍山下夕陽明，石狗湖邊秋草平。望遠獨憐游子去，憑高因見古人情。醜詩惡字紛題壁，剩水殘山故遶城。自是愁懷重多感，况聞新雁有離聲。

魏少尹竟甫以二裘見贈走筆謝之

北方寒與南方異，九月霜華滿地生。縱有重裘猶覺冷，不知敗絮争能行。先貽睡貉毛温厚，後賜跑羔質軟輕。此去幽燕終日煖，逢人便説使君情。跑，平聲。

濟寧謡

漕河七十有二閘，天井兩閘行獨難。憑誰賈舶要淹坐，必待糧艘始放關。下水疾如馬下坂，上水難於車上山。南船但過分水廟，揚舲直至張家灣。

盦山集　卷十

五言排律

贈青陽何寤明 寤明有雙柑園，其母死于亂，寤明哀之，而柑生芝，人以爲瑞。甲申。

客居雖在寺，雲卧乃無庵。薄俸分僧粥，寒燈共佛龕。時寓僧寮。擁書藏島嶼，摇筆起煙嵐。陋巷時迴轍，良朋快盍簪。新詩齊趙嘏，奇字服桓譚。瘦骨貧非病，狂歌樂且躭。一朝聞叛卒，萬馬渡江南。老母依鄉井，經時闕旨甘。倉皇奔絶澗，慘烈墜深潭。抛骨憑誰拾，呼天痛不堪。荒園餘半畒，嘉樹挺雙柑。灑淚凝成碧，抽絲若似蠶。那能酬罔極，長此奉優曇。古岳華開九，新芝秀吐三。園在九華山下。豈非哀所致，即謂瑞何慚。予欲收佳詠，他年作美談。

左子厚書室落成贈此 丙戌。

九原不可作，闢舍與祠鄰。季子服其訓，諸孫宗所親。稱詩求麗雅，掞草步清真。忠毅公舊有清真草。帷火無虛夜，書聲豈輟晨。蓬蒿長閉户，藜藿自安貧。大被容兒卧，幽窗厭客頻。狂歌偏好我，玄悟每超人。況乃逢離亂，相將學隱淪。故山餘洲島，荒徑長松筠。樵牧猶思漢，衣冠肯帝秦？且同田舍叟，共作草茅臣。黽勉崇先德，棲遲敬此身。遥知靈爽在，不羨錦衣新。

寄懷邢孟貞 丁亥。

孟夏訪君邑，君先去秣陵。故園求近狀，芳訊得良朋。館俸百金積，鄰田十畝增。凶年飢可免，肥壤穀長登。石臼堪終隱，蒲輪豈望徵。出門聊自遣，荷鍤本難勝。況復麟兒異，將來驥足騰。誦聲喧草舍，煙水挂魚罾。滄海容高蹈，詩歌擅絶能。雖居觀察署，只似苦吟僧。墨汁金盤露，淵心玉井冰。世人希鑒別，唯我幼師承。舊好堅膠漆，新裁奉準繩。名山傳必永，雅道許同稱。所惜老將至，其書布未曾。亟謀梨棗事，歲月莫因仍。

廣陵飲龔孝升太常寓齋 戊子。

霜風吹古寺，一夜雪平階。有客不能寐，登樓多所懷。故人張綺席，嘉召悉吾儕。況以山爲壽，是日孝升初度。應知酒似淮。安仁年正少，絡秀隱能偕。柳色黄金佩，蘭香白玉釵。江南盛泉石，塞北遠風霾。泛宅雷峰畔，揚舲邗水涯。歡娱惟嘯詠，放浪脱形骸。枯樹寒鴉集，沿江戰馬排。明朝歸未得，還許過高齋。

太湖壽李溉林明府百韻 辛卯。

瑞日迎長至，仁君撫壯圖。山城疑畏壘，輿誦比康衢。父老迎階舞，兒童塞巷呼。如崗争以祝，降嶽信非諛。有客寄兹土，蒙恩與衆俱。膚言那敢獻，善禱合先驅。仙種蟠根大，清芬奕葉敷。葳蕤天府國，密邇帝王都。皇考膺榮禄，名家本碩儒。功名留劍舄，銘戒在盤盂。和氏連城璧，隋侯月明珠。挺生非偶爾，内美實紛吾。材是干霄竹，文成出水芙。方思陳賈策，不待棄終繻。適與興朝會，旋將善價沽。蜚英翔輦轂，筮仕得山嵎。下邑遭羣盗，原田失上腴。闉闍惟瓦礫，阡陌悉榛蕪；芳草空鵾鴂，愁聲但蟪蛄。君來勤撫字，民始荷昭蘇；篳簬身先啟，茅茨手自誅。飯疏常不飽，酌水更何需。豈弟由天性，温良恊聖模。

心誠求保赤，務急請蠲租。凋瘵纔回喘，漂流漸返逋。遺黎欣有託，慈母竟忘劬。儉德昭魚釜，仁風被雉雛。喝如逢夏蔭，網不犯秋荼。既起轍中鮒，兼推屋上烏。我方諮稼穡，鄰復嘯萑苻。威用風雷合，恩同雨露濡。黄巾胥感悟，青甸免憂虞。賣劍還驅犢，承筐弗攘羭。相教安隴畝，慎勿負徵輸。考績三年最，論才一代殊。中牟無以過，單父孰能逾。尤善文章士，先操聖哲符。審音侔季札，辨色勝離婁。南國升諸彦，西方懷彼姝。秋河澄水鏡，鐵網取珊瑚。品騭皆元凱，甄收盡顧厨。野人初入楚，蹇足適過湖。一見性情愜，重遊氣誼孚。香塵沾蝶翅，花蕊上蜂鬚。知有神明契，難將禮法拘。布衣頻入座，醇酒輒傾壺。問字驚淵海，稱詩愧小巫。夜談天拂曙，晝語日將晡。天地風沙晦，冰霜草木枯。薄材甘自棄，知己獨長吁。徐子嘗懸榻，姬公必吐餔。舉杯浮緑蟻，解橐贈青蚨。遺母懷雙橘，留賓剉束芻。欲歸仍繾綣，臨别幾踟躇。忽憶年來事，韶光日已徂。世途多枳棘，何處有枌榆。明月飛三匝，深山想一區。願言依召杜，於此聚生徒。虎拙猶能繡，龍希莫漫屠。青氈元故物，白社本潛夫。假館城南曲，横經舍北隅。義堪窮練馬，疑可釋冰狐。授業鄉名鄭，藏機谷號愚。樹蘭畦繚繞，穿竹路盤紆。釣罷溪煙冷，樵歸澗月孤。所居峰巘業，弗遘鬼揶揄。底事憎多口，無端辱厚誣。雄鳩言佻巧，貝錦色模糊。積毁愁銷骨，微瑕懼掩瑜。幸君能察識，諒我不睢盱。此意真敻絶，終身可刻膚。豈惟今世少，只恐古人無。蹤跡巢枝鳥，年華過隙駒。銜恩空抱影，酬德未捐軀。頃者逢初度，居人慶大酺。未能羞累爵，何以壽懸弧。淑氣萌蓂管，台星燦斗樞。享年當萬億，奏課在須臾。行矣新驄馬，歸哉舊舄鳧。驤蹄終躡景，鵬翼必摶扶。内殿含香侍，中朝疏劍趨。觸邪承密勿，持法定訏謨。統馭王綱肅，端揆帝命俞。普天霑化雨，庶類仰洪罏。盛德高彌下，貧交久不渝。雲霄勞寤寐，丘壑念崎嶇。砥志長餐蕨，徵車敢望蒲？冥心隨鹿豕，僻地遠豺貙。紱冕知無分，風騷祇自娱。曹王相激發，陶謝不枝梧。繆賞前曾受，弘標後更須。困龍資尺水，矯雁借微蘆。一字當華衮，千秋匪濫竽。但教延令譽，曷敢怨窮途。預訂他年約，應嗤野老迂。寸衷猶未竭，百韻豈能鋪。

夏霧山房訪左子兼作 甲午。

訪君期六月，我復去司空。夢寐時相近，山川路不通。纔歸白露後，便往碧溪中。知有故人在，行將令弟同。千峰何窈窕，萬壑更玲瓏。古刹僧留飯，秋田農獻功。門堆禾黍實，陂夾芰荷叢。舊屋三間小，新詩百首工。見予來甚喜，留客意偏隆。旋倒牀頭甕，争披林下風。烹鮮倩鄰父，打栗促兒童。桑柘影初没，雲巒話未終。過橋愁冥冥，割席恨匆匆。直待重陽節，還尋夏霧沖。

戲贈左子直納妾詩 用二十藥名。

今夜天仙子，當歸白玉堂。銀屏列雲母，錦幔綴流黄。重叠合歡被，絪緼沈水香。華燈照粉面，明月弄珠光。竹葉杯中酒，松花額上妝。含嬌尚紅蕊，結實定青箱。馬齒休嫌老，蜂窠一任狂。天門魂蕩蕩，地苄水汪汪。似鳳連翹足，非猿續斷腸。只愁萱草嫩，無計避淫羊。苄音「户」，即地黄。

贈閻百詩續娶詩 丙申。

彼美淮南士，誰如大小閻。家庭良可樂，作述況能兼。之子年方少，躭書性更潛。腹如經笥飽，才比劍鋒銛。錦字隨時綴，璚華信手拈。皆能中律吕，從未覺柔纖。以此予相洽，頻過爾不嫌。漫求鷗鷺侶，重叶鳳皇占。舊恨拋炊臼，新歡且織縑。春山臨寶鏡，晴雪映珠簾。野老來應慣，高齋坐必淹。飲仍當合巹，詩不會香奩。所願維熊早，含飴慰爾嚴。

金陵留别從兄繡山計部 丁酉。

自君釋褐後，雲水各西東。間有連枝會，那能大被同。今年來白下，一月卧齋中。書卷時相對，壺觴夜不空。微涼庭樹緑，絶艷海榴紅。楚篁能消暑，吴歈且課童。因之披樂府，將以奏熏風。商羽聲聲細，陰陽字字工。不嫌疑義析，況有偃師通。余亦忝詞客，聞兹愜素衷。歡情纔款款，别緒又匆匆。失侶悲梁燕，長征逐塞鴻。餘生是孤竹，曷敢怨飄蓬。折柳當重午，新蒲剉幾叢。歸期猶未定，惆悵意何窮。

揚州石塔寺宿介立禪師房

是古木蘭院，曾爲王播棲。盂空鐘後飯，紗護壁間題。唐王播有木蘭院詩，即在此。老我重遊此，高人得與稽。禪林容偃仰，佛閣任攀躋。香供餐餐飽，新詩首首批。炎天難以去，涼夜必相攜。露坐當星漢，烹泉取澗溪。閑論三世事，轉覺寸心悽。明日之河朔，中秋到薊西。冤親不平等，笑我太癡迷。

七言排律

秋日歸里飲潘蜀藻茅堂談香山詩甚快有贈并示從弟井公 癸巳。

野老攻詩二十年，詩中警句亦流傳。貪看酷嗜無如爾，短諷長吟不論篇。自是性情真契合，豈因朋好故周旋。往時刻畫杜工部，近日沈酣白樂天。異地何曾相告語，同心不覺自鑽研。君才通敏摹多似，我筆粗疏恨未全。别去乾坤誰解此，歸來閭里特歡然。乍窺草舍三間小，重睹芳詞七字妍。欲展客懷須命酒，忙分母饌已烹鮮。客非陶侃客堪比，母較茅容母更賢。況有方干爲妹壻，也偕潘岳共留連。今宵偶聚黄花下，古調高歌翠竹邊。長慶風光俱在眼，香山胎骨本來仙。三人詠歎知非苟，百遍過從期莫愆。只恐浮蹤猶未定，明朝又泛五湖船。

長女録予詩成帙因題十韻

吾女生來靈異姿，垂髫即誦老夫詩。數行一目覽俱下，百首經年記不遺。匪獨性根元有種，其中義藴頗能窺。自于歸後應忘卻，乃抱孫時亦詠之。每向盦山求副本，昨從皖水寄新詞。使歸與壻抄謄讀，壻亦因妻感化奇。夢寐思親兼悼弟，琴書付女豈殊兒。蔡文姬慧非吾願，班大姑賢是汝師。汝子類吾皆可教，吾詩非汝亦當垂。他年漫想甥如舅，有舅如甥已自怡。

盦山集　卷十一

五言絶句

春日即事 丁亥。

橋東挂酒簾，橋西焚紙錢。生離與死别，都在緑楊邊。

姑孰有和尚港蘄陽有道士洑王元美先生以爲絶對紀以詩予往來姑孰舊矣今過蘄陽亦有作 戊子。

和尚名不著，道士姓不傳。惟留一片石，長峙大江邊。

竹醉日湯仍三種竹於庭戲贈四絶 己丑。

種竹元宜雨，兹辰晴不妨。醉中離故國，醒已在他鄉。

竹亦有時醉，霑濡何況人。只宜沆瀣露，不似火燒春。

一年剛一醉，諒不至沈冥。影立西窗外，爲君座右銘。
南枝須勿誤，故土必多留。只此數竿活，明年滿院秋。

題寺壁畫蕉 庚寅。

金粉俱零落，如何墨未銷。可憐舒卷意，長日對僧寮。

贈宛陵僧

海畔杯來遠，江皋錫去孤。敬亭山色好，此處結茅無。

品魚四十首 水族惟魚極多，予所得食者不過二三十種耳。一日與好事者評其味之美惡，有上、中、下三品，遂定其位次而系以詩。至蟹蛤之類，非魚族而與魚同産，故又集外品以續之。若夫丙穴、江瑤之名，雖素聞于耳而未嘗于口，故不敢載，姑俟異日考證焉。辛卯。

上品

鯢 即河豚，其體圓而腹似豬，故名。

莫妙西施乳，癡人不敢食。東坡有格言，河豚一死直。

鱸　盧，黑色也。此魚白質黑章，故名。

張翰江東思，千古真玄賞。可惜一方出，沾潤苦不廣。

鰣　此魚出于初夏，餘月則無，故名。

銀鱗不耐烹，蒸用筭與荻。自非江東人，那得家家吃。

鮸　即石首魚，腦中有二石子。每歲四月從海上來，緜亘數里，其聲若雷。漁人以淡水灑之，即圉圉無力，任人網取。鮸、免音同，故名。

市人薦以冰，旬月尚不腐。想其出水時，沖淡復何許。

鰳　此魚似鰣，腹中有硬刺勒人，故名。吴人蒸蝦子拌之，作蝦鮝，無蝦者即勒鮝。

鮝以石首佳，勒魚味更妙。下酒不須多，方寸遂居要。

鱣　即黄魚，太肥而不善游，有迍邅之象，故名。

玉版浸金膏，久爲盤中最。吾郡四時有，饌餘還作膾。

鮹　即鱘魚，其形延長而有餘，故名。

月令薦王鮪，鬼神亦歆之。至今皖江鮓，嘉名四方馳。

鮒　即鯽魚，冬月藏泥中，大小以類相附，故名。

諸魚動屬火，惟爾静屬土。治疾有多方，恒食豈小補。

魴　即鯿魚，其形方而扁，故名。

詩人比齊姜，所貴出河洛。槎頭縮項鯿，是處美相若。

鱮　即鰱魚，其性好旅行，故名。

魴鱮美在腹，厥美尤在首。首大如瓜者，鮮食不容口。

中品

鮫　即沙魚，其皮似沙，可作刀鞘。腹下有翅，長數寸，曝乾以貨四方。

翅若黄金絲，肥者厚如掌。庖人薦彘肩，味不下白鮝。

鮆　即刀鱭魚，其形如刀，故名。

暮春海上來，風味迥然别。江陰烘子鱭，沖淡尤可悦。

鯔　此魚緇色而多子，故名。

厥子皆凝脂，糟醬爲至美。獺能辨諸魚，食此必有以。

鱎　即白魚，其色白，頭尾俱向上，故名。

肥潔雅可烹，糟食味尤妙。當年曾入舟，月下今猶跳。

鯖　即青魚，狀似鯇而背青色，南方多以作魚生，古人所謂『五侯鯖』即此。

五侯不可作，鱠縷至今傳。枕骨如琥珀，仍以製杯棬。

鱖　即桂，俗音『薊』，其體不能屈伸，如僵蹶也。

彷彿松江鱸，風味少不及。劉憑嗜食之，仙人知有益。

鰷　即銀魚，細如銀條也。

白小羣分命，鮮新可作羹。致遠須曝乾，浸潤還如生。

鰻　此魚有雄無雌，嘗以影漫于鱧魚，其子皆附鱧鬣而生，故謂之鰻鱺，鱺即鱧。

脂膏易饜人，況能療痔瘻。久食殺勞蟲，不見金山女。

鮀　即鮰魚，狀似鱘而小，雖適口，能發痼疾，故可危也。

柔滑無鱗鬐，平人嗜食之。口腹恣飽啖，發疾非所知。

鯉　此魚三十六鱗皆有文理，故名。

鯉爲諸魚長，謂其能飛變。品味在中下，大者糟食善。

下　品

鱅　即鰟頭，此魚之庸常供饈食者，故名。

精華在一首，烹鮮可侔鱮。除此不足食，鮑之售村墅。

鱒　魚似鯶，赤眼，其性好獨行，尊而力者，故名。

獨力能破網，所畏惟九罭。苟非赤目異，與鯶幾莫識。

鯇　音『患』，即鯶魚，其性舒緩，故名。

池塘畜易繁，在水惟食草。羹臛殊無味，南人用作羮。

鯀 即鰄魚，有雄無雌。俟諸魚欲産，鯀以頭衝其腹，仍尿白以蓋其子，故名。

詩人詠魴鯀，何以得並稱。今作鲊與丸，籩豆亦可登。

鱧 即烏魚，其首有七星，夜朝北斗，言有禮也。

狀與蝮蛇同，道家所厭忌。除夕煮浴兒，稀豆頗爲貴。

鮧 即鮎魚，其額平夷，其涎粘滑，故名。

有齒復有胃，無腮復無鱗。性寒而味薄，多食能害人。

鱓 俗作鱔，其形細長而嘽緩，故名。

鱓能逐風邪，多食動風氣。白點蛇所化，殺人亦可畏。

鰈 即比目魚，一云鞋底魚，鰈猶屧也，故名。

東方有比目，二體合始行。此意良可憐，胡爲定遭烹。

鱝 即海鷂魚，一名邵陽，其圓如車輪，故名。

肉翅全如鷂，能飛上石頭。厥尾有大毒，食之懷隱憂。

鰂 即烏賊魚，自浮水上，烏鳥見以爲死而啄之，即卷取入水，故名。其脂即海鰾鮹。

吐墨以自衛，翻爲人所漁。厥骨治諸病，功載軒轅書。

外品

螃蟹

霜後黄膏滿，花前白酒香。況能除内熱，縱啖十餘匡。

蛤蜊

盛饌悉肥濃，此味獨清絶。宿酲苟未解，一啜如冰雪。

海蛙 即淡菜。

精力衰少人，早晚最宜食。其形雖不雅，食之大補益。

海蛇 即海蜇，蜇、蛇，音譌也。

水母蠢然物，運動由羣蝦。割食當園蔬，下酒味亦佳。

石蜐 即海參。

蠕蠕石上蟲，其狀亦何惡。煮食類鱉裙，允宜作羹臛。

蟶 音『嗔』。

海畔種蟶田，甘鮮味可啜。曝乾貨四方，尚能逐邪熱。

蚶

堅者瓦壟子，大者盈數寸。小者如芡實，糟藏味亦勝。

蜆 即土鐵。

扁蛤性苦寒，生食非所宜。南人醖作醬，佐酒惟一巵。

鼈

少食能滋陰，多食反寒中。去醜載禮經，忌與豬鴨同。

蝦

蝦菜本鮮潔，惟宜作羹湯。性熱能動火，多食恐非良。

題畫四首 壬辰。

桃花春水渡，楊柳美人樓。何處容狂客，煙波一葉舟。

陰壑收涼雨，晴峰卷暮雲。幽人正無賴，把酒送斜曛。

疏樹不遮山，斜陽透寒碧。野曠無行人，溪橋獨歸客。

茅屋閉空林，孤舟載風雪。蕩槳不知寒，千峰吐奇絶。

夜坐

殘暑不成眠，一夜長數起。山深月色高，坐看松陰徙。

鸞溪

我思廬山賢，陶公與周子。虎溪復鸞溪，千年流不止。

空山閣

峨峨鶴鳴峰，其上一茆宇。好我惟老僧，繩牀對揮麈。

除夕歸思

冉冉歲將除，歸帆滿天末。此時樓中人，望斷江煙闊。

阻風謡 癸巳。

上水愁南風，下水愁北風。一生才命蹇，無處不途窮。

英雄才絶世，亦似濟川舟。時危風不利，只得坐沙頭。

正月三日抵樅川 甲午。

前日雪中去，今日雪中歸。渾身俱是雪，不認舊時衣。
陶母老猶健，鴻妻貧亦甘。只是衡茅下，蕭條太不堪。

彭城古蹟十二詠 丁酉。

彭祖井 在北門内，昔人有彭祖觀井圖。

州以籛鏗著，相傳觀井圖。若年猶畏死，無乃太癡愚。

孔觀樓 在吕梁，子在川上曰：『逝者如斯夫。』即此處。

江河争入海，晝夜無停時。此理誰能會，惟應尼父知。

挂劍臺 在城南一里，即吴季札挂劍處。

季子賢公子，徐君亦賢君。所以三尺劍，不挂諸侯墳。

桓　山 在城東北十七里，宋司馬作石槨于此。

三年成一槨，司馬愚且勞。白骨今何在，秋山處處蒿。

子房山 在城東二里。

海邊大索日，潛匿此山中。使其一擊中，豈復臣沛公。

亞父冢 在城南一里。

此老苟不死，重瞳豈遽亡。後人高其義，冢比黄茅岡。

劉向墓 在城西北二里。

更生雖儒術，所重惟節義。厥子匪不文，葬處人莫記。

龔勝墓　在城東南三里。

新莽移漢祚，舉世罕臣節。龔生義獨全，古墓今爲烈。

戲馬臺　在城南一里。

宋公起彭城，誅伐符高祖。九日讌兹臺，風流亦千古。

燕子樓　在城西門内，張建封故宅。

樓居十二年，風節自青史。無端白舍人，一詩迫之死。

黄　樓　即東門城樓。蘇子瞻以土堊之，厭河水。

河決城幾陷，非公孰能禦。後世守土者，請頌黄樓賦。

放鶴亭　在城南二里雲龍山，張山人故居。

山人有高致，實藉太守賢。微彼賢太守，後世誰能傳？

鍂山集　卷十二

七言絶句

雲間別邢孟貞 戊寅。

江樹東連海岸香，思君千里一相望。如何又逐秋風去，白草黄花總斷腸。

楊龍友廣文齋中留別朱宗遠

爲爾千巖萬壑秋，歸人十日此淹留。西風臨發江門棹，猶向玄亭飲未休。宗遠爲予寫千巖萬壑圖，十日乃成。

七夕爲朱觀以悼亡

烏啼衰柳白門煙，暮雨瀟瀟送客船。此夜不知荀奉倩，滿懷冰雪爲誰憐？

江上西風木葉寒，素琴零落不勝彈。黄姑織女猶相見，獨使羈人掩淚看。

水鏡園漫興 庚辰。

春池一夜雨潺潺，萬木重陰滿院斑。獨立小橋看水漲，白鷗何事緑波間。

贈漁者

白鷺洲頭别有津，偶然逢著捕魚人。問他名字居何處，是我城西舊比鄰。

春愁

高樓微雨作春寒，病起三杯强自寬。酒醒微風香暗度，不知何處有幽蘭。

過吴氏舊園

公子西園昔所誇，秋風今已屬誰家？六朝松石無人問，落盡池塘白藕花。

許石疏園留別歌者 辛巳。

密樹重陰覆草堂，清歌一曲夜雲涼。可憐明日河橋別，白袷秋衣粉黛香。

送蔡大美攜妾歸里用梅朗三舊韻

霜水揚舲破曉空，錦衾人起夜啼紅。莫愁南野無樛木，縞帶新吹葛藟風。

送劉長倩歸蜀 壬午。

王孫歸路指臨邛，家在巫山第幾峰。惆悵相逢又相別，開元寺裏一聲鐘。

送梅朗三東游

送君出郭向江村，馬在橋邊僕在門。朋好不期先後至，留連樽酒到黄昏。

雨夜宿吴聖水池閣有贈

池塘風雨助春寒，草閣鳴琴且共歡。曲罷捲簾看夜色，不知新月上闌干。

皓齒朱顏春可憐，宵深被酒更芳妍。低帷不許吹銀燭，戲引餘光到枕邊。

無題

宛水槲遲二月餘，客窗半與爾同居。不知雲雨爲何事，只似良朋共讀書。

維揚舟中喜遇姜弢穎李萊馭汪霏玉飲

邗關風雨晝蕭蕭，獨坐篷窗悶寂寥。恰喜鄰舟逢舊侶，且沽淮酒過浮橋。

即事 癸未。

漢武雄才迴出塵，經營四海未全貧。可憐河間中山貴，不及當年衛霍親。

從兄浣叟令昌化又攝臨安將遷餘杭賦此贈之

紫谿春水百花開，盡是吾兄令後栽。昨日武林橋上過，吏人皆惹衆香來。

龍潭千頃似明湖，嘉樹奇芬永不枯。聞説許由居尚在，至今猶有逸人無？

鳴琴訟閣水潺潺，便攝鄰封亦自閑。借問富春天目勝，何如淮水八公山？

遥聞新命授緜拳，三邑絃歌斷復連。我欲移家爲避寇，他時不慮買山錢。

寒食舟中雜詠

客裏春光總未知，愁心如草草如絲。尋常小節猶添恨，况是清明寒食時。
不到吴門十二年，虎丘山月冷晴煙。今朝重向城邊過，回首當時意惘然。
紛紛縞帶與綦巾，盡是村中展墓人。有客停舟雙淚落，寸腸淒絶爲亡親。
越水吴山千里餘，豚兒頻寄數行書。書中字義無多少，只道金陵不可居。
故人分俸贈南金，勸我移家向武林。勝友如雲良足樂，况兼兵火不驚心。

偕盛林玉張介人陳元錫過訪陳翼仲山莊

爲訪靈泉到古庵，泉源尺五少人探。一星松火權消受，酒洌茶香飯亦甘。
手把僧鋤斬竹孫，白盤初供妙香存。人間藿食都如此，但願長齋不茹葷。
老僧戒律最精嚴，盛暑袈裟食不嫌。未捧鉢盂先施食，紛紛鳥雀下茅檐。

過水草庵 黄元功先生遇害處。丙戌。

汩汩河流聲向東，聞君此地化長虹。山僧指點行刑處，落日寒原望不窮。

八月十八日錢塘觀潮

臨安風俗重觀潮，士女喧闐江上橋。江岸祗今唯牧馬，圉人厩卒亦蕭條。

錢塘七日無潮信，白下傳言恐未真。東海田横猶有客，海神何事不如人。

一水平分路幾何，經年塞馬不能過。婺州雖破朱張死，此意寥寥亦足多。朱未孩、張玉笥兩公同死金華之難。

東壩行 丁亥。

一帆春水到胥河，楊柳千條夾岸多。流水不關人世事，往來舟楫自煙波。

京口即事

骯髒乾坤剩此身，曾將彩筆撼星辰。于今東海揚塵日，來作江湖賣卜人。

日出開簾午下簾，路人争道有奇占。不論杖底錢千百，多少惟應付酒簾。

冬　日

欲雪不雪天色昏，朔風怒號江沙奔。敝裘獨擁寒侵骨，買酒無錢空閉門。

山　行

路遶西峰石磴斜，竹籬深處有人家。門前一樹寒梅古，未見東風已著花。

七　夕 戊子。

秋河如練月如鈎，天上雙星澹欲流。鄰女尚陳瓜果會，人間巧盡復何求。

過黄州

長江如帶水盈盈，多少英雄此戰争。陣馬風檣俱已矣，雪堂零落尚知名。

白頭舟子是知津，問彼山川語卻真。嘉魚黄岡兩赤壁，老坡猶誤況他人。

舟人自潯陽回奉報槁師

岐亭船送九江還，爲寄音書八里灣。麻城地名。江上平安無險阻，不妨飛錫渡雲山。

過彭澤

小孤山畔彈丸城，獨擅長江萬里名。滄海不知經幾變，春風五柳尚含情。

馬當

年少才高王子安，片帆千里上江灘。天吴亦愛文章好，何事時人白眼看。

中秋

江南秋色已平分，底事排空雁未聞。到處風塵如塞北，三年不用往來勤。

夜半

夜半神清好構思，每於秋夜必爲詩。紙窗竹屋蕭條甚，況復斜風細雨時。

一夜無眠數首成，山妻勸我少經營。試聽窗外芭蕉雨，不是平聲便仄聲。

客　路

霜風刮面冷如冰，身著重棉且不勝。憐爾執鞭從我者，布衣才得兩三層。

江上吟

下水一帆如一鷗，上水一篙如九牛。南風漸止北風發，牛亦能飛鷗不浮。

春晴偕東茹吉廣文郊行 己丑。

年年不少看花興，今歲看花興獨無。祇向荒溪送流水，此身孤外此舟孤。
紛紛遊女踏春沙，笑指紅林是妾家。只許桃花笑人耳，路人誰敢笑桃花。

送濁師遊宛

年年夢想敬亭雲，舊友存亡久不聞。君去陵陽山頂望，白楊衰草幾人墳。

題徐翁小像 庚寅。

家在蒲東俠少場，翩翩裘馬意飛揚。如今白髮游江左，竹笠芒鞋道者裝。

送徐翁游越

南來欲上剡溪船，北去仍耕隴坂田。卻笑秦皇求大藥，不如徐福是真仙。

題畫寄馬倩若

解組歸來好讀書，萬山黄葉正冬初。閑騎款段過鄰舍，銅柱珠崖恐不如。

詠並蒂蘭戲贈蔡芹溪

不知蔡四年來興，且看窗前並蒂蘭。小婦紅顔差比得，老奴白髮並應難。

三月晦前一日江樓贈妓

桃花雨後桃花水，燕子樓中燕子飛。今夜祇應留客醉，明朝無奈送春歸。

梅崑白齋頭看秋海棠

芍藥開時我未來，來時正值海棠開。秋花更比春花好，莫惜當筵酒一杯。

江上望九華山雪

雪後江南見九峰，九峰皆作玉芙蓉。何年始踐山僧約，掃雪烹茶過一冬。

舟中聞鵑

三春三月子規鳴，一夜千聲與萬聲。江上同聽多少客，誰人能解子規情。

周善承園中詠竹

數畝琅玕粉籜新，一杯留客坐青旻。慚予不及王郎興，看竹還須待主人。

過蔡義微故居傷之

自是乾坤一腐儒，著書直欲擬陰符。山城破後遺文失，借問中郎女亦無。

書法詩篇皆可觀，當時同邑等閑看。如今文獻凋零盡，始覺斯人博雅難。

曾挾奇謀叫紫宸，自矜終賈更無倫。豈知屠狗椎牛者，翻害犂庭掃穴人。蔡少年伏闕上書，後死于寇，故云。

東北城隅一小山，路上猶指是柴關。千竿紫竹今何在，惆悵黄茅白葦間。蔡舊有柴關，紫竹甚多。

詠章明卿山中瀑布

今年長夏苦炎蒸，想到幽巖恨未能。勸爾林中作亭子，明年六月我重登。

六聲猿

昔徐文長作四聲猿，借禰衡諸君之口以泄其胸中不平，真千古絶唱矣！予欲倣其義作六聲猿，蓋取宋末遺臣六事，演爲雜劇，詞曲易工，但音律未諳，既作復止，先記以詩，俟他日遇知音者始填詞焉。

謝侍郎建陽賣卜

骯髒乾坤八尺軀，且將卜肆溷屠沽。當時猶解欽風節，今日程劉輩亦無。程文海、劉夢炎也。

家參政河間談經

平生志業在春秋，説與諸生涕泗流。吴楚風詩猶不采，那堪戎索遍神州。

唐玉潛冬青記骨

鳳巢龍穴不成棲，玉匣珠襦踏作泥。唯有年年寒食節，冬青樹下杜鵑啼。

鄭所南鐵函藏書

吴門春草緑參差，枯井藏書那得知。三百餘年書始出，中原又似畫蘭時。

王炎午生祭文相

文相精忠泣鬼神，當年猶有見疑人。可知盡節惟應死，才説權宜便不真。

謝皋羽慟哭西臺

嚴子灘頭風雪飄，生芻一束薊門遥。傷心豈獨悲柴市，萬古崖山恨不銷！

病　鶴 壬辰。

自是徐卿月下身，何當鎩羽墮青旻。也知臂血能醫爾，只恐今無三世人。

蟢子湖

蟢子湖邊欲雪天，歸人策蹇犯寒煙。遥知小婦羅幃上，亦有雙雙蟢子懸。

夢吴錦雯

秋夜何爲頻夢君，三年詩句不相聞。世間酷好吾詩者，除卻杓司即錦雯。

上廬山絶頂

從來履險足淩兢，捫葛攀蘿恐未能。到此不知身轉健，前身合是此山僧。

題陶靖節先生小像

誰畫淵明采菊圖，柴桑橋畔獨躊躇。廬山百藥般般有，只是傷心劉寄奴。

修江行 癸巳。

楊柳津邊楊柳花，春風春水櫓咿啞。晚來細雨衣裳濕，若箇行人不憶家。

江行十詠

左蠡山

左蠡山前險不同，幾番過此遇狂風。停舟一謁龍王廟，聖祖題詩在廟中。

分風浦

宮亭廟舊有神明，能使分風送客行。今日廟荒神亦去，分風浦在不知名。

蝦蟆石

大孤塘上蝦蟆石，獨立長風巨浪間。堪笑舟人避此諱，問渠只喚狗頭山。撫州人相罵蝦蟆。

女兒港

嶽客心隨江鳥飛，無端風雨妒人歸。今宵又宿女兒港，何日才過太子磯。

石鐘山

怪石驚濤江水濱，老坡遊後更無人。畫師偏愛巉巖色，絶似倪黄斧劈皴。

彭郎磯

大小孤爲大小姑，山祠果有女神無？長年三老誇多識，争説彭郎是妹夫。

馬當山

馬當山至滕王閣，六六江程一信風。不是天吴愛文字，任他才藻爲誰雄？

磨盤洲

章江春水勢悠悠，底事前軍此逗留。痛恨當時肉食者，不争南國守南州。

大雷岸

鮑生游宦適匡廬，此地曾傳寄妹書。寂寂荒洲誰復問，有人懷古獨躊躇。

長風沙

白門女子面如花，直欲迎夫到此沙。念我歸人無百里，風波不渡重興嗟。

孫子穀宅嘗新有感

憔悴江湖托鉢人，今年才食故園新。山田磽确收禾晚，又復嘗新在比鄰。

代内答

家計蕭條吾不怨，良人飄蕩實堪嗟。一年十二回明月，十一回明不在家。

修水

修水曾游花未殘，游人重到雪漫漫。光陰最是無情物，纔覺春風又歲寒。

雪舟

大雪壓舟舟不勝，時時拂掃已成冰。三重阿閣猶嫌冷，何況籧篨僅一層。

舟小惟憑一箬篷，任他密霰與狂風。曉來篷上雪三尺，方悟埋身雪窖中。

雪風吹面最辛酸，擁褐微吟强自寬。不是生來松柏性，誰人耐得此嚴寒。

梳頭漫作 甲午。

醒即吟哦醉即眠，詩中神聖酒中仙。梳頭莫訝銀絲出，已過潘安十一年。安仁三十二見二毛，今予四十三始見。

護節庵

西城頻出無他事，護節庵中好看山。況是老僧能愛客，烹茶獻果不曾慳。

茅花

江上蘆花秋可憐，山中夏日景依然。茅花亦似蘆花白，四月渾如八月天。

田間夜坐

野夫憂旱不成眠，中夜頻頻起看天。忽見浮雲遮北斗，定知微雨潤東田。

僧話

愛此琉璃佛面光，與僧閑坐竹間房。紛紛辨駁無他語，争道茶芽某處香。

詠友人杖

廬岳茶芽歲歲生，茶條百歲始能成。砍來作杖堅於竹，絶壑層巒任意行。

題山僧補衲圖

年老心閑腹不飢，霜天捫蝨對晴輝。莫將舊衲添新線，新線仍非壞色衣。

羅溪道中

山雨朝來已漫溪，溪流深處忽平臍。沙邊久立無船渡，赤脚騎驢過水西。

章明卿山房遇雨

野外三旬無雨澤，山中間日有滂沱。故人家在青崖麓，轉放溪流入大河。

寥　峰

寥峰秀出白雲堆，恰似芙蓉朵未開。驢背垂鞭幾回首，問誰曾上此峰來？

題畫寄劉十二爾仁

龍眠山下往來頻，萬壑千峰意未申。歸去卧游何不可，送君一幅李公麟。

有客畫報恩寺塔者索予題之

白下城南路屈盤，浮屠高出五雲端。河山非復當時舊，煙樹愁從畫裏看。

題汪大年小像

十載漂零瘴海涯，容顏未改鬢初華。問君可是徐鴻客，又見楊花變李花。

孫豹人寓中贈妓霞標

雲行巫峽偏生妙，霞起天台分外鮮。當時若不逢孫宋，雖有雲霞那得傳。

贈歌者宛鷺

野性羞同雞鶩居，霜天偏喜傍樵漁。雪衣皎潔應相似，只恐淒音鷺不如。

潛山道中 乙未。

數間茅屋倚高岡，一樹梅花出短牆。有客下驢偷眼看，徘徊不覺至斜陽。

舒王臺 志云王介甫玩月于此，因得名。

玆臺千古峙城東，玩月何私拗相公。借問傅巖亭在否？逢迎莫是李師中。師中素與安石忤，及安石爲相，師中爲舒州守，乃建傅巖亭于舒以媚之。舒王臺恐亦師中所命耶？

山谷寺

黄公本是西江秀，鄱渚廬峰豈不多。卻占此山爲别號，亦如蘇老號東坡。東坡在黄州治之東。

汪紫照山房戲贈

桃花潭水訪汪倫，萬壑千峰百畝春。人有此巢堪白首，君何不隱尚紅塵。

石壁寺懷從子子建子建有莊在焉。

數畝山田十里溪，阿咸此處有幽棲。如何轉作熙城客，空谷無聲猿鳥啼。
長松偃蹇勢如虬，怪石彭亨狀似牛。松石之間作亭子，他年吾與爾來游。

題硯板

弓有韜兮矢有鞬，況于嘉石受丹鉛。從今削木爲方蓋，不使纖塵入硯田。

沙河

百里山城一日還，何爲五日尚間關。沙河水漲没人乳，欲渡其如老馬孱。

挂車河

三國英雄到此多，奇兵皆出挂車河。如今山澗無人物，祇有漁樵解唱歌。

過朱司農邑墓

漢朝陵墓有誰存？丞相通侯不足論。惟有嗇夫塋尚在，年年父老薦雞豚。

悶

橋東賣酒兩三家，只取青錢不肯賒。唐人以見錢爲青錢。愧我囊無阿堵物，動人愁有石榴花。

賦得魚戲新荷動

魚戲田田荷葉東，陂池十里衆香同。紅蕖自颭非關雨，翠蓋頻翻不是風。

魚戲田田荷葉西，芙蓉菡萏不沾泥。葉心珠露圓仍破，水面紅粧亂復齊。
魚戲田田荷葉南，金鱗兩兩又三三。任教作隊游香國，不怕垂綸到碧潭。
魚戲田田荷葉北，素鰱花魴非一色。尾掠茄根撥刺鳴，口迎花片呴喁食。
魚戲田田荷葉間，虚疑蓮女盪舟還。驚起鴛鴦不成睡，雙雙飛去白蘋灣。

三王問

司馬曾官計部郎，九原何以見先皇？先皇相見憑他説，只是無言對潞王。
御史中丞撫浙江，九原何以見弘光？弘光相見憑他説，只是無言對惠王。
方伯賢兄姓字香，九原何以見鍾陽？鍾陽相見憑他説，只是無言對汝王。

秋　雨

秋夜頻聞雨過溪，晚禾才見水盈畦。農夫相謂不勝喜，昨日一鉏今一犁。

戲贈賣藥者

客舍老翁何太癡，自誇仙藥染霜髭。世間黑白天然好，何必鸕鶿勝鷺鷥。

題友人墨竹

無實無花是此君，高人鍾愛意何殷。祇緣苦節天生直，風韻蕭疏更不羣。

一枝煙雨出毫端，挂在書窗夏也寒。借問湖州文與可，胸中成竹幾多竿。

此　韻

此韻相隨二十年，何曾一日離吾前。如今爛熟不須看，汝亦葳蕤覺可憐。

催　租

卜居深巷似山村，偏有人來秋樹根。酒債詩逋全未了，如何租吏又敲門。

左夏子書堂有牧羊圖索予題之

左生壁間挂此圖，一見使我長嗟吁。今人豈但無此事，肯挂此圖人亦無。

飢寒一日耐不得，蘇武如何十九年！應笑此翁太癡絶，李陵衛律是豪賢。

五言古體由君始，四首皆於出塞時。海上年年多雁足，何爲不寄一行詩。

詩人酒人予所愛也然惡步韻與熱飲者口占刺之

醇醪冷飲有三益，步韻從來無好詩。況是炎天呼熱酒，與他步韻一般癡。

題李生小像

摩詰前身是畫師，輞川圖更妙于詩。龍眠丘壑重歸汝，夙慧將無李伯時。

送范小范歸漳湖

山城何幸美人來，一日三家共酒杯。争奈病軀難久坐，略嘗茗粥卻空迴。

肩輿卅里到沙頭，月白湖平好放舟。臨出東門更惆悵，龍眠在眼不曾游。

穀　賤

頻年苦旱今年稔，百事支分盡在田。豈料秋成農更苦，一擔新穀糶三錢。

偕張水蒼李屺瞻飲寇白門齋頭有贈

我別秦淮十二霜，六朝金粉不聞香。舊人猶有白門在，燈下相逢欲斷腸。

一到南中便問君，知君避俗遠塵氛。此番不見幽人去，慚愧秋江與暮雲。

張生圖晤甚艱難，此夕相期分外歡。只當論詩良友宅，不應概作女郎看。

孝陵棉 金陵市上有賣木棉者，大書『孝陵衛棉』四字于門，予見而悲之，因成一絶。

眼中久不見此字，但見此山空歎嗟。舊日王侯多第宅，只今誰似賣棉家。

題錢孚公小像

褐衣蔬食未全貧，山水逍遥自在身。上界神仙求不得，輸君平地作仙人。

題露筋祠碑上 丙申。

斷臂妻猶傳姓名，露筋女不記平生。往來多少馮長樂，試使看碑作底情。

壽朱翁

隆萬遺民世漸稀，敬君如睹漢官威。不知南極星何意，偏照淮陽老布衣。

湖嘴漫興

湖嘴在淮安新城外，友人多家于此。

久客長淮莫怨嗟，尚餘詩酒作生涯。狂吟痛飲之何處，不是閻家即范家。

眷西堂不惱人過，幽草軒能召客多。最是難忘可憐夜，紅兒歌罷雪兒歌。閻有眷西堂，范有幽草軒。紅雪，二妓名。

孫無言廣陵移居王于一孫豹人邀予過訪指壁間九韻各賦詩三首贈之

兩歲之間三卜居，一童以外再無餘。鄰家不省誰來住，夜夜惟聞人讀書。

梅妻鶴子昔曾聞，紙帳藤牀又見君。吟苦不妨頭似雪，酒酣那羨女如雲。

是客來遊淮海間，有詩皆送爾還山。如何不舍邗溝去，轉向春江送客還。

又用前韻述懷三首

我亦飄零無定居，田園都是劫灰餘。誰家肯借梁鴻廡，與爾同搜李泌書。

蕪城車馬日相聞，僻巷何人訊隱君。但有漁樵通姓字，紛紛冠蓋等浮雲。

作客何爲戀此間，衹緣良友與佳山。三人若得長相聚，便住揚州老不還。

池口阻風

湖上青山尖似螺，江中白浪大如鵝。榜人停櫂向予説，四月魚苗風正多。四月北風，謂之魚苗風。

金陵喜遇雪田上人

一鉢飄然去海南，鑾方頂禮作瞿曇。重歸故國緣何事，欲向鍾山結草庵。

舊友相逢江上村，終宵勸我入空門。逃禪須待十年後，説與如來亦斷魂。

贈扶漢鼎山人

運移漢祚鼎難扶，江上逢君不忍呼。水鏡但存司馬在，南陽還有卧龍無？
鮐顔曷鼻老風塵，四十三年富貴身。此語祇應調蔡澤，魯連不是帝秦人。

留别宗兄聖羽學博

世間官是廣文貧，又有分甘苜蓿人。總爲平生雞黍重，不然肝膽向誰親。
邗溝來去兩三番，倒庋傾筐每盡歡。送我北征還損俸，一錢應當百錢看。
臨别殷勤復致詞，到京少飲少吟詩。詩中忌諱防人見，酒後牢騷不自知。
老友關情自可憐，此身漂泊聽于天。回頭卻望揚州月，冷署微官亦是仙。

題梵伊上人像 上人能詩善飲。

遠公過午脣不沾，尚能沽酒侍陶潛。何如彌勒同龕坐，米汁醍醐一樣甜。

予北征日張虞山趙天醉閻百詩枉送至清江浦因訪談長益不遇宿其僧舍次日而長益來各賦詩七首

我去淮陰暑未消，故人相送至河橋。三千里路不爲遠，三十里亭纔是遥。

渡頭且莫問行船，暫借僧房一夕眠。淮水東流正愁絶，黄河北岸更悽然。

關内茅庵談叟棲，予將籠卷就君題。豈知煙櫂偏相左，手挽垂楊落日低。

張君新以四愁名，終日吟哦有歎聲。況是别離情更苦，雖無愁者亦愁生。

阿咸初自下邳還，岐路相逢喜動顔。一北一南渾浪跡，且沽村酒慰間關。從子公敏自北來，遇于河上。

南方最苦蚊哑膚，一到清江半個無。只此游人宜向北，塵沙霜雪勿嗟吁。

明日東風櫂欲開，談翁追送出城來。河干佇立同三子，帆影微茫尚不迴。

宿　遷

白洋河北一孤城，聞説重瞳此地生。我欲停舟詢往事，斜陽衰草不勝情。

將近徐州

大河西風十日連，小舟上水如上天。榜人忽報彭城近，望見雲龍山爽然。

贈妓墨仙

彭城懷古悵悠悠，不見當年燕子樓。只有長堤一枝柳，引人歡笑破人愁。
昨夜河南邀賞月，今朝河北又看花。頻頻來往誰爲主，吴萬陳張段五家。

從吴用九乞炭

前日移尊旅舍中，香爐只有一星紅。許分榾柮添茶竈，不翅琅玕滿竹籠。

李康侯水部索題其嘯園詩

君子堂

梭山自古鄭公鄉，又有高人闢此堂。階下草猶似書帶，泥中婢亦解詩章。

喬木軒

何以知君世澤遥，請看門外樹干霄。黍離麥秀偏多感，只有霜皮永不凋。

海巖樓

萬里蓬萊水上山，秦人何苦費躋攀。朝來捲幔樓頭坐，圓嶠方壺只尺間。

來霞閣

阿閣三重木末平，餘霞一片日邊明。居人疑在天台路，青石橋邊望赤城。

愛蓮亭

長夏偏宜菡萏風，醉眠人起立亭中。此身安得如游鯉，蓮葉西邊蓮葉東。

花　關

楊柳枝間羣鳥啼，櫻桃花下曲欄低。雨餘水長渾無徑，只恐漁郎到亦迷。

安徽古籍叢書

黄山書社

方嵞山詩集 下

〔清〕方文／撰 胡金望 張則桐／校點

嵞山續集

前編

後編

盦山續集前編 四游草 北游草

五言古體 三十二首

都門懷古十六詠 以下丁酉冬作。

黄金臺 在易州，燕昭王築。

燕齊壤相接，累世受侵伐。昭王不勝忿，闢館似宫闕。求賢爲復讎，郭隗充駿骨。果得樂將軍，一戰傾溟渤。千古快斯舉，高臺永不没。

易水 在固安，燕太子送荆軻處。

荆卿固烈士，謀略亦太疏。其意有所待，何不稍躊躇？丹既促之行，高生合同車。乃用黄

口兒，事債志不舒。至今易水上，行旅仍悲歔。

黍　谷　在懷柔，齊鄒衍吹律處。

鄒生善談天，稷下人士驚。雅游至薊北，道路争相迎。有谷故陰寒，四月草不生。一爲吹黄鐘，陽氣遂滿盈。種黍實離離，千秋垂令名。

北平城　在薊州，漢李廣嘗爲太守。

赫赫飛將軍，分符守疆埸。單于畏其名，不敢踰沙磧。昏夜行草間，射虎乃中石。此石遂千古，觀者咸嚄唶。灤河亦有碣，附會非真跡。

軍都山　在昌平，漢盧植隱處。

董卓亂天紀，舉朝皆側目。强哉盧子幹，抗議獨不辱。權臣欲殺之，間道走上谷。匿影此山中，談經坐茅屋。先主龍潛時，亦在弟子屬。

樓桑村 在涿州，漢昭烈帝所生處。

炎漢運方終，魏吳皆僭竊。中山隆準後，此地生人傑。有桑如葆蓋，已兆飛龍業。高光獲再興，正統賴不絶。至今西南隅，民猶奉昭烈。

徐無山 在豐潤，漢末田疇隱此。

昔有田子春，逃名隱山嶼。魏軍征烏桓，秋水迷失道。君因父兄讎，躬請爲之導。讎復志已愜，爵禄非所好。我今適盧龍，臨風一憑弔。

桑乾河 在良鄉，晉張華所居。

史稱張司空，博物妙天下。卜居此河上，園林定瀟灑。不圖慕容亂，倏化爲平野。悠悠桑乾水，南北通車馬。借問車中人，誰是讀書者？

酈亭 在涿州，北魏酈道元所居。

酈生有故宅，亦在桑乾東。閉户註水經，江海靡不通。豈惟考據確，兼之文詞工。我今渡

河水，停車遡遺風。斯人不可見，落日鳴孤鴻。

賈　峪　在房山，唐賈島所居。

薄宦游長江，竟以窮獨死。但令篇什存，何必躋膴仕。浪仙始爲僧，中歲成進士。當其年少日，讀書乃在此。其詩好幽峭，其人亦相似。

竇　莊　在薊州，五代竇禹鈞所居。

雖云積善慶，真宰意莫測。洛陽司馬公，平生作何慝。恒情愛其子，孰不望繁殖！至於多且貴，天也非人力。竇老五男兒，次第登顯職。

柴　市　在都城内，宋文文山遇害處。

崇祀四百年，凛然忠義存。此道今寂寞，誰與薦蘋蘩。大宋文相國，浩氣塞乾坤。一朝赴柴市，日月爲之昏。秉彜有同好，立廟太學門。

憫忠寺 在外城，宋謝叠山餓死處。

侍郎隱名姓，賣卜建陽橋。行省忌其忠，劫之來北朝。寧甘首陽餓，不折彭澤腰。畢命此寺中，千古魂未招。我來訪陳迹，霜樹空蕭條。

天壽山 在昌平，有明十三陵在上。

峨峨天壽山，海嶽鍾靈秀。長陵位中央，列聖分左右。萬古所傷心，思陵禮未就。社稷既已移，松柏豈長茂！遥瞻一再拜，潺湲淚霑袖。

西　山 在都城西，梵刹極盛，先朝名人題詠頗多。

西山富林泉，出郭未云遠。試問京華客，幾人曾策蹇？先朝屢行幸，諸刹藏琬琰。侍從多名臣，高吟摩碧巘。老僧顧我笑，來游亦何晚。

報國寺 在外城，有古松十餘株，相傳金人所種。

人事易衰謝，天運亦禪代。如何此寺松，五百年猶在。風沙霜雪裏，見者無不愛。但惜勢

倉皇，閑吟得幾輩。惟有素心人，時來一相對。

十月一日入都遇朱山人西長

朔風吹黄沙，白晝爲之黑。有客騎跛驢，衝寒入京國。道上所逢人，不知幾萬億。嗟我山澤癯，曾無一相識。忽有長髯公，披褐立路側。望見遥呼名，驚喜動顔色。問我何時來，行李何處息？牽衣造其廬，咄嗟治朝食。因及去年事，停餐淚霑臆。世人游京師，鮮不求官職。爾我本無營，奚取游向北？西山松柏存，天晴其登陟。

王秘書涓來齋頭夜集

昔游麻姑城，邂逅如故知。怱怱不忍舍，中路遺我詩。一别倏十年，西望長相思。所恨道里遠，山川又間之。尺書且莫寄，重逢定何時？今我有家難，飄零到京師。聞君官著作，讀書先在兹。倉皇求一晤，彼此皆參差。明晨以馬來，迎我過鳳池。握手各興歎，非復當年姿。焚香坐秘閣，酒饌多華滋。日晚不令歸，留宿焉敢辭。上林春萬樹，而我無一枝。燕雀且雙飛，而我無雄雌。富貴固有命，貧賤良可嗤。倘許時相過，盤餐即恩私。

程詹事其相齋頭夜集

神京本宦海，來者不知數。上而至政府，下而至郎署。一落緇塵中，鮮不渝其素。我里程太史，蚤歲翔天路。入爲侍從臣，經術蒙眷顧。出爲多士師，幾輔歸陶鑄。名位日以崇，盛德了無預。昕夕惟閉門，讀書窮四部。墨妙宗平原，藝苑稱獨步。守己最矜嚴，接物轉謙恕。豈惟今所無，古人亦罕遇。時當一陽復，霜月掛庭樹。有客夜相過，蕭然兩芒屨。秉燭開西軒，淒冷如澗户。自言新篘熟，可以恣良晤。旅舍何必還，且留話親故。帝鄉非吾願，所樂山水趣。回思龍眠間，峰壑有佳處。行將脱簪組，逍遥賦歸去。未幾，其相即請告矣。

奉酬魏都憲石生

夙齡甘濩落，秉耒爲農夫。城市且不入，敢望遊京都？山鄉風土惡，咋人有豺貙。迫我出巖谷，遥遥涉江湖。行吟至輦下，冠蓋盈九衢。誰肯迴一顧，恤此山澤癯。魏公立臺端，高義雲天俱。忘其簪紱貴，樂交布衣徒。賢昆守江淮，竟甫先生。與我情最孚。因訪遺佚士，謬稱微賤軀。頃者謁公門，延納不須臾。假館憇我裝，授餐供我餔。期我以深夜，飲我以醍醐。下問無別詞，孔顏暨程朱。窮理極淵藪，味道皆膏腴。旁通及風雅，六義非殊途。

始知卿相内，尚有真師儒。小子故狂簡，向學多艱虞。所願終此身，奉公爲楷模。女蘿本柔條，兔絲亦平蕪。得附松柏枝，千歲永不枯。

永平訪宋副憲玉叔 以下戊戌春作。

君昔官司農，弭節蕪江邊。是時我賣卜，逃名隱市廛。故人倏相遇，執手情歡然。飲我以酒漿，和我以詩篇。更念旅食艱，分俸至萬錢。感此不能報，胸臆長拳拳。明年江上别，歸種山中田。山中有猛虎，噬人無豪賢。巖穴難久居，辟雝走幽燕。京師冠蓋地，豈無縞紵緣。誰可告心曲，急難相周全。聞君奉朝命，保釐京東偏。道里未爲遠，曷敢憚山川。況有談叟偕，策衛風雪天。流觀山海勝，追思嘉隆年。與君賦新詩，塞上他日傳。豈直爲升斗，區區乞人憐。

謁夷齊廟 二首

驅馬出城西，悠悠涉灤水。問客何所之，言尋孤竹里。孤竹已千年，高丘尚餘址。砌石以爲城，築臺以爲峙。中有二聖人，儼然具冠履。我來謁祠下，徘徊復徙倚。因登祠後亭，蒼松四圍起。崖削臨深潭，沙明見游鯉。雖有重門在，年久勢將圮。敢告郡大夫，修葺胡

不美。

仲尼生周末，尚曰予殷人。何況墨台氏，九世爲商臣。孤竹雖小國，安忍忘所親。寧餓首陽山，必不會孟津。或謂微箕比，孔子稱三仁。三仁本同氣，矢死良有因。君乃夏后裔，二子又逸民。不仕則已矣，何爲殞厥身？此語雖中和，恐以僞亂真。無寧守臣節，庶幾完天倫。

贈盧龍李明府公治

漢儒經學多，吾愛鄭高密。易數既淵玄，詩箋又切實。其人不可見，其地猶可即。山川阻且長，憑軾知何日。頃者游盧龍，茂宰聲洋溢。於公爲同鄉，繼起通經術。性復好風雅，已入高岑室。我欲往從之，素履恐未悉。不知誰語君，枉駕先蓬蓽。結交何必舊，傾蓋成膠漆。公退輒見招，書堂擁千帙。宛如通德里，疑義互相質。

贈華州東雲雛

東子舉孝廉，乃在思陵初。其時運全盛，雅不慕簪裾。結茅華山下，飽讀萬卷書。學成名亦隨，二十三年餘。今春來輦轂，下第游肥如。永平，古肥如國。與我聚旬月，氣誼良非疏。

贈君以一言，幸勿吐棄予。予鄉有高士，王湯及姚徐，王元倬、湯君木、姚文初、徐昭法。秉性嗜丘壑，從不對公車。君既負耆舊，祇合山中居。富貴是何物，肯以易樵漁。所願攻文詞，異代垂令譽。

聞吴錦雯授蘇州司理喜而有寄

山人好結交，交亦半天下。其中最愛我，莫若吴君者。我每一詩成，君必手自寫。古人嗜芰棗，其癖信非假。君嘗語同輩，吾但不爲官，苟徼一命榮，安忍忘所歡。盦山三十卷，誓必爲之刊。感此知己言，朝夕望彈冠。豈料十餘年，君尚困林藪。妻子未免饑，焉能顧朋友。今春赴禮闈，射策復不偶。天壇同我宿，中夜咨嗟久。亡何試銓曹，首選得司理。除授乃吴郡，通貴無與比。時我在北平，聞之躍然起。此方剞劂工，吾集得成矣。明日還都門，知君未出都，把酒先一酹，前言諒不渝。吾詩若果傳，君名亦與俱。千秋萬歲事，豈直潤微軀。

宋副憲玉叔見惠繭袍謝之

杜公居夔州，客遺細織段。逡巡不敢受，惡其太美煥。白公居江州，客寄輕縚布。愛其樸

而文，受之製重袴。我今居營州，故人爲監司。惠我山繭袍，古色如松脂。既非織段華，又比輕縚貴。雅稱山人服，服之有道氣。憶昔潤州城，與君兄弟居。衣我以萊葛，一着六年餘。此繭亦萊産，視葛尤渾堅，願言服無斁，奚止十餘年。

無　題

幽州白日寒，孟夏芳草緑。士女尚春游，牛車遞相續。車中八九女，美者顔如玉。春山隱翠眉，秋水凝曼睩。其俗喜豐艶，雖肥不傷肉。耻作漢宫粧，偏稱闕氏服。何必高高髻，玄髮盤幾曲，何必纖纖趾，青靴自平束。下車聊緩步，道路咸以目。始知人妍媸，不在頭與足。

夜泊張秋

夜泊張秋河，皓月盈沙渚。大小無幾舟，歷歷可指數。鄰船有寡婦，又攜一孤女。婦年三十餘，女年十四五。縞衣立舵樓，風度疑仙侶。遠視雖不真，月光照如許。夜半聞哭聲，其聲亦何苦。嗚咽潤下泉，慘悽江上雨。聽者不能寐，觸引愁千縷。借問誰家婦，鄉關在何所，良人幾時亡，何事來羈旅？母女暗吞聲，踟躕終不語。

夏鎮贈顧水部見山

去秋客彭城，駕言之帝鄉。策蹇豐沛道，買舟於夏陽。側聞顧使君，弭節此關梁。懷刺欲往謁，秋雨霑衣裳。篋有余生書，未獲手自將。舟師苦相促，浦帆去聲隨風揚。回首念伊人，蒹葭被新霜。其後宛溪友，過此登公堂。垂問及愚賤，高誼焉能忘。今秋薊門歸，又至泗水傍。停橈冀一晤，不似前芒芒。憶昔游雲間，所交俱老蒼。陳李彭宋輩，陳卧子、李存我、彭燕又、宋子建。唱和多詩章。思君未得見，至今猶彷徨。既見心則喜，話言豈尋常。幸不吝杯酒，飲我秋夜涼。四始與六義，或可共商量。

淮上遇姜侍御真源兼送其入都

我有四老友，漂泊江淮間。梁大寓寶城，杜二隱鍾山，王二與孫八，結伴棲邗關。四子高蹈人，況復工騷雅。孤情迥自立，濁世罕知者。至于富貴中，落落交益寡。惟有姜使君，巡蒞揚州。折節與之友，唱和多綢繆。飢則餉其粟，寒則衣以裘。四子懷君惠，時時向人述。我雖未識君，同類感則一。苦吟三十卷，道遠無繇質。昨從京師回，遇君於淮陰。兩夜接杯斝，傾倒意何深。濱行貽我詩，不翅雙南金。秋風公路浦，揚帆待明發。黄河日夜

流，離情頓飛越。歸見杜王孫，相思共明月。是時仲木物故，惟于皇、于一、豹人在。

揚州訪柳鳳詹中丞感舊

神宗癸丑年，先子舉進士。雖官尚書郎，文名著燕市。是時柳太公，作令於淶水。謬與先子交，氣味若蘭芷。中丞甫弱冠，從游在宦邸。遥以文相質，擊節贊其美，并授以古法，私心感知己。遂結爲師弟，恩義金石比。所惜吳與蜀，山川阻且長。哲人先秋萎，遺孤口尚黄。未及聞庭訓，平生事茫茫。中丞懷舊恩，四十年不忘。一朝遇吾季，先爲道其詳。贈詩情凄切，讀之裂中腸。又贈篋中書，當路爲游揚。此道真古人，今人曷敢望！小子仰高風，恨未見顔色。昨歲來廣陵，公已入京國。及予游至燕，公又返江北。參差不得晤，惆悵意何極。頃者候公門，倒屣如舊識。垂問及生死，執手多歎息。無奈行忽忽，不獲長侍側。旅次撰此詩，聊以述明德。

七言古體 十三首

武林行贈陳胤倩處士 以下戊戌春夏作。

我年三十游武林，與君伯氏交最深。前侍御玄倩先生。是時君年甫二十，許身已比雙南金。蹉跎一別十餘載，日月遷流陵谷改。賢兄衣繡懷國恩，合室捐軀蹈東海。雁行中斷不勝情，甘隱湖山絶世榮。乾坤我亦同心者，千里相思空月明。去冬偶游至畿甸，聞君在此尋不見。豈意元宵燈火殘，太僕堂中共歡燕。當年君尚未生髭，只今于思復于思。我長十年更憂患，那能雙鬢不成絲。來朝策蹇訪我寓，手持一卷都門句。淚眼愁看北海一作闕。雲，傷心多詠西山樹。因憶賢兄使大梁，迴車見枉花盞岡。金陵予舊居也。龍江一作關。又寄一書札，至今展看猶飛揚。彭咸靈均自千古，褚淵江總何足數。匹夫有志名亦傳，況兼風雅才如許。所愧先朝老逸民，無端奔走溷風塵。桃花水起合歸去，湖海煙波作比鄰。

空同行贈韓子新處士

盛明一作本朝。詩人李空同，刻畫少陵英魄雄。雖產北地家東雒，卒葬禹州深山中。百二十

年封且樹，子孫零落東西去。羣盜焉知世所宗，伐其冢墓衣冠露。是時盧龍有韓生，道經山下魂暗驚。手拾遺骸入舊槨，重壘亂石成高塋。我聞此事足千古，欲見其人異鄉土。今歲驅車來北平，先問韓生何處所。韓生兄弟俱偉人，與我一見情自親。胸懷淵邃莫可測，風期亢爽無比倫。況能避世辭榮祿，其節彌堅志彌篤。管寧寧甘遼東卧，田疇不受烏桓辱。以此傾蓋如舊歡，草堂置酒春燈寒。坐中偶及禹州事，平生風義良可觀。此方孤竹古城在，二公子祠亦頹敗。明朝西隰雪初晴，策衛隨君往一拜。

射虎石歌

北平太守飛將軍，猿臂善射天下聞。霜郊曠遠喜出獵，歸時暝黑路不分。草間驚見一猛虎，拔箭射之深没羽。詰朝尋訪知是石，此石峨然遂千古。後人經此必徘徊，摩娑歎息思悠哉。安得將軍起泉下，百騎仍馳射雕者。

天台圖歌爲遷安劉明府初度

君不見列仙傳，王喬飛舄臨葉縣；又不見養生家，葛洪勾漏求丹砂。二公本是猿鶴侶，束帶折腰亦何取。從來傲吏多神仙，能以神明爲父母。我昔揚舲東海游，聞説仙人阮與劉。

方春采藥入山去，胡麻一飯遂相留。及歸已是百千載，眼底人民城郭改。悔別天孫出石梁，重尋舊路還煙靄。今年復游北海濱，令支山下停車輪。乍逢茂宰有仙骨，梁園修竹無纖塵。劉，商丘人。招我琴臺飲春酒，正值降嶽懸弧辰。始知今日栽花者，便是當年采藥人。

高麗二馬歌

我來京師六月餘，出門無馬又無輿。侵晨徒步走燕市，風沙滿面塵滿裾。暮歸旅舍肢體乏，中心惻愴聲欷歔。孟夏偶游樂亭邑，賢侯贈我金三十。語人已有市馬價，遍觀馬羣意不入。駿者蹻騰駕御難，駑者頑鈍行步澀。以此佇立多徘徊，忽逢賈人邊外來。驅逐霜蹄十數匹，云自瀋陽征戰回。其中三五高麗馬，形雖短小精悍哉。有一純黑一純白，骨法權奇頗合格。況是騋牝性柔順，腹又懷駒鮮疾厄。借問其價價不多，二十四金可雙獲。我愛此馬寧惜錢，傾囊買之意欣然。東市西市買轡頭，南市北市買鞍韉。青絲織帶爲之韁，紫竹結韋爲之鞭。呼兒剪拂去塵屑，濯以流水毛光潔。厚其芻豆勿使饑，黑者如鐵白如雪。來朝騎回長安道，不似從前歎蹴躃。仲夏屈指歸南方，有此豈憂道路長。況乃生兒果汗血，他年連轡從戎行。古來馬亦感知己，我懷公惠焉能忘。

劉生行爲樂亭劉臥子作

劉生劉生古俠雄，深夜飲我書堂中。兩人意氣自相合，況乃先世年譜同。樽前復有高公子，灤州高曼修。文采風流亦相似。聽我論詩齊擊節，俗眼誰能察識此。我來北平三月過，關塞交游豈不多。幾人風雅可共語，懷抱鬱結將如何。今夜爲歡與衆異，把酒休辭爛熳醉。騎馬出門雞已鳴，明朝更約東郊行。

柳枝詞 友人有妾請去而不允者，戲贈此作。

白家柳枝遣不去，韓家柳枝留不住。遣不去者情難忘，留不住者有何趣？可笑當年韓退之，馬頭明月尚相思。昌黎此意既癡絶，君比昌黎應更癡。

擊缶行留別韓子任

韓生置酒城東園，送我南歸去都門。設坐正當兩芍藥，行觴復有三嬋媛。撥阮搊箏聲激楚，齊唱南枝更淒苦。鎖南枝，曲名。中有小妓名翠兒，歌罷又能擊缶舞。擊缶古來是秦聲，雖非雅樂音韻清。纖腰宛轉似無力，狂態拖沓疑有情。主人勸客且進酒，此舞江南所未

有。今宵把臂不盡歡，明日登車重回首。聞説賢兄寓會稽，秋風相訪若耶溪。子任之兄子有，高士也。避地浙東，子任將往訪之。是時我正客湖舫，共聽吴歈山月低。

古藤歌爲兄子子詒比部作

四坐且勿喧，聽我古藤歌。古藤之壽如金石，金石有時而銷磨。古藤之壽如松柏，松柏有時而斧柯。卻訝此藤本柔木，結根永傍幽人屋。紀年不識定金元，生成擁腫更拳曲。密葉繁枝覆亭院，藤花開日香如楝。緑陰青靄不受暑，赤日黄塵從未見。吾家郎官戢此居，藤軒半間長讀書。客來便與飲藤下，涼風習習吹人裾。獨憐旅舍難久住，三年又欲遷官去。京師都無一可戀，所不能忘惟此樹。

贈馬行留别王涓來秘書

我游樂亭買二馬，一黑一白高麗種。其形雖小性馴良，任渠馳驟可無恐。北平刺史宋使君，乍見此馬欲平分。古人讓國且不惜，區區小駟何足云。遂贈使君以白者，自騎黑者來都下。偶訪故人王秘書，秘書亦復愛此馬。我念京城難久居，行將買棹歸淮徐。龍媒正苦無寄託，得充君廐幸何如。良由鄙性在山水，竹杖芒鞋心所喜。即使車前列五騶，終不

如欸乃一聲煙雨裏。

炎風行留別兄子子唯

炎風吹沙白日昏，千騎萬騎如螘奔。秋冬居此已不樂，况乃長夏氣如燔。路傍倏與爾相見，握手欷歔塵滿面。因訪天壇道院中，短檐局促如旅店。回憶鳳皇臺下居，篔簹數畝雜芙蕖。年年三伏不知暑，高枕北窗惟讀書。奈何舍此歸江北，風景蕭條憂患逼。一官雞肋未能拋，五月驅車入京國。屈指分攜十四年，衰顔短髮不如前。猶喜神明未凋落，長句贈我情依然。來朝我欲江淮去，他年聚首知何處！青門折柳不勝愁，買酒旗亭且猶豫。

安陵行

安陵在景州西南十八里。吾友張吏部環生，景州人，前歲捐館舍。今秋，予自北歸，過安陵，欲往弔之，而舟人不聽，且聞其墓在州之東村落中，無由訪問，惆悵徘徊，爰有斯作。

往年張子令毗陵，東吴四郡推廉能。興利除害非一事，常州至今人猶稱。是時我來自吴越，寄居宇下羞干謁。邂逅蒙君國士知，贈金十鎰情未竭。明歲別君歸江南，雖有讒言不

信讒。逢人便問明農子，招我重游我甚慚。旋聞考最入吏部，山公藻鏡懸當路。共道高名必揆輔，豈料盛年遂物故。我過安陵懷舊恩，束芻方欲慟君門。舟行那得隨人便，佇立河干自愴魂。

金龍四大王歌 有序。

金龍四大王者，宋處士謝緒也。緒，會稽人，初爲諸生，隱錢塘之金龍山。宋亡，日夜痛哭，陰結其徒爲恢復計。尋知勢去不可爲，遂赴水死。題詩於石曰：『立志平□尚未酬，莫言心事付東流。淪胥天下憑誰救，一死千年恨不休。湘水不沈忠義氣，淮淝自愧破秦謀。苕溪北去通關塞，留此丹心滅□□。』其徒問曰：『先生之志決矣，然他日以何爲驗？』緒曰：『黄河水北流，是吾報讎之日也。』後太祖高皇帝與蠻子海牙戰于吕梁，不利，忽見雲中有天將，揮戈驅河逆流，元兵大敗。帝夜默禱，請其姓名，夢儒生素服前謁曰：『臣謝緒也，憤宋祚移，沈淵而死。上帝憐我忠，命爲河伯，今助真人破敵，吾願畢矣。』次日即封爲金龍四大王，蓋緒兄弟四人紀、綱、統、緒，緒最少，又葬于金龍山，故名。今清江浦廟中有記甚詳，予讀之采以入詩。

行人舟至黄河濱，無不祭賽黄河神。但知金龍四大王，不知大王何如人。我來淮右天妃

聞，廟中歌舞尤雜遝。巡觀壁間有石刻，蔣生作傳董公跋。上言金龍乃山名，處士謝緒懷忠貞。心傷德祐移宋祚，慷慨憤激遂捐生。身雖沈淵志不改，石上題詩英爽在。上帝命爲河瀆神，西至崑崙東至海。後逢真主起中原，與敵大戰於彭門。鞭驅風雷暗相助，河水逆流敵敗奔。是夕見夢於帝所，自言姓名及肺腑。因而敕封大王號，沿河立廟爲河主。後人舟行大河邊，生死仗神神赫然。舟子往往見靈異，史不勝書民争傳。吁嗟草莽一逢掖，精誠乃能貫金石。太平血食三百年，忍見滄桑又如昔。我亦盦山老布衣，與君異代同所歸。瓣香勺酒拜祠下，預爲處士生光輝。

露筋祠歌書梁公狄樞部詩後

甓社湖邊露筋祠，小艇來過必拜之。拜罷低徊不忍去，佇觀壁間無數詩。其詩雖多佳者少，獨愛梁生長句好。祇緣胸中有定識，以故下筆能了了。梁生道號曰鷗民，射陂菰蘆隱此身。老死南方不歸北，分明亦是露筋人。

五言今體 五十五首

通州道中遇丘季貞文學

我自淮南至，君從薊北歸。揚鞭驚老眼，下馬揖斜暉。離索情偏久，倉皇語轉希。僕夫催又別，揮手各依依。

初寓天壇作

匝地馬牛塵，圜丘憇此身。尚餘松蓋古，況復井泉新。欲雪風號夜，無眠醒到晨。擁衾猶覺冷，愁殺早朝人。

虎坊橋訪吴見末郎中

吾友本高士，雖官仍素心。驅車芳草遠，閉户白雲深。見末恤刑八閩方回。妻子無餘禄，生涯只苦吟。天街塵漠漠，半點不曾侵。

故舊多零落，憐予到朔方。居停幸不遠，晨夕得相望。飯客先儲酒，論詩合對牀。閩游集

在手，猶帶荔枝香。

報國寺訪曹淮湄大行

官閑棲古刹，蕭寂似山村。託病且辭客，讀書長閉門。每於霜月夜，一到雪松根。此意真幽絶，難爲動者言。

星軺來下邑，曾一訪樵漁。風雪淹旬日，郵亭肅起居。丙申春，淮湄奉使至桐，留十日，日與予飲。此方重握手，相見即烹蔬。京國人何限，沾沾獨愛予。

王燕友銀臺招同兄子吉偶與三敦四夜集

淮南爲別日，握手重沈吟。贈我高深句，勞君山水心。燕友見贈有『桐山高，我心勞；桐水深，勞我心』之句。兵戈長阻絶，歲月忽侵尋。豈料風塵裏，良朋又盍簪。

精廬藏僻巷，特爲故人開。酒是梁谿載，歌同易水哀。孤生無倚著，羣從足追陪。不厭吟聲苦，霜天還復來。

趙友沂中翰招飲感舊兼呈王涓來秘書

大雪蕪江夜，輕舠擁妓行。與君偕作達，奇絶冠平生。庚寅冬，友沂在蕪湖曾有此事。彈指八年別，停雲萬里情。可憐燕市酒，重話到天明。

三楚多時彦，無如王趙賢。書窮芸閣字，筆裊御爐煙。泛愛容疏放，高齋任醉眠。定知歌舞者，必不避彭宣。洞門先生有女樂，甚秘惜，故云。

從兄坦菴詹事有贈謝之

殘年頻送酒，除夕又分金。篤念羈孤者，方知友愛深。嚙人愁猛虎，急難愧微禽。此際誠何際，區區尚在心。

一身堆百福，不省世間愁。太滿能無概，將耆始有憂。平生元介立，當宁豈苛求。獻歲東風暖，西山攜我游。

元日偕談長益處士宿吴岱觀孝廉寓中限春寒二字

十四年前別，三千里外人。遇塗猶識面，把臂各傷神。相訪期元日，偕行有逸民。盤中細

生菜，不異故園春。

北地風沙苦，兼之冰雪寒。土牀先着火，歲酒且爲歡。被少從鄰借，燈孤與夜殘。他時又離索，方信此宵難。

柬吴錦雯孝廉 時寓天壇。

七年不相見，屈指聚燕山。誰謂居停遠，翻令會晤艱。恐人防静業，謝客掩玄關。只有二王子，朝昏數往還。山長、白虹。苦吟三十卷，君許爲吾刊。以此望通籍，勝於身得官。鶯花春苑曉，燈火夜窗寒。好養追風力，天街一日看。

二月四日同談長益出都門

輦下三冬過，愁中一事無。欲尋邊塞去，其奈客身孤。老友欣同往，春風好並驅。流觀山海勢，絶勝在京都。

通州

侵曉出重城，潺潺聞水聲。潞河冰始泮，遼海雪初晴。利涉無官渡，凶人乃横征。更欺南

客懦，盡取意猶輕。

永平

北平猶古郡，風景未全消。二水合灤漆，一關分薊遼。地雖鄰絶塞，人尚説先朝。借問虎頭石，城南七里遥。

盧龍

盧龍原上路，千古説田疇。欲躄烏桓勢，聊偕魏武游。未能舒國難，且借報家讎。自有傷心處，辭金不拜侯。

灤河

灤河通北海，市日有鮮鯉。旅食何須肉，盤餐定作羹。頤生一飽足，撫事百憂并。且勿傷流落，殘春過此城。

贈劉聲玉司理

郡齋何處是，孤竹古城東。未午吏皆散，先秋獄盡空。分符聊下邑，行野總春風。勿謂催科苦，文人自不同。是時聲玉署欒亭縣事。

漂泊江淮客，驅車薊北過。素書來楚畹，芳訊及灤河。涓來、友沂皆有書至。風雅聞聲久，林泉引興多。馬城滄海畔，延賞意如何？

同李非文登孤竹山因悼其友徐大拙

客舍正愁寂，君來破我顏。貽詩涵岱色，驅策自秦關。此嶺雙松樹，當年孤竹山。游人重懷古，攜手一躋攀。

青州有徐叟，風雅隱江淮。百首君能記，千秋名不埋。獨憐奄逆旅，誰與殯枯骸。今夜聞遺詠，因之一愴懷。

送嚴天行吴平露還都寄懷兄子蛟峰

塞上苦無友，那堪君又還。一尊臨漆水，雙騎走盤山。懷古多新句，干人每厚顏。都門逢

小阮，爲道此游艱。

吾友蔣民部，君家住幾年。本同薇蕨性，頗耐雪霜天。底事來燕市，相逢在朔邊。唱酬歡正劇，言別又淒然。

憶江南 四首

江南春事蚤，口腹最難忘。白膩河魨乳，澄鮮蛤蜊湯。鱸蓴初出水，櫻笋正盈筐。何必秋風起，吴人始憶鄉。

江南長夏日，處處有鰣魚。石首隨冰至，楊梅帶雨初。菘芹鮮比荔，蓮藕賤如蔬。香茗風前酌，何愁暑不除。

江南饒美饌，收穫況逢秋。出甑子鵝熟，堆盤母蟹稠。橘紅與茭白，菱角復雞頭。佐以黄花酒，人間何所求。

江南冬氣暖，卒歲易優哉。鯽自深泥出，鳧從曠野來。白菘消酒渴，青果點茶杯。況有行根笋，霜鋤掘即開。

遷安寓程生園有贈

朔方山氣冷，三月尚無花。立馬令支音「連祁」邑，開樽公子家。櫻桃將破蕊，芍藥始抽芽。便覺春風暖，園林鳥雀譁。山城兵燹後，下榻少僧廬。祇此餘高館，欣然借我居。近邊多黍酒，出水有灤魚。日日憑斟酌，何須更曳裾。

談長益永平書來卻寄

燕山冬復春，無日不相親。薊北同驅馬，遼西獨問津。古人重高士，今世賤遺民。故舊且如此，新知曷敢嗔。聞君寓已移，旅食就僧炊。怕熱應眠榻，防偷更插籬。既爲修郡志，且勿算歸期。幸有韓公子，時來一展眉。

會試榜發久不得報有懷同社諸子

諸子皆耆舊，亡何試禮闈。便應驤首去，未許卷懷歸。輦下新朝服，山中老布衣。高鵬與低鷃，各自一行飛。

宋玉叔憲使署中臺成招同長益雲雛諸子宴集其上各賦二詩

宦游難免俗，性不改林泉。雖在邊城裏，仍爲臺館偏。栽花循節序，嗜古輯名賢。退食來深坐，休論晴雨天。

勿謂使星遠，客星相傍明。戟門憑吏散，畫壁見雲生。愛此臺上酌，居然林下情。那堪同調者，旦夕又南征。

飲張友鴻進士寓兼懷吴六益東鹿未回

京國推名飲，冬春知不閑。待君闈事畢，予亦塞垣還。冰浸盤中果，雲生畫裏山。遥憐彈鋏者，驢背正間關。

飲程弢章進士寓因有三泖之約

嚴城多委巷，良友惜離羣。獨爾居相近，與予情最殷。書憑污白練，酒任漬紅裙。時有二妓在寓。還訂初陽月，雲間訪陸雲。

東章翌茲許天玉姚瞻子陸漢東四孝廉四子前此俱未會試，今始至京謁選。

之子登科日，先皇全盛年。姚癸酉科，章丙子科，許陸己卯科。高文傳海内，晚節老江邊。有逼重來此，雖官亦可憐。不如鷓鴣鳥，奮翅向南天。

宋其武學士枉過爲竟日之談闕於展待答此

終日侍仙班，曾無片刻間。故人雖未見，知爾甚相關。何一作偶暇來荒寓，聊淹看遠山。僧厨乏杯酒，惆悵又空還。

龔孝升總憲以古色輕縐褥見惠謝之

客路虚休夏，還山且過冬。祇應擁敗絮，曷敢藉輕縐。佳貺意何厚，深辭懼不恭。南屏霜雪裏，披此看巖松。

嚴子餐給諫以七言長歌送予歸率爾奉答

君是夔龍侶，偏於巢許親。燕山憐遠别，越調送歸人。對此長疑面，相思各損神。争如陳

處士，朝夕傍音一作芳塵。時陳胤倩館于其家。

兄子吉偶員外爲余題李伯時畫謝之

龍眠吾里人，繪事妙如神。塞上獲真蹟，都中誇異珍。雖緣風格古，亦賴品題新。非汝擅三絶，誰能信得真！

王貽上進士攜其全集見示答此

王郎方弱冠，山左擅詩名。到處聞新作，居然見老成。知予吟最苦，相視眼偏明。獨恨南歸促，難爲縞紵情。

胡東甌明府書至

上谷有知己，相要出塞游。思君當命駕，倦客已歸舟。芳草江南暮，黄雲漠北秋。何時重會合，書到轉添愁。

答程北海進士送别之作

前往北平道，圜丘爲舉杯。今歸南國日，麗藻又新裁。愧乏錦衾報，争推羽獵才。孟冬還

白下，家醖許重開。

留別丘曙戒秘書

昨夜才分俸，今朝又贈詩。還來馬首別，忽動雁行思。家室高堂戚，心期老友知。丁寧非一語，到即致君詞。

秋水盈淮甸，吾將此卜居。良朋盡風雅，生計在樵漁。獨爾留中秘，焉能返舊閭。薊門多驛使，幸勿斷音書。

滄州飲馬倩若參軍

暮秋曾過此，轉眼又新秋。兩宿署齋冷，三年官況愁。酒深雞易唱，風急雁難留。借問高常侍，如今有後不？唐高適，滄州人。

七夕泊故城

殘暑不曾退，新秋猶未交。川原正浩淼，風日又炎歊。晚見初弦月，光生古樹梢。微涼思一飲，佳節莫輕抛。

臨清道中立秋

老懷逢夏減，詩思入秋多。況是飄零者，其如揺落何。關山增感慨，風月助悲歌。向夕船頭立，茫茫空逝波。

分水廟

汶水同源出，中流兩道分。天心成漕去聲運，神道勒奎文。廟中有永樂三年御製祭文。小艇北來客，輕帆南去雲。榜人歌且舞，從此息勞筋。

魚臺道中

白晝雨冥冥，舟師未肯停。斜風難掛席，順水好揚舲。市小人煙冷，魚多水氣腥。老夫唯熟睡，竟日不曾醒。

七言今體 五十六首

入都訪兄子子詒中翰

蹇驢破帽入京華，將到前門問爾家。官舍蕭寒如野寺，古藤盤錯對秋花。一肩行李聊棲託，八載鄉園總歎嗟。欲解離憂唯雪酒，暫時忘卻在天涯。

送李溉林憲使之任徐州

皖江分手悵如何，屈指都門共嘯歌。豈料冰霜之紫塞，又逢旌節去黄河。彭城自古山川勝，郇伯從來雨露多。明歲南歸淮泗路，雲龍放鶴許重過。

柬兄子子建山人

我來京國寓天壇，泉石雖幽見客難。稍喜中丞能假館，況鄰羣從且爲歡。風沙又作彭城別，枕被那禁雪夜寒。欲向青門餞游子，可無紅袖拂征鞍。

贈丘曙戒秘書

去年風雪淮陰市，吟榻長同令弟眠。令弟季貞也。今歲薄游來朔漠，乃兄高義復雲天。過從百遍休辭客，傾倒千鍾不論錢。況欲爲予覓人種，風塵何處有嬋娟。

贈王涓來秘書

王子前身是嶽僧，偶然觀化下崚嶒。涓來自言前世爲廬山僧。浮榮總似春冰薄，慧業還如秋水澄。獨喜貧交來遠道，每同深話到殘燈。更憐老冷尋燕玉，此事今人能不能？杜詩「煖老思燕玉」，是時涓來、曙戒皆欲買妾送予，予不受。

嚴子餐給諫爲題西陵女子傳感而有作

我到燕山行李無，所攜只有抱鴛圖。隨時展看千行淚，小傳裁成雙眼枯。但遇詞人皆惋惜，忽承佳句更悲吁。蘩亭尚藉王忳力，豈獨含情弔緑珠。

陳階六給諫餉金謝之

眼底公卿多少年，輕裘快馬朔風前。掃門客尚艱杯酒，卧閣人誰損俸錢。歸隱十霜徵一出，補官數月諫三篇。高情又似顔光禄，所愧予非栗里賢。

飲方干霄郎中邸

飯籮山下昔爲鄰，日日招攜不厭頻。服闋君應還輦轂，飢驅我亦向風塵。潛郎館舍偏相近，異地宗祊重與親。對酒何妨到深夜，燈前俱是有鰥人。

喜晤劉石帆太學

猶記秋霖宿爾家，粉屏題句字攲斜。草窗一别十年久，梅屋重開幾樹花。正欲逢人詢楚澤，豈知握手在京華。青氊去我無多地，夜夜相尋酒可賒。

與魏辨若涵一兩孝廉談易有合兼呈令兄石生都憲

老生讀書鄙章句，玩易直窺爻象先。但與人言多不省，雖明聖道將誰傳。知君家學本儒

者，聽我坐論殊豁然。閑時更就難兄問，御史中丞今鄭玄。

寄懷吴素夫處士

莫愁湖上送征人，蒲葉榴花亦愴神。自是友朋情眷戀，況兼兒女意酸辛。孤惸忍使離吾膝，慈愛應知似所親。雖不煩憂終不舍，時將書札慰風塵。

韓六一員外招同方干霄郎中小集

朔風吹雪滿燕山，旅舍重陰但閉關。忽有仙郎要我飲，也知朝士讓君閑。嚴寒不惜披裘往，深夜何辭着屐還。咫尺慈仁松樹古，天晴相約更追攀。韓寓報國寺後。

于慧男博士招同王山長孝廉小集

邀我偏於風雪日，不辭寒沍向東來。馬頭輕颺如飛絮，牆脚平鋪似落梅。白酒正温堪共醉，黄昏無路欲先迴。主人惆悵客留戀，臨別重斟八九杯。

歲暮宿王秘書邸見其早朝甚苦戲爲此詩

鄰雞初唱勃然興，繡幙香衾戀不能。燈下重裘猶戰栗，風前瘦馬自凌兢。千官侍立足如鐵，九陌馳歸鬢有冰。始羨南窗方處士，蒙頭高卧日東升。

人日吳園次中秘招集興誠寺古槐下 同集者龔孝升都憲、石仲生學士、吳岱觀孝廉、趙友沂中翰。

蕭條旅況惜芳晨，折柬欣逢吳舍人。野寺雙槐龍爪舊，晴沙一簇馬蹄新。坐依佛閣何妨久，酒取鄰家不厭頻。借問長安冠蓋者，春來幾個是閑身。

元宵步月

朔方燈市從來盛，南部煙花總不如。老我正當三五夜，游人但説啓禎初。歌樓舞榭惟聞鼓，田婦村姑盡跨驢。問有碧紗籠可玩，一枝動索萬錢餘。

正月十九日龔孝升都憲社集觀燈

同集者趙洞門鴻臚，嚴子餐給諫，吳岱觀孝廉，談長益、陳胤倩二處士，吳園次、趙友沂二中秘，吳蒼浮山人。

京師勝日誇燕九，遠近黄冠會白雲。是日，白雲觀仙凡畢集。何事詩人偏聚此，如今仙長合歸君。酒斟玉斝葡萄色，燭晃銀屏翡翠文。漫道馬牛塵墙裏，尚容鸞鶴自爲羣。

玉虚觀與李條侯夜話

昨歲淮南兩度游，逢人便問李條侯。參差蹤跡不相見，俯仰河山無限愁。豈料高鴻罹網罟，翻從逆旅結綢繆。匆匆杯酒那能盡，爛醉彭城待早秋。

正月晦日同談長益吳六益陳胤倩集報國寺松下爲四布衣飲分得餘字

次日予將之北平。

南歸未買尋源櫂，北走仍馳出塞車。祇有高松情繾綣，況兼良友意縈紆。金壘且甜重陰下，鐵幹曾經百戰餘。回首蔣山多涕淚，不知天壽近何如？霜根傳自金人種，閲盡年華四百餘。幾見疏狂如我輩，頻來觴詠屬春初。風沙撲面休辭

坐，冰雪同心合與居。悔不從前長寓此，朝昏相對一牀書。

贈遷安劉明府含輝

有客騎驢東出關，令支南界見春山。路人争説神明宰，膏雨長沾隴畝間。正擬歸時尋赤縣，那知郡邸識朱顏。景忠峰壑多奇勝，肯與提壺一往還。景忠山在遷安境内。

韓子新兄弟招同長益夜集

雲樹蒼蒼古北平，君家兄弟最知名。花時正想班荆語，月夜先期折柬迎。吴越山川曾在目，韓多游江南。幽燕烽火不勝情。我思碣石觀滄海，何日連鑣出塞行。

趙獻清招飲聞邊曲有感

置酒高堂春夜深，忽聞絲竹動哀吟。當年祇是邊關調，一作樂。今日都爲吴越音。坐上有誰能顧曲，天涯無處不傷心。知君好客難辭酒，一任胡姬取次斟。

戲題北平寓壁

半生作客總南方，不是僧房即道房。今出塞垣無可寓，暫棲民舍亦何妨。雙雙健婦持門户，頓頓重魚佐酒漿。灤河出魚，重脣，土人謂之「重魚」。夫壻漫勞斜倚盼，水清石見在中央。古樂府：「夫壻從門來，斜倚西北盼。語卿且勿盼，水清石自見。」

隆教寺贈壽上人

上人歸棹自南都，買得經文廿四櫥。雖則中丞酬夙願，難於邊地起浮屠。上人重修此寺，蔡中丞施大藏經。飯僧尚覺資糧少，款客偏多茶笋俱。幾欲出城繙貝葉，祇愁無以助伊蒲。

送笑上人出關兼懷祖心師

白岳雲峰好坐禪，如何北走薊門煙。祇疑古德山中少，不惜麻鞋雪裏穿。既以塵緣應解脱，翻於朋好故纏緜。瀋陽今有高人在，更過遼西始息肩。

禊日飲田家

今年上巳客邊隅，風氣陰寒花柳無。暫出灤河觀逝水，忽逢湯老薦新酤。重脣魚美鯽相似，雙尾鯉鮮蛤不殊。醉眼矇矓是江左，匆因佳節憶枌榆。

宋憲使署中鸚鵡能言索贈二首

河隴驅車到朔方，攜來鸚鵡掛雕梁。人雖側耳憐嬌語，鳥自低頭憶故鄉。豈望誦經成舍利，漫勞作賦動詞場。酸辛最是關山路，繞樹聲聲問上皇！

勸君巧語莫多端，語巧人憐放益難。香稻滿瓶隨飲啄，浮塵着羽易凋殘。方今争尚惟鷹犬，惜此奇毛似鳳鸞。若是漢禽秦吉了，東飛定不過三韓！

三月十九日

年年此日淚沾纓，況是今年寓北平。雙闕曉鐘還似舊，千官春仗不勝情。褚淵王溥蒙恩澤，袁粲韓通失姓名。猶有野夫肝膽在，空山相對暗吞聲。

答徐玉海借書

久客邊城春事殘，遐方無處借書觀。勞君自送弇州集，開卷重生紫海瀾。弇州自詠其詩云：「大海迴風生紫瀾。」七絶更如升岱華，一瓻何以報琅玕。古語：「借書一瓻，還書一瓻。」牙籤錦縹知盈室，明日還來次第看。

偶過玉海小飲

雨窗終日對琅琊，北地滄溟未足誇。自覺鍾情向誰語，不妨索酒到君家。火燒玉露色香減，蜜浸人薓風味嘉。塞上春歸莫惆悵，杏花纔放又桃花。

贈北平楊太守九章

邊塵漠漠塞雲黄，極目平原草樹荒。一自棠陰來召伯，頓教麥秀似漁陽。搴帷行野春風遍，卧閣彈棋夏日長。猿臂將軍猶有廟，歲時幸勿廢椒漿。

送王西山明府之任閩中

君行萬里莫淒然，自古文人多左遷。官舍況當榕樹緑，王程正及荔枝鮮。從軍瘴海知無事，送客榆關悵各天。他日量移吴與越，相逢重在水雲邊。

徐月鹿水部奉使杭州與予有同舟之約今羈北平不得遄往遥寄此詩

君家兄弟本天人，與我神交各有因。京邸相逢如舊識，仙舟許附此閑身。無端出塞淹山谷，不及囊書候水濱。猶喜秋冬會稽去，江關判醉玉壺春。

登韓侍御釣臺 四首

鐵崖千仞俯青谿，上有孤峰似卓圭。因石爲臺供客釣，傍松結屋借僧棲。窗中列岫芙蓉亂，檻外羣漁舴艋齊。此景江南亦希有，漫言薊北與遼西。

聞説韓公仕聖朝，黑頭蚤已慕松喬。一竿煙水長爲主，七道徵書枉見招。勝地生前營窆穸，高風死後在嶕嶢。當年極盛猶甘隱，未審如今肯折腰。

東去遼陽海上山，羣峰往往絶躋攀。不如近郭林巒秀，自有親人魚鳥閑。松柏千章圍墓

道，滄浪一派洗塵顔。傷心天壽諸陵樹，葱鬱焉能似此間。

豸繡文孫老布衣，標持風節繼前徽。三公不易青山樂，一艇長隨白鳥飛。瀚海愁聞新戰伐，灤河久别舊漁磯。故園丘壑今如此，胡不攜家自雒歸。侍御孫子新家于鄢陵。

樂亭遇雨宿曹位之宅

倦游人自海城歸，纔出闉闍雨濕衣。遥指前村有高士，不妨下馬款柴扉。倉皇治具留予宿，邊塞多聞似爾稀。今夜醉眠難再得，他時回首思依依。

留别宋大塗 玉叔兄子也，讀書憲署中。

日日思歸尚未歸，故交情重莫能違。囊空客與花争笑，署冷君同鶴不飛。幸有露臺長對酒，怕言家難各霑衣。何時拔宅真江去，也買漁舟傍釣磯。大塗欲卜居儀真。

靳茶坡入都寄張虞山范麋生閻百詩三書

濟水東來得鯉魚，烹魚忽見故人書。上言薊北無知己，相勸淮南且卜居。采藥尚須游茂苑，結茅終欲傍精廬。何時轉棹天津去，紅蓼花開七月初。

西苑同茶坡閑步

十里芳湖抱一丘，相傳遼后有粧樓。聖朝寬大何曾廢，文士蕭閑並得游。今與胡僧譬白塔，争容仙侣泛蘭舟。我來橋畔空延佇，細柳新蒲無限愁。

韓聖秋中秘招同許天玉白仲調諸子小集

我隨陽鳥到燕臺，君去虔州尚未回。屢向城南僧舍問，預知天上使星來。月如鳩浦深深夜，酒似龍潭滿滿杯。聖秋舊寓龍潭、蕪湖。無數新知在京國，舊人相見眼偏開。

送李屺瞻進士西歸并壽其尊公

李生挾策對春闈，一日聲華滿帝畿。自念高堂開壽域，還期采筆播芳徽。重來定致千鍾養，此去先裁五色衣。眼底新人非不衆，名家才子似君稀。

哭從子訥 二首

翩翩書記客彭城，賓主交歡甚有情。分俸雖微聊佐讀，嘔心太苦遂捐生。初聞浪説疑傳

誤，果見鄉書慟失聲。揩公、子建皆有書至。門祚衰殘天意酷，年來奇禍莽縱橫。前年淮右同作客，意氣飛揚篋尚空。去歲黄河偶相遇，形容肥澤裝亦豐。正喜歸家有菽水，豈知客死如霜蓬。九原應見天沖子，攜手悲啼話阿翁。天沖子，亡兒道號。

六月望日陳階六黄門社集分韻

同集者關中韓聖秋，閩中許天玉，粵東程周量，湖南趙友沂，浙東倪玉純、陳胤倩，雲間張友鴻、吴六益、朱韶九，淮上靳茶坡，廣陵吴園次、劉玉少，金陵白仲調，宛城徐次李。

父老相傳隆萬時，李王名著白雲司。高吟自負千秋業，薄海人歸七子詩。此日風流俱泯滅，我曹出處又參差。何緣共對燕山月，俯仰之間多所思。

明農秖合老蓬蒿，旅食京華感二毛。今夜就君非俗飲，主人與客並風騷。月中槐影光偏亂，露下芳尊興轉豪。侵曉獨憐予欲別，三秋離思在江皋。

七月一日出都門

山中猛虎嚙豪賢，獨漉吟成北走燕。交有良朋空歎息，手無利劍合憂悁。因思枚里尋漁父，又想皋橋買釣船。兩地未知何處好，且歸南國看機緣。

臨清追吴錦雯司理不及

都下相期一路回，舟中每夜得銜杯。我因病痟行姑緩，君爲之官衆所催。尚擬修途可追及，其如輕舫衹前開。計程應在張秋道，也泊河干望客來。

東昌贈劉太守定宇 劉曾守灤州。

春風策衛古灤城，父老猶稱舊守名。今自北平還建業，又聞東郡有賢聲。停舟欲識龔黄面，好客偏多箕潁情。無奈歸心似流水，揚帆恐不待雞鳴。

濟寧贈王别駕石公

慈仁寺裏雙松下，忽漫相逢悲喜俱。秋浦論交成往代，長沙作令是危途。量移山左官雖小，鄰接江南地頗腴。歸棹爲君停一日，不知還有酒錢無。

夏陽贈郭明府摩菴

屈指彭城訪故人，道經豐沛也相親。豈知河上逢仙令，先枉舟中視逸民。卓魯高風今尚

在，蕭曹遺蹟未全湮。蕭曹，沛人。郭今爲沛令。匆匆不得來游覽，黄菊開時一問津。

清江贈任計部崧翰

長淮風雪苦寒時，曾與羈棲困不支。轉眼使星臨海嶠，笑看游子泊河湄。春陰晝省長同醉，秋色江關自有期。我欲卜居枚叔里，從容來乞草堂資。

贈胡水部階平

有客新從北道歸，停橈淮口立斜暉。使君枉駕情何篤，舟子鳴榔興欲飛。暫去劉伶臺下月，重來袁術浦邊磯。頻頻索酒難辭醉，紫蟹紅鱗秋正肥。

題范麋生幽草軒

扁舟淮上往來頻，無數詩人與酒人。獨爾高齋多暇日，留予堅卧動經旬。布衣不作青雲夢，醉眼長看滄海塵。莫向秋林悲落葉，年年芳草自逢春。

又題麋生樂志堂

堂名樂志義何如？良曰先人此敝廬。世亂無心慕軒冕，才高得力在詩書。田園尚欠仲長統，賓客偏多龔聖予。聖予，淮人也。似爾承家真不忝，勿因風木重欷歔。

丘季貞西軒社集分韻

同集者劉阮仙學士、姜真源御史、姚山期、魯仲展、張祖望、何蕤音、諸駿男、宋份臣、張伯玉、胡天放、張虞山、閻再彭、程維東、婁東。

卜居久已定長淮，此日機緣又不諧。且繫孤舟尋舊侶，況逢羣彦聚高齋。歌聲清脆悦人耳，詩句蒼涼感我懷。三宿西軒莫輕別，飛蓬明日又天涯。

一蒲庵訪閻百詩夜話

殘荷細雨響秋池，曾宿茅庵序爾詩。暫去燕山成隔歲，重來淮海又斯時。月中鼓棹驚相訪，燈下開樽喜共持。坐到天明方解纜，祇愁病體不能支。

揚州飲王于一孫豹人齋頭偕宗兄聖羽學博

蕪城好友苦不多，一二寓公藏煙蘿。雄文麗句世莫敵，深巷短垣人少過。見予拊掌忽大笑，呼童貰酒且狂歌。廣文先生官雖冷，也騎瘦馬來婆娑。

邗關留別諸駿男

我去蕪城秋水寒，故人送我至河干。解衣質酒高樓醉，冒雨尋花夾巷看。隋苑久荒猶有恨，雲英重見且爲歡。用杜牧之事。佳期更指西陵路，豐樂橋邊問考槃。

龍江北岸阻雨

真州揚帆遇北風，準擬今宵石城中。秋江倏忽雷雨作，野航蕩漾蘆葦叢。燕磯咫尺不得渡，鳳臺消息焉能通。遥憐小女問阿姆，連日燈花何太紅。

五言絶句 十三首

故宫燕

昔日昭陽燕，今日巢河濱。豈不愛華屋，傷哉舊主人。

故宫鶯

上林雖百囀，魂夢在江南。一自蒼鷹貴，黄鸝賤不堪。

故宫鴉

城闕高千尺，鴉羣依舊棲。秋來何所恨，夜夜似人啼。

題酒家壁 四首

青簾隨處有，我愛黄公家。有錢自酣飲，無錢亦肯賒。

眼底人皆醉，吾何能獨醒。餔糟歠醨者，尚不至沈冥。

問我來何數，非關飲興豪。風塵燕市裏，或恐有荆高。
飲罷登樓望，春城煙樹重。西山當落日，萬朵青芙蓉。

三月晦日

春歸人未去，花下一沾衣。也覺人歸好，無家何所歸。
人莫惜春殘，春先笑人老。有家自合歸，無家歸亦好。

五　日

年年逢此日，釃酒弔湘娥。腸斷鴛湖水，餘生恨轉多。
蘭摧猶自激，玉碎是人殘。怕見葵榴色，猶疑血未乾。

七　夕

天上佳期有，人間好會無。馬嵬何足道，痛絶是鴛湖。
不分雙星合，空憐片月明。舟中思往事，獨坐對孤檠。

七言絶句 五十四首

王燕友銀臺以四甆杯見惠云出自宮中者賦此謝之

旅舍苦無盛酒物，故人遺我四宮杯。杯文五采成龍鳳，或恐先皇飲過來。

窑非宣德即嘉靖，繪是丹砂與石青。山澤遺民何忍用，藏於笥篋見儀型。

天壇同劉杜三王山長吴岱觀嵇淑子吴錦雯王白虹黄向先諸子飲屬余爲卜闈事皆不利戲贈二絶

三十年間老孝廉，也隨兒輩鬬毫尖。看來俱是過時者，不待君平仔細占。

無奈山中饑餓何，便應謁選勿蹉跎。殘年但得推知職，今世誰論甲乙科。

喜談長益至

淮干折柳正新秋，勸我京師勿浪游。屈指别來纔五月，如何君亦到幽州。

君到幽州有所爲，盧龍曾與故人期。故人亦我平生友，便與同車向海涯。

王涓來席上贈歌者

塞北惟聞羯鼓聲，那知南曲細如鶯。不甘蔡琰終沙漠，且作何戡唱渭城。
旗是厢紅復正紅，贖身何日返吴中。莫愁京國無知己，現有黄州太史公。

除夕感懷 六首

去年除夕哭吾妾，淮海愁雲慘不開。今年除夕哭吾母，燕市悲風響更哀。
南烏無巢寄北枝，中間木主供先慈。一從家破蘋蘩缺，敢學長江自祭詩。
亂世元多失意人，貧家婦子也相親。那堪骨肉銷亡盡，四海茫茫剩一身。
精衛英魂萬古傳，抱鴛人豈瞑重泉。憑教東海風濤惡，自有西山木石填。
潤州談叟老詞場，下第劉生亦楚狂。憐我客中多涕淚，特來燈下共淒涼。是夕長益、石帆皆在敝寓。
北地土牀寬且温，垂簾擁絮不開門。今宵睡法同∴字，三處家鄉一夢魂。∴音「伊」，出内典。王維詩：「三點爲伊猶有想。」

早春爲陳階六給諫初度 四首

燕市棲棲冬復春，簪裾無數懶相親。今朝揚觶爲君壽，知是淮南舊酒人。階六自號「楚州酒人」。

衣上黄塵鮮不緇，惟君素質似當時。都門何物堪持贈，報國霜松一兩枝。

東山雖爲蒼生起，北闕其如補衮勞。回首劉伶臺下月，漁舟卧穩不驚濤。

南方福地推淮甸，雞犬桑麻似武陵。他日卜居應在此，看君白首杖青藤。

喜晤陳胤倩處士兼懷陸麗京梯霞

廬陵自古溪山好，尚有梅花冷暖殊。争似錢塘陳與陸，枝枝葉葉是林逋。

豐潤阻雪

江南二月草萋萋，柳密花繁鶯亂啼。豐潤道中猶阻雪，春風未到北平西。

馬蟻阪

齊侯經此伐山戎，日暮途窮水又窮。師蟻得泉馬得路，聰明幾與伏羲同。

卑耳溪

田疇不賣盧龍塞，管仲曾臨卑耳溪。今日俞兒何處覓，烏桓牧馬過遼西。

灤　河

灤河春水雪消初，舉網雙雙得鯉魚。欲買魚歸是何意，腹中恐有故人書。

書白學博夢母詩後

人皆有母母皆慈，幾見人吟夢母詩。白首尚懷孺子慕，青氊不愧秀民師。
四十年來心力窮，板輿長入夢魂中。我今衣上線猶在，對爾如何淚不紅。

清　明

薊北春深雪未消，城南望遠思無聊。忽聽人説清明字，一日何堪是兩朝。

昌黎

絶代文章韓吏部，中興事業李司徒。兩賢俱是昌黎産，我欲從之今已無。

遷安

莫言邊令好催科，縣小民稀奈若何。一自投充與圈占，漢人田地剩無多。

偏涼汀

灤河東去海天空，白草黄沙一望同。惟有偏涼汀數里，兩邊山色似吴中。

玉河

海岱門前車碾塵，玉河橋畔柳摇春。春來幾個閑行者，千萬億人無一人。

西苑

西華門裏御湖澄，遼后粧樓昔可登。今日樓空惟白塔，豐碑新賜喇嘛僧。

金魚池納涼

池上茅庵松下身，老僧相對話前因。倦時坦腹南窗卧，不羡天街騎馬人。

城南觀别者

離亭送客有雙娥，遥指前山暮雨多。也學蠻方鷓鴣語，低聲行不得哥哥。

王涓來齋頭觀李屺瞻畫

長安六月苦炎蒸，夢想江南歸未能。今日對君揮翰墨，泠然濯我玉壺冰。

題友人垂釣圖

江海横流十五年，蘆洲何處可停船。算來淮甸粗安穩，且把漁竿釣晚煙。

都下竹枝詞 二十首

金絲煙是草中妖，天下何人喙不焦。聞説内廷新有禁，微醺不敢厠宫僚。

都門本是利名關，來去紛紛各不閑。亦有京官十數載，從無偷眼看西山。

前朝勳戚盛如雲，後裔同歸厮養羣。莫向灞陵嗔醉尉，何人猶識故將軍？

十謁朱門九不逢，所期杯酒話情悰。無端宴會俱裁革，四字紅單密密封。四字者，『來日候光』也。

投認師生法不輕，其初只爲杜逢迎。因而場屋真知己，懷刺無他止姓名。

新法逃人律最嚴，如何逃者轉多添。一家容隱九家坐，初次鞭笞二次黥。

本司三院舊鶯花，此日飄零無一家。惟有西河沿上柳，年年春色解藏鴉。

侵晨旅舍降嬋娟，便脱紅裙上炕眠。傍晚起身纔勸酒，一回小曲一筒煙。

牛車無數塞天街，俱是兵兒運草柴。科道相逢誰敢喝，欠身立馬任擠排。

詞林相見首言貧，欲結穹廬未有因。借債先尋保債者，無如户部點差人。

自昔旃裘與酪漿，而今啜茗又焚香。雄心盡向蛾眉老，争肯捐軀入戰場。

東戍榆關西渡河，今人不及古人多。風吹草底牛羊見，更有誰能敕勒歌。

滿粧羣婢概無夫，鍼線傭工立路隅。每日百錢持送主，無錢罰餓使樵蘇。

老婦樵蘇力已衰，日尋牛馬糞盈箕。晚來頭戴箕歸舍，小雨濛淞萬淚垂。

南海降王款北庭，路人争擁看其形。紫貂白馬蒼顔者，曾攬中原是殺星。

青袍下第各沾巾，謁選還遲十五春。年少兒郎猶可待，壯夫惟有鬢如銀。

故老田居好是閑，無端薦起列鴛班。一朝謫去上陽堡，始悔從前躁出山。

自古長安似弈棋，一番客到一番悲。許多大老休官去，幾個名娼又嫁誰？

蘆中貧士亦何愚，燕市來尋舊酒徒。漫説荆高零落盡，即令相見酒錢無。

有客慈仁古寺中，蒼龍鱗畔泣春風。布衣自有布衣語，不與簪紳朝士同。

螽山續集前編 四游草 徐杭遊草

五言古體

和東坡先生除夕三首

同和者安福康小范、莆田林青仲、晉江黄俞郃、江寧倪闇公，是爲己亥元日作。

餽歲

貧家寡所親，鄰里亦相佐。殘年室屢空，居積無一貨。丈人有好懷，餽遺不在大。隻雞籬下縛，雙魚盤中卧。真意曷忍違，留之供客坐。荒厨開宿醞，細麥出新磨。可以恣飲啖，諒無醉飽過。叩門者誰子？吟詩索予和。

别歲

去年遊北塞，迢遞歸來遲。風塵徒自苦，悔咎莫可追。今年返南國，卜居淮水涯。娶婦得

椎布，宛如賃春時。飢寒願相守，不敢慕輕肥。仕宦豈不榮，遷謫良可悲。有酒且召客，爛醉君勿辭。請看明鏡裏，容鬢爭先衰。

守歲

少小雙瞳子，閃閃如金蛇。行年未五十，倏有薄霧遮。精力未應老，其如憂患何。今夜燈燭前，妻女慎勿譁。聽我甯戚歌，復作禰衡撾。仰視中庭星，參昴忽西斜。聞雞尚欲舞，壯節恐蹉跎。惟有篋中詩，異代猶可誇。

彭城訪李觀察溉林先生

古人重感恩，一飯且不忘。何況被明德，沾濡十年强。使君昔爲令，乃在我鄰疆。凜秋扇仁風，草木皆春陽。顧慚葵藿質，何足當寵光。猥蒙君盼睞，禮遇非尋常。飢則餉之粟，寒則衣以裳。凶年免溝壑，實荷君壺漿。六載君考績，徵爲尚書郎。相送皖江口，惜别情徬徨。明歲至都門，一見喜欲狂。煖酒濯我塵，假館息我裝。聞我有家難，惻焉心暗傷。聚首未旬日，旌旆復南翔。彭城我舊遊，山水夙所詳。恨未遊覽遍，從兹得津梁。峨峨放鶴亭，鬱鬱黄茅岡。摧殘燕子樓，寂寞逍遥堂。願得陪公宴，附名於篇章。勿謂隨陽鳥，年年

爲稻粱。

贈徐州守王吉士

昔者蘇長公，曾爲此邦牧。膏雨潤畎畝，惠風吹草木。是時澶淵決，河水蕩平陸。懷襄實可憂，公親操版築。城郭賴以全，生民食其福。又有張山人，卜居南山麓。公樂隱者風，時時造茆屋。至今放鶴亭，高文尚華煜。公去五百年，乾坤幾翻覆。豈無循良吏，誰能繼芳躅？賢哉王刺史，物望冠羣族。昨歲來綰符，善政不一足。河伯爲安流，兆民咸悦服。我適遊彭城，冒昧未敢瀆。君出吾兄門，師友義最篤。不忘知己恩，推愛及骨肉。飲我逍遥堂，夜雨聽絲竹。重吟二蘇詩，古道宛在目。

從楊士佳索四賢詩

每上雲龍山，先謁四賢祠。四賢者爲誰？唐則韓退之。曾參武寧幕，表爲州節推。宋則蘇子瞻，出守熙寧時。是時黄河決，衝突城幾危。賴公捍禦力，至今黄樓垂。其友陳後山，抱道隱茆茨。公薦爲教授，儼然儒者師。又有楊龜山，理學宗濂伊。始仕郡法曹，小官亦不卑。四賢本殊産，俱宦遊于兹。徐人高其風，崇祀永不衰。楊生千載後，懷古興遐思。既

輯四賢文，又輯四賢詩。合梓成一編，可用爲羽儀。我昔遊彭門，頗搜山川奇。見此欣欲得，君適去江湄。今年訪君廬，握手如故知。連朝飲我酒，杯斝何淋灕。借問四賢詩，云胡不見貽？

爲鐵佛寺僧題募疏

有客來彭城，苦無棲泊處。旅舍豈不多，喧卑難以住。城南開元寺，鐵佛名最著。其地甚弘敞，其僧皆淡素。況近雲龍山，可以恣閑步。但恨禪室少，客來僧即拒。東偏餘五楹，廓落似荒署。若以屏間之，窄小轉多趣。僧云食尚乏，那得修飾具。所願諸檀越，各捐少許助。左右分兩間，相對爲門户。更設几與榻，事事得所措。向後嘉賓來，皆可送此寓。幸勿吝涓滴，合之成雨露。

武林呈范僉憲正

范公昔爲郎，奉使來舊京。秉性好風雅，又復好友聲。所以衣冠士，望之如蓬瀛。我友顧與張，與治、恢生。衰年困柴荆。方春逢雨露，草木含滋榮。石湖有邢叟，孟貞。六義研頗精。其詩數百篇，散落同野苹。公爲表章之，遂成千載名。是時我南來，聞此肝膽傾。懷刺一

往謁，辱公倒屣迎。且謂予宜序，所愧人言輕。明旦即北轅，遥遥抗前旌。枉駕過羈旅，厚貺無吝情。古道今寂寥，此義何峥嶸。厥後二三年，分司越王城。峻比南峰高，潔比西湖清。外臺寧久淹，立召爲孤卿。我適遊越州，涉江采芳蘅。與公咫尺間，安忍恝然行。停舟叩幕府，乞酒澆塵纓。

題鬱林石

友人吴錦雯理吴郡，迎其尊公静腑先生來署中。一日于牆陰得片石，異之，諦觀其上有「鬱林石」三字，疑即三國時陸績所載也。静腑舊爲粤令，以廉著，愛玩此石有同心焉，因贈此作。

東吴有前賢，姓陸字公紀，嘗爲鬱林守，廉介著青史。歸時患舟輕，載石充行李。及其抵吴郡，石棄於淺水。吴人重風節，樹石表公里。猶恐他石溷，鐫刻使不毁。迄今千餘年，此石竟湮矣。我友武林生，除授吴司理。迎親至官舍，羣花爛如綺。散步行花間，低頭摘芳蕊。偶然得片石，隱隱峰巒起。其上有三字，雖晦猶可指。當年陸公舟，所載恐即此。誰移郡齋中，想亦大君子。若翁曾令粤，秉躬皭不滓。郎君筮仕初，亦以廉自矢。此石久淪落，遇合非偶爾。吴陸古並稱，賦詩張厥美。

留别諸駿男文學

臨安風俗儉，好客者殊少。即有同心人，禮數仍草草。正如杜陵詩，一飯跡便掃。諸君本貧士，滿腹富文藻。曾遊江淮間，果得名譽早。前日聞我來，盤餐遽傾倒。今朝聞我去，又復集朋好。此意獨慇懃，欲别傷懷抱。秋颱何謖謖，秋月何杲杲。把酒送歸人，相思白門道。

蔡子虛員外月下招飲賦此謝之

孟冬天氣晴，霜葉下羣樹。貧家罕人事，炙背當軒户。忽聞叩門聲，云自蔡水部。貽我詩一卷，其名曰郎署。辟如秋水澄，不受纖塵污。更妙是篇首，耻借達人序。自題三五行，樸直見真趣。詩後有尺書，要我今夕聚。皓月懸中天，流光勿虚度。薄暮杖藜往，壺榼已先具。所約皆名彦，討論惟詞賦。不似宦遊人，酬酢拘禮數。臨别謂今夕，安可無佳句。歸來興勃然，聊以學君步。

答沈方鄴見訪

憶與若翁交，乃在廿年前。曾遊敬亭山，館舍欣相連。一日一過從，情分何纏縣。是時爾總角，風骨秀且妍。喜與豚犬子，同生癸酉年。我笑謂若翁，兩世俱豪賢。匪獨結弟昆，還結爲姻緣。亡何逢世難，陵谷倏已遷。烈士誓捐軀，不肯命苟延。至今宛溪上，麻沈名並傳。聞爾年既長，文采果翩翩。吾兒亦能文，蚤歲歸黄泉。念此肝腸摧，不忍通寸箋。今冬爾南來，訪我秦淮邊。投我以新詩，質我以舊篇。曠代無此才，鵷雛獨高騫。因之出南郊，僧舍聊周旋。累日恣討論，中夜猶未眠。乍見不勝喜，臨别忽淒然。俯仰今昔間，痛憤何由宣。

七言古體

黄樓歌爲魏少府竟甫先生作

宋公戲馬臺已荒，張公燕子樓亦亡。不如蘇公此樓在，五百年後形猶黄。憶昔公爲徐州守，芳春處處栽花柳。一朝河決城幾陷，埤堄隱見蛟龍走。惟公憂患與民同，親操畚鍤泥雨中。涉旬水退城得保，天子下詔旌其功。因起黄樓東北角，水土相制義誠確。厥弟潁濱爲之賦，太虚後山皆有作。城頭樓勢鬱崔嵬，河上望之如蓬萊。公每賦詩寄朝士，自矜其伐雄矣哉。吾州下邑生劉季，何况區區張與李。重瞳遺跡已塵埃，惟有黄樓臨泗水。此四句即蘇詩。吁嗟公去數百年，黄樓摧頽不如前。接踵豈無賢太守，登高覽眺心茫然。柏鄉魏侯天下士，受命治河來守此。緬懷古跡不勝情，中間最愛二蘇子。二蘇題詠滿黄樓，安忍廢置如荒丘。行歷城東得舊址，慨然捐俸爲之修。未及一年樓突兀，恍疑金闕臨溟渤。河中百神俱效順，河上千艘任超忽。層城刻木像二蘇，四時禋祀羣黎趨。豈直遊人恣玩賞，實爲守令存師模。是時我來自淮甸，與君登樓日歡宴。徐人知我是君客，磨石鐫文待予撰。我觀世間陵谷多遷移，惟有文章政事永不衰。斯民直道尚三代，頌公明德非吾欺。預

知異代登樓者，蘇魏齊名萬古垂。

寒食日吴臨垣明府招同來伯中黄諸子登放鶴亭

去年寒食客榆關，苦憶江南不得還。今年幸已返南國，何爲又客徐淮間。徐州自古名勝地，出城即有雲龍山。山頭放鶴亭尚在，昔人題詠苔蘚班。吴君竹林雅好事，提壺邀我同躋攀。是日恰逢禁火節，紛紛上冢人不閒。忽憶故鄉千里外，墓門荆棘誰爲删。祇緣里巷有豺虎，遊子欲歸險且艱。風塵南北豈得已，臨水自照傷心顔。

贈吴來伯别駕

彭城主人好客多，美醖獨數吴寧波。寧波釀法既有異，封藏又復三年過。尋常宴集甕不開，開時必待嘉賓來。我非嘉賓忝上座，眼看琥珀盈金杯。初一沾脣香味足，三杯四杯春滿腹。十杯已醉勿復斟，扶杖出門身彳亍。主人謂客酒何如，有暇時復來吾廬。紅鳞紫蟹諒不乏，况乃架上多奇書。書任我觀酒任酌，作客無如此間樂。但恐此客來太繁，主人瓶空亦杜門。

贈李孝乾孝廉

李先生年六十餘，鄉舉乃在熹廟初。七上公車未釋褐，歸來閉門惟讀書。昔猶不仕況今代，所以白首甘樵漁。我到彭城訪耆舊，先生家在雲龍後。乍睹風儀自淳古，重覽詩篇更蒼秀。詰朝相約過君廬，啖我香蔬飲我酎。我聞漢之龔勝此州人，寧死不肯臣莽新。先生與龔同志操，又能用晦全其身。異時登眺雲龍者，爭指山阿問逸民。

飲萬瞿客樊桐堂感舊作歌

前年上君堂，曾賦二客行。今年上君堂，二客分死生。死者返其宅，生者難爲情。感此不能飲，不飲空吞聲。强起移尊花下酌，垂絲海棠半開落。花落那能再上枝，人老應無再少時。君今妙齡宜努力，莫將塵務嬰胸期。世人汩没塵中死，若兄雖賢未免此。何以洗塵多讀書，能似若翁即才子。瞿客乃年少之子、遐客之弟也。

七夕飲李笠鴻齋頭

憶昔芝田劉伯子，與客西湖弄秋水。遥望東南五色雲，狂呼大叫煙波裏。明年淮甸遇真

人，運籌帷幄如有神。儒生裂土自君始，至今子孫處海濱。蹇予亦客西湖畔，遥聞鞞鼓喧江岸。畫船不許放中流，藕花蒲葉空零亂。野酌偏逢乞巧時，坐當星漢露華滋。主人釃酒更相勸，朗詠犂眉數首詩。

中秋日雨留别宗人秉虔

六月我來湖上遊，屈指歸期在新秋。豈知京口纏殺氣，江程阻絶空懷憂。假寓招提近城北，滿城兵馬紛如織。一月不出錢塘門，獨坐僧房暗悽惻。忽聞爾自黄山來，移寓就我何快哉！朝朝暮暮共尊酒，佛前燈火雙徘徊。因循遂至中秋節，道路漸通吾欲别。蕭蕭風雨惜離羣，别後相思看明月。

捉船行

吴閶一路兵捉船，榜人奔竄蘆葦邊。三日五日不敢出，夜夜驚呼那得眠。歸客蹉跎情自苦，況復秋風亂秋雨。荒洲無處覓飲食，紫芋紅薑噉少許。來朝風止雨亦晴，大舟畏怯應難行。急買小舠似鳧雁，間道溧陽趨石城。石城用兵已兩月，道途梗塞音書闕。此行但保平安歸，以後遊蹤勿輕發。

喜陳伯璣移居相近贈此

我客江淮廿餘年，年年稅人居可憐。今年始買白下宅，桃葉渡口青谿偏。其廬雖敝巷雖陋，水光山色當門前。我友陳君數過此，深羨此地多林泉。亦欲卜居鄰左右，恰有鄭老餘一廛。不惜兼金至十鎰，今朝買得明朝遷。牆外澄泓一陂水，樓上宵靄千家煙。望衡對宇半高士，與我草舍尤相連。有暇即過過即飲，不論雪月風花天。勸君且勿歸章江，我亦不用歸桐川。丈夫飄蕩逢世亂，苟全性命遂終焉。何必定種漢陰圃，何必定耕南陽田。閉户著書各努力，千秋萬歲名争傳。

題載花船短歌 爲張萬青作。

自古美人多不壽，壽則紅顔漸衰醜。不如年少化芳塵，蛾眉千載尚如新。我友張君本仙吏，買得如花人並蒂。秦川粵嶠遠相從，蘭舟共載雙芙蓉。那知樂事天所妬，霜風一夜凋瓊樹。人生有情誰能堪，譜入新詞遍江南。時時招客來羈旅，一聽哀音淚如雨。子平子肅名必傳，不信但看載花船。

五言今體

從兄繡山新居

城南又卜宅，不離鳳凰臺。自有山林趣，何煩車馬來。松筠多舊植，梅菊況新栽。春水盈池沼，軒窗面面開。悔作都門客，風塵溷一年。息肩來白下，僦舍亦淮邊。所願衡茆接，長教枕被連。秋成催釀酒，相見即陶然。

淮上遇潘江如有贈

舊遊如昨日，彈指十三年。祇有蒹葭思，渾無蔓草緣。那知仲春月，相遇大河邊。喜極翻多感，臨風一喟然。曾聞江上信，參幕去南州。性拙難干禄，家貧易白頭。一椽兵又占，八口餒堪憂。所幸兒婚畢，徐圖五岳游。不記金閶日，烽煙白晝昏。高樓逢越女，小艇遁湖村。患難惟君共，交游獨我存。抱鴛人

已矣，淒絕更傷魂。我欲彭城去，心隨陽鳥飛。故人忽相見，行李詎能違。借榻淹春夜，停觴送夕暉。淮南多好友，且住勿言歸。

補壽范眉生三十 步天醉韻。

長淮風雅地，小范最知名。九月逢初度，扁舟往潤城。江山供睇笑，賓從喜將迎。何物觴君好，吟詩和趙生。同輩多衰白，惟君正妙年。讀書千卷破，警句萬人傳。復有養生術，能如樂志篇。虛名羞李郭，終遜范滂賢。欲師先少伯，煙艇四時宜。底事鶯花日，都爲粉黛羈。高秋來故國，狹巷擁新姬。處處沾香澤，何須歎遠離。服藥非關病，憂時感萬端。逢場休戒酒，捫腹且加餐。濁世求榮易，閑居免禍難。祇應梅與竹，不畏朔風寒。交態今時薄，誰能久弗諼。一人敦古處，四海想成言。偏愛盦山客，相留幽草軒。雖然闤闠裏，渾不異郊原。

淮水通南北，三年三度過。停舟尋我友，下榻宛煙蘿。枕上吟聲熟，樽前樂事多。征途非不急，爲爾故蹉跎。

丘季貞社集西軒分韻

同集者潘江如、張伯玉、靳茶坡、張虞山、程婁東、趙天醉、范眉生、倪天章。

故人離索久，淮上忽相逢。不忍倉皇別，且淹來去蹤。高齋良燕會，羣彦悉過從。莫問河南北，煙波路幾重。數年前有願，釣浦結茆庵。得與同心友，長爲竟夜談。機緣終不偶，離別意何堪。稍喜經過此，停舟一再探。

題倪天章一草亭

茆齋手自闢，幽曠若秋山。淮甸且爲客，清源何必還。倪，臨清人。良朋來海内，名酒出花間。知爾輕華屋，貧居好是閑。

彭城喜李條侯至

都門風雪夜，古刹忽逢君。片語成膠漆，孤蹤各水雲。黄樓期再晤，碧澗許相聞。明旦果

驅策，來尋猿鹿羣。

城南鐵佛寺，荒僻似山中。僧舍我先寓，羈棲爾亦同。晝行雙馬出，夜話一燈終。此會非容易，他年思不窮。

英公山下路，煙樹是君家。前此未停櫂，後來當看花。吴兒解絲管，楚水足魚蝦。到日拚沈醉，囊空莫漫嗟。

陳善長五十初度

陳生天下士，五十尚青袍。世亂休言禄，身閑雅自豪。箕裘承祖德，鉛槧教兒曹。卻笑朱翁子，干時何太勞。

淹博徐人少，惟君腹笥便。獨知師曠秉，榻似管寧穿。好客多藏酒，謀生且種田。不須求大藥，高枕是延年。

曉渡燕子磯

殘月四更出，城中人未知。可憐江上客，正是渡江時。風小波初静，天空露亦滋。娟娟一片影，幾日令人思。

送汪我生内兄北征

高義輕榮禄，閑居十五年。俄驚公府檄，又上孝廉船。道在何妨仕，時危且任天。此心長炯炯，不必蹈前賢。

昨歲遊燕薊，風光異昔時。羣公多戚戚，外吏轉怡怡。但得鄉閭近，休嫌官職卑。先人在慈水，芳澤至今垂。

石城曉發

淮南歸未久，又作浙西遊。客路雖嫌暑，悲心不待秋。閑身同野鶴，小艇逐江鷗。況值風帆駛，須臾到潤州。

晚泊京口不得上岸問談長益潘江如消息

談叟遊燕塞，三年尚未歸。潘生逢楚澤，數日又相違。妻子山中餓，音書江上稀。停舟不及問，翹首悵依依。

丹陽道中

離家纔幾日，兩度夢柴荆。自是老人態，非關兒女情。卜居今有宅，賣藥可爲生。便作終焉計，來年罷遠行。

立秋日范僉憲招集西湖

江上羽書急，羣公相對愁。使君何整暇，召客飲新秋。越國山川秀，吴兒絲管悠。曲終歡未已，暮角起城樓。

立秋前一日與龔孝緒泛舟湖上

秋水一孤艇，夏雲千萬山。涼生槐樹底，香動藕花間。江雨忽然至，岑城未可還。君家分半榻，重與醉柴關。

靈隱寺喜遇願雲禪兄 是日即其五十初度。

雲居山頂宿，彈指七年餘。鄱渚難重櫂，門人數寄書。雪鴻飛不定，靈鷲忽相於。歡劇那

能別，香林且飯蔬。

問年剛半百，嶽降是兹辰。夙慧開天眼，名儒轉法輪。漫勞分孔墨，持此報君親。祇恐秋陽曝，終非補衲人。

飛來峰

島嶼若憑空，雲根到處通。何年來海上，獨戀此山中。黑白二猿在，陰晴萬樹同。所嗟塵世客，遊覽太匆匆。

冷泉亭

天竺下山路，皆從靈隱過。此亭臨澗壑，之子任婆娑。松檜夏偏密，樵蘇晚更多。當年白少傅，高詠意如何。香山有冷泉亭詩。

六月廿六日内人初度予不及歸寄此

今日是何日，細君懸帨辰。無端來海嶠，不及返江濱。孤櫂偏留客，雙魚也笑人。早知爲客苦，何似在家貧。

外家親不少，此日定相過。祇恐驚烽火，無心訪薜蘿。同居有娣姒，小酌且婆娑。歸路元非遠，其如阻絶何。

忽報南都外，沿江列戰船。移家才帖息，逢亂又顛連。汝是閨中子，猶知醉後天。他家願富貴，妾願老林泉。

青溪桃葉渡，新買一精廬。合與汝偕隱，雅堪吾著書。池塘收衆水，園圃植嘉蔬。便作於陵子，長貧亦晏如。

贈張卿子先生

誰謂張公老，修髯白未勻。著書垂異代，采藥救斯民。道體忙愈健，詩篇瘦有神。春秋七十六，還似少年人。

名園藏委巷，小閣對芳塘。静聽兒孫讀，微聞草木香。客來留一醉，運去感繁霜。況復明朝别，悠悠江水長。

贈劉望之

劉生絶嗜慾，又復斷葷腥。祇合歸禪悦，何緣屏佛經。風騷多解注，湖海任飄零。古道今

如土，斯人見典型。

聞君棲破寺，僮僕亦蕭然。密邇惟諸陸，淹留已數年。我來秋雨夜，得與對牀眠。茗粥差堪飽，何勞費酒錢。

太湖避兵

將近楓橋路，惟聞人語喧。北來兵肆掠，東去艇皆奔。震澤煙波迥，高秋風雨繁。此時期免患，艱苦復何論。

痛此一區水，吴盧曾用兵。風期豈不烈，氣數莫能爭。霜樹先朝事，雲峰異代名。可憐懷舊者，夢裏見平生。

喜胡逸菴見訪感舊逸菴居蕪湖之塔塘。其子日觀，予門人也。

塔影塘邊路，當年幾度過。傾杯情不淺，指廪貺尤多。秋樹飄黄葉，春江冷白波。九年才一晤，欣慨意如何。

風雅蕪陰盛，君才亦斐然。故人千里夢，今夜一牀眠。語不離詩外，愁應破酒前。阿戎吾所畏，家法自能傳。

牛首雜詠

不上牛頭寺，蹉跎十九年。本來無住着，何事亦拘牽。客久少閑日，冬晴趁好天。相將出南郭，驢背意欣然。

行行剛數里，恰遇在山僧。迴駕爲吾導，攀蘿知爾能。風光剩南畝，松柏宛西陵。不似丹陽路，牛車層復層。

策蹇到山麓，西峰正夕陽。路緣危磴上，寺比昔年荒。倦且憩僧閣，明當禮覺皇。厨人供脱粟，蔬筍味偏香。

吾兄輕仕宦，五十便懸車。出世意雖切，遊山興轉疏。今宵卧雲壑，將晚聽鐘魚。始悟昆尼理，塵襟頓掃除。是日，與繡山從兄同宿僧舍。

林端日初出，徐步躡山椒。叠嶂名天闕，興雲拱聖朝。蔣山猶在眼，紫氣未全消。愁殺朔風急，松根葉亂飄。

文殊古洞後，石壁最嶙峋。開士新藏骨，愚夫妄捨身。入山曾有約，問法已無因。半偈題遺像，依稀見此人。鐵漢師屢招予上牛首不果，今亡矣，葬舍身崖。

散步出門外，雲梯百八重。緇衣引幽徑，黄葉没行蹤。水涸桃花澗，窗臨獅子峰。古藤更

奇絶，纏殺數株松。寺西有桃花澗，其下爲獅子峰。空林聞犬吠，二客啓柴門。指畫山川勢，摩娑松檜根。友人胡星卿精形家言。暗窗窺塔影，枯井汲泉源。茗粥非容易，將何報佛恩。宗風傳懶祖，地以祖堂名。相去路非遠，焉能罷此行。況聞耆舊在，益起具瞻情。明夜高峰宿，焚香心更清。牛首開山者，懶融師也，住祖堂山，今楚僧石溪寓此。石公趺坐處，萬念總銷磨。几上煙雲起，胸中丘壑多。祇應長侍此，無奈欲歸何。山路往來熟，非時取次過。

雪後杜蒼略吴素夫父子見過限韻

卜居雖不廣，小閣俯秦淮。幾夜雪平岸，初晴泥滿街。何人肯相訪，之子況能偕。無事且深坐，高吟愜我懷。貧家無旨蓄，何以禦殘冬。幸有杯中物，遥看江上峰。關情惟故舊，乘興每過從。莫慮歸途暝，城隅寺未鐘。

七言今體

元旦試筆

北遊已作無家別，不意南歸又有家。匝地霜風俱落葉，傍巖寒木始生花。故鄉未可容漁釣，新婦猶堪挽鹿車。但使熊羆來入夢，商瞿五十復何嗟。

早春三日沈仲連移尊顧與治宅招同陳伯璣曾止山諸子各賦一詩

前年霜雪寓淮陰，除夕相過感慨深。今又江南逢改歲，特來花下散愁心。飄零俱是四方客，衰白何堪兩鬢侵。屈指長干春色好，松風木末再招尋。松風，閣名。木末，亭名。

送方干霄兵憲之任粤東

使君乘傳向南溟，取道京江檝暫停。桃葉渡頭尋隱逸，雨花臺畔得娉婷。酒如寒水千重碧，眉似春山一縷青。到日明珠還合浦，定知懷抱有寧馨。時干霄納金陵姬。

客歲都門風雪天，與君館舍恰相連。隨時痛飲雖云樂，獨卧空房亦可憐。官轉外臺同執

法，香添侍女宛神仙。故人不得來分俸，白葛丹砂寄估船。杜詩：「交趾丹砂重，韶州白葛輕。」時因估人便，一寄錦官城。」

上巳宿房村懷吴八中黄

二月揚舲過楚州，豫知修禊在黄樓。那堪中道逢陰雨，空惜佳辰逐水流。驢背吟身無依着，橋頭村店且歸休。來朝想到吴郎宅，定有香醪破客愁。

重至彭城訪魏竟甫少府

前年驅策上皇州，取道彭城一暫留。顧我嚴寒猶短褐，荷君高義贈重裘。雲龍山下吟聲壯，馴鶴亭中禮數優。及到都門逢令弟，三人推分亦綢繆。令弟石生總憲，辨若、函乙二孝廉。羣從伶仃劇可憐，得爲書記意翩翩。豈知弱質先朝露，未報弘恩已下泉。紫塞乍聞心痛絶，黄河重渡淚潸然。公庭一謝雲霄誼，不似修江乞酒錢。從子公敏死于少尹幕中，故云。

哭萬二遐客

曾爲秋玉堂中客，攜酒南山送遠人。此日交遊俱在眼，惟君奄逝獨傷神。黄河慘澹疑無

色，鴻雁呼號失所親。衣袖隰西痕未滅，又添多少淚痕新。萬年少別號隰西，遐客之叔也。

送徐二一克任歸吴門

彭城賓客盛如雲，文采風流誰似君。畫裏煙巒偏秀發，句中蘭蕙亦清芬。提壺祇合臨春水，折柳那堪對夕曛。期我新秋到吴市，山塘歌吹日相聞。

喜馬三嘉甫至

我入都門君出都，風塵相識在須臾。長懷舊侶應難見，不意兹遊得與俱。石狗湖邊尋古蹟，雲龍山下訪潛夫。閑身且莫傷流落，回首京華是畏途。

答李司直見贈兼懷于息菴先生

新詩贈我似瑶琴，欲報慚無玳瑁簪。且喜彭門爲酒伴，忽聞杜宇動歸心。風塵奔走何時息，煙水蒼茫此處尋。借問高人在巖穴，十年懷思到於今。

奉别李觀察溉林先生

二十年來江海遊，交情誰似使君稠。曾於熙水分囷粟，又向彭城贈麥舟。黄爵有知猶解感，玄駒無力那能酬。南歸定買青溪宅，懷溉名堂在上頭。

將去彭城前一日别韋佩二

黄茆岡下草萋萋，我去君來路不迷。旅次相逢聊聚集，貧交未忍遽分攜。新詩出篋清如綺，别酒傾壺醉似泥。明日南歸仍見訪，鳳臺東畔雀橋西。

閻百詩送予至平河橋兼示剩道人句

前過平河趁順風，未曾登岸恨匆匆。歸時竹巷先相訪，翌日蘭舟許暫同。況有新詩來塞上，誰傳異寶到南中。冰池雪窖心猶熱，始信彌天一剩公。

李研齋太史杜蒼略山人暑中見過限韻

雞鳴山下美人家，我欲從之道路賒。短棹忽過桃葉渡，小園先看石榴花。一瓢冷飲煩襟

滌，衆樹濃陰畏日斜。安得青溪同買宅，草堂朝夕對茶瓜。

周伯衡副憲招同康小范陳伯璣倪闇公諸子小集

石城歸棹自虔州，千里江山一瞬收。詩思高於天際鶴，宦情閑似水中鷗。星軺畏暑停南國，梅雨邀賓聚北樓。階下素馨花爛熳，可能分惠一枝不？

姑蘇柬吴司理錦雯

吴生本是采薇人，捧檄之官祇爲親。禄養早知無半載，巖棲何不竟終身。倉皇解組師陶令，寂寞懷芳類楚臣。獨惜嵞山詩句苦，臨當剞劂又因循。錦雯方爲予刻詩，以罷官不果。

贈徐松之兼悼亡友史弱翁徐掌文

八年前見懷音集，間氣英靈總不如。懷英集，松之所輯也，倣中興間氣、河嶽英靈選法。怪爾貧家好梨棗，搜人麗句比瓊琚。曾游石臼舟相左，徐曾訪予于高淳不值。直到金閶願始舒。回首舊交零落盡，西濛亭館亦丘墟。西濛，地名，史徐所居。

虎丘遇吴岱觀因偕姚仙期徐松之小飲達曙

侵曉來遊海湧峰，言歸直到日西舂。長堤正苦無船附，中道誰知與爾逢。且莫移舟違野岸，即教沽酒話離悰。聞雞又欲匆匆别，回首煙波幾萬重。

吴江訪顧茂倫

垂虹橋畔日初斜，有客停舟問爾家。鄉里皆知是耆舊，詩篇誰不誦英華。茂倫方刻唐詩英華行世。門臨流水仍環樹，月上空庭且醉茶。廿載離思今始慰，明朝煙艇又咿啞。

武林訪徐月鹿水部

使者乘軺出舊京，遊蹤先去北平城。蘭舟共載虚前約，茆店相思有歎聲。隔歲才能來水國，過期又欲轉王程。湖山深處堪延賞，赤日炎風且慢行。

訪李笠鴻

秋舠歸自莫愁湖，又買西陵宅一區。僻地重開浣花徑，深閨雙産夜光珠。琴書有託何妨

老，賓從相過合與娱。我亦明年四十九，不知能步後塵無？笠鴻長予一歲，是年連舉二子。

訪胡彦遠

未到西陵先問君，幽棲不使世人聞。城隅野徑尋三日，樹裏炊煙識五雲。倏聽叩門聲自喜，忙呼賒酒意何殷。旅堂且坐消炎暑，蕭寺言歸待夕曛。彦遠所居名『旅堂』。

西湖廣化寺前樓崇祀近代死難諸公一日與客停舟登此徘徊久之蓋忠毅左公浮丘先生文烈汪公長源先生皆予外舅也因題一詩於壁

危樓迥出聖湖西，上有羣賢木主齊。弘正以前猶陫惻，謂于忠肅、孫忠烈。天崇之末自酸嘶。兩公更切維桑誼，二女同爲采蕨妻。身賤敢言冰與玉，岱宗或不愧攀躋。

壽吴静腑先生七十

神廟初年君蹶生，當時四海樂昇平。豈知白首偏逢亂，猶喜青山未輟耕。家有機雲傳舊業，才如卓魯著專城。鷹揚若是皤溪叟，此際垂竿竹尚輕。

飲陸麗京齋頭因與劉望之留宿

賣藥長年在海濵，偶因殯妹入城闉。布袍不與羣公接，蔬酌偏于舊友親。旅寺欲歸愁路暝，書堂留宿見情真。中宵風雨聲悽切，俱是蕭蕭槭槭人。

錢塘慕明府雨中見過

有客懷歸歸未能，棲遲荒刹似孤僧。新秋況值蕭蕭雨，長夜誰依黯黯燈。忽報軒車來北郭，也知恩澤徧西陵。時危不敢勞分俸，乞與京江一葦乘。

留別范文白

陸大行家共酒卮，與君深夜細論詩。滄桑十七年如夢，鬚鬢數千莖已絲。東海難尋招飲處，西泠相遇解維時。袖中短册勞題贈，別後依稀見所思。

中秋後一日飲沈冠東學博齋頭

兹辰準擬去西湖，出郭聞兵又稍須。況有故人邀賞月，不嫌遊子慎歸途。中庭白桂花初

放，鄰舍黄公酒易沽。愁殺軍城鳴夜柝，當筵欲别幾踟蹰。

贈沈御泠宏度

沈家兄弟雙鳳雛，生逢世難羞爲儒。寧甘黄髮歷齒老，弗肯躍馬乘軒趨。同心況復有錢陸，少年相約歌農虞。願爾努力事風雅，不然無異山澤癯。

白下逢朱子葆感舊

青溪煙雨憶昔遊，與君醉卧溪上樓。神州倏忽變滄海，故人强半歸荒丘。謂吴次尾、王穆如。晨星落落二三子，霜水茫茫十五秋。今夜雨窗重對酒，蔣山一望淚雙流。

李三石自京口至

君去南徐一月回，江山流覽興悠哉。況逢處士潘錢在，江如、馭少。又值詩人范趙來。眉生、天醉。采菊定尋甘露寺，觀潮重上妙高臺。慚予未及同舟往，旅次寒燈獨舉杯。

牛首山頂望南村

曾聞白下父老語，至寶莫如南鄉田。近水土膏最腴澤，傍山村路多芊眠。兵戈不見離亂苦，丘壠尚剩侯王阡。何年得買三十畝，茅茨自結松筠邊。

祖堂待月

尋山不及望舒時，蟾兔何妨四五遲。窗外千峰如水墨，佛前一點是琉璃。微茫漸見東林白，皎潔先從上界窺。此際下方人睡熟，霜華月色有誰知。

沈子遷五十初度招同張屬筏孫阿匯紀伯紫集興善庵

初度如何不在家，家人介壽覺喧譁。霜江盪槳來京國，野寺焚香誦法華。況有良朋同嘯詠，莫將市酒溷茶瓜。餘年若肯師高適，從此攻詩力正賒。

顧與治齋頭話舊

屈指貧交三十年，少時相愛老相憐。江邊置産渾無計，門外求書尚有錢。腰痛那能還客

拜，朋來只可對牀眠。新詩珍重休拋卻，留與千秋人共傳。

張古岳侍御見過 張乃先司農之門人也。

卜居深巷似山村，歲暮無營獨掩門。忽有巾車來菜圃，正如晴雪落松根。青氈不忘先人義，白首猶懷知己恩。顧我荒厨終日冷，可能推食飯王孫。

冬日種花

年來漂泊總無家，雖借人居亦種花。今有一廛餘隙地，肯教三徑委泥沙。開春桃杏當窗秀，入夏葵榴滿院遮。幽意獨憐梅與竹，霜天雪月更堪誇。

李雲田見訪並攜談長益書至

抱甕丘園久息機，忽聞楚客叩柴扉。袖中詩有煙霞氣，語次風生薜荔衣。遠道爲傳吾友信，奇蹤真覺世人稀。潤州城破家家哭，此老如何竟不歸。

五言排律

移居宋家園 三十韻

宋公吾父執，闢館號鷗天。少小曾遊此，園林正蔚然。亂更三四主，別至廿餘年。門巷雖仍舊，風光迥異前。偶而來一問，居者又將遷。善價歸予手，幽棲絶世緣。圃畦聊自種，蔬菜不須錢。牆破憑籬補，窗稀賴竹編。杏榴開可玩，榆柳伐堪憐。從此加培植，奚難再鬱芊。仲冬陽始復，幾望月初圓。徙自城南廡，家於巷北廛。孤蹤有寄託，盡室得安全。夜讀層樓下，朝行曲岸邊。鐘聲殷古寺，草色媚晴川。仰首蔣山近，傷心淮水偏。比鄰多隱逸，隨分與周旋。墨妙家家有，詩神處處傳。老猶貪酒醆，貧不斷炊煙。況賣嚴京卜，兼通素難篇。細君催釀黍，小婢解烹泉。客到嘗留醉，吟成每共眠。胸中自浩落，身外曷憂煎。所願熊羆夢，惟期豚犬牽。衰顏才足慰，書種但能延。便入金陵籍，長耕建業田。春波桃葉渡，秋浦藕花船。白首恣行樂，芳塵繼昔賢。懷刑知免矣，抱道合終焉。敢望宋公子，鳴珂侍講筵。宋公，如園先生也，與先司農癸卯同門，公子其武方爲經筵學士。

七言絶句

金陵感懷十首

崇禎初年，予應京兆試，南都風景居然全盛也。甲戌、乙亥避流寇之亂，徙家於此，凡十一年，故白下山水，游覽頗熟。乙酉世變，予即歸桐。戊戌冬重來此，城郭人民大抵如舊，惟蔣山、雀湖等處非復當年矣。撫今追昔，感歎不勝，因作此詩。

蔣山

鬱鬱葱葱數百年，千尋栝柏上參天。不知何事凋零盡，惟有春風泣杜鵑。

燕雀湖

我祖填湖作禁城，九重宫闕儷咸京。黄扉碧瓦今何在，依舊白波青草生。

玄武湖

官家築室後湖中，三百年來版籍充。故紙幾何渾賣盡，鯽魚菱藕一時空。

孝陵衛

當年軍衛百千家，此日離披似落花。猶有兩般人未改，孝陵棉與孝陵紗。南中賣木棉、賣機紗者多孝陵衛人。

觀象臺

自古占星重此臺，璿璣一旦委蒿萊。古銅欲賣無人售，抛卻城隅見者哀。

國子監

太學師儒體統尊，往年多士擁橋門。如今祭酒爲司訓，官舍不如原上村。

大功坊

開國分封異姓王，中山獨建大功坊。何年改作藩司署，公子流離泣路傍。

正學祠

正學先生十族墳，祠堂軒豁樹如雲。可憐樹伐祠因廢，每夜啼烏不忍聞。

表臣祠

表忠祠與冶山鄰，崇祀方黄一輩人。多少閑房偏拆此，世情元不愛忠臣。

舊　院

文德橋邊亭館幽，六朝風韻未全收。那堪蕩析爲平地，白草黄花無限愁。

雪後渡黄河

作客偏逢雨雪天，衝寒又上大河船。閨人此日遥相憶，祇道紅樓擁妓眠。

寒食

河北從來節候遲，春歸才是看花時。今年況復閏三月，寒食全無花一枝。

李孝乾家賞白牡丹

客中桃李亦堪觀，況是芳亭白牡丹。兩日頻來君莫厭，祇愁風雨易摧殘。

送張楚材之碭山

芒碭山中草樹春，聞君欲去又因循。當年五色雲何在，祇恐今無隱遁人。

驢背馳驅正夕陽，路人猶指斬蛇岡。岡頭買酒憑君醉，劉四朱三總斷腸。漢高帝行四，朱温行三，皆徐人。

贈徐生 生妙于音律。

霓裳仙樂自誰傳，老去猶能被管絃。莫話開元天寶事，令人腸斷李龜年。

短笛橫吹最有情，況於溪上月華明。祇宜楊柳梅花曲，莫作摩訶兜勒聲。

湖上觀劇

誰譜新詞忌諱無，優伶傳播到西湖。驚心最是張方伯，不敢重看鐵冠圖。

與晦公坐三生石

侵曉尋山露氣新，三生石上話前因。不須身後才相見，猶是歸宗寺裏人。公與予曾住廬山歸宗寺。

別龔二孝緒

秋來兵卒阻重城，孤負湖山一月晴。今日樓頭聊騁望，西風又欲送人行。

題問旭上人畫

千尋絕壁俯溪流，有客揚舲自泳游。日暮碧雲天際合，無邊詩思屬湯休。

寄蔡四芹溪

十年不見蔡芹溪，溪上浮萍東復西。今日逢君鄉里客，一行書信數行啼。

裁書何事淚潸然，我老君尤長幾年。身賤家貧聊自遣，不應詩禮尚無傳。

嵞山續集前編 四游草　魯游草

五言古體

初至兖州贈趙五絃司理

卜居石城南，草閣臨長陂。引水灌園圃，可以種菘葵。我老閑無事，荷鋤手自治。方春微雨後，緑葉含榮滋。忽有故人書，云自山東來。上言别離後，魯國爲士師。郡齋頗閑暇，雅欲窮聲詩。六義誰與研，惟爾長相思。平昔好遠游，惠我來何遲。先寄雙南金，以爲道途資。感此意真摯，雖遠曷敢辭。明旦即東裝，揚鞭向東馳。渡江而涉淮，又至大河涯。陶丘具雞黍，聊以息我疲。是時君在濟，遣使來相期。僧舍一握手，狂喜不自持。遂命後車載，前路相追隨。臭味既已合，形骸復何疑。辟彼蔦與蘿，得附松柏枝。左右相纏繇，歲寒終不移。來音『離』，在四支韻，俗本遺之。

恭謁聖廟

兒時讀魯論，即知慕孔子。尼防與龜蒙，私心長仰止。所恨南北睽，無由一瞻視。今年來兗郡，本意實爲此。郡齋甫稅駕，汲汲問洙水。侵晨出東郭，周道平如砥。驅車曲阜城，乃是古闕里。宮牆儼王居，數仞曷足擬。我從掖門入，直至殿廷裏。怵惕拜階下，仰首見簴簨。杏壇猶有亭，兩觀亦有址。古檜乃手植，霜根歷千祀。因念古帝王，宗廟誰不侈。當時炫金碧，易代生荆杞。萬古巍然存，莫與尼父比。賢於堯舜遠，斯言非溢美。

恭謁聖林

昨日謁孔廟，今日謁孔林。孔林在何所，乃在魯城陰。出城二里餘，松柏鬱森森。千章夾輦路，宋帝曾來臨。樓觀似京闕，翁仲何崎嶔。其後泗水遠，其前洙水深。上有古石橋，俯聽潺湲音。仰瞻宣聖墓，蔚然一高岑。伯魚葬其東，子思葬其南。子上葬其西，喬木皆十尋。一廬存墓側，宛見獨居心。所植楷已枯，三千年至今。地下無荆棘，樹上無巢禽。子孫世守之，兵寇誰敢侵。我來拜林下，感戀盈沖襟。徘徊不忍去，日暮聊謳吟。南音「臨」，古韻在十二侵内。

詠檜

夫子所植檜，乃在杏壇前。其始爲兩樹，屹立上參天。左者文左紐，右者文右旋。一丁永嘉亂，生意遂索然。義寧後再榮，左右不復全。及至女真初，俱化爲煨煙。元末根重生，實開有明先。如何弘治間，又爲野火延。道傍有古碑，序其榮枯年。枯必兆禍亂，榮必産聖賢。晉唐宋以來，歷歷可考焉。檜既關世運，振古期不愆。何時再鬱葱，真宰意難宣。記云：先聖手植檜，自周歷漢凡千餘歲，至晉懷帝永嘉二年而枯，枯三百有九年；至隋恭帝義寧元年復榮，榮五十一年；至唐高宗乾封二年再枯，枯三百七十四年；至宋仁宗康定元年再榮；金宣宗貞祐二年罹于兵火，樹遂燬。後八十年爲元世宗至元三十一年，故根重發，至明洪武二年枝葉甚茂，其高三丈餘，圍四尺。弘治十二年聖廟焚，枝葉又燬，惟檜身存耳。

詠楷

子貢所植楷，乃在孔林側。當時哲人萎，天地闇無色。其徒七十子，心喪俱不忒。中間端木氏，哀思更悽惻。築室于墓傍，六年面猶墨。樹楷洙水橋，將以表明德。楷不如檜壽，那有千年力。況彼二千年，曾爲人所賊。百歲根重生，理氣有消息。楷已三千年，尚存亦奇

極。莫怪其根枯，不枯安可得？

曲阜城樓望尼山作

散步上魯城，迢遥見尼山。相去六十里，欲往從之艱。依人成遠遊，鞍馬仰驛傳。雖有山水心，那得隨吾便。憶昔叔梁父，九女而一男。其男形跛躄，承祀恐不堪。顔氏有三女，將欲求爲偶。幼女自請行，不嫌其白首。既嫁懷隱憂，禱于尼山神。英靈聚河岳，誕生大聖人。聖人生不幸，三歲喪厥考。顔母抱幽貞，守之以終老。聖學既成立，二十持母喪。先殯五父衢，後合葬于防。防與尼相連，皆在魯境内。如何不一探，坐失此機會。兹行太促迫，重遊擬今冬。不獨登尼防，更上龜蒙峰。

䧳山尋歷下亭故址

昔有李太和，李邕字。分符守此州。其書故雄傑，其人亦風流。子美方弱冠，初爲河濟遊。布衣謁皂蓋，意氣欣相投。開燕歷下亭，賦詩成獻酬。濟南名士多，此語光千秋。今我來歷下，弔古無弗搜。騎馬出東門，逶迤至華不。因而上䧳山，古亭不可求。䧳湖水亦涸，漫衍爲平疇。山川今昔異，何況東諸侯。回鞭百感集，世事良悠悠。䧳音「鵲」，䧳湖亦名鵲湖。李

杜詩皆作「鵲」。

華不注

歷城東北隅，故有華不注。晉師逐齊侯，三周即此處。其山拔地起，四面無依附。孤峰秀插天，娟娟入雲霧。我來恣游覽，艱險殊不顧。磦砢千萬石，上下無一樹。遠望如芙蓉，菡萏未開露。所以名華不，古人亦善喻。今人罕識字，相呼失其故。趙李乃詞宗，如何音亦誤。不音「芙」，花跗也，與詩「鄂不」之「不」同，今讀如字，非。趙子昂詩「雲霧潤蒸華不注，波濤聲震大明湖」，李于鱗「我自能憐華不注，推窗君試雪中看」，則二公亦誤矣，況其他乎！

泰安道中望岱

向平五嶽遊，是予夙所好。但恨貧賤身，獨力未能到。今年客齊魯，乃在東海徼。岱宗咫尺間，安忍不一造。仲夏發歷城，策蹇泰安道。先見徂徠山，羣松迎夕照。仰首登封臺，危巒插晴昊。青天既歷歷，白雲何浩浩。我甫及山麓，已覺開懷抱。況當淩絶頂，千峰恣遐眺。

日觀峰

有客嶽頂宿，夜半聞鳴鐘。倉皇起披衣，言登日觀峰。是時五月交，薄寒似初冬。剛風吹屋瓦，僮僕莫敢從。我獨奮身往，扶危仗孤笻。猶喜殘月在，崎嶇辨微蹤。端坐雙石間，待旦且從容。東方色漸白，稍稍明巖松。滄海不可見，但見雲霞重。日車露一綫，烜赫如火龍。照人衣洞赤，萬壑光溶溶。仰天發長嘯，豁然開心胸。尋常望朝曦，那得比岱宗。始知秦漢主，歷險來登封。

登封臺

泰山一何高，登封爲之最。日月兩觀峰，左右手相對。秦觀以爲肩，丈人以爲背，天門以爲腹，石屋以爲胸。東望海如杯，西望河如帶。封中白雲起，百里亦靄靄。吴閶一千里，目力豈能届？孔顔窮練馬，後人所附會。始皇無字碑，矗然一石塊。相去無幾何，李斯篆又在。或云中有物，此石冒其外。亦如漢石室，金泥藏其内。吾欲并發之，看取是何態。舉世多庸人，安能有此輩？

石經峪

吾愛唐玄宗，隸書泰山銘。磨崖數千尺，炳焕同日星。厥後宋真宗，御帳列郊坰。其書雖稍遜，亦足存典型。昨遊水簾洞，巨石如翠屏。未知誰氏子，隸書金剛經。其字大於斗，勢欲凌滄溟。惜乎在豁壑，漫漶虧全形。又有萬司馬，臨流造石亭。自書石亭記，削壁鋟空青。合觀四家書，允足光山靈。至于李斯篆，十字九凋零。其餘瑣瑣輩，熠燿同秋螢。

馬上偶然作

少陵年少時，省親來濟水。任城去泰山，不及二百里。望嶽空有詩，登嶽竟已矣。中歲官華州，三峰在州門。長夏苦炎熱，未暇探真源。清秋涼冷後，亦復託空言。晚歲出三峽，扁舟下湘潭。曾遊道林寺，乃在南嶽南。咫尺祝融峰，如何竟不探。有人譏少陵，夙好在巖壑。五嶽歷其三，終未登一嶽。公誠風雅宗，此事太闕略。我因泰山歸，馬上偶然作。

兖州古南樓

兖州古南樓，今化爲荒臺。臺名曰杜甫，昔人何謬哉！豈有先賢名，呼斥同嬰孩。我來臺

上遊，徬徨復徘徊。因謂守土者，何不剪蒿萊。重構堂三楹，以祀千古才。易名曰工部，勒石垂將來。此事亦風流，羣公互相推。總之劫火後，古蹟多成灰。任彼天壤名，輕視如浮埃。

魯酒吟

昔聞魯酒薄，此語殊不然。我今客東魯，夜夜醉始眠。借問是何酒，云沽自市廛。其地故多黍，四境有甘泉。居人善釀之，封藏一二年。黄者似滄州，白者更過焉。彼何以得名，此酒遂不傳。吾欲表章之，賦詩告後賢。祇是價太貴，一瓢三百錢。

聞陳階六給事丘曙戒編修俱外轉悵然有作

淮上多良朋，膴仕者有二，陳君掌諫垣，丘君讀中秘。齒髮雖不同，性情則相類。予在都門時，坦率成深契。日日飲其酒，間亦分其惠。臨别愈流連，贈詩見真意。感此不能忘，相勸惟勇退。昨日見除目，同時補外吏。陳猶官憲使，閩海亦善地。道里未甚遠，糧儲乃重寄。丘何爲郡佐，咄咄殊可異，瓊州在海外，此行良不易。君雖少年人，體弱容亦悴。況有二親老，安忍便遺棄。五月出都門，六月抵淮裔。恨我羈東兖，未得一把臂。後會知何年，臨風

發長喟。

聞談長益至徐州久而未歸詩以促之

談叟吾故人，氣味最相得。酉戌之冬春，同遊在京國。連鑣出塞外，聚首凡五月。夜則對牀眠，晝則對案食。我性好苦吟，君吟苦更力。每日三四篇，奇奧不可測。是秋我南歸，君尚留薊北。自言冬亦返，相期會吳越。豈知我歸後，君竟不肯發。依人往衛州，又欲去彰德。三年猶未歸，萍蹤太超忽。昨歲潤城破，人民半戕賊。君有八齡兒，奔竄荒江側。傍人且憂虞，君胡不記憶？近聞至徐州，理合歸去亟。那有閑心情，逍遥事干謁。或者先已歸，布置又復出叶。我因思君甚，寄書相切責。年齒五旬外，雖貧亦未極。何苦老風塵，還家稍休息。

書陶石簣先生放生詩後

先生集中有詩十首，以「凡百畏刀杖無不愛壽命」爲韻，字字痛切，非他戒殺者比。予欲注而刻之以勸世人，而自附二詩于後。

偶閱歇菴集，有此十首詩。沈痛入骨髓，真是太導師。今人好善者，戒殺亦有詞。其言多鄙猥，祇可訓愚癡。聰明才智人，一覽輒棄之。惟此詩淵古，細玩方得知。苟有觸于中，敬

信而奉持。不戒者亦戒，感悟當在玆。古之養親者，雞豚以爲貴。祭祀與賓客，三牲曷可廢。市上有鬻者，錢粟皆可易。何必自宰割，傷我好生意。至于自奉養，蔬食原有味。必欲下酒物，枯魚或乾脼。斷無特殺生，以供己啖噬。斯言極平恕，將以勸同類。

憶　内

老我歸金陵，卜居傍秦淮。前爲桃葉渡，後爲鈔庫街。草堂雖不寬，蕭散稱人懷。細君名家子，甘與隱者偕。粗布以爲衣，苦竹以爲釵。課奴種園圃，嘉蔬各成排。日市錢百餘，可充爨下柴。況復植羣樹，花葉盈空階。無事緑窗下，相對如朋儕。奈何舍玆去，遠涉天一涯。徐兖逾千里，屢月音信乖。雖有賢主人，懷抱終不佳。明年誓勿出，啜粥棲茅齋。

憂　旱

今年寒食後，九十日不雨。江南水亦涸，何況爾東土。農人仰麥秋，收未及四五。猶覬五月内，一雨種禾黍。豈知節候過，小暑復大暑。縱使甘澤垂，恐遲亦無補。民生不自保，安望輸官府。眼見秋冬間，山東羣盗舉。八月吾早歸，研田收少許。且向清溪傍，努力事

園圃。

苦蠅

南方夏苦蚊，北方夏苦蠅。避蚊猶有帳，避蠅竟無憑。晨光甫熹微，百萬來飛騰。衣冠與書籍，遺穢臭不勝。最是飲食時，堆案尤可憎。撲之不易撲，仍之實難仍。何方避蠅患，惟有一法能。向南覓土室，窗牖紗層層。先期驅除盡，俾無隙可乘。閉户設枕簟，庶可安寢興。第愁風不入，日中更炎蒸。披衣聊啓户，又復來侵淩。古有椶拂子，物小而用弘。左右不停手，揮霍良足稱。始悟杜老詩，義在誰肯徵。杜詩詠椶拂子有此句。

汶上贈呂孝芝明府 故司馬忠節公豫石先生之子也。

先公大司馬，夙昔官南都。予以猶子義，兼奉爲師模。辱公盼睞恩，名予曰鳳雛。感此意真摯，時時至坐隅。公歸五載後，仗節遂捐軀。忠貞昭日月，萬古永不渝。諸昆紹丕業，接踵翔天衢。君爲中都宰，膏澤何敷腴。吟鞭偶過此，下馬立斯須。握手道新歡，懷舊仍悲吁。

濟寧贈陳斗山州守

斗山朔方士，温粹如南人。三年守濟州，恩澤遍斯民。斯民感其義，嬉樂無冬春。我昨來南池，僧扉寄吟身。與子邂逅間，披豁見天真。七月我南歸，君送河之湄。九月我重來，内詔催朱輪。尋當送君去，六翮翔秋旻。

答楊聖喻處士

浮榮世所慕，嘉遯古亦稀。況在河濟間，此意今已微。楊生本華胄，棣萼争光輝。獨不喜干禄，卧疾棲林扉。素心嗜風雅，采筆時一揮。思如夏泉湧，氣若秋雲飛。昔我寓蕪江，相訪至漁磯。煙簑偶相失，悵望心依依。今我來任城，東園接芳徽。願言結縞紵，所恨匆匆歸。四詩先見投，欲别還牽衣。佳期訂九月，觴詠無乖違。

書張孝烈先生傳後 先生字玉楚，潛山人。

我友陳襄雲，抱道隱潛嶽。往歲時相過，詩篇共酬酢。爲言其鄉人，死難者鑿鑿。中間孝且烈，莫張玉楚若。厥父病在牀，羣盗肆殺掠。寧甘蹈白刃，弗忍去帷幕。幼子十六齡，奮

身前往奪，傷哉三世人，傾刻同溝壑。我聞襄雲語，老淚應聲落。因欲爲之傳，軫石先有作。王于一別號軫石。序事倣歐陽，生氣宛如昨。傳後書此詩，以寄通州博。先生長子青熊，現爲通州廣文。

東阿贈吴雨蒼明府

客從任城來，駕言之洺河。仲冬河已冰，取道經東阿。東阿古巖邑，今亦荒殘多。美人妙爲政，樂易蠲煩苛。其民争戴之，四野皆謳歌。我馬憩城外，訪君入城裏。尋常頗厭客，聞我到轉喜。一揖未及終，汲汲呼酒餌。夜深且下榻，不令還旅邸。感此意良厚，況復潤行李。明旦我當發，君尚欲强留。歲暮風雪寒，焉能久夷猶。開春江水緑，君又之涪州。巴蜀數千里，音書杳難求。後會知何年，握手悵悠悠。

永年贈余中台明府

昔别是何處，西子湖之東。秋颸吹落木，秋渚鳴征鴻。旅舍一握手，形勢各悤悤。别來十五年，書札無繇通。聞君官趙郡，譽望日以崇。外吏寧久淹，立見乘花驄。我適遊濟上，咫尺欽仁風。安忍貧賤交，棄置如飛蓬。揚鞭一相訪，索酒話深衷。不久言旋歸，繾綣意

無窮。

君與吾兄子，早歲爲婚姻。兄子先朝露，遺孤罹百屯。賴有新婦賢，縞衣佐清貧。實維名家女，壺範得其真。前年君伯氏，枉駕桐水濱。朝夕過我廬，觴詠歷冬春。寄聲訊茂宰，離索難具陳。今我自南來，道途多艱辛。既以車笠義，又爲骨肉親。不比廣川上，悠悠行路人。

贈申晁盟處士

往歲客都門，館於魏柏鄉。柏鄉時與言，申子才莫當。出其贈答詩，展誦聲琅琅。風格似老杜，田父泥飲章。我心實企慕，懷抱無繇將。今年客山東，策蹇來滏陽。侵晨入君里，未午升君堂。一見如舊歡，把酒傾肝腸。明日枉我寓，手攜詩一囊。古體擬漢魏，近體宗初唐。其詞雖弘博，其意甚悲涼。君家節愍公，竭忠事先皇。所痛甲申變，致命同沅湘。君能守其訓，不復蹈名場。自稱老布衣，戢影南山岡。此義尤可欽，豈止詩人行。我亦抱微尚，攻詩三十霜。詩信能窮人，旅食羈殊方。風雪難久留，屈指歸建康。及此未歸日，數數來相望。

七言古體

白下留别梅杓司

梅生抱病長干寺，兩耳雖聾有奇致。不憂妻子餓經旬，衹想詩篇傳後世。昨歸典卻響山田，百金盡作梨棗錢。刻成詩集十餘卷，含風咀雅追前賢。少年詞采本華潤，中年氣格更超峻。兹編已足傳千秋，況乃餘年再精進。方春送我去河東，貽詩數本行笥中。故人施趙應相見，擊節高歌賞鑒同。施尚白、趙五絃皆杓司舊友也。

北道行

長淮以北往來熟，日未晻嗞投店宿。主人請客進上房，其馬即繫東西屋。白麵調水烙爲餅，黄黍雜豆炊爲粥。北方最少是粳米，南人衹得隨風俗。縱横土炕任客眠，間有温湯濯我足。今宵燈下算還錢，明日雞鳴啓行促。

濟寧道中短歌

有客從南來，獨行無與偕。初日渡大江，四日渡長淮。十日渡黄河，十五日至濟水涯。世間險阻稱四瀆，我今半月走遍意未足。明朝更上泰山頂，東海西邊觀日出。

春歸歎

三月晦日送春歸，楊花點點沾人衣。春正歸時人轉出，此身也似楊花飛。前年三月北平路，去年三月彭城寓。祇道今年春在家，那知又入兖州署。春光荏苒道途艱，底事年年不得閑。人生少壯已可惜，況我將衰鬢髮頒。

趵突泉歌

山東諸郡濟南大音『代』，齊州自古稱都會。中有名泉七十二，尤以趵突泉爲最。趵突發源王屋山，伏流千里來河間。歷城西南始湧出，平地三穴如輪轅。雪濤噴薄高數尺，又如瀑布衝激石。散爲濼水入清河，委輸東海無朝夕。泉上嵯峨樓復亭，香龕繡幙供仙靈。道人煮茗待游客，自向波心汲一缾。

大明湖歌

濟南城中大明湖，乃在貢院西北隅。其南即爲藩司署，牆脚不許通樵蘇。七十二泉匯于此，嚴冬大旱水不枯。湖中芰荷雜葭菼，夏月望之如蓬壺。往時官府好事者，小舠載酒遨且娱。民間采蓮亦不禁，所以此地稱名區。崇禎戊寅十二月，遼海萬騎來燕都。前鋒直抵濟南郡，濟南防備甚疏虞。是時山東大方伯，張公鍾陽吾姊夫。公諱秉文，字含之，桐城人。萬曆庚戌進士，别號鍾陽。率彼羣吏嬰城守，辛苦半月猶枝梧。己卯元旦城竟破，公中一矢身先殂。吾姊聞難且不哭，立召二妾來咨謨：爺爲大臣我命婦，一死以外無他圖。嗟汝二姬各有子，長兒雖歸幼兒俱。於義猶可以緩死，抱兒且往民家逋。小婦抗言吾弗活，願與母氏同捐軀。兩人縫紉其衣帶，欣然奮身投此湖。中婦年已過四十，本欲殉難還踟躕。腹中正懷五月孕，膝下又有雙鳳雛。私念吾家大小悉赴水，安忍此輩爲鰕鉏？泣拜忠謹二老婢，一婢一孩負之趨。倘遇白刃斯已矣，僥倖不殺還至此處來尋吾。大明湖邊有深澗，上用柴草雜亂鋪。蒙首潛身匿其下，六日不食氣息無。兵來見是漭泱水，水面浮屍如梟鳧。匆匆亦不暇搜索，此婦性命遂免屠。六日以後番兵去，鄉民次第來闤闠。城中殺戮十餘萬，家家骨肉哀號呼。中婦聞聲匍匐出，自言我是張老姑。張公平日多惠政，百姓聞者争前驅。因

導此婦尋公屍，屍在城樓色不渝。又倩一人入湖水，撈尋大婦小婦於寒蘆。俄頃二屍得舁出，遂與張公之屍並陳於路衢。殘黎助錢買薄板，草草殯殮何所需。異哉二婢亦未殺，被擄爲兵剉馬芻。各言此子是己子，仍以殘餅爲之餔。兵去婢留尋阿母，同日抱還其兩孤。一孤乃是己所出，一孤乃是小婦所遺珠。未幾復産遺腹子，與前二子同呴濡。扶棺挈兒返故里，親戚見者咸嗟吁。此雖張公盛德之所致，亦由此婦才智與人殊。聖朝褒忠務覈實，公膺贈典良非誣。二十年後我遊濟，大明湖邊立斯須。追惟往事不勝痛，臨風雪涕霑平蕪。忠臣烈婦分自盡，豈必求人知之乎！第恐年久事湮没，因作此詩告吾徒。

濟水歌

濟南故以濟水名，濟水今由地中行。所謂大小清河非濟水，乃是汶濼二水相合併。汶水發源泰安州，行五百里始入漕河流。濼水發源趵突泉，行十八里即與汶水連。二水合爲大清河，夏秋水漲多風波。我來清河之傍旅店宿，偶遇老生張無頗。爲予分疏甚明悉，酒酣遂作濟水歌。獨怪濟水既伏不可見，仍與五嶽四瀆並稱謂之何。

嶽廟歌

昨者予上泰山頂，聖母之祠甚華整。青帝宫爲野火焚，東嶽廟中香燭冷。因念五嶽東嶽尊，帝王封禪典禮存。蚩蚩凡民縱不識，紛紛儒者何無言。今朝下山入州治，始知另有嶽廟供。祭祀巍巍宫殿似，皇居不比仙壇與佛寺。七十二君封禪時，乘輿警蹕咸在兹。中有古柏漢武植，盤根錯節冰霜姿。復有古槐在柏後，唐玄手植昔猶茂。如今年久生氣奄，從來槐不如柏壽。其餘巨木數十株，陰森疑有鬼神扶。聞道此州屢殘破，此廟安穩獨無虞。自非天子諸侯不得祭，小民焉得而矯誣。卻笑民間但知有聖母，歲輪金錢百萬何其愚。

岱宗密雪圖歌 有序。

洪武初年，王蒙叔明知泰安州。州後有樓，正面泰山。叔明張絹于壁，作岱宗圖，三年而後成。其友陳汝經惟允自濟南來訪之，方看畫而雪大作，因欲改爲雪景，沈思良久，難于着色。惟允曰：『不難，可製小弓，縛二粉筆于上，張滿彈之，宛如雪態。』叔明叫絶，以爲神奇，即題岱宗密雪圖以贈惟允，流傳至今尚在。予雖未見其畫，而聞其事，今飲泰安署中，忽憶此事，故作歌。

黄鶴山樵松雪甥，甥學舅畫畫易成，其人其詩更超出，所以元季大得名。國初曾爲泰安守，有樓即在廳事後。朝朝暮暮對諸峰，欲貌諸峰不敢苟。横張絹素當窗扉，偶然興到時一揮。揣摩三年圖始畢，山靈頓覺增光輝。陳生適爲濟南幕，歲終相訪來東嶽。正登此樓觀此畫，滿天無數梨花落。陳生看畫連道工，回首看山在雪中。若使此圖是雪景，方與眼前泰岱同。王云幸而未設色，改作雪景改亦得，只是精神在墨氣，着粉未免掩我墨。陳云着粉亦不難，矯竹爲弓向上彈，宛似半空飛舞態，兩人大笑真奇觀。急呼香醪與客飲，夜深醉即樓頭寢。明朝叔明紀其事，并揭此圖贈惟允。惟允他日攜歸吴，倪迂黄癡皆嗟吁。山樵平生多墨妙，此圖妙絶天下無。我雖未見聞此事，今日偶來泰安治，酒間含笑語州守，如此主賓良不易。

題徐文長先生水墨真蹟并正五絃司理

天池山人有四絶，筆底寒空動煙雪。詩詞舉世解流傳，書畫無多恐磨滅。趙子衙齋東郡東，高懸一軸中堂中。書法古健類章草，超然不與時賢同。我初入門見此軸，瞻顧久之看未足。君言吾家不止此，尚有天池畫數幅。我聞驚喜乞借觀，頃刻蕭蕭風雨寒。秃毫淡墨偏有態，奇山怪樹形不完。最妙花間一處子，撫石彈琴露纖指。卻疑點綴似塗鴉，轉覺姿

容媚無比。其餘梅菊暨松筠，但取其意不取真。譬如吸露餐霞者，豈是人間食肉人。我謂趙子此墨寶，吳綾蜀錦收藏好。每日公餘退食時，展開如入山陰道。

六月初三夜夢與蕭尺木談詩竟日且以其居典予庭中秋花爛熳覺而異之因記以詩

四年不見赭山翁，昨夜宛然來夢中。手持一詩七言體，命予校閱何其工。更推居室與予住，庭際秋蘭花幾叢。思君半百方有後，老夫暮景將無同。

夜坐納涼有感

中庭古槐大十圍，中夜好月流光輝。槐陰貪坐不肯睡，静念往事多乖違。在家日久思作客，在客日久又思歸。正如猢猻見此樹，一上一下無停機。半生蹤跡類如此，袁公善喻何其微。袁石公云：「我輩性情，大概似猴，在樹下覺樹上好，及上樹又覺樹下好，一上一下終無定識也。」

李溉林副憲書來卻寄

七月我歸自濟水，塵途落落少知己。何人爲寄尺書來，云是彭城使君李。使君昔宰司空

山，好與山人共往還。六年厚貺不知倦，千古高風莫可攀。昨歲分司淮泗路，雲龍山前與我遇。又爲謀構草堂資，因買一廛桃葉渡。草堂遂以懷溉名，没齒難忘使君情。獨惜江南河北遠，那得聚首如平生。今年潦倒客東郡，徐兖二州相接近。偶逢驛吏通寸音，使君遽爾垂芳訊。開械字字是離悰，讀罷沈吟意萬重。尤喜星軺來歷下，預期嘉會在今冬。

題張大風山人松石圖

泰山上有百尺松，可惜曾受秦時封。蔣山下有一片石，亦受陳時封可惜。世間土木本無情，且以微寵累其名。士人守身若處子，豈肯輕受微塵滓。張翁贈我松石圖，筆意瀟灑形高孤。自言此是唐宋物，不是陳卿秦大夫。

夢劍行

秋夜夢一大人遺予劍器，上有細字，不知所謂，醒而作歌。

神人寶劍光陸離，夢中錫我何所爲。我本山中採樵者，乍捧此劍心先疑。一自狼星射天府，中原處處聞鞞鼓。書生有志勒燕然，大將誰能斬温禹？

濟寧署中喜遇潘蜀藻

潘生才大今詩伯，豈肯容容守田宅。所以去年客彭城，今年又作任城客。霜鴻刷羽淩高秋，不爲區區稻粱謀。平生雅尚在山水，闕里岱宗尋勝遊。獨憐官舍關防好，那能率意恣幽討。吟鞭直待杏花時，南歸方刻徐兗草。

廣平謁申節愍公祠

甲申之變古所無，千載而下猶嗟吁。何爲當時立朝者，强半濡忍全其軀。庸人偷生莫肯死，死者二十四君子。吴橋范與永年申，名姓煌煌著青史。有客來遊洺滏河，道經節愍祠下過。繫馬入祠一展謁，蒼松翠柏英靈多。聞公三子皆人傑，長子涵光更風烈。布衣不染京雒塵，詩篇盡作峨嵋雪。我亦江東老逸民，與爾傾蓋情自親。況予婦翁汪文烈，亦與節愍同致身。今人仕宦愛便益，反云死難爲矯激。試令禮拜諸公祠，亦知感歎聲嘖嘖。

蔡中郎八分書歌

廣平有淳于長夏承碑，乃蔡邕隸書，其來已久。嘉靖間，石工取以修城，遂失所在。

今重刻于石。

漢隸石經碑第一，孔廟禮器碑第二，苦縣老子碑第三，隴西曹全碑第四。四碑俱是蔡邕書，書後卻不注名字。我昔聞諸長老言，訪求其本不易致。前年北平宋使君，惠我曹全志墓文。我乍獲此如重寶，筆法高簡更出羣。因而臨摹百餘日，僅能髣髴其半分。觀者但見漢隸少，遂謂此足張吾軍。今年冬月游洺水，聞有漢隸在城裏。欣然往觀碑果在，其傍小字序原委。中郎初本不可得，此是後人重摹擬。八分瘦硬方通神，此書稍肥未盡美。雖未盡美典型存，觀者溯流而窮源。李蔡實爲篆隸祖，片石隻字皆瑶琨。寄語邦君覆以屋，勿令風雨生苔痕。至于修城石千萬，曷忍取此埋城根？

五言今體

將之兖州留别内子

舊京新卜築，偕隱正悠悠。家食無長策，囊書復遠遊。出門方上巳，歸舍必中秋。不是輕離别，依人可自繇。

禊日渡江宿烏衣鎮

江介雨初晴，揚帆過浦城。晝長便平聲客路，馬壯促人行。白水遶芳甸，烏衣垂令名。當年王謝子，或有此中耕。

滁州

馮公官太僕，鄴仙先生。風雅扇江淮。往歲曾相訪，佳遊輒與偕。探梅尋古澗，品菊醉高齋。此事俱陳跡，誰能不感懷。

清流關

南譙城以北，極目見羣山。擁塞疑無路，崎嶇上有關。古人争要害，今日任躋攀。躍馬横戈者，紛紛往復還。

臨淮

長淮將次近，仰首望中都。城闕規模在，陵園氣色無。萬松誰剪伐，寸草未昭蘇。野店逢遺老，相看淚眼俱。

濠梁

莊惠居非遠，觀魚亦偶然。其人良足重，此地故應傳。破驛臨春水，潛鱗動夕煙。道傍車馬客，誰解慕前賢。

塗山

塗山吾自命，卻未到塗山。驅馬始今日，興龍在此間。乾坤方正位，日月又循環。俯首淚

承睫，因之懷袖斑。

宿州

鍾離纔昨日，今又至符離。野曠山應少，途長客易饑。郵亭秣馬候，鄰舍飯牛時。甯戚今何在，伊人良可思。州有甯家。

永城

一入中州界，年荒饑者多。近郊雖賑恤，在野復催科。客惥惟增歎，驢疲不受馱。前村逢店歇，莫問飯如何。宿州以北無米飯。

太丘祠

永城官道側，猶有太丘祠。漢陳實爲太丘長，即今永城是。下馬一長揖，高風宛在兹。壞垣鄰亂冢，枯蘚没殘碑。今世循良少，春醪薦者誰。

酇陽

功如蕭相國，食邑僅酇左何切侯。村落居然在，封疆是也不？小人猶保聚，巨室每誅求。歎息丁司馬，家無髻齔留。前司馬丁啓睿家于酇，以叛誅，其宅没官。

曹縣

知是古曹國，逢人問漆園。莊生曾作吏，遺跡豈無存。漆園凡數處，以曹州爲正，蓋州有南華山也。兵馬盈官路，風沙掩店門。負羈妻已朽，誰與進壺飱。

定陶

地僻無山水，民貧少積儲。不知范少伯，何取此中居。朱公三致千金即此處。兵火失堯廟，堯始封于陶，故有廟。今不知所在。村煙剩戚墟。戚夫人，定陶人，尚有村。故人投我轄，弔古且徐徐。時馬倩若爲陶令。

鉅野

岐山鳳不至，鉅野麟何來。西狩獲麟即在此。所以魯中叟，逢之掩袂哀。生初曾繫紱，經後尚餘臺。客過偏多感，兼悲王粲才。王仲宣，鉅野人。

嘉祥

嘉祥舊武城，既以子游名。況復三賢里，曾皙父子、澹臺滅明俱生於此。當爲千古榮。驛亭有高阜，題句見深情。亭中有范質公、吕豫石兩先生詩刻。年號何人剷，傷哉歲月更。詩後『崇禎某年』俱爲人剷去。

濟寧

四明有狂客，相遇謫仙人。傾倒酒樓上，徘徊濟水濱。賀監觴太白于酒樓即在此。齊梁非復舊，李杜尚如新。李杜皆久于齊梁間。再誦南池句，停驂豁我神。杜詩與任城許主簿遊南池亦在此。

兖州

出門十五日，今始到嵫陽。東郡幾經破，南樓先已亡。趨庭懷杜老，工部父閑爲任城令，公省親至此，有登南樓詩。廢址惜靈光。且就賢司李，槐陰一舉觴。兖州李署有槐甚大。

寧陽

瑕丘方税駕，又復歷山行。不惜馳驅苦，因多遊覽情。大風知歲旱，微雨覺塵輕。晚渡寧陽水，堪嗟魚尾赬。

禹廟 寧陽縣北三十里。

禹廟鬱嵯峨，中庭古柏多。當年瀹濟漯，此地想經過。崇碣迴相對，高文永不磨。廟中有商公輅、萬公安二碑記。乍看殊簡略，無奈僕夫何。

肥城

肥子城南路，迢遥百里餘。昨猶聞寇盗，今始見村墟。田婦頂多瘿，山民耕用驢。此方風

俗古，疑有范公居。肥有陶山，即范蠡入海處，或云陶朱公乃肥之陶山，非定陶也。

長清

羣邑凋殘甚，斯城稍可觀。人家煙火密，使客驛亭寬。塔影窗中見，松陰枕上看。靈巖何處寺，欲往路艱難。靈巖寺在長清方山，佛圖澄所居，林壑絕勝。

濟南

山海一都會，富强無踰兹。可憐兵燹後，非復太平時。趵突泉仍洌，華不平聲注故奇。看山與飲水，且勿定歸期。

歷城

繫馬歷城東，題詩野店中。峼華當盛世，峼華，二山名，在濟南東北。邊李振雄風。邊廷實、李于鱗。詞賦大名在，鄉園舊業空。兩家尋後裔，蕭颯等秋蓬。

曲　阜

昔人游詠處，每過必沈吟。況是聖賢里，能無恭敬心。魯城仍故國，洙水盡高林。檜與楷平聲兼壽，三千年至今。

汶　上

三家分魯日，此地號中都。先聖曾爲宰，遺風永不渝。羣黎凋亂後，一水剩城隅。幸有循良者，窮檐稍稍蘇。是時吕孝芝爲邑令，有仁聲，汶人尸祝之。

東　平

齊魯邊隅地，荒殘不記年。獨餘梁太素，坊表尚巍然。東平民舍多毁，而狀元坊仍在。科第是何物，老翁殊可憐。一身經五代，猶戀舊青氊。

東　阿

一水界城中，長橋兩岸通。斯民安樂土，茂宰布仁風。時吴雨蒼爲阿令。襆被眠官舍，張燈飲

寓公。三歸臺在否？懷古意無窮。管仲三歸臺在阿。

東昌

策蹇東昌道，聊城仍舊名。迤西爲趙郡，直北是燕京。車馬紛如織，舟船凍不行。射書何處所，空憶魯連生。

堂邑

清曉過聊攝，黄昏到發干。戰場今已没，戎馬未經殘。邑有孫龐古戰場。巨室有張老，尚書是漢官。沾沾誇爵里，無乃太顢頇。張公鳳翔樹大碑于郭外，自序其兩朝官爵，故云。

館陶

館陶猶漢邑，南北兩城分。田舍各相保，兵戈如不聞。家家種梨棗，歲歲樂耕耘。奔走道傍者，輸他樵牧羣。

曲周

先朝陳少傅，曾令我桐川。恩澤亦何遠，謳歌今尚傳。游人來德里，下馬問名賢。故老猶能説，風流未百年。陳公于階，曲周人，初爲桐令，桐人祠之，故云。

廣平

兩歲客徐兖，今冬又冀州。遠行雖不厭，老至亦含愁。大雪投荒寺，微暄暴敝裘。主人情意篤，旬日且淹留。余中台也。

大名

汩汩歲將暮，言歸自廣平。長途經魏郡，沃野羡元城。風雪催征騎，雲山動旅情。當年吾伯叔，父老尚知名。予世父魯岳先生起家大名司理，從父赤城先生起家元城令。

七言今體

早春寄懷馬倩若定陶

二十年前老制科，重徵爲令太蹉跎。時危不敢言姱節，官小猶能免禍羅。舊友全凋餘白髮，新春欲往奈黃河。遥知甘雨霑農畝，亦有微膏及澗阿。

清明日家祭因懷先隴

久矣無心戀故鄉，獨於丘壠不能忘。鳳橋松柏千章茂，先司徒葬處。蛟渚蓮華一帶香。先孺人攢處。雖有諸昆輪拜掃，那堪二歲闕椒漿。客中伏臘空回首，但薦溪毛欲斷腸。

將之兖州留别草堂

昨歲移居淮水西，門前蔬菜兩三畦。灌園且學於陵子，饁畝無慚冀缺妻。柳眼逢春青未了，蔣牙經雨緑初齊。如何舍此山東去，僕僕黃塵踐馬蹄。

劉家口渡河 劉家口屬歸德府。

少小從來輕遠遊，如今千里亦含愁。先經夏邑纔陶邑，更過曹州是兖州。馬首渡河争北向，客心隨水衹東流。殘春未免思鄉切，預卜歸期在早秋。

定陶署中與馬倩若夜話

二月江東寄爾書，濁河風浪正愁予。豈知花落仍過此，衹是萍蹤無定居。久客自諳遊道苦，高人亦覺宦情疏。年來仕隱皆羈紲，那得逍遥賦遂初。

三月十九日鉅野道中

啼鵑又過一年春，每到今朝倍愴神。南詔也歸新負版，西山誰問舊遺民。龔開未免爲寒乞，唐珏亡何作館賓。鞭策小騾來鉅野，始知尼父泣麒麟。

魯故宫

碧瓦朱甍東郡東，郡人猶説魯王宫。當年睥睨山河壯，此日罘罳户牖空。不毁靈光疑有

數，兖州屢破，民舍俱焚，獨西宮無恙。欲師延壽恨無窮。王延壽作魯靈光賦。珊瑚寶玦今何在，瀛海蒼茫夕照中。

司理署有三鹿五鶴時時至予坐隅似欲相親者因贈以詩

鶴棲海澨鹿山阿，闌入官齋可奈何。拂性自應憐羽角，依人聊以免虞羅。似知詞客渾無忌，每到吟時定一過。昨夜月明槐樹下，幾行清影共婆娑。

寄懷萊州守鄧叔奇

于湖小别十經秋，苦雨酸風憶昔遊。老我一竿歸下澤，聞君千騎領諸侯。李邕不惜新亭燕，楊震難爲故友謀。李楊俱爲齊郡守。方物從來誇藺葛，且分尋尺寄瑕丘。

戲題趵突泉壁

歷下城南趵突泉，散爲濼水入長川。雪濤翻處真奇絶，玉盌盛來自灑然。海内遊觀知不少，壁間鏤刻倩誰傳。吴興老子詩尤劣，底事人人有和篇。趙子昂詩「平地湧出白玉壺」，鄙俚不成語。

七忠祠讀施尚白使君碑記 祠在濟南西門内，廢已久。提學施公重建，視昔有加。

宛陵才子任山東，較士能興齊魯風。方浚泉源標勝概，趵突泉舊亦淤塞，施公至，始浚之。更新祠廟闡遺忠。詩宗梅沈吟何壯，宣城梅禹金、沈君典皆以詩名世，尚白似之。文擬歐曾製亦工。最是碑珉無歲月，異時人祇道天崇。

登岱十首

年少長懷五嶽遊，獨憐身賤老滄洲。濟陽千里依人至，社首兼程得自繇。初夏不妨炎景逼，閑心先共白雲浮。攀蘿捫葛吾猶喜，況有肩輿上上頭。

不爲元君謁岱宗，山人意在日觀峰。黄昏且就齋房宿，子夜誰撞岳廟鐘。更上巉巖迎旭采，欲窺滄海浣塵容。虚空彷佛聞天語，足踏高雲第幾重。

峰頭片石領朝曦，道是秦皇無字碑。草别有藏人莫識，重來作頌意何爲。李斯有頌二世功德文。金泥玉簡封函固，漢武帝。鐵畫銀鉤制作奇。唐玄宗。七十二君皆駐輦，寥寥陳跡到今疑。

吴觀峰與越觀連，極目淮徐一點煙。豈有孔顔窮練馬，但聞孫石隱林泉。孫明復、石守道。名儒寂寞空遺跡，聖母荒唐失紀年。可笑愚民好祈福，委輸金幣不論錢。

石屋高寒絶四鄰，相傳玉女此修真。卻疑上古飛昇去，豈愛如今祀禱頻。監稅有官防羽士，施財惟媼倍他人。洗頭盆在華山頂，未審東西是一神。

朝雲飛出暮飛還，古洞藏雲窅靄間。觸石便爲天下雨，流膏豈獨海邊山。往時祝史誠能格，今歲祈求澤尚慳。二麥焦枯麻豆死，東皇争不念民艱。争，上聲。

南天門外石嵯峨，俯瞰諸山培塿多。梁父纖微何足禪，徂徠蒼秀尚堪摩。盪胸真有雲千疊，決眥全無鳥一過。可惜少陵平地望，若登絶頂更如何？

屢日攀躋興未闌，輿儓促駕阻人歡。磨崖想搨千餘字，下磴休愁十八盤。空有九州來展謁，曾無一客解游觀。雞鳴上頂須臾返，滿眼雲峰總不看。

山遊未許避崚嶒，索隱探奇我獨能。上界似無峰不歷，下方猶有興堪乘。村氓遇險偏生怯，俗吏逢幽亦懶登。借問往來冠蓋者，水簾石峪見何曾。

輦道全憑嬴帝開，五松疑是後人栽。片雲輕灑微微雨，萬壑長聞隱隱雷。攬勝自宜隨路歇，思歸無奈僕夫催。殷勤寄語山靈道，今歲秋冬還復來。

午日寄懷從兄繡山

去年長夏借兄園，酒盞詩瓢樂事繁。簫鼓畫船桃葉渡，池塘芳草杏花村。無端驅策來青

嶽，幾度思歸夢白門。羣從分攜賓客少，佳辰誰與泛蒲根。

歸思

草堂三樹石榴花，五月開時爛似霞。夜夜殘紅滿階砌，朝朝新緑上窗紗。細君曾釀葡萄酒，小婢能煎茉莉茶。況有胡牀鋪楚簟，主人何事不歸家。

休夏

年年暑月觸炎威，奔走風塵生事微。今歲遠遊依郡閣，且如結制閉僧扉。葷腥暫戒惟蔬食，巾襪都除剩葛衣。高枕北窗良足樂，只愁江左信音稀。

六月十五日夜見月有懷

去年今日客蘇州，記與良朋醉虎丘。姚仙期、黄甫及、余澹心。萬木叢中無暑氣，千人石上有名謳。歸時皓月隨蓮舫，卧處涼風滿竹樓。隔歲相思不相見，吴江煙水夢悠悠。

聞從子蛟峰補濟寧兵憲寄此

旅食京華方十暑，棲遲郎署亦三霜。杜詩：『十暑岷山葛，三霜楚户砧。』無炊每日從鄰借，有酒隨時喚客嘗。薄禄那能供嘯詠，外臺聊以寄徜徉。卻愁汶水通南北，迎送紛紜又不遑。

喜撲面到

自別金陵五月餘，鱗鴻不見一行書。長淮奔走惟憑汝，盡室平安且慰予。池上緑波添幾尺，門前白板賃誰居。爲言新徙園丁好，豆架瓜棚滿敝廬。

七夕宿趙無損進士村居兼晤姚山人冬只

郡齋相見即相親，邀我來遊汶水濱。正擬中都尋茂宰，合從南郭訪高人。風騷況有黄山客，田舍全無紫陌塵。且與開尊秋樹下，今宵牛女亦逡巡。

嘉祥贈張護木明府

春去秋來過武城，城中瓦礫未全平。當年學道知何處，此日絃歌尚有聲。冷署懸魚欽苦

節，荒郊縶馬愧深情。委蛇退食猶難飽，那得壺觴餉友生。

雨中過淮不及上岸有懷范眉生丘季貞閻百詩諸子

漂母祠前數往來，故人相見必徘徊。無如河北歸心急，又值城西暮雨催。傾刻泥塗難得上，倉皇懷抱那能開。菊花時節重過此，定就晴軒一舉杯。

重至兖州贈季顯公

客路相逢正夕陽，到來同寓復同牀。論詩夜坐孤燈下，攜手朝行泗水傍。杜老城樓猶有慨，魯王宫殿更堪傷。君家淮右多娱樂，何苦披裘犯雪霜。

送趙五絃之任南安

期君定着惠文冠，此日南遷非所歡。但念趨朝多履險，不如佐郡且偷安。三江舟檝隨潮上，一路雲山撫枕看。想到署齋無長物，蠻花千本繞朱闌。

廣平贈許復菴太守 許先守曹州。

東郡曾聞刺史賢，南華山下頌聲偏。祇今驅策來洺水，又見流膏被滏川。授簡況容詞賦客，開尊不畏雪霜天。獨憐歲暮歸心劇，那得頻頻侍綺筵。

至日飲申鳧盟齋頭同令弟觀仲隨叔

薄遊魯郡亦云遠，底事侵尋趙郡來。總爲懷人在洺水，兼之弔古上叢臺。歸途祇恐歲華盡，旅舍俄驚春氣回。不是君家兄弟好，佳辰誰與泛罇罍。

婺源汪策以出其尊人青巖傳索予題之

滏陽河上遇汪生，霜夜持杯對短檠。爲語先人曾守義，至今江國尚傳聲。腐儒殉難知無益，忠憤填胸自不平。我友二吴同一死，聞君説罷淚霑纓。二吴，日生、次尾也。

寄懷麻城劉石帆

都門風雪歲將殘，旅館蕭條客被單。幸有故人來抵足，從兹長夜不愁寒。戊戌冬，與石帆同寓。

三年魚腹疏音問，萬里鴻逵刷羽翰。石帆新舉于鄉。吾欲扁舟游赤壁，可能車馬會江干。明年予將楚游。

五言絶句

三月晦日

客裏春歸去，誰能不憶家。可憐桃葉渡，無數牡丹花。

晝寢

長夏觀書倦，隨時就枕酣。身猶羈岱北，夢已遍江南。

夜坐

夜久竟忘寐，一燈昏復明。那知鄰舍子，愁殺讀書聲。

泰山道中賦得尼父昔於此三首

尼父昔於此，心傷寡婦哀。寧爲猛虎食，不向城中來。

尼父昔於此，違山訝螗蛄。何必泰山下，此聲無處無。

尼父昔於此，道逢榮啓期。自言有三樂，世人知者誰？

太白酒樓

蜀客酒一杯，高樓名千古。多少後來人，紛紛委黄土。
陵谷有時壞，此樓長若新。須知賀與李，祇是兩詩人。

南　池

自古有南池，如何唐始著？秋雨冷菰蒲，是憶青氈處。
當年許主簿，附驥亦不朽。底事宦游人，不飲詩人酒。

遇鄉人

君從石城來，曾過青溪否？我家傍青溪，門前數株柳。

得家書

旅舍正愁人，忽報家書至。未省書中言，先看平安字。

黄河

朝發嶧山湖，暮宿黄河岸。舉首望黄河，一望一腸斷。

七言絶句

上巳渡江

倦遊纔返石城阿，又被飢驅奈若何。路比淮南山更遠，愁如江北草偏多。

臨淮道中

長淮西望鏌鋣山，仁祖皇陵咫尺間。欲去城南一稽首，祇愁痛絶未能還。

旅店贈歌者

胡姬十五弄琵琶，名喚青萍亦可嗟。誰解公孫大孃舞，前身祇恐是楊花。

兖州

一郡人家兵火殘，魯王宮殿獨平安。遺民莫上城頭望，芳草萋萋不忍看。

五日有懷

朱雀橋邊駐轉蓬，茅茨判作灌園翁。那知今日菖蒲酒，又在齊州官舍中。

五月十五夜夢孫豹人 孫，秦人，寓廣陵。

旅魂終夜繞天涯，又過三原處士家。似説揚州明月好，蕃釐觀裏看瓊花。

夜坐

酒少愁多夢不成，起來閑步候雞鳴。滿天星露涼如水，衆鳥無聲鶴一聲。

焚香

晝長夜短睡不足，童子晨興爇黄熟。醒來如對香爐峰，一縷晴雲散空谷。

試茶

幽叢嫩蕊産巖阿，亦有旗鎗形若何。應憤昔人奴事酪，結成兵象不爲過一作多。

糊窗

南窗北牖紙層層，莫使飛蟲一隙乘。借問炎天何苦密，不愁煩暑祇愁蠅。

立秋

郡齋木葉報秋聲，客被單寒夢不成。睡起秋聲無處覓，刺桐花下月微明。

苦吟

吟聲切切似秋蟲，每到秋來吟更工。最是夜深人静後，滿階槐影月明中。

贈卜者

河向先生口底懸，閉門端坐有餘錢。羅沖不及君平樂，賈誼方知季主賢。

七月十五日悼亡

今宵見月忽淒然，茅舍同居憶往年。菱藕塘邊楊樹下，胡牀露坐不成眠。

八月初七日抵舍

三月辭家八月歸，柴門楊柳尚依依。秋來不比春來路，渡口潮痕没釣磯。

瘉山續集前編 四游草 西江遊草

五言古體

寄懷濟寧楊聖喻兼寄令弟聖美聖企

我歸自洺州，取道於沛陽。是時任城外，雪深三尺强。下馬不能立，手足凍已僵。且莫入官署，是時，從子蛟峰備兵于濟。假寓山僧房。此地雖寡交，素心有三楊。相送來河干，各賦詩一章。其言悽以惻，其氣慨以慷。稱我老詩人，慚愧何敢當。明旦即分手，揮鞭去江鄉。驢背吟此詩，春風動微茫。因思平生友，各在天一方。山川逾千里，安得同匡牀。不如銜泥燕，歲歲巢君堂。

題王望如白雲書屋圖 屋在刑部獄中。

白雲是何所，乃有讀書屋。良以素心人，爲學恐不足。少年游藝苑，明敏冠羣族。中年官

士師，平恕綏百福。豈知慎刑者，反自罹刑獄。私心本無愧，何患乎桎梏。隨地結茅茨，當窗種花竹。中藏書百卷，曉夜時時讀。生死了不關，神情澹而穆。一朝筮雷雨，解網還山谷。翻憐此屋空，誰可繼芳躅。黄生爲作圖，濟叔。風景長在目。從此青溪畔，高齋肆遐矚。祇恐鸞鳳姿，焉能久雌伏。

施尚白少參社集秦淮分得來字即送其之任臨江

長夏久無雨，畝澮生黄埃。何況都市中，車馬轟如雷。惟有古青溪，一水尚瀠洄。使君適遊此，俯仰懷抱開。向夕乘涼風，嘉會羅羣才。放艇入中流，已復登層臺。謂言今夕聚，明旦吾將回。八月泛星查，直至彭蠡隈。把酒不須臾，行矣舟人催。洪都未云遠，秋盡予亦來。東湖與南浦，或可相追陪。良晤雖有期，惜别仍徘徊。

江行即事

我從白門來，買舟一葉輕。微風牽百丈，頗愛秋江晴。夜半雷雨作，危濤使人驚。岸傍有巨艦，所載鹽萬贏。因乞附其中，柁樓寬且平。無風既不動，風小亦不行。留滯荒江邊，五日難爲情。回看諸小艇，揚帆各前征。況藉篙槳力，日進百餘程。我何取賈舶，務大徒虚

名。仍呼小艇去，早至潯陽城。

過彭澤有懷董澹園明府

吾與董明府，平生未謀面。不知何因緣，彼此情繾綣。往歲舍弟思，江皋偶相見。開口即問予，并問予所撰。自言企慕久，無緣共芳醼。最愛畲山詩，手録成一卷。每日訟庭閑，高吟十餘遍。是時我北遊，孤蓬隨風轉。此語絶未聞，星霜凡幾變。今秋晤舍弟，始道君深眷。雙鳧既已歸，尺鯉何繇薦。江行至彭澤，是君所治縣。遺惠在人口，娓娓談不倦。我獨感知己，臨流淚如霰。

南昌訪周伯衡觀察 二首

方春理桂楫，江上雲陰陰。一夕風雨作，兩岸泥塗深。追送已不及，馳思勞我心。仲夏倪生歸，闇公。傳聞多好音。官齋無俗事，坐卧惟高吟。冰雪凈君懷，豈肯同塵襟。平生敬愛客，風雅道自任。所以老布衣，千里來相尋。

前年桃葉渡，贈我蠻花詩。中有南州句，共醉且勿辭。公昔見贈，有「且同吾子醉南州」之句。今果至南州，斯言若先知。況復施與宋，尚白、其武。同官俱在兹。才力各强健，三人必有師。所

願出名酒，痛飲黄花時。或登滕王閣，或訪澹臺祠。但恐俸錢少，延賞無其資。

寄藥地上人 即從子密之。

自公去盱江，三年音信斷。今春徐子來，仲光。云在廩山半。學道既已深，著書復無算。所惜山中陋，罕與質疑難。長江二千里，煙帆影相亂。我欲往從之，逡巡每嗟歎。九月來彭蠡，即問盱江船。不圖章門外，忽逢僧嗒然。僧之字。自言藥地徒，本師將南旋。廬山歸宗寺，後有玉簾泉。向陽一小樓，可以終餘年。審爾宜趣駕，不必更遲延。

廬陵趙國子嶷讀李太虛先生召對録悲其言之不用作五言排律百韻弘瑋瑰異洵詩史也予欲取而註之并刻以行世先成三十韻書其詩後

甲申三月中，妖星犯辰極。司馬不知兵，天子憂形色。獨有李中允，抗言利遷國。祖宗建皇居，原不限南北。六御如飛龍，兩京爲羽翼。況乎親征事，歷代有典則。赫怒整王師，小醜滅始食。豁達二祖風，慎勿拘繩墨。是時聖心動，翠華將南陟。一日三召對，安危在頃刻。腐儒昧通變，封章反見劾。卒致都城陷，國君徇社稷。漢祚遂中移，追悔不可得。假使用其言，奚至有改革？當時左右史，簪筆侍上側。記其召對語，詳盡頗不忒。廬陵草莽

臣，讀之深歎息。奮筆作長句，忠憤吐胸臆。自古亡國者，往往多失德。豈有堯舜君，反困於盜賊。人心恨難平，天意窅莫測。始悟中允言，展矣萬夫特。詩成累百韻，序次得其寔。音韻復和諧，比偶亦修飾。苟非曠世才，焉有此鉅力。但其義精奥，淺學罕能識。我欲爲之註，觀者庶免惑。尋當授梓人，永爲詞家式。即此一篇詩，足以傳趙嶷。詩云「克岐克嶷」，音「逆」，今在職韻。

贈章翌兹司理 二首

天崇運方盛，文事日已靡。聰明才辨人，波譎復雲詭。於潛章先生，曠代自興起。能以古文法，揮斥聖賢理。圭方而璧圓，妙絶無與比。後生誦其文，往往竊青紫。君獨困林泉，陸沈逾二紀。頃乃迫功令，一官授司李。雖曰溷風塵，此志白於水。天下同心人，諒其不得已。

神交二十載，企慕非一端。所以燕市中，一見如舊歡。爲題抱甕圖，字字青琅玕。但恨馬蹄促，不得久盤桓。聞君遊敝里，我先去河干。漁樵辱垂問，傳聲至江湍。今我遊南州，失路多巑岏。偶於宗伯坐，李太虚先生。相逢話艱難。顧念無衣客，朔風淒以寒。豈不望綈袍，欲語心悲酸。

贈趙千門司理

昔我遊京師，出塞訪吾友。吾友宋使君，玉叔。昕夕共杯酒。爲言趙千門，才調世罕有。風期復散朗，稱贊不離口。我心儀其人，恨未獲聚首。豈知趙子來，即在我行後。風塵暗相失，惆悵爲之久。今年客南州，君適官江右。班荆話疇昔，神交諒非偶。不知詩酒興，能如使君否？

十八灘

昨歲遊泰山，曾上十八盤。今歲遊虔州，又上十八灘。盤險恃輿夫，輕雲度危巒。灘險恃舟師，亂石壅奔瀾。二百四十里，如行戈劍端。舟師稍不慎，大小皆摧殘。以此懷戒心，寢食弗敢安。順風亦三日，乃始至儲湍一作潭。在贛州西北二十里。回思所歷處，尚令毛骨寒。牲酒謝神明，同舟人盡歡。

留別周計百司理二十韻

我來章貢城，作客二十日。日日飲君酒，言笑何款密。官舍鏁重門，不醉不得出。此地良

足歡，無奈歸去疾。君聞我歸去，惆悵若有失。華堂夕開燕，所召皆吾匹。吹笙復鼓簧，彈琴又弄瑟。未忍輕別離，雞鳴燕始畢。嗟我蓬蒿人，少小富文術。結交半海內，虛名過其實。老大竟無成，慚愧江淹筆。世情慕榮顯，誰肯敬隱逸。今秋南浦游，飢困人莫恤。邂后遇君子，傾蓋成膠漆。邀我來虔陽，同舟且促膝。縱談詩與史，契合諒非一。更念客遊苦，分金至四鎰。勸我勿孟浪，還家置側室。晚歲生佳兒，庶可安衡泌。感此高厚情，揮涕難具述。

生米潭寄懷尚白少參 以下壬寅春作。

蕭灘分手時，期晤章江渚。我辭歸櫂急，恐不能待汝。豈知沙洲外，春水纔尺許。舟重易膠淺，累日空延佇。聞君官舫來，相望不得語。推挽借衆力，帆檣始一舉。私喜旦晚間，可以慰羈旅。及至生米潭，又被風濤阻。去年君過此，云亦遇風雨。懷我作長句，其言淒以楚。我今吟此詩，篤念同心侶。安得似田家，長年共雞黍。

江上晤劉遠修即送其遊山東 時兗州少府王自牧邀遠修偕往。

憶昔槁木師，送我楚江上。同行者二子，遠修與希亮。抱衾宿舟中，未別先惆悵。感此深

厚情，十餘年不忘。槁師既已寂，二子幸無恙。思君老且貧，孤蹤獨飄蕩。江干忽相遇，驚喜殊過望。世亂何所依，主人最高曠。相將去濟州，海嶽恣所向。南池秋色佳，我來共酣暢。

將近樅陽舟中遣興

孟秋江右去，仲春江右還。客行四千里，始見樅陽山。樅陽無我居，居在秦淮間。過此復五百，方能抵柴關。年齒日已邁，鬚鬢日已斑。何爲貪遠遊，所歷多險艱。今歸衡茅下，身倦且休閑。蒔蔬與種藥，聊以駐衰顔。

浦口過江

虔州去金陵，二千三百里。涉江雖云遠，順流亦易爾。但遇西南風，旬日即歸矣。我歸自章江，歲暮朔風起。況聞章門外，兵馬多如蟻。私心懷百憂，行行復止止。因循至春仲，始泊烏江涘。此地屬和陽，還家路無幾。半日波浪平，可以見妻子。那知春雨作，北風吹不已。舍舟而登陸，揮鞭逐長耳。浦口又逢兵，洶洶奪行李。江船莫敢渡，假寓茅庵裏。中宵憂轉劇，輕裝四五徙。雞鳴趁漁舠，曉渡空江水。

七言古體

文德橋步月

青溪夜半涼風發，獨步溪橋看明月，月下何人吹玉簫，含悽吐怨聲初歇。憶昔年少來金陵，兩岸樓臺千百層，瑤笙錦瑟家家曲，畫舫珠簾夜夜燈。如今未及三十載，城市蕭條風俗改。居人對岸悄無譁，月色波光似煙海。

柬林茂之先生

八十二翁筋未衰，往來都市如童兒。尋常過我草堂慣，今年暑月何愆期。祇因兩髁患創癬，出門徒步多艱危。周公勸用楮桃葉，不識此方宜不宜？周元亮司農以楮葉治癬，云有奇效。

答施尚白少參見訪之作

去年我向歷城遊，嵖華二山名沇濼二水名恣冥搜。到處見君所題石，高風逸韻垂千秋。今人仕宦惟干禄，山水詩文意不屬。即令逐隊憩林泉，那有篇章賁巖谷。使君夙負天下才，睥

睨一官如浮埃。平生篤好在山水，但聞名勝心顔開。前年視學來東土，星軺歷遍齊與魯。登州蜃市更奇絶，老坡未許誇仙靈。以此新詩數百首，登臨贈答無不有。嶽瀆藉以生光輝，豈止芳腴膾人口。我讀君文誦君詩，停雲千里長相思。春鴻秋燕每不值，曾託芹溪蔡四翁也爲致詞。今年君自武林返，訪我衡茅不辭遠。貧交本是廿年前，此日重逢猶恨晚。明朝便欲去匡廬，聚散匆匆意不舒。二孤五老昔所賞，兹行游泳當何如。我有故人榷湓渚，欲往從之罕儔侶。樓船倘肯附遺民，一路雲山供笑語。崔計部正誼方榷九江關。

煙水亭歌爲崔正誼計部作

九江城北江水横，九江城西湖水平。湖中央有古臺在，臺之四面煙波縈。昔賢於此構亭子，遠眺廬山近湓水。羣公暇日擕賓客，置酒遊觀信爲美。左師兵從武昌來，千萬人家化劫灰。此亭隔水幸未燼，棟宇摧殘亦可哀。又十六年壞已極，仕宦何人肯修飭。榷關使者崔大夫，過此停車三歎息。慨然捐俸百金餘，立召工師來拮据。旬月頓還其舊制，秋晴開燕臨前除。我往南州泊江渚，訪君官舍淹行旅。詰朝與客登兹亭，石門雲屏咫尺許。是時江上紛捉船，使君關賦虧不全。高情豈肯同俗吏，黽勉從事湖山邊。假令充裕如疇昔，

定知到處搜遺蹟。香爐草堂久凋落，庀材重建君豈惜。重建草堂事誠難，琵琶亭址在江干。但能修葺如煙水，長與詩人來往看。

東湖行

南州古蹟非一處，惟有滕王閣最著。滕王唐祖之從子，其性驕淫虐民庶。當時建閣亦偶然，豈知輪奐垂千年。祇因王勃一開燕，遂使閣與詩並傳。金聲桓變遭回禄，撫軍蔡公重修復。章門遊者誇勝概，獨我來觀意不屬。南昌城内有東湖，湖水澄泓似畫圖。昔賢徐子暨蘇子，皆於此地稱潛夫。二子高風峙千古，舊宅依稀莫可睹。湖心曾構孺子亭，湖干又築雲卿圃。先是仕客來南州，鮮不攜酒東湖遊。一從兵燹亭圃廢，因循十載無人修。郡縣有司既草草，邦人好事者亦少。高樓廣厦諒難成，種樹編籬寧不好。豈有下陳蕃榻之徐孺子，卻張浚幣之蘇雲卿，反不如奪典籤妻之李元嬰。新唐書滕王元嬰傳：「王都督洪州時，聞人妻美，則以妃命召而逼之，典籤崔簡妻鄭氏不受辱，抓其面破，王慚，旬月不出。」

霜螯行

少年嗜蟹有奇癖，每啖能兼五六十。當時蟹賤酒亦多，日日高朋紛燕集。中年世變心憂

煎，食量漸減不如前。恣啖猶能二三十，所恨囊空無酒錢。即今五十平頭過，脾弱僅能啖十箇。其價日增錢日少，老饕不饜愁無那。況復移居石頭城，此方所産瘦而輕。暮秋時亦供匕箸，稍稍染指難爲情。今年九月客江右，水鄉鱗族多無數。中間紫蟹大而肥，漁人誇是經霜後。青錢三百買十匡，剥取脂膏丹且黄。左手持螯右手飲，三焦積熱爲清涼。祇是平生惱獨酌，一杯亦喜人酬酢。南昌俗儉交又寡，所以賓主長落落。寄語故人倪闇公，莫將官舍比樊籠。秋晴步趾來吾寓，判把霜螯對菊叢。

陳士業讀書樓歌

章江門外江水流，上有二閣淩高秋。二閣之間復有閣，是爲陳子讀書樓。陳子先世家城裏，嵯峨甲第連雲起。一從世亂化爲烽，別構茅堂傍江水。數年始建此樓居，軒豁寛平好讀書。春雨秋雲憑眺望，水光山色浮窗疏。我來訪君上樓坐，無數煙帆眼中過。須臾酒饌出貧厨，竟日淹留相唱和。方今世路多險艱，幾人環堵得安閑。君家有此即仙窟，不必更羨蓬萊山。

李太虛宗伯招同黎左嚴學憲飲陳士業徵君讀書樓用王子安體限樓字

各賦詩三章

南州何處堪游泳，滕王鈞天二閣並。二閣高華雖可觀，無如扃鑰兵爲政。中間別有讀書樓，萬壑千峰在上頭。主人好客時招集，不必重尋二閣遊。

陳子結交遍海内，同鄉轉少同心輩。蘇萬劉徐俱不存，蘇武子、萬茂先、劉士雲、徐巨源。李黎二老猶相對。我到章門訪舊遊，因之攜手登兹樓。莫道閑吟是偶爾，他年邑乘垂千秋。是時士業修南昌志，將采入焉。

李先生是文章伯，黎先生亦神仙客，嗚珂不忍話當年，舉杯且共延今夕。江上漁人弄小舟，煙簑雨笠自風流。憑他斗大黄金印，不換元龍百尺樓。

新淦訪施尚白少參

九月送君蕭水去，期我十月來樟樹。地名。我來君又往金川，馬首相逢太匆遽。猶喜黄昏入署中，張燈把酒話飄蓬。雖然分俸無多少，古意慇懃自不同。

南風歎

天道難明有如此，冬月南風發不止。我溯章江入贛州，八日纔行三百里。聞説前途更險艱，此時不到何時還。若能轉棹隨風去，千里金陵咫尺間。

初至虔州遇黄伯圓即送其歸南昌

憶昔玄冬客番湖，與君除夕醉屠蘇。開春三日即分手，曾爲我作廬山圖。筆精墨妙今尚在，但恨離居將十載。忽漫相逢章貢間，年鬢雖衰顔未改。奈何我到君又歸，攜酒江頭送落暉。臨行留戀不忍別，重寫盦山老布衣。是日伯圓爲予作苦吟圖。

贈高淑觀明府

高君釋褐十五年，兩宰大邑閩與虔。同輩紛紛至公輔，君猶蹭蹬久不遷。束帶何慚見鄉里，且看南方好山水。幾番欲賦歸去來，文法拘牽不繇己。一朝騎馬章貢城，與我乍見肝膽傾。自言夙昔有神契，況兼累世多交情。是時歲暮天雨雪，怱怱聚散愁堪絶。稍晴期上鬱孤臺，痛飲狂歌莫輕別。

就亭歌爲尚白少參作

湖西分司使君署，乃在城東最高處。俯瞰蕭江水上雲，遥望閤山煙裏樹。使星本是少微星，雖居官舍風泠泠。既倚芙蓉結爲屋，又取篔簹裁作亭。世人鮮不愛華膴，高人視之同糞土。石崇金谷祇須臾，葛亮草廬自千古。厥名就亭意云何，取其簡易不煩苛。使君爲政亦如此，日日亭中聞嘯歌。

題半山禪客卷 前題者爲蕭尺木、孫豹人、杜于皇、許天玉、王貽上、陳伯璣、龔半千。

羣公一卷冰雪辭，持贈者誰半山師。半山往往向人歎，此中獨少方生詩。何意蕭灘與我遇，僧房茶筍日相聚。江淹無以擬湯休，怨别聊爲碧雲句。

除夕歎

去年除夕歸自北，行李到門天已黑。今年除夕客南方，江路逢兵歸不得。山妻凝望眼將穿，祇道今年似去年。高樹夕陽鴉影亂，尚同小女立門前。

五言今體

和龔孝升都憲送周元亮司農南歸韻 十首

白門春尚早，新柳未藏烏。地僻朋儕少，年衰意興孤。懷人在縲絏，何日返江湖。仰首雲中雁，歸心託寸蘆。

柴荆微雨過，有客道君還。我正愁臨水，聞之喜動顔。好風吹馬首，計日到龍關。江上春陰久，初晴見遠山。

秦淮曾卜築，來往盡詩人。自入燕山去，鶯花寂不春。那知今禊日，忽返舊吟身。家破仍餘酒，酣歌勿慮貧。

釋褐年方壯，俄驚頒白時。宦遊多瘴海，勳伐著蠻旗。節與松筠並，讒從貝錦爲。纍臣心不懼，自有鬼神知。

聞君廷讞日，天眼劃然開。匝地狂風起，迎春淑氣迴。始明投杼誤，争歎濟川才。祇恐徵書促，難容隱釣臺。

草閣臨桃渡，逃名學灌園。與君居密邇，無事日過存。雞黍花間酌，風騷燭下論。藏書千

萬卷，對客任掀翻。

杖藜南郭外，一徑入山斜。古寺尋高座，香臺傍雨花。哲人偏化鶴，風樹每啼鴉。寂寂禪房裏，猶停廣柳車。

孟夏初弦月，先期弧矢懸。思親惟禮佛，謝客且迴船。無計長温凊，過時尚粥饘。節哀聊自慰，禄養已多年。

憶昔庚辰歲，文章聲價饒。腐儒曾月旦，良晤各風飄。萬事餘衰鬢，重逢話舊朝。問年俱半百，春酒不須邀。

君出都門日，誰無遠送情。河梁詩十首，高唱自龔生。精衛心元苦，馮夷氣不平。南歸多和者，俗眼漫相驚。

贈羅原村

原村何處是，乃在黄山西。君昔家於此，終身懷故谿。王維詩裏畫，羅隱客中棲。草樹年年長，歸時路恐迷。摩詰有『時倚檐前樹，遠看原上村』之句。

秋至樅川

六年江海客，今始到山家。望壟知松樹，穿池見蓼花。遊蹤仍未定，詩思浩無涯。笑指雲開處，青峰是九華。

八弟退谷聞余歸枉步湖上留別 四首

昨爾來江國，先期我去淮。不能同桂棹，獨使寓茅齋。及往濟州署，又遊洺水涯。所差俱一日，處處惱人懷。

今秋歸故里，不喜入山城。相約出郊晤，欣然冒雨行。六年添老態，一夕慰離情。絮語那能盡，村酤緩緩傾。

枕被雖同宿，明朝奈別何。卻憐時促迫，轉望雨滂沱。喪亂田園少，飄零感歎多。白頭老兄弟，安得聚煙蘿。

彭蠡吾將去，苕溪爾亦游。檣烏風上下，江雁信沈浮。作客誰先返，干人勿久留。歸時過草舍，重與醉新篘。

中秋夜泊望江

屈指今宵月，潯陽官舍中。故人應對酒，客路尚飄蓬。江水浮蟾兔，雲沙落雁鴻。不知崔計部，清讌與誰同？

九江訪崔正誼員外 四首

昔弭淳湖櫂，曾遊仙令門。高文獨相契，嘉貺一何繁。始至情偏篤，重來義更敦。自慚魚與雀，猶未報人恩。

小別十餘載，無因寄片鴻。每懷霄漢上，長入夢魂中。奉使江州遠，揚帆楚澤通。相過一相問，豈直爲途窮。

東南山水窟，奇絶是匡廬。下有郎官署，真成島嶼居。平生興不淺，登眺意何如。栗里吾遊慣，還期覓笋輿。

往年關使者，會計不須愁。此日商民困，能無税斂憂。濟川才自裕，垂釣客何求。心事憑尊酒，秋江即溯游。

九日飲周伯衡憲副署中同倪闇公作 八首

四時分節序，九日最含辛。况是飄零者，兼之風雨晨。登高難着屐，獨坐欲沾巾。幸有周觀察，連朝作主人。

主人能愛客，客亦竟忘歸。設酒多無算，談詩妙入微。曉雖牽吏事，夜必造書幃。坐久不知倦，霜寒但授衣。

倪子富文藻，讀書官舍中。人師真不忝，老友況能同。抵足話深夜，驚心聽朔風。西江有歸夢，一路向江東。

白門逢九月，無處不黄花。此地菊偏少，當檐種也嘉。高齋聊過目，失路倍思家。既有東籬在，何爲天一涯。

歲稔猶艱食，那經年又荒。南州米價賤，遊子棹歌長。薄命如鴻雁，謀生祇稻粱。九江來幾日，又欲去虔陽。

十月陽生後，聞君亦渡河。此時寒已甚，去日雪尤多。雖輯鑾方玉，仍愁宦海波。不如外臺使，江上聽漁歌。

年事至重九，如人漸老時。霜前催木葉，菊後少花枝。晴煦歡猶減，陰寒愁可知。祇應對

風雨，爛醉復吟詩。

詩思入秋好，佳辰安可無。但能吟蟋蟀，不必佩茱萸。自顧顛狂態，渾忘貧賤軀。非君敦古義，誰與慰窮途。

旅　夜

客舍已淒苦，況聞風雨聲。一杯消永夜，孤燭坐深更。飢鼠分行出，寒雞失次鳴。此時心眼静，歷歷悟浮生。

信　至

家人書信至，望我早歸來。尚欲雙江去，章貢二水合于虔州，謂之『雙江』。那能十月迴。廩無終歲粟，妻有治生才。門外多蔬圃，辛勤刈且栽。

新淦訪施尚白使君一宿而去

白門曾折柳，相約至蕭灘。不料催科急，空令羈旅歎。酒杯仍嫵婉，書札亦琅玕。是時尚白按各屬徵逋賦，不能留客，寫一長卷贈予。更向虔州去，歸來歲已殘。

纔收邢顧淚，孟貞、與治。又滴蔡生墳。芹溪。挽句舟中補，哀聲野外聞。尚白舟中作哭芹溪詩，詩畢大慟，吏人驚愕。繭絲看入覈，尚白許芹溪繭紬未與，至是取以覈之。宛雅許鐫文。宛雅乃宣城前賢詩文，今以蔡作補入。此事今人少，高風併在君。

哭蔡芹溪 四首　和施尚白韻。

老友十年別，去秋來白門。披帷先下淚，把酒各傷魂。頗訝見遺句，渾如永訣言。壁間詩果讖，重讀暗聲吞。

仲夏響山至，杓司。傳君卧在牀。老猶貪麯蘖，病不廢詞章。有室妬偏壽，無兒繼亦殤。祇餘三歲女，提抱哭身傍。

憶昔辛壬歲，辛巳、壬午。嘗同宛水舟。梅徐相唱和，朗三、善生。麻沈亦淹留。孟璿、景山。四子俱黄壤，唯君到白頭。那堪又凋謝，淒絶敬亭秋。

平生肝膽重，世態總浮雲。一死交情見，無如施使君。衣酬吴子劍，書輟郢人斤。况是吟聲苦，悲涼不忍聞。

過十八灘

正愁舟楫險，又復上危灘。霜月水初落，炎方冬不寒。家貧惟仗友，世亂敢求安。況有同心客，村醪夜夜歡。

贈畢仲青郡丞

郡齋兵燹後，零落似荒村。君到始重闢，樓成復有園。一亭明月小，千本素華繁。日日招賓佐，香光撲酒尊。仲青自闢衙舍東，遍種茉莉數千本，作亭其中以待客，故云。南方珍抹麗，茉莉一名抹麗，謂可抹殺衆芳也。嘉種聚於斯。偶入衆香國，惜非三伏時。高堂名暖雪，即仲青堂名。痛飲對華滋。木本金陵少，歸舟乞一枝。

答曾庭聞孝廉見贈

魯江曾載酒，送爾去西秦。本是茹芝者，今爲折桂人。貧難安隴畝，亂且溷風塵。名易心無改，庭聞舊名傳燈，今名畹。相逢感歎頻。

別後同漂泊，傷情是悼亡。贈予詩八首，對爾淚千行。庭聞詩云：『才收亡妾淚，又灑舊神京。』冒雪

來章貢，先春返建康。歡娱纔幾日，惆悵又嗚榔。

施尚白使君書來卻寄

江關風雨夜，正是憶君時。忽有雙魚至，其中數首詩。霜天憐隻影，歲暮促歸期。感此纏緜意，增予伉儷思。尚白見懷句云：『子有賢妻可偕隱，忍使霜天各孤影。』虔州將轉櫂，蕭水必經過。小泊入官舍，新詩與和歌。既知時晼晚，不敢恨蹉跎。加惠無窮已，貪婪愧若何。

壬寅初度奉酬尚白使君 起皆用杜句，亦一體也。

元日到人日，棲棲官舍中。稱詩懷抱合，望古詠歌同。律細頭應白，更深燭尚紅。來朝置春酒，又欲壽衰翁。

百年已過半，萬事總辛酸。簪紱非吾分，箕裘何獨難。食貧勤婦女，畏禍忍飢寒。但得熊羆夢，餘生稍自寬。

歲暮遠爲客，開春猶未歸。祇應兵馬阻，遂使室家違。短棹停蕭水，華筵愧舞衣。對人雖强飲，飲罷卻歔欷。

海内文章伯，聲詩妙絶倫。識途憐老馬，琢玉恕工人。交道從來厚，名言祇是真。他年君不朽，吾亦附千春。

正月晦日守風生米潭

久客渾無賴，言歸及早春。那知入正月，又復過三旬。沙淺膠舟易，風狂鼓浪頻。年來多失意，處處有邅屯。

南浦歸思

章門三十里，欲往尚艱難。何況異鄉國，焉能生羽翰。我家桃葉渡，此日杏花殘。芳徑無人掃，停杯飲不歡。

寒食泊東流

江上朔風急，孤舟不敢移。況逢寒食雨，更覺客心悲。鄉國經年别，家人待米炊。歸途偏阻滯，安得救朝飢。

送沈治先歸宛兼寄令兄眉生

秋江同作客，春水又同歸。何事棲遲久，仍嗟生計微。對牀聽夜雨，把酒問漁磯。坐惜沙邊鳥，乘風忽背飛。

賢兄真處士，抱道隱深山。人世空相憶，雲鴻不可攀。舊交多白骨，辛苦老朱顏。獨有鴒原好，今年又出關。

泊西梁山有懷舊遊

江北多奇士，無如戴敬夫。詞源通屈賈，書法擅歐虞。家與天門近，身隨國運徂。平生交不淺，感動獨長吁。

故人魯孺發，早歲隱天門。一命去荆楚，終身懷國恩。專征曾秉鉞，垂死復歸園。澤畔行吟處，重過欲斷魂。

七言今體

苦雨柬蕭伯闇孝廉

積雨經旬土鉎荒，因思頭白老蕭郎。畸懷不肯干人禄，薄俗誰能餉爾糧。一卷殘書消永夜，數竿修竹倚斜陽。虛疑令弟高州守，近日空槭亦渺茫。伯闇弟賡九方守高州。

送陸漢東孝廉歸粤并謝其贈研

當年東海受殊恩，此日無端走薊門。一到黄河催轉櫂，重來白下暗傷魂。江樓送客逢春雨，石硯遺予帶墨痕。别後摩挲鸜鵒眼，長如良友共朝昏。

蕭伯闇家移竹

小圃修篁數十竿，兵兒一過總摧殘。情知此物生元易，偏到吾家養去聲亦難。粉籜又從鄰友乞，霜鋤須趁雨天寒。明年便有龍孫長，索酒來將竹母看。

答黄波民見訪之作

一月春陰黯不開，蕭條三徑長莓苔。牆東始見朝曦出，竹裏俄驚道友來。破戒有詩真妙絶，波民自言久不作詩，今爲予破戒。留歡無酒卻空迴。碧桃紅杏垂垂發，期與林翁共舉杯。林茂之先生也。

四月朔日同汪我生錢季水白夢新飲王元倬先生齋頭

南中舊友存亡半，餘我數人皆老蒼。卻怪經年纔一晤，不知終日爲何忙。桐陰偶聚當初夏，茗酌相留到夕陽。小築青谿猶未遠，還來共醉落花旁。

壽盛茂開山人八十

潤州城外柳條新，客舍同棲意甚親。轉眼廿年如夢寐，平頭八十尚精神。畫成董巨方無愧，董源、巨然爲江南畫家之祖。壽到黄文亦有因。黄子久、文徵仲壽皆八十。莫論此時論後世，貴人終不及山人。

内子初度 前此初度者二，予一在杭，一在兖。

細君歸我甫三秋，我去杭州復兖州。兩地遥憐懸帨日，一詩先附渡江舟。今年何幸免爲客，盡室雖貧亦不愁。争上聲似鳬鷗將數子，野塘朝夕共沈浮。

七月初三夜過周元亮先生小飲有贈 是時江南久旱無雨，而秋熱尤甚。

今年奇熱往年無，下濕田乾井亦枯。獨卧茅檐容懶慢，欲尋芳徑幾踟躕。新秋見月纔相訪，涼夜開尊不待酤。多少蒼生望霖雨，蟠龍未許戀江湖。

宦海浮湛二十秋，暫歸林壑亦悠悠。吟時撫枕風生席，醉後窺簾月轉樓。有客和歌良足慰，無錢買宅不須愁。回思燕市羈孤日，此際真如蓬島遊。

與王燕友銀臺感舊有贈

車笠相逢易水濱，每攜羣徒吉偶、與三、敦四。醉蕭晨。鴨江一去皆遷客，烏巷重來少故人。假寓正當秋閣迥，放懷偏與酒徒親。別時贈我甆罌在，燕友曾以四宫杯惠予。索飲封缸不厭頻。封缸，酒名，出廬州。

釋褐離蔬未幾年，歷官禁近似登仙。致身卿貳亦何早，軫念漁樵各有天。世上風波多險絕，山中松桂獨蒼然。勸君且莫催征騎，也向青溪買釣船。

喜錢牧齋先生惠書復寄

少年曾作虞山客，親見先生半百時。稍長服膺初學集，近年心醉列朝詩。琴川不遠難重到，鍾阜相望一寄詞。何物腐儒蒙記憶，謾勞千里報瓊枝。屈指今秋是八旬，先朝耆舊更無倫。擬同詞客來爲壽，卻訝長書謝所親。實有羣言思就正，肯當吾世失斯人。相過定在明春夏，猶及磻溪垂釣辰。

喜張繡虎卜居相近贈此

六朝風景在青溪，煙水蒼茫路不迷。我學灌園鄰古刹，君來稅宅傍秋畦。袖中詩卷交相質，郭外游笻每共攜。倦鳥投林隨處好，湖山那定浙江西。

李研齋舊史遷居秦淮過訪有贈

劍閣瞿塘歸未能，廿年蹤跡滯金陵。居鄰十廟囂雖遠，步出三山街名備争上聲勝。恰喜新

秋移水檻，預知窮巷有詩朋。相過百遍休嫌數，買酒無錢感又增。

柬李屺瞻進士

仲夏相期訪薜蘿，藍輿無奈赤輪何。祇言伏盡暑當退，豈料秋來熱更多。久旱必須時雨降，小園端望故人過。知君節飲遵嚴訓，自汲山泉瀹茗柯。

張僧持賣藥南都詩以贈之

僧持前世必高僧，母腹聞腥已不勝。合室長齋饒慧業，早年博物擅修能。倉公文以醫方著，韓伯名隨市女稱。但惜今人多嗜乳，囊中薑桂日頻增。

采石訪孔千一不遇

蛾眉亭下謫仙祠，曾寓其中人少知。獨有孔融頻載酒，每懷謝朓一題詩。比年離索無由見，此日殷勤問所思。君又出門空悵望，西江煙艇欲開時。

蕪陰訪羅原村

昔隱于湖三四秋，與君情分極綢繆。居停不遠過從慣，飲啄隨時笑語稠。萬里風塵憐我別，重來霜雪上人頭。江關握手何忽遽，煙水茫茫無限愁。

九江送周園客南歸兼懷元亮先生

淒淒風雨暗江關，咫尺廬峰不可攀。彭蠡濤聲憐我去，秣陵秋色羨君還。家書煩寄荒陂上，樽酒難分逆旅間。暇日趨庭如見問，爲言衰鬢一時斑。元亮與予同庚，常怪予髮未白，故云。

周觀察署中喜晤倪闇公

五月君從江右還，手攜吟卷扣柴關。詩情澹永陶兼謝，書法精嚴歐與顔。如此才華淹草澤，是何年少立朝班。遵時且莫傷貧賤，自有名垂宇宙間。

小艇沿江上下輕，南歸幾日又西行。湖山一路皆詩料，羈旅終年無歎聲。期我高秋來幕府，就君深夜話離情。重陽作賦元嬰閣，莫使王郎獨擅名。

章門訪陳士業徵君

南州耆舊近蕭然，碩果惟君亦可憐。典冊高文傳海內，短牆破屋住江邊。白頭不忍聞時事，皂帽相過説往年。欲訪故人埋骨處，（茂先、武子。）亂山孤冢没寒煙。

正擬裁詩一贈君，先投麗句與鴻文。仍攜斗酒山中釀，又送爐香客裏焚。歲儉不應煩地主，樓高或可望江雲。菊花時節多風雨，稍霽還來坐夕曛。

九日雨李太虚先生以詩見招未赴

先生文筆似江河，集有弇州四部多。曾向隋堤窺象緯，又從蘇圃訪煙蘿。談深不覺日將夕，調合欣然和且歌。最是燕遊十六首，篇篇吟賞愧如何。

重陽風雨客心哀，嘉召先期有外臺。忽睹新詩同折柬，因憐叢菊許銜杯。泥塗此日應難往，芳徑初晴我自來。更約陳翁（士業）爲酒伴，花前襟抱一時開。

重九後二日同陳士業飲李太虚先生齋頭

江城風雨誤重陽，着屐難登緑野堂。此日林端明霽色，特來花下就壺漿。年臻大耋身猶

健，吟到真詩喜欲狂。聞有翠眉工度曲，何時纔一奏笙簧。

送周亮臣還白下

三秋同作章門客，秋盡君歸我未歸。下水揚舲元自穩，好風掛席更如飛。江東歲儉多收米，湖上霜寒蚤製衣。莫歎遠遊分潤少，此方半百事全稀。

喜遇趙五絃少府

章江南望思悠悠，欲寄雙魚路阻修。鼓枻忽從天上至，班荆先破客中愁。故人情重那能別，小酌更殘尚未休。且與馬融同帳卧，馬長源學博。來朝風起又開舟。

贈周計百司理

洪都久客正艱辛，邂逅逢君得所親。累夜相攜爲痛飲，扁舟許附此閑身。嶔崎歷落真名士，憔悴支離老逸民。邀我虔州遊自好，獨憐歲暮未歸人。

贈劉輿父兼懷伯宗先生

二十年來音覿疏，泰山梁木痛何如。生芻未束心長愧，遺草重刊願豈虚。予往欲選伯宗詩不果。南國偶逢煙水上，東湖同眺雪霜初。可憐杯酒匆匆别，相約明春訪弊廬。

寄懷甯山同

山同以冠服小異，其邑令將置之法，賴士紳力救，始得免。

聞君山郭遇窮奇，刑戮雖逃事亦危。此日虞羅盈草澤，莫教鸞鶴逞威儀。三書寄我無繇答，千里干人衹自悲。獻歲劉生來白下，可能攜手醉東籬。

贈陳元夫別駕

元夫，池州人，方司贛州關税，見招之日即其初度。

江鄉九子九芙蓉，君在芙蓉第幾峰。不似頑仙隱空谷，卻爲傲吏騁遊蹤。關迎嶺北雙溪水，樓對虔陽百尺松。客到正逢初度日，梅花撲鼻酒香醲。

贈賈曜南總戎

漁陽老將舊知名，六十懸車罷請纓。戰勝雙江因寄籍，閑收百卉自怡情。頻來嘉客壺餐

具，話到先朝感歎生。邊釁實繇連帥死，向來浮議賴君明。

虔州旅懷

鬱孤臺下雨霏霏，有客思歸尚未歸。兵過江湖舟楫少，秋來京國信音稀。故人分禄情雖厚，周計百司理。除夕還家願已違。最是高樓相望久，幾迴霜雪淚沾衣。

祀竈日泊豐城之曲江胡悦之枉顧舟中一宿而别悵然有作

朔風無賴上虔灘，汲汲歸與歲已殘。野泊豐城逢節序，情知老友在林巒。遺書往問山家晚，攜酒來過霜氣寒。話到雞鳴催解纜，渡頭分手各辛酸。

臨江天寧寺同半山上人守歲

歲暮歸心逐水流，道逢兵馬奪吾舟。蕭灘轉櫂依官舍，破寺容人寓佛樓。況有高僧同作客，雖然除夕亦忘憂。素瓷茗飲塵襟滌，不用懷鄉歎遠遊。

早春歸思 以下壬寅春作。

秦淮卜宅近林塘，自種畦蔬滿院香。無奈絶炊逢儉歲，敢辭乞食向殊方。鬱孤臺下沾膏潤，新喻溪邊買稻粱。歸去江南免饑餒，故人高義最難忘。

五言排律

壽徐子星給諫母夫人

柏府家聲舊，梧垣氣象新。祖孫誠繼美，鞠養是何人。有母能兼父，非時失所賓。孤鸞心慘烈，雙鳳乳艱辛。授受惟班史，遷移與孟鄰。文皆成綺縠，仕即掌絲綸。欲作調羹老，先爲補衮臣。輶軒歸子舍，瀡瀡奉慈親。介壽當朱夏，承恩自紫宸。杯中天露酒，階下彩衣身。章服年年易，庭幃日日春。不須頭盡白，看爾畫麒麟。

五言絶句

虔州

虔州將近粤，臘日已如春。忽見東園裏，梅花朵朵新。
才看梅蕊白，又見菜花黄。自是冬無雪，何曾草不芳。

茉莉謡

章貢交流處，種花如種田。家家千百本，争附下江船。
炎方霜雪少，花葉四時青。一過江東去，交秋葉即零。
藤本多而賤，木本少而貴。朱夏花偏繁，玄冬葉不替。
風寒是所忌，乾燥亦非宜。三冬藏密室，隔日記澆期。
井泉令葉爛，蟻穴令根傷。秋分須换土，烏豆汁爲良。

秋蘭謡

江上逢閩僧，授我種蘭法。老人恐易忘，書之於白袷。
春喜温畏寒，夏喜陰畏熱。秋喜潤畏風，冬喜暄畏雪。
喜雨又惡濕，喜晴又惡炎。久陰與烈日，急徙寘深檐。
灌溉取江河，慎勿沾井水。井水糞溺同，一勺花皆死。
位置尤宜高，勿近螘與蚓。二蟲蝕其根，治以麻油餅。

七言絶句

春日漫興

新水乍生江雨後，老夫徐步野橋邊。柳條無力東風起，閑看羣兒放紙鳶。

潘江如自楚歸過白門訪予不值留札而去

端居旬月不窺園，偏是君來我出門。千里情人坐相失，數年離思向誰言？

黄昏歸自雨花臺，汲汲尋君船已開。底事不留茅舍宿，具餐稍待德公回。

閏七夕

秋空咫尺是銀河，一歲曾無兩度過。今夜鵲橋人盡望，不知天上意如何？

題梅杓司藏卷 卷中乃誕北、穎侯、崑銅、伯宗、定生五亡友手札。

乍開此卷即沾巾，多是當年死難人。浩氣尚能凝碧血，遺言終不化青燐。

余公亢烈首捐軀，周沈同心亦與俱。莫羨陳劉考終命，肝腸寸折眼全枯。

梅生海内結交繁，架上郵筒無數存。獨寶數公殘翰墨，欲留書種在乾坤。

贈陳未典醫士

君是龍眠一老儒，近來遊藝向南都。曾箋仲景傷寒論，又註銅人指掌圖。

卜居偏傍藏經橋，過我茅齋路不遥。但遇鶯花頻有約，豈因藥餌始相邀。

偶向鄰叟乞得斑竹數竿手植小閣西隅相訂笋生招飲

斑竹從君乞數竿，小窗風雨共高寒。明年便有兒孫長，索酒來將竹母看。

乍涼

門外秋風吹葛裳，燈前夜雨灑藤牀。回思前日熱如彼，豈料今猶有此涼。

樅川夜集送從孫董次就婚六合

今夜張筵對雨窗，來朝挂席下秋江。不知新婦于歸後，可許人言有阿雙。阿雙，妓名，是時董次

所狎者。

湓浦訪琵琶亭

九江煙月聽琵琶，千古風流此岸沙。亭址尚存亭已廢，愁看楓葉與蘆花。

贈胡悅之處士

是時，悅之鬻文字于市。

我到南昌即問君，相傳孤鶴隱雞羣。蓼洲一帶皆鹽估，此地垂簾亦異聞。
賣文爲活本儒風，也與君平卜肆同。祇是俗人知者少，龍門反遜兔園翁。
龔生畫馬鄭生蘭，不救當年饑與寒。今古遺民同志操，一波三磵有誰看。
眼前書法王于一，地下詩情萬茂先。君實能兼二子勝，名場不著更堪憐。
屈指明年是七旬，髭髯未白眼無塵。秋宵尚作蠅頭字，他日終爲鶴背人。
乍見新詩即起予，從容來讀等身書。莫嗟四壁貧無賴，須信千秋富有餘。

夜讀白詩

門巷秋陰斷往來，階除晚霽獨徘徊。消愁唯有香山集，夜夜燈前當酒杯。

豐城

喜鵲灣頭泊野航，仰看星漢澹無光。張華雷焕今何在，雖有龍精氣亦藏。

新淦

陶公曾有外家親，此日全無姓湛人。試出東門聊騁望，讀書臺已歷千春。陶桓公母湛氏本淦人，公幼隨其母讀書于淦，至今有陶公讀書臺存。

野泊

空江逢雨又逢兵，野泊孤洲已二更。喜見人家隔溪語，愁聞風霰打篷聲。

峽江

冬月南風分外多，舟師賈客歎蹉跎。峽江數里猶難上，十八灘頭奈爾何。

吉水

西江山好是匡廬，除卻匡廬盡不如。吉水城邊多秀色，千峰亦似畫屏舒。

百家村

上下章江千里遥，舟人到此必停橈。家家俱有妻孥在，任急須淹一兩宵。

惶恐灘

十八灘頭第一灘，灘名惶恐膽先寒。臨流忽憶文山句，千古忠臣淚不乾。

題劉紫涼山人品泉圖

甘泉香茗勝醍醐，不信前人唤酪奴。試問天街騎馬客，一生曾飲一杯無？

題周計百司理二影 一訪張逍遥圖，一訪古雪師圖。

逍遥辟穀隱西山，與虎同居石洞間。不是君身有仙骨，誰能扶策扣柴關。

焚香相對欲忘言，髣髴坡公與了元。他日重遊翠巖寺，也須玉帶鎮山門。翠巖，古雪所居。

去虔州日曾青藜趙國子攜酒舟中相送且留余次日看春口占謝之

虔陽歲暮有歸人，二仲提壺到水濱。此地交遊非不衆，布衣獨與布衣親。

酒酣臨別又徘徊，勸我舟師且勿開。明日迎春風俗好，相期重上鬱孤臺。

題半山道人畫册

白嶽高僧有漸江，丹青妙手世無雙。宛溪復有半山子，畫苑新開兩法幢。

一着袈裟絶萬緣，獨餘破研習難捐。江山本是無情物，寫到荒殘亦可憐。

題尚白所藏徐青藤畫册

山陰高士謫仙人，書畫詩詞並絶塵。不是使君誰解此，朝朝相對墨痕新。

壽宛陵李翁 以下壬寅春作。

元日蕭灘遇李翁，髭髯如雪貌如童。問君導引遵何術，家在陵陽古洞中。

聞説仙人竇子明，釣竿曾掣白龍行。此溪泉冽今爲酒，飲酣能令兒齒生。翁居水陽有龍溪，且善釀，故云。

題郭生卷

敬亭山下有芳村，誰錫嘉名畫水園。正羨主人能石隱，卻疑歲暮向江門。

昔人畫水須十日，半公渲染不須臾。何年買棹來尋汝，僥倖將身入此圖。卷乃半山道人作。

題就亭圖 亭在尚白署中，半山即畫于壁。

官舍爲亭小不妨，城中城外兩相望。異時墨蹟傳千古，便是黄州舊雪堂。

章江曉發

春水未生天氣寒，愁風愁雨復愁灘。打頭風雨晴猶易，閣淺沙洲活最難。打，音「頂」。

舟中望廬山有懷舊遊

番湖掛席見匡山，來去匆匆俱不閑。卻羨當年多逸興，冬春長住落星灣。

聞李宗伯家伎並遺傷之

霓裳一部本羣仙，衹合文人與結緣。底事同歸厮養卒，酸風腥雨哭嬋娟。

聞説登艫涕淚頻，煙波迴雪更悲辛。章江遊子腸先斷，況是虔州納采人。煙波、迴雪，二伎名，虔州友人曾以千金聘煙波，不可得。

竹枝詞 十首

尚白方選刻西湖竹枝詞，徵予作，予舊稿不存，舟中適有所思，遂書以應之，不必切西湖也。

送郎江上藕花開，説道還家看早梅。如今桃李俱飄落，柳絮將飛郎未回。

儂家住在大江東，妾似船桅郎似篷。船桅一心在篷裏，篷無定向衹隨風。

樓上春風吹小窗，愁人獨坐俯晴江。沙鷗汀鷺皆成匹，豈獨鴛鴦是一雙。

春水新添幾尺波，泛舟小婦解吴歌。笑指儂如江上月，團圓時少缺時多。

愁損朱顔瘦損肌，多時明鏡懶相窺。香奩抛卻青螺黛，不是郎歸不畫眉。

貧家艱食況年荒，升斗干人亦可傷。若是妾飢寧自忍，不教郎獨去他鄉。

聞郎歲裏在江門，詩滿奚囊酒滿樽。主人留客情雖厚，畢竟難如伉儷恩。

二月揚帆贛水濱，攜來茉莉未全貧。郎歸豈獨儂心喜，贏得羣花香四鄰。

十日順風郎到家，香秔百斛更堪誇。山厨從此饒饘粥，誰復飄零楚水涯。

杯酒洗塵三月三，不須修禊向江潭。手種萱花無限好，忘憂已足況宜男。

盦山續集後編　卷一

往四游草西江遊係辛丑詩。是接壬寅以訖己酉，統曰『續集』，先生自標也。

五言古體

送吴錦雯歸杭州 以下壬寅年作。

我友官吴門，數月即解組。良以性高岸，不肯事傴僂。兼之病風眩，復不耐勞苦。去官意甚適，如鹿歸林藪。只有一恨事，才子奄羈旅。旁人且辛酸，何況爾慈父。哀痛幾失明，三年不出户。今夏稍稍瘳，揚舲至江渚。訪我哺雛軒，累夜共深語。花前酒一杯，鐙下愁千縷。每爲嗣息憂，欲取金陵女。女頗有機緣，君卻無資斧。悵然空歸去，臨去又延佇。云當八月初，干謁往南浦。雖有賢主人，其地甚貧窶。所願未必諧，奔波亦何取。勸君早入都，一官猶可補。此番須折節，力疾趨公府。小有三徑資，汲汲返園圃。著書與生兒，允矣傳千古。

送從兄水匡歸里

吾兄有才子，明圃子留也。年少挺風節。不受纖塵污，皎皎如冰雪。興文復高妙，吐詞多激烈。其詩數百篇，盡是萇弘血。斯世豈能容，蘭蕙先秋折。海内同心人，聞之皆痛絶。何況白頭親，焉能免嗚咽。屏跡深山中，年將躋大耋。仲夏渡江來，了不畏炎熱。精力尚强健，神明更聰哲。觸事成謳吟，夜分猶未輟。孟秋復歸去，留戀意難别。相約冬春間，重來話淒切。幸搜明圃詩，吾當授剞劂。庶爾父子名，異代永不滅。

徐月鹿水部署中喜遇八弟退谷

秋田分手時，汝云去苕霅。便道往西陵，地主頗不乏。豈知吳興返，即至天妃閘。中路逢使車，交情夙所洽。遂邀入官舍，清江過殘臘。春草既萋萋，秋風又颯颯。良以膠漆堅，故有水乳合。我來自金陵，蕭然一瓢衲。念汝蹔停舟，即欲之濟漯。使君聞我來，倒屣爲延納。榷關事紛紜，夜夜共壺榼。淮水多嘉魚，兼之有蟹蛤。每飲必霑醉，笑謔忘其狎。君言黄河邊，兵馬正駁遝。須待其船過，慎勿與之雜。莫愁資斧微，區畫自有法。前年到浙東，曾分金一匣。今歲到淮陰，其意更周匝。感此未忍行，況與汝同榻。且坐竹窗間，吟聲

互相答。

賦得萬里一歸人贈張虞山

虞山老詩人，秉性和而介。雖貧懶出門，從未入都會。一朝萬里游，直至炎海外。爲有同袍者，謫居非其罪。安忍孱弱軀，孤征獨狼狽。欣然別妻子，長途共行邁。問歸未有期，北風吹衣帶。豈知往與還，只在二年内。瘴癘不能侵，兵戈不能害。所歷多險艱，身心竟安泰。各有詩百篇，清音發天籟。卻笑楊子雲，終年守闤闠。

贈劉山臞學憲

吾友愚山子，往歲官山東。施尚白也。詞場擅風雅，六藝能兼通。以此訓多士，聿興鄒魯風。接踵良不易，乃有山臞公。搴芳自楚澤，藻鑑懸秋空。所以海岱間，二老稱宗工。今我來歷下，試事君已終。是誰道姓名，枉駕先蒿蓬。文章夙相慕，臭味欣然同。明旦即嘉招，醉眠官舍中。出其五鳳雛，一一爲世雄。家學既淵藪，問道于顓蒙。野人何所知，感歎意無窮。

贈于念劬右藩

有客江東來，道逢徐拾遺。徐子星也。停舟飲我酒，問我何所之。我行指泰山，泊舟于南池。因往歷下亭，故人曾與期。君言于使君，宣化乃在兹。欲寄尺素書，輕裝安敢辭。使君雅好客，久已聞聲思。此去得握手，傾倒非一卮。歷城富山川，趵突泉尤奇。羣公多暇日，或可相追隨。

重登岱作

昔我游泰山，山南無不歷。惟餘黄花洞，僻遠未搜剔。今我重來游，先訪山北石。越嶺十五里，果見千仞壁。其下有深洞，陰冷泉欲滴。危樓撫萬松，霜柯鬬寒碧。始覺玉女祠，背面分喧寂。詩人林與鍾，茂之、伯敬。題詠猶有蹟。其他登岱者，此景罕能覿。我輩獨流連，回嶺日將夕。尚想雞鳴時，東峰觀海赤。那知天色改，寒威侵枕席。曉起視階除，大雪已盈尺。

投書磵

先儒胡安定，篤好此山水。結廬在南磵，讀書信爲美。下帷將十年，竟不歸鄉里。家人寄書來，投之于磵底。恐亂我心曲，勿使聞于耳。所以學既成，天下稱夫子。我來訪遺跡，高山勤仰止。南磵宛然存，書堂久已毁。重建表師儒，責在州刺史。

贈曲憲章州守

岱宗五嶽長，諸山無比倫。其中青帝居，穆穆朝百神。凡民得游者，夙世皆有因。何況守兹土，定爲列仙人。前歲我來此，曾與刺史親。開尊屬初夏，菡萏何鮮新。今年重來此，雲壑當秋旻。刺史念舊交，深夜飲我醇。行將乘五馬，作郡東海濱。邀我臨淄游，不辭分俸頻。曲是時升青州守。

贈孔輔垣上公

前年謁孔林，乃偕趙司李。停車僅一日，游觀未盡美。欲見衍聖公，倉皇無暇晷。至今以爲愧，馳思曷能已。頃自歷城歸，迂道來闕里。仰瞻尼防山，俯瞰洙泗水。因得覲明公，

私心頗自喜。聞公嗜風雅，下筆煙雲起。遠近咸稱之，簪纓莫與比。予亦老詩人，所願執鞭弭。

早春喜程崑崙別駕見訪即送其還潤州 以下癸卯年作。

靄靄青溪雲，濛濛白門雨。老夫方荷鋤，努力事園圃。忽聞車馬聲，衝泥至環堵。借問客爲誰？潤州程少府。少府我所知，海内稱豪賢。夙昔誦其文，神交十餘年。頃者官南徐，欲見尚無緣。何其先枉顧，握手情歡然。旦日剪畦蔬，相約梅花下。荷君不遐遺，日中催命駕。高懷類嵇阮，新詩凌鮑謝。所恨春雨繁，把酒未終夜。江干雨初歇，君即放扁舟。我有虞山期，暮春亦東游。取道于京口，言登萬歲樓。索酒來官齋，與君重唱酬。

和鼎實刺史渡江見訪賦此送之

和子官彭城，數月以憂去。尚未歸朔方，先問江南路。江南何所爲？有友夙相慕。鼓棹一訪之，握手歡如故。我愧非其倫，高情焉敢負。明旦治杯酒，與君話情愫。君復趁江船，汲汲返瓜步。此意竟蕭條，何年得重晤。服闋仍補官，領州來近處。尊酒細論文，後期當不誤。

癸卯三月十九日潤州客舍同潘江如小飲述懷四十韻

與君定交初，乃在乙酉春。是時楊貴竹，開府京江濱。其性頗好客，客來多俊民。史邢暨萬宋，才華更清新。日夕造君廬，披豁任天真。君尤篤愛我，相對但含顰。私憂南國亂，汲汲謀隱淪。遥指鶯脰湖，水鄉風俗淳。從無兵燹患，樂彼漁樵人。三月十九日，先皇之忌辰。同登北固山，仰首號蒼旻。野老或見憐，朝士反見嗔。俄而江北岸，鼓角聲振振。君先挈妻子，湖村依所親。我亦攜小婦，追隨爲比鄰。此地既幽僻，可以長垂綸。君復有遠圖，舍我游越閩。三歲始歸來，道路罹百屯。我適無所爲，賣卜潤城闉。一見喜欲狂，茅屋共宵晨。曾將賣卜錢，買酒醉千巡。無何江上别，東西各風塵。彈指十二年，迥若吴與秦。己亥黄河邊，邂逅疑有神。因過范生宅，連牀話經旬。贈答非一篇，相期保松筠。别後又五載，聞君家益貧。田園被侵奪，賦税猶在身。寄居荒山中，妻子行負薪。癸卯春三月，京江重問津。維舟即相訪，奇窮果無倫。顛毛種種白，顔面黑且皴。破帽與敝衣，何減百結鶉。況當十九日，言之鼻酸辛。仍往北固山，亂石迷荆榛。旅人不敢上，一慟何繇申。是夕返我寓，呼童采江蘋。取酒酹燈前，心曲難具陳。回思廿年事，惘如夢中因。夜半作此詩，龍鍾淚沾巾。

訪談長益村居見其子太平因寄此詩

六年不相見，時時勞夢魂。此番客京口，準擬傾一尊。豈知我未來，君先去都門。相思仍相訪，直至城南村。有子才八歲，眉目秀且温。正與鄰舍兒，從師讀魯論。是誰教養之，皆其嫡母恩。乃翁好遠游，北風吹蓬根。年老筋力衰，何苦道路奔。勸君早歸來，妻孥共朝昏。

萬歲樓送春詩

同集者南昌彭躬庵，仁和周兼三，吴江顧茂倫，長洲程杓石、施又王，江寧陳翼仲、皮以立，寶應朱監師，金壇高芝侯，丹徒潘江如、吴襄宗、張季昭、陳尊己、李木仙諸子，是爲癸卯三月晦日。

潤州富山水，靈異鍾江邊。金焦與北固，三峰秀娟娟。其間諸梵刹，古跡何紛然。俯視城中山，月華當西偏。上有萬歲樓，創自東晉年。軒楹甚弘敞，登眺多名賢。王孟暨皇甫，三子詩尤傳。王昌齡詩「江上巍巍萬歲樓」，孟浩然詩「萬歲樓頭望故鄉」，皇甫冉詩「高樓直上思依依」。我今來潤州，假館得一椽。朝夕坐樓頭，滿目皆雲煙。故人攜斗酒，就我開芳筵。所招無俗客，風

雅相攀緣。不忍送春歸，爛醉東風前。薄暮下樓去，執手仍流連。謂言今日聚，曷可無詩篇。予僭爲首唱，羣公屬和焉。

喜遇顧茂倫程杓石施又王即送又王入燕

揚帆石頭城，弭檝京江口。駕言之吴門，入山訪我友。我友翩然來，不先亦不後。中道忽相遇，驚喜爲之久。各言懷思深，安忍便分手。此間暫延佇，河橋折新柳。金焦北固山，一一可覽取。日暮還寓齋，千錢沽美酒。爛醉曷敢辭，良晤似非偶。試看明鏡中，次第皆白首。施君興獨豪，結束將北走。未知燕昭臺，果有知己否？朔風吹黄沙，滿面多塵垢。不如早歸來，逍遥事南畝。

再遊焦山

匡山以續著，嚴州以光名，二公皆寒士，千古垂英聲。乃知山水性，弗以人爵榮。我今登焦山，緬懷焦先生。蝸廬僅容膝，獨往棲柴荆。鄰火延其居，露處了不驚。斯人胸臆間，寧復有世情？所以京江上，名與匡嚴併。

周鼎製甚古，傳自成康時。其中史籀文，奥異人不知。或言嘉靖初，曾有盜竊之。將以獻

權相，卒爲吏所持。仍歸此寺中，當有神明司。至寶不可名，撫摩惟嗟咨。前日游兹山，先從西北始。仰首三詔巖，遺蹤乃在此。下尋瘞鶴銘，一半沈江水。其字久剥蝕，隱隱猶可指。程君雅好事，重刻使不毁。是以今日游，先到東林裏。既讀全銘文，然後覘水底。書法與文詞，庶幾盡厥美。

山形如伏黿，昂首向東北。勢欲浮滄海，大沙爲之塞。松寥二小山，似爲所卵翼。招提百間屋，乃隱其肩側。古木覆重陰，炎暑無日色。不登絶頂處，焉知在水國。

常州護國寺

昔者蘇玉局，雅愛陽羨居。積錢四十緡，城南買一廬。夜聞老婦哭，立地焚券書。孑身還毗陵，囊篋了無餘。假館顧氏園，浩氣歸太虚。相傳護國寺，往來亦停車。山門三大字，筆法何蕭疏。俗工屢刻畫，神情失其初。斯人不可見，百世垂令譽。我今寓此寺，懷古增欷歔。

贈趙止安先生

往歲南蘭城，卜居斜橋側。與君爲北鄰，一見如舊識。君乃巖上松，霜根自天植。我亦澗

下泉，涓涓有寒色。氣類本相同，所以交不忒。别後十餘載，鬢毛各已斑。聞君中蜚語，賣卜江淮間。又聞謁孔林，因之登泰山。君去我適來，無緣共躋攀。音覿雖云疏，魂夢時相關。今年往吴會，泊舟西郭外。入城即訪君，且喜身猶在。閉户授生徒，聊以供粗糲。對食常不飽，沈憂結肝肺。苦節良足珍，其餘復何慨。

訪王雙白太平寺

夙昔游三吴，與君僅一面。雖未結綢繆，脉脉荷深眷。白下遇剩公，首問吴中彦。爲言松柏姿，可以傲霜霰。及公東游時，果與君交善。别來十七年，世事百千變。何幸白頭翁，此日重相見。況有惲與楊，仲升、逢玉。逃名隱禪院。三人本同心，好我情不倦。無事即過從，村醪佐蔬饌。

贈陳其年

君年十四五，讀書來南國。假館宋氏園，乃在青溪側。若翁好結交，車馬紛如織。金沙與秋浦，周仲馭、吴次尾也。左右爲羽翼。我隨三子後，黽勉崇令德。未幾神京陷，天運遂改革。周吴俱死難，遠近爲悽惻。若翁亦履險，幸免于戕賊。與我丹陽路，相逢淚沾臆。奈何老

遺民，中壽不可得。使我魂夢勞，夜夜見顔色。君少挺英姿，才名震南北。蹉跎二十春，所遇何蹇塞。今秋逐隊來，青溪訪舊識。宋園即我居，入門增歎息。當時讀書處，羣樹是誰植？柯葉久凋零，惟碩果不食。感此鼻酸辛，沈吟詎能默。

贈董文友

昔我游毗陵，與君先子好。是時君未弁，英風絢奇藻。偶見其詩文，深歎爲國寶。以此稱賞音，問業非草草。别後十餘年，君名日以噪。若翁官楚澤，謝世亦何蚤。掛劍空有期，思心惄如擣。今夏始相過，君壯我已老。持杯敬父執，痛飲開懷抱。涉秋來省試，訪我青溪道。僦舍爲比鄰，晨昏恣幽討。況有陽羨生，壺觴共傾倒。所願羽毛齊，雙飛向晴昊。

贈孫無言

我友王于一，客死于錢塘。其子方總角，伶仃寓維揚。饔飧且不給，焉能治親喪。賴有貧賤交，念此心彷徨。爲文告同志，募金得數囊。送其妻子歸，輕舟抵南昌。孤柩免流落，附葬先隴旁。又搜其遺文，以託周侍郎。元亮。侍郎爲梓之，皎如白日光。吁嗟衰晚士，交情逐炎涼。生時或款密，死後鮮不忘。誰能似無言，高風激穹蒼。我昔與王孫，于一、豹人。唱

和八九章。合録一長卷，付君爲收藏。今來重展讀，雪涕沾衣裳。卷末書此詩，書罷多感傷。

贈孫懷澧 豹人先生之子也。

若翁與我友，不異親弟昆。性情同栝柏，氣味如蘭蓀。所以久彌篤，白首永不諼。二老好爲詩，各有千萬言。其音淒以苦，聽之傷心魂。衹合深山中，鐵函埋雲根。世人多忌諱，此意誰復論。若翁有才子，接踵通詞源。行將振六翮，淩風上天門。溉堂得表章，自然貴且尊。豹人詩曰溉堂集。我有盒山草，亦付爾收存。敬父及其執，不辭棃棗煩。庶幾讀書種，長留在乾坤。斯言爾識之，高義古所敦。

喜晤吴賓賢郝羽吉汪舟次三子有贈

三子我所思，相見昉今日。各言良晤艱，安忍交臂失。明旦荷嘉招，薄暮期促膝。因偕同心者，心甫、豹人。步趾過蘭室。把酒無別言，羣疑互相質。次第出其詩，氣韻温而栗。始知三子才，今代故罕匹。結交何必舊，所貴膠投漆。秋雨吾欲歸，晴冬還復出。以後過邗關，尋君定非一。

書房兵曹儀凡先生傳後兼贈令嗣興公進士

宋有謝漢有龔大夫，義不臣莽新。玄纁賁其廬，僵卧于牀茵。力疾拒朝命，俄死以成仁。今聞房司馬，亦侍郎，賣卜東海濱。被脅入燕市，上書聊自陳。餓死僧舍中，不肯稍逡巡。寧甘餓而死，不欲留此與龔謝倫。羣盜竊社稷，至尊以身殉。豈有烈丈夫，偷生尚爲人。命身。伯子負奇才，霜蹄躍風塵。與我邗溝上，邂逅情獨親。因述其先世，潺湲淚沾巾。作表忠詩，持歸勒貞珉。

題劍南集

歐蘇文自佳，詩卻有宋氣。不如陸放翁，高古同漢魏。妙語發天然，比偶亦華蔚。所以五百年，芬芳猶未既。予夙愛其詩，全稿不易得。頃從汪我生，借觀喜動色。我生因謂予，任意施朱墨。他日遺子孫，學詩取爲則。予攜至草堂，點閱凡兩遍。選其絶妙者，手録成長卷。朝夕諷詠之，宛如翁對面。還書送一瓻，曷足酬深眷。

大水歎

癸卯九月中，大水來江右。陪京當末流，汎濫如海口。既漲入石城，秦淮乃淵藪。更穿金陵閘，直至我門首。牆垣悉已頹，畦蔬復何有。羣樹淹且死，不死惟楊柳。始猶犯階庭，漸乃逼户牖。牀閫不自保，何論井與臼。幸有兩小樓，可以容我婦。盡室徙其上，譬如升培塿。俯觀鄰舍人，負戴東西走。江南多水田，渰没已八九。眼見今冬荒，無處求升斗。饘粥且艱辛，安望得杯酒。臨觴忽不豫，嗟歎爲之久。

縱筆

平生無所好，寓意詩酒中。酒多令人病，詩多令人窮。愚者惑斯言，智者意能通。凡病以酒治，詩窮而後工。即使有小害，莫敵其大功。況我老詩人，對客飲亦雄。沈酣無肺疾，嘯詠有和風。竊比白香山，自號醉吟翁。

題王元倬先生娱齋

古有馬糞巷，瑯邪王所居。馬糞何足道，因之成令譽。我友南陔子，亦于此結廬。東偏曰

娱齋，乃宋比玉書。朝夕處其中，享年七十餘。奈何逢世難，老革來侵予。欲争勢不敵，欲徙還躊躇。卻有劉生宅，與君同里閭。君既棄捐此，善賈而沽諸。相去不數步，雖徙猶歸與。仍取舊娱齋，高懸于庭除。問君何所樂，貴不忘其初。異哉輓近士，所志惟簪裾。君獨抱微尚，白首甘樵漁。勿言老且貧，生氣長凜如。嗟彼壯盛者，奄奄類曹蜍。

喜遇沈仲連先生即送其南游

往歲客淮陰，與君最相狎。性情脱略同，言笑莊諧雜。所遇皆酒徒，爲歡頗不乏。及我游兖州，君亦來濟漯。方期入官舍，忽復去八閘。扁舟溯盱江，幕府居三臘。是時同門友，正爲廪山衲。無道人。荒年粥飯無，幸賴君護法。勸君亦出家，君噤未敢答。南游不得意，北歸意稍洽。那知燕趙間，田園盡圈匝。妻子長苦飢，無處求升合。命駕復南轅，珠履向誰趿。陶丘有故人，便道叩鈴閤。適逢我在兹，握手笑盈頰。夜深爛熳醉，因之共木榻。明旦便分攜，何時再會合？臨别贈此詩，霜風氣蕭颯。篇中二「合」字，兩音兩義。

曹州贈何六惟重 前司空大瀛先生子。以下甲辰年作。

少小客舊京，得交君先公。先公謬稱我，才氣爲士雄。是時君兄弟，孩提未成童。曾隨太

夫人，枉駕荒園中。别來三十載，音問無繇通。今春至曹南，訪君蘭桂叢。若兄新計偕，驅車上南宫。令弟出迎客，居然有父風。北堂七十餘，眼耳明且聰。歷歷記往事，垂問及微躬。母妻尚在否，久矣歸蒿蓬。張燈飲我酒，感歎意無窮。詰朝我欲别，相送出城東。浮雲各千里，聚散何匆匆。留詩屏扆間，真如雪中鴻。

曹南懷古 六首

我來古曹國，特爲南華山。南華不可見，何處容躋攀。憶昔蒙莊子，著書于此間。取名南華經，定知非等閑。如何千載後，零落同草菅。侵晨行曠野，日暮車空還。

衛女嫁諸侯，餞于瀰水。瀰水在何方，曹南三十里。我今問曹人，咸莫知所以。祇因年代遠，陵谷多遷徙。南華且削平，濟亦伏地底。何況此小川，堙廢誰復理。

史稱晉公子，出亡至曹國。曹君不爲禮，且觀其駢脅。僖負羈不平，厥妻更多識。勸夫早自貳，盤餐饋之食。文公既已霸，伐曹敢忘德？斯人今所無，停車三歎息。

范公方霸越，脱身遊五湖。五湖尚嫌近，涉遠爲陶朱。陶在河濟間，荒荒但平蕪。何以致千金，畜牧爲良圖。我今訪遺跡，不復存斯須。惟餘一陂水，曾照夷光無？

漢祖起豐沛，匹夫爲帝王。當其即位初，乃在氾水陽。氾水今何處，曹州西南鄉。當時必

繁盛，異代遂荒涼。溝塍無復水，村路惟煙霜。我欲往游視，白草何茫茫。戚姬小家女，歌舞昭令儀。既承天子寵，復産如意兒。設令早之國，吕后忌稍衰。空爲鴻鵠歌，終不免誅夷。至今定陶縣，姓戚有遺黎。問渠往昔事，惻焉中心悲。

爲從兄繡山六十壽

吾家羣從多，雁行踰千指。中間賢且貴，廑廑三人耳。中丞晚學易，爻象窺元始。世亂隱空山，憔悴不復起。詹事好爲詩，風雅自矜喜。垂老謫邊隅，往還萬餘里。何如小司徒，蚤歲富文史。能遵老氏訓，知足復知止。五十即縣車，卜居長干里。閉户謝交游，六經教兒子。自傷兄弟鮮，愛我同胞似。昏旦任過從，把酒笑相視。今年介眉壽，壽者紛如市。君獨游棲霞，超然出塵滓。我亦攜短籐，追陪君杖履。仰登攝山顛，延望大江水。蔬筍佐稱觴，爛醉雲松裏。因念羣從中，親暱吾與爾。但願長結鄰，鶴髮生齯齒。向後四十年，年年醉于此。

憶昔行贈湖州守何元長

憶昔戎馬初，避兵于笠澤。其中隱君子，一一皆仙客。招我入煙蘿，謂與塵世隔。我方攜

家至，君先已卜宅。因之結比鄰，談笑無朝夕。正羡菽水歡，俄而翁易簀。知君抱沈痛，麻衣淚痕赤。又復夢炊臼，空房餘四壁。風雨淒寒時，惟我共蕭槭。明年亂稍定，東西各有役。我歸狎漁竿，君行登仕籍。一命授秦關，再命出沙磧。別離十七載，無繇重接席。今君來吳興，儼然二千石。我適游虞山，相去路咫尺。安忍貧賤交，富貴遂拋擲。仲夏乘輕舸，苕溪泛空碧。就君十日飲，斗酒當不惜。回思笠澤侶，俯仰俱陳跡。幸有白頭人，挑燈話疇昔。

贈程姜若別駕

魏氏好兄弟，與我交廿年。龍安太守歸，盛稱使君賢。是時我游濟，亦欲游苕川。聞君方佐郡，縞紵無因緣。柏鄉寄尺書，遠道情纏緜。置之懷袖中，經歲不得前。五月來海虞，始棹吳興船。藕花共蘋葉，別有滄浪天。所願識使君，文酒相周旋。勿謂隨陽鳥，沾沾爲稻田。

喜遇張則之感舊

昔游潤州城，所友皆名彦。談何暨潘張，四子交尤善。一從兵燹後，十餘年不見。昨歲過

京口，準擬君會面。豈知居無廬，寄跡丹陽縣。猶煩惠書札，脉脉荷深眷。今歲來苕溪，邂逅同公宴。驚喜殊過望，握手情留戀。自言有六宅，五宅兵圏占。僅剩一小園，不足蔽風霰。舉室常苦飢，乞米向親串。我謂君勿憂，世事百千變。大都富貴者，總不如貧賤。況有好兒郎，恢奇人所羡。仲子年十五，秀色更葱蒨。慧業本詩書，閑心及筆研。示我雲峰圖，老眼爲之眩。苕霅富山水，煙波滿芳甸。與君約同舟，游覽興不倦。先上道場山，層巒訪僧院。

飲李望之齋頭有贈同集者費湘人王徵宣葉伯如張子張

吳興古名郡，乃在水中央。左右苕與霅，處處通舟航。最妙東南隅，所謂蓮花莊。紅蕖間緑蒲，密柳兼修篁。家家有亭榭，參差不成行。李生本臨安，卜居愛此鄉。自構室三楹，開軒面滄浪。擁書千百卷，坐卧于藤牀。平生四好友，費葉暨王張。所居亦不遠，俱在溪橋旁。昏旦輒來過，倡和多篇章。我今訪君宅，四友先在堂。因而留竟日，酒脯皆精良。不覺爛熳醉，歸時路茫茫。炎夏寡所適，此地寬且涼。況有五君子，臭味同芬芳。以後月明夜，小艇還相望。茶笋可供客，不必謀壺觴。或更出城外，澗壑恣徜徉。即事賦新詩，歡情詎能忘。

錢霏玉孝廉招游白溪朱翁園有贈

大曆十才子，乃有錢仲文，仲文家箬水，故宅城西雲。嘉隆七才子，乃有徐子與，子與亦箬人，幽棲鄰顧渚。我今來此邑，論交得錢郎。自言仲文後，才華亦相當。明旦荷嘉招，揚舲白溪去。朱翁丈人行，有園在深處。芙容被曲沼，竹篠環疏籬。器具皆天然，霜根一何奇。更上竹間樓，開軒恣遐矚。素瓷傳雪岕，金罍泛醽醁。惜哉老夫病，對酒不能豪。況聞雷雨作，舟師促歸舠。主人既多情，林泉復多趣。欲別還躊躇，安得萍長聚。新秋涼雨過，又買丹陽船。留詩牆壁間，後會期他年。

壽蕭伯闇孝廉六十

昔有趙子固，隱居震澤湄。秉志師柴桑，白首臣義熙。厥弟子昂氏，自苕來訪之。君不樂與見，杜門使人辭。阿嫂啟後户，乃得睹容儀。相對無片言，仰視浮雲馳。子昂有慚色，逡巡出茅茨。君亦不相送，大聲呼童兒。汲水洗其坐，勿令污我帷。此事雖太刻，高風激羣靡。今有蕭伯闇，亦復類于斯。家世輦轂下，少小文名垂。三十舉于鄉，孝友人共推。及其遭世變，飛遯東海涯。十載還南都，不復歸京師。二弟並榮顯，鴻雁翔雲逵。一官粵郡

守，一官晉分司。俗眼争羡慕，君若惘聞知。寧甘飢與寒，不受其粒絲。僦居窮巷中，讀書以自怡。古道今罕覯，非君孰能爲。他年高士傳，傳君復何疑。孟秋介眉壽，令子謀徵詩。我與君老友，曷敢爲膚詞？竊比于子固，信美豈阿私。當筵歌此章，請君浮一卮。

贈黄子威

世人講學者，强半皆腐儒。智識既已平，言詞亦已膚。所以才辨士，往往笑其迂。孝感黄先生，内美何紛吾。少小擅文術，高名播荆吴。兄弟兩三人，人稱三鳳雛。中年逢世難，遺榮不須臾。學道入深山，卻與他人殊。易簡陸子静，通博邵堯夫。曾作致知解，陽明無以踰。今秋來南國，閬翁與之俱。假館市隱園，几席纖塵無。我數至園中，花前傾一壺。贈我芙蓉篇，題我壬子圖。惜我老詞客，進我聖人徒。自慚年力衰，願奉爲師模。奈何正繾綣，忽欲歸鄱湖。江上朔風寒，相思各天隅。何時還會合，握手增悲吁。安得共茅檐，白首歌農虞。

送宗彦寶臣歸新安

吾宗有二彦，乃自黄山來。其兄富文術，阿弟兼詩才。酷好崙山什，諷詠心顔開。平居費

摩擬，下筆皆瓊瑰。乳山暨虞山，二老争相推。錫以皇甫序，俗眼徒驚猜。數年游江東，一旦告我迴。自言父王父，白首棲蒿萊。春秋闕省侍，未獲持一杯。況有所生兒，三歲已成孩。客久尚未見，私心亦瀠洄。歲莫促裝歸，不待家人催。知爾入門時，歡聲定如雷。四代聚斗室，此福真奇哉！天倫且爲樂，勿復趨塵埃。早春若懷人，寄我山中梅。

喜龔半千還金陵

君本蔣山人，久客邘水上。卜居近蕃釐，古屋隱窮巷。閉門何所爲，筆墨寄閑曠。霜柯插雲表，晴江走叠嶂。髣髴徐天池，取意不取象。更妙是詩篇，渾樸復雄放。素質絶華藻，英姿挺奇狀。俗眼豈易諧，衆口肆誹謗。獨予格調同，脉脉心相向。所恨隔江水，不得共酬唱。今年君忽歸，閭里息塵鞅。我聞則私喜，從此獲親傍。汲汲訪君廬，握手道無恙。南國昔多賢，輓近日凋喪。顧張木已拱，紀余又飄蕩。幸有之子存，居然丈人行。老我棲舊京，苦吟聲激壯。非子誰與言，故欲傾家釀。石城路雖遠，來往憑拄杖。勿似廣陵時，相思但惆悵。

夢藥地道人

昔爾高座寺，吾偏居里門。迢遥隔江水，不得共朝昏。及我來南都，爾復去江右。暌離七八年，相思成白首。昨歲寄我詩，詩意何纏綿。昨夜入我夢，夢中更流連。少小同師承，老大同志節。奈何不同居，天涯各風雪。

慧星紀異

冬夜讀書罷，起行步中庭。仰視天宇曠，星漢俱杳冥。有懷不能寐，因之啟柴扃。忽聞野夫語，東方吐異星。其大似熒惑，其光白且青。其尾長二丈，其兆主兵刑。分野在翼軫，三楚恐未寧。憶昔戊午歲，小子纔七齡。曾見昴畢間，白氣如刀形。占者謂兵象，黎元果凋零。屈指五十載，又見此精靈。野夫妄猜度，我老難爲聽。

送李太虛先生還南昌

昔我遊南州，正值黄花節。日涉閬翁園，談詩真快絶。花前一瓢酒，淹留至冰雪。因共溯蕭灘，凄其江上别。别後踰三載，引領長相思。不圖翁南來，亦在黄花時。市隱古名園，燕

集恒在兹。風雅推二城，此論疑阿私。先生云：『今代風雅，首推「二城」。』謂宣城、桐城也。宣城則尚白，桐城則予。仲冬去真州，又指婁江路。邀我同舟行，我辭以寒沍。翁去尋復還，蹉跎歲云暮。歸棹返彭蠡，焉能久停住。馳書告我别，明旦吾將歸。相送出河干，思心悵依依。仰視雲間鴻，東西各分飛。願言享遐壽，著作垂芳徽。

元旦讀陶詩 以下乙巳年作。

獻歲發春日，焚香坐茅茨。手探架上書，先得陶公詩。讀其命子作，弄璋亦何遲。顧慚華鬢被，負影隻立時。俯念罪三千，莫大於無兒。始聞呱呱泣，名儼字求思。以上六句皆陶公語。夫人過五十，雙鬢始華衰。是時才舉子，遲莫良可嗤。得一已爲幸，安望其繁滋。厥後五男兒，紛如瓊樹枝。始願豈及此，祚胤各有期。五男既成立，皆不好文詞。匪真性拙劣，乃翁故縱之。設令好文墨，勢必官彤墀。殊乖乃翁意，故任其愚癡。寥寥千載間，此意吾獨知。昔有四豚犬，凋喪無復遺。行年至六九，尚未夢熊羆。歲朝拜祖廟，顧影中心悲。誰知古人中，亦有類于斯。往年登泰山，占夢固已奇。今誦此詩篇，欣然爲解頤。

惜陰篇

古人有格言，寸陰競尺璧。我少殊不知，歲月輕拋擲。荏冉五旬外，始知陰可惜。努力惟著書，篆隸尋古蹟。其中頡籀文，搜考窮日夕。向晦復焚膏，膏盡卷不釋。家人咸勸予，得無太勞役。此中有真味，雋永勝膾炙。汝輩安足知，吾性取自適。世間熱鬧事，百損無一益。有益而無損，静坐觀羣籍。況我所著書，亦可垂金石。此時雖冷淡，異代當赫奕。曷敢懷晏安，蹉跎似疇昔。

題湯巖夫千文篆册

我年過半百，始知篆隸書。匪獨宗秦漢，直欲窮古初。史頡與史籀，精妙無以踰。李斯變小篆，遵古則不誣。間有更造者，其義便覺膚。譬如天地人，三字深淺殊。我欲取古篆，比勘爲發攄。撰成一家言，功需十年餘。所限曹偶中，字學知者無。羣疑莫可問，揜卷獨長吁。遥想宣歙間，老友湯巖夫。此道甚明察，安得同里居。冬春君忽來，白下授生徒。閑時過草堂，辨難開我愚。一朝出此册，鐵畫銀鈎如。近則文衡山，遠則李當塗。借歸閲十日，歎絶非阿諛。但君所學者，以秦爲師模。尚期參頡籀，通博爲名儒。鄙見正如此，勿笑

其狂迂。

寒食日宿掃公房

城西有古寺，乃在石頭山。南唐李後主，避暑於其間。所以名清涼，遺蹟猶班班。左右兩小阜，高樓出塵寰。老僧蓮乘者，白首棲禪關。厥徒字掃葉，詩律夙所嫺。世事了不聞，意態長蕭閑。邀我寒食日，策杖來躋攀。春雨喜初晴，不辭行路艱。入門見羣樹，海棠花正殷。花下一杯茗，頓覺開襟顏。先是文與龔，及先、半千。坐久尋復還。我老怯行步，借榻依草菅。燈下閱君詩，警句誰能删。

天界寺書懷

老懶惟好睡，睡美不可言。所恨居城中，無端俗事繁。侵晨日未出，便聞叩柴門。披衣起見客，客至如雲屯。嘗有遠來者，忍不留一尊。遷延過亭午，神氣先已昏。況復赴他招，主人强盤飧。夜闌始歸舍，醉卧哺雛軒。假寐不須臾，又聞鄰雞喧。明旦復如此，歲月空流奔。頃乃出南郭，古寺尋松根。其中笠山老，與我同鄉園。借其樓半間，先有黄生存。建昌黄子捷。竹榻許相連，笑語情尤温。爛熳睡終夜，頓覺清心魂。詩思如湧泉，朕舌誰能捫。

攝山紀游六十韻 同王阮亭祠部作。

往歲游攝山，皆在苦寒時。同行者促迫，未盡兹山奇。今年夏五月，我友王君來。相約爲勝游，雖熱曷敢辭。侵晨出北郭，陰雲蔽炎曦。道里三十餘，輿夫疾如馳。攜手入山門，先閲唐宗碑。我聞唐以前，更有江總持。諸碑取次閲，然後瞻仁祠。古杏數百年，交柯立階墀。東偏舍利塔，隋帝之所治。兵燹缺其角，塔身尚未虧。天界浪杖人，藏蜕亦在兹。塔院與並峙，信美非阿私。徐觀品外泉，涓涓出深池。接覓入禪堂，可以供衆炊。巍巍三石佛，雕鏤自梁隋。佛身踰四丈，光采何陸離。因上千佛嶺，大小皆毗尼。中間明月臺，平廣如墠壝。昔賢明徵君，舍宅爲寺基。屢召不出山，千古高風垂。今爲白雲庵，竹樹猶繁滋。白鹿與白乳，二泉皆得窺。獨惜無高閣，爲君表風規。振策上中峰，鉅石何纍纍。蜿蜒行石上，一步一傾欹。晚入般若庵，飯疏聊充飢。君愛西澗好，臨流張其帷。向夕雷雨作，颯颯涼風吹。昧爽雨色霽，東方吐微熹。鼓勇匝山腹，石徑多險巇。道經天開巖，禹篆鎪者誰。徐鍇諸題名，埋没無人知。既乃造絶頂，仿佛升雲逵。西南見鍾阜，東北見瓜儀。俯瞰黄天蕩，煙波浩無涯。當時韓蘄王，此地陳軍麾。兀朮乃大困，脱身竄山陂。成敗各有天，懷古令人悲。日中下山去，頓忘筋力疲。重登紫峰閣，纖毫不肯遺。門外六朝

松，夭矯虬龍姿。造船幾斬伐，保全荷佛慈。棲隱合歸此，驅車又何之。遥指寶華山，言訪大律師。説戒最精嚴，爲人復平夷。是夜宿其廬，話言同鍼磁。曉起謁銅殿，聖母之所貽。日中又山頂有龍湫，龍子形委蛇。試以手掬取，馴擾了不疑。古者豢龍氏，想亦類于斯。日中又欲别，相送江之湄。君舟去淮甸，我馬返茅茨。浮雲各千里，引領長相思。回念金陵游，累日得追隨。南北凡五峰，尋訪愜幽期。觀君作游記，序次如列眉。持以贈同心，不異瓊樹枝。我何以爲報，倚櫂吟此詩。

立秋日汪叔定季甪招同張韞仲飲愛園

江城風雅盛，唱和非一人。君家好兄弟，臭味尤相親。況我所寓居，適與芳園鄰。園中多竹樹，密蔭絶囂塵。今日是何日，秋氣方鮮新。置酒北樓下，嘉招無雜賓。射陂隱君子，苦節同松筠。與我别離久，此會怡心神。愛園名甚佳，四時皆陽春。春暉被連理，歡樂難具陳。先是采風者，歌詠何紛綸。我老無飾詞，鄙樸道其真。

贈趙五絃

自君宦嶺表，迢遥數千里。常憂會晤艱，相思隔江水。豈知章門外，停棹不須臾。出城遂

邂逅，狂喜無以踰。明年過金陵，馳書桃葉渡。我方載酒來，君即揚帆去。未幾游東魯，聞君在蕪城。水閣一握手，匆迫仍含情。今秋奉使歸，蕪城又相見。知我滯窮途，分金荷深眷。尋當過江國，白下仍停舟。草堂一樽酒，重與話離愁。昔憂會晤艱，今覺遭逢易。始知同心人，不限時與地。

別吴野人

我歸白下日，君返安豐時。安豐大海邊，夙昔家于斯。今秋洪水漲，白波浩無涯。高原數尺深，浸淫及茅茨。病妻卧在牀，羣兒復啼飢。鄰舍寄書來，望君歸勿遲。此事甚危急，君懷曠若夷。反念我窮途，買舟無其資。力與汪仲子，次舟。黽勉相扶持。送別出城外，握手中心悲。天地既否塞，吾徒合流離。寶此風雅身，千秋以爲期。

喜左又錞見訪有贈

君去青原山，言訪炮莊老。無道人作炮莊書。淹留歷冬春，禪學共探討。當機忽開悟，胸中竟淵灝。便應裂儒冠，相從苾蒭好。何爲復還家，塵緣惹煩惱。君言山中僧，粗糲常不飽。終年肉食無，形容日枯槁。不如授生徒，談經弄文藻。吁嗟世變來，師道賤如草。欲求賢

主人，奚啻升蓬島。我夙慕空門，脱身恨不早。轉多妻女累，苦趣踰荼蓼。君今婚嫁畢，室又無綦縞。青原有同心，自合歸三寶。性命事非輕，口腹何足道。

臘八前一日訪張瑶星松風閣小飲因至報恩寺訪楊嘉樹復飲達旦即事得三十韻

今日是何日，傾都出城南。風俗尚熏塔，羣黎聚伽藍。鐙光比星月，香氣成煙嵐。經行雜緇素，稠密如春蠶。我雖不好佛，勝事亦往探。況有張隱君，讀書松風庵。累月未相見，中懷期共談。先登石子岡，山徑吾素諳。昔者萬松樹，盡爲兵所戡。僅餘孤幹在，其下栽石柟。隱君棲此閣，彌勒與同龕。風義既高潔，學道尤淵涵。富貴非其時，窮賤寧自甘。平生嗜米汁，雅量容十甔。山中未易得，終歲無一酣。浚儀周公子，雪客。俶儻稱奇男。許以梅花酒，醉我遺民三。元倬、瑶星及予也。一尊方見餉，索飲諒非貪。君復烹魚鳧，間以橘與柑。斟酌遂忘歸，夕陽千嶺含。逶迤下山路，始至浮屠陰叶。道逢諸子來，王左車、方望子、曹集孔、劉藜先、王安節。各攜衾一擔。云當宿僧舍，遶塔行相參。忽見八九層，光煇碧潭潭。皆言舍利子，如睹真瞿曇。因扣楊生户，驚喜朋盍簪。又復治酒饌，寒宵供客餤。好事故應爾，貧旅何能堪。秉燭待雞鳴，言笑樂且耽。侵晨各歸去，此會知無慚。

即事

古人使癡奴，吾嘗疑其矯。癡者力有餘，才智固短小。不如稍才智，百事猶可了。吾今有三奴，二癡而一狡。癡者安其愚，狡者恃其巧。不肯爲人下，輒欲淩物表。間以法繩之，倔僵頭不掉。始信古人言，世故能通曉。作詩告後人，畜奴如豢鳥。鵝鴨勝鷹鸇，取其易馴擾。

早春寄鄔明府 以下丙午年作。

少賤好遠游，游蹤老未歇。南征歷江楚，東泛窮吴越。北走燕齊間，頻登岱與碣。所以十年内，竟未歸林樾。仰首神明宰，流光似秋月。照我桑梓墟，鑑不遺毛髮。衆庶被膏雨，奚翅霑溟渤。獨有畬山人，無緣得趨謁。今聞讀禮歸，脂車待明發。猶復向潘生，垂問及巖窟。潘生百韻詩，鋪序詳而覈。羣言無以加，況我辭拙訥。所願彈指頃，重徵向京闕。取道鍾山下，停舟訪薇蕨。嘉會應有期，中懷爲君竭。

京口投吴少府

今人讀書者，往往不識字。字學雖多端，莫妙形與意。諧聲即音律，轉注音已備。頡籀最精微，小篆亦深至。迨夫分隸變，古道始失墜。東漢許叔重，著書明其義。獨惜所著者，尚有未純粹。宋元諸君子，接踵多擬議。遺編數十種，探討良不易。賤子自垂髫，六書性所嗜。磨礱三十年，稍知其一二。世無賞音人，孰肯爲鼓吹。頃游潤州城，韓翁過旅次。叔夜。爲言吴少府，此道甚淵邃。曷往與公談，必能辨同異。顧我山澤臞，干謁非素志。倘公清燕暇，不吝咫尺地。飲以酒三升，從容發吾秘。

禊日風雨孫豹人陳其年相約登金山不果是夜有作

春游鐵甕城，旅況甚蕭索。賴有故人來，懷抱差不惡。孫子關中豪，操觚氣旁礴。陳子吴中彦，才華雲錦若。與我夙同心，所恨居寥廓。今年喜相聚，詩酒共醻醋。俗作「酢」，非。況逢春氣和，羣花開未落。預期三月三，攜手出城郭。修禊大江邊，更上金山閣。題詩録石壁，似欲掩前作。不謂及兹辰，狂風震林壑。細雨復霏霏，江天何漠漠。舟師未敢渡，僧舍仍棲泊。新詩互相賞，高言雜諧謔。但愧囊篋空，無錢具杯杓。昏黑始言歸，意態慘不樂。

天生英傑才，必使稍揮霍。如何我三人，終歲長寂寞。干謁良可羞，飄零竟無著。不如各歸去，空山事耕鑿。

寄懷潘江如山中

君昔客淮陰，卧病珠湖旁。范生篤友誼，麋生。日夜憂皇皇。醫藥費不貲，然後保安康。相邀入都門，馳騁風雅場。豈知范生死，君翻治其喪。執紼親送歸，中心愈悲傷。以此病復作，三年卧江鄉。舌蹇不能語，知爲痰飲妨。雖有三男兒，莫敢離匡牀。生計日以促，研田日以荒。蔬食且艱窘，藥餌焉能良。我今來潤州，思君欲相望。山深七十里，路不通舟航。輿馬又無力，私心實難忘。擬偕談與孫，徒步躡山岡。訪君茅檐下，勸君寬愁腸。愁思竟何益，天地終茫茫。不如飲村酒，歡樂殊未央。

題丙丁龜鑑 有序。

宋三衢柴望作丙丁龜鑑，謂丙午、丁未，天之厄運也。自周末至宋末，歷歷有徵。今年丙午，欲考其書不可得，偶於京口書肆中得之，以示談長益，談作歌，予亦題此。

少小見此書，三十年于兹。上言丙丁歲，天運有大災叶。屈指期尚遠，我心忽略之。不謂

瞬息間，歲運倏已來叶。開春與人言，世俗咸驚疑。此書藏者少，遍覓不得窺。頃從京口市，典籍棄如遺。忽睹此書名，亟收曷敢遲。持歸示談叟，展讀共嗟咨。斯言倘不謬，三復能無悲。

何雍南爲其先人乞詩因題此作

何生手一卷，嗚咽前致詞：若翁古君子，懿美人共知。不幸捐館舍，未遂烏鳥私。欲乞諸名賢，歌詠表章之。我故與君善，片言曷敢辭。聞翁在堂日，經史無不窺。晚篤好内典，歸心于毗尼。所以屬纊辰，香霧盈庭帷。教子當戒殺，葷腥亦非宜。何生跽受教，齋食遂堅持。即此事一端，已足徵孝思。他年顯厥親，況不止于斯。

夏日楊嘉樹同從孫田伯見過感時有作

炎風扇六合，川澤生黄埃。老夫卧茅茨，日午門未開。忽聞剥啄聲，言有二客來。一自鄱湖歸，一自濟水回。念我不能忘，徒步青谿隈。草堂雖云隘，梧柳覆蒼苔。其下緑陰繁，披襟何快哉！況有茗與酒，隨意飲一杯。觸熱且未行，直至驕陽頹。二子年正富，掞藻皆奇才。卻愁文網密，纖悉成禍胎。以此懷殷憂，功名念俱灰。不如返林壑，放浪無嫌猜。是

時，新頒科場條令嚴甚。

合肥投贈龔芝麓尚書

往昔郭林宗，葬母于介休。送者數千人，冠蓋如雲浮。獨有徐孺子，步趾來南州。負局以自隨，絮酒升高丘。主人發深歎，此事遂千秋。今年龔司寇，葬母肥水陬。送者亦千百，執紼皆名流。我櫂自江東，後期緣石尤。所愧磨鏡客，不足當獻酬。猶記燕京日，荷公膠漆投。小别八九年，依依懷舊游。轉借一杯酒，聊以舒離憂。

贈紀伯紫

君家孝侯臺，我家桃葉渡。相去不盈咫，時時得良晤。一從徙真州，明月隱江樹。把酒輒思君，中懷向誰語。隔江猶歎遠，況復燕關去。三歲始歸來，黑頭今已素。傷哉貧賤身，漂泊隨所遇。但得賢主人，何須悲道路。顧念長干里，父祖有丘墓。多積買山錢，仍回舊京住。

贈山曉師

我昔從旅堂，胡彥遠。見公奏對録。其言雖禪宗，其意在啟沃。宸眷一何隆，賜衣凡幾簏。南歸卧茅茨，了不驚寵辱。私心嚮往之，無由遂瞻矚。今秋客金斗，城名。公亦游太蜀。山名。相遇稠人中，隱隱意相屬。清晨入荒刹，爲我具茗粥。縱談六合外，頗不厭更僕。懷袖出新詩，氣味淡如菊。諷詠至篇終，幽香滿巖谷。因言平生友，旅堂交最篤。姓名達天聽，徵召期可卜。斯人寧餓死，不願沾微禄。獨于易簀時，待公始瞑目。公收其遺草，亟謀壽諸木。虚名賴以傳，高風諒難續。我今與公交，亦不同流俗。所恨旦晚歸，聚散何迫促。明歲過吴門，攜衾就公宿。

題杜蒼略册子兼寄徐莘叟

有客從江東，揚舲涉肥水。肥水不久停，又入深山裏。問君何所之，皋城訪知己。知己者爲誰？編修徐太史。太史雖貴人，胸懷絶塵滓。三十登館閣，四十歸田里。懸車尚黑頭，屢召不復起。世人慕榮禄，貪進弗知止。勇退誰似公，誠哉大君子。平生好結交，强半皆貧士。簡傲如杜生，臭味同蘭茝。昨歲公五十，欲往艱行李。今秋始來壽，高文燦如綺。

客窗持示我，拊節歎其美。我雖未見公，神交亦久矣。州郡本鄰接，恨不隨步履。借筆題此詩，聊以寄聲耳。他年會相遇，投贈不止此。

月夜過巢湖同張公上

前日湖上雨，雨氣何濛濛。天水勢相合，孤帆但隨風。今日湖上月，月色何朣朣。煙波淼無際，雙槳若乘空。此景誰領略，詩人在舟中。有酒斟酌之，歌嘯驚秋鴻。夜半猶不寐，直抵居巢東。嗟彼往來者，逸興焉能同。

嘉興贈項嵋雪

我友顧與治，嘗言項嵋雪。襄毅之曾孫，俶儻爲人傑。平生重意氣，取友腸最熱。贈童雖小事，亦可觀一節。中年宦荆楚，元非意所屑。數月解組歸，高義師前哲。從此益攻詩，詩情何皎潔。秋水匯鴛湖，不受纖塵涅。我心嚮往之，山川路阻絶。今歲游嘉禾，相訪意殊切。君卧聞我來，倒屣不及曳。亦言相慕久，此日慰勞結。因出顧翁詩，十年字未滅。珍重笥篋中，開函尚悲咽。冬青一尊酒，山茶花下設。同心有二朱，談笑共愉悦。縱飲期終宵，入夜安忍别。留宿其書齋，鼾聲四鄰徹。天明始還寓，清興猶巀嶭。疾書二百言，聊

以盡曲折。

讀畫樓詩爲周櫟園憲使作 以下丁未年作。

周公有畫癖，遠近無不搜。丹青累千百，一一皆名流。擇其最精者，手自成較讎。裝潢十餘帙，林壑煙光浮。置之屏几間，可以當卧游。往歲逢世難，家破身羈囚。一切諸玩好，散逸如鳧鷗。念此心不釋，篋中長獨留。辟彼趙子固，箬谿風壞舟。手持蘭亭本，笑立蘆花洲。至寶幸勿失，其它復何求。今年官南國，署齋有高樓。四面環青山，居然見皇州。因取向所癖，貯之樓上頭。錫名曰讀畫，退食時稍休。讀畫如讀書，其義淵且幽。苟非真博雅，妙緒誰能抽。況公擅著作，詩文垂千秋。千秋果自命，睥睨輕王侯。借問徐中山，當年有此否？

石埭訪姚六康明府

朝發治城南，暮宿牛渚西。從此舍大江，扁舟涉山谿。谿流四百里，迅疾過奔騠。節節是危灘，上灘如上梯。舟人各努力，曳牽聲酸嘶。青山四面合，緑篠千重迷。不聞雞犬聲，但聞子規啼。崎嶇行八日，乃始見村畦。知爲古陵陽，仙令於此棲。鳴琴卧高閣，熏風被羣

黎。方春懷舊雨，寄我以尺幭。上言縣僻小，訟庭草萋萋。官閑無俗慮，仰首雲峰齊。安得故人來，永日同攀躋。感此動予念，言尋桃李蹊。長灘險卻穩，孤棹隨高低。況我所著書，亦欲君品題。持入署齋中，開卷相與稽。林巒信多美，游賞惟君攜。仕隱迹雖殊，素心終不暌。

贈陳益受茂才

我來古陵陽，山水清且麗。假館臨谿流，羣峰恣遥睇。獨惜城市中，交罕無所詣。聞有五大姓，陳沈蘇湯桂。散處各村墟，欲往路迢遞。諸陳宅稍近，益受才更鋭。策杖造其廬，一見如舊契。欣然命杯酌，邀我坐檐際。相對無俗言，孳孳愛談藝。問君昔所師，芑山之高弟。揮金助梨棗，動以千百計。其書竟未行，君家日以替。此事古人難，況乃衰輓世。老夫多著述，白首窮篆隸。恨不蚤遇君，因緣附剞劂。古道今寂寥，風流復誰繼。

題周寶鐙夫人坐月浣花圖

秋月何皎皎，照我庭中蘭。蘭英四時茁，香蕊秋尤攢。美人卧空房，深夜起長歎。見月愈增悽，折花强爲歡。呼兒灌溉之，勿令莖葉乾。月亦有時晦，花亦有時殘。良人久不歸，花

月同誰看？

謁蘇冏卿祠兼贈其嗣君凝之

有客來舒谿，停舟入山城。城東見祠宇，榱桷何峥嶸。借問祠者誰，先朝蘇冏卿。曾爲瀘州守，抗賊遂捐生。厥配亦殉難，巴徼稱雙清。聖明方議恤，國事逢變更。易代雖改步，不泯惟忠貞。此祠許里建，邑宰供粢盛。令子守先志，田居老躬耕。好文復好客，客至褰裳迎。相對談往事，浪浪淚霑纓。我來拜祠下，懷古空傷情。古人重節義，今人重科名。科名何足道，節義良非輕。前有丁公黼，後有蘇公瓊。兩公祠並垂，千載流英聲。

登陵陽山望黄山作

往聞陵陽山，上有天柱峰。天柱今不見，但見雲巒重。引領望黄山，燦若青芙蓉。相去僅百里，何爲阻遊笻。朗吟太白詩，惆悵倚孤松。彼有韓侍御，尚云未從容。我今無地主，欲往將焉從。卻羨竇子明，絳霄騎白龍。李太白有登陵陽天柱石答韓侍卿招隱黄山詩。

青陽道中見山家園林甚多有感而作

夙性慕巖壑，欲卜山中居。一從羣盜亂，山中竟無廬。流離三十年，蹉跎五旬餘。每於道路間，見人好丘墟。歆羨不容已，繼之以欷歔。天生英絶才，必期多讀書。讀書既萬卷，不獲乘軒車。所願田數畝，結伴惟樵漁。此願亦易遂，胡爲獨靳予。仰首問穹蒼，悠悠意如何。

贈吴山賓高士

樓山既已没，次尾。嶧桐亦云亡。伯宗。從此秋浦郡，闇淡無晶光。繼起有山賓，獨步風雅場。才華若雲錦，志趣同雪霜。當其國變時，年未三十强，甘心廢仕進，散髮歸農桑。鍵户仍讀書，經史靡不詳。尤工古篆籀，老筆凌漢唐。李斯及許慎，剖析争豪芒。此道知者少，鄰邑惟蕭湯。尺木、嵒夫。未審其所學，與君誰短長？我亦酷好此，相思阻河梁。今歲陵陽遊，因之到池陽。入城先問君，授徒招提旁。披帷一相見，容鬢各已蒼。未暇叙寒温，高言破鴻荒。如飢餐玉粒，如渴飲瓊漿。晨夕數相過，歡樂未遽央。

齊山

振策上齊山，秋草被荒徑。巖壑雖玲瓏，峰巒卻平正。名義當在兹，匪由刺史姓。況乎刺池者，齊照非齊映。厥誤昉周叟，必大。傳譌入邑乘。司馬據爲實，温公。我獨不敢信。樊川九日詩，聲意亦凡近。和者何太多，汩没自靈性。不如岳鄂公，矢口成高詠。我少嘗遊此，亭臺頗繁盛。一從左帥過，毁折無復剩。九頂及華蓋，二洞尚虚静。我來坐洞中，不覺日將瞑。歸路涉長堤，湖光浄如鏡。

西廟

昭明梁太子，嗜學稱文人。如何千載後，赫赫爲明神。相傳至秋浦，食魚美而珍。遂以貴名池，惠愛及斯民。斯民感其義，立廟湖之濱。廟貌甚弘敞，四山多松筠。水旱必祈禱，其餘亦咨詢。里社號土主，崇祀永不湮。我夙慕遐軌，今始出城闉。取道乾明寺，曲澗通江津。所愧羈旅中，藴藻難具陳。仰首若應識，臭味遥相親。當年註文選，佐佑有六臣。胡不列其旁，配享垂千春。

送高念祖游涇縣兼懷萬道吉

歲暮風雪寒，高生來自越。假館青谿旁，棲遲未旬月。又欲溯大江，孤帆待明發。言過牛渚西，桃花潭始歇。先公昔爲宰，恩澤沁人骨。至今四賢祠，俎豆猶馨苾。君往拜其下，仰首瞻崇碣。父老咸來觀，進酒供肴核。新令苟賢者，感動念存殁。分金潤行李，諒不忍輕忽。況君富才藻，逸氣淩溟渤。雅游在山水，匪直事干謁。舊交有萬叟，巖居采薇蕨。冒雪尋訪之，松窗燔榾柮。爲我寄相思，數年音問闕。

戊申正月初四日恭謁孝陵感懷六百字 以下戊申年作。

洪武改元初，是爲戊申歲。正月初四日，始即皇帝位。定鼎于江東，率土歸平治。文德武功全，漢唐宋莫企。瞻彼鍾山阿，佳哉鬱葱氣。其上爲孝陵，其下孝陵衛。松柏千萬株，盡作虬龍勢。高墉繚繞之，守以中常侍。春秋祭有期，非時孰敢詣。吁嗟崇禎末，羣盜起涇渭。殺戮逼中原，民生日憔悴。妖氛向京闕，宗社遂顛墜。野人算天運，甲子凡五易。曆數僅三百，尚短二十四。每逢履端日，仰天必長喟。矧兹戊申年，安能免悲涕。開正第四朝，策蹇出通濟。直指朝陽門，陵寢須臾至。延頸望鍾山，萬松失蒼翠。雖有翁仲石，冠

劍已破碎。猶喜享殿存，黄瓦幸未毁去聲。中間楠木柱，斧鑿痕如織。寶城雖堅固，龍樓已淩替。守陵仍有官，乃荷新朝賜。獨惜白頭監，僅供灑掃事。樵蘇那得禁，閑人任游戲。方春風日和，屐舄雜車騎。兒輩皆懵懵，父老或歔欷。追憶卅年前，陪京當盛世。臣兄方孔炤，適官尚寶司。八月秋祭辰，兼攝太常寺。許攜子弟入，臣文臣以智。相隨至齋宫，終夜不遑寐。散步御河橋，明月吐松際。忽見羣鹿來，觸人了不忌。項下懸金牌，上鋟永樂字。以手探取看，餅餌隨所飼。雞鳴鐘鼓動，千官立階次。拜舞各分行，咫尺凛天威古音『畏』。野臣行殿中，屏息觀禮器。祭品悉從儉，深歎祖宗意。所恨貧賤身，青雲不自致。尚云膂刀剛，鉛刀終一試。豈知轉盼間，朔方舉烽燧。江南成土崩，勿復有防備。皇都且不保，皇陵復誰庇。松柏斬爲薪，麋鹿射作胾。遂令燕雀湖，荒殘似邊地。在佐百君子，鮮不戀富貴。一二草莽臣，稍知顧名義。戢影巖穴中，餓死亦不悔。每逢履端日，仰天必長喟。矧兹戊申年，安能免悲涕。所以謁孝陵，問人少同志。嘉興朱茂昉，宰輔之後裔。世受國恩深，不敢忘所自。今春偶游此，與我約連轡。出城同一慨，未拜先酸鼻。拜罷不能起，汍瀾淚沾袂。因作此詩篇，姓名得附記。

酬徐子能見贈之作并柬吴公令

徐子來舊都，假館吴郎宅。吴郎好風雅，亦復好賓客。矧君同里人，海内稱詞伯。其家故善釀，罌瓮如山積。麯米氣薰蒸，中間有芳澤。所謂筍香樓，琅玕色深碧。下榻恒在兹，琴書頗自適。因取近代詩，排比供彈射。能以汝南評，直奪鍾嶸席。我雖未見君，神交本夙昔。今春才握手，歡然成莫逆。贈我初度吟，歌聲出金石。欲置一尊酒，相邀共晨夕。奈君患風痹，乃有皇甫痆。足不過門楅，焉能著雙屐。惟持所著書，數數來請益。爲我語吴郎，斗酒應不惜。

鄧木上招同諸子集萬竹園看牡丹得十六韻

今之鳳凰臺，乃是古瓦官。峨閣雖陵替，香林未凋殘。瓦官西南隅，有竹千萬竿。隆冬色深碧，炎夏亦陰寒。鄧公闢爲園，結構弘且寬。疏泉作方沼，壘石成危巒。種植皆名花，絶艷惟牡丹。年年暮春月，無數雲錦團。公子方妙齡，吐氣如芳蘭。興言花開日，賞詠恣游觀。所招悉耆舊，緝御供盤餐。移尊就花下，縱飲靡不歡。因思卅年前，南都盛詞壇。一從世變後，嘉會何其難。主人敬愛客，向夕情未殫。笑指紅藥開，乘興還來看。

齒有欲落不落者因作此詩

人生血氣衰，往往齒先落。譬如中庭樹，逢秋葉自脱。欲落落則已，在口亦不惡。何爲動摇時，其筋尚聯絡。發言微窒礙，食肉費咀嚼。用力拔除之，堅固復如昨。因思世間物，根柢各有託。去留任天運，非人力可著。吾老好讀書，聰明年少若。飲量亦未減，涼宵且斟酌。

送石谿師還武陵兼寄劉山臞先生

城南三十里，有古幽棲寺。懶禪曾居此，百鳥銜花至。四祖遠相訪，石上書佛字。片言領衆妙，遂了因緣事。貞觀到於今，千年復誰嗣。大師來自楚，愛此巖壑邃。掛瓢經十霜，二老同定慧。獨惜山中僧，無一知此意。師今下山去，山靈亦抱愧。所願還復來，重瞻花鳥異。

今之談禪者，多不解詩書。反謂文字障，一切當掃除。及考其胸中，媕淺而粗疏。吾最厭此輩，佛法何關渠。師本吾儒氏，中年學浮居。稟性寡所諧，不喜徒衆居。閑情寓筆墨，夭矯虬龍如。其妙誠難言，觀者惟欷歔。昔贈我長卷，叠嶂千里餘。藏之笥篋中，後代垂

令嚳。三楚皆中兵，湖南地更苦。昔日桃花源，如今盡豺虎。師有一親喪，藁葬于淺土。未免蟲水患，聞之淚如雨。今秋歸故園，兆宅遷林塢。城荒難久留，仍棲此巖户。六朝遺梵刹，所在松石古。士夫好禪悦，奉師教化主。吾兄忝蘭臭，予亦承法乳。趨駕向江東，相依老林藪。

武陵山水秀，往往生奇人。我友劉憲使，高義無比倫。邂逅歷山下，歡若平生親。出其五男兒，俱爲席上珍。因言量移後，倘得南都鄰。束帛迎我往，經義相咨詢。感此意良厚，佇望來江濱。奈何六七載，其官尚邅迍。俗云客妨主，斯語豈無因。爲我寄尺書，離懷難具陳。

喜湯荆峴使君見訪即書其母恭人節烈傳後

古木挺窮巷，青蘿覆荒廬。商飈亦已至，落葉聲疏疏。有客扣我門，云是湯秘書。秘書夙所慕，握手中懷舒。因言母氏賢，昔在危城居。一朝遇羣盜，白刃臨階除。罵賊嬰其鋒，生氣猶凜如。當路以上聞，恩綸表君閭。至今睢水上，節烈名非虚。有子負奇才，弱冠登石渠。出使潼與贛，仁風被樵漁。性不愛簪組，荷衣返其初。往來江淮間，遺民樂相於。時

時爲阿母，乞文揚令譽。投我孫翁傳，讀罷增欷歔。敬賦此詩篇，所愧非瓊琚。

黟縣懷古二百字

老我來黟城，旅況甚蕭索。閑思探古跡，古跡亦寥落。惟有薛公井，云是薛稷鑿。稷嘗爲黟令，九井皆所作。居人反不知，一笑付冥漠。城北有碧山，云是李白棲。太白碧山詩，不言其在黟。我今訪遺宅，文獻無可稽。流水清且淺，安得桃花谿。其地恐非真，四顧煙雲迷。公昔游涇宛，溯洄至長林。曾陟陵陽巔，遥望黄山岑。寄詩韓侍御，多謝相招尋。借問新安水，見底千尺深。似未到黟歙，延頸惟高吟。後來黟歙間，云公莅兹土。采掇其詩篇，因之賁林藪。可見賢哲士，片言重千古。當時盡夢夢，誰肯作地主。異代始攀援，失真亦何取。

桃嶺道中

輿夫行半百，蹣跚欲弛肩。我亦安忍坐，徒步輕且便。況有青藤杖，扶我上山巔。山巔至山麓，足繭履亦穿。輿夫相告語，此老仁而賢。彼既惜我力，我力尚未愆。奈何使彼困，勇猛昇之前。前村十餘里，遠望見炊煙。野店可以宿，村酒當壚邊。我亦安忍飲，多與輿夫

錢。上下取微醺，一夜齁齁眠。來朝陵陽郭，始上舒谿船。

留別姚六康明府三首

仲冬石門游，取道陵陽麓。陵陽何其高，石門何其促。人品相懸絶，亦似巖與谷。谷冷不可留，巖温會當復。

君本王佐才，屈身爲傲吏。自云家粗足，不屑營禄利。俸錢隨所得，悉以賙同志。斯言今亦無，豈但無此事。

窮老甘閉門，著書垂不朽。無如飢寒迫，東西日奔走。俗眼多夢夢，玉石誰能剖。稍可具饘粥，亦不累吾友。

張夢敦庶常見訪有作賦此酬之 以下己酉年作。

與君離別久，音問亦復疏。稍喜木厓子，潘蜀藻別號。時時寄我書。道君相念深，詩格常推余。感此意良厚，恨不同室居。今春渡江來，枉駕先蓬廬。新詩出懷袖，投贈情非虚。貧家無所有，斗酒及園蔬。所願重相過，小酌中懷舒。

惠山游秦園作 同周子俶、湯雨七、顧茂倫、吴弘人。

穀旦屬初夏，輕舟出城河。言尋秦氏園，乃在惠山阿。其中水渟泓，四面皆盤渦。喬木既輪囷，樓臺復嵯峨。主人前有約，載酒同來過。今晨以疾辭，奈此風日何。我友動高興，攜手穿煙蘿。豈必主人在，所得亦已多。獨惜予將歸，焉能久婆娑。相送立河干，林風吹夕波。

贈湯雨七

湯君淵雅士，遯跡具區東。所志在千古，弗與時人同。其詩似中唐，柔婉而多風。其書倣章草，矯健如飛鴻。更奇是繪事，匠心妙無窮。曾作百幅水，大巧奪天工。君不求人知，衆人亦夢夢。所以年半百，聲名猶未崇。今偶游苕上，與我意潛通。我笥有巨册，圖畫四老翁。請君一寓目，延竚睆秋空。因之作四石，屹立波濤中。以比四壬子，嵯峨爲世雄。感此未能報，言歸復匆匆。安得鶯脰湖，從君結幽蓬。

盋山續集後編　卷二

七言古體

市隱園歌贈朱石者少參 壬寅。

南都名園八九區，此園絶勝他所無。出水芙蓉香十畝，參天楊柳青千株。板橋曲折行水上，東西樓閣紛相望。四時風景靡不佳，長夏披襟更休暢。憶昔姚生居此中，伯右。我時來就池上風。金陵變後主人換，十年不見蓮花紅。今日偶然行至此，主人好客因留止。新秋林壑澹忘歸，況復壺飧多且旨。醉即褫衣掛薜蘿，夜深涼露欒如何。蚤知主人意能爾，悔不盛夏頻相過。

學山草廬歌贈閻牛叟

學山在何所，乃在淮郡東南隅。大小纍纍數十丘，形如衆星落平蕪。中有一丘最靈異，四

時草樹長青翠。閻子卜葬其先人，茲山信是眠牛地。更向山邊結草廬，春秋伏臘來此居。夜聞啼鳥必墮淚，朝聞風木惟增歔。古人原有終身喪，不因服盡哀思忘。今人親死多不葬，反笑廬墓爲荒唐。閻子孝思天所篤，復有才子爲之續。少年文采類鴛鸞，指日飛騰邁鴻鵠。草廬草廬良足多，棘人高枕卧煙蘿。上有厥父下厥子，俯仰之間樂如何。徐生爲作學山草廬圖，方生爲作學山草廬歌。

送徐石林還彭城兼懷李孝乾陳善長吳中黄萬瞿客諸子

昔年我作彭城游，彭城好友争相留。君本吴人亦家此，含風咀雅無其儔。所以邂逅便傾倒，況是若翁廿年好。雲龍山上醉春醪，戲馬臺前踏秋草。别來消息不相聞，但見名流必道君。宋萊陽與李東鹿，皆因我故情殷勤。今年重往山東路，停舟淮水忽相遇。索飲先過閻叟家，傷離又乞盒山句。是時八月天微涼，小舠欲返黄茅岡。岡下故人如見問，爲言吟鬢已蒼蒼。

書吴晦之詩後歸其兄子公綽

休寧處士吴晦之，一生好作中晚詩。孤情冷韻似郊島，老死巖穴無人知。羣從之中有公

綽，搜其遺稿半凋落。八卷惟餘四卷存，律體甚多古體略。以示吾友潘江如，江如賞玩復欷歔。選其精要二百首，録成字字皆瓊琚。予謂公綽此鴻寶，闡幽亟宜付梨棗。古詩尋得誠大觀，即無古詩律亦好。

濟寧遇五兄凝齋即送其南歸

我來任城日，兄去任城時。離羣鴻雁既已久，安忍接翼還參差。今宵且莫登舟去，枕被同眠觀察署。燈前酒盡話偏長，窗外雞鳴天欲曙。榜人催上大河船，又是蕭蕭風雨天。約略囊金無二十，往來客路有三千。到家資斧能餘幾，勿復謀居向城裏。犂鉏衹合種山田，經傳尤宜教孫子。我年五十亦蹉跎，故國無家作客多。争得衡茅共林壑，白頭兄弟時相過。

送姚彦昭還里兼懷陳二如都下

里門通籍者不少，孰若姚生陳生才？才高轉不得科第，同時鄉貢良可哀。今春驅馬入京國，過我草堂傾一杯。我疑二子貌魁岸，必有奇遇黄金臺。那知資格不肯破，草草廷試仍歸來。泊舟濟水忽相遇，面上黧黑多塵埃。問我何之往歷下，爾亦南歸舟師催。今宵暫宿分司署，主人初度羅罇罍。莫愁客裏資斧盡，且喜花前笑口開。獨惜陳生在都下，泥塗潦

倒何時迴。

李溉林參知九日招飲謝之

去年九日南昌城，觀察署中聞雨聲。周伯衡也。今年九日濟南郡，又向藩司看月明。兩年晴雨各異候，孤客蕭騷同一情。所幸主人皆夙好，相逢杯斝先傾倒。使君高義更嶙峋，推食授衣非草草。階前秋菊幾經黄，頭上霜華行漸老。我老祇合棲柴關，底事風塵往復還。平生癖好在山水，不因知己難躋攀。使君若有登高興，明日追陪上峼山。

柬姜真源憲副 時丁内艱將歸。

往歲停舟淮北路，使君一見歡如故。公讌相從十日飲，瀕行贈我三絶句。感此意氣未能忘，尚冀從容展良晤。昨歲南遊豫章城，我到使君已先去。惟聞僚友説風流，每對黄花惜遲暮。今年東遊至歷下，使君又復悲風樹。行將讀禮返田園，不暇留賓問詩賦。稍喜張諸兩詞伯，祖望、駿男皆真源署中客。無事相過一閑步。探泉先詣大明湖，看雲又上華不注。畢竟囊空乏酒錢，索醉還來使君署。

同張祖望諸駿男遊歷山歸飲酒家醉後作歌

歷下當年有邊李，先後詞壇執牛耳。山川靈氣盡於斯，無復才華能繼起。我今求友來山東，但覺歷城風俗鄙。客居愁寂偶閑行，忽遇舊交驚且喜。因而連轡出西門，趵突亭邊訪濼源。南望歷山路非遠，其中千佛巖尚存。策杖登高氣清爽，馳馬下坂天黄昏。今朝安忍遽離别，須向酒家謀一罇。諸君自言將北走，張翁又欲之淮右。我雖乍到亦思歸，趁此秋晴頻聚首。邊李詩篇何足奇，嵣華風景還依舊。衹是岱宗咫尺間，二子不登應罰酒。

同黄愚長遊石經峪

泰山之北黄花洞，泰山之南石經峪。是爲岱宗絶勝處，泉壑雲松看不足。可笑世人來遊者，千百曾無一寓目。閩人黄生好探奇，山頭名勝無不窺。下山獨未到石峪，忽聞我説心神馳。來朝僕馬催歸去，且爲迴鞭覓山路。邀我同行我不辭，崎嶇廿里須徒步。石上何人書此經，八分瘦硬存典型。水簾傾瀉入深澗，老樹扶疏覆古亭。黄生丹青稱妙手，乞寫此圖贈爾友。冬月攜歸白下城，挂我草堂垂不朽。

贈嚴水子山人

暨陽高士陳章侯，丹青天下無與儔。中間人物更奇古，不摹唐宋摹商周。絶技何人能紹此，及門乃有嚴水子。慧心盡得其神妙，人歎章侯爲不死。偶然作客齊魯間，五載蹉跎尚未還。山東好事者極少，筆精墨妙如等閑。仕宦誰能愛風雅，前有宣城後大冶。施尚白、佘佺廬。兩公賞鑒最相知，所以淹留於歷下。我昔魯遊曾識君，今冬相遇情慇慇。雪中送酒來僧舍，燈下圍爐坐夜分。卻愁明日子歸促，別意徬徨霜氣肅。特寫詩人劉長卿，老抱雙珠爲我祝。感君此意不能忘，兼之繪事超倪黄。開春若返山陰棹，便道青溪問草堂。

贈戴絲如明府

歷下棲遲將兩月，邊李風流竟銷歇。塊然獨處無友生，歲暮思歸待明發。道旁偶遇臨邑侯，傾蓋一語情相投。黄昏見訪城西寺，便約我爲花縣遊。今人仕宦惟趨勢，山水詩文都棄置。平生夙好亦浮雲，豈有新交反招致。我自不宜妄干人，感君此義何嶙峋。朔風吹雪重裘冷，不待持杯先飲醇。劉將軍家有美酒，與君偕過傾一斗。今宵痛飲定交期，他日相逢成故友。

元旦 以下癸卯年作。

先君四十始成名，又過十年兒始生。五十生兒猶恨晚，我今五十有二仍孤煢。每逢冬盡春初節，家廟拈香慘不悅。祖宗譜系遞相承，忍至吾身中道絕。開春癸卯更悽然，正是先君鄉舉年。富貴功名非所望，惟祈書種種書田。

王元倬先生七十

君生萬曆之癸巳，鄉舉崇禎之丙子。眼見國家全盛時，抱道含章猶不仕。何況暮年逢亂離，柴桑安忍改義熙。且酌寒泉拾香草，南陔戒養中心怡。昨歲初冬介眉壽，江國人人問耆舊。我去山東今始歸，欲補一觴君不受。春來雨雪梅花寒，花下提壺强自寬。莫學康浪怨長夜，磻溪此日正垂竿。

送兄子象山遊姑孰兼寄唐祖命張兆蘇曹梁父吹臺孔千一諸子

爾來鷲峰甫兩月，新詩百首猶未歇。我亦天下苦吟人，那能似爾才超越。少年工爲制舉文，思如泉湧如風發。心血嘔盡名不成，仰首雲霄空咄咄。四十以後工詩篇，閉户揣摩同

少年。始猶蘭苕集翡翠，近乃鴻鵠摩蒼天。今春懷友到白下，因之訪舊遊姑川。此中謝李風流在，爾去逢迎合有緣。

喜孫豹人見訪予爲稍遲虞山之行因作歌

三月八日天氣晴，方子將作虞山行。虞山老人八十二，郵書期晤情非輕。吳舠已買泊江口，卻有王郎飲我酒。牽衣不忍遽離別，初八改期於初九。故人孫老廣陵來，知我欲行船未開。黄昏策蹇入城市，馳書告我且徘徊。詰朝見枉桃葉渡，預敕山妻手治具。五年魂夢祇思君，豈有君來我翻去。信信宿宿爲君留，十五始上江口舟。不教虛此數日夜，日日痛飲青溪樓。昔王百穀將之越，艤櫂閶門待明發。忽逢元美兄弟來，復返蘇臺醉旬月。我今情事正相同，又是鶯花二月中。祇合持杯共傾倒，那堪分手各西東。王郎謂山史。

櫻桃行答周兼三見遺

京口櫻桃天下無，圓勻一似珊瑚珠。始摘嘗新更珍異，土膏露氣方涵濡。所以古人南遊者，櫻桃時節偏風雅。我今與爾客京江，何幸春殘又初夏。恰逢野老送櫻時，君復分甘遺所思。莫愁内熱須寒蔗，祇當蠻鄉啖荔枝。

常州顯慶寺訪楊逢玉留飲作歌

鼎湖龍去二十年，志士强半歸黄泉。雖有存者窮且老，加以患難多憂煎。屈指惟君天所祐，家人生産還依舊。二子俱爲偉丈夫，諸孫又挺山川秀。君意超然遠絶塵，荒郊破寺藏此身。父子自相爲師友，衣食粗足何憂貧。況乃中年能絶慾，布被繩牀甘獨宿。形容肥澤鬓未霜，意氣飛騰量猶瀆。我昔與君稱好友，會日苦稀離日久。今來東郭訪幽棲，自摘園蔬飲我酒。酒闌字皆粗疏。我昔與君稱好友，

與惲仲升感舊并呈王雙白楊逢玉

憶昔癸酉京兆試，與君定交高座寺。是時君年三十三，我方二十稱同志。論文争尚先輩風，自謂咫尺銀河通。豈知盛壯俱落魄，況經離亂各飄蓬。今年重晤毗陵邑，君過六十我五十。乍看鬚鬢已成絲，話到滄桑惟飲泣。此間舊友王與楊，寒花幸不萎雪霜。安得移家伴三老，禪牀瓢衲日相望。

常熟訪錢牧齋先生

賤子童年性超忽，特地辭家泛溟渤。曾向虞山訪鉅公，絳雪樓上瞻風骨。是時婞淺無所知，莫測高深惟歎咨。及壯始窺初學集，朝吟夕誦勞吾思。厥後爲儒逢世難，衣冠文物皆塗炭。巋然獨有魯靈光，憔悴支離東海岸。每愁風雅道紛綸，品定列朝諸詩人。不辭好辨爲剖晰，遂令藝苑開荆榛。前歲磻溪介眉壽，遠近争趨如恐後。欲偕林叟來持觴，先遣長書謝親舊。卻寄盦山詩一章，謬稱國手何敢當。私喜平生説詩意，與公符合争微芒。去年九日期相訪，作客山東絆塵網。今年仲夏身蕭閑，始到琴川擊雙槳。三十年來臭味同，好將疑義質宗工。忽聞都市焚書令，鐵篋惟應寘井中。

錢牧齋先生招飲荔枝酒酒後作歌

有客來自五羊城，手攜荔枝酒一罌。云是荔枝漿所釀，以餉虞山錢先生。先生安置牀頭久，欲飲還須待良友。忽聞我到意欣然，亟唤侍兒開此酒。我從未啖鮮荔枝，今茹此味方知之。色如玉露初寒日，香似輕紅乍擘時。古甆頻勸不肯止，先生愛我乃如此。何以報之惟藥方，社酒治聾加鐵矢。先生時病耳。

答錢夕公感舊之作

我年二十君加三，相遇虎丘碧雲庵。意氣飛揚才調合，扁舟直至虞山南。別後兵戈不相見，三十三春倏如電。垂白重登君子堂，驟看莫識當時面。追憶舊交多死亡，長洲華亭爲國殤。楊維斗、陳卧子輩。死於法者殊可惜，周介生、陳百史輩。死於盗者尤堪傷。錢吉士、徐巨源輩。爾我餘生且喜在，努力著書期有待。但使詩卷長留天地間，窮老羈愁復何慨。

揚州訪王貽上司理并爲其三十初度

漁洋山人王阮亭，貽上别號也。吐詞璀璨如華星。世人疑爾必耆艾，誰道今年始壯齡。廣陵八月逢初度，郡齋瑶草圍瓊樹。五鼎雙承堂上歡，連枝又獻山東賦。令兄子側、捷音方至。君家介福何其多，野夫奈拙言詞何。舉杯朗詠惟君句，萬歲千秋定不磨。去年七夕客蕪城，與君一見遂北征。賦詩送我追不及，歸來把玩知君情。今年九日蕪城客，與君相見又怱迫。佳晨且盡黄花杯，高秋即有青州役。青州迢遞海西頭，束馬將行還復休。商風吹折隋堤柳，試問遊人愁不愁。

枕上聞風雨聲

秋雨打窗天未曙，狂風驀發吹庭樹。遥憐江上泊船多，此際驚憂奈若何。小灣聯絡猶自可，極浦飄摇愁殺我。老夫年年好遠行，每聞風雨最關情。

魏崑林冢宰龔芝麓總憲同時惠書感贈

江城苦雨連昏旦，秋水平谿淹兩岸。委巷泥深人少過，小樓獨坐興愁歎。忽聞有客款柴扉，言自北來情依依。懷中探出雙魚素，一爲柏鄉一合肥。二子致身霄漢上，俯念貧交猶不忘。招我燕山同嘯歌，何事江淮日飄蕩。身賤年年輕遠遊，來朝便欲具扁舟。丈夫海内存知己，妻子饑寒何足憂。

哭靳茶坡先生 時與潘江如、張虞山同拜其墓。

八年之内六過淮，每一停舟訪君齋。君聞我到必狂喜，相攜縱飲中心諧。今年過淮君已死，寒風慘慄傷予懷。急尋其子問其墓，墓在城東石塘涯。明晨欲往呼小艇，恰有潘張二老偕。出城十里見高冢，知君於此藏形骸。去冬執紼阻江水，此日炙雞陳土階。仰天一慟

不能止，潺湲雪涕沾芒鞋。憶君稱詩覇淮右，雅音疊奏無淫哇。晚耽麴蘗故頹放，餘波亦足風吾儕。賢嗣收輯三十卷，其身雖死名不埋。獨惜平生重意氣，舊交零落音塵乖。白楊從此聲蕭蕭，黄鳥無復鳴喈喈。暮歸僧舍擁衾卧，庶幾魂夢來相依叶「挨」。古詩：「君懷良不開，賤妾將何依。」

椰冠道人歌 爲張虞山作。

椰冠者誰張四愁，萬里歸來自瓊州。海濱拾得小椰子，巧製爲冠加白頭。問君如何學此款，朔風蕭蕭鬢毛短。若令臺笠與緇撮，魯叟無庸歎微管。

元日 以下甲辰年作。

正月上旬逢甲子，農家争道是豐年。今年甲子爲元日，更覺農家笑語偏。我有山田在江北，身在江南收不得。祇應賣卻江北田，自種江南田始食。

去歲冬晴無雨雪，草根蝗蝻恐未滅。上旬甲子果豐年，先春合有冰花結。是日午餘天色黄，夜深寒氣侵人牀。曉來瑞雪已盈尺，秋稼如雲定可望。

百歲翁歌贈趙撝謙先生

弱齡好神仙，頭白無所遇。豈惟神仙無，耄耋亦罕赴。良以世運促，人命修短同。何圖來濟上，得見趙仙翁。翁生嘉靖之乙丑，閱盡滄桑何太久。今年甲辰正百歲，正月下旬介眉壽。自言家世本閩人，卜居寧陽洸水濱。祖年百三父百二，皆以學道全其真。道家往往煉黄白，或言容成御女術。翁斥此輩爲妖妄，惟寶精神戒毋失。蚤歲連生十二男，孫與曾玄三十三。忽逢世難遭殺戮，孑身逃劫漳河南。八十以後重娶婦，復生十男十二女。長男成立幼成童，不學神仙學商賈。翁今百歲春秋高，雙瞳炯炯察纖毫。耳雖微聾不妨聽，手足便利身堅牢。飲啖兼人殊不覺，知翁腸胃有槖籥。若非相火保龍雷，焉能上壽侔龜鶴。況翁相地術尤奇，理數洞徹心無疑。不待登山暨臨宅，披圖禍福先知之。我聞荆楚間亦有彭仙翁，其年百餘歲，其道與翁同。只是彭翁好逃劫，頻改姓字輕遠涉。翁言明夏是劫年，亦欲預逃之建業。翁若來建業，訪我青溪邊。我願爲弟子，杖屨相周旋。自知根器薄，曷敢求神仙，但祈導引卻病延餘年。

畫松行答王東郭見貽之作 壻安節原名句，字東郭。

莫愁湖邊雲物青，有翁四十兒廿齡。讀書萬卷不求仕，卻於窮巷甘沈冥。厥子生來更奇絶，學詩學畫意全別。胸中蕩滌無纖塵，筆底蕭寒似晴雪。一朝過我草堂來，主人偶出失趨陪。堊壁舊存梅竹影，嘉賓坐久心顔開。君歸便作古松樹，矯若蒼龍出雲霧。上枝插漢下拂淵，高者扶疏低屈注。貽我草堂縣正中，臭味恰與梅竹同。吾衰愧此歲寒友，客至但聞巖壑風。復題長句古松旁，主人吟翫喜欲狂。何以報之惟橘酒，待爾父子重過傾一斗。

京口與陳翼仲飲酒家作歌

潤州故人談與潘，一往歷下一桑乾。時談長益在山東撫軍幕。潘江如同范眉生入燕。老夫過此無可語，扁舟小泊京江灘。是時定海將軍宅，江寧陳生爲上客。乍聞我到出城來，從者攜錢數千百。楊彭山下寺新開，翠竹青桐絶點埃。僧厨不惜供茶笋，梵律未許移尊罍。笑指河橋幙非遠，沽酒送行情繾綣。酒罷予登若水舟，汝亦入城天色晚。

雪溪觀水歌

十日黄梅雨不歇，千山萬山水争發。青桐門外勢滔滔，白石橋邊聲汩汩。今朝天氣喜初晴，有客相邀出郭行。行人試聽潺湲水，不是苕聲是雪聲。

贈張禹村

古人有慕藺相如，或慕顔曾伍子胥，取其姓名作名姓，因而百世垂令譽。今人嚮慕古人少，况乃命名從幼小。前賢且不解師承，近代風流復誰紹。潤州張子始成童，作詩作畫靡不工。厥名曰盦是何意，云慕盦山期與同。老夫薄劣安足數，縱有詩篇盡愁苦。妙年底事獨相親，良以若翁謬稱許。若翁風雅自翩翩，毓秀鍾靈非偶然。丹青已入倪黄室，詩法還從杜白傳。

贈喬孚五

先朝詩人喬白巖，曾官司馬來江南。品題山水好刻石，至今遺跡諸伽藍。公有從孫曰孚五，能以風騷繼其祖。筆端皎潔無纖塵，胸次寬平絶城府。長夏偶爲苕雪游，與予邂逅情

相投。僧房咫尺頻來往，雅詠三篇足獻酬。少年才調知君少，更望苦心窮窈窕。他時鼓棡過邗溝，定向君家憩亭沼。

南潯歎

南潯一村當一縣，財貨雲屯商賈便。中間鉅富者誰子，擁貲百萬人所羨。百萬金錢是禍胎，片時飛滅如浮埃。匹夫無罪懷璧罪，盡室誅夷亦可哀。

送湯宮若歸南豐

吴興六月逢湯生，其年正少才正英。爾寓鴻禧我鐵佛，寺名。晨夕往還無送迎。手持書義三百首，鐙下閲之老眼明。以此進取必高第，何難黑頭加簪纓。爾獨甘爲布衣士，讀書所志非科名。良由若翁洎若祖，國恩深厚難忘情。此邦名士趙孟頫，懷禄貪勢慚其兄。是何年少遽能爾，令人感歎中心傾。八月我歸自苕水，九月爾亦來南京。停舟見訪桃葉渡，促裝便欲盱江行。自言客久當省侍，明歲重來石頭城。長齋斷葷復止酒，何以致款惟藜羹。江邊相送無他語，莫犯風波莫遇兵。

王左車見訪不值卻寄

前日訪君湖上村，君先探菊江東門。今日訪我溪上宅，我亦看花市隱園。來往迢迢十里遠，兩番不遇人空返。霜晴重與訂佳期，手摘寒蔬婦炊飯。

胡靜夫見訪草堂有贈

老我卜居青溪里，爲傍詩人顧與紀。顧翁謝世歸山丘，紀叟移家涉江水。草堂冷落柴門秋，行吟澤畔思悠悠。此間詞客甚鮮少，雖有佳篇誰倡酬。胡郎父子故風雅，君更登壇稱作者。一居城北一城南，容易何能共杯斝。冬晴步趾向南來，手攜吟卷皆新裁。牀頭濁酒聊堪語，林際斜陽卻又迴。稍閑便欲尋君去，只愁道遠難相遇。安得青溪作比鄰，往來觴詠無朝莫。

贈湯巖夫

今人讀書不識字，下筆淆譌十三四。許徐訓詁自分明，争奈人都不省視。昔者吾友戴敬夫，磨礱字學天下無。予少竊聞其緒論，雖知梗概心猶粗。中年奉教蕭尺木，尺木篆隸精

且熟。每與予言輒終夜，字學稍知其節目。平生結交多俊民，此道茫昧恒失真。何期晚遇湯玄翼，奄有二子成三人。猶記魯江同作客，頗領微言恨匆迫。别來十載夢魂勞，老去重逢鬢鬌白。閑時緩步過吾廬，相對惟應話六書。秦漢晉唐體多變，那能貫穿爲發攄。當時戴蕭所未悉，今日詢君得其實。我亦著書曰蒙求，乞君釐正方成帙。

贈吴子班

樓山先生死秋浦，浩氣英聲自千古。巢破寧論黄口兒，天遺孤雛脱豺虎。藏匿深山二十年，苟全性命非徒然。博覽羣書頭角異，連生三子宗支延。記爾小時曾一見，二十年來未謀面。今冬雨雪到南都，訪我草堂情眷戀。若翁曩亦居此園，陳生其年方及門。我偕朋輩日過此，文義詩篇恣討論。朋輩如今皆物故，惟餘白髮傷遲莫。昨歲陳生飲草堂，俯仰欷歔作長句。爾今來此復含辛，把酒沈吟淚滿巾。投我短章亦淒苦，異時精進侔先人。樓山先生古文好，聞説重編付梨棗。明春幸寄一函來，老眼摩挲以爲寶。

施愚山少參加惠乳山林翁不一而足詩以紀之

林翁八十有六年，敝袍遮體冬無緜。兼之眼昏復便秘，欲求藥餌囊無錢。其家雖有丈夫

子，貧劇僅能供菽水。亦有良朋共倡酬，杯酒殷勤而已矣。施公奉使過長干，枉駕衡茅興慨歎。曾貽苧帳防炎夏，又製緜袍禦苦寒。更憐翁病日衰老，斟酌醫方何藥好。捐金爲市地黄丸，潤臟平肝以爲寶。翁言使君義誠高，老夫貧病猶可熬。薄田預徵明歲稅，縣吏追呼命莫逃。公聞斯言容慘戚，倒篋傾囊渾不惜。代輸田賦免憂煎，且得逍遥過除夕。吁嗟古道今已稀，使君高義何巍巍。佇看廣厦勢突兀，大庇天下寒士皆春暉。

西府海棠歌 以下乙巳年作。

白下城南多古樹，昂霄聳壑無其數。一自官司造海船，紛紛斬伐誰能護。松柏凋零既可傷，因之花竹皆罹殃。往時叢卉家家有，今日名園處處荒。惟餘天界老僧室，谷語師。檐際海棠猶茂密。二月花開似落霞，三春客到無虚日。老僧作歌與客看，追思往昔興慨歎。趁此春晴亟游賞，莫教風雨又摧殘。

東園杏花歌

長板橋頭春水平，魏公東園最知名。其中文杏千百本，二月花開似錦城。世事滄桑主人换，東園入官良可歎。牆垣雖毁杏猶存，每到青春仍賞玩。游人日日來園中，花下提壺歌

笑同。不知誰觸主人怒，斬伐爲薪一旦空。此地犂鋤種蔬菜，遠人祇道花猶在。晴明攜酒來看花，忽見朝畦發長慨。我家正與東園鄰，醉卧花間秋復春。今朝對此增惆悵，回首鍾山益愴神。

贈文及先

先朝篆刻誰第一，文翁三橋故無匹。其法全師李陽冰，意態纖毫不相失。今人好奇務詭秘，反誚此翁爲平實。六書謁謬良可嗤，古道陵夷非一日。三橋從孫曰及先，家法升堂兼入室。胸中體勢最嚴謹，腕底風神更超軼。曾攜所作游京師，孤卿以下皆屈膝。年過七旬神轉王，不肯輕爲人捉筆。愛我獨貽三五章，寳持不翅金千鎰。何以報之惟短歌，歌聲亦若金石出。

爲彭旦兮母夫人壽

瀨上彭君別十年，暑中訪我青谿邊。形容較衰興亦減，獨有故舊情依然。問君何之指江縣，俯就一官羞滿面。自言有母七旬餘，家貧無以供珍饌。且喜朱方是比鄰，扁舟迎養不艱辛。三牲五鼎尋常事，爭似湖山魚笋春。

題王阮亭儀部像

嘉隆年間詩得名，七子尤推歷下生。其聲砰轟氣粗莽，雖有音格少性情。當時人奉爲山斗，李亦自詩燕許手。百年以後虞山翁，引繩披根發其醜。辟如陌上桑一篇，改竄古句多拘牽。其詞猥鄙殊可笑，劣得盛名吾惑焉。山東風雅誰第一，新城王家故無匹。季木開先稱作者，貽上後來更挺出。昔君弱冠通籍時，都門一見如故知。曾窺行笈皆鴻寶，竊歎詞林是總持。明年佐郡來邗上，詩思益勤懷益曠。每逢山水必搜尋，但遇良朋恣酬唱。哀成巨集曰漁洋，開卷無非明月光。前人白頭尚未到，君方緑鬢遂兼長。今轉潛郎入禮署，過江别友行將去。手持一卷抱琴圖，顧我茅堂索題句。武林戴生工寫真，頰上三毛信有神。戴生繪圖諒非一，風雅何曾得此人。世俗所好榮名耳，畫圖亦復施金紫。知君所重不在兹，但論其詩餘不齒。濟南既有王阮亭，山東無復李滄溟。屈指何人堪比擬，萊陽宋與諸城丁。宋荔裳、丁野鶴。

金陵五峰行送王阮亭祠部北上

阮亭先生官揚州，江淮山水無不搜。最愛舊京多古蹟，公餘輒作金陵游。燕子磯邊每停

櫂，鳳凰臺上幾登眺。雨花木末恣扶笻，桃葉青谿仍垂釣。城南牛首與獻花，城北攝山復寶華，皆因僻遠不曾到，見人惆悵還咨嗟。今年五月遷官去，重訪金陵舊游處。拾遺補闕諧素心，捫葛攀蘿何足慮。先尋佛窟攸幽棲，邀我同行路不迷。曉瞻雙闕雲生岫，夜卧層樓月滿谿。明日驅車帝城北，攝山幽秀宵難測。獨向深林探石泉，更上危峰望京國。逶迤便入寶華山，言訪律師叩禪關。此山古蹟雖鮮少，手掬龍湫亦動顔。五日之間五峰遍，君始回舟返江縣。江干相送惜分手，重約新秋至淮甸。七月涼飈抗去旌，我來折柳難爲情。知君厭聽俗人語，爲賦金陵五峰行。

贈戴山人葭湄

前年冬月涉邗水，董相祠邊訪知己。武林戴生居隔垣，爲我曾圖四壬子。柴桑範度本天人，杜白風標並絶塵。何幸置我於其側，意態相關若有神。因持此圖示同調，人人歎息誇精妙。先是曾鯨與謝彬，兩公心法惟君紹。今年夏月復來兹，何以報君惟此詩。西園雅集成千古，全賴龍眠李伯時。

汪左嚴招同孫豹人汪秋澗及令兄舟次叔定季用泛舟紅橋作

蕪城之東河水漲，浮查直出隋堤上。主人好客移尊罍，畫舸乘風入清曠。須臾打槳過紅橋，浦溆平分十里潮。楊柳菰蒲皆浸没，藕花蓮葉未飄揺。暫憩重陰法海寺，無數蘭橈先後至。朱簾乍捲見青娥，赤日當空下秋翠。老夫豪飲興悠哉，倏忽狂飈自北來。卻笑秦翁憂且懼，便令舟子放舟回。君不見主人情繾綣，欲去平山中道返。稍涼再作蜀岡遊，小艇沿谿莫辭遠。

楊東子宅題九龍山樵卷

九龍山樵孟季良，元末隱居惠山陽。中遭散亂走四方，晚歲歸來鬢已霜。重向山阿葺茅堂，躬耕乃在先壠旁。孟家兄弟皆冠裳，君獨不仕安農桑。此意孤高不可量，況復詩畫能兼長。自寫惠山圖一張，題詩其上猶芬芳。此圖零落誰珍藏？成都公子人姓楊。廣陵七月秋氣涼，公子燕客傾壺觴。因展此圖發奇光，摩挲吟詠喜欲狂。我曹志節遥相望，對之愈覺增感傷。卷尾重題三五行，九龍山樵曷敢忘。

贈吳仁趾

孫豹人家見爾篆，汪恥人家見爾詩，詩稱妙品篆神品，是何年少能兼之。恥人云爾茅山去，旬月還當來此處。江上風濤多險艱，過期不來良可慮。新秋大水通江淮，爾忽停舟到悔齋。我同孫老衝泥往，夜話鐙前心事諧。尋取篋中詩相質，皎如秋水芙蓉出。詩雖雅調猶可企，篆則絶技無其匹。仁趾仁趾善自珍，文人慧業皆前因。年齒漸加學益進，大名宇宙垂千春，區區富貴何足陳！

送徐子九歸雲間

昔游江楚經亭州，與君一見深相投。既維我馬授我館，復酹我酒衣我裘。是時羣盗山中起，日夕攻城樹軍壘。主人才智有餘閑，擕客城頭看秋水。羈遲旬月自懷歸，中夜揚鞭出重圍。分金雖少情則厚，臨別河橋淚欲揮。別後相思不相見，逢人輒問及愚賤。也知解組歸湖山，欲訴離情隔鄉縣。今秋相遇青谿邊，屈指暌違十八年。顧我吟髭已衰白，輸君青鬢尚依然。尋呼小艇過茅宇，倉猝村酤佐雞黍。本期聚首再盤桓，無奈歸帆又延佇。明年八月秋花開，送兒鄉舉還復來。草堂咫尺鷲峰寺，一日相過定幾回。

喜關中王幼華見訪草堂

廣陵城西木蘭院，與君僧舍初相見，是日偏逢嶽降辰，旨酒嘉魚聚羣彦。我年最長居上頭，衮衮談詩夜未休。坐中欣賞君第一，從此心期膠漆投。來朝復飲汪生處，盡日流連不忍去。刻燭爲題壬子圖，筆端疑有神靈助。别後東西各一天，韶光彈指欻三年。雖無尺素通音問，聞説麻衣守墓田。老夫結交遍海内，風雅如君得幾輩。朝邑三原與郃陽，文采風流果佳對。霜天寥廓雁聲哀，夜夜秋燈花蕊開。私心必有良朋到，僻巷俄驚之子來。秦關吴苑三千里，匹馬單車渡江水。君言南國多交游，獨有盦山是知己。手持哭母詩一編，其音淒楚情纏緜。小人有母尚未葬，讀此傷心淚泫然。又言明歲服將闋，授官徼倖吴與越。欲取秦中先輩詩，遴選成書付剞劂。並取盦山所著書，分金刊布垂令譽。感君高義諒不爽，顧我薄福知何如。白下青谿桃葉渡，豆架瓜棚於此住。但閑徒步即來過，莫怪貧家無禮數。況兼令節是重陽，攜手同登石子岡。方景祠堂一杯酒，他年魂夢不能忘。

吴平露齋頭小飲作歌

欲雪不雪天氣寒，千山萬山風葉殘。茅堂晝閉罕人事，日暮杖藜尋所歡。會稽吴郎江海

客，假館遼東太守宅。門前狗馬雜囂塵，樓上琴書自香澤。論文之暇喜攻詩，贈我長篇絶妙辭。等閑一見必呼酒，況是霜寒木落時。憶昔驅車邊塞遠，逆旅相逢情繾綣。南歸何幸復銜杯，獨惜談翁猶未返。

寄蕭尺木先生七十

國朝畫苑誰集成？啟南徵仲垂大名。兩翁年皆至耄耋，天生人瑞當昇平。後來繼起者誰子？于湖遺民尺木氏。畫在兩翁伯仲間，風義孤高亦相似。獨惜君生離亂時，中懷抑鬱人少知。讀書萬卷詩千首，自晦寧稱老畫師。我昔羈棲赭山日，從君問字膠投漆。別去江干十四霜，羣疑滿腹無由質。屈指今年是古稀，雲山相望情依依。定知眉壽同文沈，他日重過願不違。

癡翁嫁女行

金陵高士史癡翁，有女及笄其壻窮。阿婆誅求行六禮，六禮不備媒不通。以此蹉跎年歲久，歸妹愆期尚未偶。癡翁苦勸非一朝，阿婆堅執但搖手。適逢元夕放花燈，天街男婦聲沸騰。阿婆亦欲攜女往，阿翁陽爲好語應。是日遄往壻家去，告汝典衣爲治具。夜深妻女

看燈回，引過其門聊歇步。須臾秉燭羅酒漿，阿婆驚顧不及詳。翁謂其女同壻拜，今宵合巹時日良。飲罷夫妻自歸舍，向平從此完婚嫁。次日喧傳都市中，癡翁嫁女成嘉話。我今嫁女亦類兹，納幣催粧皆省之。親朋聞者多相笑，試想癡翁癡不癡。

京口喜遇孫豹人

豹人去冬與舍弟退谷同游和州，退谷暴卒，豹人爲之治喪，故云。以下丙午年作。

我欲渡江去，君先渡江來。江城忽相見，攜手登高臺。爲言昨歲歷陽事，霜天白雁毛羽摧。同舍非君匍匐救，旅魂飄蕩焉能迴。感此益重友朋義，在原急難何有哉！人生壽命等朝露，眼前富貴俱浮埃。惟有痛飲足娱樂，況逢知己無疑猜。天晴散步出南郭，郭外櫻桃花正開。

送韓叔夜歸鄢陵

韓翁五十兒始生，兒生四月翁遠行。阿姆抱兒立門外，看翁上馬難爲情。此去京都因謁選，分符遂得永嘉縣。是時海岸多兵烽，憂危不敢攜家眷。那知南方作令艱，十官九罷於其間。罷官猶可仍降罰，羈絆糾紛豈易還。今春始得歸鄉里，問兒長成十歲矣。道途勿復再淹留，入門相見應狂喜。

贈陳延喜

君年長我剛一歲，白頭蕭灑風塵際。有子魁然三丈夫，朝昏色養羅甘毳。家人生產了不聞，提壺挈榼常醺醺。醒來但寫花前句，吟罷還看江上雲。人間樂事誰如此，濁世浮名安足齒。我過半百尚無兒，升斗干人應愧死。

春日同孫豹人陳延喜楊襟海吕又薛飲酒家

潤州城南多酒家，四山無數櫻桃花。小園水竹有幽致，海蛤河豚風味嘉。我因陳翁交吕子，意氣蕭爽兼豪華。是日千錢杖頭掛，指點銀瓶安用賒。獨我冷飲衆驚異，方出本草無疑差。歡笑移時爛熳醉，歸來山徑皆欹斜。主人好客情未已，更期明日游江涯。是日，吕生爲主。

二周行贈周建西子常

二十年前客京口，抵掌論詩多好友，鄔徐四子已黄泉，鄔沂公、徐旻若、秦臣溥、陳尊己。談潘八公俱白首。談長益、潘江如、錢開少、馭少、陳延喜、張季昭、何元長、張則之。後來繼起者爲誰？二周年少才

並奇。家藏鄴架書能讀，詩學唐風志不移。今春我到三山下，見君佳句何妍雅。君尤篤好盦山詩，借我全編悉抄寫。以此忘年稱賞音，朝昏相對惟長吟。他時京口論詩者，屈指當推君竹林。

磨笄山下酒家同孫豹人陳其年談長益何雍南程千一小飲作歌

無端作客來潤州，轉因匱乏成淹留。賴有同人日相狎，狂歌痛飲能消憂。談翁塞上十年別，此地重過頭似雪。繼起誰登風雅場，何程二子俱魁傑。客舍論詩見訪頻，況逢詞伯來江濱。關中孫老才華健，陽羨陳生格調新。六人相聚緣非偶，屢出城南看花柳。地主青蚨頗不慳，山家綠蟻惟吾取。底事停杯忽改顏，陳生明早渡江關。予偕孫老亦將去，他日難忘戴女山。磨笄山乃戴顒女守志處。

程崑崙別駕招飲潘園賦謝 同集者孫豹人、陳其年、鄒訏士、談長益、何雍南、程千一。

京口新屯數萬兵，兵民雜處多喧争。誰其治之郡司馬，殫心調劑人稱平。所以旦旦趨公府，案牘如山意良苦。飢時暫餐還不能，那得閑情到園圃。使君才智綽有餘，賓客來過日不虛。開樽每在夜初静，抵掌無非詩與書。獨惜春光隨逝水，雙眼何曾見花蕊。偷閑載酒

出城來，召客看花盡知己。竹裏行厨傍水邊，桃花雖落李花妍。莫愁郭外兵兒折，但恐來朝花朵蔫。況復東風吹柳絮，坐中客亦東西去。今朝對酒不盡歡，他年會合知何處。

常州贈王詒白廣文

司空山下初逢君，準擬六翮翔春雲。豈知蹭蹬不得意，白露青氈猶廣文。人道廣文官獨冷，我覺此官兼吏隱。回首金沙諸貴人，一朝奇禍皆顛隕。君去昭陽萬水間，故鄉憂患了不關。稍轉毗陵亦善地，頖宮松竹何悠閑。我夙與君稱莫逆，同心離居愁思積。都門一别成九年，京口重來淹數夕。無端又欲泛苕溪，聞説登臚意慘悽。城外杜鵑花正發，花前痛飲惜分攜。

桃葉渡歌

青谿女子王家妾，一喚桃根一桃葉。王郎曾作桃葉歌，此地相迎不用檝。自晉迄今千餘年，渡名桃葉情依然。經過才子及才女，佇立樓邊復水邊。乙酉丙戌何人者，改渡爲橋便於馬。徒梁之制本不堅，利涉之名亦不雅。二十年間橋屢摧，更有俗僧何處來。募金樹石雖能久，渡口煙波安在哉？人言此橋不易致，我道此僧實多事。淮水澄泓渡自佳，問名猶

不忘所自。無端改作何太癡，風光應不似當時。老夫尚記承平日，汝輩少年焉得知。

題孫無言新居

桴菴往歲移居時，予與軫石、漑堂同贈詩。孫無言別號桴菴，王于一別號軫石，孫豹人別號漑堂。其詩限韻各九首，此事咄咄人稱奇。軫石合書一長卷，囑爾什襲珍藏之。未幾玉樹委黄土，予與漑堂俱白髭。間取此卷復展看，光焰萬丈何陸離。固知人無百年壽，惟有筆精墨妙千古垂。爾數移居不勝賀，我又不善爲祝詞。所願爾子爾孫寶此卷，傳之異代永不虧。

郝羽吉宅同孫無言豹人汪舟次夜集兼懷吴賓賢

三年不見郝山漁，羽吉別號山漁。每過蕪城訪君廬。聞君負米去江縣，引領南望空躊躇。今歲重來主人在，留客盤飧如有待。病夫脾弱忌飲啖，歡劇遂忘醫所戒。況逢老友二孫來，汪子比鄰不用催。獨念吴郎東海岸，安能涼夜共銜杯。

江上短歌

南風正烈北風微，江水奔流蕩炎暉。鑾江買舟向京國，三夕纔能抵燕磯。不如策蹇行江

岸，無論陰晴一日歸。

秋夜邀同汪舟次程飛濤周雪客潘蜀藻王安節秦淮小泛作歌

今年三伏苦無雨，七月終旬猶酷暑。柴門倉猝來舊交，草舍炎蒸愧雞黍。因呼野艇泛青谿，恰喜涼風生遠渚。雖無蘇小憑紅欄，尚有何戡歌白紵。興懷往事不勝情，欲展愁眉向誰語。我甘瓢笠老漁磯，君望煙霄合鵬舉。

合肥贈秦虞桓

與君定交昉丙子，是時藉藉稱名士。睥睨青雲足下生，不信中途困泥滓。如今丙午三十年，白頭相見情依然。君有丘園恣高臥，鴻妻驥子真神仙。我老無家更多難，百事輸君自悲歎。惟餘詞賦略相當，索酒狂吟至夜半。故人聚集情正歡，來朝又欲去江干。折柳河橋重回首，巢湖秋水夕漫漫。

贈孫秋我

少年策蹇走華陽，與君旅舍傾壺漿。別來陵谷凡幾變，俛仰之間三十霜。今歲偶來箏笛

浦，秦子齋頭共雞黍。嗟予短鬢已成絲，怪爾長髯黑如許。新詩見贈似瑶琴，欲報慚無玳瑁簪。聞有芳園栽萬柳，垂條拂水長陰森。堂名爲取麴塵字，嫩葉初黄更賞心。秋我有園，栽萬柳，乞予堂名，予名曰麴塵。

贈閻古古丈

我年弱冠家南京，雅慕沛縣閻先生。是時先生亦知我，各賦一詩遥寄聲。十載相思不相見，準擬驅車涉淮甸。始愁兵火道途艱，尋痛京師滄海變。先生意氣慨以慷，報韓欲效張子房。上書時宰觸忌諱，隱匿姓名之四方。踏遍西南好山水，二十年間頭白矣。司寇龔公念舊交，特疏令君還故里。今秋鼓枻肥水來，與我邂逅襟顔開。容鬢雖衰氣猶壯，新詩骨格何崔嵬。握手經旬又分手，欲展離情惟有酒。城頭明月正高寒，一日相過飲一斗。

九十九翁歌

和州城南五六里，有坊八尺高林起。旌表州民沈伯端，大字誰書州刺史。沈翁行年九十九，妻年減二同白首。亂世遐齡豈易臻，偕老尤爲世稀有。我今騎馬此地過，下馬訪翁入煙蘿。問翁何修得此壽，翁慘不樂淚滂沱。自言家道昔頗足，有子三人耕且讀。一朝寇至

俱被戕，二老潛身匿山谷。敝廬既燬田又荒，改禾種竹爲資糧。往時妻在猶有伴，不幸去冬妻病亡。孑身煢煢無所倚，朝夕艱辛是蔬水。三旬九食長苦飢，殘喘雖生不如死。幸蒙刺史仁且賢，賜我坊表光餘年。豈知多壽翻多辱，凍餓孤嫠實可憐。我聞斯言發長喟，耄期自古稱人瑞。安忍禎祥委溝壑，歸語使君重作計。

送姚六康之任石埭

昨歲君從嶺表來，停舟訪我青谿隈。八年分手離情苦，一夕談心笑口開。問君别後何所事，君言困辱不得志。與其避俗常畏人，何如服官且玩世。以此謁選入燕關，循例當邀一命還。江南山水夙所愛，安得分符宣歙間。仲夏偶然見除目，知授專城九華麓。其地雖僻田賦輕，況是頻年禾黍熟。君發新硎刃有餘，彈琴之外讀羣書。甘心淡薄應無取，分潤貧交諒不虚。八月之官先過此，我適渡江涉肥水。芇堂不獲迎軒車，芳訊猶然寄知己。明年春水漲青溪，期我扁舟秋浦西。九朵芙蓉插銀漢，合從仙令共攀躋。

嘉興贈曹中峽

我來醉李天正寒，寄書石門期所歡。君聞我來即命駕，不辭風雪過湖灘。霜晨見訪楞嚴

寺，握手慇懃感同志。黄昏置酒臨前除，挑鐙卻話金陵事。金陵王概才縱横，君之彌甥我館甥。飛揚跋扈人所羡，酷似其舅非虚名。

答陳堯夫見贈

朔風凓冽號空林，香臺夜雪三尺深。旅人坐困不得意，擁爐且作寒蟲吟。叩門相訪者誰子？贈我長歌書滿紙。客窗展讀未終篇，頓覺春光放梅蕊。我昔游禾交若翁，見君總角方成童。三十餘年重至此，君才卓犖爲士雄。亂世功名非所好，獨于風雅有深造。虞山蒙叟君所師，歷下瑯琊何足道。

吴興贈嚴修人進士 以下丁未年作。

前歲我來苕霅間，與君杯酒時往還。不知君有贈我序，古義高深莫可攀。今歲重來舊游處，劉生出此延吾譽。問君何以不見投，君言文成客已去。詩文妙處惟一真，真之至者能通神。俗眼塵昏那解此，但誇藻繢爲鮮新。老夫攻詩四十載，堅持此説終不改。世人疑信何足憑，千秋自有賞音在。誰知吾世便逢君，不待求請舒鴻文。既非勢利相要結，便是交情無此慇。良由肺腑有深契，感此龍鍾淚沾袂。因君遂想異代賢，豈無知己如君輩。詩篇

而外古文詞，茅公鹿門我所師。鹿門之後君繼起，菰城長有雙瓊枝。老夫苦吟同敝帚，何幸附君名不朽。開篋還傾所著書，更乞片言垂永久。

訪李望之山人兼懷王徵宣孝廉

梅華千樹沈家園，欲開未開香氣繁。李生借此作書屋，早春似卧羅浮村。我來相訪孟陬月，東風晴暖花初發。知君垂橐無酒錢，待客擕尊坐林樾。王郎咫尺吟興多，歲杪驅車北渡河。尚有良朋費張葉，幾時花下一婆娑。

贈劉民長茂才

老夫好友宣城多，强半下世今如何？獨有臨江使君在，同心離居亦可慨。今歲偶游苕水東，與爾邂逅菰蒲中。爾才甚高年甚少，出篋詩文並佳妙。不嫌老馬猶問津，此意瀠洄更絶人。他時努力爲詞伯，莫忘吴興同作客。

老蕩子失意行爲漢陽李雲田作

八年不見漢川老，今日相逢秋浦道。其容蕉萃齒凋零，卻有詩篇字字好。君詩古健霜柯

撑，獨於閨閣多柔情。牀頭一册更珍異，乃老蕩子失意行。誰其作者龔司馬，麗藻妍詞妙天下。吴詹事與曹侍郎，亦復魚魚而雅雅。從此繼作皆豪賢，長歌短詠何紛然。李生大笑向予説，此册待君將十年。夙聞君有竇鐙氏，蕙質蘭心稱女士。豈甘通德伴伶玄，誤學文君歸犬子。斯人才色斯世無，寒酸攫得分已踰。便應琴瑟長相守，安忍舟航又在途。飢驅出門猶可恕，再娶茂陵天所惡。莫怪閨人含怒嗔，尚冀狂夫當悔悟。那知野性同飛花，南北飄摇不憶家。曾游燕塞迷倡女，又向蘇臺買俊娃。黄金用盡轉多累，雖云得意終失意。所以名爲老蕩子，蕩子伶仃何足異。獨憐思婦守空房，春日遲遲秋夜長。吟成紈扇先垂淚，寄到雙魚每斷腸。羣公題贈詩非一，大約勸君歸去疾。人生半百成老翁，愚夫亦解謀家室。何况君家有異人，合師梁孟敬如賓。餔糜啜茗天然樂，絶勝窮途多苦辛。張司業有傷心句：但願在家相對貧，不願天涯金繞身。

泉酒行柬姚六康明府

有客來從惠山南，餉君泉酒三十甔。君于葷腥一切戒，獨不戒酒取微酣。卻訝此間村酟薄，雖有醇醲亦不堪。安得惠泉日在手，其味清冽而旨甘。譬如荔枝出嶺表，梨桃李杏皆懷慚。勸君留此自斟酌，或與詩友供妍談。月明之夜入清署，索飲一斗諒非貪。祇愁渴吻

不能待，先乞三升療我饞。

送盧升卿孝廉兼壽其母太夫人

仲夏偶來陵陽城，恰逢東莞盧升卿。升卿文章冠嶺海，十年前已聞高名。山城一見歡如故，且喜爲鄰豁上寓。誦君新詠濯冰壺，贈我奇文同寶璐。何事匆匆促駕歸，自言累夜夢親闈。八歲孤兒承母訓，兒將五十尚依依。母氏修齡八十一，人間景福應無匹。君猶祈壽九華山，孝子存心惟愛日。屈指中秋才到家，堂前蘭桂正開花。三牲五鼎尋常事，菽水承歡樂未涯。

劉輿父挽歌

崇禎癸酉秋浦行，始交嶧桐劉先生。先生長我十五歲，猥蒙折節稱弟兄。是時君年已二十，少予兩歲才挺立。卻因親故自貶損，往往見推如弗及。從此游君父子間，紵衣縞帶時往還。忽逢世變峽川隱，龍蟄鴻飛莫可攀。仍愁雲壑難安卧，强君出試爲免禍。辛丑相逢鄱渚邊，中夜談心淚交墮。壬寅捧檄之都門，仰首故宫聲暗吞。壯游不憚居庸遠，歸路還瞻岱嶽尊。乙巳維舟石城外，遣使相邀聊一會。見君半體患風淫，藥餌無資飯粗糲。感懷

爲送一篇詩，勸爾殘年理鈞絲。那知一病遂不起，屬纊正當炎暑時。去秋聞訃生芻闕，直到于今棹始發。乍逢令嗣觸哀情，欲哭荒郊待涼月。吁嗟乎！人生壽命無百年，惟有文章節義千古傳。君家父子名不朽，況復兒孫才且賢。

吴山賓見贈八分歌賦此答之

今人字學總茫昧，分隸二體亦不明。既以八分誤爲隸，因而稱隸爲真行。秦觀洪适且如此，餘子瑣瑣安足争。八分者何兼篆隸，篆取六分隸取二。漢碑瘦硬能通神，唐碑肥軟少古意。前人學者多唐碑，漢碑寥寥不易致。我愛八分曾究心，手摹四碑於孔林。韓敕乙瑛書最妙，史晨孔宙亦可欽。其一曹全購自陝，五帖不啻千黄金。攜歸草堂日展翫，誦讀之餘聊染翰。臨池僅得其形似，精微尚恐隔河漢。獨惜世人知者稀，每將良平比絳灌。今歲偶來秋浦城，故交喜見吴先生。先生腹笥破萬卷，字學尤詳剖析精。見我八分謬稱賞，長歌投贈情非輕。歷序先朝諸舊德，朗如列眉人罕識。大小二篆生八分，自慚書篆腕無力。丞相中郎法並傳，從兹願以君爲式。

題吴平露所藏倪雲林畫 以下戊申年作。

人愛雲林畫，我愛雲林詩。其詩沖淡有真味，其人高潔良可思。吴郎好古生來癖，珍藏此幅同圭璧。每逢嘉客索題句，焚香相對供朝夕。客有持卷裝潢齊，爲言松雪畫且題。吴郎掉頭不肯顧，百趙焉能望一倪。

送王晅文學博之官京口

潤州城西天下無，三山奇絶如蓬壺。城南諸刹亦靈異，碧澗青峰總畫圖。我游江淮間已老，諸郡無如潤州好。眷兹山水每流連，況有詩朋共幽討。爲客猶喜官如何，守令糾紛俗務多。廣文先生最閑暇，隨時可以尋煙蘿。王君夙昔耽風雅，此地爲言更蕭灑。羣山次第歸品題，他日停舟問杯斝。

胡母節壽詩

世變節義如輕塵，男子猶然況婦人。母能秉操植遺腹，子爲家寶孫國珍。設令斯人是男子，託孤寄命何足齒。古來伊周稱大臣，稽其勳績不過此。今年八十壽且康，善頌善禱人

滿堂。有客歌詩立堂下，將以風世讀書者。

送黎愧曾之任永新兼寄青原長老

靈山七十有二峰，望中朵朵青芙蓉。聞君佐郡官此地，曾上靈巖歷幾重。今年量移吉州去，先問秋山在何處。其峰亦有七十二，白雲朝夕來琴署。兩山作吏意如何，自是君身仙骨多。青原古刹相鄰近，高興還期訪薜蘿。黎以廣信司理改補永新令，廣信有靈山七十二峰，永新亦有秋山七十二峰，故云。

送沈方鄴遊惠州

三年前欲之嶺海，萬事糾紛期屢改。今秋始附贛州船，上客言尋海豐宰。海豐宰是君婦翁，厚贈不與朋儕同。歲晚看山遍南越，開春趨駕還江東。江東山水宛陵好，谿上梅花雜芳草。祇應高卧讀羣書，安用艱辛涉遠道。況今天地災異多，將來身世知如何。陸賈千金裝不易，丁寧歸路慎風波。

爲姚寒玉六十壽

我聞秋澗姚先生，當年南國垂大名。文采風流未銷歇，曾孫寒玉嗣英聲。寒玉才如不羈馬，詩情酒態狂而野。有時噴發胸中奇，千樹梅花任揮灑。大者合抱小折枝，風晴雪月無不宜。更出新意采真瓣，點綴筆端奇復奇。曾爲我題四壬子，鍾山花蕊供驅使。又爲我塗草堂壁，根柯宛在空山裏。乃祖秋澗雖云豪，厥孫寒玉才更高。一生盛世一亂世，顯晦窮通隨所遭。今秋六十介眉壽，芳徑提壺皆我友。莫嗟貧賤百年身，翰墨流傳已不朽。

喜白孟新錢季水見過小飲作歌

三十年前客舊京，僦居石橋近雞鳴。是時朝夕往還者，白生錢生及余生。數子才華皆絕世，反手青雲能自致。豈知陵谷遽遷移，相期簪組渾閑事。錢余蚤歲擲儒冠，與我同心終考槃。白家兄弟有老母，禄養未敢輕微官。小白公車入京雒，傳食諸侯賤藜藿。大白尚困諸生間，每逢舊友悲離索。回憶當時俱少年，如今霜雪已盈顛。所居南北又修阻，累歲不得同栖棬。草堂十月朔風冷，獨立寒塘看波影。二子偶從谿上來，急取村醪話蓬梗。一瓶未罄童催歸，相送河橋雨溼衣。幾時再約余生至，竟日深談願不違。

桃花潭短歌

桃花潭中春水深，桃花潭上春雲陰。雲陰不見古人面，水深曾照古人心。如何李白汪倫後，雲水荒涼直至今！

重至石埭訪姚六康明府

去年長夏之秋浦，取道陵陽過重五。是時賓客盛如雲，私念主人酬酢苦。君聞我到轉開顏，詩酒流連日不閑。昔人所貴謝仁祖，豈在區區升斗間。今年又涉新安道，路出長林踐霜草。漫勞投轄滯遊蹤，但乞輿夫向晴昊。官舍蕭蕭退食時，相期杯酒話離思。文人作吏先風雅，剞劂無忘杜彦之。杜荀鶴字彦之，石埭人，六康許重刻其集。

三月三日邀孫魯山侍郎飲李笠翁園即事作歌 以下己酉年作。

老我卜居近秦淮，性情戇直無與偕。終日攤書閉門坐，等閑不涉淮水涯。今歲春光已過半，海棠木筆俱零亂。眼底何曾見一花，鏡中白髮空嗟歎。我友孫公渡江來，特地扣門門始開。爲言老興須鼓舞，不應枯寂同寒灰。因問園亭誰氏好，城南李生富詞藻。其家小園

有幽趣，纍石爲山種香草。兩三秦女善吴音，又善吹簫與弄琴。曼聲細曲腸堪斷，急管繁絃亦賞心。公聞我言意超忽，便欲相攜訪林樾。來朝修禊是佳辰，我爲沽酒供肴核。是日恰逢天氣晴，羣花雖落猶滋榮。莫嗟芳樹紅英少，且聽紗窗黄鳥鳴。始似雛鶯出山谷，漸覺悲風振林木。南詞北調各有情，四坐悄然重舉燭。孫公此際朱顔酡，謂我人生能幾何！莫因衰白風情減，更欲看花與聽歌。

送鄧木上赴北雍

去年花時君召客，芍藥闌邊浮大白。今年花時客送君，牡丹亭畔惜離羣。君今驅馬燕臺去，金門蚤獻長楊賦。我亦扁舟吴苑行，白髮飄零光景暮。九月秋高聞好音，且偕師弟返園林。東籬黄菊應無數，重把香醪細細斟。

送吴平露黔遊

南中正苦良朋少，山陰吴郎交最好。不分昏旦輒過從，各有詩篇共探討。花時把酒興悠悠，底事依人作遠遊。黔陽道路六千里，遄歸亦已經三秋。知君遊策不辭遠，曾去粤東西復返。主賓膠漆詎能離，歲月峥嶸猶未晚。年來詩律已清新，更欲精研似古人。歸時買宅

秦淮畔，期與盦山長結鄰。

王雲從招飲大觀樓感舊有作

君年三十與我友，又三十年重握手。世間好友多別離，未有似君離別久。君才瑰瑋本天人，屈指當爲社稷臣。豈知困頓老場屋，一官小就江之濱。我來訪君類宫裏，形容憔悴非昔比。歷數交游各死亡，爾我尚存差可喜。來朝置酒大觀樓，開窗四望延新秋。忽聞哭聲慘不樂，知君伉儷情綢繆。伉儷情深那忍別，招魂況近中元節。願留老淚養餘齡，莫使眼枯空見血。

横江短歌

去年十月來横江，柿葉楓林猶未脱。今年十月來横江，白草黄茅氣蕭索。天時暄冷何太殊，亦覺人情分厚薄。人情厚薄何足怪，仰面干人吾自錯。莫愁風浪峭帆行，歸卧金陵瓦官閣。

梁爾礪母夫人五十 母即吾友與治女也。

梅花正放羅壽杯，身亦寒盡逢煥回。訓迪遺孤盛文藻，且看孫子成驚才。母也始無忝厥祖，備歷艱辛詎言苦。我友顧叟老詩人，自稱奇女迺即姆。顧叟早歲悲斷絃，有女事父甘旨全。匪特紅餘嫺女史，父詩滚滚能誦焉。貞風既向詩中得，兩家賴母盡生色。惟其素不慕浮榮，自召三旌爲表德。

余去母家僅咫尺，羣紀論交共晨夕。棇識節操凜冰霜，真使鬚眉愧巾幗。

岳山續集後編 卷三

五言今體

送張眉令歸永城

青溪有水閣，亂後與人居。欲售今無主，爲時昔不如。新秋思故國，逆旅剩殘書。漪上田園好，君歸且荷鋤。

清江訪徐月鹿水部

曾有西陵約，來時歲已更。荷君猶解佩，歸客正逢兵。彈指三年別，懷人百感生。那知公路浦，又傍使星明。

舍弟辭家久，相依官舍中。稱詩歸藻鑑，把酒慰飄蓬。老我仍狂態，因君多古風。寒花傲

霜雪，不與衆芳同。

贈嚴水子胡雪漁

歷下交游少，客中愁思多。何期逢二妙，無日不相過。釀酒惟秔米，北方造酒皆黍，雪漁家獨以秫。烹泉得茗柯。醉醒醒復醉，夜夜共婆娑。

嚴老丹青聖，胡郎篆隸工。勝情俱不朽，逸興況能同。踏雪舜祠外，觀魚濼水中。殊方有知己，且勿歎途窮。

贈魏竟甫使君

君去川南日，人皆惜遠離。淵懷獨恬曠，棧道失艱危。竟展文翁化，争傳幼婦詞。三年果遷擢，又得奉光儀。

猶記彭城署，西偏馴鶴亭。逶階芳草碧，當户遠山青。退食開書卷，閑吟倒酒缾。九皋相唱和，父子並仙靈。

河上黄樓廢，巍然復舊觀。濁流無泛溢，山郭獲平安。古賦二蘇在，新碑萬姓看。鄒生曾授簡，功蹟表城端。

孟夏聞君信，懸知八月來。灤源頻悵望，珂里卻徘徊。雪後驅車至，樽前笑口開。明朝吾欲別，那得久追陪。

初度 以下癸卯年作。

五十又加二，頹然成老翁。髮因愁半白，顏借酒微紅。米帛新年少，畊桑舊業空。生來骨相薄，不獨坐詩窮。

沈方鄴同王山史杜蒼略黄俞邰諸子集報恩寺分韻兼送其歸宛

去家三百里，除夕不曾歸。君意翛然得，世人知者稀。寓移城外寺，客滿竹間扉。春甕多名酒，流連至落暉。

節候近寒食，能無上冢思。買書從白下，挂席過黄池。好友難爲別，輕杯且暫持。高秋重命駕，拚醉桂花時。

題畫爲田雪崖司理壽

自公來白下，甘雨被郊圻。雞犬晝長静，牛羊夜不歸。遠山青歷歷，新柳緑依依。況有吹

笙客，閑時一款扉。謂山史。

丹徒曉發與吴襄宗同舟

京口又開船，船人報好天。潮生穀雨後，風緊麥秋前。爲客何時了，論交此地偏。且聽吴季子，興廢話當年。

武進訪岳聲國有贈

城南新卜宅，密竹隱花關。三徑草長緑，雙親鬢未斑。鼎烹猶待仕，杯水且怡顔。況復神仙侣，晨昏足往還。

常熟訪錢遵王雨中留飲

高齋宜聽雨，不必待嘉招。梧柳落空翠，軒楹排古窑。試茶塵壒洗，勸酒旅愁消。似坐千峰麓，寧惟遠市囂。

君家東磵老，屢日共婆娑。牧齋先生自號東磵老人。羣從有才子，新詩亦和歌。祇應長聚此，無奈欲歸何。既醉猶餘酒，來朝許再過。

毗陵遇潘蜀藻一宿而别

思君頻入夢，此地忽相逢。艤棹沽村酒，挑鐙聽梵鐘。青溪有三徑，明月待孤筇。何處居停好，惟應定鷲峰。

老覺

老覺光陰速，偏于夏日長。平明先冀晚，向晦不生涼。看曆喜秋近，聞車憂歲荒。幾時霖雨降，甘澤沛池塘。

白下

白下知交少，貧居況又偏。從無問字酒，那有作碑錢。生計仰爲客，詩人與作緣。經營惟一飽，蕭灑送餘年。

猛雨

猛雨驅殘暑，涼風送早秋。閉門猶謝客，乘興獨登樓。芳樹葉遲落，平川水漫流。晚來天

氣好，步屧出城游。

雨後

雨後閑無事，溪橋試一憑。夕陽晴始穩，秋水漲偏澄。東圃行看菊，西園又訪僧。暮歸筋力倦，把酒對青燈。

獨坐

獨坐深秋夜，淒涼百感生。夢熊猶未卜，買犢尚無成。缺陷人間事，蒼茫身後名。放懷惟有酒，高詠雜蟲聲。

真州

真州六十里，北去向蕪城。過客憑昏黑，舟人慣夜行。擁衾纔一覺，泊岸甫三更。津路皆如此，何愁風浪驚。

石塔寺懷僧介立

城南石塔寺，曾寓六年前。夙好僧何在？重來客黯然。經房塵暗積，講席月一作字。空縣。獨有江行草，虞山爲爾傳。牧齋先生吾炙集選介立江行草數十首，極推之。

秋　霖

江漲已如此，秋霖更奈何。小園成巨浸，窮巷起層波。旬日居難出，比鄰客不過。祇應與童子，赤脚弄漁蓑。
溪水高于閘，溝塍何處消。千家圩稻熟，一夜浪花飄。雞犬棲無地，魚龍氣甚驕。潮痕纔稍退，雨過又生潮。
買宅清溪上，柴扉喜向南。曾栽數叢竹，又種幾株柑。不意今秋澇，都將衆樹淹音「庵」。惟餘楊柳活，黄葉亦毿毿。
貧家元寂寞，況復雨經旬。縱有缾中粟，應無竈下薪。減餐聊過日，半閣且容身。祇是牆皆倒，重修卻苦人。

十月十九日爲郃陽王幼華初度孫豹人房興公吴賓賢郝羽吉汪舟次咸集其寓予後至因贈二詩

古寺訪詩人，偏逢初度辰。相知何必舊，至樂莫如新。風雅客先集，疏狂意自親。因之借杯酒，爲爾壽千春。

屈指關中友，王郎獨少年。科名方藉甚，風骨更翛然。一見遽相洽，三生或有緣。那堪淮水駛，明日又開船。

自王家營至濟寧雜詠

遠游當歲暮，初意覓舟師。雪冷愁河凍，霜晴策蹇馳。道途因老熟，筋力較前衰。向晚投村店，吟身分外疲。

老人宜晏起，况是苦寒天。此日趁前路，中宵不暇眠。雞鳴星霤下，驢秣土牀邊。蹊徑尚昏黑，征夫已著鞭。

漸入古滕薛，當時亦附庸。卻疑方域小，難稱子男封。岱色望非遠，嶧山歷幾重。路旁盤古廟，欲訪未從容。

贏貝高難御，驝欺小易乘。那知性蹄齧，亦復效奔騰。觸石驟傷脅，墮崖幾折肱。開春理歸櫂，一水至金陵。

癸卯除夕定陶署中寫懷六首並呈正誼明府

野性貪爲客，尋常不憶家。驚心惟令節，對酒亦長嗟。五十人稱艾，風塵鬢已華。明年除夕起，勿復滯天涯。

回思十年内，四歲客中除。淮水棲荒寺，丙申冬，寓淮之放生池。燕山跨蹇驢。丁酉歲杪，都門移寓。蕭灘纔艤櫂，辛丑除夕之日，始抵臨江。菏澤又停車。癸卯十二月初即至陶。似較前番好，言歸總不如。

故人投我轄，官舍頗優游。肉食多麞兔，陶産麞、兔最多。山珍足柿榴。曹州出鏡餅、崗榴。列朝詩覆閲，在署三十日，重閲列朝詩選一遍。六法字冥搜。予著字學蒙求一書，卒業于此。只是訟庭簡，將何具麥舟。

石城雖卜築，終不喜城中。山莫妙雙闕，牛首山名『天闕』。田思買十弓。荷鋤良足樂，饁畝況能同。只在明年定，從兹息轉蓬。

岱廟曾占夢，熊羆在巳年。懸弧應有日，降嶽且由天。壬寅冬，予登岱祈，夢兆在乙巳。婦孺甘蔬

水，香燈禮竺乾。今宵懷抱裹，幼女可人憐。年年當此夕，俯仰獨含悽。老覺憂端少，心知物理齊。忍冬藤不死，盍旦鳥猶啼。瞬息春回轉，東風花滿谿。

月下飲王左車 以下甲辰年作。

維舟當落日，登岸訪幽人。巷僻風塵少，庭寬月色新。舉家修浄業，藏酒待嘉賓。感此流連意，歸時想結鄰。次日，予之吴興。

夜泊毗陵

客路偏逢雨，維舟夜已殘。江城千户閉，野店一燈寒。酒薄沽猶易，愁多掃卻難。昔年偕隱處，重話鼻辛酸。

贈劉爾符明府

何事烏程縣，棲遲十載餘。罷官無長去聲物，樂水且閑居。豈是歸途遠，惟應生計疏。當時諸父老，猶餉米兼魚。

城西鐵佛寺，鄰並有空園。盡室家于此，非僧莫與言。探梅行雪澗，瀹茗訪泉源。卻笑分符者，朝昏俗務繁。夙昔鄙章句，將詩寫性情。三唐無定格，五字果長城。看我吟髭白，逢君老眼明。但閑來共語，知不吝瓷罌。長春宮柳暗，此邑富豪賢。舊識李翁好，新歡劉子偏。高文渠獨絶，芳詠爾尤妍。苕霅雖名勝，難如華嶽蓮。長春宮在陝州朝邑縣，劉即朝邑人，李叔則先生亦同邑，故云。

蟬

僧窗深樹裏，終日有蟬鳴。不似陰蟲語，能爲高詠聲。晚來常靜默，秋至轉凄清。何物螳螂者，偏懷害汝情。

蚊

水鄉多白鳥，欺我紵帷穿。自解乘虛入，何曾待客眠。扇驅還聚集，衾覆亦鑽研。惟有火攻法，雖慈不汝憐。

長興道中

殘暑亦何酷，溪行晝不能。晚天呼小艇，昏黑泝長興。信有空囊澀，知無暴客乘。惱人惟一事，白鳥太侵陵。

吴江訪顧茂倫即别

秋水魚梁路，孤舟柳外維。欲尋窮巷去，夙與故人期。會面何匆遽，消魂是别離。安能似京口，杖履日相隨。

京口道中

江行秋色好，風浪卻愁予。不敢催蘭櫂，從兹税笋輿。平安登岸後，歡喜到家初。童僕將行李，扁舟穩自如。

過鍾山下

鍾山千萬樹，底事一朝無。斬伐霜根盡，淒涼玉殿孤。何人薦蘋藻，牧馬任兵徒。猶有遺

黎在，吞聲泣向隅。

八月十二日自若歸

在家思作客，作客又思家。去日黄梅雨，歸時紅蓼花。細君藏臘酒，嬌女進秋瓜。夜夜高樓上，團圓看月華。

偶集成語二句爲門聯曰真作野人居請迴俗士駕復係以詩

茅舍鷲峰北，柴門烏巷西。栽花數十本，種菜兩三畦。山月迎窗出，江雲入户低。誰知城市裏，吾自有幽棲。

鄙性好交結，往來人亦多。卻無俗士駕，曾向小園過。三徑堆黄葉，雙溪冷白波。祇應風雅客，相見共婆娑。

李閬翁寓市隱園招同黄子威陳俞公小集

名園久寂寞，今日始聞歌。一老池邊立，羣公雨後過。秋花臨水艷，古樹閲人多。屈指金陵勝，無如此澗阿。

九日周雪客招飲觀劇

九日渾無賴，三年不在家。南州使君署，辛丑游南昌，周伯衡招飲。東省故人衙。壬寅游濟南，李溉林招飲。又作蕪城客，癸卯游揚州，王貽上招飲。誰看籬落花。今秋才返舍，采掇復何嗟。正擬登山去，周郎復見招。歡娱過此節，歌管遂終宵。閑卻籬邊菊，空餘花下瓢。老妻私歎息，寂寞又今朝。

雪後偕杜湘草宿烏龍潭即事四首

淒清潭上路，不到十餘年。恨我移居遠，輸君發興偏。欲探山水窟，忘卻雪霜天。小蹇衝泥濘，新晴意豁然。

龍潭絶勝地，别墅有丁何。菡生、德坤。疇昔往來熟，如今感歎多。圖書皆散失，樓閣亦消磨。落落幾家在，詞人無復過。

唐翁七十二，宜之。奉佛起高樓。一自幡幢去，空餘菡萏秋。屠沽紛入室，唐佛閣今爲屠兒所據。鄰里亦生愁。況爾傳經者，湘草爲唐門卜士。裴回涕泗流。

韓子曾居此，聖秋。徐生亦寓兹。道潔。我來常信宿，世變各分離。奄忽歸黄土，衰殘剩白

髭。還將數行淚，一灑舊荷池。

歲暮哭友

數年以來，亡友日多，然未有若今歲之甚者。殘冬蕭瑟，感念殊深，人哭一首。

錢牧齋宗伯

八十三齡叟，何勞淚滿襟。獨憐投分晚，頗覺受知深。筆札猶盈笥，聲詩最賞音。許爲吾集序，醖釀轉浮湛。先生云：『應酬之文，俄頃可就。若序君集，必醖釀半年始成。』今已矣！

康小范孝廉

金陵流寓好，一旦別予歸。博物能知命，還山且息機。小范精于五星，自言今歲有災，故急歸里。凶星終不免，稚子欲何依。只有經生業，年年鬩禮闈。屢科會試卷俱擬元，以小疵輒罷。

胡彥遠高士

詩文既蒼秀，書法更無倫。曾爲予題册，藏之果異珍。素槭春尚寄，良友意偏親。物化同

尸解，前知易簀晨。彦遠病中預知死期，是日邀山中舊衲及諸親友談笑而别。

范麇生太學

富而好禮者，宣聖以爲難。之子真豪俠，揮金若羽翰。盛年誰料死，逆旅更淒寒。執友踰千里，驚聞摧肺肝。

鄭掌和太學

若翁蒙難後，門户費撑持。老不善生息，貧翻甚昔時。才華雖有異，口過亦難辭。近日江南北，争傳戲謔詩。

笠山師枉駕草堂奉贈二首 以下乙巳年作。

結制依香刹，三冬獨閉門。蚤春纔一出，徐步向孤村。義學吾無解，詩篇且共論。荒厨有蔬筍，隨意撰盤飧。

鄙性不諧俗，偏多物外交。况師同里閈，特地訪衡茅。日暮難留客，春晴再出郊。萬松庵最好，欲借一枝巢。

靜鑑上人招同文及先湯喦夫龔半千王左車安節諸子爲謝公墩之游淹留竟日賦此

寒食家家雨，登山期屢更。春晴纔一往，詩侶況同行。入室蘭英馥，充庖菌味清。先鐘發深省，怳惚記前生。主人真静者，書畫亦通禪。葺屋藏丘壑，爲屏學水田。昔賢遺墨聚，我輩賞心偏。白壁争留句，他時賴爾傳。謝傅圍棋處，嘉名今尚稱。古松誰翦伐，新冢忽憑陵。世事都如此，山阿慨不勝。獨疑煙樹裏，猶有六朝僧。大雅久零落，良朋甚寂寥。惟餘數人在，又惜所居遥。雅集歸蘭若，春光遍柳條。莫愁湖上月，重訂不須招。

王左車四十初度

壽母神明王，佳兒著作新。君年方不惑，奇福果無倫。夙世應禪客，全家悟佛因。何須慕鐘鼎，葵菽自千春。左車母夫人年七十餘，長子安節詩畫並妙，舉家胎齋，亦奇事也。

初度懶迎客，先期去蔣山。欲將功德水，一浣道人顔。禮塔欽真覺，餐芝抵大還。獨憐弓劍地，絶頂未能攀。是日，左車避客靈谷寺，寺有八功德水、寶誌公塔，誌公封真覺禪師。我亦思靈谷，山門不見松。今朝君在此，介壽合相從。興阻谿邊雨，心馳雲外峰。天晴仍出郭，徐步躡芳蹤。

午日泛舟

喧喧桃葉渡，鐙舫聚其間。城闕分今古，笙歌尚往還。少年誰解恨，故老獨悽顔。把酒不成醉，停杯望蔣山。

哭葉御濤廣文

獻歲華陽去，歸時必造予。暫離猶不舍，永别意何如！官小同雲水，兒才大里閭。獨憐詞賦手，著作未成書。

寶華山訪見月師

亂山回合處，中有律師存。授戒不期悟，勤修豈待言。先朝銅作殿，終古法爲門。古刹多

荒落，惟茲報佛恩。

揚州訪孫豹人汪舟次即飲舟次宅令兄左巖季用續至

相逢那忍別，有酒不須賒。江關纔繫艇，先訪故人家。董子祠邊柳，（豹人居柳巷，鄰董相祠。）園公巷裏花。（舟次居花園巷。）坐待炎曦匿，歸林數暮鴉。

雨夜同豹人宿舟次館

重陰覆庭院，終日閉煙蘿。不許纖塵入，惟聞二仲過。弟兄風雅並，山水唱酬多。雨後期同載，芳洲采芰荷。

連朝頻接席，今夜復同牀。雨漬琴書潤，風生枕簟涼。肥軀妨並寢，鉅息撼鄰牆。曉起窺明鏡，先秋鬢已霜。

期劉藜先游蔣山

十載鍾山下，山陵恨未登。白頭宮監在，碧瓦護持能。聞爾舊相識，吾徒得所憑。秋晴期一往，策蹇意飛騰。

夙有尋山癖，其如儔侶無。劉生爲我導，王子亦同驅。石上冬青樹，門前白項烏。豫知登眺日，懷袖欲沾濡。

吴平露四十初度

昔出盧龍塞，逢君旅舍中。言詩懷抱合，把酒詠歌同。浪跡隨牛馬，離情闕雁鴻。誰知七年後，重晤冶城東。

居停亦未遠，晨夕得相過。問法尋山寺，探泉入澗阿。交唯詞客好，錢付酒家多。況是稱觴日，歡呼更若何。

君才似鸞鶴，六翮久應飛。豈謂登强仕，猶然困布衣。簪纓今不重，瓢笠未全非。吾慕嚴陵老，滄江且釣磯。

獻歲將歸去，山陰道上行。萱庭既愉悦，蘭砌復崢嶸。即此已遐福，還期著大名。慚予過半百，詩外一無成。

歲暮哭友五首 附哭弟一首。

林茂之國老

昔際休明代，今逢喪亂年。天生真處士，人望若神仙。好我情何篤，臨終語可憐。遺詩將萬首，精選自應傳。

梁公狄兵部

射陽流寓久，家世本燕畿。感憤緣何事，蹉跎竟不歸。褊心成痼疾，直道是危機。猶記淮南夜，相持淚滿衣。

陳士業徵君

去冬君物故，今夏始聞知。相去路千里，無由寄一詞。高樓長在念，上壽復何悲。獨惜古文手，西江繼者誰？

梅杓司隱君

多病緣多慾，吾嘗爲爾箴。君言生此日，速死是初心。向子識誠卓，陶公恨轉深。響山遺集在，終古有知音。

陳簡菴貢士

相思踰廿載，濟上始相逢。負俗吾同調，工書人所宗。近來多橫逆，老去不從容。撒手辭塵世，青天騎白龍。

從弟退谷文學

同堂兄弟九，爾我最情親。野性不諧俗，詩才果絶塵。盛年名始大，逆旅死何因。痛殺黄河畔，同牀話到晨。

王涓來侍講書至 以下丙午年作。

正欲寄君書，君書忽寄予。平生一知己，契闊九年餘。大海萍難遇，寒江棹又虚。重尋期

楚澤，或恐是冬初。

吴超士見訪同至雨花臺小飲而別

三十年前友，暌違二十年。江城重見訪，涕淚各潸然。老景貧相似，靈巖隱獨偏。看君鬚鬢黑，絶勝我華顛。

愁殺新正雨，忻逢晦日晴。故人何忍别，攜手一同行。出郭沽春酒，登臺望帝京。河山增百感，豈直爲離情。

燕子磯阻風

早春多雨雪，二月始微晴。及此扁舟去，仍無百里程。雲垂江岸黑，風起客心驚。野泊依漁港，磯頭不可行。

少年輕遠涉，全不畏風波。老大方知慎，艱危歷已多。從人笑迂闊，曷敢恨蹉跎。杖策登山頂，臨風一浩歌。

同諸君游竹林寺歸至鶴林寺飲米元章墓柏下

夾山餘古刹，三徑是新開。騎馬入空翠，登樓絶點埃。故人將遠別，歸路且遲徊。海嶽今何在，墳前酹一杯。

題華龍眉新居

春草名堂久，今春堂始真。華舊刻春草堂詩。地偏疑澗户，客到總詩人。投轄元多酒，張筵不似貧。秋山桂花發，先報白頭親。

羅公倬招同長益豹人其年諸子小集有贈

淳安解組後，白首卧江村。羅曾爲淳安令。城市不輕入，交游誰與言。沖懷慕詞客，設酒借鄰軒。此意真風雅，何辭步履煩。

二月訪君寓，牀頭傾一瓢。鶯花過寒食，魚筍又嘉招。滿眼皆兵革，回心向寂寥。將無任處士，假託避徵軺。羅病後遂致青盲，故云。

將去潤州別孫豹人

二月來京口，行舟未擬停。逢君高興發，踏遍衆山青。忽忽春將暮，蕭蕭鬢已星。無何又分手，身世總浮萍。

夏寒

朱夏寒如此，皆云時令愆。老夫仍衣袷，布被復裝棉。前苦亢暘甚，今愁陰雨偏。誰爲龜鑑者，厄在丙丁年。宋人柴望以丙午、丁未爲古今厄運。

雨中

潤州歸未久，又欲去蕪城。長夏偏多雨，經旬不肯晴。水從萍沼漫，魚向槿籬行。莫遣兒童捕，貧家釜自生。

晝寢

老人多好睡，夏日更相宜。飯飽脾應倦，神昏眼自垂。手中書墮地，窗外雨侵肌。信有羲

皇樂，陶公不我欺。

夜步

茅宇夜初静，瓜疇人獨行。雨涼無六月，露濕已三更。寂寞悲身世，迢遥念友生。仰觀箕與斗，天亦尚虚名。

寄壽嚴顥亭母夫人七十

登堂曾拜母，二十四年前。眼見縫衣日，心知剉薦賢。閨門元禮法，煙火亦神仙。豈必兒孫貴，方令彤管傳。

昔從邊塞返，大諫送予詩。念舊亦何篤，徵言曷敢辭？獨憐延頸處，不及介眉時。明歲來湖上，當筵補一卮。

夜集汪舟次齋頭有贈

南村讀書處，萬事不聞喧。因我來江國，入城期晤言。茶瓜香滿室，梧竹影遮園。但覺情人好，焉知暑氣煩。

風帆去江介，省試入南都。雖不藉科目，養親安可無？經綸酬壯志，潤澤及潛夫。三十已遲暮，乘時勿再需。

七夕立秋 時寓水月庵。

夏末苦炎蒸，衰年更不勝。忽逢江岸雨，疑濯玉壺冰。此夕天何曠，方秋氣已澄。香林無所事，茗粥對山僧。

中秋前二日龔孝緒招集稻香樓

江城百戰後，臺榭總凋殘。獨爾建高閣，令人懷古歡。客隨微雨至，衣似暮秋寒。賴有纖纖手，傳杯夜未闌。有妓若西在坐。

中秋日龔公芝麓復集稻香樓

日日醉君家，聽歌與看花。可憐明月夜，卻被片雲遮。移酒出山郭，張鐙就水涯。同舟并仙侶，應不羨浮查。

袁撵菴寓中小飲限韻

君年將大耋，渾不似頹齡。笑語發天籟，歌詞見典型。客中羣彦集，露下一鐙熒。屈指平生友，真同欲曙星。

秦虞桓招同諸公集潭影堂限韻

爛醉螺園後，重來二十秋。死生成契闊，仕宦亦湛浮。許石疏舊有螺園，予與虞桓、燕友痛飲于此，今石疏久没，燕友官銀臺，故云。霏霏池上柳，似欲助人愁。獨爾開芳徑，相逢歎白頭。

板扉深巷裏，世事不曾聞。高樹團秋靄，空庭卷暮雲。尊罍長在眼，耆舊自爲羣。好我頻來此，那堪手又分。

李二則職方招同兄子洞羞廣文夜集

君自越東歸，巢湖隱釣磯。雖無城裏宅，難與故人違。雪酒開秋甕，山厨動夕扉。廿年爲别久，握手尚依依。

羣從强爲官，元非意所歡。持杯懷往事，拊几發長歎。老去同心少，憂來欲語難。今宵無

忌諱，傾倒一鐙殘。

答李述蓮見贈

邗江風雪夜，攜酒送予歸。詩向鐙前出，書從別後稀。年衰重會面，村遠未開扉。豈必勞雞黍，高吟慰渴饑。

巢縣即事

小邑巢湖畔，無關忽有關。捉船官藉口，抽税客淒顔。野艇空留滯，行人斷往還。始知爲政者，絶勝虎斑斑。

和州贈林孝草

蚤歲上公車，猶然茅舍居。對門營小圃，楗户讀羣書。芳徑少來客，沖懷獨昵予。秋窗談古字，杯酒不教虚。

贈馬堯都

輦下匆匆別，重逢踰八年。論交敦古義，把酒話霜天。又欲之燕市，先期過濟川。堯都與從子蛟峰同年。去秋鴻雁影，回首各悽然。舍弟退谷以去秋卒和州。

贈苟與適

君年才半百，有五丈夫兒。福是人間少，家從江上移。層樓供遠眺，朋酒待佳期。卻笑陶徵士，茅檐白髮垂。陶公晚年始生五子，而家又貧，有『白髮被兩鬢』之句。

贈葉crowned仲

論交君最久，三十又三年。水閣青谿上，山窗翠竹邊。昔游無一在，二老尚依然。況有園亭好，霜林合醉眠。

贈林斯遠

寥落江鄉客，黃花何處尋。城西有芳徑，意外得諸林。滿院堆秋色，言詩愜素心。忽忽爲

貰酒，但覺爾情深。

訪楊惺一先生村居

高人棲隱處，其地曰孤洲。訪舊不辭遠，論心無限愁。世情争野馬，吾道狎江鷗。肯借牆東宅，從兹罷遠游。

飲夏又新山莊同李二則孫曼倩

村居不遠城，邀客趁冬晴。孤閣當門迴，千峰入望明。晚田多釀酒，少婦解調羹。只此堪終隱，何爲薊北行。夏方以歲貢入京。

歷陽道中送龔司寇

告假僅三月，歸期已過三。還朝須叱馭，江路勿停驂。台鼎望誠重，林泉味亦甘。倩予謀緑野，當在石城南。

過張于湖讀書處因懷張文昌

古郡求前哲，人知有二張。于湖碑尚在，司業墓全荒。俗眼矜科目，于湖，宋狀元。吾徒頌樂章。文昌樂府最妙。城中多隙地，祠祀曷能忘。

襄城伯李公墓上作

散步西郊外，襄城有舊碑。公侯何足貴，節義始爲奇。死在崇禎日，賢于永樂時。松楸尚無恙，偏惜向南枝。

周侯廟 侯諱虎臣，淮人。宋末爲和令，距兀朮四十萬衆而保其城。謝得輿有文記之，刻于廟。

欲謁周侯廟，先觀謝令文。孤城經血戰，雙碣表奇勳。歲久陴垣壞，秋深葭菼紛。荒殘費修葺，其責在諸君。戴無忝有醵金修廟意，故云。

鎮淮樓

臨去和陽日，方知上此樓。高吟懷太祖，御製文集有鎮淮樓絶句。遠望惜神州。采石當年事，烏

江萬古愁。朔風吹正急，誰作濟川舟。

答曇影上人

古寺近城西，寒鴉日夜啼。此時愁作客，幸與爾同棲。待月常沽酒，看雲或杖藜。那堪吾又別，江草正淒迷。

送李武曾之上谷

匹馬游燕薊，西行更出關。故人官上谷，名嶽禮恒山。弔古多吟興，衝寒恃壯顏。邊城爲客苦，秋盡亦須還。

留別項嵋雪

感君多古誼，留我過殘年。良友誠難別，窮途豈易延。雁鴻謀飲啄，霜雪去湖天。後會知何日，言之意愴然。

天寧寺贈涵蒼上人

寺從前代寓，軒爲老僧題。三十六年後，重來路不迷。緇流公尚健，白髮我含悽。借問當年字，猶懸丈室西。

歲暮哭友五首

潘江如處士

君病卧荒村，三春瘖不言。我來難命駕，詩去已傷魂。霜月聞凶信，淒風哭寢門。平生師友義，痛絶向誰論。

劉輿父貢士

新從燕代返，右臂患風淫。只道體猶壯，那知病已深。受官非得已，抒憤有孤吟。不讀梅根集，誰能諒爾心。

崔正誼户部

昔汎淳湖櫂，逢君結古歡。分金渾不惜，知己最爲難。正擬山濤貴，能祛范叔寒。如何歸冥漠，延望獨悲酸。

余中台兵部

大雪來洛水，欣然贈我袍。中宵共鐙燭，私語發牢騷。諧俗爲王猛，存心實謝翱。可憐松柏志，寂寞委蓬蒿。

盛茂開山人 山人以畫名家，其子伯含、林玉尤妙而早世。

八十五齡叟，闔棺何用悲。所嗟雙玉樹，未及早秋萎。老筆流傳在，高風繼起誰？他年修志者，名與仲交垂。

丁未初度 以下丁未年作。

五十又加六，居然成老翁。身猶無子息，壽已過先公。先司農終于五十五。短鬢何辭白，餘生

不諱窮。祇應勤著述，懷抱古人同。

贈葉伯如

陋巷訪君廬，蕭然一榻書。妻賢猶釀酒，客到每烹魚。自是雲霄器，寧甘巖穴居。江東有故舊，今且曳長裾。

贈李望之

舊寓園亭好，新遷宅舍寬。對門桑滿野，留客韭盈盤。寄託有詩卷，生涯祇釣竿。乘軒非不貴，世路日巑岏。

贈戴季默

季布重然諾，風期海内聞。浮家來霅水，把釣狎鷗羣。蓬梗偏憐我，壺餐每累君。久淹無意緒，歸櫂及春分。

王無異書來卻寄

君去華山陰，三年勞我心。誰傳芳信至，意與春谿深。尚有白門興，重聞黄鳥音。掃花人未老，回首一沾襟。無異在金陵時有所狎，作掃花圖以歸。

石埭道中

谿行三百里，節節是危灘。水急黄河似，山深白晝寒。逆流何足恨，延眺且爲歡。想到陵陽麓，雲峰更好看。

姚六康明府署中同李雲田姜鐵夫夜坐各賦三詩

美人爲政處，秋浦萬山中。種秫家家雨，栽花樹樹風。官閑無訟牒，客到有詩筒。冷署憑來往，深杯話不窮。

誰謂陵陽小，仙人作吏曾。高風未冥漠，之子復撑弘。漢竇子明爲陵陽令，以仙去，即今石埭也。汎愛同慈母，長齋似老僧。俸錢餘幾許，悉以贈來朋。

姜生東海彦，文采動京華。驛路君爲主，琴軒客是家。昔曾窺宛委，今始對茶瓜。笑語渾

忘倦，城西月已斜。

喜姚彦昭至

泲州官舍裏，送爾去江關。忽復五年別，都無一日閑。山城重把臂，市酒且開顔。況有雲田老，朝昏數往還。

寓樓遣懷

谿上千峰雨，樓頭五月寒。欲歸仍未遂，望遠不成歡。賈客乘輕筏，奔流下急湍。倘能隨汝去，三日到長干。

文廟納涼同王名仲、時巽、姚彦昭作。

何處堪逃暑，披襟入頖宫。松根無畏日，蓮葉有香風。禮法聖賢恕，窮酸客子同。解煩宜薄酒，不是爲囊空。

任崧翰寓齋小飲兼懷令弟克家

日日擬相過，無如毒熱何。涼飈生雨後，假館似巖阿。客至盤飧易，情親笑語多。早秋來雁影，佇立望江波。

留別郭昆冶太守

古郡多良牧，包何名最都。公來成鼎足，民誦匪阿諛。問俗求遺老，流光及腐儒。未知前二守，曾有此風無？

夜泊清谿同潘崑生

少年嘗泊此，煙火近千家。亂世遭兵燹，秋江剩蓼花。蟥多蘆盡蝕，賦重額頻加。觸目增新感，同舟客亦嗟。

樅川訪聖羽兄

同學凋零盡，惟君七十餘。白頭仍健飯，清夜亦鈔書。老友長相憶，荒江無定居。勸予歸

隱好，何處有田廬。

維揚曾薄宦，畜酒待嘉賓。好我更分俸，言歸期作鄰。時艱願不遂，吟苦老踰新。十月毗陵去，清谿訪故人。

九月八日同張僧持王左車宿石頭庵贈遠逸上人

爲愛黄花節，先期出郭行。秋山沿路好，谿月半輪明。苕上客初返，僧持方自吳興至。竹間僧有情。相留過寒夜，高枕聽鐘聲。

施愚山枉駕草堂闕于展待因訂尋山之約

荒園來我友，一飯未能留。知爾肥甘厭，翻爲雞黍愁。攝山煙外寺，高座竹間樓。或有前年興，追陪出郭游。

至日

至日長爲客，今冬客始還。那知家室苦，轉覺道途閑。祀祖禮從殺，謀生粒亦艱。深慚袁處士，忍餓閉柴關。

寒食有感 以下戊申年作。

京國重來寓，蹉跎又十年。故山餘吉壤，母氏得新阡。正值禁煙節，難歸上水船。遥知塋兆側，芳草正緜緜。

酬戴其懷學博見訪之作

聞爾官江縣，真成吏隱兼。松風吹講席，花月照書籤。薄禄何須問，閑身且暫淹。只愁豪舉性，渾不耐虀鹽。

前歲來京國，和陽客未還。相思虚命駕，重到喜開顔。草率牀頭酒，晴明郭外山。歸期如尚緩，排日共追攀。

上巳柬王壻安節

何處堪修禊，芳湖西復東。侵晨期命駕，細雨濕花叢。泥滑應難往，尊開誰與同？隔城遥憶汝，亦閉小樓中。

城南罌粟園看花 三首

今年花事少，稍喜鄧家園。倏忽春光盡，何爲愁緒繁。聞知有南圃，力疾去東門。恰恰輕陰好，全無日色暄。

小園方數畝，俱是麗春花。勿謂村莊老，翻憐富貴家。樹陰多設席，客至必擎茶。題詠還須酒，無錢亦可賒。

争誇紅紫艷，誰解白芙蓉。意態神仙立，肌膚冰雪重。與梅同素性，惟藕並高蹤。莫道栽培易，涵濡秋復冬。

喜徐仲光雨中見過因留宿各賦一詩

還山五六載，又復向陪京。知己逢苗令，藏書賴梓成。新城令苗蕃爲仲光刻文集六卷。青谿尋舊友，白髮話前生。猶記瞿公語，楞枷石慧明。往仲光來金陵，寓三忠祠，其同寓瞿公夢神告曰：『汝欲題像，有南嶽石慧明師在。』僧問慧明爲誰，神曰：『即樓中與汝同住者也。』次日，僧言其夢，予得聞之。

貧居無俗客，一飯不輕留。斗酒期君醉，徒行冒雨愁。衡茅堪下榻，笑語且忘憂。枕畔餘羣籍，三更閱未休。

午日喜周仲宣胡逸菴汪少室見過

不問秦淮渡，寧同楚客吟。懷沙猶有恨，邀笛亦何心。薄酒浮昌歜，荒厨愧釜鬵。三閭遺集在，披豁當登臨。

樓居對雨

冥冥江雨至，汩汩野塘流。密竹涼侵坐，遥山翠入樓。經時愁酷暑，此日似新秋。高枕還思酒，無錢何處求。

友人齋頭看竹

種竹自何日，抽梢已出牆。北風疑作雨，西照亦生涼。江月隨人至，山杯引興長。渾忘在城郭，祇擬對瀟湘。

李笠翁齋頭同王左車雨宿

故人新買宅，忽漫改爲園。纍石巖當户，看山樓在門。客來塵事少，雨過瀑聲喧。今夜那

能別，連牀共笑言。

七夕送徐子能歸吴門

休夏同蕭寺，過從不厭頻。可憐今夜月，偏照白頭人。久客無佳況，將歸守舊貧。安能似牛女，歲歲會河濱。

七月十五夜宿鄧木上齋頭同錢湘靈作

春華開似錦，曾一醉南園。秋月明如鏡，重來卧北軒。窺窗叢竹影，親枕候蟲喧。況復蘭英吐，幽香入夢魂。

同黄仙裳飲周湘芷宅兼懷顧與治先生

旗亭淮水上，曾解杖頭錢。明日又嘉會，涼秋正好天。盤飧無俗客，詩律本前賢。酒隱堂何在，臨風思惘然。

贈邢命石 臨邑邢子願先生之孫也。

太僕書名大，來禽集亦傳。文孫能接武，繪事復争妍。游覽秋江外，居停古渡邊。客窗惟翰墨，揮灑過霜天。

知我閨人病，先貽上黨蔘。結交何必舊，邂逅即同心。秋水平朱檻，涼風吹素襟。衡茅亦不遠，無事日相尋。

次韻黄仙裳見過小飲

貧居人事少，蕭寂類山僧。有客來蓬徑，呼兒摘豆棚。甕餘前夕酒，譚盡小窗鐙。亡友遺言在，重書感慨增。仙裳有孟貞贈詩，命予代書入册。

石埭道中

客行期五日，十日尚遲迴。小艇逢灘淺，長年下水推。亂山多猛虎，激溜似奔雷。艱險明知此，何爲數往來。

遇沈方鄴

送爾嶺南去，秋蘭花正芳。如何仲冬月，尚在古陵陽。百計營資斧，重裘犯雪霜。相逢驚且喜，把酒話偏長。

宏潭遇姚彦昭

聞爾來游此，吾今得與俱。那堪中路側，下馬立斯須。客久裝猶薄，天寒歲欲徂。陵陽有丹溜，歸櫂必沾濡。

石埭遇汪少室即送其還里

汩汩歲將暮，悠悠客未歸。不知誰繾綣，相對各歔欷。爾少才華富，吾衰筋力微。愁看谿上鳥，南北又分飛。

題屈翁山詩集

周南存漢廣，誰謂楚無風？爾祖離騷賦，人言小雅同。本支猶未墜，藝苑復稱雄。千古沅

湘意，今歸五嶺東。

除夕前三日，騷人質此詩。謂予年已老，吟事稍能知。碧海鯨魚力，蘭苕翡翠姿。想君攜嫵婉，驅馬塞垣時。

潤州訪王甓亭學博 以下己酉年作。

廣文兼吏隱，況復得名州。繞郭江山麗，傳經弟子優。官貧無長物，客至有新芻。老友情愈篤，因之兩日留。

喜晤錢馭少高士

二十三年別，重逢似隔生。積懷言不盡，客路又將行。離黍片時事，河山萬古情。君顔猶未老，或可見昇平。

初至梁谿訪顧修遠適周子俶徐原一諸君皆至因留飲至夜爲贈此詩兼

贈令嗣天石

論交三十載，今始上君堂。恰有羣賢在，先聞春酒香。妍談至深夜，痛飲發清狂。意氣渾

如昨，相看鬢已霜。
故人才力健，重註杜陵詩。吐納兼風雅，蒐羅歷歲時。藏書無不有，問字復何之。安得牆東隱，朝昏餉一瓻。
階庭多玉樹，大者更淩雲。自是鵷鸞侶，非同麋鹿羣。詩篇還質我，福澤總輸君。客舍蕭條甚，頻過莫厭勤。

贈吴伯成明府

一水梁谿道，頻年數往還。聞聲思茂宰，延首詠高山。芳草無由合，喬松今始攀。澗泉新汲好，先欲浣塵顔。

丹陽訪吴襄宗同至姜子恂園小飲復回襄宗宅談讌竟日紀以二詩

醉李逢除夕，同君古寺棲。擁爐談韻學，看雪步村畦。客舍聚還散，游蹤東復西。三年勞夢想，及此手重攜。
言尋姜子宅，倒屣至門前。會面始今日，傾心自昔賢。往孟貞、與治亟稱子恂不置。濃陰先設几，高館復開筵。向夕猶難別，提燈送上船。

上河曉發

東吴歸未久，又欲去荆南。身世惟孤艇，琴書共一擔。江寒猶可耐，炎熱最難堪。何日山林裏，巖居結草庵。

同姚開仲夜坐因憶其兄玄長

故人豪傑士，謝世已多年。聞説大兒好，今逢令弟賢。丰姿猶彷彿，意緒亦纏緜。夜坐高林下，青鐙爲黯然。

立秋夜獨酌

炎夏酒長戒，涼秋思一杯。素交無處去，窮巷少人來。露坐依修竹，鄰酤得舊醅。微醺宜卧簟，吟詠復遲迴。

秋浦善慶庵訪孫卧公

寒食來江縣，侵尋及早秋。自耽山水趣，非直稻粱謀。竹院吾相訪，松風客易留。因之具

雞黍，一話十年愁。

攝山絶頂

下方惟見石，不信有柴荆。仄徑盤空上，危峰到頂平。夕陽千嶺秀，春水一江明。愁絶浮雲外，蒼茫舊帝京。

盦山續集後編　卷四

七言今體

寄懷沈眉生徵君 以下壬寅年作。

君去蘭江十幾春，歸來疑是爛柯人。龐公足不履城市，陶令兒皆習隱淪。往事傷心歌黍稷，今秋屈指訪松筠。雖然避客難辭我，我亦淮西老逸民。

宋其武少參枉顧舟中兼送酒資謝之

先公先子同門友，詩酒流連氣誼深。我復與君齊齒髮，才難如命各升沈。昔游燕市曾題句，今泊龍河又惠音。分俸雖微情自篤，結交元不在黃金。

送陳二如鄉貢北上

虔州歸艇泊江灘，老友相逢分外歡。今夜西窗重剪燭，來朝南浦即登鞍。文辭瑰異人爭識，狀貌魁梧亦好看。此去金臺有奇遇，知君定不是微官。

李條侯尊人雙壽

人間怙恃罕雙全，況是同登大耋年。偕隱允爲希世瑞，延齡不藉養生篇。慣邀鄰曲斟春酒，閑看兒孫種水田。安得移家傍吾友，時時地上接真仙。

丘曙戒侍講招飲話舊贈此

歷城聞爾謫瓊州，瘴雨蠻煙天盡頭。祇道微官淹海嶠，那知隔歲返田疇。新詩絶勝緣經險，舊友重過勸乞休。頫仰之間多樂事，垂竿淮浦復何求。

留别徐子星給諫

菰蒲風冷雁初飛，我去長淮君正歸。故舊相逢情自篤，關河有酒願無違。頻年晝省多封

事，此日青山暫息機。野老卜居桃葉渡，平安煩與寄柴扉。

送從孫有懷歸江南

汝向洺州省婦翁，歸船恰與外家同。停橈且醉南池酒，策蹇仍觀闕里風。遂有詩篇超物外，爲將書信寄山中。汪生欲訪幽棲處，到日相攜問桂叢。內姪汪策以與有懷同舟。

登岱不得觀日悵然有作

前年曾上日觀峰，夜半披衣見赤龍。隔歲重來梁父道，罡風先折大夫松。補尋石屋雲徧晦，再躡天門雪已封。可見勝游元不易，必須旬月始從容。

謁魯兩先生祠 一爲孫明復，一爲石守道。石乃孫弟子，故側坐。

霜晨徐步入荒祠，魯兩先生儼在茲。高坐抗顏如講學，斂容侍側爲尊師。白頭纔著春秋論，青史猶傳慶曆詩。卻訝當年何坎壈，豐碑讀罷繫人思。祠中有施愚山碑文。

送兄子竹西歸里

幕府相依十五年，論交誰似此纏緜。雲天高義應難別，烏鳥私情汝自牽。霜月暫須歸子舍，花時又可促征鞭。白頭健飯休多慮，羣從爭推負米賢。竹西爲溉林李先生客凡十五年，今以母老辭歸。

我老移居向白門，山田無以繼饔飧。囊書每赴故人約，刻骨難忘知己恩。謂溉林也。與爾燕齊頻聚首，言歸淮泗各傷魂。餘年安得同巖壑，朝夕婆娑松桂根。

題劉永錫將軍畫册

官舍何當入畫圖，主人情況自高孤。登壇耻作糾桓態，閉户寧爲博雅儒。蕉葉題詩書亦妙，槐陰留客酒頻酤。眼中多少乘軒者，得似劉郎更有無。

贈岳鎮九進士兼懷趙無損

前年曾過汶陽城，特地城南訪趙生。同舍有緣多載酒，思君未見最含情。相逢闕里歡如故，卻望長河凍欲平。僕馬催人容易別，今宵痛飲至雞鳴。

寄懷陳襄雲處士

六年書札不相聞，但遇同鄉必問君。傳説病身羸轉健，算知賢子長能文。高情玩世歸巖壑，浪跡憐予逐水雲。乞寫一枝蘭菊影，草堂朝夕對清芬。

宿遷晚泊

有客南歸遇順風，黄河北岸駐征篷。孤城隱隱寒原外，三户蕭蕭秋水中。獨把閑杯對舟子，憑將往事問漁翁。伍胥項羽今何在，落日長淮望不窮。伍項俱下相人，下相即宿遷也。

送郭鞏之歸山右

何物微官絆此身，六年流滯大江濱。曾經刑獄幾爲鬼，歷盡風波始是人。歸路獨攜黄髮子，倚門猶有白頭親。秋田釀黍堪娱老，莫向燕臺再問津。

贈鄭梅龕

兄弟同心世所難，君家獨有古人歡。卅年養母不分産，兩室生兒無異觀。負米自能炊玉

粒，藏書亦可抵金丹。相期共作牆東隱，慎勿蒼茫憶築壇。鄭方應武舉。

送周元亮使君之任青州

少年出宰古濰城，一劍曾當百萬兵。遂有蘭臺膺帝簡，至今蓬海誦公名。星軺重指穆陵路，畫舸將爲春水行。獨惜山東風景異，憑高望遠不勝情。元亮起家濰令，時山左蹂躪，所望無堅城。

魯國纔歸歲序殘，聞君元旦發江干。尚無薄酒旗亭醉，翻荷嘉招雪夜歡。總爲平生好風雅，不嫌賓客半寒酸。岱宗闕里吾遊慣，只恐瑯邪興未闌。濰被圍久，元亮以一書生乘障親集鏃其身，城得保全，濰人至今稱之。

寄任玉成御史 以下癸卯年作。

舊京人物凋零盡，江北猶餘獬豸冠。肥遯自應藏土室，浮榮未必勝漁竿。梅花詩索山僧和，竹葉杯從野叟乾。卻笑門前來往客，不辭風雪跨征鞍。

贈智劍大師

槁師出世大英雄，麻城梅槁木棄百萬家學道，故云。師與同鄉道亦同。少學兵書三府辟，老歸佛

法萬緣空。蕭蕭白髮秋霜後，黯黯青燈夜雨中。回首江淮渾似夢，圍城屢次建奇功。師曾爲史閣部參軍，屢破賊。

雪後柬從子象山　時寓鷲峰寺。

春雨霏微已不禁，那堪積雪蔽園林。遥知荒寺擁爐客，定學寒蟬抱葉吟。病取杜詩爲藥餌，閑看文册當登臨。來朝挈伴衝泥出，溪上梅花試一尋。

答王無異辛卯見懷四首

十二年前客舊京，曾將嘉句寄山城。尺書無便酬知己，千里相思望月明。昨歲渡江纔會面，開春移寓更多情。旃檀咫尺通桃葉，日日溪邊攜手行。無異往寓僧寮，與予草堂相望，日夕過從。

東園往昔杏千株，樓閣陂塘似畫圖。亂後可憐成廢圃，花時不忍再提壺。尋春且向長干道，縱酒何妨野店沽。正學祠堂堪痛飲，忽瞻遺像又嗟吁。草堂地近東園，曩日杏花最繁，予與無異猶及過賞。

六朝名蹟遍江東，牛首棲霞更不同。遊覽人皆嫌遠道，追攀君欲趁和風。攝山窈窕神仙窟，天闕嵯峨造化功。結伴便應乘興往，暮春臨別復怱怱。相訂有天闕、攝山之游，皆以事阻未果。

玉女頭盆山下居，亭名獨鶴意何如？雲霄衹合仙人馭，石户休勞徵士書。且與蘇耽同避世，豈惟支遁解憐渠。老夫他日遊西嶽，定訪胎禽到爾廬。

送何第五之任廣州兼懷施尚白周計百

東風駘蕩柳條新，君去番禺作逐臣。雖入蠻鄉猶少瘴，況司鹽税未全貧。江干一路山如畫，篷底孤吟句絶塵。想過蕭灘與章貢，憑將尺素報情人。

夜坐

破屋寒燈昏復明，紙窗獨坐到深更。一杯濁酒有妙理，四野荒雞非惡聲。少日功名空自許，老年勳業竟無成。灰心只合歸禪悦，莫向人間歎不平。

潤州訪張季昭陳尊己李木仙諸子

不到京江十五年，江城朋好尚依然。屢經兵火家皆破，盡改鬚眉意可憐。握手但增新涕淚，賞心猶記舊詩篇。山游幸喜爲同伴，僧舍何勞費酒錢。

偕周兼三潘江如吴襄宗皮以立游焦山

丁卯橋邊花正紅，看花日日與君同。天晴便有焦山約，寺古猶餘桂樹叢。龍鼎自周年更遠，鶴銘疑晉字何工。嘉游亦覺江神喜，朝送南風暮北風。

姑蘇道中

平生最愛吴江水，狹港斜橋處處通。漁艇載妻兼載子，草衣禁雨又禁風。湖梢密樹知農屋，林際高旛識梵宫。安得攜家來此隱，時將煙棹入空濛。

登虞山

客居卑溼又塵氛，獨上山椒望海雲。亂草久荒虞仲墓，高松還覆子游墳。土中埋没尋殘碣，石上依稀識舊文。老子祠堂最高曠，流連不覺至斜曛。

别錢牧齋先生

我客虞山暑正煩，十朝九扣先生門。持杯不惜荔枝酒，穿徑如入桃花源。古人命駕輕千

里，烈士酬知重一言。臨別依依更回首，相期冬月再過存。

休　夏

家在青溪古寺東，閉門休夏與僧同。參差水竹不愁暑，爛熳園蔬未覺窮。況有閑書消永日，因之高枕御涼風。一杯冷飲猶嫌熱，繩繫銅缾墜井中。

喜鄰人見訪

園叟溪翁比屋居，葵邊抱甕柳邊漁。顛毛有雪雖衰矣，土銼無煙常晏如。從未開門延俗客，偶然拄杖過吾廬。濁醪粗飯休推卻，仍是君家魚與蔬。

草　堂

草堂何處避炎威，堂背新開兩扇扉。南北氣通風力大，東西樹接日光微。簟紋似水容高枕，鼻息如雷撼薄幃。夢裏忽驚山雨至，晚涼纔著一絺衣。

白屋

白屋三楹覆白茅，青溪一帶似青郊。門前種圃多蔬甲，牆外編籬長竹梢。守拙自無塵事擾，遺榮猶有俗人嘲。鄰翁善數通河洛，筮得山風第六爻。河洛數以人年命符易卦，予得蠱之上九曰：『不事王侯，高尚其事。』

立秋日紀伯紫見訪草堂是年伯紫遷居儀真。

君去真州五月餘，江鄉雖好歎離居。交游已倦惟扃户，父子相依更讀書。舅病關心來故國，雨涼徒步到荒廬。不勝契闊憑杯酒，況是西風落葉初。

送吳不官還六合

君家震澤兩山中，招隱無非桂樹叢。何事往來如社燕，可憐飲啄類江鴻。頻游故國秋多感，間出新詩老更工。自笑幽蓬能斂性，白頭猶未就幽蓬。不官賦『斂性就幽蓬』詩，逢人索和。

喜從子還青少府見訪感舊

筮仕無端去極邊，關西佐郡又三年。程書只是多吟卷，飲水何曾問俸錢。家轉貧于未選日，老仍歸種故山田。等閑不肯游城市，高卧楊灣意迥然。還青官後甚貧窘。楊灣廼還青舊居，今重事南畝也。

羣從誰如爾一心，卻爲姻亞更情深。時危每歎孤生竹，道遠猶分數餅金。此日青溪重命駕，方秋白雪已盈簪。安能二老居鄰接，晨夕披衣共苦吟。

聞張子千捷音有贈

桃葉溪南秋水生，荒園積雨喜初晴。老夫懶問門前事，童子喧傳榜上名。鄉里推君才獨絶，尋常好我意非輕。若令天路皆如此，無復崎嶇歎不平。

與紀伯紫同舟至儀真而別

詩成愛與爾商量，所恨離居各一方。何幸秋江同道路，不嫌寒雨滯舟航。連宵始盡篋中集，明日重登君子堂。無奈真州又分手，淮南煙樹鬱相望。

揚州九日同王貽上司理登蜀岡觀音閣 即迷樓故址。

蕪城西北有高丘，當日繁華逐水流。月下游魂來煬帝，冢邊衰草失迷樓。山川祇是僧長在，風雨何曾客不愁。恰喜新晴逢令節，憑闌一望思悠悠。

送黄心甫游青州兼懷周元亮使君

何事殘秋客廣陵，與君同寓意飛騰。連朝赴飲鳴雙屐，每夜攤書閃一燈。白髮雖多身轉健，青州獨往興堪乘。侍郎亦有山東約，我欲相從恨未能。

從兄坦菴先生招飲寓齋看菊率成二首

白髮新從紫塞還，淮南處處是家山。高秋濟水先停櫂，長夏蕪城又掩關。自有真詩娱老眼，不須多酒破愁顔。此邦雖好兒孫遠，歸去青溪明月灣。兄客邗溝，而子姪皆家白門，故欲其歸也。

猶記霜天入舊都，時時酒脯慰窮途。榆關一去腸堪斷，棣蕚相望眼欲枯。舟泊黄河驚會面，盆移白菊喜提壺。從來小謝論詩合，爲我重題壬子圖。予與陶、杜、白三公皆壬子生，有四壬

子圖。

白母八十壽詩 孟新、仲調之母也。

二十年前客舊京，與君兄弟定平生。登堂曾拜茅容母，剉薦能成陶侃名。佛閣誦經持殺戒，孫窗拄杖聽書聲。世人不識滄桑理，獨有麻姑眼最明。

漫興

半世飄零東復西，白頭歸隱舊青谿。功名盡付一杯酒，禄命仍餘百甕齏。饞不能齋惟戒殺，客無可饌又烹雞。時時勸我中厨婦，何必盤餐定整齊。

與吴賓賢同宿汪舟次齋頭有贈

秋窗曾讀陋軒詩，海岸遥憐冰雪姿。趙壹頗爲鄉里笑，虞翻猶有一人知。今宵同夢何其愜，明日離羣重所思。肺病三年無藥餌，苦吟切忌苦寒時。

章縫村夜宿

又去南池向兖西，路經嘉鉅夕陽低。章縫自覺村名古，稼圃當爲儒者棲。逆旅雖荒聊繫馬，勞人方寢便聞雞。來朝想見陶丘宰，索飲先拚醉似泥。

贈韓五仲連 前太史芹城先生之弟也。

家難如君不忍陳，江鄉何處可垂綸。欲游洱海艱資斧，先向陶丘訪故人。官舍相逢霜氣冷，旅愁又見歲華新。天南萬里終嫌遠，酒島詩崖且卜鄰。酒島、詩崖在潛山，韓有親舊方官此。

初度有感 定陶馬正誼署中令嗣愚公、孜公同飲。以下甲辰年作。

竹馬嬉游如昨日，俄驚五十又三年。井泉不食吾無恨，滄海横流劇可憐。東魯近來頻作客，南都歸去始求田。家人此日遥相憶，知在風塵何處邊。

臨卭待客情雖厚，司馬干人願未諧。開歲尚期之兖濼，歸心無夜不秦淮。也知學稼山山稔，争奈謀生事事乖。况對崔㥄好兒子，當筵尤愴侍中懷。李侍中神儁云：『昨見崔㥄兒瞻，遂爲後來第一。我獨無此，令人傷懷。』

得馬壻永公書

片札傳來自蚤春，勸予歸隱意何真。祇緣牛首買山計，敢惜馬蹄行路頻。乞食且從謝仁祖，起廬還待卻嘉賓。今秋倘遂田居願，誓不出門干謁人。

送孔士崇之任宣平

黃河南岸雪初融，君渡黃河便不同。一路山川如畫裏，三春花鳥在舟中。蠻鄉祇合彈琴治，家法仍傳平準風。我有故人方佐郡，憑將尺素寄甌東。時嵇叔子爲温州司理。

留别毋曹州承乾

刺史風流天下聞，春城留客意慇懃。香醪不惜千鍾醉，廉俸何當兩鎰分。野性疏狂應恕我，窮途沾潤敢忘君。他年五馬來南國，漁釣重披江上雲。

送趙月潭太史歸無錫兼懷牧齋先生

桃葉渡頭鉏小圃，鷲峰寺裏寓高人。幾回相訪無多路，忽漫言歸各損神。江國風濤渾朔

氣，家園花鳥正陽春。開尊若見虞山老，爲説新秋再問津。

出太平門望後湖

玄武湖邊風日悽，行人策蹇舊長堤。刑曹撤後兵添冢，圖籍空來菜作畦。豈有荷花隨水長，尚餘蒲草入煙迷。春游至此腸堪斷，況復頻聞杜宇啼。

棲霞寺訪竺菴禪師 覺浪大和尚首座也。

燕江相遇共登臺，曾誦葡萄好句來。十六七年流水過，兩三四處道場開。攝山重建本師塔，弘法争推絶世才。我亦遠公門下士，自慚白髮老塵埃。

吴饒州見末杜駕草堂出其近詩相質因及孟貞與治有感而作

老友新歸自粤東，重過南國訪幽蓬。十年仕宦頭應白，千首詩歌興不窮。昔好風華猶習氣，今知淵雅是宗工。傷哉邢顧俱摇落，花下提壺誰與同？

喜晤岳聲國進士

季子祠前樹拂雲，停舟相訪寂無聞。那知苕水先爲客，纔入菰城便遇君。篤念舊交勞夢想，流觀新句絶塵氛。甑甀況有烏程酒，百遍過從不厭勤。

嚴蔚宗孝廉招飲有贈

潮音橋畔水粼粼，晝掩柴扉迴絶塵。何事嘉招無别客，祇緣微尚獨相親。頻年破産休嗟歎，此日全軀合隱淪。不見披裘與賣卜，古來俱是姓嚴人。

送張則之歸京口

漂泊苕溪四五旬，老懷偏與故交親。不辭酒醆過從數，況有詩篇唱和頻。忽漫言歸當盛暑，雖非得意亦逢春。若翁壽考兒英妙，自是人間介福人。

王徵宣孝廉招集遥青書屋并送其游福州

先後淮陽作寓公，詩篇流布意潛通。班荆直至七年外，招飲渾忘六月中。舟遡霅溪尋古

巷，窗臨射圃納涼風。浮瓜沈李堪留客，炮鼈烹魚何太豐。聞説清秋游八閩，同舟恰喜有詩人。徽宣、輿喬、孚五同往。山川奇絶吟踰壯，故舊歡然旅不貧。節過荔枝休悵望，霜迎蜜橘更鮮新。獨憐好友難爲别，白雀黄龍且問津。湖州西北有白雀寺、黄龍洞。

葉明府紫羽招游罨畫溪

陽羡餘干兩畫溪，此溪清絶著湖西。宜興亦有罨畫溪，而長興較勝。重陰無復千尋木，孤閣猶殘百尺梯。況有神仙爲令尹，不辭賓客共攀躋。賦詩行酒淹長晝，歸去河橋日已低。

喜從弟漢士見訪

久客苕川黯自悲，揭來羣從稍開眉。百年過半同吾老，二子連生覺汝奇。秋橘冬橙應有候，霜髭雪鬢不須疑。江鄉歸艇催人急，也是藍田種玉期。

戒　酒

酒以忘憂昔所聞，況逢名酒味清芬。興來每不論升斗，病劇方知是斧斤。從此暮年裁痛

飲，即當寒夜亦微醺。操持漸久渾忘卻，便可長齋不茹葷。

題周計百看山樓

鬱孤臺下水交流，霜月曾經此地游。痛飲難忘司理署，高吟重起看山樓。開尊宴集誰能賦，佐郡廉平百不憂。衹有些些惆悵事，煙波未遂五湖舟。煙波，吴女名，計百定爲妾，而爲豪强者所奪，故云。

寄懷王涓來侍講

都門别後少音聞，無限交游獨憶君。準擬越來成會面，那知兵過使離羣。還鄉定出龍江路，枉駕期看鳩閣雲。不則吾當相就語，霜天波月白紛紛。

送王望如補官北上

王郎弱冠逢仙客，手授丹書理數兼。自信功名當遠大，無端禍患亦安恬。年華雖艾仍如少，時論方推寧久淹。努力驅車向京國，蘭臺芸閣不須占。

送周雪客省侍之青州 將與望如同行。

春去齊州秋始還，冬晴又指穆陵關。思親敢謂征途遠，結伴偏逢老友閑。月下同舟渡江水，沙邊立馬看雲山。知君行李無多物，只有新衣五色斑。

喜從孫董次見訪草堂

爾去靈巖結好因，村居雖僻遠囂塵。身閑努力爲詩伯，年少甘心學逸民。交有縈河真莫逆，縈河，吴超士也，與董次偕隱。才如明圃更無倫。明圃，董次親叔子留也，詩最妙。過江每念盦山老，把酒看花日幾巡。

哭程少月山人

日中猶向草堂來，月下還同野衲杯。是夕三更忽奄逝，向曾一念稍徘徊。可憐知命能安命，程精于五行家言。况負詩才與辨才。不肯死于妻子手，故將魂魄傍蓮臺。先是程每家居，是日就宿報恩寺，遂卒。

往歲江淮賣卜行，布衣端坐傲公卿。年來獨喜長干寺，都下争推季主名。日有千錢惟縱

酒，家無斗粟亦忘情。兒年正少書能讀，只恐孤寒難治生。

與子貧交十六年，白頭相對更歡然。談言微中真奇術，義利分明亦大賢。方擬入山謀共隱，那知撒手遽游仙。達生順死應無恨，獨使良朋涕淚縣。

爲陳俞公五十初度

雞籠山下是君家，手種東籬十畝花。性烈也同霜不畏，客來那惜酒頻賒。昔參幕府多兵略，今返丘園改歲華。駟馬軒車易傾覆，何如野老話桑麻。

曹子顧秘書見訪感舊

猶記當年偕盛生，飲君谿閣話三更。別來萬事滄桑改，老去重逢鬢雪盈。卻訝田居蒙吏議，也知兒戲是榮名。雨花桃葉堪游賞，買酒無錢空復情。

寄懷五兄凝齋七十

任城官舍話終宵，來日登臚意寂寥。白髮那能事干謁，青山應不負漁樵。歸偕令子田園穩，醉吐新詩壘塊消。眉壽定齊猿與鶴，獨憐鴻雁碧天遥。

寄懷許韻遠

二十餘年契闊情，不圖若上得班荆。乍看容鬢非當日，回想京華似隔生。握手那能淹野寺，揚帆便欲去江城。惟期獻歲來南國，斗酒雙柑聽早鶯。

去京口之前一日杜蒼略見過送以詩答此

沍寒祇合卧深山，底事長江往復還。豐歲絶炊殊可異，殘冬乞食亦何顔。交游見爾貧踰甚，歎息干人老未閑。獨有平生詞賦在，歌聲金石動江關。

爲梅杓司悼亡

自爾驅車入薊門，閨中思婦獨傷魂。盛年夭折雖由命，平日乖離亦少恩。角枕尚餘雙淚漬，紙窗空對一燈昏。外家兒女方孤幼，莫便先歸湖上村。

喜施愚山使君至即訂棲霞之游

十月星軺過舊都，江亭一宿便馳驅。懷人不見書空寄，奉使才歸歲已徂。匆迫尚思游古

剎，追陪必欲待潛夫。非君逸興誰能爾，忙裏偷閑世所無。

同愚山登攝山頂

薄莫聽泉憩石橋，侵晨披霧躡山椒。長江一綫水初落，老樹千章葉盡凋。且就高僧談上乘，更尋殘碣認前朝。卻嫌輿馬催人急，白日黃塵去路遥。

立春日何第五招同愚山夜集兼呈令兄次德

卜築青溪少四鄰，君家兄弟獨相親。每逢好月思良晤，況復寒江來故人。雪酒不辭今夜醉，風花又見一年新。烏衣巷口多芳草，明日重過是早春。

除夕戲爲數詩 自一、二至億、兆共十九字。

五十三年過半生，人間萬事一無成。孤懷只有詩千首，雙闕何曾見兩京。四海八荒同戰伐，二儀七曜也縱横。運移百六兼陽九，億兆同心想太平。

人日飲從子邵村宅 以下乙巳年作。

前年人日草堂中，别後關河路不同。炎暑獨馳汾水北，癸卯六月，邵村往山右。沍寒猶阻嶧山東。是年，予客定陶未歸。今春歸舍復何恨，竟夕持杯莫放空。酒罷忽聞私歎息，蕪城留滯白頭翁。

天界寺訪笠山師

早春猶未出城南，聞説梅開試一探。不見嚴遵居卜肆，程山人少月去冬新歿。獨尋惠遠到伽藍。看花無復當年興，啜茗聊爲半日談。争得離家抛俗累，香燈從此奉瞿曇。

元宵書王元倬先生詩後

開春風雨雪全無，列炬張鐙遍九衢。老我柴門何冷落，誦君詩句足歡娱。才華豈獨高楊並，高季迪、楊孟載。心事惟同謝鄭符。謝皋羽、鄭所南。深夜北窗猶較閲，今年元夕不空徂。

哺雛軒獨坐

谿邊小圃竹間樓，且喜今春未出游。七字苦吟宜暫輟，六書精義恣冥搜。飢寒何足關人慮，著述真能解我憂。卻憶去年正月裹，定陶騎馬到曹州。

正月晦日喜姚六康孝廉見訪

老大偏逢節候驚，三春花鳥倍關情。嘉辰安忍閉門坐，野衲相邀出郭行。忽報良朋來嶺海，況攜仙藥饋柴荆。一杯且共今宵話，明日江頭送遠征。

送姚六康謁選北上

浮雲游子各天隅，十載重過悲喜俱。聞説深山多猛虎，何如强仕得飛鳧。長齋豈復營家計，薄禄惟應散酒徒。但願江淮名勝處，故人舟檝不艱虞。

二月初五日雨

自冬徂春一百日，上天不雨下民咨。薄田既累那禁旱，公税猶逋敢望私。夜聽茅檐聲滴

瀝，曉看花檻色榮滋。再添三尺陂塘滿，直到農家浸種時。

倪闇公四十初度

倪生弱冠佩瓊琚，屈指爲郎典石渠。豈料壯懷猶寂寞，每逢初度卻欷歔。古人學道尊無比，亂世安貧富不如。況爾才名已流布，王維詩句李邕書。

施愚山書來卻寄

寒風蕭瑟去江涯，除夕蒼黃始抵家。春酒人争浮柏葉，閑情君獨詠梅花。兒婚已畢向平願，期迫難淹博望查。想到署齋新誥展，鳳冠魚帔更堪誇。愚山新受封，特爲其夫人製冠帔。

吴弘人見訪草堂

經過笠澤正拏船，欲訪良朋興索然。稍喜芳春重聚集，生憎俗事又拘牽。偶閑便約來谿舍，屢空何繇得酒錢。惟有新詩共欣賞，夕陽相送短籬邊。

上巳日湯巖夫王左車黄俞部程子介馬永公王安節次第見過因留小飲賦此

春色三分減二分，無端風雨歎離羣。忽聞好友來晴圃，且坐荒齋看水雲。研究六書良足樂，縱横衆説未前聞。蘭亭修禊尋常事，莫羡當年王右軍。

雨後閑步

城居最喜是春陰，風雨全無俗事侵。把酒量從中歲減，著書識到老年深。貪看細字頻傷目，閑步荒園一散心。忽見柳塘新水漫，興來不覺又微吟。

三月十九日作

年年此日有詩篇，篇什雖多不敢傳。鶗亦知時宜閉口，嶲因沈痛必呼天。銜哀祇似髯初斷，迸淚其如眼欲穿。江上春陰更淒苦，蒼茫白水浩無邊。

過水草庵弔黄海岸先生

靈谷西邊銅井東，昔賢於此化長虹。平生修證方成道，大事因緣豈是空。野老題詩紛滿壁，行人下馬仰嘯風。從今水草庵前路，直與燕山柴市同。

三月晦日送黄子捷歸建昌

芳晨出郭送春歸，又送歸人指落暉。旅食傍僧惟有粥，窮年作客尚無衣。世情誰恤忠臣胤，吾道寧安季女饑。努力山中勤稼圃，不嫌葵菽奉慈闈。

送竺菴禪丈還南嶽

攝山深處好煙蘿，正藉談經奈别何。雲樹不忘衡嶽寺，風帆直溯洞庭波。五峰當户塵氛絶，六月休糧著作多。回首江東師塔在，明年春水復來過。

王左車招同湯巖夫龔半千楊古度程子介飲莫愁湖上

郊居雖僻近名湖，自與城中闤闠殊。飽食一生惟筍蕨，出門數武即菰蒲。客來治具何其

盛，酒罷登樓不用扶。聞説盧家多好女，至今還有莫愁無？

同王阮亭祠部游牛首山

舊京山水探將遍，佛窟幽棲尚未曾。牛首，古佛窟寺。祖堂，古幽棲寺。臨去江關時迫促，不辭炎暑興飛騰。曉穿石徑瞻雙闕，夜坐松樓對一鐙。卻訝前人碑碣少，待君游記勒高層。阮亭有金陵山水游記十篇。

送彭旦兮之任丹陽

仕宦今無一可爲，商量衹有廣文宜。身閑不廢尚書業，彭以書經名家。禄薄長稱秀彦師。況近家園將壽母，每參江郡得新詩。故人舟檝頻來往，方物從君取料絲。丹陽産料絲燈。

寄懷陳襄雲

聞有詩篇寄秣陵，三年夢想見何曾。偶來舊友傳山信，似坐秋窗對雨鐙。愧我風塵猶褦襶，多君林壑絶炎蒸。欲遊溢浦當經皖，争得江樓一共憑。

揚州柬李長文使君　其太翁方病謝客。

廣陵城外菊花時，高館張鐙聚所知。汎愛能容霜鬢客，多情不吝草堂資。重來此地炎威熾，三過君門典謁辭。稍待白頭翁健飯，新秋芳徑一論詩。

六月十七夜社集王仔園齋頭賦得聽詩静夜分

舊京風雅蕭條甚，忽睹蕪城氣象新。日日水邊多勝事，家家樓上有詩人。客來長夏尊偏滿，話到中宵意轉親。敢謂知言似匡鼎，羣公亦覺解頤頻。

壽郝羽吉母

男兒志節且艱辛，況是閨房孱弱人。州郡同時皆遇敵，兵戈滿地獨全身。養雛成鳳文章著，剉薦爲芻名譽新。眼底滄桑何足算，麻姑重見海揚塵。

送劉輿父歸秋浦

爾去都門欻四年，一官雖授尚屯邅。閑游直出河汾外，沃野還思慶曆前。久客邊城身小

病，將歸故里槖空縣。江干相見銜杯好，愁殺秋宵又放船。

訪蕭伯闇新居

客裏移居最苦辛，七年三徙更愁人。此番水閣纔安穩，合與山妻共隱淪。檻俯秦淮宜過夏，樓瞻漢時不知春。同心獨有南陔老，咫尺何妨索酒頻。王元倬先生別號南陔。

九日登木末亭飲景公祠 同游者郃陽王幼華，崑山徐揚貢，繡水王左車，新安方竇臣、程子介。

九日年年不肯晴，今年九日最晴明。兒童相率登高去，老子何妨挈伴行。萬木全凋因世難，雙祠重構見民情。皇圖霸業俱荒草，不朽仍歸烈士名。時方景二公祠新成。

王塈安節以九日詩見貽走筆答之

見爾來詩喜欲狂，閑情冷韻獨蒼蒼。祇疑寒瘦同郊島，不似公卿立廟堂。亂世科名雖可厭，少年富貴亦難忘。老夫自悔吟聲苦，五十奇窮兩鬢霜。

九月十五夜即事

一年月色今宵好，偏是囊空乏酒錢。霜氣初寒猶未肅，秋亭獨步不成眠。醉鄉久曠因游輟，織室長勤賴婦賢。幾欲拔釵吾又止，來朝留以繼炊煙。

贈彭鍊師

昔年相遇狂禪客，今日重逢老鍊師。高議能通仙與佛，奇懷不廢酒兼詩。久游河北多丹竈，暫返江南尚黑髭。遂有門人争館粲，三冬且住莫深辭。

送谷語師游武夷

琢鍊堆邊秋海棠，繁花亂蕊贊公房。天界寺有琢鍊堆，乃宗泐禪師苦吟處。公居與堆近，海棠最多。祇宜獨坐攤書好，何事扁舟涉水長。山指武夷尋舊塔，路經吴會履新霜。明年亦有離支約，共入輿泉得飽嘗。荔枝亦作離支，出司馬相如上林賦。

酬胡吉甫先生見贈之作

八十六翁猶未老，新詩警策似中年。黄昏更作蠅頭字，蕭灑渾如鶴背仙。望我生兒延祖澤，知君學道本師傳。先生受業於先司農之門。今冬果遂商瞿願，買酒何辭賣賦錢。

哭林茂之先生

隆萬遺民今已盡，尚餘一老在山限。年登耄耋復何限，晚際滄桑實可哀。病眼塵昏雖似霧，壯心火熱未成灰。重生定作名家子，不待垂髫景運回。

笠山禪師初度

霜晴徐步出城來，爲訪高僧瑑鍊堆。講罷雲封窗外竹，吟成香沁雪中梅。廩山書問時相接，公與無道人最善。天界宗風永不頹。浪師久居天界，公今繼之。二十餘年了死生，靈椿龜鶴總浮埃。莊子冥靈、大椿是二物。

除夕

光陰本似箭離弦，此日光陰更可憐。馬齒俄驚六九歲，龍髯已墜廿三年。虛疑景運來天上，獨有愁心到酒邊。看曆一回腸一斷，山妻知不爲無錢。

丙午初度 以下丙午年作。

平居初度感千端，老大心情轉自寬。滿地兵戈誰得免，苟全性命即爲歡。餘生但使貧而壽，向學何論饑與寒。努力著書傳異代，一年一部是奇觀。頻年以來，訂以歲成一書，時六書貫脱稿。紛紛朋輩委塵埃，我獨巋然亦壯哉。身似忍冬藤不死，詩如曷旦鳥偏哀。集成已得三千首，興發猶能四十杯。但遇好花思痛飲，兹辰況值早梅開。

元宵雨集汪西京寓齋觀妓

鐙時小雨亦愁人，況復滂沱夜及晨。好事如君難閉户，衝泥爲客盡閑身。花邊更覺紅顔媚，酒畔渾忘白髮新。二十年來相憶苦，春遊排日莫辭頻。

春雪飲鷲峰寺

三冬無雪長憂旱，稍喜初春大雪飛。密似楊花鋪野徑，閑將竹杖款僧扉。白鬚雅與吟肩稱，采筆難教凍研揮。欲敵嚴寒多貰酒，囊空不惜典緇衣。

雪中柬彭寄菴　時寓鄰菴賣卜。

鷲峰西畔小樓孤，晴雨皆宜雪更殊。一派寒林真玉樹，半灣春水即珠湖。垂簾況有高人座，躡屐何妨童子扶。聞説鄰家多美酒，君平肯破百錢無。

雨後訪吴平露汪西京不值

經旬風雨不停聲，咫尺河橋似隔城。今日杖藜纔一往，誰家開燕已先行。私疑粉面聞香澤，各擁紅兒唤小名。如此春光偷背我，來朝須罰酒盈觥。

上河訪王汾仲　同行者吴平露、汪西京、方望子、吴不移、黄俞部、程子介、王安節。

二月龍江春水生，一廛漁屋曉窗明。高人獨擁琴書坐，客至猶聞絃誦聲。前約屢愆因久

雨，羣公咸集喜初晴。欲攄離抱憑尊酒，又趁斜陽策蹇行。

閱鄭所南詩

憶翁頭白尚無家，流落吴門老歲華。心史雖然藏井穴，精誠終不隱泥沙。生憎地走人形獸，也覺春開鬼面花。斯語至今猶妙絶，一回吟詠一長嗟。

二月二日平露西京置酒舟中送余行

早春欲往京江去，風雨日多晴日希。新水暴生聲淲淲，故人送别情依依。乘舟且泛此溪好，把酒先問何時歸。歸期五月未爲遠，相約重登燕子磯。

京口訪談長益

君去燕齊八九年，歸來鬚鬢已皤然。階庭喜見嬰兒長，鄉里争推大婦賢。遯世豈應棲郭外，買山自合遠江邊。詩文雖富未成集，汲汲謀爲萬古傳。

妙高臺看月 同陳翼仲、省言上人。

空江明月是奇觀，況在金山絶頂看。入夜魚龍潛水底，親人蟾兔落雲端。煙波咫尺連滄瀣，城郭微茫似彈丸。欲待雞鳴猶不寐，其如風露客衣單。

贈李雲士

李生賣卜潤城中，不與尋常日者同。學本圖書兼象數，言依忠孝略窮通。百錢豈屑君平意，二客長瞻季主風。好我論詩來夜夜，短檠相對一鐙紅。

談長益移尊過予招同韓叔夜吴乾行何雍南程千一小集各賦一詩

東風無賴走江沙，吹落城南萬樹花。我欲探梅空悵望，君雖載酒亦咨嗟。飄零俱是四方客，荏冉能教兩鬢華。更有鄢陵韓叔子，十年薄宦未歸家。

同吴園次登多景樓兼送其之任吴興

春江二月柳條青，畫舸之官此暫經。爲念南徐多古蹟，重登北固望滄溟。舊交已是十年

別，高興何妨兩日停。遥指櫻桃花爛熳，來朝連轡出郊坰。

寒食日飲酒家 同集者關中孫豹人，中州彭士報，京口談長益、陳延喜、張季昭、何雍南、程千一、潘雙南、張子輹。

江東又是禁煙節，郭北無非上冢人。久客未歸緣世難，舊交相見獨情親。水邊亭榭多春酒，花下衣冠剩逸民。不分青青垂柳色，欺吾斑鬢漸如銀。

清明日程崑崙司馬招同豹人其年小飲

客中正苦歡場少，江上俄驚勝友來。是日，其年初至。節序關心吾老矣，雲山滿眼興悠哉。使君況有緇衣好，公宴偏容樗散才。今夜燈前須痛飲，不然懷抱向誰開。

王詒白廣文招同董文友陳賡明游青山莊

蘭舟載酒出西門，言訪名園近北村。水樹重重藏島嶼，亭臺處處著琴尊。經營空有萬金費，題詠曾無一句存。五十年間三易主，其他陵谷復何論。

端午後一日得施尚白少參書是日適聞周元亮轉江寧糧憲

舊交風雅幾人存，屈指愚山與櫟園。稍喜官遷來建業，恰逢書寄自章門。起廬欲待嘉賓至，乞米先從仁祖言。秋月揚帆過蕭水，賡酬知不厭頻繁。

喜湯宮若見訪即送其歸江右

維舟江岸正黄昏，先扣青谿竹下門。脱粟那能充旅食，感懷無復報師恩。時訪其尊公，門生不爲禮。別來精進詩篇富，歸去倉皇暑氣煩。知有白頭重慶在，舞衣應不羨乘軒。是年，宮若之祖八十，父母六十。

答曹州何惟重見寄

誰傳書札自南華，中有新詩字字嘉。尚憶壺觴吟雪際，獨憐漁釣老江涯。春將壽母娛雙綵，夜共賢兄讀五車。安得重來桃葉渡，茅茨咫尺是君家。惟重兄弟幼時曾居青溪，其河房尚在。

露坐

日迫崦嵫尚未冥，呼兒汲水洗階庭。草根暑氣先秋失，樹杪風聲入夜聽。病榻且宜三伏過，書窗空負一燈青。閑中每憶平生友，落落真同欲曙星。

揚州晤顧云美感舊

論交三十六年前，曾共秋林一醉眠。此日才華方藉甚，如今容鬢各蒼然。新詩既得江山助，古篆還從金石傳。知爾心期似皋羽，西臺拊節有誰憐？云美出徐勿齋、瞿稼軒兩公之門。

答支山上人見訪之作

支公冒雪上匡廬，攬勝探奇日不虛。六月揚帆向江左，三山枉駕正秋初。滿囊詩有煙霞氣，近市庵非水竹居。琢鍊堆邊好師友，謂笠山、雪坡。亟移瓢笠勿躊躇。

夜過七弟爾從寓中小飲

青谿稅宅近茅茨，散屧相過不論時。卻恨新秋猶毒熱，直需深夜有涼飔。京江重到鶴林

寺，石壁長吟馬素詩。丱角弟兄今白首，濁醪頻勸復何辭。

合肥贈唐祖命丈

六年不見唐耕塢，老友常思聚會難。何幸江城同旅舍，每于秋夜得盤桓。銀鈎鐵畫鐙前字，金谷銅駝酒後歎。卻憶當時游泳處，青谿明月幾人看。

答龔木公見貽之作

聞君卜築近方山，水樹千重抱竹關。圖史尚存先世業，亂離無改昔時顏。貧交乍見情猶篤，佳句雖投話未閑。我欲相尋棲隱地，巖阿叢桂許誰攀。

和州贈戴無忝兼懷令兄務旃

曾隱淳湖共若翁，見君兄弟始成童。既經浩劫留書種，卻訝辭家逐轉蓬。往歲游仙奇太甚，今春歸娶道方中。秋林把臂不勝喜，矯首還憐白雁風。

姚作哲招飲話舊

記爾維舟桃葉時，催妝曾和戴邢詩。敬夫、孟貞。故人宿草那堪問，賤子漂萍亦可嗤。獨有林園娛老眼，常將杯斝召新知。況逢舊雨情偏洽，日日相過醉不辭。

孫曼倩齋頭看菊

孫翁書屋蒔黄花，花蕚雖平意態嘉。囊本無錢偏好客，鄰皆有酒卻難賒。壁間古篆旁能注，嶺外游蹤近可誇。山水故知閩越好，明年吾亦去天涯。孫是年從閩歸。

孫敏克鑿池得泉屬題

君家小築傍城隅，密樹高岑景物殊。天遣山泉出階砌，客來茶飲當村酤。楊雄從不憂生產，劉毅何妨溷博徒。如此聰明如此水，焉知人世有潢污。

嘉興重訪陳子木

三十年前禾水客，白頭重到自傷魂。舊交草木凋同盡，之子靈光巋獨存。城市無家空瓦

礫，階庭有寶是璵璠。杜門不與時賢接，爲我同心倒一尊。

飲朱子葆山樓

鴛鴦湖上雪霏霏，老我重游心事違。夾巷尚餘新戰壘，高人無改舊漁磯。山樓荒落多幽致，玉樹繽紛勝錦衣。況有芳樽能醉客，河橋昏黑竟忘歸。

贈大輿上人

客舍屢遷來古寺，居停何幸得高僧。殘冬閉户寂無語，終日攤書知有憑。榻近茶煙融凍研，庭餘梅雪灑寒鐙。此時留我焚香坐，頓覺勞人百念澂。

早春游弁山法華寺 同游者寧都曾止山、孝感劉子常、錢塘周勿菴、宣城劉民長。以下丁未年作。

幾度尋山水漲谿，輕舠直至寺門西。梅花時節灘猶淺，桑樹人家徑不迷。老興渾忘筋力倦，歸途又趁夕陽低。紅塵白髮空流浪，安得長年此地棲。

嚴修人招同劉民長李望之葉伯如諸子夜集限韻

二月陰寒不似春，霏微雨雪更傷神。蝸廬兀坐無人問，雞黍相期獨爾親。坐上羣賢皆博雅，酒邊奇字鬬清新。道場浮玉東風暖，尚欲探梅醉幾巡。

羅鏡菴招同曾止山諸子夜集有贈

作客攜家不當游，居停況有看山樓。窗間獨樹梅花發，郭外千峰雨氣浮。榻擁奇書多探索，酒逢窮士倍綢繆。牆東咫尺爲吾寓，春夜頻過一散愁。

送曾止山之吴門

歲晏來游碧浪湖，主人聾聵不堪呼。獨攜破笠尋山寺，且喜貧交得酒徒。快意那能如百粵，止山去年粵遊甚壯。早春端合去三吴。停舟先問靈巖路，鄧尉梅花天下無。

三月三日飲程弘執寓兼贈令兄在兹去疑

無端作客向苕谿，花下愁聞春鳥啼。賴有良朋相慰語，每逢佳節自含悽。賢兄好事情偏

篤，褉日臨流手重攜。對酒不辭今夜醉，來朝風雨各東西。

清明日丹徒道中

曰歸端在杏花時，又見桃花紅滿枝。尚想家園過寒食，卻嫌風雨故羈遲。丹陽路比江關近，白髮人慳輿馬資。借問同舟爲客者，兹辰誰不動鄉思？

喜晤宋荔裳觀察四首

孤竹城南送客歸，蒙將山薊製春衣。方期列宿三台近，豈料嚴霜六月飛。猿鶴勢難通遠問，鳳麐天遣脱危機。滄江白髮重相見，痛飲狂歌定不違。予與荔裳别自永平，戊戌迄丙午十年矣。

頻年憂患兩寅同，庚寅、壬寅，荔裳凡兩下獄。卻訝詩文轉更工。名世那能兼厚禄，著書元不諱奇窮。況逢温玉來吴下，遂有明珠入掌中。宋五十未有子，至吴納姬，踰年即生。此事峥嶸良足慰，從前縲絏總成空。荔裳叠遭患難，皆同室操戈，事既昭雪，詩文益工。頃以所著安雅堂前後諸集屬予評訂。

握手相看涕淚滋，故交應不比新知。怪君多難髯猶黑，愧我長貧鬢已絲。對酒飛揚如昨日，登山矍鑠異當時。棲霞天闕南中勝，努力追攀未許遲。往與荔裳于蕪湖榷關，每同登眺，步履甚健也。

濱海山林豺虎多，惡哉同姓又操戈。丈夫豈必懷鄉土，仕宦尤宜慎網羅。鶴市南頭好花月，燕磯東畔少風波。此方卜築堪娛老，買宅無錢奈若何。

午日石埭姚六康明府招同諸子燕集各賦一詩

同集者粵東盧升卿、王仁植、黎次仲、龔含五，漢陽李雲田，會稽姜鐵夫，慈谿周九逸，烏程陳宗彝，上海陳鱸江，青陽孫儼若，吾里姚彥昭。

谿雨緜緜不住聲，恰逢嘉節四山晴。荒樓正擬羣公聚，綺席俄傳茂宰迎。觴有蒲榴隨俗泛，盤惟筍蕨見君清。平生故舊多仙侶，誰似陵陽竇子明。

題寓樓壁

將衰筋力厭樓居，卻喜兹樓曠有餘。檻外雲峰宛圖畫，門前歌唱總樵漁。青谿雨過宜看水，白日窗明好著書。只是山厨愁旅食，主人貧儉客何如。

青陽訪甯山同不值

小别俄驚十二年，相思惟有尺書傳。特來九子求良晤，豈料孤雲又各天。我到江城尚留滯，君歸山館勿遷延。此番若不舒離抱，向後佳期更杳然。

秋浦立秋喜吴山賓見過

酷暑經旬户未窺，兼之跣足病瘡痍。從僧看曆知秋近，厭客敲門獨爾宜。袖出高文箋石鼓，瓢傾濁酒潤詩脾。來朝相約青谿去，勝事先尋白笴陂。太白有秋浦白笴陂詩。

送孫卧公歸里

秋浦逢秋返舊谿，琴書以外不多攜。爲憐巧語謀鷃鴞，更愛長年養鹿麑。才似禰衡休浪擲，山如李渤合幽棲。祇愁林壑難容汝，仍想天街逐馬蹄。

六月廿六日爲内人四十初度寄之

自爾歸予便食貧，不辭麻枲佐松筠。年年作客輕離别，事事持家多苦辛。二女雖然娱老眼，一兒還想繼吟身。莫言小姓求人種，畢竟藍田玉足珍。

七夕喜甯山同至

九華山下訪君廬，君去蕪陰兩月餘。寄語還家到池口，果然命駕及秋初。蕭騷容鬢都非

昔，激楚詩歌迴自如。欲話離情惟有酒，豈應空曬郝隆書。

贈石開上人

善慶庵，故劉徵君讀書處，梅花甚多，爲兵所伐，今施作庵。

梅花書屋想徵君，梧竹交柯似碧雲。悍卒摧殘何太虐，老僧培植不辭勤。炎歊謝客偏留我，緇素能詩更出羣。瀹茗焚香常夜坐，絺衣蘿月白紛紛。

王郇雨少府見過謝之

百牙山後小庵孤，竹樹陰濃暑氣無。客借僧房同結夏，蔭分邦伯宛棲梧。忽聞車蓋來荒徑，乍睹風儀識壯圖。四海蒼生望霖雨，豈應佐郡獨沾濡。

陳碧涵學博招飲有贈

鱝口停舟暑未殘，城中何處得林巒。荒園稍喜鄰文廟，芳徑時來問講壇。好客故爲河朔飲，張筵不似腐儒餐。北窗古樹高千尺，坐久能令六月寒。

送從子處厚返潛山兼寄令岳陳襄雲

天柱高人汝婦翁，幽棲真有上皇風。得爲佳壻身何幸，况是孤兒命正窮。祇合相依如父子，無緣長住各西東。殷勤寄語龍河壩，明歲重來訪桂叢。

魯江訪胡逸菴不遇因補悼亡之作

不到于湖十六年，今秋重泊過江船。故人遠出柴門閉，健婦新亡繐帳縣。治具倉皇煩令子，遺懷曠達讓前賢。君雖半百猶青鬢，可許花枝笑獨眠。

吴素夫六十初度

君際滄桑未四旬，甘辭榮禄慕遺民。逐禽那及棋枰樂，桐馬何如茗盌新。栗里有詩惟紀晉，桃源無路可通秦。翁年耄耋兒才智，豈獨高人又福人。

卜仲璿移居

舊居桃葉渡西偏，爾我爲鄰五六年。别去城南非遠甚，重來巷北更歡然。琴書有暇頻相

訪，酒脯能賒不計錢。況是兩家綦縞熟，花時閑步短籬邊。

歷陽留別龍天士

江縣重過不似初，得逢之子與蕭疏。西窗月冷爭浮蟻，南國霜晴看打魚。歲暮獨憐吾欲別，官遷亦恐客難居。相期春暖來姑孰，白紵青山信所如。

同曹中峽飲王左車宅

隔江風雪去還來，甥舅同舟笑口開。左車之子，中峽之甥也，時同往江浦歸。況有香醪足斟酌，兼之良友得追陪。西窗剪燭聊深坐，南浦歸帆且漫催。不記去冬長水客，楞嚴寺裏撥寒灰。

臘雪吟

江東今歲苦蝗螨，蘆葉禾苗總不堪。正畏催租如猛虎，更愁遺種似春蠶。連朝大雪驅除盡，四野嚴寒凍餓甘。我有高樓供遠眺，典衣聊復取微酣。

丁未除夕喜顧云美曾止山見過守歲

青谿深處草堂開，榆柳逢春淑氣回。遂有故人千里至，不辭除夜一燈來。閑身且寄鄰僧榻，快意唯憑濁酒杯。卻望蔣山雲物變，野夫白首重興哀。

戊申元旦蘇州顧云美嘉興朱子葆贛州曾止山紹興吴平露同集哺雛軒

分賦以下戊申年作。

我所懷人各一方，今春何幸得同堂。虎丘公讌年猶少，崇禎辛未，與云美社集虎丘，今三十七年矣。鴛水重遊鬢已蒼。子葆亦三十年之交，昨歲至嘉興，盤桓兩月。塞出盧龍成舊雨，戊戌與平露相遇永平，近至白門，往來甚密。路分茗雪感新霜。止山亦二十年之交，去秋同客吴興，止山先去。萍蹤會合非容易，日日相過醉不妨。

虎踞關訪半千新居有贈

移居不喜近長干，俗客來多應接難。路出清涼臺更遠，宅如書畫舫猶寬。梅花竹葉充庭際，萬壑千峰繞筆端。祇是吾徒太寥廓，新詩吟罷與誰看。

爲顧云美六十壽

年少相逢古劍池，亭亭玉樹吐華滋。那堪甲子須臾過，偏在乾坤板蕩時。老入舊京歌黍稷，冷棲荒刹近茅茨。莫言後輩無知己，争誦先生六十詩。

得錢湘靈書卻寄

旅食僧厨不自供，蕭然瓢竺與孤笻。周秦繆篆人争乞，韓蔡分書衆所宗。靈谷探梅尋斷碣，生綃畫鶴上高松。雖云户小難勝酒，初度無能買一甕平聲。

聞君長夏病侵陵，幾欲過從恨未能。久雨泥途難著屐，炎天火日畏擔簦。相思空有三秋詠，同老何堪百慮增。忽捧來書身已健，歡如赤脚踏層冰。

鄧元昭太史招飲中林堂因訪前輩市隱園詩予有六卷遂舉以贈并係長句

秋潤爲園淮水東，三吴名士聚其中。顧華玉、文徵仲、王元美、王雅宜諸公皆有詩。年來易主真成俗，此日開顔合在公。芳樹淥波生氣色，青尊白髮想流風。吾家舊有羣賢什，相贈還期好

事同。

三藏殿避暑題七浄師壁

長夏城居熱不堪，更愁俗客每停驂。山僧舊識房容借，竹院新涼睡易酣。肺病食蔬元有益，心清下筆頗無慚。詩逋文債俱完卻，持與鄰翁共笑譚。時唐祖命、徐子能、張葛民皆在寺寓。

紀災

戊申六月多災異，太白光芒與日争。是年夏，太白晝見者四十日。地動似舟行巨浪，六月十七夜，地大震，民舍多傾。雨翻如瀑下層城。二十六夜，地又動，大風雨，平地水深三尺。水波乍湧蛟龍怒，牆屋皆頹雞犬驚。憂亂惟思入林壑，山中何處有柴荆。

立秋後二日王望如明府招飲即事

傲吏將之嶺海官，預愁炎暑歷巑岏。新秋漸爽車當發，老友頻過興未闌。但對酒杯宜笑樂，漫言時事總艱難。如君十七年科目，尚屈絃歌亦可歎。

月夜過吴平露寓樓小飲限韻

莫春歸渡浙江潮，徂暑重來白下橋。自有閑心似冰雪，何妨假館近塵囂。樓頭好景書千卷，雨後新涼酒一瓢。恰喜老夫乘月至，狂吟差不負今宵。

重晤黄仙裳因造酒家小飲懷舊有作

江關爲别正黄昏，堅約明年過白門。及至草堂余又出，見懷詩句爾猶存。秋溪何幸來雙槳，野店相期倒一尊。聞説曾澆亡友墓，萬松深處獨傷魂。顧與治葬後，惟仙裳至墓所，故云。

題徐仲光荷山草堂卷

嶺海歸來重歎嗟，荷山深處老煙霞。漫言此地堪終隱，底事頻年不在家。玩世且同華表鶴，維舟先聽白門鵶。問君可是徐鴻客，行見楊花變李花。

答林二史見訪之作

聞君秋到冶城山，幾欲相過步履艱。卻枉高軒來委巷，更投佳句慰離顔。江村飢餓髭全

白，邊塞馳驅鬢亦斑。獨惜連枝易憔悴，下浮橋畔水潺潺。林從兄青仲居下浮橋，今亡矣。

鷲峰寺前閑步

此地舊爲江令宅，如今俱是種園人。水邊籬落數間屋，野外花枝八月春。羊豆馬芹何歷亂，雁紅雞絳亦鮮新。其中更覺秋葵好，朶朶微黄似麴塵。藊豆，一名羊眼豆；旱芹，一名馬芹，俱載本草綱目。

送孔吉人遊宣城

孟夏馳驅來舊京，新秋又作宛谿行。敬亭山好孤雲在，叠嶂樓空片月明。未向河橋折楊柳，先攜酒脯過柴荆。歸時只恐余它往，送别江頭無限情。

柬魏惟度

清涼臺畔鄭公祠，千古高風永在兹。密樹能留長夏客，閑窗重訂列朝詩。殷璠元結人争慕，陸放倪迂我自嗤。葑菲何堪供採掇，愧無瓊玖報相知。

爲鈕翁六十壽

家近江東春水邊，秦淮夏屋又新遷。一生不涉波濤險，萬里争輸食貨錢。蘭秀菊芳多樂事，童顔鶴髮宛神仙。逍遥游復能齊物，身在南華第幾篇。

中秋日支山上人林二史黄仙裳曹无咎沈方鄴同集草堂限懷字

客中見月應多感，况是秋風更愴懷。載酒何勞出山郭，仙裳欲攜酒飲莫愁湖上。譚詩聊以就茅齋。風塵犇走年俱老，瓢衲歸休願未諧。且與良朋醉今夕，江帆明發各天涯。時二史將歸閩，仙裳將歸邗，方鄴將游粤，余亦有石埭之行。

九日飲邢命石水閣有感

野塘秋水浸籬根，欺我黄花無一存。猶有寒蔬生廢圃，不堪衰柳映衡門。沿谿偶過良朋寓，把酒閑將舊事論。昨日紅顔今白首，每逢嘉節暗聲吞。

贈趙伯良孝廉 伯良別號頑蘇，廣東新會縣人。

頑蘇本是宋王孫，千古崖山一綫存。每到臨安先隕涕，重來建業亦傷魂。囊詩但就遺民語，看劍難忘國士恩。更有同心俞籀石，幾時朋酒醉荒村。籀石爲伯良好友，是時亦在江寧。

送西圃雪坡二衲游天目 是夜同宿普惠寺。

莫愁湖上霜寒夜，孫楚樓邊葉落時。二子言尋天目路，千峰獨禮玉林師。時玉林師隱居天目。殷勤參學惟聞道，閑暇看山不廢詩。雲鶴雙飛隨所適，定于何處覓禪枝。

寄祁門何令

晴冬客過石門山，南望琴堂咫尺間。幾欲看花來作賦，卻憐飛鳥倦思還。尊罍曾泛河亭月，冰雪如親仙令顔。暫借雙鳬傳錦字，可無芳訊及江關。

贈趙子正 子正工八分書，乃爲營將防黟，故惜之。

歲暮來游石墨山，聞君風雅意相關。祇緣入郡交何晚，纔得持杯我又還。書擅八分能瘦

硬，學從二篆亦深嫺。斯人位置宜天禄，豈合埋名絳灌間。

初春送屈翁山返番禺 以下己酉年作。

歲晏君從絶塞歸，遠攜新婦覲庭闈。梅花開日催征櫂，荔子香時著舞衣。私念炎方多戰壘，每懷白下隱漁磯。明春倘奉高堂至，卜宅牆東願不違。

再送翁山

詩名輪爾擅東南，爾卻推予予自慚。千里外猶勞遠信，一鐙前始盡深譚。心縣寸草歸難緩，雪凍柔條折不堪。知有故人爲傲吏，陵陽丹溜必須探。

同屈翁山飲周雨郇齋留宿

周生買宅傍城隅，中有方塘似鑑湖。新築長堤種楊柳，重開精舍面菰蒲。稱詩雅與騷人合，索酒因偕野老俱。春雨淒寒歸不得，紙窗吟榻共氍毹。

兄子邵村五十

十年多難走風塵，此日還家樂事真。亭沼重開將壽母，塤篪合奏燕嘉賓。夢回紫塞山川險，興發青谿草樹新。併入王維詩畫裏，流傳人代亦千春。

送林二史歸莆田

薄宦迢遥出雁門，所期禄養逮親存。那知風木翻多恨，欲返鄉關豈易言。身繫十年容鬢改，手扶三柩淚聲吞。貧交無物堪持贈，送别江頭亦斷魂。

送葉亭立歸漳州兼懷令叔伯俞先生

三月桃花雪正寒，江亭送客意辛酸。情知湖上游當壯，想到閩中春已殘。家有高人眠土室，吾將尺素寄漁竿。明年初夏同來此，把酒論詩覺更歡。

三月十九日作

野老難忘故國恩，年年慟哭向江門。南徐郭外三停櫂，北固山頭獨愴魂。乙酉、丙午、己酉三年

三月俱在京口。流水滔滔何日返，遺民落落幾人存。錢生未死重相見，雙袖龍鍾盡血痕。是日遇錢馭少，故云。

吴伯成明府招同秦留仙太史周子俶顧脩遠徐原一龔介眉孝廉黄漢臣高士嚴蓀友徐安士顧天石馬雲翎茂才社集限韻次日伯成去吴門予亦歸矣、

相逢恨不數年前，每過梁谿興勃然。今夜始霑仙令酒，來朝又泛洞庭船。羣公咸集成高會，孤櫂難停是别筵。碧澗青峰芳草合，榜人回首重流連。

三月晦日秦留仙太史招同諸子讌集有贈

欲探名園入惠山，連朝風雨阻躋攀。天香閣上書千卷，金匱墩前水一灣。天香閣、金匱墩皆留仙所居。行酒賦詩羣彦集，落花飛絮寸心閑。獨憐白髮逢春暮，坐到雞鳴且未還。

贈别崑山徐原一

九龍山下柳如絲，正是河橋送别時。老我風塵無所遇，感君意氣獨相知。連宵拚醉賢人

酒，他日還吟國雅詩。原一詩刻國雅集中。江上煙波殊未遠，常將著作寄茅茨。

爲鄭母七十壽 其子允吉、梅龕兄弟皆與予善。

東園小築結比鄰，歲久方知孝友真。且必舞衣娱壽母，老猶剉薦待聞人。生資萬卷術何慎，酒泛千鍾家不貧。色養漫勞誇五鼎，輸君魚筍及時新。

送錢湘靈北游時予亦將之楚

蚤春即擬去燕山，仲夏猶然卧竹關。薊北風塵難作客，江南花鳥且怡顔。稍能薄粥供朝夕，何苦長途數往還。勸爾勿遊吾轉出，蒼茫煙艇適荆蠻。

將之皖口留别吴畊方著作

長夏園居卧北窗，那堪觸熱去風江。搴裳擬作沅湘客，停櫂先經父母邦。老我征衫塵僕僕，懷君寓閣水淙淙。司空山下逢仙令，珍重爲傳鯉一雙。

喜趙國子見訪即別

鬱孤臺下歲將殘，與爾言詩意甚歡。一去嶺南音寂寂，重遊薊北路漫漫。停舟爲訪幽人宅，開卷如翻大海瀾。正好追陪向林壑，卻愁予又別江干。

古上庵喜七弟爾從至

同氣離居二十年，何曾一夕對牀眠。不圖江岸炎蒸日，卻有山窗信宿緣。露坐且酤樅市酒，曉風又逐漢陽船。來朝把袂應難別，重泛龍湖醉鹿田。

白鹿山莊書懷兼示從孫有懷

山房曾共阿咸居，一歲中完兩漢書。本擬名成光史册，那知世變老樵漁。故鄉久別歸來晚，芳徑重過感慨初。愛爾能承王父業，荷衣應不羨簪裾。

皖上訪程崑崙貳守

鐵甕城邊春水波，使君高義獨嵯峨。三年客過三停櫂，一度花開一放歌。復有棠陰移皖

口，時傳芳訊及巖阿。相思今始舒懷抱，正好追隨奈別何。

柬陳襄雲兼寄豫字爾靖元的

年年相約會江樓，底事蹉跎春復秋。逐泝正當三伏日，飢驅未及萬山游。石湖新月期君至，塔寺涼颸散客愁。借問巖棲諸老友，誰能高興亦同舟。

贈蔣素書兼送其應舉白下

老我新從建業還，聞君詞賦動江關。停舟先訪城南路，開卷如登雨後山。橘酒蘭香頻有贈，琪花瓊樹定須攀。他年吾郡推風雅，名在任張伯仲間。任克家、張子千。

七夕飲成二鴻先生三劍閣

九龍山下大寒樓，耆舊端居百不憂。底事江城猶買宅，深知天地亦虛舟。室中雲嶺千重出，枕畔香醪盡日浮。梧井陰濃容避暑，況逢佳節又新秋。

盦山續集後編　卷五

五言排律

問旭上人三十初度 以下癸卯年作。

南國多才士，名家得幾人。顧翁書入聖，朱老畫通神。二妙專前美，惟公繼後塵。上人字學顧與治，畫學朱漢之，故云。聰明應獨絶，筆墨遂兼臻。雖在喧囂寺，偏于冷淡親。垢氛渾不染，修潔果無倫。頃者年方壯，居然學已醇。虚懷加黽勉，老氣更嶙峋。況復攻詩律，從兹悟佛因。若全如滿壽，必與巨然鄰。玉麈王夷甫，金龜賀季真。宰官非不善，終愧比丘身。

七夕書懷

長夏熱無比，交秋氣稍平。涼風吹户牖，細雨溼柴荆。況是雙星節，能令四體輕。中庭容偃仰，北斗正峥嵘。河漢水方淺，關山月未盈。杯盤風俗舊，兒女笑言清。乞巧心何切，穿

針眼倍明。爾曹焉用此，吾拙自天生。抱甕安窮老，乘槎憶遠征。去年今夜酒，薄醉廣陵城。

次韻題吴不官詩卷

昔有論詩者，如參大小禪。圓通由妙悟，積累在多年。豈許空疏輩，能耕鹵莽田。吴生家震澤，逸興寓林泉。耻作鍾譚語，全師葛顧篇。不官，洞庭東山人。葛震甫往以詩鳴其間，不官猶及事之，并師事顧與治。視身同老衲，於世總浮煙。湖海憑孤往，胸懷自廓然。白頭歸故里，丹竈慕前賢。茅宇堪休息，藤牀合醉眠。奈何霜雪裹，又上過江船。

飲朱四均園中漫成二十韻

何處堪休夏，城南半水園。當年名市隱，嘉客若雲屯。秋潤開東閣，姚秋潤初闢此園，名最著。弇州税北轅。王弇州曾居此，有記。其餘焦顧輩，焦弱侯、顧鄰初詩亦多。不憚往來煩。易世主人换，空庭喬木存。春秋希讌賞，冷落類江村。幸有朱公子，來遊白下門。阿翁官憲臬，買宅得丘樊。文筆本森秀，虚衷更討論。性情詩最捷，師友義尤敦。此日除芳徑，相招坐竹軒。芰荷香氣遠，槐柳緑陰繁。高棟全無暑，崇朝直至昏。野航浮沼面，涼几列雲根。茗果隨

時供，壺觴弗强吞。問途親老馬，舒采奮雛鵷。加以沈酣力，當爲墠坫尊。佇看園復盛，莫訝客長喧。予昔曾題句，君今尚詠言。可知懷抱合，風雅許重騫。

魚龍洞紀遊二十六韻 石埭沈師鴻、沈十州邀同姚彦昭共游，各有作，書之石壁。

正想魚龍勝，無從得主人。逢君兄弟好，贈我詠言新。偶爾商遊事，欣然往問津。涼風初過雨，沙路不生塵。未覺谿行遠，來尋洞口春。小舠穿竇穴，列炬照嶙峋。海島層層似，鮫宫面面真。奇花多菡萏，古木盡松筠。鐘鼓皆成響，鯨鯢亦聳鱗。仙翁眉目具，老鶴羽毛馴。最妙娑羅樹，全遮金粟身。水簾飛蝙蝠，石澗立麒麟。平坦高坡上，依稀淺渚濱。方臺容客坐，冷飲不妨醇。野興重更燭，清謳一啟脣。祇疑聽仙樂，奚止避狂秦。往路仍深邃，舟師怯鬼神。石門誰敢入，險地不須臻。舴艋催迴去，蛟螭恐怒嗔。順流休蕩槳，急瀨可垂緡。冥黑如過夜，熹微漸及晨。玆遊歎奇絶，前此更無倫。理策歸村店，褫衣卧草茵。山家還送酒，爛醉莫辭頻。四美元難遘，孤懷豈易陳。惟應卜居此，長與爾爲鄰。

胡君渥先生七十壽 以下戊申年作。

國初勳與戚，富貴亦多人。及至滄桑後，何無社稷臣。開平猶有裔，蒼谷獨潛身。餘子皆

庸禄，孤高誰比倫。多君兄弟好，奕世主家親。不忍趙王服，寧甘嚴子緡。葺茅先隴側，種菜大河濱。破帽隨禪侶，方袍遠俗塵。言詞常激烈，膽氣特輪囷。自命誠千古，安驅至七旬。前年兄介壽，今歲弟同春。鄉里稱人瑞，吾徒重逸民。畫松雙幹老，釀黍一梧新。勿問今何代，惟知醉此辰。尋常福禄語，對爾不堪陳。

五言絶句

青溪歎

白下青溪路，倡樓楊柳枝。可憐生此日，不見盛明時。

白髮歎

老夫年五十，白髮猶未生。何事三年内，千莖復萬莖。

春日漫興

莫種章臺柳，長條空復情。何曾繫郎馬，祇是送人行。

暑夜聞歌

涼風吹夕渚，明月漾秋波。不見采蓮女，但聞采蓮歌。

秋花雜詠 以下戊申年作。

秋夜風雨，環堵皆傾，而秋花無恙，予顧而樂之，忘其貧寠也，各賦一詩。

秋　蘭

寧作幽人佩，羞稱王者香。眼中看不厭，吾鼻轉相忘。

秋　葵

紅紫皆俗花，鵝黄獨風韻。亦有向陽心，今人復誰問。

秋海棠

春華吾不喜，冷艷獨推君。秀色嬌娥似，微香静者聞。

茉　莉

花向夜分開，蕊自初昏摘。山妻插滿頭，香亦被牀簀。

玉　簪

玉簪時不尚，何況玉簪花。自向牆陰老，休教樹葉遮。

雞　冠

絳幘人已非，翰音猶未改。花雖無鳥聲，其意亦有待。

雁來紅

莫漫誇霜葉，先霜葉已紅。天邊聞塞雁，根下響秋蟲。

七言絶句

和丘季貞燈夕詩 以下壬寅年作。

月明曾聽廣陵簫，别後相思淮水遥。七字吟成腸欲斷，人間從此廢元宵。

落馬湖

落馬湖邊蘆荻秋，白波無岸榜人愁。何期天與東風便，三日揚帆到濟州。

中秋泊夏鎮

乍寒無客不思家，況是中秋見月華。且買村醪自斟酌，莫因羈旅重咨嗟。
明月青溪一草堂，幽蘭叢桂蕊争香。主人何事貪爲客，昨歲潯陽今汶陽。

題樊會公小像 以下癸卯年作。

此是樊生廿載前，風標巾舄似神仙。如今漸老容非昔，破屋埋頭野寺邊。

繪事江東有八家，君工人物更修姱。奈何不把青銅鏡，自寫真形對雨花。

買　花

三日春陰一日晴，街頭忽聽賣花聲。紛紛桃李渾閑事，楊柳梧桐最有情。

與天寄上人感舊

三十年前此讀書，見公總角出家初。如今重到回光寺，公已二毛何況予。
狹斜門巷舊逶迤，化作荒園長兔葵。惟有禪林終不改，佛前仍點舊琉璃。回光寺在舊院後，故云。

贈歌者韻郎

二月江南草樹芳，鶯歌一曲斷人腸。牡丹亭畔梅花下，何處重尋杜麗娘？
西秦才子客東吴，蕭寺過從興不孤。豫恐春殘欲分手，倩人先作掃花圖。謝仲美爲王無異作掃花圖，貌郎于其側。

竹林寺

竹裏高樓遠見江，山僧白日卧西窗。惟愁松鼠偷新笋，時向東籬自擊梆。

午日楊静山太史招看龍舟因出北門看竹

片片龍舟下急湍，水邊觀者萬人歡。老夫别有怡情處，嘉樹園中竹萬竿。

贈錢二郎

牧齋先生之孫也，先生屬予字之，字曰「霸先」。

錢郎十歲五經通，鄉里皆知是聖童。自合玉堂繩祖武，不應金鏡被塵蒙。

松圓詩老擅風騷，乃祖推尊義更高。我有遺煙剛四笏，殷勤贈爾助揮毫。松圓詩老，程孟陽也，手製墨極佳，予以四笏贈二郎。

吴越稱王志未申，耳孫英絶悟前因。霸先字汝非無意，莫忘髫年取字人。錢乃吴越王鏐之後，故云。

贈滕錬師

仙觀仍從大宋開，道衣不學至元裁。問君可是林靈素，曾見奎星奏事來？

紅豆詩 有小序。

虞山之東三十里有芙蓉莊，乃牧齋先生讀書處也。莊前紅豆樹一株，高數丈，圍數尺，枝葉蒼翠，不花者二十年矣。辛丑三月忽開花，是年九月爲先生八十初度，枝頭又結一子，似特爲先生壽者。先生暨諸同志各爲詩以張之。踰年癸卯，予至虞山，聞其事，亦補八首。

秋來紅豆生南國，恰遇仙翁大耋時。樂府重翻新製曲，莫教仍唱右丞詩。

花似揚州玉蕊開，實如南海紺珠來。祇因五百年前樹，曾作君家錦綉堆。

猶記朱櫻出上闌，寢園薦罷賜千官。誰將一粒相思子，依舊雙擎赤玉盤。

狂風吹屋捲衡茅，一點腥紅綴樹梢。莫是天公有深意，萬年枝上蕊重苞。

天寶開元迹已陳，閑思往事淚沾巾。秋風南國吹禾黍，愁殺當筵唱曲人。

荆棘銅駝絶可憐，江村璚樹尚依然。從今逆數花開日，正是崇禎十七年。

二十年來始一花，花開結子類丹砂。憑誰記曲屏風後，自有仙人萼綠華。

君家遠祖年八百，應見枝頭四十紅。八十老人凡四見，再回便是百齡翁。

夜泊

風吹湖面芰荷香，夜泊橋頭枕簟涼。天與詩人送詩料，一鈎殘月挂垂楊。

丹陽

江行無奈逆風何，上岸驢羣不受馱。欲覓肩輿資斧少，丹陽郭外跨青騾。

晝寢

休夏無如睡味長，卻嫌人事苦相妨。今朝雨氣能迴客，竟日鼾聲欲撼牀。

夜坐

晝長夜短惜勞生，早晚貪眠差可平。江雨過門山月出，池邊露坐又三更。

煮瓠

曉出柴扉雨氣新，家園瓜瓠纍輪囷。摘來爛煮如蒸鴨，熊掌駝峰未足珍。

贈老僧 山陰人，自言少時爲毛帥健兒。

韎韐曾從遼海軍，袈裟歸卧剡溪雲。可憐射虎屠蛟手，今日揮蠅與拍蚊。

題倪闇公近稿

詩篇直出元和上，書法全從淳化來。與治不生于一死，眼前誰似爾通才。

題葉九來小像

石上松濤雜磵聲，眉間喜動是詩成。世人但道金門好，驃騎何如第五名。九來之兄訒庵方在館閣。

龍江關雨泊

平生睡美向舟中，況是秋江雨滴篷。久客自諳行路法，閑身不恨石尤風。

廣陵一貴家讌客伶人呈劇目首坐者點萬年歡予大呼曰不可豈有使祖宗立於堂下而我輩坐觀者乎主人重違客意予即奮袖而起曰吾寧先去留此一綫於天地間王貽上拊几曰壯哉遺民也遂改他劇

黍離麥秀尚消魂，何況威儀儼至尊。莫道人心盡澌滅，也留一綫在乾坤。

雖然游戲事非真，優孟衣冠亦感人。卻訝先朝曾扮此，當筵未見有人嗔。

客至

山家酒熟不須酤，況有瓜疇與芋區。争道主人貧好客，誰知囊底一錢無。

上元月蝕爲雲所隱 以下甲辰年作。

他鄉又見歲華新，元夕偏傷客子神。若對月明愁轉劇，不如無月免愁人。

頻年日食不爲災，月食何妨閏又來。獨憐今夜雲遮卻，依舊團圓十二回。

牛首山密公房

兜率崖前萬樹松，文殊洞口一聲鐘。雨窗睡起憑欄立，疑是匡廬五老峰。

題王元倬先生小像

神廟遺民世所稀，斯人髣髴漢官威。可憐諸葛真名士，竟作南陽老布衣。

題張則之小像

二十年前曾識君，風流文采冠人羣。如今勳業窺明鏡，獨坐蒲團禮白雲。
苕溪作客夏偏長，每食無餘亦可傷。幸有故人來慰藉，佛前私語詎能忘？
秋艇將遊明聖湖，自慚囊底一錢無。窮魚敢望西江水，百斛能令渴者蘇。
二十年前患難交，知君雅意未全拋。獨憐咫尺同千里，筮得雲雷第五爻。
莫言托鉢是閑身，到此棲遲已六旬。明日我當歸故國，昔年君亦作遊人。

柬王汾仲

草閣藤牀竹火爐，三冬月俸仰生徒。故人有疾憑君養，古道如今久已無。

雪後懷林茂之先生

凍雪初晴鳥曬毛，閑攜幼女出林皐。家人莫道兒衣薄，八十五翁猶緼袍。

溪行遇牛首僧

雪後柴門暴背時，起行溪畔看流澌。山僧相見私相語，此老胸中無數詩。

杜湘草有蘆笛製甚工其聲亦異爲贈此詩

截蘆爲笛世應無，吹氣如蘭爾獨殊。但遇知音桓子野，不愁人破李君謩。

題友人蛺蝶圖

學畫無如畫蝶難，蝶身文采百千般。花間撲取生蝴蝶，夾在書中仔細看。

題張大風畫四首

梅花開後杏花開，酒伴騎驢村店來。不惜千錢沽一斗，當壚笑指玉山頹。

漁翁小艇繫槎枒，楊柳陰中賣酒家。取醉北窗消永日，階庭況有石榴花。

亂山深處白雲屯，幾箇人家晝掩門。野老杖藜時一出，蕭蕭黃葉滿前村。

萬壑千峰一雪埋，山家羣樹總枯柴。早梅獨綻寒崖下，踏破閑僧舊草鞵。

霜　月

曉啟柴扉霜似雪，夜歸蓬徑月如霜。老夫不畏寒侵骨，貪看霜天明月光。

答王左車父子以詩見寄

羣公騎馬朝回日，大賈停船貨殖時。争上聲似王家三父子，雪窗鐙火共吟詩。

半嶺庵看花戲題其壁 以下乙巳年作。

石頭城裏花無數，絶艷誰如半嶺庵。一座錦山堆院落，三春麗日占江南。

梅蕊蘭英雖可愛，嬌紅終遜海棠花。白公有句非輕薄，惱得山僧悔出家。

同龔半千訪掃葉上人

乍睹丰姿山澤臞，徐看題詠雪霜鋪。不知付拂開堂者，曾道斯人半句無。

二月十二日作

老至貪杯不厭頻，況逢桃李鬬芳春。今朝病酒難重醉，孤負百花初度辰。

又題王貽上看花圖

水部梅花事已非，法曹吟閣尚依稀。新年聞説蕃釐觀，芍藥重開金帶圍。

祖堂訪石谿師不遇

冬春相約訪山扉，風雨蹉跎心事違。今日我來公又出，短垣修竹映斜暉。

題吴子班一草亭册

燕雀湖邊風雨冥，黄扉碧瓦總飄零。如何秋浦深山裏，尚剩乾坤一草亭。

浩氣爲雲入太虚，傳家祇有數行書。竹籬茅舍堪棲隱，絶勝蘭臺芸閣居。

題姚伯輔小像

仙居山下吕徽之，米桶盛妻凍不辭。今日姚生重隱處，高風寧復異當時。

題江天際畫

平山堂下遇江生，曾寫雲峰送我行。今日重來已陳迹，紅橋秋柳不勝情。

憶予十歲時初學爲詩清明日隨塾師出郭至丁翁家有絳桃緑梅二本翁言手自種果三四年便開花師因命予作絶句予應聲云云翁大喜爲書屏間今四十餘載翁之子某過予話舊因誦前詩附録

龍眠山下野人家，一片寒香覆白沙。聞説當年種梅子，如今梅子復梅花。

龍眠山下野人家，一簇繁英似赤霞。聞説當年種桃子，如今桃子復桃花。

題汪西京像卷 以下丙午年作。

若翁殉難廣陵城，義烈能齊史相名。賢子豈容通仕籍，風篁雪澗了餘生。

邗上遇沈方鄴即送其歸宛

蕪城相遇太怱怱，卻喜歌筵此暫同。歌罷出門天色曙，渡頭雙艇各西東。
垂垂新柳裊江關，愁殺行人不共攀。最是難忘舊游處，孤雲衆鳥敬亭山。

潤州即事

高閣平臨鐵甕城，城頭朝夕海螺鳴。聲聲淒切已如此，況復笳聲與角聲。

與諸公遊鶴林寺飲米元章墓柏下

載酒尋芳去復來，南宫祠墓獨徘徊。無花亦合醉於此，況有櫻桃千樹開。

鶴林寺懷古

青春重到鶴林寺，白首長吟李涉詩。竹院閑猶似當日，逢僧話亦不多時。唐李涉至此，有「竹院逢僧」之句。

黄鶴山頭黄鶴棲，杜鵑花下杜鵑啼。仙蹤一去無消息，衹有僧樓面舊谿。唐殷七七令杜鵑九日開花。今有杜鵑樓。

元章死葬此山根，誓作伽藍護法門。游客到來皆酹酒，何須上冢定兒孫。宋米芾有墓在寺前，芾嘗發願爲鶴林寺伽藍，後果然。

馬素塔前多古松，相傳此老是禪宗。即如同氣連枝句，已作人間夜半鐘。宋禪師馬素葬此。其詩云：「一回相見一回老，能得幾時爲弟兄。」

八公巖題一微上人壁

石澗涓涓聽不窮，況多竹韻與松風。山頭亦有淮南桂，無復仙人似八公。

焦山絶頂

百尺高樓四面江，山僧終日坐晴窗。客來何物供茶具，指點園丁摘踤躨。本草：豇豆，名踤躨。

中泠泉

百排山下有三瀘，惟有中瀘著水經。可惜江波没泉眼，非時那得注銅缾。

即事贈周建西子常

月華山畔雨蕭蕭，賴爾勤過破寂寥。貧士那能長得酒，花村茶舍日相邀。

牙落

鏡裏容衰甚不平，酒邊牙落更堪驚。也知髮白難重黑，敢望他年兒齒生。

山木逢秋葉自辭，篋中何用强收之。封題尚記今年月，丙午常州立夏時。

旅食歎

初夏將爲閩粤遊，南薰恐不利行舟。早知五月多陰雨，汲汲揚帆豈待秋。

自愧饑軀來往頻，衹因升斗困風塵。女兒年少不知事，衹道天無餓死人。

門户全憑健婦持，朝朝簾下劈青絲。織成衣帶輕如許，不斷炊煙幸在兹。

本草相傳辟穀方，麻仁黑豆最爲良。良方豈必凶年試，大藥應從此日嘗。

人世皆爲口腹營，濁醪粗飯了吾生。來朝米盡將何食，且把園蔬煮作羹。

謾説青門五色瓜，庾郎三韭亦豪華。爛蒸去毛勿拗頸，充盤瓠子更堪誇。

六月

六月重衾更着緜，陰寒渾似莫秋天。我生半百何曾見？記是康熙丙午年。

題笠山師詩卷

雨窗閑静閲公詩，風格高寒繫我思。彷佛當年無相寺，杖人同聽瀑泉時。笠公爲浪杖人首座。

夢與施愚山論詩醒而有作

我所懷人各一方，惟君譚藝最難忘。其中玅訣無多語，衹有銷魂與斷腸。

屏間題句

著書每日有功程，客至能無輟筆迎。笑語多時妨正業，樵蘇不爨豈人情。

題郝羽吉振衣千仞圖

梧竹荒凉鳳鳥饑，沙鷗汀鷺一羣飛。誰知此老胸中異，千仞岡頭獨振衣。

從弟既平以詩草就正題此

愛汝文心秋水明，近來詩律更多情。即如倒影中流句，一幅元人畫不成。既平五日觀渡末句：『美人争向江頭立，不惜全身影倒垂。』

過西華門

碧瓦曾無一片遺，黄扉猶有舊時基。河干野叟低頭立，知是周人詠黍離。

題友人瘦馬圖

天寒遠放雁爲伴，日莫不收烏啄瘡。杜陵此句真淒絶，見爾沈吟亦自傷。

桃花村戲答閻古古

桃花村口路三叉，雙冢新阡司寇家。祇許桃花笑人耳，遊人誰敢笑桃花！

雨中漫興

節近重陽多雨天，荒厨似欲斷炊煙。客中何物加餐飯，茭白蕪青幾箇錢。

題鍾廣漢詩册

惠我新詩見一斑，雄才麗藻動人顔。他年漸老歸平淡，知在高岑伯仲間。

題雨凡上人像

吟詠久無洪覺老，丹青尚有巨然師。空林抱膝知何事，正是經營慘澹時。

法華寺古蹟 以下丁未年作。

顔公干禄書全廢，獨有山中四字存。稍減神情因刻畫，不磨風格自高騫。

蘇公作郡才三月，山水間詩苦不多。曾上此山觀震澤，僧寮猶有七言歌。

寄懷葉子羽長興

名酒無如下箬多，也曾霑醉不重過。雙鳧何日來苕上，山月湖風雜棹歌。

送曾止山登舟

日日河干買去舟，知君未去不曾愁。今朝解纜真成別，腸斷苕溪春水流。

答程弘執送葛粉

衰年病肺酒爲魔，止酒其如愁思何。多謝情人饋仙藥，解酲仍不廢微酡。

羅鏡菴歸舟有巨魚躍入載至太湖放之乞詩

滿地江湖多釣船，遊魚那得保重淵。知君慈愛能生物，特地投身意可憐。

李雲田乞姚氏女畫竹寄其室寶鐙并屬予爲題小詩

楚客懷歸歸路難，先將墨竹報平安。君如粉籜隨風遠，妾似霜根抱石寒。

陵陽山三絶句 是日，蘇凝之招同王名仲、時巽、桂次白、姚彦昭共遊。

黄鶴池邊黄鶴去，白龍潭上白龍飛。遊人何處尋仙跡，祇有丹臺與釣磯。

竇公遺像居然在，道院惟餘一跛僧。不是蘇耽有仙骨，誰能領客上崚嶒。

茗飲先烹石罅泉，陵陽丹溜古來傳。何當汲取三千斛，一洗今人滿腹羴。

友人席上戲爲俳體

魚龍雞鳳菜靈芝，旅食將何饜朵頤。猶喜山中豚肉賤，家家解作叔和醫。俗傳王叔和脉訣：『左心小腸肝膽腎，右肺大腸脾胃命。』石埭請客，强半是肉，故戲之。

石埭紀遊十二首 各有序。

猷州城

石埭在秦以前爲古猷州，其城近陵陽東麓，隋唐間，江東大亂，衆推左難當爲山砦總管，據猷州城，保障一方。則唐時古城尚在，今廢矣。基址周遭隱隱可見，居民耕者常得古銅鐵云。

陵陽山下稻花秋，南陌東阡自一丘。聞道沈沙多折戟，老農知是古猷州。

陵陽山

秦始立郡縣，兹邑爲陵陽，以其近陵陽山而得名也。山在縣治之北一里外，漢元封間沛人竇子明作令於此，嘗釣於涎谿，得白魚似龍，剖其腹有方書。子明喜曰：『此吾志也。』遂登兹山，結茅以居，修煉如法，三年丹成，有白龍下降，負之而去。

鸞鶴騫飛向碧空，如何作吏入樊籠。古人亦有同心者，梅福王喬與葛洪。

丹　泉

陵陽山之中峰有仙壇宫，宫上一里有丹臺。丹竈即子明修煉處。陰晦之夜，嘗見火光燭天，疑丹之餘輝也。臺下有丹泉，從石罅涓涓流出，雖大水旱不盈涸，其味甘洌，迥異他泉。郭璞遊仙詩云：『陵陽挹丹溜。』即指此。

丹竈千年尚有神，子明而後更無人。天生丹溜誰來飲，飲者還推郭景純。

舒　谿

古名涎谿，其義未詳。東漢有舒氏三女，從其父采薪谿上，忽見大桃自澗流出，三女剖而分食之，俄傾坐化。父奔告於家，再來，則三女冉冉雲端矣。遂改涎谿爲舒谿。舊有舒姑廟在谿上，今尚存。

一灣春水漾晴沙，兩岸居人數十家。谿上重尋仙女廟，門前依舊碧桃花。

白龍潭

在舒谿之東一里許，下有深潭，其色凝碧，磻石峨然獨出潭上，即子明垂釣處也。李

太白詩：『杜鵑花開春色闌，人歸陵陽釣魚晚。』是時石埭屬涇縣，故太白此詩在涇縣東亭作。

上下山谿俱涉灘，惟餘此地獨深寒。其中或有龍孫在，無復仙人把釣竿。

黃鶴池

在陵陽中峰之麓，方廣一畝，四時不涸。相傳子明之弟子安亦仙也，曾騎黃鶴來訪其兄，暫棲於此，故名。李太白詩『白龍降陵陽，黃鶴呼子安』，即用此事。或云子安葬於山下，有黃鶴巢其冢樹，非也。池上有黃鶴墩，當因池得名，俗稱白鶴墩，亦非。

黃鶴池邊黃鶴墩，誰騎黃鶴下松根。仙人一去無消息，只有羣鴉噪晚村。

長林

在舒谿之東南一里，古有長林街。唐杜牧守秋浦，有妾程氏不爲其妻所容，遣嫁於長林杜筠，甫六月而生子，即杜荀鶴也。少攻詩，舉景福二年進士第，世爲長林人，不復歸京兆矣。牧之集有示阿宣詩云：『一子嶢嶢跨相門，宣乎須記若而人。長林管領閑風月，曾有佳兒屬杜筠。』蓋阿宣，牧之長子，欲其知有此泒在長林也。

文采風流杜牧之，桃花曾誤十年期。桃根又屬他人手，稍喜還生姓杜兒。

牧鴨湖

在縣西十五里之四都，相傳荀鶴少時寒微，曾牧鴨於此，故名。

荀鶴詩名冠晚唐，小時牧鴨意淒涼。乘軒何不歸京兆，想是依依戀北堂。

迴驢嶺

在牧鴨池之東一里，相傳羅隱聞荀鶴能詩，騎驢訪之，至嶺而遇荀鶴，相與定交，不復至湖上，故名。

江東羅隱本豪賢，卻肯窮鄉訪少年。可見詩人難再得，騎驢牧鴨總堪傳。

魚龍洞

在縣西三十里之六都有魚龍山，山下有深洞，流水出焉。遊人操小舟，秉燭而入，其上爲石屋，左右皆石巖，千年石乳纍纍下垂，有如柱、如屏、如牀、如水簾者，有如鐘、如鼓、如磬者，如松、如桂、如荔支、如娑羅樹者，如鰲、如鯨、如馬、如鸚鵡者，奇形怪狀，

酷似其真。相傳其水發源於青陽之梅宕山，伏地行十餘里始出。今且人行三四里，則有石坡、石臺可以環坐飲酒，前有石門，僅容小舠。門内則峭壁深潭，杳不可測，遊者懼不敢復入。

古洞透迤十里餘，深潭疑有老龍居。天工亦解兒童戲，幻出真形畫不如。

轆轤石

在城南儀鳳門外，危灘急流之處。相傳邑有賢人出，則夜聞轆轤之聲以爲先兆。宋丁公黼、王公鎡，明李公廷璋、吴公必顯、畢公鏘、蘇公瓊、桂公伸釋褐之年，皆有此兆。邑人於谿上作轆轤亭，歲賓興則祭之。亭今廢而址猶存。

危灘静夜轆轤聲，知有英賢此地生。可惜世人勤禱祀，沾沾只是爲科名。

三埭石

在縣西一百六十里之十三都，有三巨石横亘谿上，以塞璉谿、鴻谿之水曰上埭、中埭、下埭。中埭之石方廣五丈，可坐百人，三國時特作石埭埸於此以屯鹽。梁大同元年改爲石埭縣，自是不復名陵陽矣。

縣名石埭義如何，三石爲梁永不磨。我欲往看愁路遠，居人老亦未曾過。

九華道中

雲峰咫尺興飛騰，炎暑攀躋恨未能。直待秋涼重命駕，吟身須躡最高層。

題石開上人所藏無道人畫

秋浦曾來藥地禪，爲公禿筆寫林泉。暫時不肯輕拋卻，掛在松窗十二年。

柬龔仲震 時寓河房，與吴庭發鄰。

青谿僑寓已三遷，垂橐仍無買酒錢。幸有吴郎共晨夕，閑看秋水過霜天。

送行脚僧

開堂付拂渾無賴，不借軍持自有情。極目江天路空闊，方知孤鶴是前生。

上巳柬王左車 以下戊申年作。

莫愁湖上水初平，孫楚樓邊草漸生。幾欲出城修禊事，卻嫌風雨太無情。

哭胡吉甫先生

行年八十八春秋，於世翛然無一憂。獨惜白頭逢喪亂，黍離麥秀不勝愁。

三藏庵見陳百史遺墨有感

驀見僧房大幅懸，回思三十五年前。斯人雅志千秋事，僅僅科名亦可憐。崇禎癸酉，予與百史結盟此庵，故云。

張玉書横潭册子

聞説横潭別業存，桃花流水自成村。明年倘發西泠櫂，定欲停舟扣爾門。

題徐子能小像

何幸同生壬子年，苦吟端不讓前賢。子與、子能皆壬子生，前賢柴桑、少陵、香山亦壬子生。獨予鬚白君鬚黑，才命雌雄已判然。

題畫寄桃源令魏公

淮河交處少山林，花縣新彈宓子琴。爲寄郭熙圖一幅，千巖萬壑助琴心。

贈汪少室四絕句

櫻桃時節雨偏多，陋巷柴扉客不過。倏有素冠亡友子，矯如白鶴下庭柯。

絕世聰明管輅年，懷中詩草更翩翩。自言酷好盦山老，銜口能吟數十篇。

爾祖司農受國恩，先朝廟諱合知尊。如何輕犯光宗諱，想是髫年未討論。

嵩高三十六峰齊，太室居東少室西。汝字重更應取此，白頭猶記在青谿。少室名嵩，舊字洛公，予以其犯廟諱也，爲改今字。

訪王子言秘書留飲竟日有贈

朱雀橋邊谿水平，畫船簫鼓雜歌聲。不知何處金閶客，高詠臨流聽者驚。

曾去天都陟翠微，重來京國玩芳菲。眼前冠蓋應無數，獨念盒山老布衣。

野夫白首卧江村，懶慢經年未出門。今日杖藜來水閣，歡然談藝到黄昏。

題高翁小像

家在秦淮水閣居，蘭花蓮葉滿階除。捲簾時看人垂釣，欹枕夜聽兒讀書。

贈江天章

傳神自昔推曾老，波臣。妙手如今讓戴生。葭湄。復有江郎工此技，三人異代合齊名。

趙山子齋頭看沈石田畫

賸蹟無非沈石田，此圖山水是真傳。主人欲售我欲買，安得青銅三萬錢。

重題採藥圖

白柄長鑱手自持，花籃盛藥步行遲。眉端尚有英雄氣，二十年前四十時。

秋夜示内

竹院風聲吹破壁，紙窗鐙影照空罏。今宵愁絶應難寐，欲飲借卿頭上簪。

汪我生家有婢肥白而眇年二十餘尚無偶一日有眇丈夫見而悦之持厚幣取去予適逢吉期戲爲俳體

昔有人耽一目妓，翻嫌兩目是多餘。情知今夜銀鐙下，合巹真成比目魚。

重陽後一日徐仲光送酒

斗酒雙凫誰餉君，君還餉我意殷勤。獨憐不及重陽節，把盞同看谿上雲。

偶過朱槐里齋頭因題其小像

論交三十二年前，對酒吟詩壁尚縣。我望六旬君望八，白頭相遇更歡然。

破册縭縰誰寫真，品題俱是宋遺民。傳之異代同心者，想見西臺慟哭人。

爲張僧持五十初度

南村五十負詩名，詩似梅花徹骨清。借問天街騎馬客，幾人能作苦吟聲。

自小長齋繡佛前，獨餘米汁未能捐。城南四百八十寺，一寺留君住一年。

上河守風邂逅江天申歡如故舊邀飲江樓而張南村適至遂成大醉詩以紀之

小艇初維江岸沙，忽逢年少有才華。問予可是龠山老，不惜千錢付酒家。

欲挂風帆恨石尤，借君杯酒可忘憂。無心又遇南村子，爛醉旗亭即勝遊。

桃花潭懷古

太白常遊涇水濱，交遊寧止一汪倫。歸時獨爾來相送，千古令人思此人。

題龔半千畫贈曹明府

龔生墨妙冠江東，曾寫雲山草閣中。今日石門尋茂宰，林巒真與畫圖同。

黟縣夜酌

石盂山下雪花飄，旅舍將何破寂寥。惟有城南雙料酒，一瓶差可度寒宵。黟縣所沽，惟白酒名「雙料」者頗佳。

將之無錫別王壻安節 以下己酉年作。

春風挂席向梁谿，今夜維舟泊水西。惜別漫勞留我宿，榜人恐不待聞雞。

過弘濟寺不得上岸訪蒲菴師寄此

言登江岸訪蒲公，卻恨舟師趁好風。纔得過江風又息，幾回搔首夕陽中。

江上觀水勢因憶程孟陽有三月春愁水不如之句遂用其語作起

三月春愁水不如，眼看春水更愁予。何年飽食無遊事，堅卧茅齋老著書。

錢湘靈屈翁山鄒訏士甯山同古白上人見過草堂小飲因至晏家橋看罌粟花得七絶句

長板橋頭春水波，舞衣歌扇總消磨。獨餘野圃閑花草，勾引東風蛺蝶多。

玫瑰芍藥本妖嬈，罌粟花開色更嬌。古寺舊爲江令宅，小園今在晏家橋。

笑指城南富貴家，朱門寂寂鎖煙霞。不如老圃多幽趣，常許閑人來看花。

草堂臨水浄無塵，菜甲盈畦别有春。閉户不曾延俗客，看花時復過比鄰。

自歎貧家召客難，客來寧不薦杯盤。典衣沽酒亦成醉，甜笋香芹未覺酸。

花落鶯啼春可憐，酒徒相遇發狂顛。諸君莫笑予頭白，我是花中老少年。

水閣紛紛颺酒旗，山厨往往斷朝炊。枝頭無數米囊子，戲語錢翁轉自悲。

胡君籲山人七十壽

腰鐮曾上爛柯山，又逐成連海嶠還。丹竈不嫌生白髮，緇塵未易改紅顔。

陶母九十節壽詩

剉薦高風自古推，未聞眉壽及期頤。千秋重見陶家母，苦節遐齡覺更奇。

詩文輯補

人日酬潘蜀藻

方春至人日，欣然愜平生。令節豈不多，吾獨愛此名。東風扇園圃，天宇陰復晴。楊柳未抽條，梅花已含英。晨興坐檐隙，好鳥鳴復鳴。感物多所懷，能無求友聲。潘子居南郭，有酒招我傾。褰裳欲從之，新詩共譏評。奈何鄰家飲，羈馬不果行。鄰家具珍膳，鼓瑟還吹笙。曷若我所懷，椒蔬極歡情。

哭白安石老師四首

玄雲匿白日，朔風淒以繁。冉冉歲方晏，游子歸江門。延首大龍山，中有高人存。褰裳欲從之，禮樂道所尊。奈何徂中路，薪者傳訃言。臨岐發一慟，雪涕如潺湲。傷哉天地變，日月欻已昏。典型在遺老，流風但丘園。彼蒼何不仁，浮雲復孤騫。善人國之紀，殄瘁曷足論。

平生懷耿介，性比金石堅。風雅謝東山，經術王臨川。鏡古以自況，名義非苟然。美人淹遲暮，霜雪凋盛年。晚乃遇明主，殊恩賁林泉。一官授南荒，親老不得前。再補東海郡，德化期以宣。鼙鼓動地來，解組遂歸田。生隱南山阿，死葬南山顛。貞碣垂千秋，有明之大賢。

小子幼耍駑，不能就馳驅。一遊吾師門，目予曰良駒。日夜鞭策之，稍與凡馬殊。本期千里足，流光躡天衢。詎知二十載，偃蹇困泥塗。狂飆吹驚沙，各在江海隅。間歲一相見，握手增悲吁。勸我脱世網，歸隱白鹿湖。湖上結比鄰，琴書聊與娛。佳期悵已矣，此恨徒區區。

避兵占笠澤，今春始一歸。歸未省親舍，先叩師巖扉。入門甚歡懌，出酒還歔欷。茅齋止我宿，秉燭夜已微。明朝過鄰叟，觴詠終落暉。送別立田畔，久語情依依。謂我速歸來，垂竿此湖磯。嘉言佩中心，夙夜願無違。拔宅今始還，物在人已非。雲樹空蕭森，泪下沾裳衣。

里門贈潘蜀藻陳二如

岑城雖寂寞，風雅屬吾曹。近體潘江麗，長歌陳式豪。雙騫鴻鵠侶，五色鳳皇毛。憔悴林

中鶴，清音亦九皋。

哭女嬰阿罷

家貧欲不舉，吾意强留之。名罷雖云累，憐渠較更慈。病知求父抱，死解與人辭。八女存亡半，今朝獨爾思。

次兒彌月

入室弄孩幼，愁懷藉少舒。良辰告家廟，薄祭薦園蔬。社老催雞栅，桓君御鹿車。他時皆命汝，何必佩金魚。

湯仍三宅即事四首之三

五月林花少，偏開榴與葵。向陽心不貳，如火色難移。嫩蕊蜂争采，微香蝶亦窺。翻憐飄忽意，似客在天涯。

癸巳初度

初度年年客，歸心黯自悲。休教僮僕拜，恐被老僧知。鏡裏愧衰白，天涯飽亂離。如何過四十，李嶠尚無兒。

將歸別内三首

漂泊東吴亦偶然，誰知嬿婉結良緣。煙波笠澤隨孤艇，風雨梅墩隱數椽。幸免豺狼頻對酒，永懷烏鳥暫歸田。莫疑蕩子輕離别，水國雙棲已半年。

鴛鴦湖上結縭新，炫服明粧似洛神。爲嫁書生操井臼，始衣帷布佐清貧。縫裳夜火針針巧，摹帖秋窗字字真。弱腕纖腰難折柳，懷中知有石麒麟。

我友潘錢北固山，江如、馭少。其妻亦與汝相關。每思家室同居好，只恐兵戈行路難。此去江城先卜宅，重來村舍又開顏。長途若果無戎馬，一水輕舟任往還。

白門城外約顧與治相晤

龍潭風霰客初歸，望見鍾山淚已揮。不忍城中求爾巷，相期郭外話僧扉。三江寒冱鱸魚

伏，萬樹凋殘鳳鳥饑。莫向水西冠蓋路，元規塵滓薜蘿衣。

自題小像

山人一耒字明農，别號淮西又忍冬。年少才如不羈馬，老來心似後凋松。藏身自合醫兼卜，溷世誰知魚與龍。課板藥囊君莫笑，賦詩行酒尚從容。

秋日招潘蜀藻暨諸子泛舟秦淮賦贈

今年三伏苦無雨，六月終旬猶酷暑。柴門倉猝來舊交，草舍炎蒸愧雞黍。因呼野艇泛青溪，恰喜涼風生遠渚。雖無蘇小憑給樓，尚有何戡歌白紵。興懷往事不勝情，欲展愁眉向誰語。我甘瓢笠老漁磯，君望煙霄競鵬舉。

（以上輯自清潘江龍眠風雅卷三十三，清康熙石經齋刊本）

石皞行

北風揚帆自皖口，將到石皞天色暮。岸傍籬落八九家，也須沽酒叩柴户。主人有酒復有魚，要我移裝宿其廬。草茵席地眠頗穩，烹魚酌酒中懷舒。倦體沈昏先睡去，瞥見亡兒來

我處。相攜二客似仙官，赤狸文豹爲之御。有客問我山海經，我久未閲忘其形。兒即娓娓道名狀，其言精覈皆可聽。已又問兒鴻烈解，八公之徒今安在？兒言淵微復奇譎，炙轂雕龍恐不逮。頗訝當時在庭幃，二書曾未教汝窺。死後何由博羣籍，修文地下良非欺。須臾五雲翔碧幰，幢蓋紛紜兒欲返。或傳吾兒死爲神，今夕何夕來相親。忽憶此日非他日，是汝覽揆初度辰。往年初度予在舍，衣冠汝必拜堂下。予或出門走西東，汝必遥拜空庭中。今冬初度隔生死，魂氣相尋猶至此。威儀已覺爲神明，笑語依然真父子。可憐汝翁鬢欲斑，歲暮江湖獨往還。平明惆悵不能食，騎驢又指司空山。

東平劉生古俠歌

東平劉生古俠雄，爾今復走東平東。馬穿孤店晚煙白，雞破羣山寒日紅。草莽上書非得已，王侯傳食焉終窮。且臨碣石觀滄海，莫耽錦瑟倡樓中。

（以上輯自清姚佺詩源初集吴風，清抱經樓刊本）

顧與治詩序 節録

崇禎甲戌，予避羣盗來江東，卜居與治之里，晨夕相過，歡好無間。與治每構一詩，必

持以質予，予或指其微疵，與治欣然改易無忤也。甲申以後，予攜家返桐，與治亦以江田之累，奔走京口、瓜、儀間，常數歲不得見。見必出詩相商，思日以苦，情日以深，氣格日以老，視嚮時白門所作，工力殊勝，予無間然也矣。戊戌、己亥，與治年逾六十，貧且病，不能治生，惟坐卧一小齋賣詩文自給。門外索書索詩者踵相接也，與治力疾以應之，覺詩思漸減，而書法遒勁逼真古人。易簀之日，猶爲高座寺僧作五言律，書丈餘大幅，了無倦容，其神志高曠如此。施尚白使君自宛陵來，江上心動，馳至其家，而與治瞑矣。尚白既親爲含襝，經理其喪，又探其篋中遺草無有，因屬予廣爲搜之。蓋是時南中藏與治詩者八九家，予一一借鈔，互有異同。而六合沈子遷所藏尤備，即從子遷乞得其本，持往臨江，與尚白共較焉。尚白於今人詩絶少許可，獨心折與治，不啻口出。及予至臨江，留居其署二十日，每夜一燈青熒相對，取與治詩，字櫛而句比之，標其警策，汰其繁冗，釐正其譌謬，吾兩人頗費苦心。至年月先後之次，亦以意揣度，位置不亂，務使觀者因其詩以考其時，因其時以窺其志，百世而下，必有知與治之深者矣。壬寅春，自臨江歸，尚白捐俸屬予授梓，而子遷亦有將伯之助，不旬月，剞劂遂成。因念古人詩之最多者，莫如少陵、香山，其最少者，莫如常建、李頎、劉昚虛輩，品唐詩者不因其少故詘也。今與治詩六百餘首，即不敢追蹤杜白，其視常建、李頎諸君，則倍蓰矣。況其詩冷秀蒼妍，實有諸君所未到者乎？或曰詩貴精，不貴多，審欲

傳與治，存其詩數十首足矣，奚以多爲哉？雖然，好學者緜博而返約，明辯者獻可而替否，古人之詩勿論，其他即少陵、香山，亦未必盡善盡美。矧亡友遺篇，曷忍過於删削。正不妨瑕瑜並見，以俟後之君子論定可也。

（輯自清顧夢游顧與治詩卷首，清毛恒刊本）

谷口山房詩集舊序

吾友叔則、聖秋、豹人、杜若皆秦人也，而杜若時時向予言屺瞻之才不可一世，予心識之。及屺瞻遊揚州，見豹人，豹人亦稱予詩不置，屺瞻謬加賞焉。乙未初冬，予至舊京，寓城南古刹。先是屺瞻亦寓此，東西僧舍，絶不相聞。一日，過中州張水蒼，適相值，才通姓名，彼此驚喜。索水蒼酒飲之，歡呼竟夜。明日，予偕水蒼過屺瞻，屺瞻亦具殽核，出詩質予。其倒至矣。屺瞻即誦予寄豹人『霜江挂席南風正』之句四章，一字不舛，於是兩人相傾詞清以麗，其氣壯以激，其思哀以深，蓋元本性情禮義而出之，不屑時趨者也，屺瞻詩人哉！屺瞻曰：『冬春之交，吾將作龍眠游。龍眠山川人物甲江表，使吾得吟眺其間，詩思必有助，所作恐不止此。』予曰：『甚善。』前豹人、杜若來龍眠，與我黨朝夕諷詠，篇章驟富，濱行各録龍眠詩一卷以傳。今君繼二子後，工力悉敵，而年獨少，氣益豪，其詩必與二子鼎

峙，或者較二子更有進焉，未可知也，予掃徑待之矣。

（輯自清李念慈谷口山房詩集，清康熙刊本）

與減齋

某人詩文雖不足觀，亦望先生教之。先生如大清涼池，無量衆生前後來飲，當令各飽而去也。

（輯自清周亮工結鄰集卷十六，周亮工全集鳳凰出版社二〇〇七年版）

蘇武子遺稿序

嗚呼，此予亡友武子遺稿也。予義不能無序，序之則先痛絶而不可忍也，予又烏能序哉！雖然，武子平生交游滿天下，至中所甚敬愛者，莫若顧與治暨予二人。其臨瞑時，猶作書以訣，教其弟曰：『我有遺文在，不使我同草木萎者，惟吾友乎！我死後，汝必往白下見與治、爾止，授此書。』傷哉！武子誠知予，予獨何以報武子之知乎？

武子姓蘇，名桓，江西新建人。其先君客游燕，遂籍京師。應學使者左公試，公拔之，且召見，謂之曰：『生天下才也，可仍返豫章，以學其所未至。』于是武子歸，從其鄉之賢者

喻仲延、萬茂先、陳士業遊，砥行立節，講求六經、語、孟之指。居數年而其學成。已，告其同類曰：『所貴乎天下士者，惟其能明當世之務也。處州里之中，不獲周知當世之務，則嚮者所學皆糟粕耳。』因棄家復游京師，見海內名公卿先生長者，考問國家典故。凡天下禮樂、兵農、錢穀之數，莫不究治焉。己巳冬，都門猝有警，武子欲上疏陳禦敵之策。會是時，有以口舌得官者，武子耻之，乃退而紀其戰陣攻守之事，作薊西戰守略，又作薊西雜詠以寓其懷。今紀與詩具在，讀之可以知武子之用心矣。甲戌來南都，始交歡予。每相見，必角論終日，或終夜疊疊不休。蓋武子天資超敏，目數行下，輒記誦不忘。又長于辯論，言足達意。以故前代政令之得失，及國朝制度、人物未有如武子之詳且覈也。予謂武子曰：『史學廢久矣。以子才識，庸詎出遷固下？倘謝絶世累，巖居十年，撰述一代之史，必卓爍可觀。』武子曰：『然。此桓志也。』顧家貧不能多購書，且饔飧無以自給。予間以語司馬呂公。公訢然曰：『吾願爲武子成之。』公平居待士厚，又所藏昭代書甚富，至是乃盡出以資武子。武子乃得縱觀其書，竭宵旦之力，眠食俱廢。雖形神癯勞，咯血數升，罔覺也。是歲冬，則草創本紀六七篇，其文閎深瑋箎，與憲章録、吾學編所載殊。未幾，公被謗去位，欲武子偕往中州，卒其業。武子以病辭，然又不忍遽釋其書，常悒悒不樂，留滯旅中，病日篤。與治暨予私憂之。且以其性狷介，好面讁人過，人多嫉之者，故予二人力勸其歸。武子歸

未數月，而訃音至矣。嗟乎！天道無親，常與善人，若顔淵、伯牛者，所謂善人，非歟？而卒貧病夭折，倘稱天道，是耶，非耶？夫武子才識如此，使其少年，幸致通顯，爲臺諫侍從之臣，必能正色立朝，決大疑，定大亂，功名建於當世。即不然，假以年壽，至四十五十，從容暇豫，撰成一代之史，未必無補于國家，胡天厄其遇而奪之蚤也？古之君子，明當世之務，不得用而賫志以殁者，可勝道哉！予痛武子不止于朋友之義，蓋痛其有良史之才而未就也。今與治輯其遺稿，刻而傳之。嗚呼，是曷足以傳武子，然而武子亦賴有以傳矣。

（輯自清周亮工賴古堂文選，周亮工全集鳳凰出版社二〇〇七年版）

評内省齋文集四則

福州人瑞翁傳　方爾止曰：『敘次歷落，參差入古，不能增減一字。』

涂母鄧氏夫人墓誌銘　方爾止曰：『文有斷制，序次老而不繁。』

吴仲升明府墓誌銘　方爾止曰：『仲升名噪詞場，予曾讀其偶評及八科房選，手眼不羣。今先生彰其品行，始知其人不僅以文傳矣。高士零落，睠懷聲氣，爲之憮然。』

祭羅以聲醫士文　方爾止曰：『不悲其人，而悲衆病。與祭夏乾明文意同而詞異。祭文中

誰有此高脱？』

（以上輯自清湯來賀内省齋文集，清康熙五車樓刊本）

評自課堂集詩文九則

松臺山房詩集序　方爾止曰：『詩文之難成，譬諸練帛、鑄劍，遲之久而又久，方能盡善盡美，此至論也。今人刻燭擊盃，自誇爲敏捷者，讀此文，能無廢然？』

宋荔裳先生文集序　方爾止曰：『序今人之文，直從泰山孔子説來，可謂源本之論矣，非玉叔不足以當之。』

焦山古鼎詩跋　方爾止曰：『段落分明，而前後關鍵，纏緜貫合，步步有法，老到之極。』

鶴林寺　方爾止曰：『中四語鶴林事實，點染無痕，所以入妙。』

贈蔣虎臣太史　方爾止曰：『歌、麻二韻，古人通用，坡公古義尚然。今人絶無通者，不知韻經之故耳。』

贈王貽上司理　方爾止曰：『嚶鳴二首全用比體，此法惟漢人有之，即漢詩中亦不多得，僅「新裂齊紈素」、「迢迢牽牛星」、「洛陽城東路」三首耳。』

攝山棲霞寺　方爾止曰：『攝山者，謂其山產靈草，可以攝生也。明居士舍宅爲寺，江侍中

撰文勒碑，此棲霞本末，所當指次，他人游覽匆匆，知此者鮮矣。』

竹林寺　方爾止曰：『格調全是盛唐，中原七子有其聲響，無其氣韻。』

雨花臺　方爾止曰：『「煙銷樹盡」二語，寫今日雨花臺，曲盡其致，非親歷者不知。』

（以上輯自清程康莊自課堂集，山右叢書初編民國影印本）

評詩源初集五則

陳篕薑讀孟貞先生詩得五字七韻　方爾止曰：『陶、謝、韋、柳爲正風，何也？以其才清也。格不清則凡，調不清則冗，思不清則俗。王楊之流麗，沈宋之豐蔚，高岑之悲壯，李杜之雄大，其才不一，而格、調、思未有不清者也。予與孟貞、翼仲藻淪非一朝，而今有其驗矣。』

（輯自清姚佺詩源初集吴風，清抱經樓刊本）

胡介都人見訪兼酬枉贈之作　方爾止曰：『酒識玄運，即羲和沈湎變白日爲玄天意，誦末段，反覆忠厚，辭無傾回，而意歸義正，君子哉！』

李琬山陰泣、來護君、許氏驄、得勝門、御河橋、煤山樹諸詩　方爾止曰：『閑功旌遜國諸臣詩，凡九十二人，可謂烈矣。今又系以六人，足壯本朝之氣。其序遜國詩曰：「武臣不録死戰，渠職也。婦寺必書孤憤，特操也。列奸榜而亦遺，初終或稍違；在避荒而間削，本末不

可知。若夫元勳姻婭，可貪榮秩而不貪；山夫與子衿，可避斧鑕而勿避，則宜尚嘉伊志。太史公屠象美美之曰：君子聽琴瑟，則思志義之臣，是詩與遜國詩，諸臣琴瑟哉！」』

王拔挽劉孝廉會昌　方爾止曰：『不徒哀壯，而又一意貫串，首尾鈞兩，毫髮不差。』

韓曾駒李不器庚村夜語及吴興詩選一幅乙酉南變軼去行且複理舊業感賦長句　方爾止曰：『詩書自七雄後，一燼秦火，再潰莽，三燹卓傕，四毁湘東，五佚於巢，六竄於宣和。雖隨散隨聚，然如隋文父子，以天子之力，收書僅三千（按，蓋『十』字，刻印之誤）七萬卷，乃王長公稱二酉主人，至以匹夫之力，乃致四萬二千三百八十四卷，難矣哉！人穀志比周藏，心勤删定，何其雄，何其殷耶！』

（以上輯自清姚佺詩源初集越風，清抱經樓刊本）

離六堂集·離六堂詩評　一則

余觀六朝以來，釋之詩多于詩近，而于禪遠；唐宋以來，釋之詩多于禪近，而于詩遠，蓋兼善者鮮矣。夫善爲禪者，使人不見以爲詩；善爲詩者，使人不見以爲禪。夫使人不見以爲詩，釋之所能也；使人不見以爲禪，釋之所不能也。故必以詩爲詩，而不以禪爲詩，斯可入風雅之林矣。厂翁之詩，使詩不見禪，而禪無不備，以詩還詩，脱盡石屋、栯堂、弘覺範

之陋，駸駸乎駕靈一、皎然而更上也，詩禪兼善矣。（輯自清釋大汕離六堂集卷首，清康熙懷古樓刊本）

評重新靈濟廟序

爲文不關名教，雖工無益。此序豎議博大，行文醇正，真足扶持世道，非徒爲雕蟲之業也。（輯自清魏憲枕江堂詩文集，清康熙有恒書屋刊本）

附録

方盒山先生傳

朱書

方文，字爾止，一名一耒，字明農，桐城人。方氏世以忠孝節義名其家，自四川斷事官法死靖難之禍，數傳至學漸，講學，稱明善先生。學漸生大鉉，以進士仕户部主事，立氣節，能文章，即文父也。年五十生文，文七歲，父卒京邸，其母王氏年二十餘，苦節撫成之。文年少有才名，思振其家聲，與諸名士貴池吴應箕輩及復社、幾社諸君子相厚善。崇禎十五年，大荒乏食，宣城令梁應奇以五百金贈之。乙酉後，輒放廢不自繩檢。避兵吴江，尋病困白下，武進令張國樞、高淳令崔掄奇濟其急。既而太湖令李世洽延爲生徒師，遂徙家焉。文爲人猥狹又任放，好嫚駡。刻意爲詩，輒嫉憤舉世，世無當其意者，以故多齟齬。四人獨能終始禮之無間也。間登廬山，南望痛哭。還居樅陽，會妻中風暴死，妻家構釁移禍其妾，拆妾腦，墮胎死。時母年七十矣，命文出遊繼室，冀生子延宗祀，文依母不肯去，母嚴命之，乃之淮安。已聞母卒，奔還，厝之淺土。事竣，遊徐州，入燕北，探孤竹，諸貴人多折節交之。文顧時時狂駡曰：『齷齪，毋近咻污我！』踰年，復命棹歸，卜居淮上，娶故殉難汪公偉女爲婦。時李世洽觀察徐州，復往從之。已乃南入杭州，縱遊西湖，還居金陵，以醫卜自活。尋遊兖州，謁曲阜林廟去，之濟南，上泰山，

西赴廣平、大名，還金陵。未幾，泝江入豫章，至贛州還。有四遊詩集。壬寅，益憤激，若蹙蹙不能一日生者。過清江浦，讀洪武所封河伯廟碑，慨然酹酒，呼謝處士緒：『吾與爾爲後起，不孤也！』痛哭去。謝處士緒者，宋會稽諸生，居金龍山，入元以忠憤自沈，即洪武所封河伯者也。事詳廟碑。文去，復上泰山，還客常州，或出或居。戊申，謁孝陵。先是，文從兄孔炤爲南尚寶司攝太常寺，秋祭，攜文及其子以智同至齋宫。夜有羣鹿來觸人，項懸金牌，鏝『永樂』字其上，蓋成祖所放也。取餅餌飼之，即馴擾攸伏。至此忽雞鳴鼓鐘，百官鵠立拜舞。文因縱觀其盛，心樂之，遍陳禮樂器物，復歎其樸儉，謂聖制不可及。明三十年，都非往日見聞，文曰：『戊申，高皇帝登極之年也。嗟乎，哀哉！』伏地大哭不能起，久乃去。明年，殁于蕪湖客舍。有爲箕仙之術者，或傅箕曰：『平生詩酒是生涯，老死江干不憶家。自入黄泉無所見，冥官猶是舊烏紗。』遠近傳之，以爲文也。文無子，其壻安節王概爲刻嵞山詩若干卷。嵞山在懷遠縣城外，周世宗望之，謂濠州有王者氣。文以自號，不忘濠也。

朱書曰：吾聞之吴人汪撰曰：『陳溧陽以假歸，乞嵞山定其詩，執禮甚恭。嵞山反復讀之曰：「甚善，但須改三字即必傳無疑耳。」陳以爲隱也，曰：「寧止是，顧三字者何也？」嵞山厲聲曰：「但須改『陳名夏』三字。」時坐客滿舉，錯愕不能出聲，陳亦厲聲曰：「爾謂我不能殺爾耶！」適代巡來謁，陳拂衣去。客咸咎嵞山。嵞山笑曰：「吾自辦頭來耳。公等何憂？」頃之，陳復入，執嵞山手，涕流被面曰：「子責我良是，獨不能諒我乎？」竟相好如初。』

（輯自清方文嵞山續集後編卷末，清康熙刊本）

龍眠風雅・方文　潘江

方文，字爾止，號明農，别號淮西山人，天啟末諸生，司農玉峽公之子也。爲人狀貌魁傑，賦性亢爽。少負時譽，高自標表，好結納四方知名士，與從子以智聲名相頡頏。崇禎中，江上選家林立。楊廷樞維斗、錢禧吉士、劉城伯宗、吴應箕次尾諸名士狎主藝林，國門一懸，千金不易。爾止支柱其間，所選訊雅一書，壇壎相望，並重雞林。既因世變，不就博士弟子試，鋭志著述。其爲詩陶冶性靈，流連物態，不屑爲章絺句繪之學。間有徑率之句，頗爲承學口實。然爾止實苦吟，含咀宫商，日鍛月鍊，凡人所輕忽視之者，皆其嘔心刻腑而出之者也。好改人詩，與人辯論，至面赤背汗不少休，人亦以此嗛之，而爾止已語罷輒忘，不復省記矣。所著嵞山集五十卷，武林吴百朋錦雯欲爲鏤行之而不果。一時詞坫耆宿若錢牧齋、林茂之、施愚山、孫豹人、宋玉叔、王涓來、顧與治、王阮亭、紀伯紫諸公皆盛相推許，以爲必傳。今其詩具在，如『萬劫不燒惟富貴，五倫最假是君臣』，『年少才如不羈馬，老來心似後凋松』，『性情最是遊不倦，富貴何如詩可傳』，『卜肆尚能言孝弟，醫方猶可立君臣』，天下後世必有誦其詩而知其人者，顧可以徑率少之耶！

（輯自清潘江龍眠風雅卷三十三，清康熙石經齋刊本）

漁洋詩話・方文　王士禛

方盦山文，桐城人，居金陵。少多才華，晚學白樂天，好作俚淺之語，爲世口實。以己壬子生，命畫

師作四壬子圖，中爲陶淵明，次杜子美，次白樂天，皆高坐，而已傴僂於前，呈其詩卷。余爲題罷，語座客曰：『陶坦率，白令老嫗可解，皆不足慮；所慮杜陵老子，文峻綱密，恐翕山不免喫藤條耳。』一座絶倒。

（輯自清王士禎漁洋詩話卷下，王士禎全集，齊魯書社二〇〇七年版）

池北偶談・談藝五・方爾止

王士禎

劉貢父平生未嘗議人長短，有不韙，必面折之，退無一語，此長者之行也。亡友桐城方爾止，瀟灑有天趣，每見人誦詩者，輒爲竄改，其人不樂，方亦不顧也。然退，未嘗不稱其長而掩覆其短。予以此重之。方事多可笑，秀水李良年字武曾，方一日與劄，故作『增』字。李明日見曰：『先生誤矣，某字武曾，非「增」也。』方曰：『吾正恐人誤作「武曾」讀如「層」耳。』聞者皆笑。

（輯自清王士禎池北偶談卷十五，中華書局一九八二年版）

明詩綜 一則

朱彝尊

爾止間作可笑詩句，頗爲時論揶揄。然如嘉穀登場，或舂或揉，秕糠終少於粒米。

（輯自清朱彝尊明詩綜卷八十一引静志居詩話，中華書局二〇〇七年版）

詩觀初集・方文

鄧漢儀

爾止詩專學長慶，僕昔與之論詩蕭寺，頗有箴規，爾止弗善也。要汰其俚率，存其蒼老，斯爾止爲足

（輯自錢仲聯清詩紀事明遺民卷，鳳凰出版社二〇〇四年版）

傳矣。

明遺民詩·方文　卓爾堪

與錢澄之齊名。荷衣棕笠，隱居金陵。性不能容物，常以氣淩人。有以詩投者，必曲爲改削。

（輯自錢仲聯清詩紀事明遺民卷，鳳凰出版社二〇〇四年版）

安慶府志·人物志·文學·方文

方文，字爾止，邑諸生，司徒大鉉之仲子。性豪宕不羈，聰穎過人，幼工文詞，所交多天下俊彥，以棘闈數奇，博覽名勝，吟詠不輟。後學推爲宗匠。早卒。遺有詩文合刻，題曰嵞山集。

（輯自清康熙安慶府志卷十九，清刊本）

桐城續修縣志·人物志·儒林·方文

方文，字爾止，又名一耒，字明農，號嵞山。大鉉少子。明季諸生，遊歷南北，詩名震天下。蹤跡所至，傾動一時。所爲詩上自漢魏，下至宋元，無所不有。以名家子早更喪亂，抑塞磊落，一發於詩。故

其沈頓蒼涼之作似老杜者爲多。晚年居樅陽以終。其墓亦在樅陽。無子。著有龕山集。

（輯自清道光桐城續修縣志卷十五，清刊本）

柳南續筆・方爾止吟詩

王應奎

桐城方文，字爾止，嘗登鳳凰臺吟太白詩云：『鳳凰臺上一箇鳳凰遊，而今鳳去耶，臺空耶，江水流。』曼聲長吟，且詠且拍，人皆以爲朱翁子之徒，隨而笑之。又考詩甚嚴，見同輩作，即一字未妥，必推敲以定，人嗤之曰『改而止』。

（輯自清王應奎柳南續筆卷一，中華書局一九八三年版）

桐舊集・方文

徐璈輯

方文，字爾止，號明農，崇禎間諸生。有爾止集。

吴德旋聞見録　爾止布衣，僑居金陵。其爲人賦性開朗，狀貌魁梧。少有才華，晚歲爲詩學白樂天，嘗作四壬子圖。其詩愚山爲之序。

陳僖曰：明懷宗時，士君子以文章名節相尚，江北人物，首推桐城。而桐城人物以方氏爲最，如爾止、密之，皆聲震天下。

施閏章龕山遊草序　近之論者，惟尚聲律噌吰，氣象軒朗，取宫制典故，圖經勝迹，綴緝爲工。稍涉情

語，輒訾以降格。于是前可移後，甲可贈乙，郛郭雖雄，中實弊陋。爾止爲詩，雖民謡里諺，塗巷瑣事，皆可引用。興會所屬，衝口成篇。故其詩款曲如話，真至渾融，自肺腑中流出，絶無補綴之痕。

居易録　康熙乙巳解郡後客金陵，與方爾止共遊牛首、祖堂、棲霞、花山。

感舊集　盦山，户部郎中大鉉之子，有西江遊草、爾止集。

李調元雨村詩話　方爾止有京師竹枝詞云：『清晨旅舍降嬋娟，便脱紅裙上炕眠。傍晚起來無箇事，一回小曲一筒煙。』堪絶倒也。

王阮亭分甘餘話　『烏衣巷口多芳草，明日重來又早春。』亦佳句也。

張文端贈方明農詩　桃渡詩人宅，春水生柴門。未到已七年，相憶勞晨昏。壁間畫梅竹，班剥今尚存。百卷盦山詩，古調無纖塵。高吟石城煙，妻子同小園。僻巷連野老，蕭然如山村。入室古人在，閉門吾道尊。賦詩飲醇酒，世俗安可論。

宜田彙稿讀爾止集十四韻　盦山高祖行，詩法追香山。詞惟任澹樸，意本出咀研。隱括盡纖毫，緒理常安閒。栗里並夔州，參觀得其詮。繪四壬子圖，名流豔争攀。滄桑歷世變，飄蕩凋朱顔。遺民見悲詠，鷫鷞非句妍。自訂四游草，諒節光山川。嶔崎三十載，身賤名益傳。明農晚易號，意與明圃宣。藥廬標巍行，同志老益堅。文章根至性，歷歷吾宗賢。傷哉際劫火，客死終狂顛。無兒當不恨，異代争斯編。

（輯自清徐璈桐舊集卷一，民國影清道光刊本）

盦山集序

李　楷

桐城方子爾止之詩，凡若干卷，諸體咸具。河濱子序之曰：『夫論詩而好譏議人者，此其人不足與言詩也。』其意以爲不排人無以自見，故於古人亦反脣焉。繇此推之，必律天下之人皆歸於己一軌。凡古人之不合於我者，輒訾其瑕纇，使聞者無不驚而畏之。曰：夫夫也，且出古人上，其誰敢與之争？嗟乎！古人何易言也？古之人先得我心，亦猶我之先得乎天下後世之心也。與我同者我趨之，與彼同者彼趨之，古今一揆，是非無定，必引彼以就我，與强我以適彼，皆不然之事也。或彼或我自成一家而已矣。乃世所援以爲口實者：元輕白俗，郊寒島瘦。予竊以爲不然。夫微之、樂天、東野、閬仙，豈復有堪爲姗笑之資哉？後之學者，不得其精神之所存，而皮相之，耳食之，羣而吠之，以輕俗寒瘦概古人之一生，古之人其心折乎？若四公者，皆自成一家者也。夫家者，異於遊歷與寄寓者也。跋涉之途不足以當一宿，一宿之旅不足以當流寓，流寓之所不足以當故廬。以是知岐出岐入，泛泛然而無所歸者，皆失其家而家他人之家。不能以自立，我之亞旅、我之苗裔將安歸乎？古人爲人之所歸，而或以其異己，則曰『非我家也』，然不謂之汝家，乃遂訾之曰：『此未足以爲家。』嘻，其甚哉！方子於詩，無所不學，而歸宗無二。其詩必自成一家，故其言曰『樸老真至』，詩之則也。予觀草木之華，香艷沁人，結而爲果，堅確可舉。方子之詩，詩之果也，『樸老真至』則果之熟時也。方子以盦山名集，本於離騷天問『何娶彼盦山，而通之於台桑』。蓋盦山即尚書之盦山也。其地或云在會稽，以在鍾離者爲正，方子之意遠矣。方子名

文，字爾止；又名一耒，字明農。

嵞山集序

姚康

謂詩文必窮而後工者，大約取證汨羅、杜陵諸君子。顧楚之爲國，唐之爲天下，當其時皆何如其窮，豈獨一人哉？夫必窮其人，而後工其詩文，詩文可不設矣。乃至窮天下之人，以工一人之詩文，司命者之需於詩文又何爲也？世言不讀萬卷書，不行萬里路，讀不得杜詩。政恐讀萬卷書、行萬里路，而非身經一時之變者，亦讀不得杜詩。自予經變以來，舉頭向天，不復知日月所在，乃得讀爾止詩，老眼頓明。蓋今之爾止，昔之汨羅、杜陵也。非三君子，此三代者，遂成黑暗地獄矣。乃知窮天下之人，以工一人之詩文者，爲一人之詩文成，而天下始有所託，此司命者之微意也。夫天下之內，天下之外，有大物焉以持之者理也。而詩之需於此者，獨少焉，過不在理也。如五穀之取精元化者，不過一歲之滋，而住世者賴之。至五金八石之壽皆萬歲，而或至殺人，其德乃不逮一歲之穀，過亦不在金石也。砒霜之爲物也，人食之死，龍食之肥，則砒亦不死之藥，而食之死者，其脾胃不龍若耳。生民以來，忠臣孝子之心，何一不出於理。忠臣孝子之言，何一不歸於理？愈理愈奇，愈理愈韻。理者，詩家之大藥，特非其人不得而用之。忠臣孝子之制作，固龍之脾胃也與。嗟乎！惟理之窮亦久矣。有爾止詩，而理得所託天下與託焉，此天下甘爲爾止窮不怨也。長沙之弔汨羅曰：『歷九州而相君兮，何必懷此都也。』蓋自傷所遭不逮汨羅。顧使以賈生而當永嘉、靖康時，頗得作此想否？故非司命之大仁大忍以窮一人而因大窮天下人尚

足誤我。賈生，未可與讀騷矣，況他人乎？然則所謂一時之變，今用之者兩人可也。作詩者用之，爾止是也；讀詩者用之，休那是也。

（以上輯自清方文嵞山集卷首，清康熙刊本）

北游草序

王澤弘

余於戊子秋來京師，道經岐亭，與桐城方爾止先生邂逅相遇，縞帶定交。因得窺其篋中諸體詩，心甚悦之，以爲高老渾脱，有少陵風，今世所自命爲詩家者，皆不及也。是年余北征不果，而方先生亦倦游南還，余又於甲午冬再至燕，居此者且四載餘。每從諸友人所論詩，輒謂不得方爾止先生，此道幾無可告語者。蓋將俟異日南歸之後，相約爲世外交，不圖與先生復相見於京邸也。

先生詩自甲申起，至丁酉止，分體編年，凡三十卷，曰嵞山集，已付吴司理錦雯往梓於吴門矣。兹則丁酉冬至戊戌秋，京邸所作諸贈答詩，另爲一卷，曰北游草，以續嵞山集之後，行將歸白下梓行之。於其歸也，命余一言綴於篇端。余觀先生此詩，較岐亭所示諸詩，漸老漸熟，漸造平淡，正如少陵夔州以後、香山洛陽、東坡海外之作，天機爛熳，幾於神化，不當以聲色臭味求之。而不知先生者，舍其詩弗論，謂先生以處士而與公卿大夫游，又入其名詩題中，以此爲訴議。余謂處士與公卿大夫果有異乎哉？先生雖與諸公卿大夫游，其所贈答詩無一媕阿之語，自負甚高，寄託甚遠，與昌黎所上宰相書等，不爲公卿大夫所忌諱亦幸矣，其肯以此取悦乎？況所謂公卿大夫，皆先生向時風雨寤寐、數十年不渝之交，如以其

仕隱殊途，遂欲與數十年朋友之交絶，其於詩人忠厚和平之意遠矣。余幸不爲先生所絶，時時過余寓齋，連牀接席，動經旬日，而余對先生亦不覺其爲處士也。先生且進而教余以事公卿大夫者之道，與素所論詩相表裏，則今日長安邸中，又何以異於同游岐亭時耶？知此意者，始可與讀先生詩矣。

北游草序

王　潢

詩本人情，該物理，其大者可薦郊廟，感鬼神。而二南十五國風，多塗歌巷謳、田夫游女之作，要以直任自然，無取雕飾。故古詩十九首情真、景真、事真、意真，遂闢至極。鍾參軍之評詩也曰：詩以吟詠性情爲主，亦何貴於故實？如『思君若流水』、『高臺多悲風』、『清晨登隴首』、『明月照積雪』之類，何其妙也。昔人稱白香山『廣大教化主』，其爲詩，率令老嫗讀之，豈非本人情，該物理，深有得於風人之旨歟！吾友方爾止，以詩名家者三十年，大都獨寫性靈，直抒胸臆。蓋鎔鑄經史，取其精液，即景以會情，因事以達意，故不必艱深險澀，如江河之行，順流善下，及其觸山赴谷，風搏物激，然後滂湃洶湧，以盡變出奇，要自成爾止一家之詩。然與香山異曲同工，塤唱而篪和矣。吾獨怪香山當元和、長慶間，其直聲亮節，震焯宇内，至於篇章流布，繕寫摹刻，衒鬻市肆，甚者雞林賈人，自云其國宰相每以百金易一篇，其僞者宰相輒能辨之。自著作以來，未有如是流傳之廣者。而爾止顧獨鬱鬱不得志於時，又遭家難，漂泊江淮間，渡河踰濟，直走幽薊，與燕市酒人悲歌飲泣。已而短衫破帽，策蹇驢出入關塞，尋盧龍之故壘，弔首陽之荒墟，發爲詩歌，以洩其沈頓無聊、骯髒不平之氣，卒乃垂翼而歸。吾未嘗不惜其才而悲其遇也。

雖然，詩人多蹇，又云詩非窮不工，果如李杜文章，光焰萬丈，雖坎壈終身，正復何恨？識者讀爾止詩，益信其人自此傳矣！蓋爾止沈酣此道已三十年，年輒有集，其篇帙之富不減香山。他日必有辦百萬錢爲戴逵起宅如郗超其人者，當盡付剞劂，俾長慶集不得獨有千古。但予僅同白家老嫗，愧匪微之，其安能爲香山序也耶？

北游草序

李　楷

吾友方子爾止取其甲申以後十四年之詩，依體編次，曰嵞山集，余既已序而傳之矣。過此以往，其詩日繁，大要每歲自爲一卷，以附於前集之後，曰嵞山續集，此則續集中之一種也。蓋方子北游於燕薊，覽金臺山川之勝，徘徊於宮闕之下，長揖公卿，飲酒賦詩，又策蹇塞上，東臨碣石，以觀滄海，寄託蕭遠，感興雜出，於是其詩益以豪，天下之知方子者益以衆。夫雲間之陸，入洛而宦；灞陵之梁，顧京而噫。且士固有志，不可强同，方子之介介於嵞山，豈其無故而然歟？懷故鄉者，仁之道；思先聖者，厚之風。其入燕趙悲歌感慨之域，易於淒涼激壯，難於和平温雅，非有樂天知命、幾於見道之懷，其志其辭惡能和平温雅至是哉！方子與余交最久，余知其詩之要領，感時懷古，根於性情，即不免於贈答，皆直書其交情，不爲虚譽，不爲諂曲，斯亦異於人之爲詩者矣！方子以爲譽而諂者，其志卑，其初皆迫於有所求，求之而不得，則怨誹生焉，吾不爲富貴折節，肯以貧賤干人乎？若方子者，可謂詩人之有守者矣。嗟夫！嵞山在鍾離郡，固萬國玉帛之遺蹤也，於昔爲新豐，於今則荒墟。方子果何所求而取以名其集哉？人將

以爾止爲愚矣！夫爾止古君子也，而可以謂之愚乎？

（以上輯自清方文盦山續集前編北游草卷首，清康熙刊本）

徐杭遊草序

李明睿

六經皆序事之文也。易以道陰陽，書以道治亂，禮樂以道中和，其所序者，即陰陽、治亂、中和之事也。至於春秋以道名分，不言善惡，據事直書而褒貶自見，尤爲聖人序事之至文焉。豈獨詩以道性情爲當序事哉！說者曰：『詩本人情，該物理，風、雅、頌、興、比、賦，六義俱存，豈獨序事乎？』余曰：『不然，詩三百篇，皆忠臣、孝子、怨女、征夫流連綣繾，感懷而作。其間無非直寫意中之事，而情與景皆在其中。豈如後人之爲詩者，置自已之性情而拾他人之糟粕，生吞活剥，捉摸求詩之謂耶！故謂之曰「序事」，非誣也。』六經而後，善言文者，莫如司馬子長；善言詩者，莫如杜子美。今觀其文與詩，有一非序事者乎？八書、十二年表、七十諸紀傳，篇篇序事；至鄜州、同谷、遊東西川、客梓州、次雲安、移夔州、入湖南以及寓居耒陽而卒，其集六十卷，首首序事，但人不及詳察耳！自嚴羽、高棅論詩，以爲風雅不用議論，不必序事，不知三代以來，凡詩之妙者，有一非議論序事者乎！今之作古文者，正坐此病，間有議論，而不能序事，故文遜前賢。若詩，則尤不能序事，以致剿襲堆砌，無一字可觀，反號於人曰『我能詩，我能詩』。嗚呼，陋莫甚矣！夫其所以不能序事之故，則以胸中原無定見，特因一時登臨贈答，不得已而有詩耳。不知詩在人性情骨髓裏，不在皮膚口舌之間，故惟忠孝人能作忠孝語也。今試取陶、謝、王、孟、錢、

劉、元、白、郊、島諸人之詩，一一細心讀之，議論中有非序事者乎？特人以『風雅』二字蔽錮沈溺，使自己性靈不能發見，陷入尋常窠臼中，遂至老死不得出頭耳。今何幸得方子爾止，一洗此陋乎！爾止自弱冠即以詩名世將三十年，其平生所作，不下五六千首，今删去其半，猶存二十四卷曰盋山集，亦可謂富於詩者矣。世人讀爾止詩，或稱其氣格雄渾，或稱其音節和暢，或稱其用意曲折，種種不一，而吾以一言蔽之，曰『妙於序事』而已。往從吾家叔則處見爾止北游草，即驚喜曰：『今日詩人中，安得有此人乎？恨吾老不及見耳。』踰年，爾止來邗溝，訪余於舟次，余喜欲狂，而爾止即出其徐杭遊草屬余序。余觀其遊徐詩，不必有『戲馬』、『放鶴』等字，而知其爲徐州作也；其遊杭詩，不必有『六橋』、『三竺』等字，而知其爲杭州作也。徐杭間山水友朋並皆佳勝，其登臨詩必序其山川之興廢，贈答詩必序其交情之新故，一字不肯虚設。蓋天下之景多同而情各異，情或同而事各異。爾止妙於序事，故其詩千態萬狀，無一字相同，良有以也。余往見人送詩，輒閉目不觀，曰：『此中原無物，何必拾人殘唾！』獨見爾止詩，不覺神魂夢想，如在蓬閬間，然後知真詩自在人間，我自無緣，恨相見之晚耳。爾止，爾止，幸善自愛！文之神妙莫先於詩，一戰作氣，再而衰，三而竭，余之文正當衰竭之時，而以序爾止方張作氣之詩，能無汗顔？然生平愛此等詩，慕此等人，恨不得見，今既見其詩矣，見其人矣，安能默默已於言耶！況爾止把筆爲我訂詩，不特推敲中波數字而已。今而後，吾願以風雅一席，專奉爾止，他人不得而攘臂焉。故拈出序事一説，以爲詩家之標準，至其『盋山』命集之意，則有叔則兩序及諸公序在，且非論詩之要，故不書。

徐杭遊草序

吴百朋

予讀爾止先生遊草而歎爲有道之士也。今遊道窮矣！貪吏攫金肥家，不念綈袍故人，而客子發怨憤之言，廉吏潔己遠害，不能骫法以徇私交，而客子亦發怨憤之言。爾止工於詩，車轍所到，逢迎固多，然蒯緱落落，亦復不少。及觀爾止詩，多相成之言，無相怨之語。雖其友窮困屈辱，樂之而勿去。非以窮困屈辱爲樂也，窮困屈辱不足以動爾止之心爲可樂也。爾止非有道之士乎哉！今人平居握手相慕悦，酒食遊戲相徵逐，援青松、指白水以示信，一旦臨小利害輒去之，且乘其危急加排擠焉。爾止不然。方予待罪吴門，爾止投一緘，諄諄以二竪爲念，無他詞也。及予對簿石城，僦居卑濕湫隘之地，爾止造門，急欲一見，又諄諄以喪明爲念，無他詞也。人之無良，不問貪廉，概肆罵詈，聞爾止之風亦可以少愧矣！蓋爾止爲人，脱略坦夷，蕭疏恬退，世不能用其材，爾止亦不屈以求合，無所抒其意，則往往從酒人俠客、旗亭蕭寺以及名山大川、春樹暮雲酣嬉流連而不厭。故遊屐所至，無論達官貴人、高僧貧士，賦詩贈答，咸得其歡心，即後生小子，寸長足採，亦欣然獎進不倦。爾止非有道之士乎哉！予嬰沈疾，纔作吏即中蜚語，平生故舊，無一引手者，且加謗焉。獨爾止相見歡好如昔，謂人生壽命幾何，富貴利達皆朝露耳。且飲酒，且作詩。因勸予梓其近什，而予亦序其徐杭遊草云。

（以上輯自清方文盦山續集前編徐杭遊草卷首，清康熙刊本）

魯游草序

李長祥

李供奉，蜀人也，蜀山水之奇，供奉詩不及焉。杜工部在蜀，亦惟瞿唐、劍閣有詩耳，以峨眉之奇而工部不及焉。供奉則有峨眉詩，然僅一絶句。其游山東也，有泰山詩五首，而孔廟不及焉。工部則俱不及，其在任城止望嶽一首耳。古之人於詩，其思力之所至則爲之，其不爲者，想亦其思力有所未至也。爾止先生游山東，盡覽泰山、孔廟之勝，無不有詩，予訪之哺雛軒，出以示予。予懷歸，得讀竟日，大約爽爽朗朗，不煩鈎索，自然工妙，然則其思與力殆有過於古之人者耶！楚人杜于皇與予言詩最洽，因並讀爾止詩，各爲之序。蓋天下之知爾止者以詩，知爾止之詩者不止於此，而讀此詩者，亦可以知爾止矣。

魯游草序

杜濬

三十年以前，余至金陵，交游多老蒼，相與唱和，宴游馳騁，上下其議論者有龍眠數子，而余與爾止尤傲睨其間。是時略未聞道，徒以年少負才，遌奇好辯，必屈伏人而後已。諸老蒼顧益重之，以爲此人旦晚公卿耳。無何變亂接踵，十數年來，諸老蒼消磨殆盡，而余與爾止公卿夢絶，亦居然老蒼焉。蓋前後之脉中斷，識吾兩人者已鮮。吾遂頽然順之，加以飢寒憂患，骨肉之痛，百念灰冷，噤不敢發聲。而爾止獨不然，剛正之氣百折不回，往往譙讓余之委靡。雖中間亦構奇禍，然蹶而復起。前年北走燕，今年又東游齊魯，以爲詩人不登泰山、謁孔林，眼界終不寬，題目終不大也。於是賦詩數百篇，滄海日出，闕

里風規，盡收筆底，歸以示余。余讀一過，覺已灰之心怦怦欲動，因書此數語于篇首。蓋欲使覽者涉流尋源，俛仰今昔，足以知爾止之可敬，而余之可感也夫。

魯游草序

林古度

萬曆丙辰，予與鍾伯敬、吴康虞同登泰山，各有詩鋟石，今四十五年矣。庚子秋，吾友方爾止從泰山歸，言從荒荆蔓草中重爲摹搨，持以贈予，予展視欷歔，恍如隔世。既爲詩以酬之，而爾止又出其燕游、魯游二草屬予序。

序曰：今天下不可游矣！若爾止之游，似又未嘗不可也。蓋天下人之游，游於利名場中，仰面屈膝于人而人莫應，此非人塞其游，先自覺其游之不廣，故多怨悵而無所適從焉。爾止挾三尺劍、一囊書，北游燕趙，東游齊魯，弔古於金臺、盧龍，望先朝之宫闕，潺湲出涕。已又登岱宗，謁孔林，恭敬肅將，因而長吟短詠，發攄其胸臆。即有一二地主，款曲流連，酣歌豪飲，論騷説雅，皆是其生平舊交，攀留不舍者，非懷刺彈鋏，妄爲干謁以取厭棄者比也。故其北都、東郡之詩，浩浩落落，寄託蕭遠，不怨不怒，使人讀之如少陵奉先、北征諸作，當年情事，歷歷如在目前。然則爾止之游，直如未嘗游者矣。且爾止雄心壯氣，年五十而不衰。正如高適之學詩，商瞿之生子，卜居雨花、桃葉間，予雖老耄，猶得奉周旋於晨夕，側觀其著書教子，俾承家學，永遠勿替。是集也，豈非爾止之墨莊也耶！

（以上輯自清方文《盦山續集前編·魯游草》卷首，清康熙刊本）

西江遊草序

陳弘緒

吾友方爾止，言語文章妙天下，而尤長於詩，所著五七言、古近體類皆登峰造極，一時稱詩者，咸以集大成相推。吾無以擬議其妙，大約如龔聖予之贊方韶卿者曰：『由本論之，在人倫，不在人事；等而上之，在天地，不在古今。』持此二十二字，差足以囊括爾止全詩耳。歲辛丑九月，爾止從秣陵泝江而上，直抵潯陽，已又涉彭蠡，憩章門，過十八灘，至虔州，歲暮回櫂，復停蕭水，春初始歸。合四郡所作之詩，題曰西江遊草，即其春夏白門所作不盡出於西江者，而統以遊草名之。蓋詩未有不借資於遊者。自屈原賦遠遊，宋玉、賈誼踵事增華，他若陶元亮之於曲阿，謝康樂之於廬嶽，杜少陵之於夔府，皆彰明較著者。爾止足跡幾半天下，當其盛時，馳騁舊都，優游上國，指閶闔而詠風雲，睹文物而歌玉帛，固屬丈夫快意事。曾幾何時，而陵谷遷移，舟車所至，無非澤葵依井、荒葛罥塗之感，爾止之詩因之遂成變風矣，可勝歎哉！江以西自昔多臨觀之美，其爲海内所低徊而想慕者，固不獨一滕王閣。戊巳兵燹以後，靡不蕩爲冷煙，摧爲殘礫。爾止俯仰其間，未免怵惕於中，而躊躇於手口。其淋灕而載之泓穎也，以視少陵夔府諸篇，豈有異哉！世無採詩之官則已，設有採而陳之者，則此數十百篇固江以西安上門之圖繪也。爾止之有造於吾土，不其偉與！爾止固與韶卿同氏族，其生平履蹈又同，所著嵞山集二十四卷，忠臣孝子之思，悲天憫人之意，往往欷歔嗚咽而出，所謂『在人倫不在人事』者，吾今於爾止見之矣。兹編特五鼎中一臠耳，然已足以傳不朽，況其餘乎？吾老且病，庶幾得附韶卿月泉之社以耗餘年，知爾止當不我

拒也。

西江遊草序

施閏章

盦山方先生爾止以詩名世者三十年，而與余闊別不相見者幾二十年。始一聚於秦淮酒樓，酒罷復別去。至是有西江之役，自九江而南昌而贛州，所適皆賢主人。歲暮歸，自贛取道臨江，而余適官於此，爾止艤舟留十餘日。余兩人別既久，思甚深，故相見甚歡，已，出其所爲西江遊草屬余序。余受而讀之，匪獨其詩工也，西江之時地、人事概見於斯矣！

夫時有古今，風有正變，雖沿古製體，必繇衷遣情。近之論詩者，唯喜聲調噌吰，氣象軒朗，取官制典故、圖經勝蹟補綴爲工，稍涉情語，則訾以降格，於是前可移後，甲可贈乙，外貌雖雄，中實淺鄙，譬猶村童觀劇，但取華冠彩服，摐金撾鼓，作轟雷裂石之聲，目爲高調。而賞音之士，如吴越間善歌者，必於江清月白、羣籟俱寂時，哀絃細管，按拍成聲，或疾或徐，憂樂各極，涕笑無端，是之謂能移人情。爾止爲詩多主此論，雖民謡里諺、塗巷瑣事，皆可引用，興會所屬，衝口成篇，人或疑爲率易，不知其慘澹經營，一字未安，苦吟移日。故其詩真至渾融，從肺腑中流出，絶無斧鑿之痕，殆老杜所謂『漸於詩律細』者。而豫章當凋瘵之餘，師行絡繹，供億煩苦，民不堪命。其感時事則悽愴傷心，敘羈愁則鬱紆永歎，登臨則望古而奮發，交遊則慕義而纏綿，後之觀者必有感於斯言。余尤怪世人多薄視香山，而爾止酷好之，輒以爲爾止病。今試取香山詩沈吟三復，清真如話，飄然欲仙，即其雜文短記，杼柚己懷，寓目流連，愁疾

自解，不煩藥石，豈可以『白俗』二字蔽之哉！嗟乎！此固未易爲耳食者道也！爾止有翕山全集數十卷藏於家，此後每歲出遊，必成一帙，故有北游、魯游諸刻，而余獨序其西江遊草云。

西江遊草序

徐　芳

伯牙學琴于成連，至蓬萊之山，刺船而去，伯牙心悲，但聞海水蕩潏，羣鳥悲號，仰天歎曰：『先生將移我情。』康崑崙學琵琶于叚師，叚師曰：『本領何雜？』又曰：『使崑崙不近樂器十年，忘其本領，然後可教。』夫詩者，忠臣孝子之怨慕，壯夫烈士之悲吟，山川今昔、友朋聚散之感慨，其中有所激發，不得不形諸詠歌，尤情之深者也。古之善言情者，莫如陶彭澤、杜少陵、白香山，其詞淡樸真至，使人無不可解而卒不可到，其所以然，非一日之積也。彼先有孤超曠絶之懷，渾灝静深之力，忠孝狷狹、魂礌不可自抑之性沈藴于中，隨所遇而取之，人不能至而我至焉，此所謂本領也。本領先劣，而徒于聲響字句之間敲戛以求一當，非艱則媕，而情鬱矣。或故張以蔓艷剽綴之言，而情乃益遯，此一藝之士所卑笑者，而欲自命爲詩，古無是也。

吾友方爾止以文名天下有年，其于詩，獨好彭澤、少陵、香山而摹擬之，予嘗讀其燕游、魯游二集，淡樸真至，居然一香山也。近又集其辛丑一歲所作爲西江遊草，約二百首。夫爾止之于吾江所遊者，惟南、九、臨、贛四郡耳，何詩之多如此。既而思之，吾江之于諸省，際變同而受禍異，其斬艾燔灼，垂十數

年始定，定而枯瘠之遺，摧殘憔悴尚未已也。捫滕王之故墟，骨餘白焉；弔潯江之崩流，血餘赤焉；溯十八灘之峭蒨嶔崎，山餘青而水餘緑焉。比之蓬海，此亦窅冥汨没、鳥號心悲之候也。爾止以其羈孤落拓之身，忠孝壯烈之性，遇友朋而纏緜，遇山川而慷歎，其于情之移亦已至矣。二百篇猶啻也，顧疑其多乎！夫其不能不詩者，情也，其詩之所以超然獨到者，非一日之情爲之，生平之本領爲之也。嗟乎！爾止以跅跎不羈之才，使其黽勉于世，功業可立就。顧甘自放廢，百折不回，雖作爲文章，其致止足自娱而已。此歐陽公序梅聖俞詩所云『世徒喜其工，不知其窮之久而將老也』。而爾止浩浩焉若將終身者，蓋天將縱爾止以詩，使與少陵、香山諸賢争千古也，復何恨哉！爾止爲予同籍密之諸父行，密之戊戌冬訪予山中，因止盱黎間。當爾止西棹時，予以拜馬素修先生墓往錫山，不克偕。今歸有日矣，密之且與予有結茅簫曲之約，爾止能重往乎？入三谷而探紅泉石磴之遺，登麻姑壇，尋魯公碑，坐方平話滄桑處，其于移情，當更有進于江上琵琶、閣中帝子者，予將懸『江遊續草』之目待爾止矣！

西江遊草序

周體觀

夫學者有志於當世之務，鬱而未發，形於詩歌，抒瀉激宕，翹然以才自見，讀者感焉。若夫遯世無悶之士，獨行高尚，外無所慕，一彈一詠，性情自樂而已。苟其中有幾微未平而太上無徒，間雜風刺，閉門木榻，絶俗而立，君子亦病其用意之未廣也。盦山方子爾止少有重名，博通六籍，多所著述，而尤篤好風雅，富於辭翰，氣岸軒豁，議論縱横，不可謂非有志於當世之務者。迨中更不造，貌腴神傷，毅然息焉，十

餘年來確乎不拔，雖古石隱之士未有果於此者。然於朋友之情，江湖之興，固未衰也。每一出遊，其所爲詩，動盈卷軸，要皆標舉興會，陶寫性靈，怡然順理，渙然冰釋，絶無哀怨激楚之意，而一歸於潛德之音，善乎其自處夫才與遇也。戊戌冬自燕薊歸，有北游草以續於盋山集之後，論者比於少陵夔州、香山洛下之作，庶幾近之矣。已亥春客彭城，秋客西陵，則有徐杭遊草。庚子之兖州，則有魯游草。辛丑之豫章，則又有西江遊草。會是時，予官南昌，爾止見訪，留予署者旬月，遊覽贈答之作曲盡其妙。已又去蕭灘、入虔州，與施少參、周司理輩互相唱和，其詩益多，樸而不率，豪而不粗，悲而不傷，怨而不怒，真得風人遺意。予讀之，不獨歎其詩之工，更歎其作詩之指爲不可及也。因題數言於其簡端。

西江遊草序

周亮工

古人爲詩，未有舍性情而專言格調者。今人好稱格調，而反略于性情，此詩之所以不古也。夫詩以言性情也，山澤之子不可與論廟堂，華曼之詞不可與言憔悴，其情殊也。今無與于頌述而黼黻其貌，本無所感慨而涕泗從之，以不情之悲喜爲應酬之章句，所謂鞞鐸之不中于音也。而挾其行卷，詡然曰『我盛唐，我六朝也』，余竊怪之。而世俗之見鮮與余同，惟吾友方子爾止，其論詩與余最合。蓋余聞爾止之言曰：「三百篇尚矣，屈宋而後，足以追蹤繼響者，惟漢人樂府，今觀其戰城南、陌上桑、孤兒、病婦諸行以及焦仲卿妻等篇，指事屬詞，微言託諷，爲後代高曾之規矩，而少陵、香山其源皆出于此。雖氣格聲響不能畫一，而風旨所歸，先後同揆，期于聞者足以感動而後止，即有善析者不能岐兩家而使之異轍也。而

耳食之士，遂以少陵獨步，非香山所可幾，豈足爲通論乎？今使世之爲詩者，苟能推白之坦逸以合于杜之雄渾，開闔頓挫，自爲一氣，方足雄據作者之壇。若夫摘裂字句，補湊成章，至於前後易置，不可致詰，卑卑不足道也。爾止之論與余合若此。爾止之詩，初出猶爲人所驚怪，越數年而漸習，又數年而玉叔、尚白與余輩後先倡導之，而爾止之教遂大著於天下。兹西江遊草出，其爲海内所尊信而誦服，無疑矣，固無俟余贅。獨異爾止根蒂前古，發之詩歌，爲于舉世未爲之日，而一旦翕然從之，苟非有深識定力，當羣議而不撓，烏能卓然自立成一家言乎！余故舉其所論少陵、香山之合者如此，以見詩人之卓然自立，能成一家言者，中必有所挾持，非泛然而爲之也。

（以上輯自清方文盦山續集前編西江遊草卷首，清康熙刊本）

盦山續集序

嚴胤肇

昔人有言：『文章以氣爲主。』夫詩與文一也，而今言詩家，往往較短長、争工拙於字句音響之間，以爲苟能是，是亦可以無憾矣。試問其中之所以勃然而來、沛然而往、喤然而鐘吕鳴、淒然而風雨至，如怨如慕、欲泣欲歌而不能自已者，誰爲爲之？曰：不知也。此之不知，而自附於能詩，吾不知於古宜風宜雅之旨何若也？蓋孟子所云：『不得於言，勿求於心；不得於心，勿求於氣。』此天下之通患也，而於今之號能詩者爲甚。

盦山先生少以詩名天下，篇什既衆，頹焉自放，若絶無意爲詩者。及一再讀之，乃知其以真至醇樸

之氣，發之爲優柔平中之聲，悠然與古太始之音無相遠。蓋先生之才，自有過人者，而其氣足以達之。且夫古之能詩者，其初皆非有意於爲詩也，其氣積乎其中而溢乎其外，悲愉感憤，浩歌淋灕，有不知其所以然而然者。辟之空山絶壑，本非有聲，忽而大風鼓之，怒號洶悉，陵谷爲之動摇，草木爲之吟嘯，豈非氣之所至，聲亦隨之！而彼所爲不得而勿求之氣者，果何説之遵而若是歟？先生爲人，拓落有大志，既與世寡所合，遂耽其好於詩。詩日多而家日以落，意甚得也。已而負笈行游，千里命駕，歷齊、魯、吴、越、燕、趙、中州之墟，其所經閲，山川偉麗，雲樹蒼茫，風物之變遷，賢豪之晉接，羈人思婦之愁歎，酒徒劍客之慷慨，有概於中，一皆於詩發之。故其爲詩，疏疏莽莽，不拘一格而景象萬千。余固知先生之詩不以才勝，而以氣勝也。噫，亦雄矣！余亦素有詩癖者，然委靡慵惰，不敢以望風雅之末班，故於序先生詩而原其得於養氣者如是，且因以自勉也。

（輯自清方文盒山續集後編卷首，清康熙刊本）

跋盒山續集後

潘　江

有明著作最權奇，熙甫文章爾止詩。予嘗謂太僕古文、盒山詩皆淡不可及。淡處儘教耐思索，太羹元酒少人知。

龍眠風雅廣搜羅，惜載盒山詩不多。倘得盡刊前後集，流傳遠近更如何。

李錦唐瓢委蠹蟲，一朝傳播始江東。元來思肖無佳壻，祇合沈埋眢井中。

附

盦山先生以己酉之秋殁于蕪陰，客有爲乩卜之術者，先生降焉曰：『吾淮西山人方某也。』叩以冥府事，不答，題詩曰：『平生詩酒是生涯，老死江干不憶家。自入黄泉無所見，冥官猶戴舊烏紗。』題罷，擲筆而逝。一時江南北傳誦，以爲詞致閑適，襟懷瀟灑，非先生必不能爲此詩。予爲吟歎累日，援筆和之。

浪遊蹤跡總天涯，客死江湖即我家。知爾心憎武靈服，喜從冥府見烏紗。

王子安節以盦山續集見貽即效盦山體賦以志感

吏部上書燒佛骨，拾遺廷諍卻沈香。唐李漢字南紀，少事韓愈，通古學，屬詞雅蔚，剛方亦類愈。愈愛重，以子妻之。敬宗朝官拾遺，舶賈獻沈香亭材，漢諫卻之。愈殁，漢爲表其文集行世。當時風義成冰玉，殁後詩文賴表章。每惜盦山無嗣子，誰知天壤有王郎。捐資更欲刊前集，李漢焉能獨擅場。

（以上輯自清方文盦山續集前編徐杭遊草卷末，清康熙刊本）

跋盦山續集後　　王　概

盦山先生余外舅也，殁既二十一年，概始克檢鏤遺詩，實慚蹉跎歲月。然蹉跎之故，有難言者焉。往宛陵愚山施先生與蛟門汪子之爲舍人時，曾以剞劂力請之北平金公，公力囑某盡謂北平顯官也，某

雄賈也，得此兩君，全集唾手可成。概竊言：念某既無生平歡，外舅外和中介，從不輕以知己許人。詩若文何事，而可委之於不知己之人成之？以諛曼奥渫之物加以生前所斷斷不爲者，而苟且爲之於身後，祭非其人尚吐弗茹，何況遺帙！遂寢弗舉。時先君听然曰：『寢弗舉良是，爾小子當自勉，勿借爲捕鳥罔也。』又東洵吴野人書來曰：『翕山遺集久未流傳，余當首率同人佽助。』夫概固貧窶，野人尤貧窶于概，顧念野人素厚遇先外舅。乙巳秋，先外舅客邗，野人家濱海，海水暴至，廬舍蕩没，榻有病婦，啼繞飢兒，野人猶戀戀郡城，與汪仲子舟次黽勉扶持，買舟相送，氣誼之篤，用是深信弗疑。時先君復听然曰：『信弗疑良是。爾小子當自勉，可借爲駑馬策也。』野人既數謀厥緒弗就，心殊鬱鬱，旋亦溘逝。而愚山、蛟門兩公之卒，又後先相繼。嗚呼！此道茫茫，無復過問者矣！

今年春，概卧疾旬月，重念先君墜言，廼質衣減食，竭蹷從事。先梓壬寅以訖己酉之詩，行將次舉全集，是則遵其舊，標曰翕山續集。續集成，酹酒以告，因及愚山、蛟門、野人之舉雖中輟，誼實可感。附記之于後，己巳六月朔，壻王概拜手識。

又　跋

李太虚先生曰：『翕山詩長於序事。』是足隱括先外舅全集。木厓潘子曰：『先生詩陶冶性靈，流連物態，不屑屑爲章絺句繪，間有徑率之句，頗爲承學口實。然先生實苦吟，含咀宫商，日鍜月鍊，凡人所輕忽視之者，皆其嘔心刻腑而出之者也。又好改人詩，與人辯論至面赤背汗不少休，人亦以此嗛之。而

先生已語罷，輒忘不復省記矣。』木厓之言凢中窾綮。概憶先外舅往與楊子商賢論詩未合，楊子奮衣出。然居僅隔垣也，楊子夜則升屋騎危，操刃訢訕，呶呶不止。及先外舅卒，楊子聞之，踉蹌奔至，以手俯面，頭觸地，慟哭失聲曰：『自此老友中求一直道不少迎合之人，不可得矣！』先外舅品誼詩歌，於人始雖齟齬，卒能使其回心慴慮類如此。木厓龍眠風雅之選，爲先外舅裒然採入數十百首，用專一弖，極相推重。吴廬宫詹與先外舅素稱石交，最喜誦其詩，致手録遺句，延友經歲罄抄全集，置之几案曰：『見此如對故友。』是皆古人之誼，不可以不記。概又識。

題方盦山徐杭遊草

紀映鍾

吾友盦山氏自少言詩，立意便能堅定，獨以大雅爲宗、以自然爲妙，一切纖巧華靡、破裂字句，從不泚其筆端，垂三十年，守其學不變，而日造堅老純熟，衝口而道，如父老話桑麻，不離平實，卻自精微。他人視之，乃在千仞岡頭，可望而不可即。蓋學與年俱進，詩益以至焉，非一日之故也。竊歎爲詩者，初鬭新奇，或争險譎，硬語盤空，愛句靡割。及其幡然改轍，求風人平易之旨，而從前工力置之無用之地，詩雖近人，力不敵矣。盦山三十年晦明風雨，山水友朋，朝斯夕斯，飲食燕樂於斯，憂愁患難於斯，如行遠者無岐路之耽玩，禪定者絶外緣之紛擾，雖欲不登峰造極，胡可得也？盦山詩可易言哉！余欲論定盦山詩久矣，而奔走南北，苦不暇一日。示余徐杭遊草，遂書其後云。

范　驤

爾止詩，天真爛熳，觸手成妙，近代無此詩人。觀者但賞其流利圓美，不知爾止鎚鍊甚工，但不使人見鑪鈎之痕耳。昔人收得白傅詩稿，改竄塗抹，有數易稿而成者，豈但逢迎老嫗耶！余比之天親之註華嚴，龍樹之論般若，誦之使人樂聞，讀之惟憂句盡，蓋於此事中悟一乘圓機，得無礙智慧，視世間雕鏤色象，皆辟支果也。彼但以流利圓美相賞者，慎勿以知詩許之。

（以上輯自清方文嵞山續集前編徐杭遊草卷末，清康熙刊本）

題嵞山先生續集乙巳丙午詩

孫枝蔚

看似尋常最奇崛，成如容易卻艱難。嵞山詩合荆公語，輕薄兒曹莫浪彈。

談允謙

因誦荆公憶白公，歎君命與古人同。不教才展休明代，爲罰詩爭造化工。

陳維崧

字字精工費剪裁，篇篇陶冶極悲哀。白家老嫗休輕誦，曾見元和稿本來。張文潛以五百金買香山稿本，見其竄改塗乙，幾不存一字，蓋其苦心如此。

春雨春陰又幾朝，他鄉寒食總無聊。把君丙午詩千卷，吟過城南丁卯橋。時同客潤城。

鄒祗謨

懸知杜老是前身，待與香山作後塵。平淡盡從攻苦得，時賢未許闘清新。

君詩字字到空靈，易解寧煩老嫗聽。自有太羹元酒味，何曾珍重五侯鯖。

錢陸燦

壬子同年作者同，陶公杜公與白公。若修歲譜兼詩譜，又記盦山江以東。

陶公沖澹杜公雄，白傅天然造化工。此筆千年誰伯仲，還將半格問方公。白氏長慶集有格詩、半格詩。余曾問之先宫保，未詳其義。

讀君巳午兩年詩，澹直悲涼信有之。不是苦吟争得到，晚年須惜數莖髭。

意盡言窮是至言，誰于言外意猶存。知君妙解文章味，掩卷如聞仔細論。

近來詩卷擅千秋，櫟下官高爾止遊。何事同生壬子歲，竟無一字學崔劉。周櫟園侍郎與爾止俱壬子，予亦壬子，白香山詩云：『何事同生壬子歲，老于崔相及劉郎。』

方　熊

盦山夫子擅風騷，丙午詩篇體更高。正是蘇公絢爛極，勿因平淡妄訾謷。

遊蹤新返自南徐，購得先民龜鑑書。今古丙丁應不錯，隆中抱膝意何如。

（輯自清方文盦山續集後編卷首，清康熙刊本）

題方盦山述哀詩

梁以樟

此詩渾似北征篇，母死家亡更可憐。夏雪冬雷天地合，知君恨不化寒煙。

宋琬

新詩讀罷淚油然，紙上啼痕染杜鵑。我有父兄千載恨，對君霑血拂龍泉。

孫枝蔚

世間風木自堪悲，孝子如何遘禍奇。讀到酸心無可似，陳情表與蓼莪詩。

（輯自清方文盦山集卷二述哀題後，清康熙刊本）

附　安徽古籍叢書已版書目

毛詩後箋（兩册）
左傳微
論語解注合編
孟子講義
爾雅翼
説文假借義證
老子注三種
老子注譯
定本莊子故
莊子詮詁
文選箋證（兩册）
杜詩説
唐詩評三種

張籍集注
包拯集編年校補
包拯集校注
郭祥正集
東萊詩詞集
張孝祥詩文集
張孝祥詞箋校
朱子全書（二十七册 上海古籍出版社 安徽教育出版社）
翠微南征録北征録合集
秋崖詩詞校注
程氏家塾讀書分年日程
明太祖集
朱楓林集

賓山公家議
歙紀
詠懷堂詩集
阮大鋮戲曲四種
蕭雲從詩文輯注
田間易學
田間詩學
莊屈合詁
藏山閣集
田間詩集
田間文集
所知録 附四種
方盦山詩集（兩册）

黄生全集（四册，安徽大學出版社）
不得已 附二種
鈍齋詩選
方孝標文集
朱書集
古事比（兩册）
施愚山集（四册）
七頌堂集
續學堂詩文鈔
方望溪遺集
青溪集
吴敬梓吴烺詩文合集
惜抱軒詩集訓纂
戴震全書（七册）
程瑶田全集（四册）

淩廷堪全集（四册）
壹齋集（兩册）
俞正燮全集（三册）
康輶紀行·東槎紀略
識小録·寸陰叢録
包世臣全集（三册）
王侍郎奏議
劉銘傳文集
吴汝綸全集（四册）
楊仁山全集
敬孚類稿
程文炳文集
程恩培集
東輶紀程
北山樓集

桐城耆舊傳
文學研究法
舊聞隨筆
桐城文學淵源考·撰述考
疑庵詩
歙事閑譚（兩册）
三餘札記
青泥蓮花記
舌華録
明語林
道聽途説
蘭苕館外史
夜雨秋燈録·續録
皖人詩話八種
皖人戲曲選刊·鄭之珍卷

皖人戲曲選刊・龍燮卷

皖人戲曲選刊・方成培卷

安徽出土金文訂補

劉文典全集（四册 安徽大學出版社 雲南大學出版社）

劉文典全集補編（列入附輯）

明實録安徽經濟史料類編（列入附輯）

姚瑩年譜（列入附輯）

弢翁藏書年譜（列入附輯）